# 13인당 이야기

페라귀스 · 랑제 공작부인 · 황금 눈의 여인

이 도서의 국립중앙도서관 출판예정도서목록(CIP)은 서지정보유통지원시스템 홈페이지(http://seoji.nl.go.kr)와
국가자료공동목록시스템(http://www.nl.go.kr/kolisnet)에서 이용하실 수 있습니다.
(CIP제어번호: CIP2018006782)

세계문학전집
161

Honoré de Balzac : Histoire des Treize

# 13인당 이야기

## 페라귀스 · 랑제 공작부인 · 황금 눈의 여인

오노레 드 발자크 소설
송기정 옮김

문학동네

일러두기

1. 번역 대본으로는 *Ferragus, La Duchesse de Langeais, La Fille aux yeux d'or* in *Histoire des Treize*(Honoré de Balzac, Gallimard, Bibliothèque de la Pléiade, t. v, 1977)를 사용했다.
2. '옮긴이' 표시가 없는 주석은 원서의 편집자 주이다.
3. 연보에서 '인간극' 작품의 경우 책 형태의 초판본 출간 연도를 기준으로 표기했다.
4. 본문 중 고딕체는 원서에서 이탤릭체와 대문자로 강조한 부분이다.
5. 해설은 옮긴이의 논문 「발자크의 『페라귀스』에 나타난 파리의 근대화와 권력의 이동」(『불어불문학연구』 102집, 2015년 여름호), 「『랑제 공작부인』과 1832년 이후 발자크의 정치관」(『불어불문학연구』 106집, 2016년 여름호), 「양성체 신화와 발자크—『세라피타』와 『황금 눈의 여인』을 중심으로」(『불어불문학연구』 62집, 2005년 여름호)를 토대로 했음을 밝혀둔다.

차례

서문 7
페라귀스 19
랑제 공작부인 205
황금 눈의 여인 431

**해설** | 13인당 이야기, 사랑과 질투와 복수의 드라마 553
**오노레 드 발자크 연보** 585

# 서문

제정시대 파리에는 뜻을 같이하는 열세 명의 남자가 있었다. 그들은 모두 자신들이 하나의 사상을 충실히 지킬 수 있을 만큼 힘이 있고, 서로의 이해관계가 상반될지라도 절대 배신하지 않을 만큼 성실하며, 서로를 이어주는 자신들만의 신성한 관계를 폭로하지 않을 만큼 정치적이라고 생각했다. 또한 자신들이 모든 법 위에 군림할 수 있을 만큼 강하다고 여겼으며, 무슨 일이든 감행할 수 있을 만큼 대담하다고 자신했다. 대부분의 계획이 성공했던 만큼, 자신들은 운이 좋은 사내들이라는 생각도 품고 있었다. 그들은 아주 큰 위험에 처하기도 했지만 실패에 대해서는 절대 말하지 않았다. 두려움을 모르는 그들은 왕자든 사형집행인이든 죄 없는 사람이든 그 누구 앞에서도 공포에 떠는 법이 없었다. 그들은 사회적 편견을 버리고 그저 있는 그대로 서로를 인정했다.

그들은 필시 범죄자이리라. 그러나 그들은 분명 위대한 사람만이 가지는 몇몇 장점을 지닌 뛰어난 사람들이었다. 게다가 그들은 엘리트 중에서만 모집되었다. 그들이 아주 이상한 생각들, 말하자면 맨프레드나 파우스트 혹은 멜모스* 같은 자들이 악마와의 계약이라는 삐뚤어진 방식을 통해 얻은 마력으로 상상해낸 기상천외한 발상들을 실천에 옮겼음에도 그들의 정체가 세간에 알려진 적은 없었다. 그래야 이 이야기의 어둡고도 신비로운 시정詩情에 한 치의 부족함도 없으리라. 게다가 그들의 조직은 이제 와해되었거나, 적어도 조직원 모두가 뿔뿔이 흩어졌다. 약탈자에서 평온한 식민지 주민으로 탈바꿈해 일말의 가책도 없이, 붉은 화염이 넘실거리는 가운데 피바다 속에서 약탈해온 엄청나게 많은 물건을 자기 집 벽난로 불빛 아래 정돈했던 가장 영웅적인 해적 모건**처럼, 그들은 조용히 시민법의 구속을 받아들였다.

래드클리프 부인***의 소설 중 가장 어두운 작품만큼이나 호기심을 자극하는 그들의 비밀스러운 조직은 나폴레옹의 죽음 이후, 작가가 여전히 밝힐 수 없는 어떤 우연한 사건으로 해체되었다. 작가는 사회 전체가 비밀리에 복종했던 영웅들, 이 이름이 알려지지 않은 영웅들 중 한 사람으로부터 그들이 겪은 모험 중 몇 가지를 마음대로 이야기해도 된

---

* 각각 바이런, 괴테, 매튜린이 쓴 작품의 주인공으로, 모두 악마와 계약해 초인적인 권력을 누렸던 인물이다.

** 잔인하기로 유명했던 17세기 영국의 해적 두목. 스페인의 식민지였던 앤틸리스제도에서 오 년간 약탈을 통해 막대한 재산을 모은 후, 자메이카 총독으로 임명되어 그곳에서 십사 년을 보내고 1688년 평온한 죽음을 맞이했다.

*** 영국 작가 앤 래드클리프. 『우돌포의 비밀』처럼 탐정소설의 기법을 차용한 흑색 소설을 썼다. 초인적인 사건은 소설 끝에 가서 합리적 방식으로 설명된다.

다는 뜻밖의 허락을 최근에 받아냈다. 물론 그들에 대해 최대한 예의를 지킨다는 조건하에서 말이다. 작가는 그것을 허락한 이에게서 명성에 대한 막연한 욕망을 읽었다.

외관상 아직 젊어 보이는 그 사람은 금발에 푸른 눈을 하고 있었고, 맑고 부드러운 목소리는 그가 여성적인 섬세한 영혼을 지닌 사람임을 말해주는 것 같았다. 얼굴은 창백했고 태도는 신비스러웠으며, 호의를 가지고 대화를 나누었다. 그는 자신이 마흔밖에 되지 않았다고 주장했다. 그는 최상류층에 속해 보였다. 이름은 가명인 듯했고 사교계에서 그를 아는 사람은 없었다. 그는 누구인가? 아무도 모른다.

놀라운 사실들을 작가에게 털어놓으면서 그 미지의 인물은 어쩌면 그런 사건이 재현되는 것을 보고 싶었는지도 모른다. 또한 마치 자신이 창조한 인물인 오시안*이라는 이름이 수많은 언어로 기록될 때 맥퍼슨을 흥분시킨 것과 유사한 감동을 사람들의 마음에 불러일으킴으로써 그것을 즐기고 싶었는지도 모른다. 그 스코틀랜드 변호사에게 분명 그것은 인간이 느낄 수 있는 가장 생생한, 아니면 적어도 가장 드문 감정 중 하나였을 테니 말이다. 그야말로 무명의 천재가 아닐까? 『파리에서 예루살렘까지의 여정』** 같은 작품을 쓰는 것은 한 세기에 인간이 누릴 수 있는 영광 가운데 한 조각을 차지하는 행위다. 그러나 자기 나라에 호메로스 같은 위대한 시인이 탄생하게 하는 것, 그것은 신의 영역을

* 전설적인 켈트족 음유시인이라고 하지만, 사실은 스코틀랜드 작가 제임스 맥퍼슨이 오시안의 시를 발굴해 번역했다고 주장하면서 자신의 시를 발표한 것이다. 『오시안의 시집』은 1760년에 출판되었고, 오시안은 유럽 낭만주의에 지대한 영향을 미쳤다.

** 샤토브리앙의 1811년 작품.

침해하는 일이 아니겠는가?

서사의 법칙을 너무도 잘 아는 작가는 이 짧은 서문으로 인해 짊어지게 된 부담을 모르지 않는다. 그러나 '13인당 이야기'의 내용을 충분히 잘 알고 있기에 이 글쓰기 계획이 커다란 반향을 불러일으키리라고 확신하는 바이다. 피로 얼룩진 참극, 공포로 가득한 연극, 비밀리에 잘린 목들이 굴러다니는 소설, 그런 이야기들이 작가에게 전해졌다. 한동안 차갑게 제공된 끔찍한 이야기들에 물리지 않은 독자가 있어 그것에 대해 알고 싶은 욕망을 조금이라도 표했더라면, 작가는 차분하면서도 잔혹한 이야기나 놀라운 가족의 비극을 그에게 모두 다 드러냈을 것이다. 그러나 작가는 가장 부드럽고 순한 주제, 열정적인 폭풍에 이어 등장하는 순수한 장면, 여성의 미덕과 아름다움이 빛나는 장면이 있는 무겁지 않고 부드러운 모험을 택했다. 13인당의 명예를 위해 덧붙이자면, 그들의 이야기 중에는 언젠가 발표될 만한 가치가 있는 모험이 존재한다. 범죄자임에도 이상하리만치 에너지가 넘치고 매력적인, 예외적인 사람들이라 할 수 있는 해적들의 이야기 못지않게 13인당의 이야기는 흥미를 유발하리라.

실화일 경우 작가는 그 이야기를 함부로 바꾸어 도깨비 상자*처럼 만들어서는 안 된다. 또한 몇몇 소설가가 한 것처럼 장장 네 권에 걸쳐, 독자에게 바싹 마른 시체 한 구를 보여주기 위해, 또는 양탄자 밑에 감춰진 비밀 문이나 실수로 마룻바닥 밑에 버려진 시체로 독자를 계속 공포에 떨게 한 다음 이 이야기는 이걸로 끝이라고 말하기 위해, 독자를 이 지하실에서 저 지하실로 끌고 다녀서는 안 된다. 서문을 다는 것

* 상자 안에 용수철 달린 인형이 들어 있어 뚜껑을 열면 튀어나오는 장난감. (옮긴이)

을 꺼림에도 불구하고 작가는 작품의 첫머리에 간단하게나마 이러한 말을 해야만 했다. 「페라귀스」는 보이지 않는 끈으로 '13인당 이야기'에 연결된 첫번째 일화다. 이 이야기가 원래 지니고 있는 힘 덕분에 감히 이 글을 쓸 수 있었던 용기를, 낼 수 있으리라고는 상상도 못했던 용기를 낼 수 있었다. 이야기꾼에게는 일종의 문학적 기교가 허용되는 것이 사실이지만, 역사가가 되고자 한다면 요사이 얄팍한 성공을 보장해주는, 이상한 제목을 달아서 얻는 이득은 포기해야 한다. 그러니 작가는 그리 자연스러워 보이지 않는 제목을 달 수밖에 없었던 이유를 여기서 간략히 설명하려 한다.

페라귀스는 '데보랑'*이라는 비밀결사의 수장이 오랜 관습에 따라 채택한 이름이다. 마치 로마교황청에서 교황 즉위시에 그러하듯이, 조직의 수장은 선출된 후 자기네 왕국의 전통을 계승해 가장 마음에 드는 이름을 선택한다. 로마교회에 클레멘스 14세, 그레고리우스 9세, 율리우스 2세, 알렉산데르 6세 등의 교황이 있었듯이, 데보랑 비밀결사의 수장으로는 트랑프 라 수프 9세, 페라귀스 12세, 튀타누스 13세, 마쉬페르 4세 등이 있었다. 그렇다면 '데보랑'은 어떤 조직인가? 데보랑은 예루살렘에 성전을 다시 짓고자 하는 기독교도 직공들이 만든 거대한 비밀결사인 동업조합**에서 갈라져 나온 동업자 집단 중 하나에 붙여진

---

* 데보랑 비밀결사는 발자크의 상상력의 산물로, '데보랑(Dévorants)'은 '게걸스레 먹는 자' '탐욕스러운 자' 등을 뜻한다. 그러나 사실은 '의무'라는 의미의 단어인 '드부아르(devoir)'의 파생어인 '드부아랑'의 변형이다. (옮긴이)

** 성당이 많이 건립되던 중세에 생겨난 석공 조합. 동업조합 결성을 둘러싼 전설은 솔로몬왕의 예루살렘 신전 건설 시절의 건축사 집단까지 거슬러올라간다. 그 밖에 중세의 십자군 기사단, 특히 템플기사단을 기원으로 하는 설도 있다.

이름이다. 동업조합은 프랑스 서민 사이에 여전히 건재했다. 그들의 전통은 별로 똑똑하지 못한 조합원들, 적당히 무식해서 맹세를 어긴다는 것은 생각조차 못할 위인인 조합원들에게 엄청난 위력을 발휘하는 것이었기에, 만약 거칠고 무례한 천재가 나타나 그 잡다한 조직을 모두 집어삼키고자 한다면, 그 전통은 그런 엄청난 계획에 요긴하게 사용될 수도 있으리라. 실제로 모든 조합원은 거의 다 맹목적이다. 아주 옛날부터 이 도시 저 도시에는 조합원을 위한 오바드라는 조직이 있었다. 그 조직을 운영한 이는 모두가 '아줌마'라고 부르는 나이든 여자였다. 그녀는 반쯤 집시 같은 존재로 잃을 게 아무것도 없는 여자였는데, 이 나라에서 일어나는 일에 대해서는 모르는 것이 없었다. 또한 두려움 때문인지 아니면 오랜 습관 때문인지 몰라도 조직에 아주 헌신적이어서, 세심하게 조합원을 재워주고 먹여주곤 했다. 변덕스러운 자들이지만 확고부동한 관습에는 복종하는 조합원들은 도처에 눈을 심어두었고, 옳고 그름을 따지지 않고 어디에서나 무슨 일이든 할 수 있었다. 왜냐하면 조합원 중 가장 나이가 많은 이도 아직은 무엇인가를 신봉할 수 있는 나이였기 때문이다. 게다가 그 조직은 모든 신봉자가 애국적으로 열광할 만큼 진실하고 신비로운 교리를 주장했다. 교리에 약간의 변화나 발전은 있을 수 있었지만 말이다. 더욱이 자기 조직의 법에 대한 조합원의 애착은 너무도 강렬하여 여러 조직은 각자 나름의 원칙을 지키고자 피 터지는 싸움을 하기도 했다. '데보랑'에 소속된 미장이 중 야심가가 있을 경우, 그는 자기 혼자 집을 짓고 재산을 모으고 나서는 동업조합을 떠난다. 지금의 공공질서에 비추어볼 때 그런 현상은 오히려 바람직하다 하겠다. '데보랑'과 경쟁 관계에 있는 드부아르 동업조합원,* 그리고 또다른 수많은 다양한 노동자 결사체를 둘러싼 흥미로운 이야깃거리가 아주 많을 것이다. 그들의 관행이나 풍습, 동지애, 그들과 프리메이슨 단원 사이의 관계 등에 대해서 말이다. 그러나 여기서는 그러한 것을 시시콜콜 이야기하지는 않을 생각이다. 작가는 단지 과거 군주제 시절에 백일 년의 형량을 받았던 트랑프 라 수프 같은 악당이 있었다는 사실만을 덧붙이고자 한다. 하지만 그는 감옥 안에서도 조직을 지배했고, 조직원들은 거의 종교적으로 그의 의견을 경청했다. 그러다 감옥에서 나오면 그는 두말할 나위 없이 사방에서 도움과 지원, 그리고 존경을 받았다. 충직한 조직원에게 수장이 감옥에 들어가는 것은 신의 영역에 속한 불행 중 하나일 뿐이다. 그러나 데보랑 조직원들의 경우 그런 불행이 닥쳤다고 해서 그들 자신이 만든, 그들 위에 군림하는 법에 복종하지 않아도 되는 것은 아니다. 수장은 여전히 그들의 왕이며, 형벌은 그들의 합법적인 왕의 일시적인 유배에 지나지 않는다. 바로 이것이 페라귀스, 그리고 완전히 흩어져버린 데보랑 조직원들의 이름에 딸린 특별한 명성이다.

소설가에게는 문학의 경매시장**에서 높이 평가받을 수 있고, 대중으

---

* 중세에 생겨난 건축 기술자 혹은 석공 동업조합의 후예들. 프랑스 전역을 돌아다니며 연수함으로써 최고의 기술과 숙련도를 자랑하며 협동을 중시한다. 완벽한 경지에 이르는 기술을 습득하는 것이 조합원의 '의무'라는 의미에서 동업조합의 이름은 '드부아르' 동업조합이었고, 그 조합원을 '드부아랑'이라 불렀다. 드부아랑은 다시 '드보랑'이 되었고, 발자크는 여기에 악센트를 붙여 '데보랑'으로 바꿈으로써 그 단어의 사전적 의미를 살린 것으로 보인다. 그뿐만 아니라 그는 데보랑 조직과 드부아르 조합을 경쟁관계로 설정한다. (옮긴이)

** 옛날에 샤틀레 광장에서 경매가 이루어졌기에 원문에는 "문학의 샤틀레 광장"이라고 되어 있다. (옮긴이)

로 하여금 동시대인을 의미하는 콩탕포랭이라는 필명을 가진 작가*가 그랬던 것만큼 여러 권짜리 책을 사보게 할 수도 있는 특권이 있다. 그러나 13인당의 경우, 작가는 거의 소설적이라 할 수 있을 만큼 비현실적인 그들의 이야기에 대해 소상히 알고 있고 그런 상세한 정보에 기대어 글을 쓰고 있다고 자신하기에, 소설가의 그러한 가장 멋진 특권들, 그 실례가 없지 않은 특권들 중 하나를 포기할 수 있다. 13인당의 당원들은 바이런의 서사시 「해적」에 등장하는 주인공의 실제 모델이었던 작가의 친구 트를라우니**처럼 모두 강인한 사람들이었다. 그들은 운명론자였으며, 용기 있는 자들이었고, 시적이기도 했다. 그러나 그들은 단조롭고 평범한 삶이 권태로웠기에, 넘치는 힘을 주체하지 못해 아시아적 쾌락에 이끌렸다. 그 힘은 오랫동안 잠자고 있다가 깨어난 만큼 훨씬 더 격렬했고 또 그만큼 지나쳤다. 어느 날, 그들 중 하나가 『수호된 베네치아』***를 다시 읽고는 작품 속 주인공인 피에르와 자피에의 숭고한 결합을 찬미하기에 이르렀다. 그후 그는 사회질서 밖으로 내던져진 사람들이 가지는 독특한 미덕과 도형수들의 정직성과 도둑들 사이

---

* 엘젤리나 바넬 드 용, 일명 이다 드 생 엘름. 배우이자 작가. 그녀의 노트를 바탕으로 역사가이자 발자크의 친구인 아르망 말리투른이 쓴 책, 『동시대인의 일기』로 유명해졌다. 그후 그녀는 동시대인을 뜻하는 '콩탕포랭'이라는 필명으로 연작을 출판했고 일련의 스캔들이 가득한 이 책들은 대중적으로 큰 인기를 누렸다.

** 에드워드 트릴로니. 바이런의 친구로 그의 모험은 바이런이 「해적」을 쓰는 데 영감을 주었다.

*** 영국 작가 토머스 오트웨이의 비극. 두 주인공은 전형적인 공모의 예를 보여준다. 보트랭은 『잃어버린 환상』에서 뤼방프레에게 피에르와 자피에의 심오한 우정을 이해했는가 묻는다. 그런가 하면 『고리오 영감』에서는 라스티냐크에게 『수호된 베네치아』라는 작품을 다 외운다고 자랑한다.

의 신의, 그리고 모든 사상을 하나의 의지로 통합함으로써 자신들이 획득할 수 있는 한없는 권력의 특권을 생각하게 되었다. 그는 이 세상 그 누구보다 위대한 인간을 떠올렸다. 이 사회는 천부적인 능력과 후천적으로 연마한 지식과 행운을, 다양한 여러 힘을 단번에 용해시킬 수 있을 만큼 열광적인 환상과 결합시킬 수 있는 뛰어난 사람들에게 완전히 속하게 되어 있다고 그는 생각했다. 그러므로 그처럼 뛰어난 사람들은 숨겨져 있는 엄청나게 활동적이고 강력한 권력으로 장애물을 모두 제거하고 자신들에게 반하는 의도를 지닌 이들을 제압하고 마침내 그들 한 사람 한 사람이 악마적인 힘을 손에 넣을 것이다. 반면 사회질서는 그 힘의 위력 앞에서 속수무책이리라. 세상과 격리되고 세상에 적대적인 이 예외적인 세계의 사람들은 이 세상에 존재하는 그 어떤 생각도 받아들이지 않았으며, 그 어떤 법도 인정하지 않았고, 필요하다고 생각하는 것에만 복종하고, 오로지 당에 헌신할 뿐이었다. 그리고 만일 당원 중 한 명이 모두의 도움을 요청할 경우 그 단 한 사람을 위해 당원 모두가 움직였다. 그들은 노란 장갑*을 끼고 호화로운 사륜마차를 타고 다녔다. 그들은 허위로 가득찬 역겨운 사교계를 웃으면서 저주하는 냉정하고 빈정대기 좋아하는 우월한 사람들로, 자기들끼리 은밀한 연합을 이루었다. 그들은 또한 자신들의 변덕에 따라 누구든 굴복시킬 수 있고, 능란하게 복수를 계획할 수 있으며, 열세 명이 서로 뜨거운 우정을 나누는 삶을 살고 있다는 확신을 지니고 있었다. 그뿐만 아니라 그들은 사람들 앞에서도 자기들만이 증오의 비밀을 몰래 공유하고 있고,

* 노란 장갑은 당시 댄디들의 저녁 외출에 필수적인 소품이었다.

사람들에 대해 항상 방어 태세를 취하고 있으며, 언제나 가장 위대한 사람들보다 한 발 앞선 생각을 품은 채 내면세계로 은둔할 수 있다는 행복감에 젖어 있었다. 쾌락과 이기주의에 대한 이러한 종교적인 믿음은 열세 명의 남자를 열광시켰고, 그들은 예수회*가 한 것처럼 악마를 위한 비밀결사를 다시 시작했다. 그 조직은 무시무시했지만 동시에 숭고했다. 그리하여 계약이 이루어졌다. 그리고 그것은 분명 불가능한 계약처럼 보였기에 오히려 오래 지속되었다. 그리하여 파리에는 서로에게 예속된 열세 명의 형제가 존재하게 되었다. 그들은 사교계에서는 서로 모른 척하지만, 저녁이면 음모를 꾸미는 사람들처럼 함께 만나 아무런 생각도 숨기지 않은 채, 돌아가면서 비외 드 라 몽타뉴**만큼이나 많은 재산을 탕진하곤 했다. 발은 사교계의 모든 살롱에, 손은 모든 금고에, 팔꿈치는 길바닥에, 머리는 모든 베개에 둔 그들은 아무런 양심의 가책도 없이 자신들의 변덕스러운 욕망을 채우기 위해서라면 거리낌 없이 무엇이든 다 동원했다. 아무도 그들에게 명령할 수 없었고 그 누구도 그들의 권력을 넘볼 수 없었다. 단지 가장 강렬한 열정과 가장 까다로운 상황만이 우선이었다. 그들 열세 명 하나하나가 다 알려지지 않은, 그러나 진정한 왕이었다. 아니 왕 이상이었다. 그들은 재판관이었고 사형집행인이었다. 하늘에서 땅으로 날개를 달고 사교계를 날아다니는 그들은 사교계에서의 명성 같은 것은 경멸했다. 왜냐하면 그곳에

---

* 발자크는 예수회를 잘 알았고 예수회에 호의적이었다. 그는 1924년 익명으로 『예수회에 대한 공정한 역사』를 쓰기도 했다.

** 하산 벤 사바의 가명으로, 그는 11세기에 이슬람에 이단 조직을 결성했으며 페르시아와 시리아까지 그 세력을 확장했다.

서 그들은 무슨 일이든 다 할 수 있었기 때문이다. 사교계에서 그들이 아무런 권력을 추구하지 않는 이유를 알게 된다면 작가는 독자에게 말해줄 것이다.

이제 작가는 그 이야기들 중 세 가지 에피소드를 시작하려 하는바, 그 이야기들의 세세한 묘사가 뿜어내는 파리의 향기와 그 이야기들에 담긴 야릇한 대조는 작가를 특별히 매혹시켰던 것이다.

1831년 파리에서.

# 페라귀스

엑토르 베를리오즈에게*

---

* 헌사는 1843년 처음 나타난다. 베를리오즈의 〈레퀴엠〉은 1837년 앵발리드 교회의 공식 미사에서 큰 성공을 거두었다. 발자크는 이 소설의 마지막 부분을 쓸 때 베를리오즈의 〈진노의 날〉을 생각했다.

1

# 쥘 부인

파렴치한 죄를 저지른 수치스러운 인간이 존재하듯, 파리에는 불명예스러운 길이 존재한다. 그런가 하면 고상한 길도 있고, 정직한 길도 있으며, 아직 그 길이 도덕적으로 어떤지에 대한 평판이 형성되지 않은 새로운 길도 있다. 또한 암살자의 길도, 상속받은 늙은 과부보다 더 늙어 보이는 길도, 존경받을 만한 길도 있으며, 늘 깨끗한 길이 있는가 하면 늘 더러운 길도 있다. 노동자의 길도, 근로자의 길도, 장사꾼의 길도 있다. 다시 말해 파리의 길은 인간의 속성을 지닌다. 또한 길이 생긴 모양에 따라 우리는 그 길에 대해 누구도 거역할 수 없는 고정된 생각을 품게 된다. 당신이 절대로 남아 있고 싶지 않은 불량한 집단의 길이 있는가 하면, 당신이 흔쾌히 머물고 싶은 길도 있다. 몇몇 길의 경우 윗동네는 근사하지만 아랫동네는 생선 꼬리처럼 형편없기도 하다.* 몽마르트르 가가 바로 그런 경우다. 라 페** 가는 매우 크고 넓은 길이지만, 루아얄 가 한가운데에서처럼 예민한 영혼이 깜짝 놀랄 만큼 우아하고 고귀한 생각을 불러일으키지는 않는다. 라 페 가에는 분명 방돔 광장을 지배하는 위엄이 없는 것이다. 만일 당신이 생 루이 섬의 거리를 산책하면서 쓸쓸한 서글픔을 느낀다면 그것은 오로지 그곳에서 느끼는 고독, 버려진 집들과 황량한 대저택들이 풍기는 음울한 분위기 때문이리라. 징세청부인들이 남긴 잔해로 가득한 이 섬은 마치 파리의 베네치아***와도 같다. 증권거래소가 있는 부르스 광장은 시끌벅적하고 활기차고 타락한 곳이다. 그곳은 새벽 두시의 달빛 아래에서만 아름답다. 낮에는 파리의 축소판이요, 밤에는 그리스****를 꿈꾸게 한다. 트라베르시에르 생 토노레 가*****는 추악한 거리가 아닌가? 그곳에는 두 개의 십자형 창이 달린 기분 나쁜 작은 집들이 있는데, 층마다 악과 범죄와 가난이 우글거린다. 일 년 내내 서너 번밖에 해가 들지 않는, 북쪽으로 난 좁은 길들 안에서는 살인을 해도 아무런 벌을 받지

---

* 몽마르트르 가 꼭대기에는 「랑제 공작부인」에서 언급된 바 있는 아름다운 위제스 저택이 있었던 반면, 아래쪽 끝은 허름한 구역과 만난다. 1768년에 지어진 위제스 공작의 저택은 1870년 철거되었다.

** '라 페'는 프랑스어로 평화를 의미한다. (옮긴이)

*** 17세기에 생 루이 섬은 징세청부인의 저택이 많았던 지역으로 활기를 띠던 곳이었다. 그러나 발자크 시대에는 유행이 지나 노인들만 사는 곳이었다. 한때 호화로웠지만 19세기 당시에는 버려진, 징세청부인의 저택은 그 옆을 흐르는 강과 더불어 베네치아를 연상시켰다.

**** 1826년에 들어선 증권거래소는 18세기 건축가 브롱냐르가 설계했는데 이 건물의 주랑은 고대 신전의 주랑을 연상시킨다.

***** 당시 생 토노레 가와 리슐리외 가가 비스듬히 만나는 길이었다. 1867년 오페라 로가 만들어질 때 이 길이 없어지면서 지금은 짧은 길인 몰리에르 가만 남았다.

않는다. 오늘날 법원은 그런 일에 참견하지 않는다. 그러나 옛날 같았다면 아마도 고등법원이 치안감독관을 불러 그 사건과 관련해 그를 격렬하게 비난했을 것이다. 최소한 그 길에 대한 체포 명령이라도 내렸을 것이다. 가발을 쓰고 미사를 본 보베 수도회 참사회원을 징계했던 것처럼 말이다.* 그런가 하면 파리에 대한 연구서를 남긴 브누아스통 드 샤토뇌프** 씨는 그러한 길들이 사라지는 이유가 다른 길들의 경우보다 두 배는 더 많음을 증명했다. 한 가지 예를 들어 그 이론을 설명하자면, 프로망토 가***의 경우 살인 사건이 빈번히 발생할 뿐 아니라 방탕한 삶을 사는 사람들 역시 많지 않은가? 파리가 아닌 곳에서는 도저히 이해될 수 없는 이러한 관찰은 아마도 공부하는 사람, 사유하는 사람, 시와 쾌락을 추구하는 사람만이 할 수 있을 것이다. 언제든 담을 따라 한가로이 파리를 거닐면서 길거리에 떠다니는 쾌락덩어리를 수확할 수 있는 사람들, 그들에게는 파리가 가장 매력적인 괴물이다. 여기는 아름다운 여인인가 하면, 저기는 늙고 가난한 남자다. 여기는 마치 새로운 왕조의 화폐처럼 아주 새것인가 하면, 이쪽 구석은 유행을 따르는 여인처럼 우아하다. 완벽한 괴물이지 않

---

* 그러나 1685년 가발을 쓰고 미사를 본 성직자를 징계한 것은 고등법원이 아니라 교회의 참사회였다.

** 군대의 외과의사로 활동하다 훗날 경제학자가 되었으며 과학적인 통계에 관한 연구를 남겼다. 그중 특히 파리의 산업에 대한 흥미로운 묘사를 담은 『파리와 센강 유역 지역에 대한 통계 연구집』이 유명하다. 그러나 발자크가 파리의 위생에 대한 정보를 얻은 책은 빌레르메가 1822년과 1824년에 각각 출판한 두 권짜리 책 『파리에서의 탄생과 죽음에 관한 고찰』이었다.

*** 프로망토 혹은 프루아망토 가는 케 드 루브르에서 팔레 루아얄에 이르는 길이다. 이 길은 얼마 후 뮈제 가로 불리다가 1850년 루브르가 완성될 때 없어졌다.

은가!* 학문과 천재성으로 가득한 다락방이 머리에 해당된다면,** 낮은 층들은 포만감으로 행복한 위장에 해당되며, 상점들은 진정 발에 해당될 것이다. 분주히 걸어다니는 사람들, 바쁜 사람들이 그곳에서 나온다. 이 괴물은 항상 얼마나 활기찬 삶을 살고 있는가! 무도회의 마지막 마차가 파리라는 괴물의 심장 한가운데에서 멈추는 새벽 시간이 되기 무섭게 괴물의 팔에 해당되는, 외곽에 퍼져 있는 구역들은 벌써 슬금슬금 움직이기 시작한다. 집집마다 하품하듯 살짝 틈이 보이던 문들은 이제 활짝 열린다. 그 문들은 마치 수만 명의 남자 혹은 여자에게 보이지 않게 조종당하는 거대한 바닷가재의 점막과도 같다. 그 여자들, 그 남자들은 모두 여섯 평 남짓한 작은 공간에 산다. 그곳에는 부엌, 작업실, 침대 하나, 그리고 아이들이 있으며 정원도 있다. 실내가 어두워 잘 보이지 않지만 그들은 모든 것을 볼 수 있어야 한다. 서서히 문들이 열리면, 바닷가재의 관절이 움직일 때 나는 것 같은 으드득거리는 소리가 나고 여기저기에서 들려오는 웅성거림과 함께 거리는 시끄러워진다. 정오가 되면 거리는 활기를 띤다. 굴뚝에서 연기가 나고 파리라는 괴물은 먹어댄다. 그러고는 큰 소리로 떠든다. 이제 수천 개의 다리는 바쁘게 움직인다. 얼마나 근사한 광경인가! 그러나 오, 파리여! 너의 음침한 풍경, 어둠 사이로 살짝 비치는 빛, 깊고도 고요한 너의 막다른 골목들을 찬미해보지 않은 자, 밤 열두시와 새벽 두시 사이에 너의 웅성거림

---

* 이미 세바스티앙 메르시에가 『파리의 풍경』에서 파리를 괴물에 비유한 바 있다. 이후 많은 낭만주의자가 이 비유를 사용한다. 여기에서 괴물의 이미지는 동시에 거인의 이미지와 혼동된다. 거대한 도시를 바닷가재에 비유한 것은 새로운 것인데 그 이미지는 기계적 삶을 연상시킨다.

** 가난한 학생들과 예술가들은 흔히 고미다락에 살았다. (옮긴이)

을 들어보지 않은 자, 그들은 너의 진정한 시詩에 대해, 너의 기이할 정도로 몹시 상반된 두 얼굴에 대해 아무것도 알지 못한다. 하지만 극소수의 몇몇 애호가들은 파리를 음미하면서 절대로 아무 생각 없이 걷지 않으며, 파리의 생김새를 너무나 잘 알기에 무사마귀 하나도 부스럼 하나도 붉은 반점 하나도 다 가려낸다. 그 외의 사람들에게 파리는 늘 괴물 같으면서도 경이로운 그 무엇이요, 활동과 기계와 사유의 놀라운 집합체다. 또한 수십만 개의 소설이 탄생하는 도시요, 지성이 모여드는 세계의 머리다. 그러나 파리 애호가들에게 파리는 슬프거나 쾌활하고, 추하거나 아름다우며, 생명이 넘치거나 죽은 것과도 같다. 그들에게 파리는 하나의 창조물이다. 집의 부품 하나하나에 비유될 수 있는 파리 주민 한 사람 한 사람은 파리라는 이 고급 창부의 세포조직의 한 엽葉에 해당된다. 파리 애호가들은 이 고급 창부의 머리와 가슴과 변덕스러운 품행에 대해 잘 알고 있는 것이다. 그러니 그들은 파리의 연인이지 않은가. 어느 골목으로 들어서면 그들은 아무 생각 없이 고개를 든다. 그곳에는 반드시 시계가 걸려 있다는 사실을 잘 알기 때문이다. 그들은 담뱃갑이 빈 친구에게 이렇게 말한다. 여보게, 어떠어떠한 길로 가게나. 거기 예쁜 여자가 있는 빵집 가까이 가면 그 왼쪽에 담뱃가게가 있다네. 그런 시인들에게 파리를 여행하는 일은 비싼 값을 치러야 하는 호사다. 벽보가 잔뜩 붙어 있고 깨끗한 구석이라고는 찾아볼 수 없는, 그만큼 프랑스란 나라의 악습과 악행에 너그러운, 도시의 여왕이라 할 수 있는 변화무쌍한 파리 한복판에서 당신의 눈을 사로잡는 비극적 사건, 재앙, 이상한 사람, 생생한 사건 들을 마주하면 어떻게 몇 분의 시간을 낭비하지 않을 수 있겠는가! 파리 끝에 있는 동네로 가기 위해 아침 일찍 집을 나섰음에도 저녁 시간까지 파리 중심부를 떠나지 못했던 경험을 해보지 않은 사람이 어디 있겠는가? 그러니 파리 애호가들은 횡설수설한, 그러나 매우 유익하고 새로운 관찰을 통해 요약되는 이 초반부 이야기를 이해할 것이다. 사실 아무것도 새로울 게 없는 파리에서, 심지어 어제 새로 설치한 조각상이라 할지라도 그 위에 벌써 어떤 장난꾸러기가 낙서를 했기에 더이상 새롭지 않은 그런 파리에서, 어떤 새로운 관찰이 가능하다면 말이다. 자, 이제 본론으로 들어가보자. 파리에는 대부분의 사교계 사람들은 알지 못하는, 사교계에 속한 여성이라면 더없이 잔인하고 치욕적인 소문이 돌 위험을 감수하지 않고는 절대 갈 수 없는 거리와 막다른 골목, 그리고 집 들이 있다. 그녀가 부자고 마차를 소유하고 있음에도 파리의 이런 좁은 골목길을 걸어가고 있거나 변장을 하고 있다면, 그녀의 정숙함에 대한 평판은 위태로워질 수밖에 없다. 그런데 만일 그녀가 저녁 아홉시에 우연히 그곳에 갔다면, 그 광경을 목격한 자의 억측은 끔찍한 결과를 초래할 수도 있을 것이다. 게다가 그 여자가 젊고 아름답다면, 그리고 그런 길에 있는 집 안으로 들어간다면, 그 집에 길고 어둡고 축축하고 악취나는 통로가 있고 그 통로 끝에서 창백한 램프 빛이 깜빡거린다면, 그리고 이 불빛 밑으로 손은 말라빠지고 얼굴은 흉측한 어떤 늙은 여자가 모습을 드러낸다면, 젊고 아름다운 여자들을 향한 호기심의 제물이 되어 사실상 그녀는 끝장나버린다. 지인 중 하나가 그런 파리의 수렁에서 그녀를 만난다면, 그녀의 운명은 그곳에서 최초로 그녀를 목격한 그 남자에게 완전히 예속된다. 파리에는 그런 단순한 만남이 가장 끔찍한 드라마, 피와 사랑으로 얼룩진 드라마, 고전극에서는 볼 수 없는 근대적 경향의 드라마를 낳게 할 수 있는 거리가 있다. 불행히도 근대의 드라마와 마찬가지로 이런 확신, 이런 극적인 것을 이해할 수 있는 이는 소수에 지나지 않는다. 그러니 파리라는 지역 특유의 가치나 매력을 모르는 독자에게 이런 이야기를 하는 것은 유감스러운 일이다. 하지만 누군들 자기는 늘 이해받고 있다고 자신할 수 있을까? 우리는 모두 아무에게도 알려지지 않은 채 이름 없는 인간으로 살다 죽는다. 그것은 여자들이 하는 말이고 작가들이 하는 말이지만 말이다.

저녁 여덟시 반, 그 길에 외설적인 낙서가 없는 벽이 없던 시절, 솔리가 방향에 있는 파주뱅 가*에서였다. 솔리 가로 말할 것 같으면 파리에서 가장 좁을 뿐 아니라 도무지 다닐 수 없는 길이었다. 파리의 가장 황량한 길 중에서 그나마 어쩌다 한 번씩이라도 사람들이 왕래하는 길보다 더 다닐 수 없는 그런 길이었던 것이다. 이월 초, 지금으로부터 약 십삼 년 전**에 이 사건이 발생했다. 일생에 두 번 다시 일어나지 않을 우연에 의해 한 젊은이가 도보로 파주뱅 가 모퉁이를 돌고 있었다. 젊은이는 비외 오귀스탱 가***로 접어들기 위해 오른쪽으로 돌았는데 바로 거기에 솔리 가가 있었다. 부르봉 가****에 사는 그 젊은이는 무심하게 걷

---

* 빅투아르 광장에서 장 자크 루소 거리로 이어지는 길로 '쓰레기 거리' 혹은 '더러운 길'로 불렸던 길이다. 에티엔 마르셀 거리에 통로를 내면서 이 길은 사라졌다. 파주뱅 가와 나란히 있던 짧고 좁았던 솔리 가 역시 없어졌다.

** 즉 1820년. 그러나 오귀스트가 1820년 암살당한 베리 공작의 무도회에 참석한 사실을 고려할 때 1819년이 더 타당해 보인다.

*** 현재 아르구 가로 이어지는 에롤드 가에 해당된다.

**** 현재 릴 가에 해당된다. 이 길은 1792년까지 그리고 왕정복고 시절인 1815년에서 1830년까지 부르봉 가로 불렸다.

다가 몇 발자국 앞에 있는 여인을 보고는 그녀가 파리에서 가장 아름다운 어떤 여인과 희미하게나마 닮았음을 알아차렸다. 그녀는 그 누구보다 정숙하고 매력 있는 여인으로 그가 남몰래 열정적으로 사랑하던 이였다. 그러나 그것은 희망 없는 사랑이었다. 그녀는 결혼한 여자였던 것이다. 순간 그는 가슴이 뛰었다. 그의 횡격막은 견디기 힘들 만큼 뜨겁게 달아올라 그 열기가 온 혈관을 돌아다녔으며, 등골이 오싹해졌을 뿐 아니라 머리도 가볍게 떨렸다. 그는 젊고 사랑에 빠져 있었으며 파리에 대해 잘 알고 있었다. 그러니 그처럼 통찰력이 있는 자는, 매력 있고 부유한데다 젊고 아름다운 여인이 남의 눈을 피하는 걸음새로 그런 곳을 서성거릴 경우 있을 법한 온갖 추악한 행위를 떠올리지 않을 수 없었다. 그녀가 이 시간에 진창 같은 이런 더러운 길에 있다니! 그 젊은이가 근위대 기병 장교인 만큼 그가 그 여인에게 품은 사랑은 있을 수 없는 일처럼 보일 것이다. 만일 그가 보병대 병사였다면 그것은 훨씬 더 있을 법한 일로 보이리라. 그러나 기병대 고위 장교로서 그는, 정복에 있어 가장 빠르다고 자부하며 복장만큼이나 사랑의 품행도 단정하다고 자만하는 프랑스군에 속해 있었다. 하지만 이 장교의 열정적인 사랑은 진심이었다. 많은 젊은이에게 그러한 열정은 위대한 것이리라. 그는 그녀가 정숙했기에 그녀를 사랑했다. 마치 미지의 열정으로 소중한 보물을 사랑하듯이, 그는 그녀의 정숙함, 단정한 우아함, 위엄 있는 성스러운 분위기를 사랑했다. 중세 역사에서 피가 흥건한 폐허 한가운데 피어난 꽃처럼 진귀한 플라토닉한 사랑을 불러일으킬 만한 가치가 있는 여인, 젊은이의 모든 행위의 비밀스러운 원동력이 될 만한 가치가 있는 여인, 그녀는 그런 여인이었다. 푸른 하늘만큼 고귀하고 순수한 사랑, 희망 없는 사랑, 그러나 절대 배신하지 않기에 더욱 애착을 품게 되는 사랑, 특히 가슴이 불타고 상상력이 풍부한, 모든 것을 명확하게 보는 눈을 가진 젊은 나이이기에 더욱 억누를 수 없는 기쁨으로 넘치는 사랑이었다. 파리에는 이상하고 야릇한 상상을 초월하는 밤의 효과들이 있다. 그 효과들을 즐겨 관찰해본 사람만이 해질녘이 되면 여자들이 얼마나 불가사의한 존재가 되는지 알 수 있다. 우연히 혹은 의도적으로 어떤 여자를 따라가보면 그 여자가 아주 날씬해 보이는 일이 있다. 하얀 스타킹을 신은 덕분에 다리가 우아하고 아름답게 보이는 일도 있다. 숄을 둘렀든 털 달린 외투를 뒤집어썼든 간에 어둠 속에서 그녀의 몸매는 젊고 관능적으로 보인다. 상점이나 가로등의 흐릿한 불빛은 미지의 여인에게 순간적으로 빛을 비추지만 그 빛은 언제나 착각을 불러일으킨다. 그 빛은 상상력을 일깨우고 상상력에 불을 지피며 진실 너머로 상상력을 날려버린다. 그때 감각의 동요가 일어난다. 모든 것은 색조를 띠고 활기가 가득해진다. 그 여인은 완전히 새로운 모습을 띠게 되고 몸매는 더욱 아름다워진다. 어느 순간 그녀는 더이상 한 명의 여자가 아니라 엄청난 마력을 발휘해 당신을 점잖은 집으로 데려가는 악마, 도깨비불이다. 그 집에 사는 가엾은 부인네는, 당신의 위협적인 발소리나 울려퍼지는 당신의 장화 소리에 겁을 먹은 나머지 당신은 쳐다보지도 않은 채 대문을 닫아버린다. 구둣방 유리창에서 흘러나온, 너울거리는 희미한 불빛이 갑자기 젊은이 앞에 있던 그 여인의 허리, 바로 엉덩이가 시작되는 등허리 부분을 환하게 비추었다. 아! 확실하다. 저렇게 활처럼 휜 곡선의 허리를 가진 여자는 그녀밖에 없다! 본인은 의식하지 못한 채 가장 매력적인 형태의 아름다움을 돋보이게 하는 저렇듯 정숙한 발걸음의 비밀을 아는 여인은 그녀밖에 없다. 저것은 바로 그날 아침에 그녀가 두르고 있던 숄이고, 저것은 바로 그날 아침에 그녀가 쓰고 있던 비로드 모자가 아닌가. 잿빛 비단 스타킹에는 얼룩 하나 없고 신발에는 흙탕물 한 점 안 묻어 있었다. 가슴에 딱 달라붙은 숄로 인해 젊은이가 무도회에서 하얀 어깨를 본 적이 있는 그녀의 아름다운 몸의 윤곽이 희미하게나마 드러났다. 그는 그 숄이 감추고 있는 보물을 다 알고 있었던 것이다. 재치 있는 남자라면 어떤 파리 여인이 숄로 몸을 감싸는 방식이나 길거리에서 발을 들어올리는 방식만 보아도 그녀의 신비스러운 발걸음의 비밀을 간파할 수 있다. 그녀의 용모, 그녀의 발걸음에는 뭔지 모를 가벼운 떨림과 경쾌함이 있다. 그녀는 무게가 하나도 안 나가 보여서 걸어가고 있음에도 걷는다기보다는 마치 하나의 별처럼 천천히 흘러가는 것 같다. 아니, 옷의 움직임과 너울거림이 드러내는 어떤 생각에 실려 날아가는 것 같다. 젊은이는 발걸음을 빨리해 그 여인을 앞질렀다. 그러고는 그녀를 보기 위해 뒤돌아섰다…… 그런데 맙소사! 그녀는 격자창과 방울이 달린 문이 있는 한 골목길에서 사라져버렸다. '쾅' 하는 소리와 더불어 방울이 울리는 소리가 났다. 젊은이는 그곳으로 돌아와, 아까 그 여인이 골목 끝에서 늙은 문지기 여인의 지나치게 아첨 가득한 인사를 받으면서 입구가 유난히 밝게 빛나는 구불구불한 계단을 안달이 난 여자처럼 재빨리 신속하게 올라가는 모습을 보았다.

"무엇 때문에 저리도 급한 걸까?" 길 반대편 벽에 꼭 붙기 위해 뒤로 한걸음 물러난 젊은이는 그렇게 자문했다. 그러고 나서 이 가엾은 젊은이는 용의자를 찾는 경찰처럼 주의깊게 그 집의 각층을 바라보았다.

그 집은 파리에서 흔히 볼 수 있는 수천 개의 집 중 하나로 더럽고 보잘것없으며, 좁고 누런 색조를 띠고 있었고, 각층에 세 개의 창문이 달려 있는 오층짜리 건물이었다. 일층의 가게와 중이층은 구둣방에 속해 있었다. 이층의 겉창들은 닫혀 있었다. 여인은 어디로 간 것일까? 젊은이는 삼층 아파트에서 종소리가 나는 것을 들었다고 생각했다. 실제로 환하게 밝혀진 십자형 유리창이 두 개 있는 방에서 불빛이 흔들리더니 갑자기 세번째 창문에 불이 들어왔다. 세번째 창이 위치한 컴컴했던 그 방은 아마도 그 아파트의 살롱이거나 식당이리라. 곧이어 여성용 모자의 윤곽이 희미하게 나타났고, 문이 닫혔으며, 방이 다시 어두워졌다. 그러고 나서 두 개의 십자형 유리창은 붉은색을 띠었다. 그때 젊은이는 "조심해"라는 말을 들었고 어깨에 타격을 입었다.

"도무지 조심할 줄 모르는구먼!" 하는 굵은 목소리가 들렸다. 어깨에 기다란 널빤지를 멘 어떤 일꾼의 목소리였다. 그 일꾼은 지나갔다. 이 호기심 많은 젊은이에게 "왜 남의 일에 상관인가? 네 일이나 생각해. 그리고 파리 사람들이 무슨 짓을 하든 참견 말고 내버려둬"라고 말하는 그 일꾼은 바로 신의 섭리를 전달하는 자이리라.

젊은이는 팔짱을 꼈다. 아무도 보는 사람이 없었기에 두 뺨으로 흘러내리는 눈물을 닦지도 않았다. 그것은 분노의 눈물이었다. 불 켜진 두 개의 창문에서 흔들리는 그림자들을 보는 것이 그는 몹시 고통스러웠다. 그는 무심코 경사진 비외 오귀스탱 가의 위쪽 길을 바라보았다. 그러고는 집의 대문도 가게의 불빛도 없는 곳에 벽을 따라 서 있는 마차 한 대를 보았다.

그녀인가? 그녀가 아닌가? 사랑에 빠진 남자에게는 죽느냐 사느냐의 문제였다. 그래서 그는 기다렸다. 그곳에 서 있던 이십 분이 그에게는 한 세기만큼이나 길게 느껴졌다. 드디어 그 여인이 내려왔다. 그리고 그는 남몰래 사랑했던 바로 그 여자를 알아보았다. 그럼에도 그는 여전히 믿고 싶지 않았다. 낯설기만 한 여인은 마차가 있는 쪽으로 가서 마차에 올랐다.

"저 집은 늘 여기 있을 테니, 언제고 다시 와서 뒤질 수 있어." 젊은이는 이렇게 혼잣말을 했다. 그는 마지막 의혹을 없애기 위해 마차를 따라 뛰었다. 그리고 곧 더이상 의심하지 않게 되었다.

마차는 리슐리외 가에 있는 꽃집* 앞에서 멈추었다. 메나르 가** 근처였다. 여인은 마차에서 내렸고 꽃집으로 들어가 마부에게 줄 돈을 보냈으며 황새 꽁지깃을 고른 후 가게에서 나왔다. 어두운 색을 띤 머리에 황새 꽁지깃이라니! 갈색 머리의 그녀는 잘 어울리는지 보기 위해 깃을 머리에 가까이 대보았다. 장교는 그녀와 꽃집 주인 여자가 나누는 대화가 들리는 듯했다.

"부인, 이것만큼 갈색 머리에 더 잘 어울리는 건 없습니다. 갈색 머리 여자들은 얼굴선이 너무 뚜렷한 경향이 있지요. 황새 꽁지깃 머리장식은 얼굴선을 부드럽게 보이게 해준답니다. 갈색 머리 여인들에게 부족한 면이지요. 랑제 공작부인***은 그것이 부인들에게 무엇인가 모호한 느낌을 주면서 낭만적으로 보이게 한다고, 그래서 아주 품위 있어 보이게

---

* 여성의 장식품도 파는 이 가게는 베리 공작부인과 오를레앙 공이 단골이었던 리슐리외 가 76번지에 있던 나티에 꽃집일 것이다.

** 리슐리외 가에서 카트르 셉탕브르 가로 이어지는 거리. 발자크 시대에는 바로 이 길에 증권중매인 경영자 조합이 있었다.

*** '13인당 이야기' 두번째 에피소드에 나오는 주인공.

한다고 하더군요."

"좋아요. 바로 보내주세요."

그렇게 말하고 나서 그 여인은 메나르 가 쪽으로 재빨리 돌아 자기 집으로 들어갔다. 그녀가 사는 저택의 문이 닫히자 사랑에 빠진 젊은이는 모든 희망을 잃었다. 뿐만 아니라 그가 가장 소중하게 생각했던 그녀에 대한 믿음도 사라져버렸다. 이처럼 이중으로 불행해진 그는 술 취한 사람처럼 파리를 헤매고 다녔다. 얼마 후 그는 어떻게 갔는지도 모르게 자기 집으로 들어갔다. 집에 들어가자 그는 소파에 몸을 던지고 두 손으로 머리를 감싼 채 벽난로 장작 받침쇠에 발을 대고 젖은 장화를 말렸다. 아니 장화를 거의 태우다시피 했다. 끔찍한 순간이었다. 인생에서 성격이 바뀌어버리는 순간, 가장 훌륭한 사람이라 할지라도 자신의 첫번째 행위가 행복을 가져다주었느냐 불행을 초래했느냐에 따라 삶의 태도가 결정되는 그런 기막힌 순간 중 하나였다. 신의 섭리인가 운명인가? 그 둘 중 무엇이라 생각하는가. 독자가 선택할지어다.

그 젊은이는 좋은 집안 출신이었다. 그렇다고 그 집안이 그리 유서 깊은 가문이었던 것은 아니다. 하기야 오늘날 진짜 오래된 가문은 얼마 없으니 모든 젊은이는 의심의 여지 없이 다 유서 깊은 가문에 속하리라. 그의 조부는 돈을 주고 파리 고등법원 판사직을 산 후 고등법원장까지 지냈다. 많은 재산을 소유한 그의 아들들은 모두 군에 들어갔고 결혼을 통해 궁정 귀족이 되었다. 대혁명 때 이 집안은 몰락했다. 그러나 재산을 상속받은 고집 센 노부인 하나가 망명을 거부하고 감옥에 가서 죽을 고비를 넘긴 후 로베스피에르가 실각한 열월熱月 9일*에 출옥하여 재산을 되찾았다. 그녀는 적당한 시기인 1804년경에 샤르보농 드 몰랭쿠르 가문의 유일한 혈육인 손자 오귀스트 드 몰랭쿠르를 불러들였다. 그러고는 어머니의 사랑을 주었고, 귀족사회의 예절을 가르쳤으며, 남편에게 물려받은 막대한 재산을 모두 그에게 상속하고자 했다. 왕정복고 시절이 오자 당시 열여덟 살이었던 젊은이는 붉은 제복을 입는 근위대 소속 부대로 들어갔고, 왕자들을 따라 겐트**로 갔으며, 근위대 장교가 된 후 전선에 파견되었다가 다시 근위대로 불려갔다. 스물세 살에 그는 근위대 기병 중대장이 되었다. 늙은 나이에도 여전히 사교계의 생리에 훤한 할머니 덕분에, 그는 그런 대단한 지위에 오를 수 있었다. 이러한 이중적 전기는, 약간의 차이는 있을지라도, 빚과 재산이 있고, 유산을 남겨줄 친척과 능란한 사교술을 가진 모든 망명 귀족 집안들의 일반적이면서도 특별한 이야기를 요약한다. 몰랭쿠르 남작부인은 몰타기사단***의 기사였던 파미에 주교 대리와 가까운 친구 사이였다. 육십 년이 넘는 관계에 바탕을 둔 그들의 우정은 그 누구도 그 무엇으로도 막을 수 없는 영원한 것이었다. 그러한 관계의 이면에는 항상 인간의 마음에 존재하는 비밀이 있기 때문이다. 시간만 있다면 그것을 추측해보는 것도 멋진 일이겠지만 스무 줄로 설명하는 것은 무의미하다. 그들의 비밀스러운 관계에 대해서는, 젊은이들 사이에 화제가 되어 젊은이들이 정작 책은 읽지도 않은 채 종종 그 책에 대해 왈가왈부하는

---

* 열월파(테르미도르파)의 쿠데타로 로베스피에르가 실각하고 체포된 날.

** 나폴레옹의 백일천하(1815) 동안 루이 18세는 지지자들과 함께 벨기에 플랑드르 지방의 겐트로 도피한 바 있다. (옮긴이)

*** 성지 순례자를 돌봐주기 위해 생긴 의료봉사 단체. 수도회. 중세 십자군전쟁 시절 병사들을 치료해주고 가난한 사람들을 돌보는 기능을 함. (옮긴이)

『킬르린가의 어른』*같이 재미없는 네 권짜리 책을 쓸 수도 있을 것이다. 오귀스트 드 몰랭쿠르는 이렇듯 할머니와 주교 대리의 후광으로 인해 생 제르맹 사교계와 밀접히 연관되어 있었다. 그가 클로비스왕** 시절로 거슬러올라가는 유서 깊은 가문 출신임을 주장하는 사람들과 동일한 태도와 견해를 취하는 데는 두 세기에 걸친 가문의 역사만으로도 충분했다. 창백하고, 키가 크고, 가늘고 호리호리하면서 약해 보이는 이 젊은이는 가타부타 망설임 없이 결투에 응하는 진정한 용기를 지녔을 만큼 명예를 존중하는 청년이었다. 그는 아직 전쟁터에 나간 적이 없었지만 가슴에는 레지옹 도뇌르 훈장을 달고 있었다. 보다시피 바로 이것이 왕정복고 시절의 생생한 과오 중 하나다.*** 그래도 이것은 그나마 용서해줄 만한 과오에 속한다. 그 시절의 젊은이들은 여느 시대의 젊은이들과 달랐다. 그들은 나폴레옹 제정 시대의 추억과 망명 시절의 추억 사이에서, 궁정의 오랜 전통과 부르주아의 성실한 교육 사이에서, 종교와 가면무도회 사이에서, 두 개의 상이한 정치적 신념 사이에서, 현재만을 보는 루이 18세와 지나치게 앞만 바라보는 샤를 10세 사이에서 젊은 시절을 보냈다. 그들은 왕정이 잘못하고 있음에도 왕의 의사를 존중해야만 했다. 모든 것이 불확실한 젊은이들, 맹목적이고 명민한 이 젊은이들은 모든 권력을 허약한 손 안에 움켜쥔 질투심 많은 늙은이들 때문에 아무것도 할 수 없었다. 그들이 물러나고 젊은 프랑스가 등장했

* 아베 프레보의 교훈소설. 미완성인 채로 1735년과 1740년 사이에 여섯 권이 출판됨.

** 프랑크왕국의 초대 국왕. 프랑크족을 통합해 프랑크왕국을 수립했고 로마가톨릭으로 개종해 로마교황과 우호적인 관계를 유지했다. (옮긴이)

*** 레지옹 도뇌르 훈장을 제정한 사람이 나폴레옹이기 때문이다. (옮긴이)

다면 군주제는 망하지 않고 존속될 수 있었으리라. 그러나 늙은 순리론자들, 그러니까 왕정복고 때 돌아온 망명 귀족들은 여전히 젊은이들을 무시하고 있지 않은가. 오귀스트 드 몰랭쿠르는 당시 젊은이들을 짓눌렀던 여러 관념의 폐해를 보여주는 이 중 하나였다. 그 이유는 다음과 같다. 당시 예순일곱 살이었던 주교 대리는 고령에도 불구하고 여전히 재치 있는 사람이었다. 그는 많은 것을 보고 온갖 것을 경험했으며, 화술이 좋고 명예를 아는 세련된 남자였다. 그러나 여자 문제에 관해서는 지독히 평판이 나빴다. 그는 여자를 사랑하는 동시에 경멸했다. 여자의 명예? 여자의 감정? 그따위는 시시하고 하찮으며 유치한 것일 뿐이었다. 이 나쁜 남자는 여자들 옆에 있을 때는 여자들을 신뢰하고, 여자들의 의견에 절대적으로 동의하면서 여자들을 치켜세웠다. 그러나 친구들끼리 여자 이야기를 할 때면 이 주교 대리는 모든 젊은이는 여자를 속이거나 한꺼번에 여러 여자와 바람을 피우는 데에만 몰두해야 한다고 주장했다. 국가의 중요한 일에 관여하고자 하면 오히려 일을 그르치곤 했기 때문이다. 이렇게 시대착오적인 인물을 묘사해야 하는 것은 유감스러운 일이다. 그런 인물은 도처에 있지 않던가? 또한 문학적인 관점에서 그런 인물은 나폴레옹 제정 당시의 정예병만큼이나 진부하지 않은가? 그러나 주교 대리는 몰랭쿠르 씨의 운명에 큰 영향을 끼쳤기에 그럴 필요가 있다. 그는 자신의 방식대로 그 젊은이를 교화했고 여자에게 환심을 사려는 세련된 태도가 중요시되었던 위대한 시기의 교리를 따르게 했다. 한편 다정하고 신앙심이 깊었으며 우아함과 온화함의 전형인 노부인은, 주교 대리와 신 사이에 자리한 채 고상한 취향을 고집하면서, 손자에게 인생에 대한 환상을 갖게 해주고 싶었다. 결국 고상한 취향만이 모든 것을 물리칠 수 있을 테니 말이다. 그리고 가장 훌륭한 원칙에 따라 그를 양육했다. 그녀는 자신의 섬세함을 물려줌으로써 그를 남 보기에 진짜 바보로 보일 정도로 수줍은 청년으로 만들었다. 순수하게 간직된 그 소년의 감수성은 외관상으로도 변하지 않았으며 지나치리만큼 수줍고 예민한 채로 남아 있어서 사교계 인사들은 아무렇지도 않게 생각할 행동이나 말에도 그는 강한 모욕감을 느끼곤 했다. 자신의 예민한 성격이 수치스러웠던 그는 자신감이 넘치는 양 행동함으로써 그 성격을 감추곤 했다. 그러나 그는 남몰래 고통스러워했다. 혼자 있을 때는 찬미의 대상이었던 것을 남들과 함께 있을 때는 억지로 비웃는 척하기도 했다. 그러니 실수할 수밖에. 감미로운 우수에 젖어 있곤 하던 그가, 사랑에 있어 정신주의자인 그가, 변덕스럽기만 한 운명의 장난으로 인해 첫사랑의 대상으로 독일식의 감상적 사랑*은 딱 질색이었던 여인을 만났으니 말이다. 그 젊은이는 자기 자신을 믿지 않았고 몽상적이 되었다. 그리고 자신이 이해받지 못함을 한탄하면서 슬픔에 빠졌다. 그러고는 가질 수 없는 것을 더욱더 강렬히 가지고 싶어하듯, 계속해서 특유의 다정함과 여자들만이 그 비밀을 알고 전매특허로 삼고자 하는 고양이 같은 예민함을 가지고 여인들을 사랑했다. 그런데 여자들은 남자들에게 사랑받지 못한다고 불평하면서도 반쯤 여성적인 영혼을 지닌 남자들에게는 관심이 없다. 여성의 우월성은 남자로 하여금 사랑에서 남자가 여자보다 열등하다는 것을 믿게 하는 데 있다. 따라서 여자들은 그릇된 질투라는 감미로운 감정, 헛된 희망에 대한 불

* 감정에만 충실한 플라토닉한 사랑을 독일식 사랑이라 불렀다. 소설의 뒷부분에 이르면 여기서 말하는 부인은 세리지 백작부인임이 밝혀질 것이다.

안, 기약 없는 기다림 등 여자들에게 닥치는, 그러나 늘 그 속에 빠져 있고 싶은 고통을 다 없애줄 만큼 뭘 모르는 남자에게는 매력을 느끼지 못한 채 기꺼이 그 애인을 떠난다. 여자들은 그랜디슨* 같은 완벽한 남자는 딱 질색인 것이다. 안정되고 완전한 사랑만큼 여성의 본능과 대립되는 것이 또 있을까? 여자들은 격정적인 감정을 원한다. 그들에게 폭풍우 없는 행복은 행복이 아니다. 무한한 사랑을 믿을 만큼 강력한 영혼을 지닌 여자는 더할 나위 없이 예외적인 존재이며, 남자들 중에 천재성을 가진 자가 드물듯 여자들 중에서 그런 여자를 찾아보기는 힘들다. 걸작이 그러하듯 위대한 열정은 드물게 존재한다. 어쩌다 있을까 말까 하는 열정적 사랑을 제외하면 모두가 정략적 합의, 무시해도 상관없을 만큼의 일시적인 흥분, 그런 것들뿐이다. 모든 하찮은 것이 그러하듯이.

마음에 참담한 상처를 입은 것을 감춘 채 자신을 이해해줄 여인을 찾던 중—말이 났으니 말이지만 그러한 여인을 찾는 일은 우리 시대의 사랑에 대한 극도의 광기를 보여준다—오귀스트는 자신이 주로 왕래하던 곳과는 아주 다른 사교계, 즉 은행이 최고의 지위에 있고 돈이 지배하는 새로운 세상에서 완벽한 여인을 만났다. 그녀는 뭐라 말할 수 없는 성스러움과 신성함을 지니고 있었으며, 너무나도 존경심을 불러일으키기에 사랑을 고백하기 위해서는 아주 오랫동안 친교를 나누어야만 할 것 같은 여인이었다. 그리하여 오귀스트는 가장 감동적이고 가장 심오한 열정이 주는 감미로움과 찬미로 가득한 사랑에 완전히 빠져

---

* 1753년 새뮤얼 리처드슨이 발표한 서간체 소설 『찰스 그랜디슨 경』의 주인공 그랜디슨 경은 완벽한 미덕의 화신이다.

버렸다. 그것은 그동안 셀 수도 없을 만큼 여러 번 억압되었던 욕망이고, 그 무엇과도 비교할 수 없을 만큼 너무나 막연하고 너무나 심오하고 너무나 순간적이며 너무나도 경이로운 열정의 미묘한 변주였다. 그 변주는 향수, 구름, 햇살, 그림자를 닮았다. 그것은 또한 가슴속에 긴 여운을 남기면서 순간적으로 빛을 발하다가는 곧 사라져버리고 다시 활기를 띠다가도 죽어버리는, 자연에 존재하는 그 모든 것과도 닮았다. 아직 우수의 감정과 미래에 대한 희망을 간직할 수 있을 만큼 젊은 나이에는, 여인에게서 여인 이상의 것을 발견할 줄 아는 그런 시절에는, 격렬한 사랑의 행위에 따르는 행복보다 하얀 장갑을 만지고 머리카락을 스치고 한마디의 말을 듣고 눈길 한 번 보내는 데 더욱더 큰 즐거움을 느낄 만큼 사랑하는 것이 더 큰 행복이 아닐까? 따라서 거절당한 남자들, 못생긴 여자들, 불행한 사람들, 짝사랑하는 연인들, 수줍어 아무 말도 못하는 사람들, 그런 사람들만이 사랑하는 사람의 목소리가 지니는 소중한 가치를 안다. 열이 가득한 공기의 떨림은 영혼으로부터 그 원리와 원칙을 끌어냄으로써 너무도 강렬하게 그 목소리를 듣는 사람의 가슴에 와닿고, 너무도 명철한 사유를 전달한다. 또한 그 목소리는 한 치의 거짓도 없기에, 그 음색이 조금만 변해도 모든 것은 달라진다. 감미로운 목소리의 조화로운 음색은 시인의 가슴에 얼마나 큰 기쁨을 부여하는가! 그 목소리는 얼마나 많은 생각을 일깨우는가! 얼마나 신선한 기운을 퍼뜨리는가! 사랑은 시선으로 고백하기 이전에 목소리에 담긴다. 사랑에 빠진 이들이 흔히 그러하듯 사랑 때문에 시인이 된 오귀스트는(느끼기에 시인인 이가 있고 표현하기에 시인인 이가 있다. 하지만 사랑을 느끼기에 시인인 이가 가장 행복하리라) 그토록 크고 풍부한 원초적 행복감을 만끽했었다. 그녀는 더없이 교활한 여인이 마음껏 속이기 위해 탐낼 만한 목소리, 듣는 사람을 최고로 기분좋게 할 목소리를 가지고 있었다. 그녀의 목소리는 그렇게 은방울처럼 맑았다. 듣기에 감미로운 그 목소리는, 그 목소리에 가슴이 흥분되고 동요되는 남자, 그리고 그 목소리가 가만히 감싸안을 때 가슴이 뛰는 남자, 그런 남자의 가슴에만 깊은 울림을 준다. 그런데 바로 그 여인이 저녁에 파주뱅 가 옆, 솔리 가에 갔다. 점잖지 못한 집에 그녀가 한순간 나타난 일은 가장 열정적인 그의 마음을 산산조각내고 말았다. 주교 대리의 논리가 맞았다.

"만약 그녀가 남편을 배신한 것이라면, 내가 복수해주리라." 오귀스트는 말했다.

'만약……'이라는 말에는 그래도 아직 사랑이 남아 있었다. 데카르트식의 철학적 의심은 일종의 예의인데, 그 예의에 따라 여성의 미덕은 존중되어야 한다. 열시를 가리키는 종이 울렸다. 그 순간 몰랭쿠르 남작에게는 그 여인이 무도회에 갈 시간이라는 생각이 떠올랐다. 그 무도회가 열리는 곳은 그에게도 출입이 허락된 집이었다. 그는 서둘러 옷을 입고 무도회장으로 갔다. 그리고 겉으로는 드러내지 않은 채 은밀히 그녀를 찾았다. 그가 어찌나 분주해 보였던지 뉘싱겐 부인은 그에게 이렇게 말했다. "쥘 부인이 보이지 않죠? 아직 오지 않았답니다." 바로 그때 "안녕하세요, 부인" 하는 목소리가 들렸다.

오귀스트와 뉘싱겐 부인은 뒤를 돌아보았다. 쥘 부인은 단순하면서도 고상한 하얀 옷을 입고, 젊은 남작이 꽃집에서 봤던 바로 그 황새 꽁지깃 장식을 머리에 달고 나타났다. 사랑이 가득한 그 목소리는 오귀스트의 가슴을 찔렀다. 그녀에 대해 질투심을 부릴 수 있는 최소한의 권리라도 획득할 수 있었더라면, 그는 '솔리 가!'라고 외치면서 그녀를 망연자실하게 할 수도 있었을 것이다. 그러나 그녀와 아무 상관도 없는 그가 쥘 부인의 귀에다 수천 번 그 말을 반복한들 무슨 소용이 있겠는가. 그녀는 놀란 표정으로 그게 무슨 소리냐고 되물을 테니 말이다. 그는 바보 같은 표정으로 그녀를 바라볼 뿐이었다.

모든 것을 비웃기 좋아하는 고약한 사람들에게는 한 여인의 비밀을 안다는 것, 그녀의 순결이 거짓이며 차분한 그녀의 얼굴 밑에는 깊은 심계가 감춰져 있다는 것, 그리고 순수한 그녀의 이마 밑에는 끔찍한 드라마가 숨어 있다는 사실을 아는 것이 대단한 즐거움이리라. 그러나 그런 광경을 보고 진심으로 슬퍼하는 영혼도 있다. 그런 영혼을 비웃는 사람 중에서도 많은 이가, 집에 돌아가 혼자 양심과 마주할 때면 사교계를 저주하고 그런 여인을 경멸한다. 쥘 부인 앞에서 오귀스트 드 몰랭쿠르가 바로 그랬다. 얼마나 웃기는 상황인가! 그들 사이에는 한 계절에 일고여덟 번 정도 인사말을 나눌 정도의 친분밖에 없었다. 그런데 그는 그녀의 비밀스러운 행복에 대한 해명을 요구하고 있을 뿐 아니라 그녀를 단죄하고 있는 것이다. 그 사실을 알리지도 않은 채 말이다.

많은 젊은이가 종종 그렇게 혼자서 짝사랑한 여자에게 영원히 작별을 고하고는 절망에 빠져 집으로 돌아간다. 남몰래 그녀를 단죄하고 그녀를 경멸하면서. 그것은 아무도 알지 못할 독백이요, 아무도 없는 누추한 방의 벽에 대고 하는 말이며, 가슴속에서 나오지도 못한 채 일어났다가 사라져버리는 폭풍우이며, 정신세계의 놀라운 풍경이다. 그 광경을 묘사하려면 화가가 필요하리라. 쥘 부인은 살롱을 한 바퀴 도는 남편을 내버려두고 자리에 앉으러 갔다. 그녀는 앉아 있을 때에도 별로 편해 보이지 않았을뿐더러 옆자리의 여자와 대화를 하면서도 뉘싱겐 남작의 증권중매인인 남편 쥘 데마레에게 남몰래 시선을 보내곤 했다. 그들 부부의 이야기는 다음과 같다.

증권중매인 사무소에서 일하던 데마레 씨는 결혼하기 오 년 전만 해도 전 재산이라야 사무원의 빈약한 월급뿐이었던 사람이다. 그러나 그는 불행으로 삶의 이치를 빨리 터득하고서, 부지런한 벌레들처럼 보금자리로 돌아가기 위해 집요하게 앞만 보고 가는 부류의 사람이었다. 그는 난관에 처하면 꼼짝 않고 죽은 척하는가 하면, 문지기의 끈기를 가지고 나름대로 인내심이 많다는 다른 사람들을 다 질리게 하는 고집불통의 못 말리는 젊은이 중 하나였다. 젊었던 그는 가난한 사람들이 지니는 모든 공화주의적 미덕을 다 가지고 있었다. 그는 검소했고 시간을 아꼈으며 쾌락을 멀리했다. 그는 기다렸다. 게다가 그는 호감이 가는 매력적인 외모를 타고났다. 편안하고 순수해 보이는 이마, 온화하지만 활력이 넘치는 얼굴선, 꾸밈없는 태도, 이 모든 것은 그가 부지런하면서도 욕심 없는 사람이며, 자존심과 품격을 지닌 자일 뿐 아니라 어떤 상황에 처하든 절대 굴복하지 않으면서도 드러내놓고 그것을 표현하지 않는 고매한 인격의 소유자임을 말해주었다. 그의 겸손함은 그를 아는 모든 사람들로부터 일종의 존경심을 불러일으켰다. 게다가 파리 한가운데에 살면서도 늘 혼자였기에, 아주 간혹 어쩌다 파티가 있는 날 사장의 거실을 지나면서 사교계를 잠깐잠깐 볼 뿐이었다. 그렇게 사는 대부분의 사람들처럼 이 젊은이에게는 심오한 열정이 있었다. 그것은 웬만한 사건에는 절대 휘말리지 않을 거대한 열정이었다. 재산이 별로 없었던 그는 금욕적인 생활을 할 수밖에 없었고, 오로지 공부를 통해 자신의 열망을 다스렸다. 숫자에 몰두하는 일을 마친 후 휴식을 취할 때조차 여러 분야의 지식을 탐구했다. 그것은 오늘날 사교계에서, 사업에서, 변호사 업계에서, 정치에서, 그리고 문단에서 두각을 나타내고자 하는 모든 남자에게 필요한 것이었다. 그런데 그런 아름다운 영혼을 지닌 사람들이 마주치게 되는 유일한 암초는 바로 그 정직성에 있다. 그들은 가난한 여인을 보고는 사랑에 빠져 결혼한다. 그러고는 사랑과 가난 사이에서 몸부림치다 인생을 망친다. 가장 고귀한 야망은 생계비를 적는 가계부 속에서 사그라져버린다. 쥘 데마레는 바로 이러한 함정에 완전히 빠졌다. 어느 날 저녁, 그는 사장의 집에서 뛰어난 미모의 여인을 보았다. 사랑을 해본 적 없이 오로지 일만 하면서 아름다운 청춘을 다 보내버린 불쌍한 남자들만이 열정으로 갑작스레 황폐해진 마음의 비밀을 안다. 격렬한 열정은 아무에게도 인정받지 못한 채 메말라버린 마음을 순식간에 피폐하게 만들어버리는 것이다. 그들은 자신의 사랑에 대해 너무나 확신하고, 반해버린 여인에게 모든 에너지를 너무도 빨리 집중하기에, 정작 사랑하는 여인 곁에서는 아무 말도 하지 못한 채 자기 혼자 감미로운 감정에 빠져버린다. 열정으로 몸이 굳어버렸음을 알아차릴 수 있는 여인에게, 그리고 그들에게 가해진 타격이 너무 커서 제자리로 돌아오기에는 얼마간 시간이 필요하다는 사실을 간파할 줄 아는 여인에게 그런 상황은 자기애를 만족시켜줄 더없이 기분좋은 상황이리라. 파리 한가운데에 있는 수도자라 할 수 있는 이 불쌍한 남자들은 수도자들처럼 혼자서 나름의 향락을 즐긴다. 또한 종종 스스로의 유혹에 넘어가기도 한다. 그러나 대부분의 경우 그들은 속거나, 배신당하거나, 오해를 받는다. 그들에게는 하늘에서 떨어진 꽃처럼 보이는 사랑의 달콤한 열매를 따먹는 일이 거의 허락되지 않는다. 그런데 쥘 데마레는 그 여인이 보낸 단 한 번의 미소와 단 한 번의 다정한 목소리만으로 끝없는 열정을 품게 되었다. 다행히도 비밀스러운 열정의 불꽃은 그 열정을 불러일으킨 여인에게 있는 그대로 전해졌다. 그리하여 두 사람은 세심한 마음으로 성실하게 서로를 사랑했다. 그 모든 상황을 한마디로 표현하자면, 두 사람은 넋을 잃고 그들을 바라보며 길을 내주는 인파 사이를 헤치고 가는 어린 오누이처럼 사람들 앞에서 부끄러워하지 않고 손을 꼭 잡고 있었다. 그런데 그 젊은 여인은 이기적인 어른들이 아무 생각 없이 저지른 행위의 결과로 생겨난 아이들이 겪게 되는 곤란한 상황에 처해 있었다. 그녀에게는 호적이 없었다. 클레망스라는 이름도 나이도 공공 신원확인서에 따른 것이었다. 재산도 별것 없었다. 그녀의 불행을 들은 쥘 데마레는 세상에서 가장 행복한 남자였다. 클레망스가 부유한 집안 출신이었다면 그녀를 얻을 수 없어 절망했을 터였다. 그러나 그녀는 격정적 열정으로 인한 불륜의 열매, 사랑으로 태어난 불쌍한 아이였던 것이다. 그들은 결혼했다. 그때부터 쥘 데마레에게는 행복한 사건이 연달아 발생하기 시작했다. 사람들은 그의 행보를 부러워했다. 그를 질투하는 사람들은 그가 덕을 베풀지도 용기 있는 행동을 하지도 않았음에도 행복을 누리고 있다며 그를 비난했다. 결혼 후 며칠이 지났을 때, 사교계에는 클레망스의 대모로 알려진 그녀의 어머니가 쥘 데마레에게 필요한 자금을 대줄 테니 증권중매인 직책을 사라고 말했다. 그때까지만 해도 큰돈을 주지 않고도 그런 직책을 살 수 있었다. 그날 저녁, 그의 사장인 증권중매인의 거실에서 한 부유한 자본가가 그 귀부인의 추천에 따라 쥘 데마레에게 더없이 유리한 조건의 거래를 제안했고, 증권중매인의 권리 양도증서를 사는 데 필요한 충분한 자금을 주었다. 그리고 다음날 일개 사무원이었던 그 행복한 사내는 사장의 직책을 샀다. 사 년 만에 쥘 데마레는 그 회사에서 가장 큰 부자 중 하나가 되었다. 그에게는 전임자가 물려준 고객과 더불어 새로운 고객이 수없이 늘어났다. 그는 고객에게 무한한 신뢰감을 불러일으켰다. 그는 일이 잘 풀려나간 데는 장모 혹은 그가 신의 섭리로 간주했던 비밀스러운 보호자의 보이지 않는 도움이 있었음을 부인할 수 없었다. 삼 년 뒤 클레망스는 대모를 잃었다. 그때 쥘 씨는 약 20만 리브르에 달하는 연금을 가진 자산가가 되어 있었다. 파리에서 공증인으로 자리잡은 그의 형과 구분하기 위해 사람들은 그를 쥘 씨라고 불렀다. 일찍이 이들만큼 행복한 부부는 파리에 없었다. 오 년 동안 이 예외적인 사랑은 중상모략으로 딱 한 번 위기에 처한 적이 있었다. 그러나 쥘 씨는 그런 험담을 퍼뜨리고 다닌 이에게 단단히 복수했다. 쥘 씨의 옛 동료 중 하나였던 그는 쥘 데마레가 부인 덕분에 재산을 축적할 수 있었다고 주장했다. 다시 말해 고위층의 비호가 있었기 때문인데, 그러기 위해서 비싼 값을 치렀다는 것이다. 중상모략을 했던 옛 동료는 결투에서 죽었다. 결혼 후에도 변치 않았던 두 사람의 서로에 대한 깊은 사랑은 여러 여자를 화나게 했지만, 사교계에서 최고의 상찬을 받았다. 사랑스러운 이들 부부는 사람들로부터 존경과 축하를 받았다. 사람들은 진심으로 쥘 부부를 좋아했다. 아마도 행복한 사람들을 보는 것보다 더 즐거운 일은 없기 때문이리라. 그러나 그들은 절대 파티 장소에 오래 머무르는 적이 없었다. 마치 두 마리의 길 잃은 비둘기처럼 부지런히 날갯짓을 하면서 한시라도 빨리 자신들의 보금자리로 돌아가기 위해 그곳을 빠져나갔던 것이다. 게다가 그 보금자리는 메나르 가에 있는 크고 아름다운 저택이었다. 저택은 금융업에 종사하는 사람들이 관례적으로 해온 대로 수많은 호사품들로 꾸며져 있었지만, 뛰어난 예술적 감각 덕에 지나치게 사치스러워 보이지 않았다. 사교계의 일원으로 지켜야 할 의무가 취향에 맞지 않았음에도, 쥘 부부는 그곳에서 근사하게 사람들을 맞이하곤 했다. 어쨌든 쥘 씨는 사교계 생활을 잘 견뎌내고 있었다. 왜냐하면 언제가 되었건 가문을 지키려면 사교계가 필요하기 때문이다. 그러나 사교계에서 그와 그의 부인은 항상 폭풍우가 몰아치는 가운데 있는 온실 속 식물 같았다. 천성적으로 섬세한 쥘 씨는 신중을 기해 중상모략에 대해서도, 자신들의 행복을 위협할 뻔했던 모사꾼의 죽음에 대해서도 아내에게 철저히 함구했다. 예술적이고 세련된 기질을 타고난 쥘 부인은 사치품을 좋아하는 경향이 있었다. 결투라는 무서운 교훈에도 불구하고, 몇몇 부주의한 여자들은 쥘 부인이 종종 돈이 궁할 거라고 수군대곤 했다. 그녀들의 계산에 따르면, 남편이 그녀에게 몸치장을 하고 사고 싶은 물건을 사라고 주는 이만 프랑으로는 도저히 그녀의 씀씀이를 감당할 수 없었다. 사실 사람들은 그녀가 사교계에 나갈 때보다 집에 있을 때 더 잘 차려입고 있는 것을 발견하곤 했다. 그녀는 오로지 남편만을 위해 치장하는 것을 좋아했다. 그럼으로써 자신에게 남편은 사교계 이상임을 증명하고 싶었던 것이다. 그들의 사랑은 공공연한 비밀의 사랑만큼이나 진정한 사랑, 순수하고 무엇보다 행복한 사랑이었다. 따라서 쥘 씨는 늘 연인처럼 살며 매일매일 더욱더 깊은 사랑을 느끼면서, 아내 곁에서는 그녀가 변덕을 부릴 때조차 행복해했다. 오히려 아내가 그런 변덕을 부리지 않을 때가 불안했다. 변덕을 부리지 않는 것이 마치 어떤 병의 증세이기라도 한 양 말이다. 오귀스트 드 몰랭쿠르는 불행히도 바로 이런 열정적인 사랑과 대적하게 된 것이다. 그는 머리가 돌아버릴 만큼 그 여인에게 반하고 말았다. 그러나 가슴속에 아무리 최고의 사랑을 품었을지라도 그는 어리석지 않았다. 그는 군대의 관습이 부과하는 모든 의무를 순순히 이행했다. 그러나 줄곧, 샴페인 한 잔을 마실 때조차, 꿈꾸는 듯한 태도를 취했고, 아무 말 없이 삶을 하찮게 여기는 태도를 견지했으며, 여러 가지 이유에서 만사에 흥미를 잃은 사람, 공허한 삶에 만족하지 못하는 사람, 스스로 폐병 환자라고 생각하거나 가슴병이 있다고 생각하는 사람에게서 보이는 침울한 표정을 짓고 있었다. 희망 없이 사랑하는 것, 삶에 진저리를 치는 것, 이런 것들은 오늘날 상류층 사람들에게 흔히 나타나는 현상이다. 행복에 젖어 있는 여인을 광적으로 사랑하는 것보다는 차라리 최고의 미모와 권력을 가진 사교계 여왕의 마음을 훔치려는 시도가 훨씬 더 희망적이리라. 그러니 몰랭쿠르에게는 심각하고 침울할 만한 충분한 이유가 있었다. 그래도 여왕에게는 권력에 대한 허영심이 있으며, 여왕의 마음을 훔치려고 할 때 장애가 되는 것은 고귀함뿐이다. 그러나 경건한 부르주아는 마치 고슴도치와도 같고 거친 껍데기에 싸인 굴과도 같다.

바로 그때 젊은 장교는 자신이 남몰래 사랑하는 여인 곁에 있었다. 그녀는 분명 자신이 남편과 자신을 짝사랑하는 남자, 이렇게 두 사람에게 부정한 여인이 된 사실을 모르고 있었다. 쥘 부인이 바로 거기에, 세상에서 가장 순진하고 간사함을 모르는 여인처럼 위풍당당하면서도 차분하고 천진난만하게 앉아 있었다. 인간의 본성이란 참으로 알 수 없는 수수께끼가 아닐까? 대화를 시작하기에 앞서 남작은 부인과 그녀의 남편을 번갈아 쳐다보았다. 그가 무슨 생각인들 못하겠는가? 그 순간 그는 에드워드 영의 「밤」*이라는 음울한 시를 모두 다시 썼으리라. 그러나 바로 그때 홀 안에 음악이 울리고 수천 개의 촛불이 켜졌다. 그것은 은행가의 무도회로, 대단히 과시적인 파티 중 하나였다. 그처럼 근사한 파티를 통해 아직 광택 처리가 안 된 금이 지배하는 부르주아의 사교계는, 가루가 된 금이 지배하는 귀족의 살롱, 즉 뤽상부르궁전에 자리한 의회를 언젠가는 은행이 점령하고 권좌를 차지하리라는 사실을 알지 못한 채 웃고 떠드는 생 제르맹 사교계의 살롱을 비웃었다. 그 당시, 미래에 일어날 은행의 파산만큼이나 앞으로 있을 정권의 붕괴를 염두에 두지 않은 채, 여러 음모가 두서없이 전개되고 있었다.** 금장식이 번쩍거리는 으리으리한 뉘싱겐 남작의 살롱은 각별히 생기를 띠고 있었다. 적어도 외관상으로는 모두가 유쾌해 보이는 파리 사교계가 파티에 그런 생기를 불어넣었던 것이다. 파티에서 재능 있는 사람들은 바보들에게 자신들의 재치를 전하고, 바보들은 자기네 특유의 행복한 분위기를 재능 있는 사람들에게 전한다. 이러한 교환을 통해 모두가 활기를 띠게 되는 것이다. 그러나 파리의 파티는 늘 폭죽을 터뜨리는 불꽃놀이와 비슷한 구석이 있다. 지혜, 교태, 쾌락, 이 모든 것이 빛나지만 곧 꺼져버린다. 마치 쏘아올리는 불꽃처럼 말이다. 그다음날이면 사람

---

* 영국 시인 에드워드 영의 시. 아내와 며느리를 잃고 난 후 고독에 파묻혀 인간의 불행과 죽음 등에 대한 이 우울한 시를 썼다.

** 실제로 그후 얼마 되지 않은 1821년 초, 공화주의자, 나폴레옹주의자 등 왕정복고에 반대하는 사람들이 비밀 정치 조직인 카르보나리당을 결성했고, 그들은 그해와 그 이듬해인 1822년에 여러 차례 군사적 음모를 꾸몄지만 모두 실패했다.

들은 모두 자신의 지혜와 교태와 쾌락을 잊어버린다.

오귀스트는 혼잣말로 결론을 내렸다. "뭐야! 결국 여자들은 모두 주교 대리가 본 대로인가? 물론 흠잡을 데 없어 보이는 쥘 부인에 비하면 여기서 춤추는 모든 여인은 빈틈이 많은 것이 사실이야. 그런데 쥘 부인이 솔리 가에 갔단 말이야." 그는 온통 솔리 가에 대한 생각뿐이었다. 솔리 가를 떠올리는 것만으로도 가슴이 짓눌리는 듯했다.

"부인, 그러니까 절대로 춤을 안 추시나요?" 그는 쥘 부인에게 질문을 던졌다.

"겨울이 시작되고 나서 벌써 세번째로 남작님은 그 질문을 하시는군요." 그녀는 웃으면서 말했다.

"하지만 부인은 한 번도 답을 하신 적이 없지요, 아마."

"하긴 그러네요."

"저는 다른 모든 여자들과 마찬가지로 부인이 거짓말쟁이임을 알고 있습니다."

쥘 부인은 계속 웃고 있었다.

"이보세요, 남작님. 제가 만일 진짜 이유를 말한다면 남작님은 그 이유가 웃긴다고 생각하실 거예요. 저는 사람들이 비웃을 비밀을 말하지 않는 일이 거짓말을 하는 것과 같다고는 생각하지 않는답니다."

"어떤 비밀이든 우정을 나눈 이에게는 말하는 법이지요. 아마도 저는 부인과 그런 우정을 나눌 만한 가치가 없는 인간인가봅니다. 하지만 부인 같은 분이 비밀을 간직한다면 그것은 고귀한 비밀일 터인즉, 부인께서는 제가 존경받을 만한 것을 조롱할 수 있는 사람이라고 생각하시는 거죠?"

"그래요. 남작님은 다른 모든 이들처럼 가장 순수한 우리의 감정을 비웃고 계시지요. 헐뜯기도 하고요. 게다가 제게 비밀 같은 건 없답니다. 제게는 사람들 앞에서 제 남편을 사랑할 권리가 있거든요. 저는 그 권리를 말하고자 합니다. 그리고 전 그 권리를 매우 자랑스럽게 생각하고요. 그러니 만일 남작님께서 제가 남편하고만 춤을 추는 사실을 알고 저를 비웃으신다면 저는 당신에 대해 굉장히 나쁜 인상을 품게 될 거예요." 그녀가 말했다.

"결혼 후 남편하고만 춤을 추셨나요?"

"네, 그래요. 오직 그이의 팔에만 기대어 춤을 추었지요. 다른 어떤 남자와도 접촉한 적 없어요."

"의사가 맥을 짚은 적도 없단 말입니까?……"

"보세요, 저를 놀리시잖아요."

"아닙니다, 부인, 당신을 알기에 당신을 찬미합니다. 하지만 당신은 당신의 목소리를 듣게 하고 당신을 바라보게 합니다. 그러니까…… 다시 말해 당신은 우리로 하여금 눈으로 당신을 찬미하게 하고……"

"아! 정말 슬프군요." 그녀는 그의 말을 가로막았다. "그래요, 저는 결혼한 여자일지라도 남편의 애인으로 살 수 있었으면 좋겠어요. 왜냐하면 그럴 경우……"

"그런데 부인은 어찌하여 두 시간 전에 변장한 모습으로 마차도 타지 않은 채 솔리 가에 계셨나요?"

"솔리 가라뇨?" 그녀가 물었다.

너무나도 맑은 그녀의 목소리는 동요하지 않았고, 얼굴에는 아무런 흔들림도 없었다. 얼굴을 붉히지도 않았고 침착했다.

"뭐라고요? 당신은 솔리 가 모퉁이 비외 오귀스탱 가에 있는 집 삼층으로 올라가지 않았습니까? 열 발자국 거리에 마차가 기다리고 있었고, 리슐리외 가로 돌아와서 꽃집으로 들어가 지금 당신 머리를 장식하고 있는 황새 꽁지깃을 사지 않았단 말입니까?"

"오늘 저녁 저는 외출하지 않았답니다."

그렇게 거짓말을 하면서 그녀는 태연하게 웃었다. 그녀는 부채질을 했다. 그러나 만일 누군가 그녀의 등 아래쪽에 손을 대볼 수만 있었다면, 허리가 축축하게 젖었음을 느낄 수 있었으리라. 바로 그 순간 오귀스트는 주교 대리의 교훈을 떠올렸다.

"그렇다면 이상하리만치 부인을 닮은 사람이었나봅니다." 그는 순진한 척하며 그렇게 덧붙였다.

"남작님, 만일 당신이 어떤 여자의 뒤를 밟으면서 비밀이나 캐고 다니는 분이라면 저는 당신에게 그것은 나쁜 짓이라고, 매우 나쁜 짓이라고 말씀드리고 싶군요. 그리고 그런 당신을 믿지 않는 것을 명예롭게 생각하겠다고 말입니다."

남작은 그 자리를 떠나 벽난로 앞에 섰다. 그는 생각에 잠긴 것처럼 보였다. 그는 머리를 숙이고 있었지만 시선은 엉큼하게도 쥘 부인을 좇고 있었다. 그녀는 거울에 비치는 자신의 모습에는 관심도 없는 듯 거울을 쳐다보지 않은 채 두세 번 그에게 시선을 던졌다. 그녀의 시선에는 두려움이 담겨 있었다. 쥘 부인은 남편에게 신호를 보낸 후 그의 팔을 잡고 일어나 여러 방을 돌아다녔다. 그녀가 몰랭쿠르 씨 옆을 지나갈 때, 한 친구와 이야기를 나누던 그는 마치 어떤 질문에 답을 하는 것처럼 큰 소리로 말했다. "그 여인은 필시 오늘밤 편히 잠들지 못할 겁니다……" 쥘 부인은 걸음을 멈추고 그에게 경멸로 가득찬 위압적인 시선을 던진 후 가던 길을 계속 갔다. 그녀가 만일 다시 한번 그를 바라보았다면, 그리고 그 시선을 남편이 알아챘다면, 그녀의 행복과 더불어 두 남자의 인생이 위기에 처했을 것이라는 사실을 알지 못한 채. 영혼 깊은 곳에서 끓어오르는 분노를 억누르며 오귀스트는 밖으로 나왔다. 그리고 비밀스러운 그 사건의 전모를 반드시 파헤치고야 말겠다고 굳게 결심했다. 집을 나오기 전 그녀의 모습을 한번 더 보려고 쥘 부인을 찾았지만 그녀는 이미 사라지고 없었다. 한 번도 사랑을 해본 적이 없기에 사랑의 영역이 얼마나 넓은지 모르는 모든 젊은이처럼, 철없는 낭만주의자인 이 청년에게 닥친 그 같은 사건은 얼마나 비극적인가! 그는 질투 때문에 분노했고, 희망을 가질 수 있다는 생각으로 미칠 듯이 번민했다. 그러나 분노와 번민 속에서 그는 이제 새로운 방식으로 쥘 부인을 사랑하게 되었다. 남편을 배신했으니 이제 그녀는 품행이 단정치 못한 여인이 되었다. 따라서 오귀스트는 행복한 사랑이 줄 온갖 기쁨을 마음껏 즐길 수 있었고, 그녀를 소유함으로써 느낄 엄청난 쾌락을 상상할 수 있었다. 요컨대, 천사를 잃은 대신 가장 감미로운 악마를 얻었던 것이다. 그는 오만 가지 공상을 하면서 잠들었다. 쥘 부인이 어떤 기이한 선행을 베풀기 위해 그곳에 갔을 거라는 생각을 하면서 부인을 정당화하기도 했지만, 그녀가 그랬으리라고 믿지는 않았다. 그러고 나서 그는 내일부터 이 수수께끼 같은 사건의 숨겨진 원인과 사건 당사자들의 이해관계를 알아보는 일에 완전히 몰두하기로 결심했다. 그것은 하나의 흥미로운 소설이었다. 아니 차라리 하나의 드라마였다. 그리고 그 드라마 속에는 그에게 주어진 역할이 있었다.

# 2
# 페라귀스

남을 몰래 염탐하는 일은 그 행위가 자신을 위한 것이고 게다가 열정적인 사랑을 위한 것이라면 참으로 멋진 일이다. 그것은 여전히 교양 있는 신사로 남아 있으면서도 도둑질이 주는 즐거움을 만끽하는 일이 아닐까? 그러나 그러기 위해서는 아무리 화가 나도 흥분해서는 안 되고, 참지 못하고 소리질러도 안 된다. 진흙구덩이에 빠진 발이 꽁꽁 어는 것도, 너무 추워 몸이 떨리거나 너무 더워 열이 나는 것도, 헛된 희망이 사라지는 것도 감내해야 한다. 정보에 대한 믿음을 가지고, 알지도 못하는 목적을 향해 앞으로 나아가야 하고, 실패하기도 하고, 욕설을 퍼붓기도 하며, 자신을 위해 갑자기 애가나 서정시를 읊기도 하고, 당신을 이상하게 생각하는 하찮은 행인 앞에서 바보처럼 소리를 지르기도 해야 한다. 그러고는 지나가는 할머니들과 그들의 감자 바구니를 뒤집어엎는가 하면, 달리기도 하고, 쉬기도 하고, 교차점에 멈추기도 하면서, 오만 가지 가정을 해보아야 한다. 그것은 파리에서 하는 사냥이다. 개와 총을 들고 쉬쉬 소리를 내며 하는 사냥이 아니라 사건과 함께하는 사냥이다. 그 광경은 노름꾼의 도박판에나 비유될 만하다. 파리에서 매복하기 위해서는 먹이에 달려들기 위해 가만히 숨어 있는 호랑이처럼 가슴에 사랑이나 복수심이 가득해야 한다. 파리나 파리의 특정 구역에서 발생하는 모든 사건은 이미 너무나 흥미진진하지만, 거기에 또하나의 흥미를 덧붙이면서 그 모든 사건을 즐기기 위해서도 마찬가지다. 그렇다면 다중의 영혼을 가져야 하지 않나? 수많은 열정과 수많은 감정을 모두 가슴에 품고 살아야 하는 것이 아닐까?

오귀스트 드 몰랭쿠르는 사랑에 빠져 이러한 격정적 삶에 몸을 던졌다. 그러한 삶으로 인해 모든 불행과 모든 쾌락을 다 느낄 수 있었기 때문이다. 그는 변장을 하고 파리의 파주뱅 가와 비외 오귀스탱 가에 있는 모든 모퉁이에서 밤을 지새웠다. 그는 마치 사냥꾼처럼 메나르 가에서 솔리 가로, 솔리 가에서 메나르 가로 뛰어다녔다. 그러한 노고, 거동, 술책이 혹독한 값을 치르는 벌을 받을지, 아니면 크게 보상을 받을지, 혹은 어떤 복수가 기다릴지 모르는 채 말이다. 그러나 아직은 내장이 뒤틀리고 땀이 날 만큼 초조한 상태에 이르지는 않았다. 그에게 들킨 지 며칠 지나지 않았으니 바로 그 장소로 쥘 부인이 다시 오지는 않으리라고 생각했지만, 언젠가는 만나리라 희망하면서 그는 거리를 배회했다. 그러므로 처음 며칠은 그 거리의 모든 비밀을 파헤치는 데 할애했다. 그런 일에 초보자였던 그는 부인이 들어갔다 나왔던 그 집 문지기에게도, 그 집 아래층에 있는 구둣방의 구두수선공에게도 차마 질문을 던질 수 없었다. 그 대신 그는 이 비밀스러운 집의 앞집에 망루를 설치할 생각을 했다. 그는 정황을 살폈다. 초조했지만 신중하게 행동하고자 했고, 사랑했지만 은밀하게 움직이고자 했다.

크게 한방 먹이려고 궁리한 계획이 중간쯤 진행된 삼월 초 어느 날, 끈기 있게 보초를 섰지만 아무것도 알아내지 못한 채 그 자리를 떠나려던 참이었다. 업무와 관련된 일 때문에 네시쯤 집으로 돌아가는 길에 코키에르 가에서 소나기를 만났다. 갑자기 시냇물이 불어날 만큼, 또한 빗방울이 거리의 물웅덩이로 떨어질 때면 쨍그랑하는 종소리가 날 만큼 큰 비였다. 그런 경우 파리의 행인은 그저 가던 길을 멈추고 거리의 상점이나 카페에서 비를 피해야 한다. 물론 후자의 경우 강요된 환대에 대한 비용을 치를 수 있을 만큼 돈이 있어야 하지만 말이다. 혹은 급한 대로 가난한 자들이나 남루한 차림의 사람들의 피난처인 남의 집 마차 출입문 밑에서 기다려야 한다. 소나기가 퍼붓는 날 한 무리의 파리 사람들이 어느 집 축축한 처마밑에 떼를 지어 서 있는 모습을 그려보고 싶었던 화가는 어째서 아직 아무도 없었을까? 그보다 값진 그림을 어디서 만날 수 있겠는가? 우선 즐거운 마음으로 비에 젖은 파리를 관찰하는 몽상적인 보행자 혹은 철학자가 있지 않을까? 그는 비로 인해 잿빛 대기층의 깊숙한 곳에 생기는 줄무늬를 관찰한다. 그 무늬는 마치 물이 변화무쌍하게 분출되는 모습을 조각한 유리잔의 장식처럼 생겼다. 그는 또한 지붕 위에서 바람에 휩쓸려가는 고운 먼지처럼 하얀 물줄기가 소용돌이치는 광경도, 배수관에서 거품을 일으키면서 빗물이 콸콸 쏟아져나오는 광경도 바라본다. 그 밖에도 한가로이 길을 거니는 산책객이라면 감미롭게 관찰하면서 감탄을 금치 못할 수많은 하찮은 것들을 그는 바라본다. 비록 집주인에게 비질을 당하는 푸대접을 받을지라도 말이다. 그런가 하면 관리인 아줌마가 총에 기댄 병사처럼 빗자루에 기대 있을 때, 불평을 늘어놓으며 그 아줌마와 수다를 떠는 행인도 있다. 늘 길바닥을 돌아다니므로 길과 접촉하는 데 익숙하고 남루한 옷이 망가질 염려도 없기에 벽에 딱 붙어 비를 피하는 가난한 행인, 벽보를 끝까지 읽지도 않을 거면서 철자 하나하나를 읽고 분석하며 연구하는 학구적인 행인, 길에서 소나기를 만나는 불행과 맞닥뜨린 사람들을 조롱하거나, 흙탕물이 튄 여자들을 보면서 웃거나, 아니면 창가에서 자기를 구경하는 사람들에게 남녀를 가리지 않고 인상을 쓰는 익살꾼 행인, 건물 각층에 달린 모든 창문에 신경쓰느라 아무 말 없는 조용한 행인, 가방이나 보따리를 들고 이 비가 이득이 되는지 해가 되는지를 계산하는 사장님 행인, 포탄처럼 날아와 "아, 여러분, 이 무슨 날씨란 말입니까?"라고 말하면서 모두에게 인사하는 귀여운 행인, 마지막으로 진정한 파리의 부르주아, 즉 소나기가 올 것을 예상했던 소나기에 정통한 우산 든 남자가 있다. 그는 아내가 말리는데도 밖으로 나와 문지기 의자에 앉아 있다. 우연에 의해 형성된 이 사회의 모든 구성원은 각각의 성격대로 행동한다. 어떤 이는 하늘을 바라본다. 뛰어다니는 사람도 있다. 몸에 흙탕물을 맞지 않기 위해, 혹은 바쁜 일이 있어서, 혹은 바람과 물웅덩이에도 불구하고 빗속을 걸어다니는 시민들을 보면서 그들을 따라하느라, 혹은 집 안마당이 견디기 힘들 만큼 축축한데다 "주인보다 하인들이 더 무례하게 군다"는 속담이 말하듯 문지기들이 잘난 척을 한다는 이유로 말이다. 모든 사람에게는 각각 나름대로 이유가 있다. 그런가 하면 다시 길을 떠나려고 구름 사이로 푸른 하늘이 보이는

지 살피는 신중한 행인도 있다.

몰랭쿠르 씨는 다른 행인들과 함께 안마당이 벽난로의 거대한 굴뚝처럼* 생긴 오래된 집 처마밑으로 피신했다. 습기로 인해 초산염 풍화물로 덮여 푸르스름한 빛이 나는 석회 벽을 따라 납으로 된 수많은 물받이와 배수 파이프가 설치되어 있었다. 게다가 네 개의 건물은 각각 여러 층으로 된 높은 건물이라서 당신은 아마 그 모습이 생 클루 궁전에 있는 작은 폭포** 같다고 말할지도 모른다. 물이 여기저기에서 줄줄 흘러내렸다. 거품을 내며 부글거리고, 여기저기로 튀었고, 속삭였다. 물은 검은색, 흰색, 푸른색, 초록색을 띠었다. 콸콸 소리 내는 물은, 소나기에 익숙한 것처럼 보이는 이 빠진 늙은 관리인 아줌마의 빗자루 밑에서 더욱 불어났다. 그녀는 소나기가 내리는 것을 축복하는 듯했다. 그녀는 또한 길에다 수많은 쓰레기 조각을 쏟아냈는데, 그 조각들의 이상야릇한 목록만 보아도 그 건물에 사는 모든 세입자의 삶과 습관을 다 알 수 있었다. 예를 들어 옥양목 조각, 차 이파리, 빛바래고 드문드문 잎이 빠진 조화 꽃잎, 야채 껍질, 종잇조각, 쇳조각 같은 것들이었다. 비질을 할 때마다 노파는 바둑판 모양으로 재단된 그 검은 수로를 그대로 드러냈다. 온갖 찌꺼기가 쌓이면 배수구가 막힐 우려가 있기에 문지기들은 그 수로에 신경을 쓰지 않을 수 없었다. 사랑에 빠진 우리의 불쌍한 젊은이는 끊임없이 변화하는 파리가 매일매일 제공하는 수많은 풍경 중 하나인 그 광경을 관찰했다. 그러나 그는 자기 생각에 몰두

* 프랑스의 건축은 안마당을 가운데에 놓고 사방으로 건물을 세우는 방식이다. 따라서 높이 올라간 건물들 안에 있는 작은 안마당은 굴뚝처럼 보일 수 있다. (옮긴이)

** 생 클루 궁전 근처에 있던 인공 폭포를 말한다.

해 있었기에 그냥 기계적으로 관찰할 뿐이었다. 바로 그때, 그가 시선을 위로 하자 방금 처마밑으로 들어온 어떤 남자와 딱 마주치게 되었다.

그 남자는 적어도 겉모습만 봐서는 영락없는 거지였다. 그러나 남자는 파리의 거지는 아니었다. 인간의 언어 중에 파리의 거지라는 존재를 정확하게 표현할 단어는 없을 테지만 말이다. 아니, 남자는 거지라는 단어에서 떠올릴 수 있는 틀에 박힌 모든 모습과는 거리가 먼 아주 새로운 유형의 인간이었다. 우리 시대의 화가 샤를레*는 드물긴 해도 어쩌다 한 번씩 관찰을 통해 불행한 사람들을 잘 묘사하곤 하는데, 그 사람들에게서는 종종 파리 사람 고유의 특성이 발견되곤 한다. 그런데 이 낯선 사람은 파리적이냐 아니냐에 따라 다른 사람들과 구별되는 유의 사람이 아니었다. 진흙탕에서 굴러다니는 상스러운 얼굴을 한 그 남자는 거칠고 쉰 목소리와 둥글고 붉은 코를 가지고 있었으며, 이는 듬성듬성 빠져 있었다. 그럼에도 남자의 얼굴은 대단히 위협적이었다. 누추하지만 무시무시한 모습을 한 사람들의 눈에서 심오한 통찰력이 번뜩이는 것은 있을 수 없는 일처럼 보일 것이다. 이러한 뻔뻔한 부랑자 중 많은 이가 얼굴에 반점이 있다. 또한 그들의 얼굴은 터서 쩍쩍 갈라졌으며 정맥이 드러나 보인다. 이마는 우툴두툴하고, 다 빠져 얼마 남지 않은 머리카락은 마치 구석에 방치된 가발처럼 불결하다. 전락했음에도 쾌활하고 쾌락을 추구하느라 더 전락한 그들, 방탕의 증거가 뚜렷한 그 사람들은 모두 아무 말도 하지 않는다. 그러나 그들의 침묵은 마치 질책과도 같다. 그러한 그들의 태도는 무시무시한 생각을 드러낸다. 범

* 니콜라 투생 샤를레. 프랑스 화가이자 판화가. (옮긴이)

죄와 동냥 사이에 있는 그들에게는 더이상 후회가 없다. 그들은 신중하게 단두대 주위를 맴돈다. 그러나 결코 그 위에서 떨어지는 법은 없다. 악행의 한가운데에서 그들은 결백하고, 결백의 한가운데에서 그들은 악에 젖어 있다. 그들은 종종 웃음 짓게도 하지만, 항상 많은 생각을 하게 한다. 그들 중 어떤 이는 우리의 문명이 얼마나 허약한지를 보여준다. 그는 감옥에서의 명예, 조국, 미덕, 그리고 비열한 범죄의 간교함과 능란한 중범죄의 정교함 등 모든 것을 다 안다. 또 어떤 이는 모든 것을 포기한 채 몸짓과 표정으로 깊이 있지만 바보 같은 연기를 한다. 그들 모두에게는 질서를 지키고 일을 할 의향이 있다. 그러나 파리의 방랑자인 이러한 거지들 가운데 시인이나 위대한 사람, 혹은 용감한 사람이나 훌륭한 조직이 있을 수 있지 않을까 조사해보고 싶은 마음이 없는 사회는 그들을 진창으로 밀어낸다. 고통을 겪은 모든 군중처럼, 그들은 더할 나위 없이 선량하고 더할 나위 없이 악독한 백성들이다. 그 어떤 불행에도 잘 견뎌왔던 그들은 저항할 수 없는 힘에 휘말려 항상 비참한 처지에 놓이게 된다. 그들 모두에게도 꿈이 있고 희망이 있고 행복이 있는데, 바로 노름, 복권, 아니면 술이다. 그런데 마치 능숙한 화가가 변덕스럽게 화실의 캔버스 뒷면에 그린 그림 속 인물처럼, 태평하게 벽에 몸을 붙이고 몰랭쿠르 씨 앞에 서 있는 이 남자에게서는 도무지 그런 이상한 삶의 흔적을 찾을 수가 없었다. 남자는 키가 크고 깡말랐으며, 납빛처럼 창백한 얼굴은 그가 심오하고도 냉정한 사유의 소유자임을 말해주었다. 그런데 남자는 조롱 가득한 태도와 적의에 찬 시선을 통해 자신이 주위 사람들과 대등한 위치에 있음을 드러냈기에 호기심 많은 그 사람들로부터 추호의 동정도 받지 못했다. 남자는 지저분한 백

발이었으며, 머리칼이 별로 없고 주름진 두부는 마치 화강암덩어리처럼 보였다. 머리 양쪽에 달라붙어 있는 보잘것없고 헝클어진 잿빛 머리카락은 목까지 단추가 채워진, 때가 낀 옷깃까지 내려왔다. 남자는 볼테르도 닮았고 돈키호테도 닮았다. 남자는 빈정거렸고 침울해 보였으며, 철학적이면서도 경멸에 찬, 그러나 약간 정신이 나간 자였다. 남자는 셔츠를 입지 않은 것처럼 보였다. 수염은 길었다. 닳아빠지고 찢어진 검은색 싸구려 넥타이 때문에 툭 튀어나온데다 주름이 자글자글하고 밧줄처럼 두꺼운 혈관들이 불거진 목이 더욱 도드라져 보였다. 눈 밑에는 마치 멍이 든 것처럼 커다란 검은 그늘이 드리워 있었다. 나이는 적어도 예순은 되어 보였다. 손은 하얗고 깨끗했다. 남자는 뒤꿈치가 닳아버린 구멍난 신발을 신고 있었다. 여기저기 수선한 푸른색 바지는 보풀이 일어 허예진 바람에 여간 더러워 보이는 게 아니었다. 젖은 옷에서 악취가 나기 때문인지, 아니면 이유는 알 수 없지만 사무실이나 성당 제의실, 고아원이나 양로원에서 각각 특유의 냄새가 나는 것처럼 원래 그에게서는 그렇게 역한 파리 빈민가의 가난의 냄새가 나기 때문인지, 아무튼 주위에 있던 사람들은 그에게서 멀어졌고 그는 홀로 남겨졌다. 그는 사람들을 향해, 그리고 다시 장교를 향해 차갑고 무표정한 시선을 던졌다. 음울하면서 온기라고는 하나도 없는 시선, 베일에 싸인 그 유명한 탈레랑*의 시선이었다. 강한 정신은 그 단단한 베일 밑으로 격렬한 마음의 동요를 감추며, 인간과 사물과 사건에 대한 정확한 계산

* 샤를 모리스 드 탈레랑. 프랑스 정치가, 외교관. 대혁명, 제1제정, 왕정복고, 7월 왕조 등 정치적 변혁기에도 항상 요직을 맡았기에 냉소적인 배신자, 악과 부패의 전형이라는 비난과 외교적 수완을 발휘한 현실주의자라는 찬사를 동시에 받았다.

을 숨긴다. 그의 얼굴에는 움푹 파인 주름이 하나도 없었다. 그의 입과 이마는 감정을 드러내지 않았다. 그러나 그는 고귀하면서도 거의 비극적으로 보일 만큼 아주 천천히 눈을 내리깔았다. 생기를 잃은 눈꺼풀의 움직임 속에는 하나의 드라마가 있었다.

금욕적으로 생긴 남자의 모습을 보면서 몰랭쿠르 씨는 어떤 몽상에 빠지게 되었다. 평범한 질문으로 시작해서 사유의 세계를 모두 이해하는 것으로 끝나는 산만하고도 자유분방한 몽상 가운데 하나였다. 소나기가 그쳤다. 몰랭쿠르 씨에게는 경계 표시 말뚝을 스치고 지나가는 남자의 프록코트 자락만 살짝 보였을 뿐, 남자는 이미 그곳에 없었다. 그런데 그곳을 떠나려는 순간 그는 발밑에 편지가 떨어져 있는 것을 발견했다. 조금 전 그 낯선 이가 손수건을 사용하고 다시 주머니에 넣는 것을 보았던지라, 그는 편지가 그 남자의 것이라고 생각했다. 장교는 남자에게 돌려주려고 편지를 집었다. 그리고 본의 아니게 주소를 읽게 되었다.

페라귀스 씨께

그랑 오귀스탱 가, 솔리 가 모퉁이.

파리.

편지는 봉인되어 있지 않았다. 겉봉에 적힌 주소를 보자 편지를 곧바로 주인에게 돌려주려던 마음이 사그라져버렸다. 열정은 인간을 결국 정직하지 못한 사람으로 만드는 경우가 허다한 법이니까. 남작은 이 의외의 발견으로 좋은 기회를 잡았다는 느낌이 들었다. 그래서 편지를 잘 간직하고 있다가 남자에게 돌려준다는 핑계하에 그 비밀스러운 집으로 들어갈 기회를 노리기로 했다. 남자가 이 수상쩍은 집에 산다는 것을 의심하지 않았기 때문이다. 해 뜰 무렵의 여명만큼이나 희미한 의심이 들면서 그는 남자와 쥘 부인 사이에 모종의 관계가 있다고 생각했다. 질투에 사로잡힌 연인들은 온갖 추측을 다 한다. 모든 경우를 가정하고 그중 가장 그럴싸한 추측을 택함으로써 재판관, 정보원, 연인들 그리고 관찰자들은 자기네가 알고 싶어하는 진실을 파헤친다.

"그에게 가는 편지일까? 쥘 부인이 보낸 걸까?"

불안한 상상과 더불어 오만 가지 의문이 동시에 생겨났다. 그러나 그는 편지의 처음 몇 마디에 미소 지었다. 원문 그대로의 편지를 여기에 옮긴다. 순수하고 훌륭한 문장이었다. 그러나 철자법은 엉망이었다. 단지 그냥 편지일 뿐이라면 아무것도 덧붙여서도 생략해서도 안 될 터이다. 그러나 그 편지를 여기에 싣기 위해서는 구두점을 찍어야만 했다. 원본에는 쉼표도 마침표도 느낌표도 없었기 때문이다. 그것은 구두점의 체계를 완전히 파괴하는 글쓰기 방식인데, 몇몇 근대 작가들은 그 방식을 통해 온갖 열정이 빚어낸 참극을 묘사하려고 시도한 바 있다.

앙리!

당신을 위해 나 스스로에게 부과한 수만은 희생 중에는 내 소식을 당신에게 전하지 않는 것도 포함됩니다. 그러나 저항할 수 없는 목소리가 당신이 내게 어떤 죄를 지었는지를 당신에게 알리라고 명령합니다. 악행으로 인해 단단해진 당신의 영혼은 나를 동정할 여지가 없다는 것을 나는 이미 잘 알고 있습니다. 당신은 인정머리라고는 눈곱만큼도 업스니까요. 자연의 외침 소리에도 그리 무심하지는 안을 겁니다. 그러나 상관업습니다. 나는 당신이 얼마나 죄를 지었는지, 그리고 당신이 나를 얼마나 끔찍한 상황에 빠뜨렸는지 당신에게 알려야만 합니다. 앙리, 당신은 나의 첫번째 잘못으로 인해 내가 얼마나 고통을 겪었는지 잘 알고 계시지요. 그런데도 당신은 그와 똑같은 불행 속으로 나를 밀어넣고는 절망과 고통에 빠진 나를 버렸지요. 그래요, 고백하건대, 당신의 사랑과 존경을 받는다는 믿음이 내게 운명을 견딜 수 있는 용기를 주었었습니다. 그러나 지금 내게 무엇이 남았지요? 당신 때문에 나는 가장 소중한 것들, 살아갈 힘을 주는 모든 것을 다 일어버렸습니다. 부모, 친구, 명예, 평판. 당신을 위해 난 이 모든 것을 다 희생했습니다. 그러나 남은 것이라곤 치욕, 수치, 그리고 가난뿐입니다. 가난이 부끄럽지는 안습니다. 내가 완전히 불행해지기 위해서는 당신이 나를 경멸하고 증오한다는 확신이 필요했습니다. 그것에 대한 확신이 든 지금 나는 감히 내 계획을 시행하려 합니다. 나는 결심했습니다. 가족의 명예를 지키기 위해서도 그럴 수밖에 없습니다. 그러니 이제 나의 고통에 끝을 내려 합니다. 내 계획에 대해 아무 말도 하지 마세요, 앙리. 그 계획이 끔찍하다는 것을 나는 잘 암니다. 그러나 나는 그렇게밖에는 할 수 없는 상황에 처해 있습니다. 나를 도와주는 사람도 지지하는 사람도, 위로해줄 친구도 하나 없이 내가 어떻게 살아갈 수 있겠어요? 아니요. 운명은 정해졌습니다. 이틀 후, 앙리, 이틀 후면 이다는 당신의 존경을 받을 자격이 업슬 검니다. 그러나 당신의 우정을 받을 자격이 업었던 적은 한번도 업었기에 내 마음은 평온하다고 맹세할 수 있습니다. 오, 앙리,

내 친구여, 당신을 위해 계획을 바꾸지는 않을 터, 내 선택을 용서한다고 약속해주세요. 사랑은 내게 용기를 주었습니다. 게다가 내 마음은 온통 당신으로 가득차 있으니 나는 어떤 유혹에도 흔들리지 않을 겁니다. 나의 운명은 당신이 만든 것임을 절대 잊지 마세요. 그러니 당신 자신을 심판하세요. 하늘이 당신의 죄를 벌하지 안으니 제가 신 앞에 무릎 꿇코 당신을 용서해달라 빌겠어요. 왜냐하면 내가 불행한 것보다 당신이 불행하다는 것을 아는 게 더 고통스럽기 때문입니다. 경제적으로 궁핍할지라도 나는 당신에게 그 어떤 도움도 받지 안겠습니다. 당신이 나를 사랑했다면 우정의 선물처럼 도움을 받을 수 있었겠지요, 그러나 동정심에서 비롯된 자선이라면 나는 거부합니다. 도움을 받는다면 나는 그것을 제안한 사람보다 더 비굴한 사람이 될 테니까요. 한 가지 부탁이 있습니다. 내가 언제까지 메나르디 부인* 집에 머물러 있어야 하는지 모르겠지만, 자비를 베풀어 제발 내 앞에 나타나지 말아주세요. 두 번에 걸친 최근의 방문은 나를 너무도 아프게 하여 오랫동안 고통스러웠습니다. 그 문제에 대한 당신의 처신이 어떠했는지 자세히 늘어놓고 싶지 안습니다. 당신은 나를 증오합니다. 이 말이 내 마음에 각인되었고 내 마음을 얼어붙게 만들었습니다. 아! 용기가 필요한 이 순간 내게는 더이상 아무런 능력도 업군요. 앙리, 친구여, 우리 사이에 뛰어넘을 수 업는 벽이 생기기 전에 마지막으로 나를 존중한다는 증거를 보여주세요. 편지해주세요, 답장을 주세요, 더이상 사랑하지는 안더라도 나를 존중한다고 말해줘

* 메나르디 부인은 발자크의 소설 『창녀들의 비참과 영광』에서 유곽을 운영했다.

요. 나의 눈은 여전히 당신의 눈을 바라볼 자격이 있을지라도, 나를 만나달라 애원하지 안겠습니다. 나의 나약함과 나의 사랑이 두렵습니다. 그러치만 제발 단 한 마디만이라도 좋으니 편지해주세요. 그 한 마디가 시련을 견디기 위해 필요한 용기를 줄 테니까요. 내 모든 불행의 원천이여, 그러나 내 마음이 선택한, 그리고 영원히 잊지 못할 단 하나의 친구여, 안녕이.

이다

남자에게 배신당한 이 젊은 여인의 삶, 치명적인 고통, 괴로움, 참담함, 그리고 끔찍할 정도로 지독한 포기가 이 몇 마디 말에 다 담겨 있었다. 누가 썼는지 모르겠으나 아주 파리적인 이 시, 더러운 종이에 쓰인 편지에 담긴 이 시는 얼마 동안 몰랭쿠르 씨를 사로잡았다. 마침내 그는 이다라는 여자가 쥘 부인의 친척이 아닐까 생각하기에 이르렀다. 그가 분명히 목격했던 그날 저녁의 방문은 동정 어린 마음으로 그녀를 돕기 위해 필요했던 것이었으리라. 초라하기 짝이 없던 그 거지 같은 노인이 이다를 농락했다?······ 그렇다면 그것은 기적에 가깝다. 서로 만나기도 하고 충돌하기도 하고 그러면서 사라져버리기도 하는 온갖 상념의 미로를 헤매다보니 남작은 어느덧 파주뱅 가 근처에 다다랐다. 그리고 몽마르트르 가와 이웃한 비외 오귀스탱 가 끝에 서 있는 마차를 보았다. 그곳에 멈춰 있는 모든 마차는 무엇인가를 말해주었다. 그는 생각했다. '저기 그녀가 있을까?' 심장이 뜨겁게 뛰었다. 그는 방울이 달린 작은 문을 밀었다. 그러나 수치심이 들어 머리를 숙였다. 왜냐하면 어떤 은밀한 목소리가 '너는 어째서 이 수수께끼에 발을 들이려

하지?'라고 말하는 것을 들었기 때문이다.

그는 몇 개의 계단을 올라갔다. 그리고 늙은 문지기 노파와 마주쳤다.

"페라귀스 씨를 찾습니다."

"그게 누구요……"

"뭐라고요? 페라귀스 씨가 이 집에 살지 않는단 말입니까?"

"이 집에 그런 작자는 없수다."

"하지만 할머니……"

"이보시오, 나는 할머니가 아니오, 이 건물의 수위란 말이오."

"하지만 부인, 나는 페라귀스 씨에게 가는 편지를 가지고 있습니다." 남작이 말했다.

"아, 그래요!" 그녀는 갑자기 어조를 바꾸며 말했다. "선생께서 편지를 가지고 계시다면 상황이 달라지지요. 그 편지 좀 보여주시겠어요?" 오귀스트는 접혀 있는 편지를 내보였다. 그녀는 의심스럽다는 듯 머리를 갸우뚱하고 나서 잠시 머뭇거리더니, 수수께끼 같은 인물인 페라귀스에게 이 뜻밖의 사건을 알리기 위해 자리를 뜰 것처럼 하다가 말했다. "그럼, 올라가보세요, 어딘지는 아실 테죠……" 잘못 말했다가는 이 교활한 노파의 함정에 빠질까봐 아무런 대꾸도 하지 않은 채 장교는 재빨리 계단을 올라가 삼층 문의 초인종을 힘차게 눌렀다. 사랑에 빠진 이의 본능적 직감이 '그녀가 여기 있다'고 알려주고 있었다.

현관에 나타난 정체불명의 사나이, 페라귀스, 혹은 이다를 불행하게 만든 장보닌*이 문을 열었다. 하얀 플란넬 바지에 꽃무늬 실내가운을 걸

* oteur. 불행을 초래한 장본인(auteur)인 동시에 불행을 없앨(ôter) 수 있는 자라는 이중적 의미를 담은 언어유희. (옮긴이)

치고, 발에는 수가 놓인 예쁜 슬리퍼를 신고 있었다. 깔끔하게 세수한 얼굴이었다. 옆방 문틈 너머로 쥘 부인의 머리가 보였다. 그를 보자 그녀는 얼굴이 하얘지면서 의자 위에 주저앉았다.

"괜찮으세요, 부인?" 놀란 장교는 그녀를 향해 달려가면서 소리질렀다.

그러자 페라귀스가 난폭하게 팔을 뻗더니 장교를 뒤로 밀쳤다. 어찌나 거칠게 밀었던지 오귀스트는 마치 쇠막대기로 가슴을 한 대 얻어맞은 듯했다.

"저리 비키시오! 선생, 원하는 것이 무엇이오? 대엿새 전부터 이 동네를 기웃거리던데. 당신, 첩자요?" 그 남자가 말했다.

"당신이 페라귀스 씨인가요?" 남작이 물었다.

"아니요, 선생."

"아무튼 나는 당신에게 이 종이를 돌려줘야 합니다. 아까 우리가 어느 집 처마밑에서 비를 피할 때 당신이 떨어뜨린 것이오." 오귀스트가 말했다.

이렇게 말하며 편지를 내밀면서 남작은 페라귀스가 자신을 맞이한 방을 힐끗 둘러보았다. 방의 장식은 단조로우면서도 훌륭했다. 벽난로에서는 불이 활활 타고 있었고, 바로 그 옆에 있는 식탁은 그 남자의 외모나 아파트의 소박함에 비해 훨씬 화려하게 차려져 있었다. 그런데 그의 눈에 옆방의 안락의자가 들어왔고 그 위에 금이 수북이 쌓인 게 보였다. 그리고 여자의 울음소리임이 틀림없는 소리가 들렸다.

"이 종이는 내 것이오, 고맙소." 그는 이제 그만 가달라는 의사를 남작에게 분명히 알리려는 듯 돌아선 자세로 이렇게 말했다.

오귀스트는 호기심에 사로잡혀 이것저것 살피느라 정작 자신이 얼마나 철저한 관찰의 대상이 되고 있는지 알아채지 못했다. 그래서 그는 정체불명의 사나이가 자신을 집어삼킬 것처럼 집요한 시선을 보내는 것을 미처 보지 못했다. 그러나 만일 그 증오의 눈초리를 보았더라면 그는 자신이 얼마나 위험한 처지에 놓였는지 알아챘을 것이다. 자기 자신을 생각하기에는 너무나 사랑에 함몰되어 있던 오귀스트는 인사를 하고 계단을 내려와 이다, 페라귀스, 그리고 쥘 부인, 이 세 사람의 만남이 무엇을 의미할까 골똘히 생각하면서 집으로 돌아갔다. 말하자면 조각 그림 맞추기 놀이에서 놀이의 핵심은 알지 못한 채 엉뚱한 조각만 열심히 맞추는 일에 비유될 만한 뭔가가 그의 머릿속을 온통 차지하고 있었던 것이다. 하지만 쥘 부인이 그를 보았다. 쥘 부인이 거기에 있었다. 그런데 부인은 그를 속였다. 몰랭쿠르는 다음날 부인을 방문하기로 했다. 그녀는 그와의 만남을 거절할 수 없을 것이다. 그는 이제 그녀와 공모자가 되었다. 그는 이제 그 음험한 음모에 손과 발을 담갔다. 벌써 술탄이라도 된 듯 그는 쥘 부인에게 명령조로 모든 비밀을 다 털어놓으라고 요구하겠노라 생각했다.

당시 파리는 건축열에 휩싸여 있었다. 파리를 괴물에 비유할 수 있다면, 필시 괴물 중에서도 으뜸가는 미치광이 괴물이리라. 파리는 온갖 종류의 변덕과 기발함에 몰두한다. 흙손을 좋아하는 대영주처럼 집을 짓다가는 그 흙손을 버리고 군인이 되는가 하면, 머리부터 발끝까지 국민병 복장을 한 후 군사훈련을 하면서 담배를 피운다. 그러다 갑자기 훈련을 멈추고 담배도 던져버린다. 그리고 비탄에 잠긴다. 파산과 더불어 샤틀레 광장 경매시장에 가구를 내다판 후 수중에 얼마나 남았는지 결산을 한다. 그러나 며칠 후에는 다시 사태가 수습되어 축제를 벌이고 춤을 춘다. 어느 날에는 대맥당과자*를 한 움큼 집어 입안에 가득 넣고 먹는다. 이 괴물이 어제는 베낭** 종이를 사더니 오늘은 이가 아파 모든 이에다 해독제를 바른다. 내일은 호흡기 질환을 치료하기 위해 가슴에 바르는 크림을 비축할 것이다. 매일매일의 괴벽이 있듯이, 달마다 계절마다 해마다 달라지는 파리만의 괴벽이 있다. 당시 파리에서는 누구나 부지런히 뭔가를 짓고 허물곤 했다. 그것이 무엇인지도 모르는 채 말이다. 어디를 가나 건물 밖에 긴 막대기들을 설치한 후 벽에 뚫은 구멍에 가로대를 고정시키고, 사람들이 다닐 수 있도록 널빤지를 댄 비계飛階를 볼 수 있었다. 리모주 출신 석공들***이 위태롭게 왔다갔다하는 비계는 견고하지 못한 구조물이었지만, 그래도 밧줄로 단단히 고정되어 회반죽으로 하얗게 칠해져 있었다. 그렇다 해도 아직 완성되지 않은 건물 주위로 공사중임을 나타내는 울타리 역할을 하는 그 나무판자 더미는 지나가는 마차와 부딪치기 십상이었다. 버팀대, 사다리, 밧줄, 석공들의 외침 소리 등은 마치 뱃사람들의 항해를 연상케 했다. 그런데 몰랭쿠르 저택에서 가까운 곳에는 석조 건물 공사를 위해 설치해놓은 비계가 하나 있었다. 다음날, 몰랭쿠르 남작은 쥘 부인의 집으로 가기 위해 마차를 타고 그 비계 앞을 지나고 있었다. 바로 그때 수직으로 서 있는 긴 막대기들의 위쪽 끝에 있던 60센티미터가량의 돌덩어리가 빙그르 돌면서 밧줄에서 풀려 마차 뒤에 있던 하인에게로 떨어졌다. 그는 돌에 깔렸다. 끔찍한 비명소리에 건축자재 더미가 흔들릴 정도였다. 석공들

---

* 보리과자. 보리를 끓인 물에 사탕을 넣어 졸인 과자.

** 1830년경 유행했던 푸른색을 띤 고급 편지지.

*** 오랫동안 석공들은 가난한 지역이었던 리모주 출신이 많았다.

도 불안에 떨었다. 죽을 위험에 처했던 미장이 중 하나는 기다란 나무 막대기에 겨우 몸을 기대고 있었다. 마치 그가 돌을 맞은 것처럼 보였다. 순식간에 사람들이 몰려들었다. 미장이들이 모두 내려왔다. 그들은 소리소리 지르면서 단연코 몰랭쿠르 씨의 마차 때문에 기중기가 흔들리는 바람에 일이 터졌다고 주장했다. 5센티미터만 앞쪽으로 떨어졌더라면 몰랭쿠르는 꼼짝없이 머리에 돌을 맞았을 것이다. 하인은 죽었고 마차는 완전히 부서졌다. 그 동네로서는 큰 사건이었다. 신문에도 보도되었다. 자신은 아무 경고도 들은 바 없다고 확신하는 몰랭쿠르 씨는 항의했다. 법원이 개입했다. 사건을 수사한 결과 막대기로 무장하고 보초를 서던 한 청년이 행인들에게 물러서라고 소리지르며 경고했다는 사실이 밝혀졌다. 사건은 그렇게 종결되었다. 결과적으로 그는 하인을 잃었고 공포에서 벗어나지 못했다. 그는 며칠간 자리에 누웠다. 마차 뒷좌석이 부서지는 바람에 타박상을 입었기 때문이다. 게다가 너무 놀란 나머지 정신적 충격을 받은 탓에 열이 심하게 났다. 그는 쥘 부인의 집에 가지 않았다. 그 사건이 있고 열흘이 지난 후 처음으로 외출한 그는 수리한 마차를 타고 불로뉴 숲으로 갔다. 그런데 부르고뉴 가*를 내려가다 프랑스 하원** 건물 앞 하수구가 있는 지점에 이르렀을 때, 마차 바퀴 사이에 있는 차축 한가운데가 부서졌다. 남작의 마차는 매우 빨리 달리고 있었기에 그 균열로 인해 두 바퀴가 서로 세차게 충돌해 자칫했더

---

* 당시에는 부르고뉴 가가 센강변에서 시작하는 길이었을 것이다. 그래야 몰랭쿠르의 여정이 이해가 된다. 현재 센강에서 위니베르시테 가까지의 거리는 아리스티드 브리앙 가로 바뀌었다.

** '샹브르 데 데퓌테'로 불리던 프랑스 하원은 1946년 이후 '아상블레 나시오날'로 이름이 바뀌었다. 센강변의 부르봉궁을 하원 건물로 사용하고 있다. (옮긴이)

라면 머리통이 깨졌을 수도 있었다. 그러나 다행히 마차 덮개의 저항으로 인해 그런 위험을 모면할 수 있었다. 그렇지만 그는 옆구리에 큰 상처를 입었다. 열흘 만에 두번째로 거의 빈사 상태가 된 그는 비탄에 빠진 노부인의 집으로 옮겨졌다. 두번째 사건은 그에게 경계심을 불러일으켰다. 그는 막연하게나마 페라귀스와 쥘 부인을 의심했다. 의혹을 밝히고자 그는 부서진 차축을 방에 잘 보관했고 단골 마차 수리공을 불렀다. 집에 온 수리공은 차축과 그 균열을 살펴보더니 남작에게 두 가지 사실을 입증했다. 우선, 차축은 자신의 작업장에서 나온 것이 아니라는 사실이었다. 그는 자신의 이름이 그렇게 조잡하게 새겨진 차축을 판매한 적이 절대 없는데, 어떻게 원래의 차축이 감쪽같이 바꿔치기되었는지 도무지 알 수 없다는 것이었다. 둘째, 의심스럽기 짝이 없는 차축의 균열은 내부의 움푹한 빈 공간 때문이거나, 가스의 작용으로 인해 생긴 구멍과 금속을 녹일 때 일부러 정교하게 만든 연결고리의 결함 때문일 것이라는 사실이었다.*

"세상에, 남작님, 그놈들이 아주 교묘한 수법을 썼군요, 이 모델에 이런 차축을 끼워 넣다니, 누가 봐도 당연히……"

몰랭쿠르 씨는 마차 수리공에게 이 사건에 대해 아무에게도 말하지 말라고 당부했다. 그리고 정말로 조심해야겠다고 생각했다. 그를 죽이려는 두 번에 걸친 시도는 능란한 솜씨로 계획된 것이었다. 그 정도 솜씨라면 그에게 적대감을 품고 있는 자는 필시 권력자일 터였다.

그는 침대에서 몸을 뒤척이면서 생각했다. '이것은 목숨을 건 전쟁이다.

---

* 원문에는 단지 기포와 결함으로만 표기되어 있다. 그러나 이때 기포는 가스로 인해 생긴 구멍이며, 결함은 금속을 녹일 때 연결고리의 결함을 나타낸다. (옮긴이)

야만인의 전쟁, 기습적인 전쟁, 함정을 파놓은 전쟁, 비열한 전쟁이다. 그리고 이 전쟁은 쥘 부인의 이름으로 선포되었다. 그녀는 누구의 여자란 말인가? 그 페라귀스란 자는 도대체 얼마나 대단한 권력을 가진 것일까?'

용감한 군인이었음에도 몰랭쿠르 씨는 두려움으로 부르르 떨지 않을 수 없었다. 머릿속에 떠오르는 오만 가지 생각 중에 한 가지가 그를 사로잡았다. 비밀스러운 적은 이제 곧 독을 사용하지 않을까? 그런데 독에 대해 그는 속수무책이었다. 순간적으로 나약해져 음식도 제대로 못 먹고 열도 오르면서 더욱 공포에 사로잡힌 그는 오래전부터 그의 할머니를 가깝게 모셨고, 어머니처럼 그를 보살펴주었던 한 부인을 불렀다. 그녀는 평범한 사람으로 숭고한 헌신을 보여준 바 있었다. 모든 것을 다 말하지는 않은 채, 매일매일 아무도 몰래 한 군데가 아니라 여러 곳에서 필요한 식품을 사서 열쇠를 채워 보관하라고 그녀에게 지시했다. 그리고 반드시 직접 음식을 가져오고, 음식을 가져올 때에는 그 누구도 가까이 오지 못하게 하라고 일렀다. 말하자면 독살을 피하기 위한 최소한의 예방책이었다. 그는 혼자 침대에서 꼼짝 않고 앓아누워 있었다. 그래서 여유 있게 스스로를 방어할 방도를 궁리할 수 있었다. 아무것도 소홀히 하지 않으면서 자신을 지키기 위해서는 그 방법밖에 없었다. 그러나 이 불행한 환자는 두려움으로 인해 자신의 인생을 망쳐버렸다. 안 그러려고 아무리 애를 써봐도 의심 탓에 매 순간 점점 더 우울해졌다. 그렇지만 두 번에 걸친 암살 시도 덕분에 그는 정치인들에게 가장 필요한 미덕 하나를 배웠다. 생사가 달린 문제에서는 고도의 위장 전술을 사용해야 함을 깨달았던 것이다. 비밀을 감추는 것은 아무것도 아니다. 그러나 삼십 년 동안 계획한 복수를 실행하기 위해, 필요하다면 알리 파샤*처럼 삼십 년 동안 그 사실을 잊지는 않되 미리 누설하지 않고 침묵을 지키는 것, 그것은 단 삼십 일 동안도 말하지 않고 버틸 수 있는 사람이 거의 없는 이 나라에서는 매우 유익한 교훈이다. 몰랭쿠르 씨는 이제 쥘 부인 생각뿐이었다. 그는 알지도 못하는 적을 물리치기 위한 이 생소한 싸움에서 어떤 방법을 사용해야 할지 골똘히 생각했다. 쥘 부인을 향한 뭐라 말할 수 없는 열정은 온갖 장애에도 불구하고 커져만 갔다. 쥘 부인은 그의 사유 한가운데, 그의 마음 한가운데, 늘 그렇게 서 있었다. 정숙했기에 우상으로 섬겼던 그녀였건만, 방탕한 여자일지도 모른다는 생각을 하자 더더욱 그녀에게 끌리는 것이었다.

적이 어떤 지위에 있는 사람인지 알고 싶었던 이 환자는 자신이 처한 상황을 둘러싼 비밀을 나이 많은 주교 대리에게 털어놓아도 위험하지 않으리라고 생각했다. 주교 대리는 아내가 데려온 자식을 사랑하는 아버지처럼 오귀스트를 사랑했다. 그는 섬세했고 능란했으며 수완 좋은 사람이었다. 주교 대리가 왔다. 남작의 말을 주의깊게 듣던 그는 머리를 끄덕였다. 두 사람은 그 일에 대해 논의했다. 오귀스트는 자신들이 살고 있는 지금 이 시대는 경찰과 정부가 모든 비밀을 다 알고 있으니, 도움을 청해야 할 때가 온다면 그들에게 강력한 도움을 받을 수 있을 것이라고 말했지만, 사려 깊은 주교 대리는 젊은 친구가 경찰과 정부에 대해 품고 있는 신뢰에 동의하지 않았다.

노인은 심각하게 말했다. "이보게, 경찰이란 이 세상에서 가장 무능

---

* 알리 파샤 테펠레네. 야니나(그리스 북서부 에피루스 지방 북부, 이오안니나의 세르비아식 이름)의 파샤. 권위적인 동시에 은폐, 위장을 잘했던 군주. 야만적인 전제정치를 펼쳐 사자라는 별명이 붙었다.

한 존재라네. 그리고 정부는 사적인 문제에는 아무 힘도 못 쓰는 법일세. 경찰도 정부도 마음을 꿰뚫어보지는 못해. 그들에게 의당 요구해야 할 것은 사건의 원인을 밝혀달라는 거야. 하지만 정부든 경찰이든, 그들은 본질적으로 그런 일에 적합하지 않아. 근본적으로 그들에게는 모든 것을 알고자 하는 사람들에게 전부 다 알려줄 만한 개인적인 이해관계가 없거든. 인간의 어떤 권력도 살인자가 왕자의 가슴으로 다가가는 것도, 독살자가 신사의 위를 겨냥하는 것도 막지 못한다네. 열정 앞에서 경찰은 속수무책이거든."

주교 대리는 남작에게 이탈리아로 간 후 이탈리아에서 그리스로, 그리스에서 시리아로, 시리아에서 아시아로 여행을 떠나, 정체를 알 수 없는 적에게 그가 후회하고 있다는 신호를 충분히 보여준 후에야 돌아오라고 충고했다. 그렇게 함으로써 적과 암묵적으로 화해하라는 것이었다. 아니면 페라귀스란 작자의 손이 미치지 못하는 그의 저택, 그의 방에 꼼짝 않고 있다가 확실하게 그를 박살낼 수 있을 때에만 밖으로 나가라는 것이었다.

"머리통을 부숴버릴 수 없다면 적에게 손을 대서는 안 된다네." 주교 대리는 심각한 어조로 그렇게 말했다.

어쨌든 노인은 애지중지하는 젊은이에게 신이 자신에게 부여한 모든 수완을 발휘해 그 숨은 적에 대해 알아보고 그 결과를 알려주겠다고, 또한 그 적을 이길 방도를 찾아보겠노라고 약속했다. 물론 그로 인해 누구도 위험에 빠져서는 안 될 터였다. 그에게는 은퇴한 하인이 하나 있었다. 피가로*처럼 약삭빠른 자였다. 그는 인간이라기보다는 원숭이처럼 교활했으며, 악마처럼 재치 있고, 도형수처럼 몸 쓰는 일이라면 무엇이든 할 수 있고, 도둑처럼 민첩하면서도, 여자처럼 섬세한 작자였다. 그러나 그는 파리 사교계를 지배하는 새로운 체제가 확립된 후로 더이상 극중 하인들이 주인에게 예속되지 않게 된 상황에서 기회가 없어 재능을 발휘하지 못하고 있었다. 퇴직한 하인인 이 스카팽**은 지위가 높은 자에게 그러하듯 주인에게 충실했다. 노련한 주교 대리는 주인에게 아부하던 이 하인에게 주는 연금에 매년 제법 큰 액수의 돈을 추가로 지급했다. 그들 사이에 당연히 존재했던 우정과 의리는 이러한 세심한 배려를 통해 이해관계가 개입됨으로써 더욱 돈독해졌다. 그러한 연유로 옛 하인은 더없이 사랑이 깊은 연인이라 할지라도 병든 애인을 위해 그만큼은 할 수 없을 정도의 정성을 노인에게 바치고 있었다. 그는 극중 늙은 하인의 정수, 지난 세기의 마지막 잔재, 변치 않는 종복으로 다른 열정이라고는 없는 자였다. 주교 대리와 몰랭쿠르 씨가 신뢰하면서 일을 맡긴 이는 바로 그 사내였다.

조언을 구하는 주교 대리에게 제복을 입은 그 커다란 남자가 말했다. "남작님은 일을 다 망치실 겁니다. 그분은 그저 편안하게 먹고 마시고 주무시라고 하세요. 나머지 일은 제가 다 알아서 하겠습니다."

실제로, 그 회합이 있고 나서 일주일 후, 몸이 완전히 회복된 몰랭쿠르 씨가 할머니와 주교 대리와 함께 점심식사를 하고 있을 때 쥐스탱은 그 일에 대해 보고하러 들어왔다. 그러고는 노부인이 자신의 거처로

---

* 보마르셰의 희극 〈세비야의 이발사〉 〈피가로의 결혼〉에 나오는 재기 넘치는 하인. (옮긴이)

** 몰리에르의 희극 〈스카팽의 간계〉에 등장하는 꾀 많은 하인으로 기지를 발휘해 주인집 아들의 사랑을 돕는다. (옮긴이)

돌아가자, 모든 수완가가 그러하듯 겸손을 떨면서 다음과 같이 말했다. "페라귀스는 남작님의 뒤를 쫓는 자의 본명이 아닙니다. 그 남자, 그 악마 같은 놈의 이름은 그라티앵, 앙리, 빅토르, 장 조제프 부리그나르입니다. 그라티앵 부리그나르라는 작자는 전에 건축업을 했고 상당히 부자였다고 합니다. 게다가 파리에서 가장 멋진 남자 중 하나였다지요. 도덕군자인 그랜디슨이라도 유혹할 수 있는 러블레이스*라고나 할까요. 그자에 대한 정보는 거기까지입니다. 원래 일개 노동자에 불과했답니다. 그런데 언젠가 데보랑 비밀결사의 동료들이 그를 수장으로 선출한 바람에 페라귀스 23세가 되었습죠. 그자에 대해 무엇이든 알아내기 위해 경찰이 개입한다면 경찰은 분명 그 사실을 알아낼 겁니다. 그자는 이사를 해서 이제는 비외 오귀스탱 가가 아니라 조클레 가**에 거주합니다. 쥘 부인은 가끔씩 그자를 만나러 가는데 말입지요. 쥘 부인의 남편이 증권거래소에 가면서 종종 그녀를 비비엔 가에 내려주거나 아니면 부인이 남편을 증권거래소까지 태워줍니다. 주교 대리님께서는 이런 일이라면 훤히 꿰고 계시니 제게 남편이 아내를 태워갔는지 아니면 아내가 남편을 태워갔는지를 말하라고 요구하시지는 않겠지요. 하지만 쥘 부인이 너무 아름다우니 저는 그녀 쪽에 걸겠습니다. 이 모든 것은 절대적으로 확실합니다. 부리그나르는 종종 129번지***에서 도박을 합니다. 주교 대리님 앞에서 이런 표현을 쓰기는 좀 뭐합니다만, 그자는 여

* 새뮤얼 리처드슨의 소설 『클라리사 할로』에 나오는 인물로 한 여인을 유혹하기 위해서라면 무슨 짓이든 할 수 있는 난봉꾼. (옮긴이)

** 증권거래소 근처에 있는 지금의 레옹 클라델 가.

*** 팔레 루아얄에 있는 도박장 중 하나. 이곳의 도박장들은 7월 왕정 시절인 1836년에 폐쇄된다.

자를 좋아하는 어릿광대 같은 익살꾼이랍니다. 제법 귀족 같은 외모이기도 하고요. 게다가 돈을 잘 따는 편입지요. 배우처럼 변장하고 자기 마음대로 분장도 합니다. 세상 누구보다 독특한 삶을 사는 작자입죠. 분명 거처가 여럿일 겁니다. 왜냐하면 대부분의 경우 그놈은 기사 나리께서 소위 의회의 예법에 맞는 점잖은 조사라고 하시는 조사망을 다 피해 가니까요. 그렇지만 나리께서 명령만 하신다면 그놈의 습관을 이용해서 적당히 처리해버릴 수 있습니다. 여자를 좋아하는 놈을 처리하기는 항상 쉽거든요. 그런데 말입니다, 돈 많은 그놈이 다시 이사할 모양입니다. 주교 대리님, 남작님, 제게 더 시키실 일이 있나요?"

"쥐스탱, 수고했네. 내 명령 없이는 더이상 아무것도 하지 말게. 남작에게 무슨 일이 생기지 않도록 여기서 모든 것을 살피게."

"아들아, 이제 다시 네 삶을 되찾아라. 쥘 부인은 잊어버리고 말이다." 주교 대리가 오귀스트에게 말했다.

"아니, 아니요, 절대 그라티앵 부리그나르에게 지지 않을 겁니다. 그자의 팔다리를 꽁꽁 묶어 데려올 겁니다, 쥘 부인도요." 오귀스트가 말했다.

그날 저녁, 최근 근위대에서 한 계급 승진한 오귀스트 드 몰랭쿠르 남작은 베리 공작부인*의 저택인 엘리제 부르봉궁**에서 열린 무도회에 갔다. 그곳은 물론 어떤 위험도 닥칠 우려가 없는 안전한 곳이었다. 그

---

* 왕정복고 시절의 두번째 왕이었던 샤를 10세의 아들 베리 공작의 부인. (옮긴이)

** 현재 대통령 관저로 사용되는 엘리제궁. 1816년에서 1820년까지 베리 공작 부처의 거처였다. 1820년 3월에는 이 궁에서 무도회가 열리지 않았다. 왕정복고기 마지막 왕이었던 샤를 10세의 아들이자 과격 왕당파였던 베리 공작이 나폴레옹 지지자인 한 노동자에게 1820년 2월 13일 암살되었기 때문이다. 따라서 이 사건은 일 년 전인 1819년에 일어났어야 한다.

런데 몰랭쿠르 남작은 명예가 걸린 어떤 사건을 종결짓기 위해 그 궁에서 나왔다. 도저히 해결할 수 없는 사건이었다. 그의 적수인 롱크롤 후작은 오귀스트에게 항의할 충분한 명분이 있었다. 과거에 사귀었던 후작의 여동생 세리지 백작부인과의 관계로 오귀스트는 그럴 만한 빌미를 주었던 것이다. 예민한 척하는 독일식 감상주의는 딱 질색인 여자였지만, 그녀는 경건해 보이는 옷차림을 연출하기 위해 세세한 데까지 무척이나 신경을 쓰곤 했다. 알 수 없는 운명의 장난으로 오귀스트는 순진하게도 세리지 부인의 그런 술수는 서툴기 짝이 없노라 농담처럼 말했고, 그 말에 부인의 오빠는 굉장한 모욕을 느꼈다. 남작은 구석에서 낮은 목소리로 그 일을 해명하려고 애썼다. 사회 지도층에 속하는 두 사람은 절대 큰 소리를 내지 않았다. 그런데 바로 그다음날 생 토노레와 생 제르맹 구역의 사교계 전체와 궁정 사람들 모두가 그 사건에 대해 이러쿵저러쿵 입방아를 찧고 있었다. 사람들은 세리지 부인을 옹호했고 모든 비난의 화살은 몰랭쿠르에게 향했다. 위엄 있는 사람들이 이 사건에 개입하게 되었다. 몰랭쿠르와 롱크롤 두 사람의 결투에는 최고 명문가 출신의 증인들이 입회하도록 했으며, 결투로 인해 인명 피해가 나지 않도록 모든 대비책을 강구했다. 쾌락주의자인데다 누구나 존경심을 표하는 적수 앞에 섰을 때, 오귀스트는 그가 데보랑 비밀결사의 수장인 페라귀스의 하수인이라고는 생각하지 못했다. 그러나 그는 후작에게 질문을 던지면서 뭐라 설명할 수 없는 이상한 예감에 사로잡혔다.

그는 증인들에게 말했다. "여러분, 저는 물론 롱크롤 씨의 총알을 받는 일을 피하지 않을 것입니다. 그러나 그전에 제가 잘못했음을 선언합니다. 그가 제게 요구해 마땅한 사과를 합니다. 원한다면 공식적인 사과를 할 수도 있습니다. 왜냐하면 여성과 관련된 일인 이상, 그 어떤 행동도 신사의 명예를 훼손하지 않기 때문입니다. 저는 그의 이성과 관대함에 호소합니다. 정당한 권리를 가진 사람이 패배할 수 있는데도 결투를 한다는 것은 좀 어리석지 않나요?……"

그러나 롱크롤 씨는 그런 식으로 일을 끝내는 데 동의하지 않았다. 그러자 더욱더 의심이 간 남작은 적에게 가까이 다가가서 말했다.

"그렇다면 후작님, 증인들 앞에서 신사로서 명예를 걸고 이 사건에는 공개적으로 문제가 된 것 외에 그 어떤 다른 복수도 개입되지 않았음을 서약하시죠."

"남작님, 그것은 제게 하실 질문이 아닙니다."

그러고 나서 롱크롤 씨는 자기 자리로 갔다. 두 사람은 각각 한 발씩만 쏘기로 미리 합의했었다. 몰랭쿠르 씨를 죽이는 일이 불가능하지는 않더라도 대단히 어려운 거리에 있었음에도 롱크롤 씨는 남작을 쓰러뜨렸다. 총알은 심장에서 손가락 두 개 정도 아래에 있는 옆구리를 관통했지만 다행히 심각한 상처를 입히지는 않았다.

"이미 끝나버린 사랑에 대한 복수치고는 너무 정확히 맞히셨네요, 후작님." 근위대 장교가 말했다.

롱크롤 씨는 오귀스트가 죽을 거라고 생각했기에, 그 말을 들으면서 빈정대는 미소를 짓지 않을 수 없었다.

"남작님, 쥘 세자르*의 여동생은 의심을 받아서는 안 되지요."

---

* 율리우스 카이사르는 프랑스어로 쥘 세자르다. 이 문장은 '카이사르의 부인'을 발자크가 패러디한 것이다. 그러나 실제로 카이사르는 아내가 무죄임을 알고서도 그녀를 추방한다. 왜냐하면 "카이사르의 부인은 의심도 받아서는 안 되기 때문이다".

"역시 쥘 부인이로군요." 오귀스트는 답했다.

그는 신음하듯 내뱉은 신랄한 야유의 말을 끝맺지도 못한 채 기절해 버렸다. 그렇지만 피를 많이 흘렸음에도 그의 부상은 목숨을 위협할 정도는 아니었다. 노부인과 주교 대리는 정성껏 그를 보살폈다. 노인들의 오랜 경험을 통해서만 그 비결을 알 수 있는 보살핌이었다. 그렇게 보름이 지난 후 어느 날 아침, 할머니는 인생의 마지막에 해당할 최근 며칠 동안 그녀를 사로잡았던 극도의 불안을 그에게 털어놓았다. 할머니는 F라는 글자가 서명된 편지를 하나 받았는데, 그 편지에는 손자가 비굴하게도 누군가를 염탐한 사실이 정확하게 언급되어 있다는 것이었다. 그 편지는 몰랭쿠르 씨의 신사답지 못한 행동을 비난하고 있었다. 편지에 따르면 그는 메나르 가의 마차들이 모여 있는 광장에 노파를 하나 심어놓았으며, 그 늙은 첩자는 마부들에게 통에 담긴 물을 파는 것처럼 보이지만 실상은 쥘 데마레 부인의 일거수일투족을 염탐하라는 임무를 띠고 있다는 것이었다. 그는 아무에게도 해를 끼치지 않은 남자를 염탐하고, 세 사람의 생사가 걸려 있는 비밀을 모두 다 파헤치려 했다는 것이었다. 벌써 세 번이나 부상을 당했음에도 홀로 냉혹한 싸움을 받아들였으니, 그는 필연적으로 죽음을 면치 못하리라. 왜냐하면 반드시 그를 죽일 거라고 맹세했고, 무슨 수를 써서라도 그 맹세를 지킬 터이니 말이다. 설사 세 사람의 비밀스러운 삶을 존중하겠노라 약속할지라도 몰랭쿠르 씨는 더이상 자신에게 닥친 운명을 피할 수 없을 것이다. 왜냐하면 경찰만큼 야비해질 수 있는 신사의 말은 믿을 수 없기 때문이다. 도대체 그는 왜 이유도 없이 죄 없는 여인과 존경스러운 노인의 삶을 혼란스럽게 하는가. 하지만 오귀스트에게 이러한 내용이 담긴 편지는 몰랭쿠르 남작부인이 퍼붓는 애정 어린 잔소리에 비하면 아무것도 아니었다. 여인에 대한 존경과 신뢰를 저버리다니, 그럴 권리도 없으면서 염탐을 하다니! 설사 그녀의 사랑을 받는다 해도 그렇지, 그렇다고 해서 그녀를 염탐해도 되나? 할머니는 여러 가지 훌륭한 이치와 도리에 대해 온갖 이야기를 퍼부었지만 아무 소용이 없었다. 오히려 젊은 남작이 난생처음으로 불같이 화를 내게 만들었을 뿐이다. 격렬한 인간적 분노에 사로잡혀 그는 일생을 좌우할 결정적인 행동에 이르렀다.

마침내 그는 다음과 같은 결론을 내렸다. "이 결투는 생사가 달린 결투인 만큼 내가 동원할 수 있는 모든 수단과 방법을 다 동원해서라도 나의 적을 죽이고야 말겠어요."

몰랭쿠르 씨를 대신해 주교 대리는 파리 경찰국장을 찾아가 누군가가 법과 경찰 앞에서 감히 근위대 기병장교의 생명을 위협하면서 몰랭쿠르 가문을 공포로 몰아넣고 있다는 말을 전했다. 쥘 부인이 사건의 비밀을 쥐고 있음에도 그녀가 그 사건에 연루되어 있다는 말은 하지 않았다. 그 말에 경찰 간부는 놀라움을 감추지 못했다. 그는 초록색 안경을 벗고는 여러 차례 코를 풀었다. 그리고 주교 대리에게 담배를 권했다. 그러나 주교 대리는 코에 담뱃가루가 묻어 있는데도 불구하고 체면을 차리느라 담배를 피우지 않는다고 말했다. 부국장은 관련 사항을 기록한 후, 파리 경찰이 알아내지 못할 비밀은 없으니 비밀경찰 비도크*와 그의 정보원들의 도움을 받아 그 적대자에 대해 알아본 후 수일 내로 몰랭쿠르 가문에 알려주겠노라 약속했다. 며칠 후 경찰국장은 주교 대리를 만

---

* 외젠 프랑수아 비도크. 도형수였던 그는 석방된 도형수로 구성된 비밀경찰 조직의 수장을 맡았다. 1832년 경찰을 그만둔 후 사설 경찰을 조직한다.

나러 몰랭쿠르 저택으로 왔다. 젊은 남작은 최근 입은 부상을 치유해 건강이 완전히 회복되어 있었다. 그래서 경찰국장은 행정관리답게 우선 그들이 준 정보에 대해 감사를 표했다. 부리그나르라는 자는 이십 년간의 사역이 부과된 도형수였는데, 비세트르에서 툴롱으로 호송되던 중 기적적으로 도망을 쳤다는 것이었다. 태평하게 파리에 와서 살면서 온갖 음험한 음모에 연루되었는데도 모든 수사망을 다 피해가고 있다는 사실을 알고 경찰은 십삼 년 동안 그를 잡으려 애썼지만 헛수고였다고 한다. 요컨대, 참으로 이상야릇한 인생을 살고 있지만, 그자는 이제 곧 여러 거처 중 한 곳에서 붙잡힐 것이며 법의 심판을 받을 것이다. 부리그나르가 체포되는 모습을 직접 눈으로 확인하고 싶을 만큼 그 사건에 중요성을 부여한다면, 다음날 아침 여덟시 생트 푸아 가*에 있는 집으로 오면 된다고 말하면서 이 관료는 공식적인 보고를 마쳤다. 그러고는 그 집 주소를 알려주었다. 몰랭쿠르 씨는 체포 사실을 확인하기 위해 그곳에 가지는 않기로 했다. 파리 경찰을 존중했을 뿐 아니라 행정기관의 신속한 일처리를 신뢰했기 때문이다. 사흘 후, 흥미로운 기삿거리를 제공할 법한데도 그 체포에 대해 아무런 기사가 나지 않는 것을 의아해하면서 몰랭쿠르 씨는 불안감에 사로잡혔다. 그러나 다음의 편지는 그의 두려움을 일소했다.

남작님께,

문제가 되는 사건에 대해 더이상 걱정하실 필요가 없음을 알려드

---

* 이 길은 생 드니, 아부키르, 레오뮈르 거리가 만나는 삼각지대에 위치한다.

릴 수 있어 영광입니다. 일명 페라귀스로 불리는 그라티앵 부리그나르가 어제 조클레 가 7번지에 있는 거처에서 사망했습니다. 그의 신원에 대해 우리가 품었던 의혹은 사실 확인을 통해 완전히 사라졌습니다. 우리의 요청에 따라 경찰청 의사가 시청 소속 의사와 합류했으며, 경찰청장은 완벽한 확인을 위해 필요한 모든 점검을 마쳤습니다. 사망신고서에 서명한 증인들이나 마지막 순간 부리그나르를 돌본 사람들의 증언으로 미루어볼 때 그에 대한 한 점의 의혹도 가질 수 없었습니다. 그 사람들 중에는 존경하는 본 누벨 교회의 보좌신부님도 계셨습니다. 그는 신부님께 고해성사도 했다는군요. 왜냐하면 그는 마지막에 기독교 신자가 된 후 죽었으니까요.

남작님께 경의를 표하며

몰랭쿠르 씨와 남작부인, 그리고 주교 대리는 뭐라 말할 수 없는 기쁨에 차서 안도의 한숨을 내쉬었다. 노부인은 눈물을 흘리면서 손자를 껴안았다. 그러고는 하느님에게 감사 기도를 드리기 위해 밖으로 나갔다. 아흐레 동안 오귀스트가 무사하기를 기도드렸던 그녀는 하느님께서 자신의 기도를 들어주셨다고 생각했다.

"자, 이제 네가 말하던 그 무도회에 가도 좋다. 더이상 반대하지 않으마." 주교 대리는 말했다.

몰랭쿠르 씨는 그곳에 쥘 부인이 있을 게 분명한 만큼 서둘러 무도회에 갔다. 그 무도회는 센 지방*의 지사가 주최하는 것이었다. 파리의 두 사교계**는 중립지대***라 할 수 있는 그 집에서 만났다. 오귀스트는 살롱을 두루 살펴보았지만 그의 삶에 그토록 지대한 영향을 준 여인은 보이지 않았다. 그는 아직 텅 비어 있는 내실로 들어갔다. 그곳에서는 도박용 탁자가 도박꾼들을 기다리고 있었다. 그는 쥘 부인에 대한 이루 말할 수 없는 모순적인 생각에 사로잡혀 소파에 기대앉았다. 그때 어떤 남자가 젊은 장교의 팔을 잡았다. 남작은 아연실색했다. 그는 바로 코키에르 가에서 본 누추한 차림의 남자, 이다의 페라귀스, 솔리 가의 주민, 쥐스탱이 말했던 부리그나르, 경찰이 밝혀낸 도형수, 어제 죽은 바로 그 남자였던 것이다.

"선생, 소리지르지도 말고 한마디 말도 하지 마시오." 부리그나르가 말했다. 그는 부리그나르의 목소리를 기억했다. 그러나 다른 사람들은 아무도 그의 목소리를 알아채지 못한 것 같았다. 그는 우아하게 차려입었고, 황금양털기사단의 휘장을 둘렀으며 옷에는 훈장이 달려 있었다. 하이에나가 우는 것 같은 휙휙거리는 소리를 내면서 그는 다시 말했다. "선생, 경찰을 당신 편으로 끌어들임으로써 당신은 나의 모든 시도를 용인한 것이나 다름없소. 당신은 파멸할 거요, 그래야만 하오. 쥘 부인을 사랑하오? 그녀의 사랑을 받아본 적이 있소? 무슨 권리로 당신은

---

* 제1공화국의 제헌의회는 1790년 파리와 근교를 포함하는 지역을 '파리 지방'이라 명명하는 법령을 제정했으며, 그후 1795년 '센 지방'으로 이름이 바뀐다. 이후 여러 차례 변화를 거쳐 1968년 법령에 따라 파리 지방이 4개의 지역(파리 지역, 오트 드 센 지역, 센 생 드니 지역, 발 드 마른 지역)으로 새로이 나뉘면서 '센 지방'이라는 명칭은 사라진다. (옮긴이)

** 생 제르맹으로 대표되는 좌안의 정통 귀족과 주로 센강 북쪽 우안의 신흥 귀족을 말한다. (옮긴이)

*** 1819년부터 1820년까지의 파리 지방 도지사는 샤브롤 백작이었으며, 1832년에는 본디 백작, 1830년에는 랑뷔토 백작이었다. 실제로 1830년 이후 파리 지방 도지사의 살롱과 몇몇 대사관은 파리에 존재하는 두 지역의 중립지대 역할을 했다.

그녀의 평안을 깨고 그녀의 순결을 더럽히려 하는 거요?"

그때 누군가 그 방에 들어왔다. 페라귀스는 일어나 방을 나가려 했다.

몰랭쿠르 씨는 페라귀스의 멱살을 잡고 그 남자에게 물었다. "이 남자를 아십니까?" 그러나 페라귀스는 재빨리 빠져나와 몰랭쿠르 씨의 머리카락을 붙잡고 빈정대면서 여러 차례 그의 머리를 흔들며 이렇게 말했다. "죽어야만 정신 차리겠나?"

"아니요, 개인적으로는 모르는 사람입니다, 선생. 하지만 저분이 푼칼* 씨라는 것은 압니다. 매우 부유한 포르투갈 사람이지요." 그 장면을 목격한 유일한 증인인 마르세**는 그렇게 대답했다.

푼칼 씨는 사라졌다. 남작은 그를 쫓아갔지만 잡지 못했다. 그러나 회랑 밑에 이르렀을 때, 근사하게 차려입고 그를 바라보면서 히죽히죽 웃다가 서둘러 그곳을 떠나는 페라귀스를 보았다.

"선생, 제발 부탁입니다." 오귀스트는 살롱으로 들어가 그에 대해 알고 있는 마르세에게 말했다. "푼칼 씨가 사는 곳은 어디죠?"

"저는 모릅니다. 하지만 이곳에 있는 사람들은 알고 있겠지요."

지사에게 물어본 남작은 푼칼 백작이 포르투갈 대사관***에 머물고 있다는 사실을 알아냈다.

---

* 발자크는 스페인 기사단인 황금양털기사단의 인물을 묘사하면서 푼칼에게 스페인 국적을 부여할 것인가 포르투갈 국적을 부여할 것인가를 망설인다. 푼칼(Funcal)은 마데이라의 수도 푼샬(Funchal)로부터 빌려온 것이다. 푼칼 백작은 1831년 교황의 명으로 프랑스에 파견되었다.

** 마르세 역시 13인당의 일원이다. 그는 '13인당 이야기'의 세번째 일화인 「황금 눈의 여인」의 주인공으로 나온다. (옮긴이)

*** 1818년부터 1820년 사이에 앙주 가에 있었음. 생 토노레 구역 25번지. 1830년 이후로는 파리에 포르투갈 대사관이 없다.

아직도 머리카락에서 차갑고 냉혹한 페라귀스의 손가락 감촉이 느껴지던 그때 남작은 쥘 부인을 보았다. 그녀의 미모는 절정에 달해 있었다. 그녀는 생기발랄하면서 우아하고 천진난만했고, 그토록 그를 매료시켰던 여성적 신성함으로 인해 찬란하게 빛나고 있었다. 그렇지만 오귀스트에게 악마와도 같은 이 피조물은 이제 증오심만을 불러일으킬 뿐이었다. 그 증오심은 그의 시선에서 처절하고 참혹하게 넘쳐흘렀다. 그는 아무에게도 들리지 않게 그녀에게 말할 기회를 노렸다가 이렇게 말했다. "부인, 벌써 세 번이나 당신의 살인청부업자들이 나에게 무례하게 구는군요."

"무슨 말씀이시죠, 남작님?" 얼굴이 빨개진 그녀는 그렇게 말했다. "남작님이 여러 차례 좋지 않은 사고를 당했다는 것을 알고 있고, 그 일은 저도 무척 안타깝게 생각합니다. 그런데 남작님이 당한 사고와 제가 무슨 관계라도 있단 말씀인가요?"

"부인은 솔리 가 사내의 지시에 따라 나를 해치려는 살인청부업자들이 있다는 사실을 아시지요?"

"남작님!"

"부인, 이제 해명을 요구하는 사람은 나 하나가 아닐 겁니다. 내 행복이 아니라 내 목숨에 대한……"

바로 그때 쥘 데마레가 다가왔다.

"제 아내에게 무슨 말씀을 하시는 겁니까?"

"그게 알고 싶으면 제 집에 와서 알아보시지요."

얼굴이 창백해지고 거의 기절할 지경에 이른 쥘 부인을 남겨두고 몰랭쿠르는 밖으로 나갔다.

# 3
# 비난받는 여인

일생에 한 번쯤 부인할 수 없는 사실을 추궁하는 남편의 정확하고 날카롭고 예리한 물음, 그 무자비한 질문 앞에 서보지 않은 여성은 거의 없으리라. 아내는 그 질문을 알아채기만 해도 가볍게 전율하고, 그 첫마디는 단도 날로 찌르듯 가슴에 박힌다. 그래서 이런 격언이 생겼나 보다. 모든 여자는 다 거짓말을 한다. 선의의 거짓말도 있고, 가벼운 거짓말도 있으며, 숭고한 거짓말도, 끔찍한 거짓말도 있다. 그러나 거짓말을 하지 않을 수는 없다. 거짓말하는 것이 의무라는 사실이 인정된 이상, 거짓말을 잘할 줄 알아야 하지 않겠는가? 프랑스에서 여자들은 기가 막히게 거짓말을 잘한다. 우리의 풍속은 그네들에게 사기치는 법을 얼마나 잘 가르치고 있는가! 요컨대 여자들은 거짓말을 하면서도 당연한 듯 너무 거만하며, 너무 예쁘고, 너무 우아하고, 게다가 너무 진실해 보이기도 한다. 여자들은 또한 사회생활을 하면서 더이상 행복을 유지할 수 없을 만큼 큰 충격을 받는 일을 피하기 위해서는 거짓말이 필요하다는 사실을 너무도 잘 알고 있다. 그러므로 거짓말이란 보석을 싸는 솜만큼이나 그네들에게 필요한 것이다. 따라서 여자들에게 거짓말은 언어의 기본이다. 진실은 아주 예외적으로만 존재한다. 예를 들어, 자신이 순결할 경우, 기분이 내키면 혹은 계산에 따라 진실을 말하기도 한다. 그런데 성격에 따라 거짓말을 하면서 웃는 여자가 있는가 하면 우는 여자도 있다. 어떤 이는 심각해지기도 하고, 또 어떤 이는 화를 내기도 한다. 젊은 시절 자신들을 우쭐하게 만드는 찬사에 무관심한 척했던 여자들, 그들은 종종 자신마저 속이기에 이른다. 비밀스레 사랑하는 소중한 사람 앞에서 가슴이 떨리는 순간, 바로 그 순간 여자들이 드러내는 최고의 아름다움을 어떻게 찬미하지 않을 수 있겠는가? 가장 힘든 곤경에 처해서도 여유로움, 능란함, 자유로운 정신을 유지하는 여자들을 어떻게 연구하지 않을 수 있겠는가? 여자들에게 부자연스러운 것은 아무것도 없다. 하늘에서 눈이 내리듯 여자들의 속임수는 자연스럽게 흐른다. 게다가 다른 사람에게서는 얼마나 기술적으로 진실을 밝혀내는가! 여자들에게 가슴속 비밀을 털어놓으면서 순진하게도 질문을 퍼붓는 남자들, 그러한 남자들의 열광적인 질문에 여자들은 얼마나 정교하게 더없이 정확한 논리를 적용하는가! 여인에게 질문한다는 것, 그것은 이미 그녀에게 항복하는 게 아닐까? 그녀에게 감추고 싶은 모든 것을 그녀가 알아채게 하는 게 아닐까? 그녀는 말을 하면서도 아무 말도 하지 않는 법을 알게 되지 않을까? 그런데도 파리 여인과 싸운다고 우쭐대는 이들이 있다니! 그 어떤 공격도 피해갈 수 있는 여인과 말이다. 그녀는 이렇게 말할 것이다. "호기심이 많으시군요! 당신이 무슨 상관이죠? 왜 알고 싶은 거죠? 아! 질투하시는군요! 내가 답을 안 하면 어찌되나요?" 요컨대, 십삼만 칠천 가지 방식으로 아니요라고 말할 수 있고, 헤아릴 수 없을 만큼 다양한 방식으로 네라고 말할 수 있는 여인과 말이다. '네'와 '아니요'에 대한 이론서야말로 외교학과 철학과 역사학*과 윤리학에서 앞으로 연구해야 할 가장 훌륭한 저작 중 하나가 아닐까? 그러나 그렇게 어려운 작품을 쓰려면 남녀 양성성을 지닌 천재라야 하지 않을까? 그러니 아무도 그 일을 시도하지 못하리라. 그렇지만 그 작품이야말로 간행되지 않은 모든 작품 중에서 여자들에게 가장 널리 알려지고, 또 가장 잘 활용되는 책이 아닐까? 당신들은 거짓말하는 사람의 거동이나 태도, 그 뻔뻔함을 연구해본 적이 있는가? 잘 살펴보길 바란다. 데마레 부인은 마차 오른쪽에, 남편은 왼쪽에 앉아 있었다. 무도회장을 나오면서 감정을 추스를 수 있었던 부인은 태연한 척 조용히 있었다. 무도회장을 나오면서 남편은 아무 말도 하지 않았고, 마차를 탄 후에도 여전히 아무 질문도 하지 않았다. 쥘은 창문 너머로 지나치는 고요한 집들의 검은 벽면을 바라보았다. 그러다 마차가 길모퉁이를 돌아갈 때, 갑자기 무슨 결단이라도 내린 듯 아내를 찬찬히 살펴보았다. 그녀는 안에 털을 댄 외투에 푹 파묻혀 있는데도 추워 보였다. 그는 생각에 골똘히 잠긴 듯한 그녀를 보았다. 아마도 그녀는 실제로 생각에 잠겨 있었는지도 모른다. 서로 전염되는 것 중에서 가장 쉽게 전염되는 것은 생각에 잠기는 일과 엄숙함이리라.

* 원문에는 로고그라포이의 작품이라고 되어 있다. 로고그라포이는 그리스 초기 역사학자를 일컫는다. 헤로도토스는 가장 위대한 로고그라포이로 평가된다. (옮긴이)

“몰랭쿠르 씨가 무슨 말을 했기에 그렇게 충격을 받은 거요? 도대체 자기 집에 가면 내게 무엇을 알려주겠다는 것이오?” 쥘이 물었다.

“그 사람 집에 간다고 해도 지금 내가 하는 말 이상으로 그 사람이 당신한테 해줄 말은 없을 거예요.” 부인이 대답했다.

그러고서 정숙함을 살짝 훼손시키는, 여자들 특유의 술책인 애교가 담긴 시선을 보내면서 다음 질문을 기다렸다. 그러나 남편은 창 쪽으로 고개를 돌리고, 스쳐지나가는 건물들의 출입구만을 뚫어지게 바라볼 뿐이었다. 또다시 질문한다는 것은 의심이요 불신이 아닐까? 사랑한다면 여인을 의심하는 것은 범죄행위다. 쥘은 추호도 아내를 의심하지 않았기에 이미 결투에서 한 남자를 죽인 바 있다. 클레망스는 남편의 침묵에 담긴 의미를 알 수 없었다. 그가 아내를 얼마나 깊이 사랑하는지, 그래서 지금 얼마나 생각이 많은지를. 쥘 역시 클레망스의 가슴을 졸이게 하는 그 엄청난 비밀에 대해 아무것도 몰랐다. 마차는 두 사람을 태우고 고요한 파리를 지나가고 있었다. 전에는 늘 비단 쿠션에 다정하게 기대어 함께 가던 두 사람, 그토록 뜨겁게 사랑했던 두 사람이었건만, 지금 그들 사이에는 거대한 심연이 가로놓여 있었다. 자정과 새벽 두시 사이에 무도회장에서 돌아오는 멋진 마차, 길과 마차를 비추는 전조등이 달려 있고 창문은 투명한 유리로 된 마차 안에서는 얼마나 많은 이상한 일이 벌어질까. 특히 합법적인 부부들이 탄 마차 안에서는 지나가는 사람들에게 들킬 것을 염려할 필요 없이 마음껏 다툴 수 있으니 말이다. 부부라는 법적 지위는 남편으로 하여금 마차 안에서든 밖에서든 아무데서나 아내에게 화를 낼 수 있고, 아내를 때리거나 포옹할 수 있는 권리를 부여하고 있지 않은가! 그래서 얼마나 많은 비밀이 밤거리를 배회하는 보병들, 갈 때는 마차를 타고 갔다가 무슨 이유에서건 돌아갈 때는 걸어서 가는 젊은이들에게 누설되는가! 쥘과 클레망스가 이렇게 서로 따로따로 구석에 앉은 건 이번이 처음이었다. 남편은 언제나 아내 곁에 꼭 붙어 있었던 것이다.

"정말 춥군요." 쥘 부인이 말했다.

그러나 남편은 그 말은 듣지 않은 채 길거리 상점들의 어두운 간판만을 응시하고 있었다.

마침내 그가 말했다. "클레망스, 당신에게 이런 질문하는 것을 용서하구려."

그는 아내에게 다가와 그녀의 허리를 잡고 가까이 당겼다.

'맙소사, 올 것이 왔구나!' 가엾은 클레망스는 생각했다.

그러고는 남편의 말이 끝나기도 전에 이렇게 말했다. "그러니까 쥘, 당신은 몰랭쿠르 씨가 내게 무슨 말을 했는지 알고 싶은 거로군요. 말할게요, 쥘. 하지만 그 이야기는 당신을 불안하게 할 수도 있어요. 세상에, 우리 사이에 비밀이 있을 수 있을까요? 아까부터 당신은 우리의 사랑에 대한 신뢰와 막연한 두려움 사이에서 고통스러워하고 있군요. 하지만 우리는 서로 확실하게 신뢰하고 있지 않나요? 당신의 의심은 참으로 끔찍해 보이지 않나요? 왜 당신은 지금의 명료한 상태, 당신이 좋아하는 이 상태 그대로 있으려 하지 않나요? 내가 모든 것을 다 말한다 해도 당신은 더 많은 것을 알고 싶어할 거예요. 그렇지만 그 남자가 한 수수께끼 같은 말들의 의미를 나도 몰라요. 어쩌면 당신들 사이에 뭔가 치명적인 일이 일어날 것만 같아요. 차라리 기분 나쁜 이 순간을 우리 둘 다, 다 잊어버렸으면 좋겠어요. 하지만 어떤 경우에도 이 이상한 사건이 자연스럽게 설명될 때까지 기다린다고 약속해주세요. 몰랭쿠르 씨는 당신도 들은 바 있는 세 가지 사건, 그러니까 그 사람 하인 머리 위로 돌이 떨어진 사고와 마차 바퀴가 부서진 사고, 그리고 세리지 부인과 관련된 결투, 이 모든 것이 내가 꾸민 음모의 결과라고 주장하는 거예요. 그러고는 자기를 죽일 경우 내가 얻을 이익을 당신에게 설명하라고 위협했어요. 당신 뭐 아는 거 있어요? 미친 사람 같은 그 사람의 얼굴, 사나운 시선, 감정이 격해져서 중간중간 끊기는 말들, 그 모든 것이 주는 느낌이 너무 무서워요. 나는 그 사람이 미친 줄 알았어요. 그게 다예요. 그래요, 일 년 전부터, 사람들이 말하듯, 몰랭쿠르 씨가 나를 열렬히 사랑하고 있다는 사실을 몰랐다면 나도 여자가 아니겠지요. 하지만 그 사람은 무도회에서밖에 나를 본 적이 없어요. 그리고 그 사람이 하는 이야기는 내게 아무런 의미도 없어요. 무도회에서 하는 말이야 늘 그렇고 그런 것이니까요. 어쩌면 그 사람은 언제고 내가 혼자 남아 아무런 방어도 할 수 없게 만들기 위해 우리를 이간질하고 싶어하는지도 모르겠군요. 알겠어요? 당신은 벌써 눈살을 찌푸리고 있군요. 오! 나는 정말로 이 사교계를 증오해요. 그 사람 없이도 우린 정말 행복하잖아요! 그런데 왜 그 사람을 찾아가나요? 쥘, 제발, 이 모든 것을 다 잊어버리겠다고 약속해주세요. 아마도 내일이면 몰랭쿠르 씨가 미쳤다는 소식이 들릴 거예요."

'참 이상한 일이야!' 쥘은 회랑 밑에서 마차에서 내리며 생각했다.

그는 아내에게 팔을 내밀었고 두 사람은 집안으로 들어갔다.

이 이야기의 세부적인 사항까지 다 말하고 굴곡진 이야기의 흐름을 따라가려면, 여기서 사랑하는 사람들의 비밀 몇 가지를 폭로하고 침실의 대리석 바닥 밑으로 슬그머니 미끄러져 들어가야 한다. 그렇지만 뻔뻔스러운 태도를 취해서는 안 된다. 마치 트릴비*가 두갈이나 그의 아내 자니가 눈치채지 못하게 한 것처럼 아무도 눈치채지 못하게 해야 한다. 우리의 고상한 언어인 프랑스어가 그러하듯 순결해야 하고, 제라르가 대담한 붓놀림으로 〈다프니스와 클로에〉**를 그렸듯이 그렇게 대담해야 한다. 쥘 부인의 침실은 성역이었다. 부인과 남편 그리고 하녀를 제외하고는 아무도 그 방에 들어갈 수 없었다. 부富는 여러 가지 멋진 특권을 가져다준다. 그중에서도 가장 부러운 것은 사랑의 감정을 마음껏 키울 수 있게 해주는 특권, 온갖 투정을 부려도 오히려 그것이 사랑을 더욱 풍요롭게 만들어주는 특권이다. 그러한 특권은 또한 사랑이 더욱 커지게 만드는 찬란한 빛과 그 감정을 정화시키려는 노력들, 그리고 그 감정을 더욱 매력적으로 만드는 섬세함으로 사랑을 둘러싸게 한다. 만일 풀밭 위에서의 식사, 제대로 대접받지 못하는 식사를 혐오한다면, 무늬를 넣어 짠 눈이 부시도록 하얀 테이블보, 은 식기 세트, 은은하고 순수한 느낌의 도자기들, 장식조각이 많고 금테를 두른, 은은한 색의 촛불이 밝혀진 테이블, 그리고 문장紋章이 새겨진 은 조명기구 밑으로 더없이 세련된 요리가 나오는 기적을 보는 데서 기쁨을 느낀다면, 당신은 아파트 꼭대기의 고미다락과 거리의 천한 여공들을 떠나야 한다. 그것이 일관성 있는 태도이리라. 고미다락에서 뛰쳐나오고, 천한

* 샤를 노디에의 작품 『트릴비』에 등장하는 짓궂은 사내의 이름. 스코틀랜드 어부와 아내의 은밀한 만남을 방해한다.

** 프랑수아 제라르의 작품. 다프니스가 자신의 무릎에 머리를 기댄 채 잠든 클로에에게 화관을 만들어주고 있다. 이 그림은 루브르 박물관에 소장되어 있다.

여공을 버리고, 우산도 버리는 것, 그리고 식권으로 저녁을 먹는 사람들에게나 어울리는 나막신을 버리는 것이다. 그러고 나면 당신은 이해할 것이다. 사랑이란 사보느리* 회사의 카펫 위에서만, 빛나는 유백색 등불 아래에서만, 비단으로 덮인 은밀한 벽들 사이에서만, 금으로 장식된 벽난로 앞에서만, 차양이나 겉창 혹은 굽이치는 커튼 덕분에 이웃의 소리도 길거리 소음도 아무 소리도 들리지 않는 방안에서만 은총을 받으며 피어날 수 있다는 것을. 당신에게는 다양한 모습을 비춰주는 거울이 여러 개 필요하다. 그 거울들은 원하는 만큼 다양하게, 사랑으로 인해 천변만화하는 여인의 모습을 한없이 비춰주리라. 그 밖에도 낮은 소파들, 그리고 알 수 없는 비밀처럼 보이지 않지만 그곳에 있다는 것을 짐작할 수 있는 은밀한 침대가 있다. 그리고 관능적인 이 침실에는 맨발을 덮기 위한 모피, 밤시간 동안 언제라도 책을 읽을 수 있도록 주름진 모슬린 커튼 가운데 놓여 있는 유리상자 속에 담긴 촛불, 머리가 아플 정도로 진하지는 않은 꽃향기, 안 도트리슈**라도 만족시킬 만큼 정교한 그림들이 있다. 쥘 부인은 이렇게 감미로운 취향을 구현해냈다. 하지만 그 정도는 아무것도 아니었다. 고상한 취향을 가진 여성이라면 누구나 그만큼은 할 수 있다. 그러나 그러한 물건을 배치하는 데 그녀만의 특별함이 있어, 그 누구도 집안의 장식과 그 세세한 부분을 모방할 수 없을 터였다. 그 어느 때보다 지금은 개성을 최고로 여기는 맹신적 사고가 판을 치는 세상이다. 우리의 법령이 평등이라는 불가능한 이상을 추구하면 할수록, 우리는 풍습에 의해 그것으로부터 점점 멀어진

---

* 앙리 4세의 왕비 마리 드 메디시스가 세운 공장. 1828년에 고블랭 공장으로 편입된다.

** 루이 13세의 왕비.

다. 그래서 부자들은 삼십 년 전에 그랬던 것보다 훨씬 더 자신들만의 취향을 고집하고 자신들이 소유한 것을 독점하려 한다. 쥘 부인은 실내 장식이 어떤 효과를 발휘할지 잘 알았다. 그래서 사랑을 느끼게 하면서도 호사스러운 분위기가 다른 것들과 잘 조화를 이루도록 모든 것을 배치했다. 천오백 프랑과 나의 소피,* 혹은 초가집에서의 열정 등은 처음에는 흑빵이면 충분했던 굶주린 사람들이 하는 말이다. 그러나 그들이 진정으로 사랑을 알게 되면서부터는 미식가가 되고, 마침내 식도락가에게 필요한 부가 없음을 한탄하게 된다. 사랑에는 고난이 따르고, 가난은 혐오스럽다. 가난하게 사느니 차라리 죽는 것이 낫다. 무도회를 마치고 집으로 돌아가는 대부분의 여성은 서둘러 잠자리에 들기 위해 아무데나 옷을 벗어던지고, 더이상 향기나지 않는 시들어버린 꽃다발을 팽개친다. 소파 밑에 작은 신발을 벗어놓고는 헐렁한 슬리퍼를 신고 걸어다니며, 머리장식으로 꽂은 빗을 빼고, 아무렇게나 머리를 푼다. 우아한 머리 모양이나 몸치장을 위해 사용했던 단추, 이중의 핀, 머리 모양을 유지하고 장신구를 고정시키는 간사한 역할을 했던 고리, 이런 것들을 남편이 보건 말건 아무 상관도 없다. 신비스러운 비밀은 더이상 없다. 남편 앞에서 모든 것이 무너진다. 더이상 남편을 위한 꾸밈은 없다. 만일 하녀가 깊이 잠들어버리는 바람에 미처 그것을 치우지 못한다

* 이것은 디드로가 1758년에 쓴 『가족의 아버지』에 나오는 구절을 인용한 것으로, 거기서 못된 삼촌인 기사는 소피와 결혼하겠다는 주인공 생 토뱅에게, 그럴 경우 그는 아버지의 상속분의 절반인 천오백 프랑의 연금밖에 받을 수 없고, 만일 자신이 원하는 정략결혼을 한다면 그것보다 대여섯 배가 되는 유산을 받을 수 있다며 조카를 설득하려 한다. 그러나 생 토뱅은 천오백 프랑으로 만족하며, 그 돈으로 소피를 가난에서 구할 수 있으리라는 희망을 품는다. (옮긴이)

면, 대부분의 경우 무척이나 신중하게 사용했던 코르셋조차 그대로 팽개쳐져 있을 것이다. 코르셋 받침살을 넣어 부풀린 치마, 타프타로 여러 겹을 댄 소맷부리, 가짜 천조각들, 미용사에게 산 인조 머리카락, 가짜 여인을 만들었던 그 모든 것이 그곳에 흩어져 있다. 독자를 위해 공들여 쓴, 그리고 그 독자로부터 찬사를 받는 작위적인 시구, '흩어진 시인의 잔재들'*에 비유될 수 있는 예쁜 여인은 너무 많다. 하품하는 남편의 사랑 앞에서 본모습을 드러내고 똑같이 하품하는, 우아함이라고는 찾아볼 수 없는 단정치 못한 여인, 어젯밤에도 썼고 내일도 쓸 너절한 헝겊 모자를 쓴 여인이 있다. 그녀는 말할 것이다. 이것 보세요, 매일 밤 예쁜 나이트캡을 쓰고 있기를 원하신다면 무엇보다 제 생활비를 올려주셔야지요. 이것이 바로 있는 그대로의 실제 삶이다. 여인들은 남편에게는 항상 늙어 보이고 불쾌감을 주는 반면, 다른 남자들, 남편의 모든 경쟁자 앞에서는 언제나 상큼하고 우아하게 차려입고 멋을 부린다. 모든 여자를 비방하고 헐뜯는 사교계에 나설 때도 마찬가지다. 많은 경우 그러하듯이 사랑에는 그 사랑을 유지하고자 하는 본성이 있기에, 진정으로 남편을 사랑하는 쥘 부인은 다른 여자들과 다르게 행동했다. 그리고 행복이 주는 지속적인 기쁨 속에서 남편에 대한 소소한 의무들을 다할 수 있는 힘을 얻곤 했다. 그녀는 그 의무들을 절대 소홀히 할 수 없었다. 그것들이야말로 사랑이 영원히 지속되게 하기 때문이다. 그러한 배려와 의무야말로 사람들을 매혹시키는 개인의 품위로부터 나오는 게 아닐까? 그것들이야말로 사람을 기분좋게 만드는 게 아닐까? 그

---

* 호라티우스의 『풍자시』 1권 시4 62행을 인용한 것.

것들은 그 자체로 사랑하는 사람을 존중하는 게 아닐까? 그래서 쥘 부인은 남편의 옷방 출입을 금지했다. 그곳에서 그녀는 무도회 의상을 벗는다. 그러고는 그녀 마음속의 비밀스러운 축제를 위해 신비롭게 치장하고, 밤 의상을 걸친 채 그 방에서 나온다. 우아하고 매력적인 침실에 들어갈 때면 쥘은 항상 그곳에서 멋진 목욕 가운을 요염하게 걸치고 머리는 굵게 땋아 소박하게 틀어올린 여인을 만난다. 머리가 헝클어지더라도 그 모양새나 촉감은 여전히 아름다울 그녀였다. 이렇듯 그는 사교계에 있을 때보다 항상 더 꾸밈없고, 더 아름다운 여인, 목욕물 속에서 더 생기나는 여인, 그녀가 입은 하얀 모슬린 옷 색깔보다 더 하얀 피부를 가꾸는 데만 신경을 쓰는 여인, 최고로 신선한 향수보다 더 신선한 여인, 최고로 능숙한 창녀보다 더 매혹적인 여인, 말하자면 가장 다정하고 따라서 항상 사랑받는 여인을 만나는 것이다. 이처럼 사랑받기 위한 여자의 역할에 대한 깊은 조예는 조제핀이 나폴레옹의 마음을 사로잡을 수 있었던 위대한 비결이다. 그것은 또한 가이우스 칼리굴라의 연인이었던 카이소니아*, 그리고 앙리 2세의 연인이었던 디안 드 푸아티에**의 비결이기도 하다. 이미 삼십대 후반이었던 여성들이 그 비결로 성공했을진대, 젊은 여성의 손에 쥐어진 무기는 어떻겠는가! 따라서 남편은 희열 속에서 변함없는 사랑이 주는 행복을 받아들였다.

그런데 그녀를 얼어붙게 만들었던, 그리고 여전히 그녀를 무척이나

---

* 카이소니아는 로마 황제 칼리굴라의 마음에 들기 위해 그의 모든 변덕에 비위를 맞추었다고 한다. 그녀는 그와 함께 죽었다.

** 프랑스의 명문 귀족 출신으로 스무 살 연상임에도 불구하고 이십 년 넘게 앙리 2세의 총애를 받았던 여인.

불안하게 만들고 있는 대화를 마치고 집으로 들어가면서, 쥘 부인은 밤 의상에 더욱더 신경을 썼다. 그녀는 매혹적으로 보이고 싶었고 실제로도 그러했다. 그녀는 나이트가운의 허리를 졸라맸고, 가슴 부분을 약간 풀어헤쳤다. 그리고 둥근 어깨 위로 검은 머리가 흘러내리게 했다. 향수 뿌린 물로 목욕한 덕분에 그녀에게서는 취할 정도로 향기가 났다. 벗은 발은 벨벳 슬리퍼에 감싸여 있었다. 자신의 매력에 자신이 있는 그녀는 작은 보폭의 발걸음으로 쥘에게 다가가 그의 눈을 두 손으로 가렸다. 그녀는 실내복 차림의 그가, 벽난로에 팔꿈치를 괴고, 발 하나는 받침대 위에 놓은 채 생각에 잠긴 모습을 보았던 것이다. 그녀는 자신의 숨결을 불어넣어 남편의 귀를 뜨겁게 하는 동시에 치아 끄트머리로 그 귀를 살짝 깨물면서 말했다. "선생님, 무슨 생각을 그렇게 하세요?" 그러고는 그에게서 나쁜 생각을 몰아내기 위해 능숙하게 껴안으면서 두 팔로 그를 감쌌다. 사랑하는 여인은 자신의 위력을 잘 안다. 게다가 정숙한 여인일수록 그녀의 교태는 더욱더 큰 효과를 발휘하는 법이다.

"당신 생각." 그가 대답했다.

"나만?"

"그렇소!"

"오! 아닌 것 같은데요."

그들은 잠자리에 들었다. 잠들면서 쥘 부인은 생각했다. '결국 몰랭쿠르 씨가 우리 불행의 씨앗이 되고 말 거야. 쥘은 나한테는 아무 말도 하지 않고 멍하니 그 생각에만 사로잡혀 있어.' 쥘 부인이 뭔가 이상한 예감이 들어 잠에서 깼을 때는 새벽 세시였다. 그녀는 몸과 마음으로 남편의 부재를 감지했다. 머리 밑으로 팔베개를 해주던 쥘의 팔이 없어진 것을 느꼈던 것이다. 그녀는 오 년 전부터 그 팔에 기대어 행복하고 평안하게 잠들곤 했다. 쥘은 한 번도 그녀 때문에 팔이 아프다고 한 적이 없었다. 그녀 안의 목소리가 말했다. '쥘이 고통받고 있어. 쥘이 울고 있어……' 그녀는 머리를 들고 일어나 앉았다. 남편의 자리가 차갑게 식어 있었다. 그녀는 그가 벽난로 앞에 앉아 재받이 위에 발을 올리고 커다란 소파 등받이에 머리를 기댄 채 눈물을 흘리는 모습을 보았다. 쥘의 두 뺨 위로 눈물이 흘러내렸다. 가엾은 여인은 얼른 침대에서 뛰어내려 남편의 무릎 위로 달려갔다.

"쥘, 무슨 일이에요? 고통스러운가요? 말해봐요! 이야기해요! 내게 얘기해요! 날 사랑한다면 내게 말해줘요." 일순간 그녀는 최고의 사랑이 담긴 수백 가지 말을 토해냈다.

쥘은 아내의 발밑으로 내려와 그녀의 무릎과 손에 키스했다. 그리고 또다시 눈물을 흘리면서 말했다.

"내 사랑 클레망스, 나는 너무도 불행하오! 사랑하는 사람을 믿지 못한다면 그것은 사랑이 아니오, 그리고 당신은 내가 사랑하는 여인이오. 나는 당신을 열렬히 사랑하오. 그런데도 당신을 의심하오…… 그 남자가 오늘 저녁 한 말이 내 마음에 충격을 주었소. 그러지 않으려 해도 그 말이 여전히 내 마음에 남아 나를 괴롭히는구려. 무언가 알 수 없는 비밀이 있는 것 같소. 부끄럽소만 당신의 설명은 나를 충분히 납득시키지 못했소. 내 사랑은 그 피상적인 말을 거부하게 만들지만 내 이성은 자꾸 그 말을 상기시키는구려. 끔찍한 싸움이 내 안에서 벌어지고 있소. 당신 머릿속에 내가 모르는 일이 가득차 있다고 의심하면서 당신의 머리를 내 팔에 안고 있을 수 있었겠소? 오, 물론 당신을 믿소. 믿고말고." 그는 그녀가 슬프게 웃으면서 무슨 말인가 하기 위해 입을 열려고 하자 급히 말을 가로막으면서 소리쳤다. "아무 말도 하지 마오. 나를 비난하지 마오. 당신이 한마디만 해도 난 죽을 것 같소. 게다가 세 시간 전부터 난 오로지 한 가지만 생각했는데, 그것이 무엇인지 당신이 어떻게 알겠소? 그렇소, 세 시간 전부터 여기에 이렇게 있었소. 이렇게 아름다운 당신이 잠든 모습을 바라보고, 이렇게 순수하고 평화로운 당신의 얼굴을 찬미하면서 말이오. 오! 그렇소, 당신은 늘 당신 생각을 모두 다 내게 말했소, 그렇지 않소? 당신 마음속에는 나뿐이오. 당신을 바라보고 당신 눈 속으로 내 눈이 빠져들어갈 때면 나는 모든 것을 다 볼 수 있소. 당신의 눈빛이 그렇게 맑듯이 당신의 삶도 그렇게 순수하오. 아니, 그렇게 투명한 눈동자 뒤에 무슨 비밀이 있을 수는 없소." 그는 자리에서 일어나 아내의 눈에 키스했다. "사랑스러운 나의 여인이여, 고백하건대, 오 년 전부터 매일매일 내 행복이 점점 더 커졌다면, 그것은 당신에게 가족애든 우정이든 사랑보다 조금이라도 더 큰 그 어떤 감정도 존재하지 않았기 때문이오. 당신에게는 여자 형제도 아버지도 어머니도 친구도 없기에, 나를 당신 마음속에서 그 누구와도 견줄 수 없었던 것이오. 당신 마음속에는 오직 나뿐이었소. 클레망스, 그렇게 자주 해주던 영혼에서 우러난 다정한 말들을 다시 들려주구려. 나를 비난하지 마오. 나를 위로해주구려, 나는 너무도 불행하오. 물론 나는 너무도 끔찍한 의심을 하고 있고 비난받아 마땅하오. 당신 마음을 애타게 할 터인데 당신은 아무런 동요도 없구려. 내 사랑, 말해보구려. 이런 상태로 내가 당신 곁에 있을 수 있을 것 같소? 이토록 애정으로 결합된 두 사람 중 한 사람은 고통받고 다른 한 사람은 아무렇지도 않다면, 그들이 어떻게 같은 베개를 베고 누워 있을 수 있단 말이오……" 그러다 클레망스가 생각에 잠겨 얼이 빠진 채 눈물을 줄줄 흘리고 있는 것을 보자 놀란 그는 갑자기 큰 소리로 물었다. "무슨 생각을 하고 있소?"

"어머니를 생각해요." 차분한 어조로 그녀는 말했다. "음악처럼 더없이 감미로운 당신 목소리를 들으면 돌아가신 어머니와의 마지막 작별이 생각나고, 관능적인 사랑의 표시로 나를 열렬히 애무하는 당신의 손길을 느낄 때면 돌아가시면서 내 손을 꽉 잡던 어머니의 차가운 손이 떠오르는 고통을 당신은 모를 거예요." 그녀는 남편을 일으켰다. 그러고는 남자보다 더 힘세게 그를 포옹하면서 그의 머리에 키스했다. 그녀의 눈물이 그를 뒤덮었다. "아! 당신을 위해서라면 이 목숨이 다하도록 무슨 일이든 하겠어요. 제아무리 힘든 일일지라도 말이에요. 내가 당신을 행복하게 해준다고 말해주세요. 당신에게 나는 이 세상에서 가장 아름다운 여인이라고, 당신에게 나는 천 명의 여성 이상이라고 말해줘요. 하지만 당신은 그 어떤 남자도 그만큼은 받을 수 없을 만큼 최고의 사랑을 받고 있어요. 나는 의무라든가 정조 같은 단어가 무엇을 의미하는지는 잘 몰라요. 쥘, 나는 당신을 위해 당신을 사랑하고, 당신을 사랑하는 것이 너무도 행복해요. 그리고 마지막 숨을 멈추는 날까지 점점 더 당신을 사랑할 거예요. 나는 내 사랑에 대한 자부심이 있답니다. 나는 내 인생에 딱 한 번만 사랑의 감정을 느끼도록 운명지어졌다고 생각해요. 내가 하는 말이 끔찍할 수도 있겠지만, 나는 아이를 가지지 않은 것이 기뻐요. 앞으로도 아이를 가지고 싶지 않아요. 나는 내가 엄마라기보다 아내라는 느낌이 더 들어요. 그런데 두려우세요? 들어보세요, 내 사랑, 그리고 잊어버리겠노라 약속해주세요. 감미로움과 의혹이 뒤섞인 이 순간이 아니라 그 미친 사람의 말을 잊겠노라고. 쥘, 내가 그것을 원해요. 절대 그 사람을 만나지 않겠다고, 절대 그 사람 집으로 가지 않겠다고 약속해요. 당신이 이 미로에서 한 발자국만 더 나아가면 우리는 심연으로 떨어져버릴 것 같은 확신이 들어요. 그 심연 속에서 나는 죽게 될 거예요. 당신의 이름을 입에 담고, 당신의 마음을 내 마음속에 간직한 채 말이죠. 당신은 왜 마음속으로는 나를 그렇게 높이 앉혀놓고서 현실에서는 그렇게 밑바닥으로 밀어버리는 거죠? 수많은 사람들의 재산을 믿고 신용거래하는 당신이 어찌하여 나는 믿지 않고 나에 대한 의심을 거두지 않는 건가요? 당신 인생에서 나에 대한 무한한 신뢰를 증명할 수 있는 첫번째 기회인데 당신은 당신 마음속에서 나를 밀어내려 하는군요! 나와 미치광이 중에서 그 미치광이를 더 신뢰하다니요, 오, 쥘!" 그녀는 말을 멈추고 이마와 목 위로 흘러내리는 머리카락을 쓸어올렸다. 그러고는 고통스러운 어조로 덧붙였다. "너무 말을 많이 했군요. 한마디면 족했을 것을. 당신의 마음과 당신의 얼굴에 여전히 한 점의 의혹이라도 서려 있다면, 그것이 아무리 가벼운 의혹이라 할지라도 그로 인해 난 죽어버릴 거예요! 잘 알아두세요."

그녀는 부들부들 떨리는 것을 억제할 수 없었다. 그녀는 창백해졌다.

"오! 그놈을 죽여버릴 거야." 그는 아내를 부축해 침대로 가면서 혼잣말로 되뇌었다.

"평온하게 잡시다, 나의 천사, 다 잊어버렸소, 맹세하오." 그는 다시 말했다.

클레망스는 다정스럽게 반복하는 그의 감미로운 말을 들으면서 잠들었다. 쥘은 잠든 아내를 바라보면서 혼자 중얼거렸다. "그녀 말이 옳아, 이렇게 순수한 사랑을 의심하면 그 사랑은 광채를 잃고 말아. 이다지도 싱그러운 영혼, 이다지도 다정한 꽃 같은 여인에게서 사랑이 시들어버린다면, 그래, 그것은 죽음일 거야."

서로 열렬히 사랑하고 모든 삶을 함께 나누는 두 사람에게 한 점의 의혹이라도 생길 경우, 비록 그 의혹이 사라져버린다 할지라도 마음속 깊은 곳에 어떤 형태로든 지나간 흔적을 남기기 마련이다. 비 온 후 땅이 더 굳어지듯 애정이 더욱 깊어지기도 하고, 하늘이 맑게 갰는데도 먼 곳에서는 천둥소리가 나듯이 여전히 사랑이 흔들리기도 한다. 그러나 어떤 경우든 그 일이 있기 전의 삶으로 돌아갈 수는 없다. 사랑이 더욱 커지든가 아니면 식어버리든가 둘 중 하나다. 아침식사 시간에 쥘 부부는 평소보다 더 과장되게 상대방을 배려했다. 그들은 자기 자신조차 속이려고 애쓰면서 억지로 쾌활해 보이려 하는 시선을 서로에게 보냈다. 쥘의 의심이 고의가 아닌 어쩔 수 없는 것이었다면, 부인의 두려움은 확실한 것이었다. 하지만 서로에 대한 믿음이 있었기에 그들은 잠을 잘 수 있었다. 그들이 느끼는 이 어색함은 신뢰의 부족, 그리고 어젯밤에 일어난 일에 대한 기억 때문일까? 그들 자신도 몰랐다. 그러나 그들은 서로 사랑하고 있었다. 그들은 서로를 너무도 순수하게 사랑했기 때문에, 고통스럽고도 다정했던 전날 밤의 대화가 마음에 아무런 상처도 남기지 않을 수는 없었다. 두 사람 모두 가슴속 상처가 사라지기를 열망했기에, 또한 자신이 먼저 상대방에게 돌아가기를 원했기에, 그들은 자신들 사이에 처음 생긴 이 불화의 근원이 무엇인지 생각하지 않을 수 없었다. 애정이 깊은 영혼에게 그것은 슬픔이 아니다. 고통은 더 더욱 아니다. 그것은 뭐라 설명하기 어려운 일종의 애도 같은 것이다. 마음의 동요와 색깔 사이에 어떤 관계가 있다면, 로크의 작품에 등장하는 장님이 말했듯이 팡파르의 시끄러운 소리가 청각에 빚어내는 것과 같은 효과를 진홍색이 시각적으로 자아낸다면,* 애도로 인한 이 우울한 상태는 회색빛에 비유될 수 있으리라. 그러나 서글픈 사랑, 순간적으로나마 흔들렸지만 그래도 진정한 행복의 감정이 남아 있는 사랑은 고통과 기쁨을 동반한 완전히 새로운 쾌락을 불러일으킨다. 쥘은 아내의 목소리를 주의깊게 들었고 처음 그녀를 사랑할 때 그를 흥분시켰던 신선한 느낌을 받으며 그녀의 시선을 살폈다. 행복했던 오 년 동안의 추억, 클레망스의 아름다움, 순수한 그녀의 사랑, 이 모든 것이 참을 수 없는 고통의 마지막 흔적을 일순간에 지워버렸다. 다음날은 증권거래소도 문을 닫고 일도 없는 일요일이었다. 그래서 부부는 그 어느 때보다 더욱더 서로의 마음에 대해 이야기하면서 하루종일 함께 시간을 보냈다. 마치 두려움의 순간 본능적으로 결합해 서로의 몸에 바싹 붙어 서로를 꼭 붙들고 있는 어린아이들처럼. 부부생활에서 어쩌다 한 번씩 그렇게 완벽하게 행복한 날이 있다. 그러한 날은 우연이 빚어낸 것으로 그 전날과도 그다음날과도 아무런 관련이 없다. 덧없는 행복이여!…… 쥘과 클레망스는 마치 그 감미로운 순간이 그들 사랑의 마지막 날임을 예감

---

* 로크는 『인간 지성에 관한 시론』 2권 9장 '지각에 관하여'에서 촉각으로 사물을 구별하는 데 익숙한 장님이 시력을 되찾을 경우 어떻게 지각할까에 대해 자문한다. 그러나 태어날 때부터 장님인 사람이 진홍색은 트럼펫 소리와 매우 유사하다고 결론을 내리는 일화는 발자크가 조제프 드 메스트르의 『상트페테르부르크의 야화』에서 가져온 것이다. 이 같은 시각과 촉각과 청각 사이의 관계는 디드로의 『맹인에 관한 서한』에도 존재한다. 발자크가 이 글을 쓸 때 디드로 역시 염두에 두었을 것이다.

하기라도 한 듯, 그 순간을 만끽했다. 아직 소나기의 조짐이 있기도 전에 보행자들로 하여금 걸음을 재촉하게 만들고, 죽기 전 며칠 동안 생기와 아름다움으로 반짝 빛나게 하고 멋진 계획을 짤 의욕을 불러일으키는 알 수 없는 어떤 힘, 밤에 켜놓은 등불이 충분히 밝은데도 책상 앞에 앉은 학자에게 그것을 더 밝게 하라 조언하는 힘, 한 어머니로 하여금 혜안을 가진 남자가 자신의 아이에게 던지는 심오한 시선에서 공포를 느끼게 하는 그 알 수 없는 힘을 뭐라고 부를 수 있을까? 삶에 커다란 재난이 닥쳤을 때 우리는 모두 바로 그 알 수 없는 힘의 영향을 받는다. 그럼에도 우리 중 그 누구도 그 힘에 아무런 이름도 붙이지 않았을 뿐 아니라 그 힘에 대한 연구도 하지 않았다. 그 힘은 예감 이상이다. 그렇다고 그 힘을 통찰력이라고까지 할 수는 없다. 이튿날까지는 아무 일도 없었다. 월요일 아침, 평소대로 증권거래소에 가야 했던 쥘 데마레는 집을 나서기 전 늘 하던 대로 아내에게 출근길 마차를 같이 타고 나가겠느냐고 물어보았다.

"아뇨, 돌아다니기에는 날씨가 너무 나쁘네요." 그녀는 말했다.

아닌 게 아니라 비가 억수같이 쏟아지고 있었다. 데마레 씨가 증권거래소의 입회소와 재무부 이재국에 도착한 것은 두시 반경이었다. 네시에 증권거래소를 나오다 그는 몰랭쿠르 씨와 딱 마주쳤다. 증오와 복수심으로 인해 더욱 흥분하고 집요해진 남작이 그곳에서 그를 기다리고 있었던 것이다.

"선생, 당신에게 전해드릴 대단히 중요한 정보가 있습니다." 그 장교는 증권중매인의 팔을 잡고 그렇게 말했다. "나는 익명의 편지 따위로 당신을 혼란스럽게 할 만큼 비겁한 인간이 아닙니다. 그래서 차라리 당신에게 직접 말하기로 했습니다. 내 목숨이 걸린 문제만 아니었다면 어떤 경우라도 절대 남의 부부생활에 끼어들지 않았으리란 걸 믿어주십시오. 어쨌든 나는 이 말을 할 권리가 있다고 생각합니다."

"선생, 당신이 내게 하고자 하는 말이 데마레 부인과 관련된 것이라면, 아무 말도 하지 말아주십시오." 쥘이 답했다.

"만일 내가 아무 말도 하지 않는다면, 선생, 머지않아 당신은 쥘 부인이 법정에서 도형수 옆자리에 서는 모습을 보게 될지도 모릅니다. 그런데도 아무 말도 하지 말까요?"

쥘의 얼굴이 하얘졌다. 그러나 잘생긴 얼굴은 곧 평정을 되찾았다. 물론 위장된 평정이었다. 그러고는 임시로 사용하는 증권거래소*의 처마밑으로 장교를 데려갔다. 그곳에서 그는 마음속에서 일어나는 격한 감정을 억누른 목소리로 말했다. "선생, 당신 말을 듣겠습니다. 그러나 우리는 목숨을 건 결투를 해야 할 것입니다. 만일……"

"오! 좋습니다." 몰랭쿠르 씨는 외쳤다. "나는 당신을 무척 존중합니다. 죽음에 대해 말씀하셨나요, 선생? 당신은 아마도 당신 아내가 지난 토요일 저녁 나를 독살하도록 시켰다는 사실을 모르는 모양이군요. 그렇소, 이틀 전부터 내게는 기막힌 일들이 벌어졌소이다. 내 머리칼은 머리 안쪽에서 열을 발산하고 치명적인 무기력증을 유발하고 있지요. 그런데 나는 무도회 도중 누가 내 머리칼에 손을 댔는지 너무도 잘 알고 있습니다."

---

* 나폴레옹은 1807년 건축가 브롱냐르에게 증권거래소의 신축을 의뢰한다. 그 건물이 브롱냐르궁으로 불리는 이유다. 증권거래소가 준공된 것은 1826년이다. 신축 기간 동안에는 근처에 있는 노트르담 데 빅투아르 가와 페도 가 사이에 있는 임시 건물에서 증권거래소 업무를 보았다.

몰랭쿠르 씨는 단 한 가지도 빼놓지 않고 모든 것을 말했다. 쥘 부인에 대한 플라토닉한 사랑도, 그 사건이 발생하기 전에 겪었던 일들의 세세한 부분까지도. 그 누구라도 증권중매인만큼 주의를 기울여 그의 말을 들었을 것이다. 그러나 이 세상 그 누구보다 그는 그 남자의 말에 놀랄 만했다. 여기에서 그의 성격이 드러난다. 그는 낙담했다기보다 당혹스러웠다. 그는 스스로 재판관이 되어 사랑하는 여인을 심판했다. 그는 심판관의 엄격함과 더불어 공정함을 지니고 있었다. 그러나 여전히 아내를 사랑했기에 그는 자신의 삶보다 아내의 삶이 파탄날 것을 더 우려했다. 그는 자신의 고통의 목소리를 들은 것이 아니라 멀리서 '클레망스는 거짓말할 줄 몰라! 그녀가 왜 널 배신한단 말인가?'라고 외치는 목소리를 들었다.

말을 마치면서 근위대 장교는 말했다. "선생, 토요일 저녁 푼칼 씨를 보았는데 그가 바로 경찰이 죽었다고 믿는 페라귀스임이 확실해 그를 감시하도록 유능한 사람을 붙여놓았습니다. 다행스럽게도 집으로 돌아오는 길에 우연히 메나르디 부인의 이름이 기억났습니다. 나를 해치려 하는 그자의 애인으로 추정되는 이다라는 여자의 편지에 나왔던 이름이지요. 오로지 이 정보만 가지고도 내 밀사는 신속하게 그 끔찍한 사건에 대해 보고할 것입니다. 왜냐하면 사건의 진상을 파악하는 데 그가 경찰보다 더 유능하니까요."

"선생, 비밀을 알려주신 것에 대해 감사드립니다." 증권중매인은 말했다. "당신은 증거와 증인에 대해 말했습니다. 그것들이 사실로 밝혀지길 기다려보지요. 이 이상한 일에서 진실이 무엇인지 용기를 가지고 추적해보겠습니다. 그러나 사건의 전말이 확실하다는 것이 증명되지 않는 이상 나는 의심하지 않을 수 없습니다. 그 어떤 경우라도 결투는 받아들이십시오. 어쨌든 우리 사이에 결투는 불가피하다는 것을 당신도 아실 테니 말입니다."

쥘 씨는 집으로 돌아왔다.

"무슨 일이에요, 쥘? 무서우리만큼 얼굴이 창백해요." 그의 아내가 말했다.

"날씨가 춥구려." 방으로 천천히 한 발을 내디디면서 그는 말했다. 그 방의 모든 것은 행복과 사랑을 말해주고 있었다. 그러나 그 고요한 방에서는 끔찍한 폭풍우가 준비되고 있었다.

"오늘은 안 나갔소?" 그는 겉으로는 무심한 척 질문했다.

아마도 질투심 때문에 바로 그 순간 오만 가지 생각에 사로잡혔음에도, 그는 명철한 사유를 유지하면서 그 속에 은밀하게 웅크린 수천 가지 생각 끝에 그 질문을 했을 것이다.

"네." 그녀는 순진한 척하느라 부자연스러운 말투로 대답했다.

바로 그때 쥘은 아내의 옷방에서 그녀가 아침에 썼던 벨벳 모자에 물방울이 몇 방울 맺힌 것을 보았다. 쥘은 격렬한 성격의 소유자였지만 매우 세심한 남자이기도 했다. 그는 아내로 하여금 거짓말을 해야 하는 상황에 처하게 하고 싶지 않았다. 많은 이들의 경우 그런 상황에 처하면 그들의 관계는 완전히 끝장나버리고 말 것이다. 그렇지만 그에게 그 물방울들은 머리가 깨지도록 아프게 하는 섬광과도 같은 것이었다. 그는 방을 나와 현관으로 내려가 아무도 없음을 확인하고는 수위에게 말했다. "푸크로, 진실을 말하면 백 에퀴의 연금을 주겠다. 그러나 나를 속인다면 당장 너를 해고할 것이다. 또 만일 내 질문과 그에 대해 네가 답한 사실을 누설한다면 한 푼도 없을 것이다."

그는 잠시 말을 멈추고는 수위를 더 잘 보기 위해 밝은 창가 쪽으로 데려갔다. 그리고 다시 말했다. "아내가 오늘 아침 외출했나?"

"마님께서는 세시 십오 분 전에 나가셨습니다. 그리고 반시간 전에 들어오시는 모습을 본 것 같습니다."

"사실이지? 명예를 걸고 말하는 것인가?"

"그렇습니다, 주인님."

"약속한 연금을 받게 될 것이다. 그러나 만일 이에 대해 한마디라도 발설한다면, 내 약속을 상기해라. 너는 모든 것을 잃게 될 것이다."

쥘은 아내 방으로 돌아왔다.

"클레망스, 집안 가계의 회계 정리를 좀 해야겠소. 그러니 내가 하는 질문을 불쾌하게 생각지 말구려. 내가 올 초에 당신에게 사만 프랑을 주지 않았소?"

"더 많이 주었죠. 사만 칠천 프랑." 그녀가 말했다.

"어디다 썼는지 기억나오?"

"그럼요." 그녀는 말했다. "우선 작년에 쓴 것들에 대한 계산서들이 날아와 지불해야 했고요……"

'이렇게 해서는 절대 아무것도 알아내지 못할 거야. 내가 서툴렀어.' 쥘은 생각했다.

바로 그때 쥘의 하인이 들어와 편지를 전했다. 그는 태연한 척하면서 편지의 봉인을 뜯었다. 그러나 서명한 사람의 이름이 눈에 들어오자 그는 허겁지겁 편지를 읽었다.

선생님,

당신에게 나를 알리고 싶은 마음이 없음에도, 당신과 우리가 평안하기를 바라는 마음에서 당신에게 편지를 쓸 결심을 했습니다. 나의 위치, 나의 나이, 그리고 불행에 대한 두려움은 우리 가족을 비탄에 빠뜨린 곤경 속에서 나로 하여금 당신에게 관용을 베풀어주십사 간청하게 만들었습니다. 오귀스트 드 몰랭쿠르는 며칠 전부터 정신착란의 증거들을 보여주었습니다. 그래서 우리는 그가 처음 발열했을 때 우리, 즉 나와 파미에 기사에게 말한 바 있는 망상의 증세들이 혹여 당신의 행복을 깨뜨릴까 두렵습니다. 우리는 당신에게 그의 병에 대해 미리 알려드립니다. 아마도 아직은 치유 가능하겠지요. 그의 병은 우리 가문의 명예를 지키는 데 너무도 치명적이니 그것에 대해 철저히 비밀을 지켜주시리라 믿습니다. 기사님이나 제가 댁으로 갈 수만 있었다면 이렇게 편지를 쓰지는 않았을 것입니다. 그러나 이 편지를 불태워달라는 이 할미의 부탁을 들어주시리라 믿어 의심치 않습니다.

존경의 마음을 표하면서

몰랭쿠르 남작부인(결혼 전 이름 리외)

"고문의 연속이군!" 쥘이 외쳤다.

"도대체 무슨 일이에요?" 진심으로 걱정하면서 그의 아내가 물었다.

"내 의심을 사그라뜨리기 위해 이런 편지를 보내게 한 사람이 바로 당신이 아닌가 하는 생각이 드는구려." 그는 아내에게 편지를 내던지며 말했다. "이렇게 내 고통을 시험해보는 거요?"

"가엾은 사람, 비록 나를 이토록 아프게 하지만 나는 그 사람이 참으로 불쌍해요." 쥘 부인은 편지지가 떨어지게 내버려둔 채 말했다.

"당신은 그가 내게 한 말을 알고 있소?"

"아! 약속을 해놓고서 당신은 그 사람을 만나러 가셨군요." 그녀는 공포에 사로잡혀 말했다.

"클레망스, 우리의 사랑이 끝날 위기에 처해 있소. 우리는 삶의 일반적인 법칙에 얽매일 필요는 없소. 그러니 커다란 위험에 처한 지금 사소한 것들은 내버려둡시다. 잘 들어요, 오늘 아침 당신이 왜 외출했는지 말해 보오. 여자들은 종종 작은 거짓말을 할 권리가 있다고 생각하지. 우리를 즐겁게 해주기 위해 준비하는 것들을 감추는 일을 좋아하지 않나? 조금 아까 당신은 사실과 다른 말을 했소. 외출해놓고도 아니라고 했지."

그는 옷방으로 들어가 모자를 가지고 나왔다.

"자, 이것 보오. 내가 바르톨로*를 들먹거리지 않더라도 당신의 모자가 당신을 배신하고 있지 않소. 그 물방울 자국들은 빗방울이 아니오? 그러니까 당신은 마차를 타고 밖으로 나갔고 마차를 타러 가면서 비를 맞았든가, 아니면 당신이 방문했던 집으로 들어가면서 혹은 그 집에서 나오면서 맞았겠지. 물론 여자들은 남편에게 나가지 않을 거라고 말했을지라도 얼마든지 아무 생각 없이 외출할 수 있소. 얼마든지 마음을 바꿀 수 있으니까 말이오. 변덕을 부리는 것, 그것이 바로 당신들의 권리 아니오? 당신들이 반드시 일관된 행동을 해야 하는 것은 아니오. 무엇인가 할 일을 잊어버렸을 수도 있고, 누군가 도와주어야 할 일이 생

* 〈세비야의 이발사〉에 나오는 인물. 로진의 후견인. 잉크 묻은 손 때문에 로진은 바르톨로에게 거짓말이 탄로난다(〈세비야의 이발사〉, 2막 11장).

길 수도 있소. 누군가 방문할 일이 있을 수도, 무엇인가 좋은 일을 해야 할 때도 있을 수 있소. 그러나 아내로 하여금 남편에게 무엇을 했는지 말 못하게 하는 것은 아무것도 없소. 친구의 가슴에 안겨 얼굴을 붉힐 일이 무엇이오? 그렇지 않소? 나의 클레망스, 당신에게 말하는 남자는 질투심에 사로잡힌 남편이 아니라 연인이요, 친구요, 오라버니란 말이오." 그는 열정적으로 그녀의 발밑에 몸을 던졌다. "말해주구려, 변명으로 당신을 정당화하기 위해서가 아니라 이 끔찍한 고통을 잠재우기 위해서 말이오. 당신이 외출했었다는 사실을 나는 알고 있소. 도대체 무엇을 한 것이오? 어디에 갔었단 말이오?"

"그래요, 나갔었어요, 쥘." 그녀는 답했다. 얼굴은 평온해 보였지만 목소리는 달라져 있었다. "하지만 더이상은 묻지 말아주세요. 나를 믿고 조금만 기다려줘요. 그러지 않으면 영원히 후회할 일이 벌어질 거예요. 쥘, 사랑하는 나의 쥘, 신뢰는 사랑의 미덕이에요. 고백하건대, 나는 지금 너무도 혼란스러워서 당신에게 아무런 답도 할 수가 없어요. 나는 절대 간사하고 교활한 여자가 아니에요, 그리고 당신을 사랑해요, 당신도 잘 알잖아요."

"한 남자의 믿음을 뒤흔드는 온갖 것들 한가운데에서, 내가 당신의 마음을 차지하는 제일 중요한 남자가 아니라는 생각에 질투심이 이는 나는, 그러니까 당신과 하나가 아닌 거지…… 좋소, 클레망스, 당신을 믿고 싶소, 당신의 목소리를 믿고 당신의 눈을 믿고 싶소! 만일 당신이 나를 배신한다면, 당신은 마땅히……"

"오! 천 번이라도 죽겠어요." 그녀는 남편의 말을 끊으면서 말했다.

"나는, 나는 당신에게 아무것도 숨기지 않고 내가 생각하는 것을 다 말하고 있소, 그런데 당신은……"

"쉿, 우리의 행복은 우리 두 사람의 침묵에 달려 있어요." 그녀는 말했다.

"아! 모든 것을 다 알고 싶소." 화가 복받친 그는 이렇게 소리쳤다.

바로 그때 여자의 비명이 들렸다. 대기실에서 들려오는 날카로운 여자 목소리가 두 사람에게까지 들렸다.

"들어가겠어요, 반드시 들어가겠어요!" 누군가가 소리쳤다. "그래요, 들어갈 거예요, 그녀를 보고 싶어요, 그녀를 꼭 봐야겠어요."

쥘과 클레망스는 서둘러 살롱으로 나왔다. 그리고 문이 거칠게 열리는 것을 보았다. 갑자기 젊은 여인이 나타났다. 그 뒤로 하인 두 명이 따라오면서 주인에게 말했다. "주인님, 이 여인이 막무가내로 집으로 들어가려 합니다. 마님이 안 계시다고 말했는데도 말입니다. 마님이 외출하셨던 것을 알고 있고, 방금 돌아오신 것도 보았다고 우깁니다. 마님을 만나기 전에는 절대 이 집 앞을 떠나지 않겠다고 협박하고 있습니다요."

"아가씨를 놓아주게." 데마레 씨는 하인들에게 말했다.

"아가씨, 원하는 게 뭐요?" 그는 낯선 여인을 향해 몸을 돌리고 물었다.

이 아가씨는 파리에서나 만날 수 있는 그런 여인이었다. 파리의 진흙이나 파리 도로의 포석처럼 그런 여인은 파리에서 만들어진다. 센강의 물이 파리의 커다란 물탱크 안에서 정화되듯이 말이다. 그 물탱크에 담긴 물은 공장에서 작업을 통해 십여 번 걸러진 후에 여러 형태의 물병에 담긴다. 그리하여 진흙투성이였던 물은 물병 속에서 반짝반짝 빛나고 맑고 순수해진다. 이렇듯 그런 여인은 진정으로 독창적인 피조물이다. 수십 차례에 걸쳐 화가들의 연필로, 풍자화가들의 붓으로, 소묘화가들의 흑연으로 그려졌음에도 그녀는 그 어떤 분석도 피해간다. 왜냐하면 그녀는 모든 면에서 파악할 수 없는 존재이기 때문이다. 마치 자연이 그렇듯이, 그리고 변덕스럽기 짝이 없는 파리가 그렇듯이. 그녀는 조금은 타락한 면이 없지 않지만, 사회 주변의 여러 요소를 감안할 때 타락했다고 볼 수 없다. 사람들은 그녀에게서 비난받아 마땅한 특성만 본다. 그녀가 가진 수많은 미덕은 보려 하지 않고 순진함이 유발한 자유분방한 삶에 대해서만 이러쿵저러쿵하는 것이다. 온갖 시적인 아름다움을 다 지니고 극이나 책 속에 등장하지만 불완전하게 그려지는* 그녀는 오직 다락방 안에 있을 때에만 진짜다. 왜냐하면 다른 곳에서는 늘 모욕을 당하거나 기만을 당하기 때문이다. 돈이 많으면 타락하게 되고, 가난하면 이해받지 못한다. 그럴 수밖에 없다! 그녀에게는 결함도 너무 많지만 장점도 너무 많다. 그녀는 숭고한 가난과도, 치욕스러운 미소와도 가까이 있다. 그녀는 너무 예뻤고 너무 흉측했다. 이렇듯 그녀는 파리를 너무도 잘 구현하고 있었다. 그녀는 파리에서 다양한 모습의 여인으로 재현된다. 이 빠진 문지기 여인, 세탁부, 청소부, 거지로 말이다. 그런가 하면, 때로는 거만한 공작부인, 찬미의 대상인 배우, 박수갈채를 받는 가수로 화하기도 한다. 자고로 왕조시대에는 두 명의 왕비로까지 변하지 않았던가.** 그 누군들 변신의 대가 프로테우스***라 할 수

---

* 필사본에는 쥘 자냉의 『죽은 당나귀와 단두대에서 처형된 여인』이 언급되어 있다. 불행하게 죽은 주인공은 여공이었다.

** 그들은 각각 루이 14세의 연인이었다가 비밀 결혼한 바 있는 맹트농 부인과 황태자(루이 14세의 아들)의 애인이자 역시 비밀 결혼을 한 쇼앵 부인을 암시한다고 볼 수 있다.

*** 그리스신화에서 예언과 변신의 대가인 바다의 신. (옮긴이)

있는 그녀를 파악할 수 있겠는가? 그녀는 총체적 의미에서의 모든 여인이다. 그 이상이기도 하고 그 이하이기도 하다. 이 방대한 초상에 대해 풍속화가는 세세한 특징만을 묘사할 뿐, 전체를 파악하는 것은 불가능하다. 그녀는 파리의 천한 여공*이었다. 그러나 그녀는 나름의 영광을 누리는 여공이었다. 마차를 타고 다니는 행복한 여인, 젊고 상큼한 여인, 그러나 동시에 발톱을 숨긴 여인, 가위를 가슴에 품은 여인, 스페인 여자처럼 대담한 여인, 영국 여자처럼 얌전한 척하면서 부부의 권리를 주장하는 심술궂은 여인, 귀부인처럼 멋을 부리는 여인, 그 누구보다 솔직하고 무슨 일이든 할 준비가 되어 있는 여인이었다. 그렇게도 꿈꾸던 작은 아파트, 붉은색 커튼이 드리워져 있고, 위트레흐트**산 벨벳 장식의 가구가 있고, 티 테이블과 색색의 그림이 그려진 도자기 쟁반과 이인용 안락의자와 도톰한 직물로 된 작은 양탄자가 있고, 새하얀 추시계가 걸려 있으며, 유리 촛대가 있으며, 노란 방과 폭신폭신한 이불이 있는 아파트에서 나오는 진정한 암사자였다. 코밑에 잔털이 많고 얼굴은 네모진, 옛날에는 여공이었던 가정부도 거느리고, 연극 구경도 가고, 마음껏 폭죽을 터뜨리며, 비단옷을 입고 망가지기 쉬운 모자를 쓰고 다니는, 한마디로 천한 여공이 누릴 수 있는 모든 즐거움을 다 누린 여인이었다. 다시 말해 사병이 상상 속에서 원수의 지휘봉을 든 자신의 모습을 그려보듯 모자 가게 계산대에 앉아 멋진 모습을 상상해보

---

* '천한 여공'은 그리제트(grisette)를 옮긴 것이다. '그리'는 프랑스어로 회색이란 뜻이며, '그리제트'는 회색 옷을 입은 여자가 된다. 그리제트는 원래 싸구려 회색 옷을 입는 하층민 출신 여자를 가리키는 말이었다. 그후 이 말은 간혹 품행이 단정치 못하고 교태를 부리는 싸구려 여공을 나타내는 단어로 사용되었다. (옮긴이)

** 네덜란드의 도시. 로마시대부터 존재했던 도시로 예로부터 상업이 발달했다. (옮긴이)

는 여인이 아니라, 계산대에서 주도면밀하게 계산을 한 끝에 모든 행복을 누리는 여인이다. 그렇다, 그 천한 여공은 진정한 애정 덕분에, 혹은 진정한 애정에도 불구하고 이 모든 것을 누리고 있었다. 다른 여공들은 하루에 한 시간만 그와 같은 혜택을 얻는다. 그것은 노인의 손아귀 밑에서 예사로 받는 일종의 세금이다. 쥘 부부 앞에 있는 젊은 여인의 경우 발등이 거의 드러나는 신발을 신고 있어 하얀 스타킹과 양탄자 사이에 겨우 희미한 검은 윤곽만 보일 정도였다. 파리 여인을 그린 풍자화에 잘 묘사되어 있듯이 그런 신발은 파리 여공들 특유의 특별한 매력을 보여준다. 그러나 몸의 윤곽을 확연히 드러내기 위해 딱 달라붙는 옷을 입는 세심한 주의에 주목하는 관찰자의 눈에 그런 신발은 더 잘 띄기 마련이다. 정체를 알 수 없는 이 여인은 예쁜 블라우스를 입었음을 짐작하게 하는 소매 없고 깃이 높은 초록색 옷을, 프랑스 병사가 만들어낸 생생한 표현을 빌리자면, '이상하게 걸치고' 있었다. 그때 그녀의 블라우스가 완전히 다 드러나 보였는데, 캐시미어 숄이 바닥으로 흘러내렸는데도 그녀는 그저 그 양 끝자락을 손목에 감고 있을 뿐이었기 때문이다. 그녀의 얼굴은 가냘팠고 뺨은 장밋빛이었으며 피부는 하얬다. 잿빛이 도는 눈은 반짝거렸고 이마는 툭 튀어나왔으며 정성스레 윤기를 낸 머리카락이 모자 사이로 삐져나와 고불거리며 목 위로 흘러내렸다.

"제 이름은 이다입니다, 어르신. 저분이 쥘 부인이라면 다행이로군요, 저분께 꼭 드리고 싶은 말이 있으니. 저는 제 마음속에 있는 저분에 대한 유감을 모두 다 말하기 위해 왔어요. 자기 가정이 있고, 당신들처럼 이런 멋진 집에 살면서, 불쌍한 여자로부터 한 남자를 뺏어가는 것은 참으로 나쁜 짓이지요. 그 남자와 저는 정신적인 결혼 계약을 맺은 사이예요. 게다가 그는 시청인가 동회인가에 가서 저와 정식으로 결혼함으로써 자기가 지은 죗값을 치르겠노라 말했다고요. 제게는 유일한 행복인 그 나이 많은 남자를 뺏어가지 않고도, 사교계에는 부인이 재미 볼 수 있는 젊고 잘생긴 남자가 많잖아요, 그렇죠, 어르신? 그래요, 저에겐 멋진 저택은 없어요, 하지만 제게는 사랑이 있어요! 저는 잘생긴 남자도 돈도 다 증오해요. 저는 사랑하는 마음 그 자체이고……"

쥘 부인은 남편에게로 몸을 돌리고 방으로 들어가면서 말했다. "여보, 더이상 들어줄 수가 없군요."

"제가 본 대로 저 부인이 어르신과 함께 산다면 제가 바보짓을 했군요. 하지만 할 수 없지요." 그녀는 다시 말을 이었다. "저 여자는 왜 매일매일 페라귀스 씨를 보러 오는 거죠?"

"아가씨, 잘못 알고 계시는 것 같군요." 당황한 쥘이 말했다. "내 아내는 그런……"

그러자 여공이 놀라움을 표시하면서 말했다. "아! 그러니까 당신 둘은 부부로군요! 그렇다면 더욱더 나쁘네요, 합법적으로 결혼한 행복을 누리는 여자가 앙리 같은 남자와 관계를 가지다니 말이에요…… 안 그래요, 어르신?"

"뭐라고요? 앙리라니요?" 쥘 씨는 아내가 아무 말도 듣지 못하도록 옆방으로 이다를 데려가면서 말했다.

"그러니까 페라귀스 씨 말예요."

"하지만 그는 죽었습니다." 쥘이 말했다.

"웃기시네요! 어제저녁 그이와 함께 프랑코니* 서커스를 보러 갔다

온걸요. 그이가 절 데려갔죠, 그래야 하니까요. 더욱이 어르신 부인은 그이 소식을 전할 수도 있을걸요. 세시에 그이를 보러 다녀가지 않았던가요? 다 알고 있다고요. 친절한 쥐스탱 씨가, 아마 어르신도 그 사람을 알 거예요. 장신구를 달고 다니고 코르셋도 착용하는 조그만 늙은이지요. 그 사람이 내 연적이 쥘 부인이라고 가르쳐준 덕분에 전 길에서 그녀를 기다렸어요. 어르신, 그 이름은 전쟁을 의미하는 이름** 중에서도 잘 알려진 이름이잖아요. 아, 죄송해요. 어르신 이름이기도 하네요. 하지만 쥘 부인이 궁정의 공작부인이라 할지라도 앙리는 무척 부자라 그녀의 모든 변덕스러운 욕망을 다 만족시켜줄 수 있을걸요. 제가 할 일은 제 재산을 지키는 거예요, 제겐 그럴 권리가 있다고요. 왜냐하면 전 앙리를 사랑하니까요. 그이는 제 첫사랑이에요. 그러니까 제 사랑, 그리고 미래의 제 운명에 관한 문제지요. 전 아무것도 두렵지 않아요. 전 정직한 여자고 한 번도 거짓말한 적도 그 누구의 재산도 훔친 적이 없어요. 제 연적이 황후라 할지라도 미래의 제 남편을 빼앗아간다면 곧바로 그녀에게 달려갈 거예요. 그녀가 황후라 할지라도 전 그 여자를 죽일 수 있어요. 예쁜 년들은 다 똑같으니까요. 그러니까 어르신……"

"그만! 그만하세요!" 쥘이 말했다. "그런데 어디에 살죠?"

"코르드리 뒤 탕플 가*** 14번지요. 이다 그뤼제입니다, 코르셋을 만들고 있지요, 어르신도 고객이 될 수 있어요, 남자 것도 많이 만들거든요."

---

* 탕플 가에 있던 올림피아 서커스단. 창설자의 이름을 따서 프랑코니 서커스라고도 불렀다.

** 쥘 세자르(율리우스 카이사르)를 염두에 두고 한 말이다. (옮긴이)

*** 코르드리 가는 탕플 가와 직각으로 난 길로, 앙팡 루주 가와 수평을 이루는 길이다. 코르드리 뒤 탕플 가라는 이름의 길은 없었던 것으로 보인다. (옮긴이)

"그럼, 당신이 페라귀스라 말하는 그 남자는 어디에 사오?"

그녀는 입술을 오므리면서 말했다. "하지만, 어르신, 우선 그이는 그 남자가 아닙니다. 그이는 신사입니다. 아마 어르신보다 돈도 훨씬 더 많을걸요. 그런데 왜 제게 주소를 묻는 거죠? 어르신 부인이 잘 알고 계실 텐데요. 그이가 아무한테도 주소를 가르쳐주지 말라고 했어요. 어르신께 꼭 대답해야 하나요?…… 다행스럽게도 저는 지금 고해성사를 하는 것도, 경찰의 심문을 받는 것도 아닌걸요. 저는 제 의지만 따를 뿐이에요."

"만일 페라귀스 씨가 어디에 머물고 있는지만 알려주면 당신에게 이만, 삼만, 사만 프랑을 준다면 어쩌겠소?"

"아! 아뇨. 사랑스러운 내 친구, 이제 끝났어요!" 그녀는 하층민 특유의 몸짓을 하면서 그처럼 이상한 답을 남겼다. "그 말을 듣고자 하신다면 돈이 얼마인가가 문제가 아니에요. 어르신에게 인사를 하는 것을 영예롭게 생각해요. 그런데 여기서 나가려면 어디로 가야 하죠?"

어안이 벙벙해진 쥘은 그녀에 대해 아무 생각도 하지 못한 채 이다가 가도록 내버려두었다. 온 세상이 발밑으로 폭삭 가라앉고, 위로는 하늘이 무너져 산산조각이 나는 것만 같았다.

"저녁 준비가 다 되었습니다." 하인이 식사 시간을 알렸다.

하인과 시종은 식당에서 십오 분가량 기다렸지만 주인들은 모습을 드러내지 않았다.

"마님은 저녁식사를 안 하신답니다." 하녀가 알렸다.

"조제핀, 무슨 일 있어?" 하인이 물었다.

"나도 몰라요. 마님은 우시다가 침대에 누우셨어요. 주인님한테 시내에 여자가 있는 게 틀림없어요. 고약한 시간에 그게 탄로난 거겠지요, 알겠어요? 마님의 삶도 알 수 없다니까요. 남자들이란 다 서툴기 짝이 없어요! 아무런 조심도 않고 화를 낸다니까요."

"천만에." 하인이 목소리를 낮추면서 말했다. "그 반대야, 마님이…… 그러니까 말하자면 그렇다고. 주인님은 오 년 동안 마님의 침실이 아닌 곳에서는 단 한 번도 주무신 적이 없는데, 시내에 가실 시간이 어디 있어? 열시에 사무실에 가셨다가 정오가 돼서야 점심 드시러 나오시잖아! 주인님의 삶은 알려진 대로 아주 규칙적이야. 반대로 마님은 매일 세시면 어디인지도 모르는 곳으로 가곤 하시잖아."

"주인님도 마찬가지야." 하녀는 여주인의 편을 들면서 말했다.

"하지만 주인님은 증권거래소에 가시지." 잠시 뜸을 들인 후 하인은 말했다. "그나저나 식사가 준비되었다고 세 번이나 알렸는데, 이건 마치 돌덩어리에다 대고 말하는 것 같군."

그때 쥘 씨가 들어왔다.

"아내는 어디에 있나?" 그가 물었다.

"마님은 잠자리에 드시는 중입니다, 머리가 아프셔서요." 심각한 표정을 지으면서 하녀가 말했다.

그러자 쥘 씨는 하인들에게 매우 냉정하게 말했다. "다 치우게, 아내 곁은 내가 지키겠네."

그러고는 아내의 방으로 들어갔다. 그는 울면서 소리 나지 않도록 수건으로 입을 막고 있는 아내를 보았다.

"왜 우십니까?" 쥘은 존댓말로 말했다. "나는 당신을 때리지도 비난하지도 않을 겁니다. 무엇 때문에 복수하겠습니까? 당신이 내 사랑에 충실하지 않았다면 그것은 당신이 그만큼 가치 있는 사람이 아니기 때문일 뿐인데……"

"가치가 없다니!" 흐느낌 사이로 여러 차례 이 말이 반복해서 들렸다. 그 말의 억양을 듣는 사람이라면 쥘이 아닌 그 어떤 남자라도 마음이 흔들렸으리라.

"당신을 죽이기 위해서는 내가 당신을 사랑한 것보다 더 사랑해야 하나봅니다. 그러나 나는 그럴 용기가 없습니다. 차라리 내가 죽고 말겠습니다. 당신이 그 사람…… 그 사람과 행복할 수 있도록…… 내버려두고…… " 그는 말을 잇지 못했다.

"죽다니요." 클레망스는 쥘의 발밑으로 몸을 던지고 남편의 발을 끌어안은 채 울부짖었다.

그러나 그는 이 포옹에서 벗어나고자 아내를 떼어낸 후 침대로 데려갔다.

"나를 내버려두십시오." 그가 말했다.

"아니요, 아니요, 쥘!" 그녀는 부르짖었다. "당신이 더이상 나를 사랑하지 않는다면 난 죽을 거예요. 모든 것을 알고 싶나요?"

"그렇습니다."

그는 그녀를 잡고 격렬하게 껴안았다. 그러고는 아내를 무릎 위에 앉힌 채 침대 모서리에 앉았다. 그는 벌게진, 그러나 눈물로 범벅이 된 아내의 아름다운 얼굴을 냉정한 눈으로 응시하면서 반복해서 말했다. "자, 이제 말해보오."

클레망스가 다시 흐느끼기 시작했다.

"안 돼요, 못하겠어요. 그건 생사가 걸린 비밀이에요. 만일 그 비밀을 말하면…… 아니요, 할 수 없어요. 제발, 쥘!"

"당신은 항상 나를 속이고 기만하는구려……"

"아! 이제야 예전처럼 말하는군요." 그녀가 흐느꼈다. "그래요, 쥘, 내가 당신을 속인다고 생각할 수 있어요, 하지만 머지않아 곧 모든 것을 알게 될 거예요."

"도대체 그놈의 페라귀스, 당신이 매일 보러 가는 그 도형수, 범죄를 통해 돈을 모은 그놈이 당신의 남자가 아니라면, 당신이 그의 여자가 아니라면……"

"오! 쥘! 어떻게 그런 말을……"

"그렇다면 그놈이 익명의 당신 후원자라도 된단 말이오? 사람들이 말하듯 우리의 재산도 그자 덕분이란 말이오?"

"누가 그런 말을 했나요?"

"결투에서 내가 죽인 남자요."

"오! 하느님! 벌써 한 사람이 죽다니."

"그놈이 당신 후원자가 아니라면, 그놈이 당신에게 돈을 주지 않는다면, 아니 당신이 그놈에게 돈을 가져다주는 것이라면, 그렇다면 당신 오라비라도 된단 말이오?"

"좋아요, 만일 그렇다면요?" 그녀가 말했다.

데마레 씨는 팔짱을 꼈다.

"그렇다면 왜 내게 그런 사실을 감추었을까?" 그가 말을 이어갔다. "당신 어머니와 당신이 나를 속였다는 말이 아니오? 게다가 매일같이, 혹은 거의 매일 오라비를 보러 간단 말이오?"

아내는 그의 발밑에서 기절하고 말았다.

"이러다 죽는 것이 아닐까?…… 그런데 만일 내가 틀렸다면?" 그는 말했다.

그는 벌떡 일어나 설렁줄이 있는 곳으로 달려가 하녀 조제핀을 부른 후 클레망스를 침대에 눕혔다.

정신이 든 쥘 부인은 말했다. "그 일로 나는 죽을 거예요."

데마레 씨는 큰 소리로 말했다. "조제핀, 데플랭 박사를 불러와. 그리고 형님 댁에 가서 가능한 한 빨리 와달라고 전해."

"당신 형님은 왜 부르죠?" 클레망스가 물었다.

쥘은 이미 밖으로 나간 후였다.

쥘 부인은 오 년 만에 처음으로 혼자 침대에 누웠다. 그리고 신성한 침실에 의사가 들어오는 것을 허락해야만 했다. 그 두 가지는 그녀에게 커다란 고통이었다. 데플랭 박사는 쥘 부인의 상태가 매우 심각하다는 사실을 알아챘다. 극심한 정신적 충격으로 인해 매우 위험한 상태에 이르렀던 것이다. 그는 아직 아무것도 예단하고 싶지 않았기에 판단은 그 다음날로 미룬 채, 몇 가지 처방을 내렸지만 부인은 그 어떤 처방도 따르지 않았다. 마음의 상처가 육체를 돌보는 일을 잊어버리게 했던 것이다. 아침이 되었건만 클레망스는 한잠도 자지 못했다. 두 형제가 무엇인가 논의하느라 웅얼거리는 소리에 온 신경이 쏠렸기 때문이다. 그들의 대화는 몇 시간 동안 지속되었다. 그러나 벽이 너무 두꺼워 그녀의 귀에는 그들이 주고받는 긴 대화의 목적이 무엇인지 알 수 있는 말 한마디도 들리지 않았다. 공증인 데마레 씨는 잠시 후 집에서 나갔다. 밤의 정적과 더불어 애타는 마음으로 인해 예민해진 감각 탓에 클레망스의 귀에 펜이 움직이는 소리와, 열중해서 뭔가를 쓰고 있는 남자가 무의식적으로 움직이며 내는 소리가 들려왔다. 습관적으로 밤을 지새우면서 깊은 정적 속에서 소리의 울림이 빚어내는 다양한 효과를 관찰해본 사람들은 안다. 변함없이 지속적으로 반복되는 웅얼거림 속에서 아무런 소리도 구별해낼 수 없을 듯한 곳일지라도, 낮과 달리 밤에는 종종 아주 가벼운 울림도 쉽게 감지된다는 사실을. 새벽 네시가 되자 더 이상 아무 소리도 들리지 않았다. 클레망스는 자리에서 일어났다. 걱정이 되어 몸이 부들부들 떨렸다. 맨발로 실내복도 걸치지 않은 채, 땀으로 몸이 축축해진 것도, 자신의 몸 상태가 극도로 허약해진 것도 생각지 않은 채 침실에서 나와 서재 문을 열었다. 다행히 문 여는 소리는 나지 않았다. 그녀는 남편이 손에 펜을 쥔 채 소파에 누워 잠들어 있는 모습을 보았다. 초꽂이에는 초가 타고 있었다. 그녀는 천천히 다가갔다. 그리고 이것이 나의 유서다라고 쓰인 봉투를 보았다. 봉투는 이미 봉인되어 있었다.

그녀는 마치 무덤 앞에서 그러하듯이 무릎을 꿇고 남편의 손에 입을 맞추었다. 그녀의 입맞춤에 남편은 화들짝 깼다.

"쥘, 내 사랑, 사형수에게도 며칠간의 유예는 준답니다." 열과 사랑으로 인해 붉어진 눈으로 남편을 바라보면서 그녀는 말했다. "죄 없는 당신 아내는 이틀만 요구할게요. 이틀 동안 내게 자유를 주세요. 그러면…… 기다려요! 그후에 나는 행복한 마음으로 죽겠어요. 적어도 당신은 나의 죽음을 슬퍼하겠지요."

"좋소, 클레망스, 이틀을 주겠소."

그러자 클레망스는 감정에 복받쳐 남편의 손에 입을 맞추었다. 그 모습은 애처로우리만치 감동적이었다. 쥘은 순결한 여인의 흐느낌에 매혹되어, 이토록 숭고한 아름다움의 위력에 여전히 복종하는 자신을 수치스러워하면서 그녀를 안고 이마에 키스했다.

다음날, 몇 시간 동안 휴식을 취한 후 쥘은 아내의 방으로 들어갔다. 아내를 보지 않고는 외출하지 않던 습관에 따른 기계적인 행동이었다. 클레망스는 자고 있었다. 창문 가장 꼭대기에 있는 틈새로부터 불빛이 들어와 괴로움에 짓눌린 여인의 얼굴로 떨어졌다. 고통으로 인해 그녀의 이마와 싱그러운 붉은 입술은 벌써 많이 상해 있었다. 사랑에 빠진 남자는 사랑하는 여인의 얼굴에 진한 푸른 반점과 창백한 병색이 드리운 것을 놓치지 않았다. 그녀의 뺨은 원래 발그레했고 피부는 하얬다. 그런데 아름다운 영혼의 감정을 있는 그대로 드러내는 그 두 가지 순수한 핵심 요소 대신에 창백한 얼굴에는 병색이 완연했던 것이다.

"고통받고 있구나. 가엾은 클레망스, 하느님의 가호가 있기를!" 쥘은 혼잣말을 했다.

그는 아내의 이마에 부드럽게 키스했다. 그러자 그녀는 잠에서 깨어났다. 남편을 보자 그녀는 모든 것을 깨달았다. 그러나 아무 말도 할 수 없는 그녀는 남편의 손을 잡았다. 눈물로 인해 눈시울은 젖어 있었다.

"나는 결백해요." 그녀는 꿈에서 깨어난 듯 그렇게 말했다.

"외출하지 말구려." 쥘이 말했다.

"네, 힘이 너무 없어 침대에서 일어날 수도 없을 것 같아요."

"생각이 바뀌어 나가고 싶으면 내가 돌아올 때까지 기다려요." 쥘이 말했다.

그리고 그는 수위실로 내려갔다.

"푸크로, 문을 잘 지키게. 누가 이 집으로 들어오고 이 집에서 나가는

지 알아야겠네."

그러고 나서 쥘 씨는 마차에 몸을 던졌다. 그는 마차를 몰랭쿠르 저택으로 몰게 한 후 남작을 만나고자 했다.

"남작님은 몸이 불편하십니다." 누군가 말했다.

쥘은 안으로 들어가겠노라 고집을 부리면서 자신의 이름을 댔다. 몰랭쿠르 씨가 아니라면 주교 대리나 노부인이라도 만나고 싶었다. 남작부인의 살롱에서 잠시 기다리자 노부인이 와서는 자신의 손자가 지금 몸이 너무 불편하여 그를 만날 수 없노라 말했다.

"부인, 저는 영광스럽게도 당신이 제게 보내주신 편지를 통해 남작님 병의 성질을 알고 있습니다. 믿어주시길 바랍니다만……"

"당신에게 보낸 편지라니요? 내가 보냈다고요?" 부인은 그의 말을 끊으면서 소리쳤다. "하지만 난 아무 편지도 쓰지 않았어요. 도대체 그 편지에 내가 뭐라고 썼던가요?"

"부인, 바로 오늘 몰랭쿠르 씨 댁으로 와서 편지를 돌려드리려 했기에, 편지를 불태워달라는 말미의 부탁에도 불구하고 간직하고 있었습니다. 여기 그 편지가 있습니다."

노부인은 종을 울려 돋보기를 가져오게 했다. 편지 위로 눈을 돌렸을 때 그녀는 말할 수 없는 놀라움을 표시했다.

"내 필체를 완벽하게 모방했군요. 최근 일이 아니었다면 나 자신조차 속을 뻔했어요. 내 손자가 아픈 것은 사실입니다만, 그애가 이성을 잃은 적은 한 번도 없습니다. 우리는 모두 누군가 아주 나쁜 사람들에게 놀아나고 있어요. 그런데 어떤 목적으로 이런 무례한 짓을 하는지 도무지 알 수가 없군요…… 내 손자를 만나보세요. 그애 정신이 말짱하다는 사실을 확인할 수 있을 겁니다."

그녀는 다시 종을 울려 하인을 불러서는 남작에게 데마레 씨를 접견할 수 있는지 물어보도록 했다. 하인은 긍정적인 대답을 가지고 돌아왔다. 쥘은 오귀스트 드 몰랭쿠르의 방으로 올라갔다. 그는 벽난로 옆 소파에 앉아 있었다. 일어날 수도 없을 만큼 힘이 없는 그는 우울한 몸짓으로 인사를 건넸다. 파미에 주교 대리가 그의 곁을 지키고 있었다.

"남작님, 당신에게 하고자 하는 말은 좀 특별한 것이라 둘만 있는 자리에서 말하고 싶군요."

"선생님, 기사님은 모든 일을 다 알고 계십니다. 그러니 이분 앞에서는 아무 걱정 없이 말하셔도 됩니다."

쥘은 심각한 어조로 말을 이었다. "남작님, 당신은 나의 행복을 방해했을 뿐 아니라 파괴해버렸습니다. 당신은 그럴 권리가 없습니다. 우리 둘 중 누가 보상을 요구할 수 있을지, 아니 요구해야 하는지 알 수 있을 때까지 당신은 나로 하여금 암흑과도 같은 길을 걷게 했습니다. 당신이 나를 그 속으로 밀어넣었지요. 이제 나는 우리의 운명에 치명적인 영향력을 발휘하는, 게다가 초인적인 권력을 가진 듯한 그 불가사의한 존재가 지금 어디에 사는지 알아보기 위해 이곳에 왔습니다. 어제 내가 당신의 고백을 듣고 집으로 들어가는 길에 이런 편지를 받았습니다."

쥘은 가짜 편지를 그에게 보여주었다.

"페라귀스란 놈, 부리그나르라고도 하고 푼칼이라고도 하는 그놈은 악마요." 그 편지를 읽고 나서 몰랭쿠르는 부르짖었다. "나는 얼마나 끔찍한 미로에 발을 담근 것인가? 어디까지 갈 것인가?" 그는 쥘을 쳐다보면서 말했다. "내 생각이 틀렸습니다. 하지만 죽음이 가장 큰 속죄겠지요. 이제 나는 곧 죽을 것입니다. 그러니 알고 싶은 것을 모두 물어보셔도 됩니다. 당신이 하라는 대로 하겠습니다."

"남작님, 그 불가사의한 인물이 어디에 사는지 당신은 알 겁니다. 전 재산을 걸고라도 나는 이 비밀을 알아야겠습니다. 너무도 기막히게 지능적인 그 적과 싸우려면 시간이 없어요."

"쥐스탱이 당신에게 다 말할 것입니다." 남작이 대답했다.

그 말을 듣자 주교 대리는 의자 위에서 안절부절못했다.

오귀스트는 하인을 부르는 종을 울렸다.

"쥐스탱은 집에 없네." 주교 대리는 서둘러 그렇게 말했다. 그 말은 많은 것을 의미했다.

"아 그래요." 오귀스트가 재빨리 말했다. "우리집 하인들이 그가 어디에 있는지 알 겁니다. 그중 하나에게 어서 말을 타고 가서 그를 찾으라고 이르겠습니다. 당신의 하인은 파리에 있지요? 쥐스탱은 파리 어딘가에 있을 겁니다."

주교 대리가 동요하는 빛이 확연히 드러났다.

"쥐스탱은 오지 않을 걸세. 그는 죽었다네. 그 사고를 자네에게 말하고 싶지 않았네만……" 노인이 말했다.

"죽었어요?" 몰랭쿠르 씨가 외쳤다. "죽었다고요? 언제요? 어떻게요?"

"어젯밤일세. 옛날 친구들과 야참을 먹으러 갔는데 아마도 취했던 모양이야. 같이 술을 마신 친구들은 그가 길거리에서 자도록 내버려두었는데 커다란 마차가 그를 덮쳐서는 그만……"

"그놈이 이번에는 표적을 제대로 맞혔군요. 단번에 그를 죽여버렸어요. 나하고는 운이 나빴지요. 네 번이나 시도해야 했거든요." 오귀스트는 말했다.

침울해진 쥘은 생각에 잠겼다.

"그럼 이제 나는 아무것도 알아내지 못하겠군요." 한참 동안 침묵하던 증권중개인이 외쳤다. "당신 하인은 아마도 정당한 벌을 받았을 겁니다! 당신 명령을 어기고 데마레 부인을 모함해 이다라는 여자에게 질투심을 불러일으켜 그녀가 우리에게 격분하게 만들지 않았습니까?"

"아! 선생님, 너무 화가 나서 쥘 부인이 어찌되든 상관하지 않았소이다."

"뭐라고요!" 몹시 흥분한 남편이 소리를 질렀다.

"오! 선생님." 장교는 손을 들어 조용히 하라는 표시를 하고는 말했다. "나는 이제 모든 것을 받아들일 준비가 되었습니다. 당신이 나선다 해도 지금까지 우리가 알아낸 것보다 더 밝혀내지는 못할 겁니다. 또한 나는 이미 내 양심이 하는 말을 듣고 있으니 더는 아무 말도 하지 말아주십시오. 오늘 아침 나는 가장 유명한 독극물 학자의 방문을 기다리고 있습니다. 내 운명을 알기 위해서지요. 너무도 극심한 고통이 나를 기다리고 있다면 내 결심은 확고합니다. 내 머리에 총을 쏠 겁니다."

남작이 그 말을 할 때의 냉정함에 놀란 주교 대리가 소리쳤다. "어린애같이 말하는군. 자네 할머니가 그 말을 들으면 얼마나 슬퍼하시겠나. 아마도 견디지 못하고 돌아가시고 말 걸세."

"그렇다면, 남작님, 그 기막힌 인간이 파리 어디에 사는지 알아낼 방도가 전혀 없단 말입니까?" 쥘이 물었다.

그때 노인이 답했다. "푼칼 씨가 포르투갈 대사관인지 브라질 대사관인지에 기거한다고 가엾은 쥐스탱이 말하는 소리를 들은 것 같소이다. 푼칼 씨는 두 나라와 관련이 있는 귀족이라오. 도형수는 이미 죽어서 땅에 묻힌 걸로 아오. 당신을 귀찮게 하는 남자의 정체가 뭐든 간에 대단한 힘을 가진 사람임이 틀림없소. 그러니 그를 꼼짝 못하게 하고 완전히 박살낼 때까지는 새로운 신분으로 위장한 그를 인정해야 할 거요. 하지만 조심하시오, 친애하는 선생. 몰랭쿠르 씨가 내 충고를 들었더라면 아무 일도 일어나지 않았을 거외다."

쥘은 예의는 갖추었으나 차가운 태도로 그 집을 나왔다. 페라귀스를 찾기 위해 무엇을 해야 할지 몰랐다. 집으로 가니 문지기는 마님이 외출했었다고 말했다. 메나르 가 앞에 있는 작은 우체통에 편지를 넣으러 나갔다는 것이다. 쥘은 문지기가 놀라운 통찰력을 발휘해 주인의 입장을 따르면서, 능수능란하게 주인을 섬기는 방법을 파악하는 것을 보면서 굴욕을 느꼈다. 아랫사람들의 과장된 정중함, 그리고 좋지 않은 일에 연루된 주인을 위험에 빠뜨리기 위한 그들 특유의 기교를 쥘은 잘 알고 있었다. 어떤 일에건 그들과 공모하는 것은 위험하다는 사실도 모르지 않았다. 그러나 이렇게 갑자기 품위가 실추된 후에야 자신의 체면이 깎였다는 사실을 알아챌 수 있었다. 주인을 자신의 위치로까지 추락시켜, 주인과 동등한 위치에 올랐으니 하인으로서는 얼마나 큰 성공인가! 쥘은 거칠고 퉁명스러웠다. 그것은 그의 또다른 실수였다. 하지만 그는 너무나 고통받고 있지 않은가! 이제까지 곧고 순수했던 그의 삶이 말할 수 없이 굴곡지고 있었다. 그래서 이제 그는 속임수도 쓰고 거짓말도 해야 했다. 클레망스 역시 거짓말을 하고 속임수를 쓰지 않았던

가. 역겨운 순간들이었다. 가혹한 생각들로 가득한 깊은 구렁텅이 속에 빠진 채 젊은 저택 입구에서 꼼짝 않고 아무 생각 없이 서 있었다. 간혹 그는 절망에 빠져 프랑스를 떠나 도망치고 싶었다. 사랑을 간직한 채 불확실한 온갖 상상을 다 날려버리고 싶었다. 어느 순간에는 클레망스가 우편함에 넣은 편지가 분명 페라귀스에게 가리라고 확신하면서 그 불가사의한 존재가 보내는 답장을 중간에 가로챌 방법을 궁리하기도 했다. 그는 또한 결혼하고부터 계속된 이상한 우연들을 분석하면서, 그로 하여금 복수를 결심하게 한 그 중상모략이 사실이 아닐까 하고 자문해보기도 했다. 이 생각 저 생각 끝에 페라귀스의 답장에 생각이 이르자 그는 혼잣말로 중얼거렸다. "하지만 페라귀스란 놈, 교활하기 그지없는데다 지극히 사소한 행동 하나하나조차 논리에 맞게 하지 않느냔 말이다, 한발 앞서 미리 내다보고 계산하고 이쪽의 생각을 다 읽어버리는데, 그런 놈이 답장을 쓸까? 그놈 역량에 걸맞은 방법을 사용하지 않을까? 능숙한 불량배 한 놈을 시켜 편지를 보낼까? 아니면 무엇을 가져가는지도 모르는 어떤 예의바른 신사 편에 작은 상자에 편지를 담아 보내려나? 혹은 아무것도 모르는 어떤 여공이 아내에게 신발을 배달하는 봉투에 편지를 넣을지도 모르지? 클레망스와 그놈이 서로 어떻게 할지 미리 짜놓는다면?" 그는 모든 것을 의심했다. 그는 온갖 추측으로 가득한 거대한 들판과 한없는 바다를 가로질렀다. 그러고는 상반되는 방책들 사이에서 얼마 동안 오락가락한 후 두 사람 사이의 비밀을 알아내기에는 다른 어느 곳보다 자기 집이 가장 유리하다는 생각에 이르자 모래 깊숙한 곳에 도사리고 있는 개미귀신처럼 자기 집에서 감시하기로 결정했다.

그는 문지기에게 말했다. "푸크로, 나를 보러 오는 사람이 있거든 집에 없다고 하게. 만일 누군가 마님을 찾아오거나 편지를 전하고자 한다면 종을 두 번 치게. 그리고 이 집에 오는 편지는 전부, 누구한테 오는 것이든 전부 다 내게 가져오게."

중이층에 자리한 서재로 올라가면서 그는 생각했다. '이렇게 하면 내가 페라귀스란 작자의 술책보다 앞서겠지. 아내가 혼자 있는지 알아보려고 내게 아주 교활한 밀사를 보낸다 할지라도, 적어도 바보처럼 그놈에게 놀아나진 않을 거야.'

그는 길을 향해 난 서재 유리창에 몸을 꼭 붙였다. 그리고 질투심이 유발한 최고의 속임수를 쓰기로 했다. 그는 자신의 제1대리인을 마차에 태워 증권거래소의 자기 자리로 가게 했다. 대리인의 손에는 동료 증권중매인에게 자기 대신 증권을 사고파는 일을 해달라고 부탁하는 쥘의 편지가 들려 있었다. 가장 민감한 계약은 다음날로 미루었다. 주가의 등락도 유럽의 부채도 그에게는 하등 중요하지 않았다. 사랑이란 얼마나 멋진 특권을 누리는가! 사랑은 모든 것을 짓밟고 모든 것의 빛을 바래게 한다. 제단도 왕위도 공채 등록대장도. 세시 반, 일상적인 결제기일 연장과 종료, 시세 차액, 확정 가격 등으로 증권거래소에 열기가 가득한 시간이 되었다. 쥘 씨는 푸크로가 흡족한 표정을 지으면서 서재로 들어오는 모습을 보았다.

"주인님, 어떤 잘 차려입은, 제 말은 아주 교활해 보이는 나이든 여인이 방금 왔었습니다. 주인님을 찾더니 안 계신 것을 알고 난감한 표정을 짓더군요. 그러고는 마님께 드리라고 편지를 하나 주고 갔습니다. 여기 있습니다요."

흥분과 불안에 사로잡힌 쥘은 편지의 겉봉을 뜯었다. 그러나 그는 기가 막혀 소파에 주저앉고 말았다. 도무지 무슨 말인지 알 수 없는 내용이었다. 편지를 해독하려면 암호가 필요했다. 모든 것이 숫자로 쓰여 있었기 때문이다.

"가보게, 푸크로." 문지기가 나갔다. "알 수 없는 불가사의야. 수심측량기도 닿지 않는 바다보다 더 깊어 도저히 파악할 수가 없어. 아! 이건 분명 사랑이야. 이런 편지를 고안하다니, 사랑만이 이토록 명민하고 기발할 수 있어. 세상에! 클레망스를 죽여버리겠어."

바로 그때 기발한 생각이 머리에 떠오르자 침울했던 그의 모습이 눈에 띄게 밝아졌다. 결혼 전 매우 가난했던 시절에 그에게는 말하자면 페슈메자* 같은 진정한 친구가 하나 있었다. 그는 가난하고 보잘것없는 생활을 하는 자존심 강한 친구가 상처받지 않도록 세심하게 마음을 쓰고 늘 존중했으며, 고귀한 배려를 통해 친구가 결코 수치심을 느끼지 않고 자신의 부를 누릴 수 있게끔 애썼다. 그리하여 그들의 우정은 더욱 돈독해졌다. 데마레가 부자가 되었음에도 자케는 여전히 충실한 친구로 남아 있었다.

성실하고 일을 좋아하고 품행에 있어 자신에게 엄격한 자케**는 최고의 부정부패와 최고의 청렴함이 공존하는 정부 내각에서 나름대로 천천히 자신의 길을 갔다. 외무부 직원인 그는 문서 가운데 가장 주의를

---

* 발자크 작품에 누구와도 비교할 수 없는 진정한 친구로 등장하는 인물. 『결혼생리학』에 이미 페슈메자와 뒤브레일의 우정이 암시되며 『친척 퐁스』에 다시 등장한다.

** 발자크의 친구 중에 자케(샤를 루이 앙투안 자케)라는 이름을 가진 이가 있었다. 작가가 죽을 경우 한스카 부인이 보낸 편지를 모두 불태워달라고 부탁한 친구다.

요하는 것을 책임지고 있었다. 그는 외무부에서 몇 시간이고 비밀편지에 빛을 비추면서 공문을 해독하고 분류하는 일을 했다. 그는 일종의 반딧불이와도 같았다. 평범한 부르주아보다 더 높이 올라간 그는 외무부에서 하급 직원이 올라갈 수 있는 가장 높은 위치에 올랐다. 온갖 불운으로부터 자신을 지켜주는 어둠을 좋아하면서, 그는 기록보관소 안에서 무명의 삶을 살았다. 조금이나마 국가에 진 빚을 갚을 수 있음에 만족하면서 말이다. 윗사람을 보좌하는 자질을 타고난 그는, 언론이 주로 사용하는 표현을 빌리자면, 그에게 합당한 모든 존경을 받고 있었다. 쥘 덕분에 결혼을 잘하는 바람에 사회적 지위가 향상되기도 했다. 아무도 몰라주지만 사실은 정부를 지지하는 애국자인 그는 벽난로 구석에 앉아 나라가 돌아가는 것에 대해 약간의 불평을 하는 정도로 만족했다. 게다가 집안에서 그는 너그러운 왕이었다. 자기는 절대 이용하지 않으면서도 부인에게는 마차를 임대해줄 정도로 집안 식구들에 대한 책임감이 강한 사람이었다. '자기가 철학자인지 모르는 철학자'*의 초상을 완성하자면, 그는 증권중매인을 친구로 두고, 언제나 국가 기밀을 다 알고 있음에도, 그러한 자신의 지위를 이용할 수 있다는 생각을 단 한 번도 한 적이 없는, 절대 그런 생각을 하지 못할 위인이었다. 나폴레옹을 구하면서 이름도 남기지 않고 죽어간 병사 같은 이 숭고한 사내는 정부 내각에 머물러 있었다.

십 분 후, 쥘은 기록보관소 소장의 사무실에 있었다. 자케는 그에게 의자를 내밀었다. 그는 기계적인 동작으로 쓰고 있던 초록색 타프타 천

* 미셸 장 스덴의 희곡 『자기가 철학자인지 모르는 철학자』에서 따왔다. 매우 사실적인 장면들이 등장하는 작품이다.

으로 된 눈 보호대*를 벗어 탁자 위에 올려놓았다. 그러고는 손을 비비더니 코담뱃갑을 집은 후 견갑골이 우드득거리는 소리를 내며 일어서서, 가슴을 앞으로 내밀며 말했다. "무슨 바람이 불어서 이렇게 오셨나, 데마레 선상? 내게 무슨 볼일이라도 있나?"

"자케, 어떤 비밀을 알아내기 위해 자네가 필요해. 그 비밀에 생사가 달려 있다네."

"정치 문제는 아니겠지?"

"정치 문제라면 자네에게 부탁하지 않았을 걸세. 집안 문제네만 반드시 비밀을 지켜주길 바라네."

"클로드 조제프 자케는 태생적으로 벙어리라네. 자네 날 모르나?" 그는 웃으면서 말했다. "비밀을 지키는 것은 내 전문이라네."

쥘은 그에게 편지를 보여주면서 말했다. "내 아내에게 온 이 편지를 해독해주어야겠네."

"저런, 저런! 이건 골치 아픈 일인걸." 자케는 고리대금업자가 유통어음을 검토하듯 편지를 찬찬히 살펴보면서 말했다. "아! 격자암호가 사용된 편지로군. 기다려보게."

그는 쥘을 사무실에 혼자 남겨두고 나갔다가 금방 들어왔다.

"별거 아니네, 친구! 이 편지에 사용된 암호는 슈아죌** 재상 치하에서 예수교 신부들이 해고당하던 당시 포르투갈 대사가 사용했던 구식 격

---

* 너무 강한 불빛으로부터 눈을 보호하기 위한 보호대 혹은 모자챙.

** 에티엔 프랑수아 슈아죌. 루이 15세 치하에서 수상을 역임함. 재상이던 당시 국가의 근대화에 힘썼으며, 교회 권력과 싸워 국가 권력을 강화하고자 했다. 예수회를 해체시키고자 함. (옮긴이)

자암호라네. 자, 보게나."

그는 햇빛이 비치는 곳으로 가서 당과를 덮는 레이스처럼 일정하게 재단된 종이 한 장을 편지 위에 포개놓았다. 그러자 쥘은 확연히 드러난 문장들을 쉽게 읽을 수 있었다.

사랑하는 클레망스, 이제 더는 걱정하지 마라. 그 누구도 우리의 행복을 깨뜨릴 수 없을 거다. 네 남편도 이제 의심을 내려놓을 것이다. 너를 보러 갈 수가 없구나. 얼마나 아픈지는 모르지만 용기를 내서 나를 보러 오려무나. 힘을 내라. 사랑에서 그 힘을 이끌어내라. 너를 위해서라고 생각하니 더없이 고통스러운 시술도 받을 수 있었다. 그래서 침대에서 조금도 움직일 수 없단다. 어제저녁 목덜미와 양어깨에 뜸*을 떴다. 한참 동안 뜸의 열이 가해지도록 내버려두어야 했다. 무슨 말인지 알겠니? 하지만 너를 생각하니 견딜 만하더구나. 몰랭쿠르가 여기저기 조사하고 탐색하고 다니고 있어 그를 따돌리기 위해 나는 보호받고 있던 대사관을 떠났다. 하지만 이제 그는 더 이상 우리를 괴롭히지 못할 거다. 나는 지금 아무도 찾아내지 못할 앙팡 루주 가** 12번지에 있는 은신처에 있다. 에티엔 그뤼제 부인이라는 나이든 여인네의 집이다. 망나니짓을 했던 그 이다라는 여자의 어미지. 그 어처구니없는 실수에 대해서는 혹독한 값을 치르게 해줄 것이다. 내일 아침 아홉시에 그곳으로 오려무나. 건물 안의 계단을 통해서만 내가 있는 방에 이를 수 있다. 카뮈제 씨를 찾아라. 내일 보

---

* 죄수의 낙인을 없애기 위해 뜸 요법을 사용한 것. (옮긴이)

** 현재 파스투렐 가와 포르트푸앵 가 사이에 있는 아르시브 가가 포함된 길이다.

자. 이마에 키스하마, 내 사랑.

자케는 불안해하면서 쥘을 쳐다보았다. 그의 불안에는 진정으로 연민의 감정이 담겨 있었다. 그는 입에 달고 사는 감탄사인 "저런, 저런"을 연발했지만 두 개의 '저런'은 그 어조가 각각 달랐다.

"분명해 보이지 않는가?" 쥘이 말했다. "사실, 내 마음속 깊은 곳에는 내 아내를 변호하는 목소리가 있네. 그 목소리는 질투로 인한 어떤 고통보다 더 크게 들리지. 내일까지 가장 끔찍한 형벌을 견디도록 하겠네. 하지만 드디어 내일, 내일 아홉시에서 열시 사이에는 모든 것을 알게 되겠지. 그후 불행하게 살든가 아니면 행복하게 살든가, 둘 중 하나일 거야. 나를 생각해주게, 자케."

"내일 열한시에 자네 집으로 가겠네. 그곳으로 같이 가세나. 자네가 원한다면 길에서 기다리겠네. 위험할 수도 있네. 그러니 자네 곁에는 별말 하지 않아도 자네 마음을 금방 알아차리고 자네가 믿고 일을 맡길 수 있는 충실한 친구가 필요하네. 나를 믿게나."

"살인을 돕는 일일지라도?"

"저런! 저런!" 동일한 음으로 그 말을 반복하면서 자케는 얼른 말했다. "내게는 아이도 둘이나 있고 아내도 있고……"

쥘은 클로드 자케와 악수를 한 뒤 밖으로 나갔다. 그러나 다시 급하게 뛰어왔다.

"편지를 잊어버릴 뻔했네. 게다가 이 편지를 다시 봉해야 하네."

"저런! 저런! 흔적도 없이 그 편지를 뜯었구먼. 다행히 봉인이 잘 벌어졌었네그려. 가만있게, 내가 필체에 맞게 봉해 자네한테 가져다주겠네."

"몇시에?"

"다섯시 반……"

"만일 내가 없더라도 아내에게 보여주라고 말하면서 문지기에게 잘 전하게."

"내일 내가 필요한가?"

"아닐세. 잘 있게나."

쥘은 서둘러 로통드 뒤 탕플* 광장에 이르렀다. 그는 그곳에 마차를 세워둔 채 앙팡 루주 가로 걸어가 에티엔 그뤼제 부인의 집을 살펴보았다. 바로 그곳에서 수많은 사람들의 운명이 걸린 비밀이 밝혀질 것이다. 그곳에 페라귀스가 있고, 이 음모의 모든 실타래는 바로 그 페라귀스에게로 향한다. 쥘 부인과 그녀의 남편, 그리고 바로 그 남자, 이 세 사람의 집합은 이미 피비린내나는 이 드라마의 풀기 어려운 문제, 고르디우스의 매듭이 아니던가? 그러니 가장 단단하게 얽힌 그 매듭을 풀기 위해서는 검이 필요하지 않을까?

그 집은 카바주티스**라 불리는 집 중 하나였다. 이 의미심장한 이름은

---

* 12세기 마레 지구에 템플기사단의 수도원이 세워졌고 그 중심에 시장이 있었다. 1788~1790년 그 자리에 44개의 아케이드로 구성된 건물이 세워지면서 그곳에 고급 상점들이 들어섰다. 원형 건물이라서 로통드(원형)라 불렸다. 1860년 로통드 뒤 탕플은 네모난 철제 건물로 재건된다. 이름도 카로(네모) 뒤 탕플로 바뀐다. 1892년 이후 시장이 쇠퇴하면서 시장의 일부가 사라진다. 2007~2014년 동안 펼쳐진 프로젝트를 통해 철제 파사드는 보존한 채 다시 태어난 카로 드 로통드는 각종 문화 행사가 벌어지는 커다란 홀로 사용된다. 현재 3구 구청사 앞, 외젠 스퓔러 가와 페레 가를 끼고 있다. (옮긴이)

** 이 단어는 1862년에 가서야 아카데미 사전에 수록된다. 하층민의 언어로 쓰인 카바주티스는 여러 시기 동안 덧붙여 지어진 오래된 집을 의미한다.

파리의 서민들이 붙인 것으로, 말하자면 시간과 더불어 계속해서 덧붙여진 집이었다. 대부분의 경우 원래는 각각 분리되어 있던 주거지였는데 여러 소유자가 변덕에 따라 점차 집을 늘리는 바람에 합해진 집들이었다. 혹은 짓다 말다 다시 짓고 그러면서 완성된 집들이었다. 말하자면, 몇몇 나라의 국민이 그리했듯이, 여러 왕정 체제를 지나면서 변덕스러운 주인을 섬겼던 불행한 집들이었다. 회화 용어 중 가장 생동감 있는 표현을 빌리자면 각층들끼리도, 창문들끼리도, 서로 어울리는 것은 아무것도 없다. 심지어 외부 장식조차 어울리지 않는다. 파리 건축에 존재하는 카바주티스를 만일 아파트의 방들과 비교한다면, 사람들이 눈에 거슬리는 물건들을 아무렇게나 던져버려 뒤죽박죽된 잡동사니가 가득 쌓인 창고 방, 즉 카파르나움*과 같은 것이리라.

"에티엔 부인을 찾소." 쥘이 문지기 여자에게 말했다.

이 문지기 여자는 커다란 문 밑에 있는 일종의 닭장 같은, 바퀴 달린** 작은 목조 건물에 거주하고 있었다. 삯마차가 있는 곳이면 어디서나 볼 수 있는 경찰 집무실 비슷하게 생긴 오두막집이었다.

"뭐라고유?" 문지기 여자는 뜨개질하던 긴 양말에서 눈을 떼고는 그렇게 물었다.

파리에서 각양각색의 사람들이, 이 괴상망측한 도시의 외관을 형성하는 데 각자 나름대로 기여를 한다. 그리고 그들은 각각 도시 전체의 특성과 놀라운 조화를 이루기도 한다. 이렇듯 문지기라 불리든, 수위라

---

* 이스라엘 북쪽에 위치한 갈릴리 지방의 어촌. 프랑스어에서는 물건이 뒤죽박죽 뒤엉켜 있는 무질서한 공간을 의미하는 단어로 사용됨. (옮긴이)

** 19세기까지도 문지기들의 오두막에 바퀴가 달린 경우가 종종 있었다. (옮긴이)

불리든, 혹은 경비라 불리든, 파리라는 괴물의 주요 근육에 해당하는 그들은 늘 자신이 속하는 구역에 합당한 인물들이다. 그들은 종종 그 동네를 단적으로 나타내기도 한다. 정통 귀족이 사는 구역인 생 제르맹의 수위들은 옷솔기마다 장식을 단 여유 있는 사람들로 국채에 투자를 한다. 신흥 부자가 사는 구역인 쇼세 당탱의 문지기들은 살림이 넉넉하다. 증권거래소 근처의 문지기들은 신문을 읽고, 가난한 동네인 몽마르트르에서는 문지기들의 지위가 높다. 창녀촌 문지기들은 화류계 출신 여자들이다. 과거에는 영화를 누렸으나 지금은 퇴락한 마레 지구의 문지기들은 품행이 단정하지만 까다롭고 변덕스럽다.

쥘 씨를 보자 이 문지기 여인은 칼을 집어들고 거의 다 식은 발보온기의 흙덩어리를 휘저으면서 물었다. "에티엔 부인? 에티엔 그뤼제 부인 말이유?"

"그렇소." 쥘 데마레는 거의 화가 난 표정으로 말했다.

"장식끈 만드는 여자 말이유?"

"맞소."

"그렇다면 신사 양반, 안마당 끝에 있는 두번째 계단을 올라가시구려. 창가에 꽃무가 보이지유? 바로 거기가 에티엔 부인의 집이라우." 문지기 여자는 오두막에서 나와 쥘의 팔을 잡고 지하저장고처럼 생긴 천장이 둥근, 좁고 긴 통로를 따라 그를 안내하면서 말했다.

"고맙소, 부인. 그뤼제 부인은 혼자 있을 것 같소?"

"그 여자가 혼자 있지 않을 이유가 뭐유? 과부인걸."

쥘은 오가는 사람들이 묻힌 진흙이 굳어지면서 울퉁불퉁해진 어두컴컴한 계단을 민첩하게 올라갔다. 삼층에는 세 개의 문이 있었지만 그 어디에도 꽃무는 없었다. 다행히 그중에서 가장 윤이 나고 가장 진한 갈색 문 앞에 분필로 오늘 저녁 아홉시에 이다가 올 겁니다라고 쓰여 있었다. "바로 여기로군"이라고 중얼거리면서 쥘은 구불구불하게 늘어진 낡은 검은색 초인종 줄을 잡아당겼다. 그러자 갈라지는 벨 소리로 인해 질식할 것만 같은 소음과 천식을 앓는 강아지가 낑낑대는 소리가 들렸다. 안에서 울리는 소리들로 보아 아파트 안에는 온갖 물건이 가득차 있어 밖에서 나는 소리는 아무것도 들리지 않을 듯했다. 노동자나 가난한 살림의 사람들이 사는 집은 대체로 다 그랬다. 공간은 늘 비좁고 통풍도 안 된다. 쥘은 기계적으로 꽃무를 찾았다. 그리고 마침내 홈이 파인 십자형 유리창 외벽에 기대어 있는 꽃무를 발견했다. 그 꽃들은 유리창의 유리를 고정시키는, 악취나는 두 개의 납으로 된 막대 사이에 있었다. 여기에는 꽃들이, 저기에는 길이가 60센티미터가량 되고 너비는 16센티미터쯤 되는 화분이 있었다. 또 저쪽에는 밀알도 한 알 떨어져 있었다. 그곳에는 삶 전체가 그대로 요약되어 있었다. 그러니까 가난한 삶의 온갖 궁핍함이 그대로 드러나 있었다. 형편없는 그 꽃들과 곡식의 싱싱한 줄기들 앞으로, 마치 하늘에서 신의 축복이 내리기라도 하는 것처럼, 한줄기 빛이 내리쬐고 있었다. 하지만 그 빛으로 인해 먼지와 기름때, 그리고 지저분한 집들이 뿜어내는 뭐라 말할 수 없는 파리 특유의 색깔과 땟자국은 더욱더 두드러져 보였다. 축축한 벽과 계단의 헐어빠진 난간, 창유리와 맞지 않는 창틀, 그리고 원래 붉은색이던 대문들에 눌어붙은 땟자국은 세월과 더불어 점점 더 찌들었던 것이다. 곧이어 들려온 노파의 기침 소리와 거친 천으로 만들어진 딱딱한 슬리퍼를 힘겹게 질질 끄는 여인의 무거운 발소리로 보아 그녀가 이다 그뤼제의 어미임을 알 수 있었다. 노파는 문을 열고 층계참으로 나와 위를 올려다보면서 말했다. "아! 보키옹 씨로군요. 어, 아니네. 세상에 어쩜 이리도 보키옹 씨와 닮았을꼬. 그분 동생인가보네. 뭘 도와드릴깝쇼? 좀 들어오시지요, 나리."

쥘은 노파를 따라 첫번째 방으로 들어갔다. 그곳에는 온갖 상자와 살림도구, 화덕, 가구, 개와 고양이에게 줄 사료와 물이 가득 담긴 토기, 나무로 된 벽시계, 이불, 심지어 아이젠*의 복제화까지 어지럽게 흩어져 있었으며, 진짜로 괴기스러운 그림에서처럼 서로 뒤섞이고 엉클어진 채 겹겹이 쌓인 낡은 철판도 볼 수 있었다. 진정한 파리의 카파르나움이었다. 심지어 〈입헌제〉**라는 정치 일간지까지도 몇 부 굴러다니고 있었다.

신중해야 한다는 생각에 빠져 있던 쥘에게는 "이리 들어옵쇼, 나리, 따뜻해지실 거유"라는 그뤼제 노파의 말이 들리지 않았다.

쥘은 노파에게 제안하고자 하는 일을 이 방에서 말해버리고 결론을 내는 것이 낫지 않을까 하는 생각을 했다. 혹시라도 페라귀스가 들을까 염려되었기 때문이다. 고미다락에서 나와 꼬꼬댁거리는 닭 소리에 그는 혼자만의 깊은 상념에서 깨어났다. 쥘은 결심했다. 그래서 그는 이다의 어미를 따라 난롯불이 있는 방으로 갔다. 시끄럽지 않은 강아지 한 마리가 숨을 몰아쉬면서 그들을 졸졸 따라다니다 팔걸이 없는 낡은 의자 위로 기어올라갔다. 그뤼제 부인은 손님을 따뜻한 곳으로 안내하면서 자신이 그렇게 가난하지 않다는 것을 자랑이라도 하듯 으스댔다.

---

* 샤를 도미니크 조제프 아이젠. 화가, 삽화가. 흑연으로 된 삽화를 많이 그렸다.

** 1815년 창립된 자유주의 신문. 〈입헌제〉가 주도한 샤를 10세에 대항하는 운동은 1830년 혁명에 영향을 주었다. (옮긴이)

난로 위의 냄비는 남아 있는 두 개의 불씨를 완전히 감추고 있었다. 거품을 걷어내는 국자는 끝부분이 잿더미 속에 파묻힌 채 바닥에 떨어져 있었다. 벽난로 선반을 장식한, 푸른색 종이로 가장자리를 두른 네모난 유리상자 안에는 밀랍으로 만든 예수가 들어 있었다. 그리고 그 벽난로 선반에는 털실더미, 실패, 그리고 장식끈 만드는 데 필요한 도구가 어지럽게 널려 있었다. 관심과 호기심을 가지고 아파트의 모든 가구를 주의 깊게 살펴보고 난 후 쥘은 자기도 모르게 은밀한 만족감을 표시했다.

"아이고, 나리, 알아서 이 거시기들을 정리하고 좀 앉으시겠수?"라고 말하면서 노파는 평상시 자신의 자리처럼 보이는 노란색 다리가 달린 소파에 앉았다. 그 소파에는 그녀에게 필요한 모든 것이 담겨 있었다. 손수건, 코담뱃갑, 뜨개질거리, 반쯤 껍질을 벗긴 채소들, 안경, 달력, 달기 시작한 제복의 장식줄, 기름때 낀 카드들, 그리고 소설 두 권이 움푹 파인 소파 위에 놓여 있었던 것이다. 이 가구 위에서 노파는 굴곡진 인생을 다 보냈다. 그것은 마치 여행하는 여인이 가지고 다니는 가방, 백과사전처럼 그 안에 모든 것이 담겨 있는 가방과도 같았다. 그 속에는 그녀의 살림이 축약되어 있었던 것이다. 남편의 사진부터 기분이 울적할 때 뿌리는 박하 향수, 아이들에게 줄 당과, 그리고 베인 상처에 대비한 반창고까지.

쥘은 이 모든 것을 관찰했다. 그뤼제 부인의 누런 얼굴, 속눈썹도 없고 눈썹도 없는 잿빛 눈, 이 빠진 입, 깊게 파인 주름, 모자 색보다 더 진한 색깔의 주름장식이 달린 갈색 망사 모자, 구멍난 옥양목 치마, 다 해진 슬리퍼, 열을 내는 발보온기, 접시, 비단 조각, 면 조각, 모직 헝겊이 함께 어지럽게 펼쳐져 있고 그 한가운데 포도주 병이 놓인 식탁, 이 모든 것을 그는 차근차근 주의깊게 살펴보았다. 그러고는 생각했다. '이 여자는 욕심이 있군. 악덕을 감추고 있어. 이 여잔 내 손아귀에 들어온 거나 다름없어.'

그는 공모의 표시로 눈을 찡긋하면서 일부러 큰 소리로 말했다. "부인, 견장을 주문하러 왔소이다." 그러고 나서 목소리를 낮추고 말했다. "당신 집에 카뮈제란 이름을 가진 낯선 사람이 있다는 것을 알고 있소." 노파는 돌연 그를 바라보았다. 놀란 기색이 전혀 없었다. "우리가 하는 말을 누가 들을 수 있소? 큰돈을 벌 수 있는 기회라는 것만 아시오."

그녀가 답했다. "나리, 아무 염려 말고 말씀하십쇼, 여기에는 아무도 없습니다요. 위층에 누가 있더라도, 그곳에서는 절대 나리 말을 들을 수 없을 겁니다."

'아! 교활한 노파 같으니, 노르망디식으로 답할 줄 아는군. 말이 잘 통하겠어.' 쥘은 생각했다. "부인, 거짓말할 생각은 마시오. 그리고 우선, 나는 절대 당신을 해치려는 게 아니오. 당신뿐 아니라, 뜸을 뜨고 있는 병든 세입자도, 코르셋 재봉사인 당신 딸 이다도, 페라귀스의 여자 말이오, 그 누구도 해치려는 게 아님을 알아주시오. 보시오, 나는 다 알고 있지 않소. 경찰은 아니니 안심하구려. 나는 또한 당신이 양심에 어긋나는 행동을 하는 것은 추호도 원치 않소. 내일 아침 아홉시에서 열시 사이, 어떤 젊은 여인이 당신 딸의 남자와 이야기를 하러 이리로 올 거요. 나는 그들 모르게 그들의 일거수일투족을 관찰하고 싶소. 방법을 찾아보시오. 그러면 당신에게 일시금으로 이천 프랑을 주고 육백 프랑의 종신연금을 주겠소. 오늘 저녁 공증인이 당신 앞에서 서류를 준비할 거요. 당신에게 줄 돈도 공증인한테 맡겨두겠소. 그리고 내가 내일 그들의 만남을 지켜보고 당신이 나와 한 약속을 잘 지킨 것을 확인하고 나면, 그가 당신에게 그 돈을 전달할 거요."

"그런데 나리, 제 딸에게 해가 될 수도 있나요?" 암고양이 같은 근심스러운 시선을 던지면서 그녀가 말했다.

"아무런 해도 끼치지 않소, 부인. 게다가 당신 딸은 당신에게 잘하지도 않는 것처럼 보이는구려. 페라귀스처럼 돈 많고 권력도 가진 남자의 사랑을 받는다면, 당신을 지금보다 더 행복하게 해주는 게 그리 어려운 일은 아닐 텐데 말이오."

"아이고, 나리. 말도 마십쇼. 고년은 가고 싶으면 아무 때나 앙비귀 극장이고 게테 극장*이고 맘대로 들락거리지만, 제게는 그런 표 한 장 없습니다요. 배은망덕한 것 같으니라고. 기술을 배워 벌어먹고 살 수 있도록 딸년 수업료를 마련하느라 은 식기도 다 팔고 지금 이 나이에 양은 그릇으로 밥을 먹고 있는데 말입지요. 왜냐하면 말입니다, 고것이 그래도 절 닮아 요정처럼 손재주가 좋거든요. 고년 재주는 인정해야 해요. 그건 그렇다 치고, 자기는 이제 입지도 않는 낡은 비단옷을 어미를 위해 다려줄 수도 있을 텐데. 제가 워낙 비단옷 입는 것을 좋아하거든요. 그런데 고년은 절대 그러는 일이 없습지요. 자기는 카드랑 블뢰 식당**에 가서 두당 오십 프랑이나 되는 음식을 먹고 공주처럼 마차를 타고 다니면서 불쌍한 제 어미는 비웃기만 하니 원 참. 완전 우습게 알지

---

* 1789년 탕플 대로에 세워진 앙비귀 코미크 극장은 가장 큰 공연장을 보유한 극장 중 하나. 1827년 화재 이후 그다음해에 생 마르탱 대로에 다시 세워졌다. 게테 극장 역시 탕플 대로에 있던 극장이다.

** 탕플 대로, 샤를로 가의 구석에 있는 소시민들의 식당. 특히 결혼식이나 파티의 연회장으로 많이 사용되었다.

뭡니까. 빌어먹을! 우리는 얼마나 힘들게 젊은 시절을 보냈는지, 하지만 그런 말은 그렇게 듣기 좋은 말은 아닙지요. 어미란, 그러니까 좋은 어미란 도대체 뭡니까요, 저는 고것의 온갖 변덕을 다 받아주었는데, 게다가 늘 제 품에 안고 제 입에 들어갈 빵도 고년한테 먹였는데 말입지요. 자식들은 우리에게 와서 아양을 떨면서 '엄마, 안녕!'이라고 말하지요. 그러고는 그걸로 낳아준 부모에 대한 의무를 다했다고 여깁니다요. 다 그런 거 아니겠습니까요. 하지만 고년도 언젠가는 자기 아이를 낳고 이게 얼마나 손해 보는 장사인지, 그래도 어쨌든 부모는 자식을 사랑한다는 것을 알게 되겠지요."

"뭐라고요? 당신에게 아무것도 안 해준단 말입니까?"

"아! 나리, 그 아이가 저한테 아무것도 안 해준다는 말은 하지 않았습니다요. 그러니까 너무 조금밖에 도움을 주지 않는다는 것이지요. 집세를 내주고, 장작을 대주고, 매달 삼십육 프랑을 줍니다…… 하지만, 나리, 쉰둘이나 되는 이 나이에, 저녁이면 침침해지는 이 눈으로 아직도 일을 해야겠습니까요? 게다가 고것은 왜 절 필요로 하지 않을까요? 제가 창피해서? 그렇다면 당장 그렇다고 말을 할 것이지. 부모 면전에서 문 닫을 생각만 하는 자식놈들을 위해서는 그저 어서 죽어야 한다니까요." 그녀는 호주머니에서 손수건을 꺼냈다. 주머니에서는 복권 한 장이 딸려 나왔는데 도중에 땅에 떨어졌다. 그녀는 재빨리 그것을 집어 들면서 말했다. "저런! 세금 영수증인데."

젊은 그녀가 그렇게 돈이 없다고 투덜대는 이유를 금방 알아차렸다. 그래서 그는 그뤼제 부인이 그가 제안한 거래를 수락하리라는 확신이 들었다.

"그렇다면 부인, 내 제안을 받아들이시오." 그는 말했다.

"그러니까 나리, 이천 프랑의 현금과 육백 프랑의 종신연금이란 말입지요?"

"부인, 생각을 바꾸었소. 삼백 프랑의 종신연금을 주겠소. 그것이 내 계산과 더 맞아 보이는구려. 하지만 그 대신 현금으로 오천 프랑을 주겠소. 당신에겐 그 편이 더 낫지 않소?"

"물론입죠, 나리."

"생활이 좀 여유로워질 거요. 앙비귀 코미크 극장에도 가고 프랑코니 서커스 구경도 가시오. 마차를 타고 당신 마음대로 어디든 갈 수 있소."

"아! 저는 프랑코니 서커스는 별로 안 좋아합니다요. 사람들이 그 서커스 얘기는 별로 안 합디다. 그런데, 나리, 제가 이 제안을 받아들이는 것은 제 딸년에게도 이득이 되기 때문입니다요. 제가 고것에게 더이상 얹혀살지 않아도 되니 말입지요. 불쌍한 것! 고것이 삶을 즐기는 것을 비난하지는 않아요. 나리, 젊었을 때는 즐겨야 하니까요! 그런데 정말 아무에게도 해를 끼치지 않는다고 보장해주신다면……"

"아무에게도." 쥘이 반복했다. "그런데 어떤 방법을 쓸 예정이오?"

"그러니까, 나리, 오늘 저녁, 페라귀스 씨에게 양귀비 차를 좀 마시게 하면 그 사람은 잠을 잘 잘 겁니다요! 게다가 고통 때문에 그에게는 잠이 필요해요, 지금 많이 고통스러워하고 있거든요. 참 안됐습지요. 그런데 말입니다요, 신경통을 없애려고 건장한 남자의 등을 불로 지지다니 도대체 뭐하는 건지 모르겠습니다요. 그저 어쩌다 한 번씩 통증을 느낄 뿐인데 말입죠. 그건 그렇고 우리 사업 이야기로 돌아가지요. 우리집 위층에 사는 여자의 열쇠를 갖고 있는데, 그 여자 아파트의 방 하나가 바로 페라귀스 씨가 있는 방과 붙어 있습지요. 그녀는 지금 열흘 예정으로 시골에 갔고요. 그러니까 밤 동안 그 벽에 구멍을 내면 그들이 그 안에서 무엇을 하고 무슨 이야기를 나누는지 나리 마음대로 보고 들을 수 있을 겁니다요. 잘 아는 열쇠업자가 있는데 참 좋은 사람입지요. 이야기를 얼마나 예쁘게 하는지 마치 천사 같다니까요. 그라면 절 위해 아무도 모르게 그 일을 해줄 수 있을 겁니다요."

"자, 여기에 백 프랑이 있소. 열쇠업자에게 주고 당신은 오늘 저녁 공증인 데마레 씨 댁으로 가시오. 여기 주소가 있소. 아홉시면 계약서는 준비될 거요. 하지만…… 쉿, 비밀을 지켜야 하오."

"걱정하지 맙쇼, 나리, 나리 말대로 쉿, 비밀은 확실히 지킵니다요. 안녕히 가십시오, 나리."

쥘은 집으로 돌아왔다. 내일이면 모든 것을 다 알게 되리라는 확신이 들자 마음이 편안해졌다. 집으로 들어가면서 그는 문지기에게 들러 편지가 완벽하게 다시 봉인된 것을 확인했다.

"좀 어떠오?" 그들 사이를 갈라놓는 일종의 냉기 같은 것이 돌긴 했지만 그는 아내에게 그렇게 물었다.

다정한 습관을 버리기는 그다지도 어려운 것인지!

"괜찮아요, 쥘." 그러고는 교태 어린 목소리로 그녀는 말했다. "오늘 저녁식사 같이 할래요?"

"그러지." 그는 편지를 주면서 말했다. "자, 여기 당신에게 온 편지가 있소. 푸크로가 당신에게 가져다주라고 하더군."

창백한 클레망스의 얼굴이 편지를 보자 새빨개졌다. 아내의 얼굴이 갑자기 빨개지는 것을 보면서 남편은 극심한 고통을 느꼈다.

그는 웃으면서 물었다. "기쁜 일이오? 기다리던 편지요?"

"오! 그냥 그런 게 있어요." 그녀는 편지의 봉인을 보면서 말했다.

"그럼 저는 물러갑니다, 부인."

그는 서재로 내려왔다. 그러고는 형에게 그뤼제 부인을 위해 종신연금을 배당하도록 조치를 취해달라는 편지를 썼다. 그가 돌아왔을 때 클레망스의 침대 옆 작은 테이블에는 저녁이 준비되어 있었고, 조제핀이 시중들 준비를 하고 있었다.

조제핀이 그들만 남겨두고 나가자 클레망스가 말했다. "내가 일어날 수 있다면 얼마나 기쁜 마음으로 당신의 식사 시중을 들 수 있을까요!" 그러고는 창백한 손으로 쥘의 머리를 만지면서 말했다. "오! 무릎 꿇고 할 수도 있어요. 고귀한 마음을 가진 당신, 당신은 조금 아까 내게 정말로 친절하고 관대했어요. 당신은 나를 신뢰함으로써 내게 선행을 베풀었어요. 그것은 이 세상 어느 의사의 처방도 소용없는 내 병을 낫게 할 거예요. 여성적인 섬세함, 왜냐하면 당신은 여자처럼 사랑할 줄 아니까요, 당신은…… 그런 섬세함이 내 영혼에 뭐라 말할 수 없는 위안을 주어 이제 병이 다 나은 것 같아요. 이제 아프지 않아요. 쥘, 당신 머리에 키스할 수 있도록 이리 가까이 오세요."

쥘은 클레망스를 포옹하는 기쁨을 거부할 수 없었다. 그러나 마음속으로 양심의 가책을 느끼지 않을 수 없었다. 항상 순수하다고 믿고 싶었던 이 여인 앞에서 자신은 너무도 못난 사람이라는 생각이 들었다. 그녀는 기뻐했지만 그 기쁨에는 서글픔이 담겨 있었다. 순진한 희망이 슬픈 표정을 통해 그녀의 얼굴에서 빛나고 있었다. 그들은 서로가 서로를 속여야 한다는 사실 때문에 너무도 불행해 보였다. 한 번만 더 포옹했더라면 아마 둘 다 고통을 참지 못하고 모두 다 고백해버렸을 것이다.

"클레망스, 내일 저녁이면."

"아니요, 내일 낮이면 당신은 모든 것을 다 알게 될 거고, 그후에 당신 아내 앞에서 무릎을 꿇을 겁니다. 오! 아니요, 당신 자신을 모욕하지 마세요. 아니요, 당신은 온전하게 용서받을 거예요. 아니요, 당신은 잘못한 게 없어요. 들어봐요. 당신은 어제 나를 너무나 아프게 했어요. 하지만 그 정도 괴로움도 없다면 내 인생은 아마도 완벽하지 않았을 거예요. 그것은 경이로운 순간들을 더욱 값지게 해줄 그림자라고 할까요."

"당신은 나를 홀리는구려." 쥘은 외쳤다. "내가 양심의 가책을 느끼게 말이오."

"가엾은 사람, 운명이란 우리보다 더 높은 곳에 있답니다. 그리고 나는 내 운명과 공모하지 않아요. 내일 외출하겠어요."

"몇시에?"

"아홉시 반에요."

"클레망스, 조심해요. 데플랭 박사와 오드리 박사*의 의견을 들어봐요." 데마레 씨는 말했다.

"나는 내 마음과 내 용기에게만 물어볼 거예요."

"좋을 대로 하구려. 점심때에나 보러 오겠소."

"오늘 저녁 함께 있어주지 않을래요? 이제 안 아파요……"

일을 마친 후 쥘은 저항할 수 없는 유혹에 이끌려 아내에게 갔다. 고통스러웠던 만큼 그녀에 대한 사랑도 커져만 갔다.

---

* 데플랭 박사는 '인간극'에 등장하는 최고 권위를 가진 의사. 오드리 박사 역시 허구의 인물로 '인간극'의 여러 인물을 치료한 의사임.

# 4
# 어디로 가서 죽나?

그다음날 아홉시경, 쥘은 집을 나와 앙팡 루주 가로 달려가 그뤼제 부인 집으로 올라가서는 초인종을 눌렀다.

"아! 나리의 말은 정확하군요. 마치 새벽에 해가 뜨는 것처럼 말입지요." 장식끈 만드는 여자가 그를 알아보고는 그렇게 말했다. 그러고는 문이 닫히자 이렇게 말했다. "잘 들으세요, 나리. 만일의 경우에 대비해 제가 나리께 크림커피 한 잔을 준비했습죠. 아, 진짜 크림입니다요. 앙팡 루주 시장에 있는 외양간에서 그 통에다 우유를 짜 넣는 것을 제 눈으로 똑똑히 보았으니까요."

"감사하오, 부인, 아니, 됐소이다. 나를 데려다주시오……"

"그럼요, 그럼요, 나리. 이쪽으로 오시지요."

그뤼제 부인은 쥘을 자기 집 위층에 있는 집으로 데려갔다. 그곳에서 그녀는 의기양양하게 사십 수짜리 동전만한 구멍이 뚫려 있는 것을 보여주었다. 페라귀스 방의 가장 높고 가장 어두운 곳에 위치한 동그란 꽃 모양의 벽지 무늬 자리에 밤새 구멍을 낸 것이었다. 이 방에서나 저 방에서나 구멍은 모두 가구 위에 나 있었다. 열쇠업자는 양쪽 방 어느 벽에도 흔적을 남기지 않고 감쪽같이 구멍을 뚫어놓았다. 성벽에 난 총안銃眼 같은 그 작은 구멍은 어둠 속에서는 알아보기 힘들었다. 그곳을 지키면서 잘 볼 수 있도록 그를 배려해 그뤼제 부인이 가져다준 발판 위에서 쥘은 쪼그리고 앉아 무척이나 불편한 자세로 있어야만 했다.

"그는 어떤 남자와 함께 있습니다." 부인이 방을 나가면서 말했다.

실제로 쥘은 어떤 남자가 페라귀스의 어깨 군데군데에 난 화상 자리에 열심히 붕대를 감는 광경을 보았다. 쥘은 몰랭쿠르 씨가 묘사한 바에 따라 그가 바로 페라귀스임을 알아보았다.

"언제 다 나을 것 같나?" 그가 물었다.

"글쎄, 하지만 의사들 말에 따르면 아직도 일고여덟 번 더 붕대를 갈아줘야 한다던데." 낯선 남자가 답했다.

"그러면 오늘 저녁에 보세." 페라귀스는 이제 막 마지막 붕대를 감은 남자에게 손을 내밀면서 말했다.

"저녁에 보세." 남자는 페라귀스의 손을 다정하게 잡으면서 말했다. "자네가 이제 더이상 고통받지 않기를 바라네."

"푼칼 씨의 신분증명서는 내일 우리 손에 들어올 걸세. 이제 앙리 부리그나르는 죽었네." 페라귀스가 덧붙였다. "우리로 하여금 비싼 값을 치르게 했던 두 통의 그 운명적인 편지는 더이상 존재하지 않네. 나는 이제 다시 사회의 한 구성원이 될 걸세. 다른 많은 사람 중 하나 말일세. 나는 물고기들이 먹어치운 그 뱃놈만큼은 된다네. 내가 백작이 되는 것이 누굴 위한 일인지 하느님은 아시네!"

"불쌍한 그라티앵, 자네, 우리 중 가장 강한 수장, 우리의 형제, 자네는 우리 당에서 가장 사랑받는 사람이네. 자네도 알 걸세."

"잘 가게! 우리의 몰랭쿠르를 잘 감시하게."

"그 점은 걱정 마시게."

"이보게, 후작*." 늙은 도형수가 소리쳤다.

"왜 그러나?"

"어제저녁 그 사건 이후 이다가 무슨 짓을 할지 모르겠네. 무슨 짓이든 할 수 있는 아이니까. 그 아이가 물속으로 뛰어든다 해도 나는 물론 건져내지 않을 걸세. 그 아이가 아는 유일한 비밀, 내 이름의 비밀이 확실히 지켜질 테니 말일세. 하지만 그 아이를 잘 살피게. 그래도 착한 아이라네."

"알았네."

낯선 남자는 사라졌다. 십 분 정도 흘렀다. 비단옷자락이 사각거리는 소리가 들려오자 쥘은 흥분한 나머지 전율했다. 그리고 너무도 익숙한 아내의 발소리가 들렸다.

"아, 아버지, 불쌍한 아버지, 좀 어떠세요? 얼마나 큰 용기인가요!" 클레망스가 말했다.

"이리 오거라, 아가야." 페라귀스는 손을 내밀면서 답했다.

클레망스가 이마를 내밀자 그는 그녀의 이마에 키스했다.

---

* 롱크롤 후작을 말함.

"그런데 무슨 일이냐, 얘야? 또 무슨 슬픈 일이라도 있느냐……"

"슬픈 정도가 아니에요, 아버지, 아버지가 그토록 사랑하시는 당신 딸은 죽을 것만 같아요. 어제 편지 드렸듯이 머리 좋은 아버지가 무슨 수를 써서라도 오늘은 반드시 가엾은 우리 쥘을 만날 수 있는 방법을 찾아주셔야 해요. 저를 의심하면서도, 게다가 그이가 의심하는 건 너무나 당연한데도, 겉으로는 제게 얼마나 잘해주었는지 아세요! 아버지, 사랑하는 그이는 제 목숨과도 같아요. 제가 죽는 것을 보고 싶으세요? 아! 저는 이미 너무 많은 고통을 겪었어요! 이제 제 생명은 정말로 위태로워요."

"너를 잃다니! 내 딸아." 페라귀스가 말했다. "하찮은 파리놈 하나의 호기심 때문에 내 딸을 잃는다니! 파리 전체를 다 불태워버릴 거다. 아! 넌 사랑에 빠진 연인에 대해서는 잘 알지만, 아비란 존재에 대해서는 모르는구나."

"아버지, 그렇게 쳐다보실 때면 너무 무서워요. 서로 너무 다른 두 가지 감정을 저울질하지 마세요. 아버지가 살아 계신 것을 알기 전에 저한테는 이미 남편이 있었어요……"

"네 남편이 네 이마에 키스한 첫번째 남자라면," 페라귀스가 답했다. "나는 그 이마에 눈물을 쏟은 첫번째 남자란다…… 걱정 마라, 클레망스, 솔직하게 말해라. 내 마음은 너로 꽉 차 있는데, 네 가슴속엔 이 아비의 자리가 없지. 그렇다 해도 난 네가 행복하다는 사실을 아는 것만으로도 행복할 만큼 너를 사랑한단다."

"어머나, 그런 말들은 너무 좋아요! 아버지를 더 사랑하게 만드시는군요. 그런데 그건 쥘에게서 무엇인가를 빼앗는 것만 같아요. 하지만 아버지, 그이가 지금 절망하고 있어요. 두 시간 후에 그이에게 뭐라 말해야 할까요?"

"얘야, 너를 위협하는 불행으로부터 너를 구하기 위해 내가 네 편지를 기다리고만 있었겠니? 네 행복을 망치려는 자들이나 우리 사이에 끼어들려는 자들이 어떻게 되었지? 너를 지키는 제2의 신의 섭리가 있다는 사실을 전혀 몰랐단 말이냐? 힘과 지혜가 넘치는 열두 명의 사내가 너의 사랑과 너의 삶 주변에서 맴돌고 있다는 사실을 모르느냐? 그들은 너희를 지키기 위해서라면 무슨 짓이든 할 준비가 되어 있단다. 산책길로 너를 보러 가기 위해, 혹은 밤이면 네 엄마 집의 작은 침대에 있는 너를 탄복하며 바라보러 가기 위해 목숨을 거는 아비가 있더냐? 명예를 중시하는 남자라면 치욕을 당하지 않기 위해 스스로 목숨을 끊었어야 하는 순간에도, 어린 네가 나를 포옹했던 기억만으로 살아갈 힘을 얻었더랬다. 그런 아비가 있더냐? 네 입을 통해서만 숨을 쉴 수 있고, 네 눈을 통해서만 세상을 볼 수 있고, 네 가슴을 통해서만 느낄 수 있는 내가, 사자의 발톱과 아비의 영혼을 가지고 나의 유일한 보물이자 나의 생명인 내 딸을 보호할 수 없을 것 같으냐?…… 천사 같았던 네 엄마가 죽고 난 후 나는 오직 한 가지만을 소망했다. 네가 내 딸임을 고백하는 것, 모든 사람 앞에서 너를 내 품에 안아보는 것, 도형수란 존재를 죽여버리는 것……" 거기까지 말하고는 잠시 뜸을 들인 후 다시 말했다. "너에게 아버지를 돌려주는 것, 수치심을 느끼지 않고 네 남편의 손을 꽉 잡을 수 있는 것, 두려움 없이 너희의 가슴속에 살아 있는 것, 널 보면서 모든 사람들에게 '내 아이랍니다'라고 말할 수 있는 것, 그러니까 마음껏 아버지가 될 수 있는 것 말이다."

"오! 아버지, 아버지!"

"각고의 노력 끝에, 온 지구를 다 뒤져 아비의 친구들이 한 남자를 찾아냈다. 나는 그 사람이 될 것이다. 며칠 후면 나는 포르투갈 백작인 푼칼이 된다. 사랑하는 내 딸아, 이 나이에 포르투갈어와 영어를 배울 수 있는 인내심을 지닌 자는 별로 없단다. 망할 놈의 뱃놈이 그 두 언어를 완벽하게 구사했다는구나."

"사랑하는 아버지!"

"만반의 준비가 다 되었다. 이제 며칠 후면 포르투갈 왕 S. M. 주앙 6세는 나와 공범자가 될 것이다. 그러니 조금만 더 인내심을 가져라. 네 아비는 이미 너무도 많은 인내심을 가지고 견뎌왔단다. 하지만 내게는 그 일이 아주 쉬웠다. 삼 년 동안 네가 보여준 헌신에 보답하기 위해서라면 무슨 일이든 못하겠느냐! 너는 행복이 깨질 위험을 무릅쓰고 헌신적으로 이 불쌍한 아비를 보러 오지 않았더냐!"

"아버지!" 클레망스는 페라귀스의 손을 잡고 거기에 키스했다.

"자, 클레망스야, 조금만 더 용기를 내라. 끝까지 이 운명적 비밀을 지키자꾸나. 쥘은 보통 사람이 아니다. 하지만 명심해라. 성품이 훌륭하고 너를 지극히 사랑하니 도형수의 딸이라고 너를 경멸하지는 않는다 해도……"

클레망스는 외쳤다. "오! 아버지, 제 마음을 읽으셨군요. 다른 건 두렵지 않아요." 그녀는 서글픈 어조로 말했다. "저를 얼어붙게 만드는 건 바로 그 생각이에요. 하지만 아버지, 저는 그이에게 두 시간 안에 진실을 말하겠다고 약속했어요."

"걱정 마라, 내 딸아. 그에게 포르투갈 대사관에 가서 네 아버지인 푼칼 백작을 만나라고 해라. 내가 그곳에 있을 것이다."

"하지만 그이에게 페라귀스에 대해 말한 몰랭쿠르 씨는요? 세상에, 아버지, 속이고 또 속이고, 이 얼마나 큰 형벌인가요!"

"누구에게 그런 말을 하는 것이냐? 며칠만 있으면 내 비밀을 밝혀낼 사람은 하나도 없을 거다. 게다가 몰랭쿠르 씨는 무엇을 기억할 수 있는 상태가 아닐 거야…… 자, 얘야, 눈물을 닦으렴, 그리고 생각해봐라……"

바로 그때 쥘 데마레 씨가 있던 방에서 끔찍한 비명소리가 들려왔다.

"우리 딸, 불쌍한 우리 딸!"

이 소동은 가구 위에 난 작은 구멍을 통해 들려왔다. 페라귀스와 쥘 부인에게 공포가 엄습했다.

"무슨 일인지 가봐라, 클레망스."

클레망스는 재빨리 작은 계단을 내려가 그뤼제 부인의 아파트 문이 활짝 열린 것을 보았고, 위층 아파트에서 나는 비명소리를 들었다. 그 계단을 올라간 그녀는 흐느낌 소리에 이끌려 운명적인 그 방까지 갔다. 그런데 그 방으로 들어가기 전에 다음과 같은 말이 그녀의 귀에 들어왔다. "당신 때문이오. 나리, 당신의 그 망상 때문에 내 딸이 죽었소."

"조용히 좀 하시오, 딱한 사람 같으니." 쥘은 손수건으로 노파의 입을 틀어막으면서 말했다. 그러자 그녀는 "사람 죽이네! 살려줘요!"라고 소리질렀다.

바로 그때 클레망스가 그 방으로 들어왔다. 그리고 남편을 보자마자 비명을 지르며 도망갔다.

"누가 내 딸을 구해주지?" 한참 동안 멍하게 있던 노파가 물었다. "당신이 그 아이를 죽였어."

"그게 무슨 말이오?" 젊은 아내가 자기를 보았다는 사실에 아연해하면서도 무의식적으로 그렇게 물었다.

"이걸 읽어보라고." 노파는 눈물을 흘리면서 외쳤다. "연금을 받는다고 무슨 위로가 되겠소!"

영원한 이별을 고해요, 엄마! 내가 가진 모든 것을 엄마한테 줄게요. 나의 과오, 그리고 내가 스스로 목숨을 끊음으로써 엄마한테 안겨줄 슬픔에 대해 용서를 빌어요. 나 자신보다 앙리를 더 사랑했어요. 그런데 그이가 그러더라고. 내가 그이를 불행하게 한다고. 그이가 나를 밀어냈고 이제 정착할 수 있다는 희망이 사라졌기에 나는 물에 빠져 죽으려 해요. 그물에 걸려 시체공시장으로 보내지는 일이 없도록 뇌이 아래쪽으로 갈 거예요.* 죽음을 통해 나 스스로를 벌한 이후 앙리가 나를 더이상 미워하지 안는다면, 그이를 위해서만 가슴이 뛰었던 이 불쌍한 아이를 묻어달라고 그이에게 부탁해줘요. 그리고 나를 용서해달라고. 왜냐하면 나와 상관업는 일에 참견한 건 내 잘못이니까. 뜸을 떠서 생긴 상처에 붕대를 잘 감아줘요. 그 불쌍한 사람은 얼마나 만은 고통을 겪었는지! 그이가 불로 지질 용기를 냈듯이 나는 나를 파괴할 용기를 낼 거예요. 완성해놓은 코르셋들은 내 고객들에게 배달해줘요. 엄마의 딸을 위해 하느님께 기도해줘요.

이다

---

* 뇌이보다 조금 위쪽에 있는 생 클루에서는 익사자들을 건져내기 위해 그물을 쳐놓았다고 한다.

"이 편지를 저기에 있는 푼칼 씨에게 갖다드리시오. 아직 시간이 있다면 그만이 당신 딸을 살릴 수 있을 거요."

그러고 나서 쥘은 마치 범죄를 저지른 사람처럼 그곳에서 도망쳤다. 다리가 후들후들 떨렸다. 터질 것 같은 심장으로 인생의 그 어느 때보다 더 뜨겁고 더 많은 양의 피가 몰려들었다가 이례적인 기세로 빠져나갔다. 가장 모순적인 생각들이 그의 마음속에서 싸우고 있었다. 그러나 한 가지 생각이 다른 생각들을 다 물리쳤다. 바로 그가 이 세상에서 가장 사랑하는 사람을 신뢰하지 않았다는 사실이었다. 양심과 타협하는 것은 불가능했다. 큰 죄를 지었기에 점점 더 커지는 양심의 목소리는, 의심 때문에 크게 흔들렸던 가장 끔찍했던 순간에도 아내에 대한 열정적 사랑 때문에 내면에서 들리던 절규와 상응하는 것이었다. 그는 거의 하루종일 파리를 헤매고 다녔다. 차마 집으로 들어갈 수 없었다. 이 정직한 남자는 자기가 오해했던 나무랄 데 없는 여자를 마주하는 것이 너무도 두려웠다. 범죄란 얼마나 양심적인 사람인가에 따라 그 정도가 다르다. 어떤 이들에게는 살다보면 있을 법한 단순한 과오에 지나지 않는 일이 몇몇 순수한 사람들에게는 대단한 범죄가 된다. 순진무구함이란 단어는 사실상 경이로울 만큼 중요성을 지니지 않는가? 처녀의 새하얀 옷에는 아주 작은 얼룩만 묻어도 거지들의 누더기만큼이나 더럽고 역겹지 않은가? 둘 사이의 차이는 불행과 과오 사이의 차이에 불과하다. 신은 절대 후회의 정도를 재지도 나누지도 않는다. 그러니 하나의 오점을 지우기 위해서는 신이 그가 일생 동안 저지른 과오를 잊게 할 만큼 후회하고 또 후회해야 한다. 이런 생각이 쥘을 무겁게 짓눌렀다. 왜냐하면 인간의 법으로는 용서받을 수 있다 할지라도 열정적 사랑은 그를 용서하지 않을 것이기 때문이다. 그리고 열정의 논리는 더 공정하다. 열정적 사랑이란 열정 그 자체에 대한 인식에 근거하지 않는가? 마치 본능이 확실히 존재하듯 그 인식 역시 어쩔 수 없이 생겨나는 것이다. 절망에 빠진 쥘은 자신이 큰 과오를 저질렀다는 생각에 짓눌려 창백한 얼굴로 집으로 들어갔다. 하지만 아내가 무죄라는 사실이 그에게 은밀한 기쁨을 주었던 것 또한 사실이었다. 그는 떨리는 마음으로 아내의 방에 들어갔다. 아내는 누워 있었다. 열이 높았다. 그는 침대 옆에 앉아 아내의 손을 잡고 그 손에 키스했다. 눈물이 그녀의 손을 적셨다.

둘만 남자 그는 아내에게 말했다. "내 사랑, 후회스러울 뿐이오."

"무엇이요?"

그 말을 하면서 그녀는 베개 쪽으로 머리를 돌렸다. 그러고는 눈을 감고 한참 동안 움직이지 않았다. 남편이 불안해할까봐 자신의 고통을 보이고 싶지 않아서였다. 그것은 어머니의 세심한 배려, 천사의 세심한 배려다. 천사라는 그 한 단어는 그녀를 표현하기에 충분하리라. 침묵은 오래 지속되었다. 클레망스가 잔다고 생각한 쥘은 방에서 나가 조제핀에게 아내의 상태가 어떤지 물었다.

"마님은 거의 초주검이 되어 들어오셨답니다, 주인님. 그래서 저희는 오드리 박사님을 찾으러 갔습니다."

"박사님이 다녀가셨나? 뭐라고 하시던가?"

"아무 말씀도 안 하셨습니다. 박사님 기분이 좋아 보이지 않았습니다. 간호인을 제외하고는 아무도 곁에 두지 말라고 하시면서 저녁에 다시 오시겠다고 했습니다."

쥘 씨는 다시 아내의 방으로 들어가 침대 옆 소파에 꼼짝도 하지 않고 앉아 있었다. 그는 클레망스의 눈에서 시선을 떼지 않았다. 그녀가 눈을 살짝 떴을 때 그는 바로 그녀 앞에 있었다. 고통으로 얼룩진 눈썹 사이로 다정한 시선이 새어나왔다. 비난이나 회한의 감정은 하나도 없는 사랑이 충만한 시선, 남편의 가슴으로 떨어지는 불꽃과도 같은 시선이었다. 아내는 언제나 남편을 사랑했지만 결국 그로 인해 죽음을 맞이하게 된 것이다. 그럼에도 고귀한 그녀는 남편을 용서했다. 두 사람 모두 죽음이 다가오고 있음을 예감했다. 그들에게 그것은 큰 충격이었다. 그들의 시선은 동일한 고뇌 속에서 하나가 되었다. 마치 오래전 그들이 같이 느끼고 함께 나누던 사랑을 통해 그들의 마음이 하나로 결합했던 것처럼. 두 사람은 서로에게 아무것도 묻지 않았다. 하지만 그들은 모든 것을 너무도 잘 알고 있었고, 그것은 참으로 소름 끼치는 일이었다. 아내는 더할 나위 없이 너그러웠고, 남편은 끔찍이 후회했다. 그러나 둘 다 마음속으로는 똑같은 결말을 예감하고 피할 수 없는 운명을 감지하고 있었다.

얼마 후 쥘은 아내가 자고 있다고 생각하면서 그녀의 이마에 키스했다. 그러고는 아내를 한참 동안 바라본 후 말했다. "하느님, 아직 이 천사를 데려가지 말아주옵소서. 그녀를 사랑하면서 나의 잘못을 속죄할 수 있도록 부디 제게 시간을 주옵소서…… 딸로서 그녀는 숭고했습니다. 아내로서 그녀에 대해서는 어떤 수식어를 붙일 수 있을까요?"

클레망스가 눈을 떴다. 그녀의 눈에는 눈물이 가득했다.

"당신은 나를 아프게 하는군요." 그녀가 힘없는 목소리로 말했다.

밤이 되자 오드리 박사가 왔다. 진료 도중 그는 쥘과 따로 얘기하고 싶다고 했다. 밖으로 나간 쥘은 아무 말도 하지 못한 채 그저 표정으로 물을 뿐이었다.

"더 믿음이 가는 다른 의사들을 불러보세요. 제 진단이 틀렸을 수도 있으니까요."

"박사님, 진실을 말해주십시오. 전 사내입니다. 무슨 말이라도 들을 수 있습니다. 게다가 해결할 일이 있는데 그것 때문에라도 진실을 꼭 알아야 합니다."

"쥘 부인은 죽을병에 걸렸습니다. 마음의 병이 너무 깊어져서 몸도 아주 안 좋아졌어요. 몸 상태가 이미 너무 위험했는데, 부인께서 주의하시지 않아 더욱 악화되었지요. 밤에 일어나 맨발로 다니시는가 하면, 밖에 나가지 마시라고 했는데도 어제는 걸어서, 오늘은 마차를 타고 외출도 하시고 말입니다. 그건 자살행위입니다. 제 진단을 번복할 수 없는 것은 아닙니다, 젊고 놀랄 만한 정신력이 있으시니…… 하나 극단적인 반응을 야기할 수도 있으니 모든 위험을 감수해야 할 겁니다. 하지만 저는 절대 그런 처방을 내리지 않겠습니다. 권고조차 하지 않을 겁니다. 누가 그런 처방을 내린다면 반대할 겁니다."

쥘은 방으로 들어왔다. 열하루 동안, 그는 낮 동안 침대 맡에 머리를 기댄 채 잠시 눈을 붙이는 것을 제외하고는 낮이고 밤이고 아내 곁을 지켰다. 쥘만큼 강한 애착을 가지고 아내를 돌보고, 아내에게 헌신하기를 간절히 소망한 남자는 이 세상 어디에도 없었을 것이다. 그는 다른 사람이 조금이라도 아내의 수발을 드는 것을 견디지 못했다. 그는 아내의 손을 꼭 잡고 놓지 않았다. 그럼으로써 자신의 생명을 아내에게 불어넣어주고 싶어하는 듯했다. 불안하기도 했고, 즐거운 척하기도 했으며, 행복했던 날도, 좀더 나았던 날도 있었다. 경련을 일으키기도 했다. 망설이기도 하고 주저하기도 하지만 결국에는 엄습하고야 말 죽음의 신이 머리를 흔들면서 덮쳐오고 있었다. 쥘 부인은 안간힘을 쓰면서 남편에게 미소 짓곤 했다. 그녀는 곧 혼자 남게 될 남편이 안쓰러웠다. 이중의 종말이었다. 생명뿐 아니라 사랑도 종말에 이른 것이다. 그러나 생명이 꺼져갈 때 사랑은 점점 더 타올랐다. 클레망스가 정신착란 증세를 보이는 끔찍한 밤도 있었다. 젊은이들의 경우 대부분 그런 증세를 보인 후에는 죽곤 한다. 그녀는 남편과 나눈 행복했던 사랑을 말했고, 아버지에 대해서도 말했다. 어머니가 죽으면서 폭로했던 비밀, 딸로서 도리를 다해야 한다고 했던 어머니 말을 이야기했다. 그녀는 죽음과 싸운 것이 아니라 절대로 떠나고 싶지 않았던 열정적 사랑과 싸웠다.

"하느님, 그이가 나와 함께 죽는 것을 보고 싶은 나의 소망을 그이는 모르게 해주소서." 그녀는 말했다.

그 순간 쥘은 아내가 헛소리를 하는 광경을 차마 볼 수 없어 옆에 있는 거실에 있었다. 그랬기에 망정이지, 만일 아내의 말을 들었더라면 그는 그 소원을 들어주었을 것이다.

착란이 멎자 쥘 부인은 기운을 차렸다. 그다음날, 그녀는 다시 아름답고 차분해졌다. 그녀는 이야기도 했고 희망도 가졌다. 환자의 치장이긴 했지만 몸치장도 했다. 그러고는 하루종일 혼자 있고 싶다며, 집요하게 애원하여 남편을 내보냈다. 하도 집요하게 요구하는 바람에 그는 마치 아이들의 소원을 들어주듯 그녀의 소망을 들어주지 않을 수 없었다. 게다가 그날은 쥘 씨에게도 시간이 필요했다. 쥘 씨는 이미 합의한 대로 몰랭쿠르 씨에게 목숨을 건 결투를 신청하기 위해 그의 집으로 갔다. 그러나 이 모든 불행의 원인을 제공한 자를 만나는 일은 쉽지 않았다. 하지만 명예와 관련된 일이라는 말을 듣자 주교 대리는 평생 동안 자신을 지배했던 예감에 따라 쥘을 남작에게 안내했다. 데마레 씨는 방에 들어가 몰랭쿠르 남작을 찾았다.

"하! 저이가 남작이라오." 주교 대리는 벽난롯가에 있는 소파에 앉은 남자를 가리키며 말했다.

"쥘이 누군가요?" 죽어가는 사내는 쉰 목소리로 그렇게 말했다.

오귀스트는 우리가 살아 있다는 것을 증명하는 유일한 자질인 기억을 다 잃었다. 그 모습이 너무도 처참하여 데마레 씨는 뒷걸음질쳤다. 보쉬에의 표현처럼* 어떤 언어로도 이름을 붙일 수 없는 무언가의 형상 속에서 멋진 젊은이였던 옛 모습을 찾아볼 수 없었다. 오귀스트는 마치 백발의 시체 같았다. 앙상한 뼈는 주름지고 바싹 마른 피부로 덮여 있었다. 허연 눈동자는 움직이지 않았고, 입은 광인이나 방탕한 생활로 인해 죽은 탕아처럼 흉측하게 헤벌어져 있었다. 이마에서건 다른 어디서건 지성의 흔적이라고는 도무지 찾을 수 없었다. 그뿐만 아니라 무기력한 얼굴에는 핏기라곤 없었으며 혈액순환의 흔적도 보이지 않았다. 말하자면 그는 오그라들고 해체되어, 병 속 알코올 안에 둥둥 떠 있는 채로 박물관에 보관된 괴물 같은 상태에 이르러 있었다. 쥘은 오귀스트의 얼굴 위로 끔찍한 페라귀스의 얼굴이 보이는 듯했다. 완벽한 복수의 신은 증오의 신을 겁에 질리게 했다. 쥘은 한때 멋진 젊은이였던 이의 빛바랜 잔해에 마음속으로 연민을 느꼈다.

---

* 보쉬에는 『죽음에 관한 강론』에서 시체에 대해 이렇게 말했다. "육체는 (…) 어떤 언어로도 이름을 붙일 수 없는 무엇이 될 것이다."

"결투는 이미 이루어졌구려." 주교 대리가 말했다.

"그는 많은 사람을 죽음으로 몰고 갔어요." 쥘은 고통스럽게 말했다.

"소중한 이들마저도." 노인이 덧붙였다. "그의 할머니는 슬픔에 빠져 돌아가셨소. 아마 나도 이제 곧 무덤으로 그녀를 따라갈 거외다."

그 방문 다음날, 쥘 부인의 병세는 시시각각으로 악화되었다. 조금이라도 기운을 차린 틈을 타 그녀는 머리맡에 있는 편지를 집어서는 애절한 마음으로 쥘에게 보여주었다. 그러고는 그에게 알아차리기 쉬운 신호를 보냈다. 그녀는 그에게 키스하면서 생의 마지막 숨결을 보내고자 했다. 그는 그런 아내의 키스를 받았다. 그리고 그녀는 죽었다. 쥘은 반쯤 죽은 상태로 쓰러져 형의 집으로 실려갔다. 쥘이 울고불고 헛소리를 하면서 그 전날 집을 비웠던 것을 한탄하자, 형은 클레망스가 그것을 간절히 원했었다며 그를 위로했다. 그녀는 교회가 빈사상태에 이른 환자에게 종부성사를 하는 의식에 남편이 입회하는 것을 원치 않았다. 사랑하는 사람에게 보여주기에는 너무도 끔찍한 광경이었기 때문이다.

"너는 그 광경을 버텨내지 못했을 거야. 나도 차마 보고 있기가 힘들더구나. 모든 사람이 다 울어 눈물바다가 되었지. 클레망스는 마치 성녀와도 같았단다. 우리 모두에게 하나하나 작별을 고하려고 안간힘을 쓰더구나. 마지막으로 듣는 클레망스의 목소리에 얼마나 가슴이 찢어지던지. 자기 시중을 들던 이들한테 본의 아니게 그들을 슬프게 했을지도 모른다며 용서를 구할 때는 사람들이 오열하는 소리가 들렸어. 그 흐느낌은……"

"됐어요. 그만하세요." 쥘이 말했다.

세상 사람들의 찬사를 받았던, 그리고 한 송이 꽃처럼 살았던 여인의 마지막 생각을 음미하기 위해 그는 혼자 있고 싶었다.

내 사랑, 이것이 나의 유서입니다. 사람들은 왜 재산에 대한 유서는 쓰면서, 가슴속 보물에 대한 유서는 쓰지 않을까요? 내 사랑, 당신이 나의 전 재산이 아니던가요? 여기서 나는 오로지 내 사랑에 대해서만 이야기하고 싶어요. 그것은 당신의 여자 클레망스의 전 재산이었답니다. 그리고 죽으면서 당신에게 남길 모든 것이기도 하지요. 쥘, 나는 아직도 당신의 사랑을 받고 있으니 행복하게 죽습니다. 의사들은 자기네 방식대로 내 죽음의 이유를 설명하더군요. 하지만 진짜 이유를 아는 사람은 나뿐이에요. 당신에게 그 이유를 말할게요. 그것이 얼마나 당신을 아프게 할지 잘 알지만 그래도 해야겠어요. 온전히 당신의 것인 내 마음속에 당신에게 말하지 못한 비밀을 간직한 채 떠나고 싶지는 않거든요. 하지만 나는 반드시 지켜야만 했던 비밀의 희생양으로 죽어갑니다.

쥘, 나는 완전한 고독 속에서, 이 세상에 존재하는 타락이나 거짓이라고는 모르는 채, 당신도 잘 아는 그 친절하고 다정했던 여인에게 양육되고 길러졌어요. 사회는 규범에 충실한 그녀의 성품을 제대로 평가했지요. 그런 성품을 지닌 여인은 사회에서 사랑을 받으니까요. 하지만 어머니의 천사 같은 마음을 아는 사람은 별로 없었지요. 그래서 나 혼자 마음껏 다정한 어머니의 사랑을 받으면서 아무런 아픔 없이 행복한 유년기를 보낼 수 있었답니다. 내가 어머니를 왜 그렇게 사랑하는지도 잘 알고 있었고요. 이중으로 사랑한 것 아닐까요? 그래요, 나는 어머니를 사랑했고, 존경했고, 경외심마저 품었어요. 하지만 존경심도 경외심도 내 마음에 부담이 된 것은 아무것도 없었어요. 어머니에게는 내가 다였고, 나에게는 어머니가 다였지요. 십구 년 동안 나는 완전한 행복 속에서 아무 걱정 없이 살았답니다. 우리를 비난하는 사회 한가운데에서 혼자였던 나는 가장 순수한 모습의 어머니만을 생각하며 살았고, 오로지 어머니에 의해 어머니를 위해서만 가슴이 뛰었지요. 나는 충실하게 하느님을 믿었고, 하느님 앞에서 맑고 순수하게 사는 것이 좋았어요. 어머니는 나에게 고귀하고도 자존심 강한 감정을 길러주셨어요. 아! 당신에게 이런 일을 고백하는 것이 얼마나 큰 즐거움인지요! 쥘, 소녀였던 나는 순결한 마음으로 당신에게 갔어요. 내가 그 긴 고독으로부터 밖으로 나왔을 때, 너무나도 보고 싶었던 사교계를 드디어 보게 되었다고 생각하면서 난생처음으로 편도나무 꽃 화관으로 머리를 장식하고 머리에 윤기도 냈던 날, 신이 나서 하얀 옷에 비단 매듭장식을 달던 날, 그런데 쥘, 단순하고 수수한 차림이라 할지라도 나름대로는 잔뜩 멋을 부렸던 것이 모두 당신을 위해서였더군요. 왜냐하면 사교계에 첫발을 내디뎠을 때 맨 먼저 눈에 들어온 사람이 당신, 바로 당신이었으니까요. 그 모든 사람 중에서 오직 당신의 모습만 도드라져 보였지요. 그리고 더는 아무도 보이지 않더군요. 당신이 마음에 들었어요. 당신의 목소리, 당신의 태도를 통해 당신도 내게 호감이 있다는 느낌을 받았지요. 당신이 내게 와 말을 건 순간, 얼굴이 빨개진 채 떨리는 목소리로 말하던 순간, 그 순간은 잊을 수 없는 추억으로 남아 있답니다. 이제 마지막으로 그 추억을 떠올리면서 이 글을 쓰는 지금도 그 순간을 생각하면 여전히 가슴이 두근거립니다. 우리의 사랑은 서로에 대한 강한 호감에서 시작되었지요. 우리는 바로 상대방의 그런 감정을 알아챘고, 서로 그 감정을 공유했던 겁니다. 그때부터 헤아릴 수 없을 만큼 많은 즐거움을 공유했던 것처럼 말이에요. 그후 내 마음속에서 어머니는 두번째가 되었어요. 그 사실을 어머니한테 말했지만 어머니는 웃기만 하셨어요. 아, 얼마나 멋진 분인가요! 나는 당신의 여자, 온전히 당신의 여자였지요. 이것이 나의 삶, 나의 모든 인생이었답니다, 사랑하는 남편이여. 당신에게 할말이 또 있어요. 돌아가시기 며칠 전인 어느 날 저녁, 어머니는 뜨거운 눈물을 흘리면서 어머니 인생의 비밀을 알려주셨어요. 신부님이 어머니의 죄를 용서하는 의식을 치르기 전, 나는 어머니에게 사회와 교회가 단죄한 열정적 사랑이 존재했었다는 사실을 알게 되었어요. 그 사실을 안 후 나는 당신을 더욱더 사랑했답니다. 어머니처럼 온화한 영혼을 지닌 사람이 범한 죄라면, 하느님께서도 용서하실 겁니다. 단지 어머니는 천사 같은 사람이었지만 차마 죄를 뉘우치는 고해성사를 할 수 없었던 것뿐이에요. 어머니는 사랑을 했던 겁니다. 쥘, 어머니는 사랑 자체였어요. 그래서 나는 어머니를 심판하지 않고 매일매일 어머니를 위해 기도했답니다. 그제야 나는 나에 대한 어머니의 지극한 모성애가 어디서 비롯되었는지 알 수 있었고, 그제야 나는 파리에 나라는 존재가 인생의 전부인 한 남자, 나를 지극히 사랑하는 한 남자가 있다는 것을 알게 되었지요. 당신의 재산 또한 그의 작품이며, 그가 당신을 사랑한다는 것도, 그는 사회에서 추방되었으며 어깨에 낙인이 찍힌 도형수라는 이름을 가지고 있다는 것도요. 그리고 그 모든 것이 자신보다 나 때문에, 우리 때문에 더욱 그를 불행하게 만든다는 것을 말입니다. 어머니만이 그에게 유일한 위안이었는데 어머니가 돌아가시게 된 거예요. 내가 어머니를 대신하겠노라 약속했습니다. 진실한 마음에서 우러난 열의를 품고, 나는 임종의 순간 어머니를 괴롭히는 고뇌를 덜어드리려는 마음에서 은밀히 아버지를 돌보는 일을 계속하겠다고 맹세했지요. 처음으로 아버지를 본 것은 막 숨을 거둔 어머니의 침대 옆에서였어요. 눈물이 가득한 눈을 들었을 때, 아버지는 이미 사라져버린 희망을 내게서 다시 찾고자 했어요. 나는 맹세했지요, 거짓말을 하지는 않겠지만 침묵은 지키겠노라고. 어떤 여인인들 그 침묵을 깰 수가 있겠어요? 그것이 바로 나의 잘못이었어요, 쥘, 이제 죽음으로 그 대가를 치르고자 합니다. 나는 당신을 의심했어요. 하지만 두려움이란 여자들에게는 너무도 당연한 감정이랍니다. 특히 무엇을 잃게 될지 너무도 잘 아는 여인에게는 말입니다. 난 내 사랑 때문에 가슴을 졸였어요. 아버지의 비밀이 폭로되면 내 행복도 끝날 것만 같았어요. 사랑이 커질수록 두려움도 커졌지요. 아버지한테는 차마 그런 말을 할 수 없었어요. 아버지에게 상처를 줄 테니까요, 그런 상황에 처한 사람들에게는 아무리 작은 상처라도 치명적이니 말입니다. 하지만 아버지는, 내게 아무 말씀도 안 하셨지만, 그런 나의 두려움을 알고 계셨어요. 내가 두려움에 떤 만큼이나 부성애 가득한 아버지는 내 행복이 깨질까봐 마음을 졸이셨지요. 배려하는 마음이 나를 침묵하게 만들었다면 아버지 역시 똑같이 배려하는 마음에서 차마 아무 말씀도 못하셨던 거예요. 그래요, 쥘, 나는 당신이 당신의 클레망스를 사랑한 만큼 그라티앵의 딸을 사랑하지 않는 날이 언젠가는 오리라고 생각했어요. 그런 두려움이 없었더라면 내가 당신에게 무엇을 숨겼겠어요? 내 마음속 깊은 곳을 전부 다 차지한 당신에게 말이에요. 밉살스러운 그 장교, 불쌍한 그 남자가 당신에게 말해버린 날 나는 거짓말을 하지 않을 수 없었어요. 그날 나는 일생을 통해 두번째로 고통을 느꼈고, 그 고통은 마지막으로 당신과 대화를 하던 그날까지 커져만 갔어요. 이제 아버지의 신분이 무슨 상관인가요? 당신이 모든 것을 다 알아버렸는데. 사랑의 힘으로 병을 이겨내고 모든 고통을 견뎌낼 수도 있었을 거예요. 하지만 의심의 목소리를 죽일 수는 없을 거예요. 내 출생의 비밀이 당신의 순수한 사랑을 변질시키지 않을까? 당신이 나를 덜 사랑하게 되지 않을까? 아무것도 나의 이러한 두려움을 없애주지는 못할 거예요. 쥘, 이것이 내 죽음의 원인이랍니다. 말 한마디, 눈길 하나에도 불안해하면서 살 수는 없을 거예요. 당신은 아마도 그런 말은 한마디도 하지 않겠지요, 절대 그런 시선을 보내지도 않겠지요. 하지만 내 마음이 그런걸요. 그런 말, 그런 시선이 두려운걸요. 당신에게 사랑받으면서 죽으니 위안이 됩니다. 사 년 전부터 아버지와 아버지의 친구들이 세상을 속이기 위해 온 지구를 다 뒤지고 다닌다는 것을 알았어요. 나를 위해 아버지의 신분을 세탁하려고 그들은 죽은 사람을 하나 샀어요. 그의 명성, 그의 재산까지도요. 그 모든 것은 살아 있는 사람에게 새 생명을 부여하기 위한 것이었죠. 그리고 그 모든 것은 당신을 위해, 우리를 위해서였어요. 우리는 그것에 대해 아무것도 몰라야만 했습니다. 아마도 내가 죽음으로써 아버지는 거짓말을 하지 않아도 되겠지요. 내가 죽으면 아버지도 죽을 테니까요. 쥘, 당신에게 영원한 이별을 고합니다. 그러나 나의 온 마음은 여기에 남아 있습니다. 사랑에 대한 두려움을 당신에게 순진하게 다 말해버렸으니 이제 내 영혼은 모두 당신에게 맡긴 것이 아닐까요? 당신에게 말할 용기는 없었을 거예요. 하지만 글로 쓸 용기는 있더군요. 방금 나는 하느님께 내가 살면서 범한 과오들을 고백했어요. 이제는 하늘의 주인만 섬기겠노라 맹세했어요. 하지만 내게는 지상의 모든 것이었던 사람에게 나에 대해 고백하지 않을 수 없었어요. 그것이 내겐 너무나도 큰 기쁨이니까요. 아! 과거의 삶과 미래의 삶 사이에서 마지막으로 내뱉는 탄식의 말들이니 누군들 나를 용서하지 않겠어요? 그러니 안녕, 쥘, 내 사랑. 나는 하느님께 갑니다. 하느님의 곁에서는 사랑에 먹구름이 끼지 않겠지요. 그리고 언젠가는 당신도 그리로 오겠지요. 하느님의 왕국에서 영원히 결합한 우리는 오래오래 사랑할 수 있을 겁니다. 그 희망만이 내게 위로가 됩니다. 내가 먼저 하늘나라에 가 마땅하다면, 그곳에서 나는 지상에 남아 있는 당신을 따를 겁니다. 나의 영혼은 당신과 함께하며 당신을 감쌀 겁니다. 여전히 이곳에 남아 있는 당신을. 그러니 내 곁으로 오려거든 고결한 삶을 사세요. 이 지상에서 당신은 수많은 좋은 일을 할 수 있으니까요! 주위 사람들을 기쁘게 하는 것, 자신은 가지지 못했던 것을 다른 사람들에게 주는 것, 그것은 고통받는 자의 순결한 소명이 아닐까요? 당신을 불행한 이들에게 맡깁니다. 그들의 웃음, 그들의 눈물만이 내게 질투심을 일으키지 않는 유일한 것들입니다. 그들에게 행복을 주는 자선을 통해 우리는 커다란 기쁨을 느낄 것입니다. 내 이름, 당신의 클레망스의 이름으로 선행을 베푼다면 우리는 늘 함께 있는 것이 아닐까요? 우리처럼 사랑한 사람들에게는 하느님만이 존재한답니다,

쥘. 하느님은 거짓말을 하지 않지요. 하느님은 속이지 않아요, 그러니 하느님만을 사랑하세요, 그랬으면 좋겠어요. 고통받는 사람들 안에서 하느님을 경배하고 마음이 아픈 교인들을 위로해주세요. 내 생각으로 가득했던 당신의 마음에 작별을 고합니다. 나는 당신을 알아요. 당신은 절대 두 번 사랑하지 못할 사람이에요. 그러니 나는 모든 여자를 기쁘게 해줄 그런 생각을 가슴에 품고 행복하게 죽습니다. 그래요, 당신 마음속에 내 무덤이 있어요. 당신에게 말한 내 유년기 이후, 내 삶은 오로지 당신 마음속에서 흘러가지 않았던가요? 내가 죽더라도 당신은 마음속에서 나를 쫓아내지 않겠지요. 어디에서도 찾을 수 없을 이런 유일한 삶에 자부심을 느껴요! 당신은 꽃같이 젊었던 시절의 나만을 기억할 거예요, 나에 대한 실망은 모른 채 오로지 회한만 남겠지요. 그러니 쥘, 얼마나 행복한 죽음인가요.

나를 너무도 잘 이해했던 당신, 여자들만의 엉뚱한 소망, 하지만 우리 여자들의 질투심에서 비롯된 소망 하나만 들어주세요. 아마도 당신에게는 불필요해 보일 일이에요. 우리에게 속했던 모든 것을 다 불태워주세요, 우리 방도 없애주세요, 우리 사랑의 추억이 담긴 모든 것이 다 사라지게 해주세요.

다시 한번 작별을 고합니다, 사랑을 가득 담은 마지막 인사를, 이것이 내 마지막 생각이고 내 마지막 숨결일 겁니다.

편지를 다 읽고 나자 쥘은 미칠 것만 같았다. 그 광기의 끔찍한 발작을 표현하는 것은 불가능하다. 모든 고통은 각각 다 다르고 고통에 대처하는 방법 역시 일정한 법칙을 따르지 않는다. 어떤 남자는 아무것도 듣지 않기 위해 귀를 막고, 어떤 여자는 더이상 아무것도 보지 않으려고 눈을 감는다. 위대한 영혼을 지닌 자들은 심연에 빠지듯이 고통 속으로 침잠한다. 그러나 절망에 관한 한 모든 것은 진실하다. 쥘은 형의 집을 나와 자기 집으로 돌아갔다. 아내 곁에서 밤을 지새우면서 마지막 순간까지 이 천상의 피조물을 보고 싶었기 때문이다. 극도의 불행에 이른 사람들이 그러하듯 삶에 대한 무관심 속에서 길을 걸으면서, 그는 동양에서 배우자가 죽으면 살아남은 자가 따라 죽도록 요구하는 법에 공감할 수 있었다. 그는 죽고 싶었다. 고통으로 열이 났지만 아직은 슬픔에 잠겨 아무것도 할 수 없는 상태는 아니었다. 다행히 그는 도중에 아무도 만나지 않고 성스러운 방으로 올라갈 수 있었다. 머리를 양옆으로 늘어뜨리고 두 손은 가지런히 모은 채 벌써 수의를 입고 성녀처럼 아름답게 죽음의 침대에 누워 있는 클레망스가 보였다. 촛불이 기도하는 신부님을 비추고 있었다. 조제핀은 구석에서 무릎을 꿇고 울고 있었다. 침대 곁에는 두 명의 남자가 있었다. 그중 하나는 페라귀스였다. 그는 꼼짝 않고 서서 무미건조한 시선으로 딸의 모습을 바라보고 있었다. 그의 얼굴은 마치 청동 조각상으로 보일 만큼 무감각해 보였다. 그는 쥘을 보지 않았다. 다른 한 사람은 자케였다. 쥘 부인은 그에게 늘 친절했었다. 자케는 쥘 부인에게 존경이 담긴 우정을 품고 있었다. 그것은 마음을 어지럽히는 게 아니라 즐겁게 해주는 감정이었다. 욕망이나 폭풍우같이 격렬한 열정이 아니라 온화한 열정, 다정한 사랑이었다. 그는 그동안 그녀에게 받은 은혜를 경건하게 눈물로 갚고자, 친구의 아내에게 긴 작별을 고하고자, 내심 여동생으로 여겼던 여인의 이마에 일생 처음으로 키스하고자, 그녀의 방에 들어온 것이다. 모두 침묵하고 있었다. 교회에서처럼 특별한 죽음도, 당당히 길을 건너오는 엄숙한 죽음도 아니었다. 가정집 지붕으로 미끄러져 들어오는 평범한 죽음, 그러나 감동적인 죽음이었다. 사람들은 가슴으로 장중함을 느꼈으며 모두가 눈물을 흘렸다. 쥘은 자케 옆으로 다가가 그의 손을 꽉 잡았다. 그곳에 있는 사람들은 모두 아무 말 없이 아침까지 그렇게 자리를 지켰다. 아침이 되어 촛불이 희미해지자 자케는 앞으로 벌어질 고통스러운 장면을 예견하고는 쥘을 옆방으로 데려갔다. 바로 그 순간 쥘은 장인을 보았고, 페라귀스 역시 쥘을 보았다. 고통에 잠긴 두 사람은 시선을 통해 서로에게 질문하고 탐색하고 상대방의 말을 들었다. 페라귀스의 눈에서 한순간 분노의 빛이 번득였다.

'네가 저애를 죽였어.' 그는 그렇게 생각했다.

'왜 나를 의심했나요?' 사위는 그렇게 답하는 것처럼 보였다.

이 장면은 마치 오랫동안 포효도 하지 않은 채 망설이며 서로를 탐색한 후 싸워봐야 소용없다는 사실을 파악한 두 마리 호랑이가 마주한 장면과도 같았다.

"자케, 자네가 모든 일에 다 신경을 썼지?"

"물론이지." 소장이 답했다. "그런데 한 남자가 언제나 나보다 선수를 치더군. 그는 도처에서 명령하고 지불하고 그러더라고."

"그가 내게서 자기 딸을 뺏어갔다네." 극도의 절망에 빠진 남자가 외쳤다.

그는 성급히 아내의 방으로 갔다. 그러나 장인은 이미 그 자리에 없었다. 클레망스는 납으로 봉인하는 관 안에 누워 있었다. 노무자들이 서둘러 관 뚜껑을 봉하려 하고 있었다. 방으로 들어가면서 그 광경을 보자 쥘은 공포에 사로잡혔다. 남자들이 망치로 기계적으로 못을 박는 소리를 들으면서 쥘은 자기도 모르게 하염없이 눈물을 흘렸다.

"자케, 이 끔찍한 밤을 보내면서 한 가지 생각, 딱 한 가지 생각을 했네. 그렇지만 무슨 수를 써서라도 꼭 실현하고 싶은 생각이네. 나는 클레망스가 파리의 묘지에 묻히기를 바라지 않아. 그녀를 화장해 그 재를 간직하고 싶네. 이 일에 대해 아무 말도 말아주게나, 그러나 이 일이 이루어질 수 있도록 처리해주었으면 하네. 나는 아내의 방에 처박혀 있겠네, 장례식 전까지 그곳에 있을 걸세. 자네만 들러서 일이 어떻게 진행되는지 알려주게…… 어서 가보게, 시간이든 노력이든 아끼지 말게."

아침나절, 쥘 부인은 집 가까이 있는 촛불이 밝혀진 예배당에 안치되었다가 생 로크 성당*으로 옮겨졌다. 성당 전체에 완전히 검은 휘장이 내려져 있었다. 장례식을 위한 화려한 장식은 사람들의 시선을 끌었다. 왜냐하면 파리에서는 모든 것이 다, 심지어 절절한 고통조차 구경거리이기 때문이다. 어머니의 시신을 따라가면서 우는 아들의 모습을 살펴보기 위해 창문 앞에 서 있는 사람들이 있는가 하면, 더 편한 자세로 단두대에서 떨어지는 머리를 보기 위해 좋은 자리를 잡고 싶어하는 사람들도 있다. 이 세상 어디에도 파리 사람들만큼 탐욕스러운 시선을 가진 사람들은 없다. 그런데 호기심 많은 파리 사람들은 생 로크 성당 측면의 여섯 개 모든 제실에 다 검은 휘장이 쳐진 광경을 보고 깜짝 놀라지 않을 수 없었다. 상복 차림의 두 남자가 각각 따로따로 그 제실 안에 들어가 장례미사에 참여하고 있었다. 미사에 참석한 사람은 공증인

---

* 1655~1722년에 지어진 바로크식 성당. 생 토노레 가 284번지에 있다. (옮긴이)

데마레와 자케뿐이었다. 그리고 성당 내 제실 앞 울타리 뒤에는 하인들이 있었다. 바쁠 게 없기에 느릿느릿 미사를 집행하는 성직자들에게는 이토록 화려한 장례식에 일가친척이 이렇게 없다는 점이 이해되지 않았다. 쥘은 이 장례식에 별 상관 없는 사람들이 참석하는 것을 원치 않았다. 침울하고도 장중한 장례미사가 진행되었다. 생 로크 성당의 통상적인 담당사제들 외에도 여러 교구에서 열세 명의 사제가 와 있었다. 신부들과 함께 여덟 명의 성가대원이 어린이 합창단과 함께 성가聖歌 〈진노의 날〉을 부르기 시작하자, 호기심에 이끌려 우연히 모여들었다가 격한 감정에 휩싸이게 된 교인들은 그 곡을 듣던 그 어느 때보다 훨씬 더 깊은 인상을 받았고, 그 어느 때보다 신경이 얼어붙는 것 같았다. 측면에 있는 여섯 개의 제실로부터 열두 명의 어린아이 노랫소리가 들려왔다. 고통에 찬 날카로운 목소리였다. 그리고 그 소리는 비통하게 합창단의 성가와 뒤섞였다. 성당 구석구석으로부터 두려움이 엄습했고, 도처에서 고통의 흐느낌이 공포의 흐느낌에 응답했다. 이 끔찍한 음악은 이 땅에 사는 사람들은 모르는 고통을 드러냈고, 죽은 이를 애도하면서 남몰래 품었던 우정의 표시를 보여주었다. 이 세상의 어떤 종교도 육체에서 빠져나와 무서운 신의 위엄 앞에서 격렬하게 동요하는 영혼의 두려움을 이토록 강력하게 표현한 적은 없었다. 이러한 합성 앞에서는 어떤 작곡가라도 겸허해질 수밖에 없을 것이며, 그들이 작곡한 가장 열정적인 작품도 하찮게 보일 것이다. 그 무엇도 인간의 열정을 잘 집약해서 표현한 이 노래, 죽음을 넘어 생명을 부여하는 이 노래와 경쟁할 수 없다. 눈을 시퍼렇게 뜨고 살아 있는 복수의 신 앞에서도 이 노래의 열정은 여전히 요동치고 있으니 말이다. 저음의 목소리와 결합한 아이들의 노래, 이 죽음의 성가에는 인간이 살아온 모든 여정이 담겨 있었다. 그 소리는 요람에서의 고통을 연상시켰다. 그리고 그 고통은 남자들의 힘찬 억양과 노인들과 사제들의 떨리는 목소리와 더불어 모든 연령대의 사람들이 겪는 온갖 비애로 인해 점점 더 커져갔다. 천둥과 번개로 가득한 이 날카로운 화음은 가장 집요한 상상력에도, 가장 차갑고 냉정한 마음에도, 심지어 철학자에게조차 강한 호소력을 발휘하지 않는가! 그 음악을 듣고 있자니 마치 신이 고함을 치는 것만 같았다. 성당의 둥근 천장들은 무감각하지 않다. 그것들은 요동치고, 말하고, 메아리의 위력에 눌려 두려움을 쏟아낸다. 수많은 주검이 일어나 손을 내미는 것만 같다. 검은 시트 밑에 있는 주검들, 그들은 이제 더이상 아버지도 아내도 아이도 아니다. 흙으로 빚어진 인간 자체다. 영구대 밑에 누워 있는 사랑하는 사람을 애도하면서 가장 심오한 고통을 느껴보지 않았다면 사도전승*의 로마가톨릭교회를 심판할 수 없다. 절망의 찬가로 영혼을 짓누르는 외침으로, 한 구절 한 구절 반복되면서 더욱 커지고, 하늘을 향해 빙빙 돌고, 영혼을 두렵게 하기도 하고 보잘것없는 것으로 만들기도 하는 감정, 그런가 하면 성가의 마지막 구절이 끝나려는 순간, 영혼을 고양시킴으로써 내세에 대한 두려움을 불러일으키기도 하는 그 모든 감정을 느껴보지 않았다면 말이다. 사람들은 절대자인 하느님은 위대하다는 생각에 사로잡혀 있었다. 노래가 끝나자 성당 안은 고요해졌다. 신을 믿지 않는 자들조차 어리둥절해진 채 아무 말도 하지 않았다. 스페인적 기질만이 극도의 고통을 위해 이토록 놀라운 장중함

* 교회 성직의 권위는 그리스도의 열두 사도에게서 계승되어 여전히 이어지고 있음을 가리키는 말. (옮긴이)

을 고안해낼 수 있었으리라. 최고의 장례의식이 끝나자, 여섯 개의 제실에서 상복을 입은 열두 명의 남자가 나왔다. 그들은 관 주위로 모여 인간의 몸을 매장하기 전에 교회가 기독교인의 영혼에 불러주는 희망의 노래를 들었다. 그리고 그들은 각각 휘장이 쳐진 마차 위에 올랐다. 자케와 데마레 씨는 열세번째 마차를 탔다. 하인들은 걸어서 뒤를 따랐다. 한 시간 후 열두 명의 낯선 남자는 흔히 페르 라셰즈라 불리는 묘지 꼭대기에서, 관을 내린 구덩이 주위에 둥그렇게 모여 있었다. 그 공원의 사방에서 호기심 많은 군중이 그들 앞으로 모여들었다. 짧은 기도 후, 신부는 여인의 유해 위로 한 줌의 흙을 뿌렸다. 그러자 인부들은 팁을 요구하면서 다른 무덤으로 가기 위해 서둘러 구멍을 덮었다.

이 이야기는 여기서 끝나는 듯 보일 것이다. 그러나 파리의 생활상을 가볍게 스케치한 후, 변화무쌍하고 기복이 많은 그들의 삶을 따라가본 후, 그 죽음의 결과를 말하지 않는다면 이 이야기는 아마도 불완전한 것이 되리라. 파리에서의 죽음은 그 어떤 다른 수도에서의 죽음과 다르다. 그런데 파리의 행정이라는 문명과 싸우는 일이 얼마나 고통스러운지에 대해 논쟁해본 사람은 별로 없다. 아무튼 쥘이나 페라귀스 23세는 꽤나 관심을 끄는 인물들인 만큼 그들 인생의 대단원을 무심하게 지나쳐서는 안 될 것이다. 많은 사람들은 어떻게 해야 하는지, 어떤 절차를 거쳐야 하는지에 대해 모든 것을 다 파악하려 하고, 우리 시대의 가장 훌륭한 비평가*가 말했듯이, 알라딘의 램프에서 어떤 화학작용에 의해 기름이 타는지 알고 싶어한다. 행정에 능한 자케는 쥘 부인의 시체를 파내어 화장해도 된다는 허락을 받아내기 위해 당연히 고위 당국자와 접촉했다. 그는 경찰청장을 만나러 갔다. 죽은 사람들은 그의 보호 아래 잠들어 있기 때문이다. 이 공무원은 청원서를 원했다. 인지가 붙은 종이를 사야 했고, 고통에 행정 형식을 부여해야 했다. 다시 말해 그 어떤 말로도 표현할 수 없는 비탄에 빠진 남자의 소망을 전달하기 위해서는 관료적인 특수 언어를 사용해야 했다. 냉정하게 설명해야 했고 여백에는 왜 그런 요구를 하는지 다음과 같이 설명해야 했다.

청원자는
아내를 화장하고자 간절히
청합니다

최고행정재판소에 제출할 보고서를 써야 하는 책임을 지닌 경찰청장은 추신을 읽어본 후 자기가 요구한 대로 청원서의 목적이 뚜렷하게 명시되어 있다고 말했다. "하지만 이것은 신중을 기해야 하는 문제요. 보고서는 아마도 여드레 후에야 완성될 거요."

자케는 쥘에게 청원서 처리가 연기될 수밖에 없음을 알려야만 했다. 쥘은 페라귀스가 했던 말, 파리를 불태워버리겠다는 말을 이해할 수 있었다. 이 괴물들의 소굴을 없애버리는 일처럼 자연스럽고도 당연한 것은 없어 보였다.

"그럼 내무부 장관한테 가야지, 자네 부처의 장관을 통해 내무부 장

* 창의력 있는 이 비평가는 필라레트 샤슬이다. 발자크가 인용한 이 문장은 그의 『철학 소설』의 서문에 있는 것이다. 그런데 이 서문의 말미에는 샤슬의 서명이 있지만 실제로 이 글을 쓴 사람은 발자크였을 것으로 추정된다. 혹은 발자크의 지시대로 샤슬이 글을 쓴 후 발자크가 수정한 것일 수도 있다.

관한테 말 좀 해달라고 하게나." 쥘은 자케에게 말했다.

자케가 내무부로 가서 면담을 요청하자 면담이 성사되기는 했지만 보름 후에야 약속이 잡혔다. 자케는 집요한 사람이었다. 그래서 그는 이 관청에서 저 관청으로 부지런히 돌아다녔고, 외무부 장관의 특별 비서를 통해 내무부 장관의 특별 비서와 교섭해 만남을 성사시켰다. 이렇듯 고위층의 도움으로 바로 그다음날 비밀 면담이 성사되었다. 그 면담을 위해 그는 내무부 장관에게 쓴 외무부 장관의 친서를 준비했다. 자케는 청원서 문제를 매듭짓고 싶었던 것이다. 그는 만일의 경우에 대비해 청원의 사유들과 그에 대한 반론의 여지가 있을 수 없는 답변들을 준비했다. 그러나 아무 소용 없었다. 장관은 말했다.

"이 문제는 나와 상관없는 일이오. 이건 경찰청장 소관이에요. 게다가 죽은 아내의 시신 소유권을 남편에게 부여하는 법은 없지요. 죽은 자식의 시체를 아버지가 마음대로 할 수 없는 것처럼 말입니다. 이건 아주 심각한 문제요! 게다가 공공의 이익에 부합하는 것인지 아닌지에 대한 논의가 중요시되고 있어요. 그로 인해 파리라는 도시가 타격을 받을 수도 있소. 아무튼 이 문제가 내 소관이라 해도 내가 지금 당장 이 자리에서 결정을 내릴 수는 없소. 보고서가 있어야 하오."

현 정부에서 보고서는 마치 기독교에서의 고성소* 같은 것이었다. 자케는 보고서에 대한 집착을 잘 알고 있었다. 그러나 그는 이 우스꽝스러운 관료주의를 개탄하고 있지만은 않았다. 1804년 시행된 행정개혁에 따라 사건마다 보고서가 쇄도한 이후, 아주 사소한 일이라 해도 자

* 구약시대의 조상들이 예수가 강생하고 세상을 구할 때까지 기다리는 곳. (옮긴이)

신만의 소신을 갖고 혼자 책임지고 결정하는 장관을 찾아볼 수 없다는 사실을 자케는 잘 알고 있었다. 어떤 사안이건 삼류작가나 사무실 서기 혹은 탁월한 능력을 가진 해당 부처 직원들에 의해 걸러지고 선별되고 조사된 후에야 장관은 결정을 내릴 수 있었던 것이다. 자케는—그는 플루타르코스가 전기를 써줄 만한 위인이었다—자신이 일 처리를 잘 못하고 있다는 사실을 깨달았다. 법적으로 처리하느라 일을 그르치고 있었던 것이다. 그저 쥘 부인의 시신을 데마레 소유의 땅에 옮겨놓고, 그곳에서 호의적이고 관대한 면장의 허락을 받아 친구의 고통을 달래 주면 될 일이었다. 법과 관련된 일이든 행정과 관련된 일이든 간에 합법적인 것은 아무것도 생산하지 못한다. 백성에게도, 왕에게도, 개인의 이해관계를 조정하는 데에도 그것은 생식력이 없는 괴물에 지나지 않는다. 그런데 백성은 혁명이든 전쟁이든 피로 이룩된 규칙만을 이해한다. 피로 이룩된 합법성일 경우, 설사 그것이 불행을 가져온다 할지라도 아무 말 없이 조용히 지나가곤 한다. 합법적인 것은 백성의 기를 꺾는다. 그뿐이다. 자유를 추구하는 자케는 자유의지의 효용을 생각하면서 돌아왔다. 왜냐하면 인간은 자신의 열정에 따라서만 법을 판단하기 때문이다. 집에 돌아와 쥘을 마주한 자케는 진실을 말하지 않을 수 없었다.* 그 말을 듣자 가엾은 쥘은 열병에 걸려 이틀 동안 침대에서 일어나지 못했다. 바로 그날 저녁 장관은 정부 각료를 위한 만찬 석상에서, 어떤 파리 남자가 죽은 아내를 고대 로마인들이 그랬던 것처럼 화장하

---

* 원문에는 "속이지 않을 수 없었다"고 되어 있다. 그러나 의미상으로 보아 "진실을 말하지 않을 수 없었다"가 되어야 한다.

려는 엉뚱한 생각을 품고 있다고 말했다.* 그래서 파리 사교계는 한동안 고대의 장례의식에 지대한 관심을 가졌다. 고대의 것이 유행했기 때문에 몇몇 이들은 위대한 인물에 한해 장작을 쌓아놓고 화장하는 장례 풍습을 되살리는 것은 근사한 일이 되리라고 말했다. 그 의견을 비방하는 사람도 있었고 옹호하는 사람도 있었다. 반대하는 이들은 이 세상에는 훌륭한 사람이 너무 많으니 그런 풍습이 생기면 땔감으로 쓸 장작값이 많이 오를 것이며, 또한 프랑스인만큼 변덕스러운 국민도 없으니 금방 그 유행을 따를 터, 유골함에 담긴 조상들이 롱샹 수도원으로 행진**하는 광경은 참으로 웃길 것이라 했다. 게다가 유골함이 값이 나갈 경우 존경스러운 사람의 재로 가득한 그 함이 압류되어 도무지 존경심이라고는 모르는 채권자들에 의해 경매에 부쳐질지도 모른다는 것이었다. 이제는 페르 라셰즈에 묻히는 것보다 유골함에 모셔진 조상들이 더 안전할 터였다. 왜냐하면 시골을 다 점령하고 마침내 브리*** 지역의 땅마저 공격하겠다고 위협하는 죽은 자들을 향해 언젠가는 파리시가 성 바르톨로메오 축일에 일어났던 것과 같은 대학살****을 명령해야 할지

* 화장은 1887년 11월 15일 장례 형식을 자유화하는 법령이 제정된 후에야 허용되었다.

** 루이 15세 치하에서 부활절 전의 성주간 마지막 사흘(수, 목, 금) 동안 불로뉴 숲에 있던 롱샹 수도원까지 순례를 하는 것이 유행이었다. 이 행진은 점점 여배우나 창녀를 태운 화려한 마차 행렬로 변질되었다. 왕정복고 시기에도 롱샹으로 가는 길에는 멋진 마차 행렬이 줄을 이었다. 작가는 이 멋진 행렬과 장례식에 사용된 유골함을 실어나르는 마차 행렬을 비교하고 있다.

*** 파리 동쪽에 위치한 지역. 북쪽으로는 마른 계곡, 남쪽으로는 센강이 있다. (옮긴이)

**** 가톨릭 세력이 개신교 신자인 위그노들에게 행한 대학살. 학살이 시작된 8월 24일 밤이 가톨릭에서 예수의 열두 제자 중 하나인 바르톨로메오의 축일이었기 때문에 '성 바르톨로메오 축일의 대학살'이라 부른다. (옮긴이)

도 모르기 때문이다. 이러한 토론은 말하자면 파리에서 벌어지는 쓸데없지만 재기발랄하며, 많은 경우 깊은 상처를 남기기도 하는 종류의 토론에 속한다. 다행스럽게도 쥘은 파리에서 자신의 고통을 소재로 대화와 재담과 날카로운 논쟁이 오가고 있다는 사실을 알지 못했다. 경찰청장은 자케 씨가 일이 지체되는 것을 막기 위해 장관까지, 고위 공직자의 결단까지 동원했다는 데 놀랐다. 쥘 부인의 유해 발굴은 도로국 소관의 문제였기 때문이다. 경찰 당국은 그 청원서를 신속하게 기각하려고 애썼다. 왜냐하면 일단 청원서가 제출되면 행정기관은 해당 사안을 심사해야 하고, 한번 심사에 들어가면 일이 의외로 크게 번지기도 하기 때문이다. 행정기관은 모든 문제를 국무원까지 끌고 갈 수도 있다. 그러나 국무원을 움직이는 것은 어려운 일이다. 이러한 이유에서 둘째 날, 자케는 모든 계획을 포기해야 함을 친구에게 납득시켰다. 또한 검은 시트 위로 흐른 눈물 자국의 수에 따라 가격이 매겨지는 도시, 법적으로 일곱 등급의 장례식이 존재함을 인정하는 도시, 돈의 액수에 따라 망자를 덮는 흙을 파는 도시, 고통을 이중으로 이용하는 도시, 교회의 사제들에게 기도를 부탁하기 위해서도 비싼 값을 치러야 하는 도시, 〈진노의 날〉을 부를 때 조금이라도 더 많은 성가대원이 참여할 경우 교회 재산 관리자가 개입해 돈을 더 요구하는 도시, 그런 도시에서는 그 무엇도, 설사 그게 고통과 관련된 것일지라도 관료적 인습에서 벗어나는 일은 불가능하다는 점도 이해시켰다.

그 말을 듣자 쥘은 말했다. "절망 속에서 그나마 위안이 되었을 텐데. 나는 여기서 먼 곳으로 가서 죽을 계획을 세웠었다네. 그리고 무덤 속에서 클레망스를 내 품에 꼭 안고 싶었어! 관료주의가 우리의 관 속까지 그 마수를 뻗칠 줄은 몰랐네."

그러고 나서 그는 아내 곁에 그를 위한 자리가 조금 남아 있는지 보러 가고 싶어했다. 그래서 두 친구는 묘지로 갔다. 그곳에 도착하니 극장 문 앞이나 박물관 입구 혹은 합승마차 대기소에서처럼, 안내자가 미로 같은 페르 라셰즈 묘지의 안내를 자처하고 나섰다. 쥘도 자케도 클레망스가 어디에 누워 있는지 도무지 알 수가 없었다. 얼마나 불안했던지! 그들은 묘지 관리인을 찾아갔다. 망자들에게도 수위가 있다. 그리고 시간에 따라 죽은 사람들이 보이지 않을 때가 있다. 아무 소리도 들리지 않고 아무도 없는 밤에 사랑하는 사람이 누워 있는 무덤 앞에서 눈물을 흘릴 권리를 얻기 위해서는 하급 경찰이든 상급 경찰이든 경찰의 모든 규정을 다 동원해야 한다. 겨울과 여름에는 각각 묘지 문이 닫히는 시간이 다르다. 파리의 모든 관리인 중 페르 라셰즈 관리인의 팔자가 제일 좋다. 우선 그의 집에는 사람들이 시도 때도 없이 불러낼 때 사용하는 설렁줄이 없다. 게다가 그는 오두막집이 아니라 제대로 된 집에서 산다. 정부청사만큼 근사하진 않지만, 그래도 엄연한 관사에서 말이다. 그 안에는 피통치인 망자와 직원이 수없이 많고, 그곳에서 망자의 통치자는 대접을 받으면서 무한한 권력을 누린다. 게다가 그가 누리는 권력에 대해 뭐라 불평하는 자는 아무도 없다. 그는 재량껏 자기 마음대로 한다. 그의 관사에는 사무실도 있고 회계, 수납, 지출, 이윤을 관리하는 부서도 있지만, 상업적인 곳은 아니다. 이 남자는 경비도 수위도 문지기도 아니다. 망자를 맞이하는 문은 항상 열려 있다. 그에게는 잘 보존해야 할 묘지가 있지만, 그렇다고 해서 그가 보존을 책임지는 사람은 아니다. 한마디로 그는 이해할 수 없는 이상야릇한 존재다. 모든 일에 참견하지만 결국 아무것도 아닌 권력자, 그를 먹여 살리는 죽음처럼 모든 것의 밖에 놓인 권력자다. 하지만 이 예외적인 인간은 파리라는 도시에 속한다. 이 도시를 상징하는 문장인 배*처럼 환상적이고 공상적인 도시, 그러나 서로 따로 노는 수천 개의 다리가 움직이는 이성적인 도시, 그래서 그를 포함한 모든 고용인에게는 거의 종신 고용이 보장되는 도시인 파리에 속하는 것이다. 그러므로 이 묘지 관리인은 공무원의 지위까지 이른 수위이며, 사회제도가 붕괴하더라도 절대 무너지지 않을 존재다. 게다가 그 자리는 한직이 아니다. 그의 허락 없이는 그 누구도 매장할 수 없다. 그는 시체의 수를 정확히 계산한다. 그가 이 넓은 묘지 중 한 평의 땅을 지정하면, 당신은 언젠가는 당신이 사랑했던 사람, 당신이 미워했던 사람, 당신의 애인, 당신의 사촌을 바로 그곳에 묻을 것이다. 그렇다, 파리의 모든 희로애락이 그의 관사로 모이고 그곳에서 행정적으로 처리되는 것이다. 그는 시체를 안치하기 위해 장부를 관리하고 있다. 망자는 자기 무덤에 있지만 동시에 관리인의 서류함에도 있는 것이다. 그의 밑에는 여러 명의 관리인과 더불어 정원사, 무덤 파는 인부, 조수도 있다. 그는 중요한 인물인 것이다. 눈물 흘리는 사람들은 처음에는 그에게 말을 걸지 않는다. 다른 사람으로 오인된 시체, 살해당한 시체, 발굴된 시체, 되살아난 시체 등 아주 심각한 경우에만 그는 시체들을 비교한다. 현재 군림하고 있는 왕의 흉상이 그의 거실에 놓여 있다. 이전 왕이나 황제의 장엄한 흉상은 아마도 장롱 안에 보관되어 있을 것이다. 흉상들이 잠들어 있는 장롱은 혁명 세력에게는

* 파리를 상징하는 문장에는 배가 그려져 있다. (옮긴이)

말하자면 작은 규모의 페르 라셰즈 묘지 같은 것이리라. 어쨌든 그는 좋은 아버지, 좋은 남편이라고 기록될 묘비명은 차치하고라도 공인이요 탁월한 인물이다. 하지만 얼마나 다양한 감정이 영구차의 형상을 하고 그의 앞을 지나갔는가! 그는 얼마나 많은 눈물을 목격했는가! 진정한 눈물도 있었을 것이고, 거짓된 눈물도 있었을 것이다. 그는 또 얼마나 다양한 형태의 고통을 보았는가! 게다가 얼마나 많은 고통이 영원히 지속되던가! 그에게 고통이란 3센티미터도 안 되는 두께에 길이 128센티미터, 너비 60센티미터 정도의 묘석에 불과하다. 반면 후회나 한탄은 그가 짊어지기에는 난처하고 골치 아픈 것이다. 점심을 먹을 때도 저녁을 먹을 때도 그는 늘 위로할 수 없을 만큼의 절망과 비탄을 겪어내야만 한다. 그는 다른 감정에 대해서는 선하고 다정하다. 그는 연극 〈아드레츠의 주막〉*에서 마케르에게 살해당하는 주인공, 아이보리색 반바지를 입은 제르메일 씨를 위해서는 눈물을 흘릴 것이다. 그러나 그의 심장은 진짜 죽음 앞에서는 모질기만 하다. 그에게 죽음은 숫자에 지나지 않는다. 그의 임무는 죽음을 잘 관리하는 것이다. 그는 한 세기에 세 번 정도 숭고한 임무를 맡는 경우가 있다…… 그렇게 되면 그는 언제나 숭고한 존재가 된다. 페스트가 유행하던 시절처럼 말이다.**

자케가 다가갔을 때, 이 절대군주는 막 화를 내던 참이었다.

---

* 〈아드레츠의 주막〉은 뱅자맹 앙티에, 생 아르망, 폴리앙트의 3막으로 구성된 멜로드라마. 1823년 7월 2일 앙비귀 코미크 극장에서 처음 공연되었는데 프레데리크 르메트르가 로베르 마케르 역을 맡아 대중적 인기를 얻었다고 한다.

** 여기에서 발자크는 1832년에 발생한 콜레라를 암시하고 있다. 1832년 3월 발생한 콜레라는 6개월 동안 파리에서만 1만 8천 명의 희생자를 냈다. 당시 파리 인구가 80만이었으니, 이는 도시 인구의 2.5퍼센트에 해당한다. (옮긴이)

"마세나 가에서 르뇨 드 생 장 당젤리 광장까지 꽃에 물을 주라고 말했지 않나! 자네들은 내 말을 들은 척도 안 했어. 빌어먹을! 날씨가 이리도 좋으니 사람들이 들이닥치기라도 하면 나만 탓할 것 아니냐고. 화상을 입은 사람들처럼 길길이 뛸 걸세. 우리를 욕하고 비방하고……"

"이보시오, 우리는 쥘 부인이 어디에 묻혔는지 알고 싶소." 자케가 그에게 말을 걸었다.

"쥘 부인? 누구 말이오?" 그는 되물었다. "여드레 동안 세 명의 쥘 부인이 있었소만……"

그러다 갑자기 그는 말을 멈추고 입구 쪽을 바라보면서 외쳤다. "아! 몰랭쿠르 대령의 장례 행렬을 보시오, 그건 그렇고 허가증을 받아오시오…… 근사한 행렬이네, 세상에!" 그는 말을 이었다. "할머니가 돌아가시자마자 그가 그 뒤를 따르는군. 도박이나 뭐 그런 것들로 인해 단숨에 추락하는 집안이 있지. 저런 파리 사람은 혈통이 나쁘다고."

"이보시오, 내가 말하는 사람은 증권중매인인 쥘 데마레 씨의 부인이오." 자케가 관리인의 팔을 툭 치면서 말했다. 그러자 관리인이 자케를 바라보면서 말했다.

"아! 알아요. 초상의 표시를 단 열세 대의 마차가 따라오던 장례 행렬을 말하는 거지요? 앞선 열두 대의 마차에는 각각 한 사람씩만 탔던 그 행렬 말입니다. 너무 이상해서 우리는 아주 강한 인상을 받았……"

"이보시오, 조심 좀 해주시오. 그녀의 남편인 쥘 씨가 같이 있소이다. 당신 말을 들을 수도 있는데, 당신이 한 말은 그리 적절해 보이지 않는구려."

"죄송합니다, 당신 말이 맞아요. 이해하십시오, 난 당신들이 상속자들인 줄 알았답니다." 그러고는 묘지 지도를 보면서 다시 말했다.

"쥘 부인의 무덤은 마레샬 르페브르 가 4번 길, 코메디 프랑세즈의 여배우였던 로쿠르 양*과 사업 수완이 좋았던 정육점 주인 모로 말뱅 씨 사이에 있습니다. 말뱅 씨 묘비는 주문 생산된 하얀 대리석으로 되어 있는데, 아마도 우리 묘지에 있는 묘비 가운데 제일 근사한 것 중 하나일 겁니다."

자케는 관리인의 말을 가로막으면서 물었다. "선생, 당신 말은 우리가 길을 찾는 데 별 도움이 안 되는군요……"

"그러네요." 그는 주위를 돌아보면서 답했다. 그러더니 지나가던 사내에게 소리쳤다.

"장, 이분들을 쥘 부인이 묻힌 곳으로 안내하게, 증권중매인의 아내 말일세. 자네도 알지, 흉상이 세워져 있는 로쿠르 양의 무덤 옆 말일세."

두 남자는 수위 중 하나가 안내하는 대로 걸어갔다. 그러나 묘지보다 높은 곳에 있는 산책로와 이어진 가파른 길에 이르기까지 대리석 가공업자, 철물공, 조각가가 상냥하게 다가와 호의에 찬 제안을 하는 것을 수십 번 물리쳐야만 했다.

"어르신께서 무덤에 뭔가 세울 요량이시라면 싸게 잘해드릴 수 있는뎁쇼……"

슬픔에 잠긴 친구에게 그런 끔찍한 말이 전해지지 않도록 자케가 애쓴 덕분에 다행히 쥘은 아무 말도 듣지 못했다. 그들은 무덤이 있는 곳

---

* 프랑수아즈 로쿠르. 1815년 생 로크 성당이 그녀의 장례 행렬을 거부한 것은 당시 큰 사건이었다. 성당은 그녀의 동성애 성향이 아니라 그녀가 여배우였다는 이유를 내세워 거부했다. 당시에는 공개적으로 동성애라는 말을 언급하는 것조차 꺼렸다. (옮긴이)

으로 갔다. 방금 전에 새로 다져진 땅과 거기에 인부들이 박아놓은 쐐기를 보자 쥘은 자케의 어깨에 몸을 기댔다. 철책을 설치할 철물공이 알아보기 쉽도록 네모난 돌멩이가 들어갈 자리에 쐐기를 박아 표시해 둔 것이었다. 그는 이따금 머리를 들어 여전히 자신의 삶 전체를 지배하는 여인의 유해를 남겨놓아야 할 흙으로 된 공간을 오랫동안 바라보곤 했다.

"여기 있기 얼마나 불편할까!" 쥘이 말했다.

"하지만 그녀는 여기에 있지 않아." 자케가 대답했다. "클레망스는 자네 기억 속에 있네. 자, 어서 가세. 망자들이 무도회에 나가는 여인들처럼 화장을 하고 있는 이 불쾌한 묘지를 떠나세."

"우리가 여기서 그녀를 빼내면?"

"그게 가능해?"

"불가능은 없어." 쥘은 외쳤다.

잠시 아무 말도 않던 쥘이 말했다. "아님 이리로 오겠어. 여기 자리가 있어."

자케는 클레망스의 무덤이 있는 구역에서 간신히 쥘을 데리고 나올 수 있었다. 무덤이 있는 공간들은 철책으로 구획지어져 바둑판 모양을 하고 있었고 나름대로 모두 외관이 근사했다. 종려나무들, 비문들, 그리고 비탄에 잠긴 사람들이 그들의 회한이나 가문의 문장을 조각한 석재만큼이나 차가운 눈물들, 이런 것들로 가득한 무덤이 그 안에 갇혀 있었다. 무덤에는 멋진 말들이 검게 새겨져 있었다. 구경꾼을 향한 경구, 화려한 문체의 글, 영적인 작별인사, 딱 한 사람과의 만날 약속, 과장되게 꾸민 일대기, 요란한 물건들, 하찮은 물건들, 번쩍거리는 금속조각 같은 것들이 있었다. 여기에는 주신 바쿠스의 지팡이가 있는가 하면 저기에는 쇠로 만든 창도 있었다. 다른 쪽에는 이집트 항아리도 있었다. 여기저기에서 대포도 볼 수 있었다. 수천 개의 직업을 상징하는 것이 널려 있었다. 그런가 하면 무어 양식, 그리스 양식, 고딕 양식 등 온갖 양식이 존재했다. 장식 띠도 있었고 계란 모양 장식도 있었다. 그림도 항아리도 상징물도 있었으며 사원도 있었다. 시든 국화꽃과 죽은 장미나무도 많았다. 한 편의 추악한 희극을 보는 듯했다! 길이 있고, 간판이 있고, 공장과 저택이 있는 그 묘지는 파리 그 자체였다. 하지만 축소경을 통해 바라본 작아진 파리, 어둠과 망령들과 망자들이 작은 규모로 축소된 아주 작은 파리였다. 허영심밖에 남지 않은 인류의 모습이 거기에 있었다. 쥘은 센강의 기다란 계곡에서, 보지라르의 작은 언덕과 뫼동의 언덕 사이에서, 벨빌의 언덕과 몽마르트르의 언덕 사이에서 자신의 발밑에 있는 진정한 파리를 보았다. 햇빛 탓에 반투명하게 보이는 푸르스름한 연기 장막으로 뒤덮인 파리를. 눈앞에 펼쳐진 사만 개의 집이 한눈에 들어왔다. 그는 방돔 광장의 기둥들과 앵발리드의 금으로 장식된 둥근 천장이 포함되는 공간을 가리키면서 말했다. "내게서 그녀를 빼앗아간 원흉이 저기 있네. 아무 이유 없이 그저 찧고 빻아대기 좋아하는 파리 사람들의 불길한 호기심 말일세."

도시를 둘러싼 오르락내리락하는 긴 성벽* 안에서 거대한 파리는 꿈

---

* 파리의 벽이라고도 불리는, 파리를 둘러싼 성벽. 파리에는 시대별로 일곱 개의 성벽이 존재했으며 도시가 커짐에 따라 새로운 성벽이 세워졌다. 왕정복고 시절의 성곽은 1784년부터 1790년까지 구축된 '징세 청부 성곽'으로, 도시로 유입되는 물품에 세금을 부여하기 위한 목적으로 만들어진 총 24킬로미터짜리 성벽이었다. 파리가 확장되어 1860년 티에르 성벽이 생기면서 이 성벽은 없어졌다. (옮긴이)

틀거린다. 마치 어린아이가 요람 속에서 움직이는 모습 같다. 그런데 파리를 둘러싼 성벽 중 하나에 기댄 언덕 비탈면에 들어앉은 보잘것없는 마을, 두 사내가 있던 묘지에서 16킬로미터쯤 떨어진 마을, 센강변에 위치한 마을에서 시체 한 구가 발견되어 장례가 치러졌다. 그러나 파리의 여느 성대한 장례 의식과는 거리가 먼 장례였다. 횃불도, 촛불도, 휘장을 친 마차도, 가톨릭교회의 기도도 없었다. 단지 죽음만 있을 뿐이었다. 실상은 다음과 같다. 아침나절 젊은 여인의 시체가 센강의 진흙과 골풀에 섞여 강둑으로 밀려왔다. 모래 퍼내는 인부들이 일하러 나가려고 작은 배에 오르려 할 때 그 시체가 발견되었다. "어럽쇼, 오십 프랑 벌었네." 인부 중 하나가 말했다. "정말 그렇군." 다른 인부가 맞장구쳤다. 그들은 시체 곁으로 다가갔다. "이거 아주 예쁜 여자일세그려. 어서 신고하러 가세나." 두 명의 인부는 자신들의 웃옷으로 시체를 덮은 후 마을의 면장에게 갔다. 면장은 이 예기치 못한 발견에 대한 조서를 작성해야 하는 사태에 직면해 몹시 당혹스러워했다.

사회적 소통이 아무런 방해도 받지 않는 나라, 비방과 수다와 음모와 사교계에서 벌어지는 사건이나 모험 이야기—사교계는 그런 이야기에만 몰두한다—가 처음부터 끝까지 전혀 누락되지 않고 회자되는 나라에서 종종 그렇듯이, 이 사건을 둘러싼 소문은 전보처럼 신속하게 퍼졌다. 바로 면사무소로 달려온 사람들은 면장을 괴롭히던 문제를 해결해주었다. 그들은 사건 조서를 단순한 사망신고서로 대체했다. 그들이 수고한 덕분에 죽은 젊은 여인의 신원은 코르드리 뒤 탕플 가 14번지에 사는 코르셋 재봉사 이다 그뤼제로 밝혀졌다. 사법경찰이 개입해 죽은 여자의 어머니인 그뤼제 부인이 딸의 유서를 가지고 왔다. 어머니가 오열하는 가운데 의사는 폐 기관으로 검은 피가 들어가 질식했다고 사망 원인을 밝혔다. 모든 것이 명백했다. 유서도 나왔겠다, 신원 확인도 되었겠다, 이제 조사가 다 끝났으니 그날 저녁 여섯시에 여공의 시체를 매장해도 된다는 당국의 허가가 떨어졌다. 마을 사제는 자살한 그녀의 시체를 성당에 받아들이는 것도, 그녀를 위해 기도하는 것도 거부했다. 그리하여 이다 그뤼제는 늙은 시골 아낙네가 입혀준 수의 차림으로, 송판으로 만든 초라한 관에 담긴 후, 네 명의 남자에 의해 묘지로 운반되었다. 호기심에 찬 몇몇 시골 아낙네가 그 죽음에 대해 이러쿵저러쿵 입방아를 찧으며 행렬을 따랐다. 그네들은 그 죽음에 놀라기도 했고, 젊은 나이에 죽은 처녀를 동정하기도 했다. 그뤼제 부인은 딸의 서글픈 장례 행렬을 따라가려 했다. 그러나 한 친절한 노파가 그러지 못하도록 그녀를 붙잡아주었다. 성당지기, 종지기, 무덤 파는 인부, 이 세 가지 역할을 하는 사내가 마을 성당 뒤에 있는 작은 묘지에 구덩이를 팠다. 고전주의 양식으로 꽤나 유명한 성당이었다. 네모난 탑의 뾰족한 지붕은 청회색을 띤 점판암으로 덮여 있었고, 외부는 각진 버팀벽이 떠받치고 있었다. 성직자나 성가대원들이 차지하는 성당의 둥근 부분* 뒤쪽에 무너진 벽으로 둘러싸인 묘지가 있었다. 언덕으로 이루어진 터에 들어선 묘지로, 대리석 묘비도 찾아오는 이도 없었다. 그래도 각각의 무덤에는 분명 진정한 눈물과 회한이 있었으리라. 그러나 이다 그뤼제를 위해서는 눈물을 흘릴 사람도 아쉬움을 표할 사람도 없었다. 그녀는 가시덤불과 무성한 수풀 사이의 한쪽 구석에 던져졌다. 너무도 단순하

* 성당의 둥근 부분은 하늘을, 네모난 부분은 인간 세상을 상징한다. 따라서 묘지는 늘 둥근 부분 뒤쪽에 있다. (옮긴이)

기에 오히려 시적인 이 들판에 관을 묻을 때 사람들은 모두 떠나고 묘혈 파는 인부 한 사람만 남았다. 땅거미가 내리는 어둑어둑한 시간이었다. 묘혈을 덮으면서 인부는 가끔씩 일을 멈추고 벽 너머에 있는 길을 바라보았다. 곡괭이에 손을 얹은 채 이 시체가 발견된 센강을 주의깊게 살펴보기도 했다.

"불쌍한 것!" 갑자기 나타난 남자가 외쳤다.

"아이고 깜짝이야." 인부가 말했다.

"지금 자네가 매장하는 여자, 성당에서 장례식을 치렀나?"

"아닙니다요. 신부님이 원치 않으셨어요. 교구 미사를 보지 않고 이곳에 매장되기는 처음이지요. 여기서는 서로가 다 아는 사이니까요. 그런데 선생께서는?…… 어라, 가버렸네!"

며칠 후, 검은 옷을 입은 남자가 쥘 씨의 집에 왔다. 남자는 쥘에게는 아무 말도 하지 않은 채 반암斑岩으로 만든 커다란 단지 하나를 쥘 부인의 방에 가져다놓았다. 단지 위에는 이렇게 쓰여 있었다.

삶의 의미를 잃은 아버지는
법에 위배될지라도,
친구 열두 명의 도움을 받아
사랑하는 딸의 유해를
슬픔에 잠긴 사위에게
돌려준다.

"어떻게 이런 사람이 있을 수가 있을까!" 쥘은 눈물을 흘리면서 말했다. 증권중매인이 아내의 유지를 다 이행하고 사업을 정리하는 데는 여드레 이상 걸리지 않았다. 그는 마르탱 팔렉스의 형제에게 증권중매인 직책을 판 후 파리를 떠났다. 그때까지도 행정부 관리들은 여전히 한 시민이 아내의 시체를 소유할 권리가 있는지 없는지 토론중이었다.

# 결론

파리의 거리에서, 길모퉁이에서, 팔레 루아얄의 아케이드 아래에서, 아니면 우연히 알게 된 사교계의 어떤 장소에서, 보기만 해도 머릿속에 오만 가지 생각이 들게 하는 남자나 여자를 만나보지 않은 사람이 어디 있겠는가! 그런 사람을 보면 우리는 파란만장한 삶을 살았음을 알려주는 그들의 독특한 외모에, 몸짓과 태도 그리고 걸음걸이와 옷차림이 전체적으로 자아내는 야릇한 분위기에, 심오한 시선에, 그 이유를 정확히 알지 못하면서도 갑자기 우리를 강하게 사로잡는 무언가에 느닷없이 관심을 갖게 된다. 그러나 그다음날이면 그 일시적인 상념은 사라져버리고 다른 생각들, 파리의 다른 모습들이 눈에 들어온다. 하지만 만일 똑같은 사람을 다시 만난다면, 그 사람은 우리의 기억 속에 단단히 자리잡고 결말을 알 수 없는 대하소설의 첫 권처럼 아로새겨진다. 그 사람이 하루 여덟 시간 동안 시청 결혼 담당 부서에서 일하는 직원처럼 매일 일정한 시간에 그 길을 지나가는 사람이든, 아니면 그냥 거리를 배회하는 산책객이든 간에 말이다. 거리를 배회하는 사람들은 파리 거리에 버려진 가구처럼 여기저기에 존재한다. 그들은 공공장소, 첫 공연이 열리는 날의 극장, 그리고 식당 같은 곳에 있다. 그들은 아마도 식당의 가장 근사한 장식품 역할을 하리라. 아무튼 우리는 이처럼 거리를 배회하는 정체를 알 수 없는 이에게 말을 걸고 이런 질문을 하고 싶어진다. "당신은 누구요? 왜 거리를 배회하는 거요? 무슨 권리로 주름잡힌 칼라에 상아로 된 손잡이가 달린 지팡이를 들고 색이 바랜 조끼를 입고 있는 거요? 왜 이중 렌즈의 푸른 안경을 쓰고 있나요? 그 우스꽝스러운 넥타이는 또 뭐요?" 그러한 거리의 방랑자 중 어떤 이들은 테르미누스 신*에게 속한 부류의 인간들이다. 그들은 아무 말도 하지 않는다. 그저 거기에 있다. 왜냐고? 아무도 모른다. 그들은 마치 사계절의 신 혹은 상업의 신이나 풍요의 신을 조각하는 작가들에게 모델을 서는 사람들과 유사하다. 그런가 하면 옛 소송대리인, 늙은 도매상인, 시대착오적인 장군들처럼 다른 부류의 사람들도 지나간다. 걸어가고 있음에도 그들은 늘 걸음을 멈추고 서 있는 것처럼 보인다. 뿌리가 반쯤은 뽑힌 채 강변에 굳건히 버티고 있는 나무처럼 그들은 절대 파리라는 급류에 휩쓸리지도, 젊고 활기찬 파리의 군중에 뒤섞이지도 않을 것처럼 보인다. 사람들이 그들을 매장하는 것을 잊었는지, 아니면 그들이 무덤에서 도망쳐 나왔는지는 알 수 없다. 거의 화석화된 상태로

* 로마의 신으로 경계의 수호신. 종종 팔다리 없는 조각상으로 형상화됨으로써 움직이지 않고 그 자리를 지킨다는 의미를 가진다. (옮긴이)

그들은 그곳으로 왔다. 파리의 멜모스* 중 하나가 며칠 전부터 사려 깊고 명상에 잠긴 사람들 틈에 끼어들었다. 그들은 날씨가 좋을 때면 어김없이 뤽상부르공원 남쪽의 철문과 파리 천문대 북쪽의 철문 사이에 있는 막힌 공간, 어떤 유형에도 속하지 않는, 파리의 생동감 없는 공간을 점유한다. 사실, 더이상 그곳에 파리는 없다. 그렇지만 그곳은 여전히 파리이기도 하다. 그곳은 광장인 동시에 좁은 길이고, 도로이자 요새이며, 공원이고 대로이자 도로다. 그곳은 지방인 동시에 수도다. 분명 그곳은 그 모든 것인 동시에 그 무엇도 아니다. 그곳은 일종의 사막이다. 이름 없는 그 장소 주변에는 고아원, 부르브 병원, 코생 병원, 카퓌생 병원, 로슈푸코 병원, 농아들을 위한 병원, 발 드 그라스 병원**이 있다. 다시 말해 파리의 타락한 사람들과 불행한 사람들 모두가 그곳에서 안식처를 구한다. 또한 그곳에서 과학자들이 조수潮水도 연구하고 경도經度도 연구함으로써, 자선을 위한 이 구역은 아무런 부족함이 없는 완벽한 곳이 된다.*** 샤토브리앙 부인은 이곳에 마

* 발자크는 이 책의 서문에서 페라귀스가 지닌 환상적인 권력을 상기시키기 위해서 이미 찰스 로버트 매튜린 작품의 주인공인 멜모스를 언급한 바 있다. 여기서 멜모스는 초인적 존재가 아니라 운명의 희생자인, 파리의 불행한 방랑자에 불과하다. 아일랜드 작가인 매튜린의 소설에 빚진 바가 거의 없는 그의 소설 『화해한 멜모스』에서 발자크는 영혼을 팔아 얻은 초능력을 팔아버림으로써 악마와의 계약에서 해방되는 존 멜모스를 그린다.

** 부르브 병원은 갈 곳 없는 미혼모, 여자 사형수 등을 받아들이던 산과 병원. 코생 병원은 1780년 포부르 생 자크(현재의 47번지)에 세워진 거지와 구역 노동자를 위한 병원으로, 1802년 장 드니 코생의 이름을 따 코생 병원이 되었다. 카퓌생 병원은 1784년 프란체스코회 수도사들이 버려진 수도원에 세운 병원으로, 현재 포르 루아얄 거리 111번지에 있고, 1904년 코생 병원으로 편입된다. 로슈푸코 병원은 1780년 제네랄 르 클레르 대로 15번지에 세워진 병원으로, 1821년 로슈푸코 자작부인의 기부가 병원 건립에 도움을 주었기에 로슈푸코라는 이름을 붙인 것이다. 발 드 그라스 병원은 1793년 국민의회가 발 드 그라스 수도원을 국유화한 후 군인병원으로 만든 것이다.

리 테레즈 의무실****을 설치했고, 카르멜회 수녀들은 수녀원*****을 세웠다. 다양한 형태의 삶의 모습은 이 사막에서 끊임없이 울려대는 종소리를 통해 나타난다. 출산을 하는 어머니를 위해, 태어나는 아기를 위해, 궤멸되는 악행을 위해, 죽어가는 노동자를 위해, 기도하는 처녀를 위해, 추위에 떠는 노인을 위해, 엉뚱한 짓만 하는 천재를 위해,****** 쉴새없이 종은 울린다. 그리고 그곳에서 두 발자국만 가면 시시각각으로 포부르 생 마르소의 초라한 장례 행렬을 끌어들이는 몽파르나스 묘지가 있다. 파리가 내려다보이는 이 광장은 공놀이를 하는 머리가 희끗희끗한 순박한 노인들에게 점령당했다. 그들은 조상들을 계승하는 선량한 사람들로 그들의 외모는 오직 관객들, 그들을 따라다니는 구경꾼들의 모습하고만 비교될 수 있다. 며칠 전부터 이 황량한 동네의 주민이 된 남자가 공놀이 시합을 집중해서 지켜보고 있었다. 만일 파리 사람들을 동물학의 분류법에 따라

*** 발자크는 이 글을 쓰던 1833년 당시 천문대 근처의 카시니 거리에 살았다. 『발걸음에 관하여』에는 천문대의 경도 연구소에서 일하는 사람들에게 문의하러 가는 발자크가 등장한다.

**** 빈곤한 사람들을 돌보기 위한 이 의무실은 앙굴렘 공작부인 마리 테레즈 샤를로트의 이름을 딴 것으로, 그녀는 샤토브리앙 부부가 이곳에 집을 구입할 수 있도록 재정적인 도움을 주었다. 그 집을 좋아했던 샤토브리앙은 1826년부터 1838년까지 여러 번 체류했다고 한다. 발자크는 그 유명한 이웃에게 간접적으로 경의를 표하고 있다. 현재 당페르 로슈로 대로 92번지에 위치한다.

***** 1604년에 건립된 프랑스에서 가장 오래되고 찬란했던 수녀원 중 하나. 혁명 기간 중 폐쇄되었다가 1802년 다른 카르멜회 수녀들이 정착했으나 원래에 비해 많이 축소되었다. 현재 앙리 바르뷔스 가, 발 드 그라스 가, 피에르 니콜 가, 그리고 라부아지에 학교 사이에 위치한다.

****** 절망과 의혹을 담은 이상한 고백처럼 들린다. 발자크가 살던 당시에는 음울한 분위기를 자아냈던 이 지역에 대한 이야기를 마무리짓기 위해 쓴 『백 살이 넘는 노인』의 여주인공이 노인을 발견하는 곳도 바로 이 천문대 광장이다.

분류한다면 연체동물에 속할 그 무리 중에서 남자는 가장 도드라지는 인물이었다. 이 신참자는 친근한 태도로 표적이 되는 작은 공을 들고 걸어갔다. 그 공은 시합의 중심이다. 공이 멈추었을 때 그는 나무에 기대어 있었다. 마치 강아지가 주인의 행동에 주의를 기울이듯이 그는 공중에 붕 떴다가 땅으로 떨어지는 공을 주의깊게 바라보았다. 그 장면을 보았더라면 당신은 그를 표적공 던지기 놀이의 굉장한 천재로 여겼을 것이다. 그는 아무 말도 하지 않았다. 공놀이하는 사람들, 종교가 무엇이건 광신도들 중에서도 가장 신실한 광신도들처럼 그 놀이에 빠진 사람들은 절대로 그에게 그토록 집요한 침묵을 고수하는 이유를 묻지 않았다. 단지 제멋대로 생각하는 몇몇 사람은 그가 듣지도 말하지도 못하는 농아인가보다고 생각했다. 표적공과 다른 공들 사이의 거리를 측정해야 할 경우, 그 낯선 사람의 지팡이는 그 거리를 재는 자의 역할을 확실하게 했다. 사람들은 빌리자는 양해의 말 한마디도 없이, 심지어 친한 척도 하지 않은 채, 그 노인의 차가운 손에서 지팡이를 빼앗아갔다. 그는 아무 생각 없이 명령에 복종하듯 지팡이를 빌려주었다. 소나기가 내리는데도 그는 표적공 옆에 서 있었다. 그는 표적공 던지기에 열중했고, 진행되고 있는 시합의 수호자 역할을 했다. 곧 비가 그치고 날씨가 좋아졌다. 그러자 그는, 공놀이하는 다른 사람들과 마찬가지로, 가장 바보 같은 파리 시민과 가장 머리 좋은 동물 사이의 중간 존재 같은 것이 되었다. 게다가 생기를 잃은 창백하고 주름진 얼굴을 한 그는 외모에 전혀 신경을 쓰지 않았다. 그는 모자도 쓰지 않고, 허연 머리칼과 가난한 사람의 해진 바지 사이로 드러나는 무릎처럼 생긴 네모나고 누런, 벗어진 이마를 다 드러낸 채 멍하니 나타나곤 했다. 입은 헤벌어진데다 시선은 멍했으며 발걸음도 휘청거렸다. 그는 절대로 웃는 법이 없었다. 절대로 하늘을 바라보지 않았으며, 늘 땅을 향해 눈을 내리깔고 마치 뭔가를 찾는 것처럼 보였다. 네시가 되자 어떤 노부인이 와서 그의 팔을 잡고 어디론가 데려갔다. 그 모습은 마치 처녀아이가 외양간으로 염소들을 몰고 가야 할 시간에 여전히 풀을 뜯어 먹고 있는 말썽쟁이 염소 한 마리를 끌고 가는 것과 유사했다. 그 노인의 모습은 보기에 소름이 끼칠 정도였다.

오후 나절, 신속하게 에스트 가*를 따라 달리는 여행용 사륜마차에 혼자 타고 있던 쥘이 천문대 광장에 이르렀을 때, 그 노인은 나무에 기댄 채 공놀이 시합하는 사람들한테 지팡이를 빼앗기고도 가만히 있었다. 그들은 기분좋게 흥분한 상태에서 공놀이를 즐기고 있었던 것이다. 쥘은 그 노인이 아는 사람인 것 같아 잠시 멈추고 싶었다. 그때 마침 마차가 갑자기 멈춰 섰다. 왜냐하면 사람들 사이에 끼여 마차는 꼼짝하지 못했고, 마부는 마치 폭동이라도 일으킬 것처럼 흥분해 떠들어대는 공놀이하는 사람들에게 차마 길을 비키라는 말을 하지 못했기 때문이다. 마부는 폭동에 대해 지나칠 정도로 두려움을 품고 있었던 것이다.

"바로 그 사람이야." 쥘은 그 보잘것없는 노인에게서 비밀결사의 수장인 페라귀스 23세의 모습을 발견했다. 잠시 후 그는 이렇게 덧붙였다. "그는 그녀를 얼마나 사랑했던가!" 그러고는 마부에게 소리쳤다. "어서 가세, 마부 양반!"

1833년 2월, 파리.

* 뤽상부르공원 남쪽, 포르 루아얄과 뤽상부르공원 사이에 위치함. (옮긴이)

# 후기*

파리의 다양한 모습이 담긴 이 모험 이야기는 힘있고 냉혹한 한 인물의 초상을 그리고 있다. 게다가 이 이야기에는 주제와 무관해 보이는 여담이 가득한데, 작가에게 이러한 여담은 단순한 여담이 아니라 핵심적인 요소라고 할 수 있다. 13인으로 구성된 조직의 일원이었던 그 인물은 사회와의 비밀스러운 대결에서 사법기관에 굴복했다.

만일 작가가 포부르 생 제르맹에서 마레에 이르기까지, 길에서 규방에 이르기까지, 대저택에서 고미다락에 이르기까지, 창녀부터 결혼생활에 사랑을 담는 여인에 이르기까지, 그리고 활동적인 삶으로부터 죽음의 안식에 이르기까지, 파리의 이곳저곳을 속속들이 파헤치면서 그

* 이 후기는 1833년 4월 『르뷔 드 파리』에 「페라귀스」의 부록으로 실린 것인데, 이후 판본에는 실려 있지 않다.

면면 중 일부를 그려내는 데 성공했다면, 그는 13인당이 등장하는 모험이 담긴 두 개의 새로운 이야기를 독자에게 제공함으로써 아마도 이 기획을 계속하고 완성할 용기를 낼 수 있으리라.

두번째 이야기의 제목은 '도끼에 손대지 마시오'*이며, 세번째 이야기의 제목은 '붉은 눈빛의 여인'**이다.

'13인당 이야기' 중 작가가 출판할 수 있는 것은 이 세 개의 에피소드뿐이다. 흥미진진한 드라마인 다른 에피소드들은 밤 열한시에서 자정 사이에 들려드릴 만한 이야기로, 글로 쓰기에는 적합치 않다.

발자크

---

* 「랑제 공작부인」의 처음 제목.

** 「황금 눈의 여인」의 처음 제목.

# 랑제 공작부인

프란츠 리스트에게*

* 발자크는 1833~1834년 파리의 살롱에서 리스트를 만났다. 그리고 1838년에는 상드를 통해 리스트와 다구 백작부인의 관계를 알게 되었다. 발자크는 『베아트리스』의 제나로 콩티, 그리고 『강바라』의 강바라에게 리스트의 모습을 반영하기도 했다. 사실 그는 리스트를 그리 좋아하지는 않았으며, 리스트보다 쇼팽을 더 좋아했던 듯하다. 그러나 그는 리스트가 우크라이나에 있는 한스카 부인과 자신을 이어주는 사랑의 메신저 역할을 해준 데 대한 고마움을 표시하기 위해 1843년 이 작품을 그에게 바쳤다. 그는 리스트가 한스카 부인에게 지나치게 호의를 보인 데 대해 불편한 감정을 드러내기도 했다. 1843년 한스카 부인에게 보낸 편지에서 그는 이 작품을 리스트에게 바친 일을 후회하는 심정을 내비친 바 있다.

# 1
# 테레즈 수녀

지중해 연안 스페인의 한 섬에 위치한 어느 작은 도시*에는 맨발 카르멜회** 수도원이 있었다. 이 수도원에서는 그 유명한 성 테레사 수녀가 제창한 수도회 규칙이 개혁 당시 그대로 엄격히 지켜지고 있었다.

---

* 스페인 발레아레스제도의 마요르카섬에 있는 팔마를 가리킨다. 팔마의 카르멜회 수도원은 소설에서처럼 바다를 향해 있지는 않다. 그러나 테라스 위에 세워진 성당은 항구를 내려다보고 있으며, 해변을 내려다보고 있는 산타 카탈리나 소성당도 그곳에 있다. 한편 발자크가 묘사한 암벽은 알헤시라스만에 위치한 칼페 암벽인 것으로 보인다.

** 명상과 기도를 중시하는 가톨릭 교단. 12세기에 팔레스타인의 카르멜산에 창설한 수도회로 1226년 교황 호노리우스 3세로부터 정식으로 회칙을 인정받았다. 1247년에 교황 인노켄티우스 4세가 탁발수도회로 편입시켰으며, 1274년에 그레고리우스 10세가 최종적으로 승인했다. 16세기 스페인 아빌라의 성 테레사와 십자가의 성 요한이 개혁 운동을 일으켜 1568년 맨발 카르멜 수도회가 창설되었다. 기도와 청빈을 중시한다. (옮긴이)

그것이 가능할까 싶지만 실제로 그러했다. 프랑스대혁명과 나폴레옹 전쟁을 거치면서 스페인 반도나 유럽대륙에 자리한 대부분의 교회가 파괴되거나 큰 손상을 입었을 때에도, 줄곧 영국 해군의 보호 아래 있었던 덕분에 이 섬의 고색창연한 수도원이나 온화한 성품을 지닌 주민들은 도처에서 발생했던 소란과 약탈을 피할 수 있었다. 19세기 전반 십오 년 동안 유럽을 휩쓸었던 그 어떤 종류의 풍랑도 안달루시아 해안에서 그리 멀지 않은 이 암벽 앞에서는 완전히 힘을 잃고 말았던 것이다. 황제의 이름이 이 해변에까지 울려퍼졌다 한들, 과연 수도원 안에서 무릎 꿇고 기도나 하는 수녀들이 그의 연속적인 승리가 가져다준 경이로운 영광과 그의 유성 같은 삶이 지니는 찬란한 위엄의 의미를 이해할 수 있었을까? 수도원의 엄격한 규칙은 조금도 바뀌지 않은 채 그대로 유지되고 있었기에 그 안식처는 가톨릭 교단에서 명성이 자자했다. 그 규칙의 정결함은 온갖 인간관계로 인해 상처받고 비탄에 잠긴 여인들을 유럽 곳곳의 아주 먼 곳으로부터 끌어들였다. 그들의 영혼은 신의 품안에서 천천히 죽어가기를 갈망했다. 수녀의 삶에 요구되는 이 승과의 완벽한 단절을 위해 이보다 더 적합한 수도원은 없었다. 물론 유럽대륙에는 그 목적에 맞게 지어진 웅장한 수도원이 수없이 많다. 어떤 수도원은 더없이 황량한 계곡 깊은 곳에 파묻혀 있는가 하면, 또 어떤 수도원은 가장 가파른 산꼭대기에 매달려 있거나 낭떠러지 끝에 세워져 있다. 그 모든 곳에서 사람들은 무한한 시정詩情을, 침묵에 대한 엄숙한 경외심을 갈구했다. 그들은 어디서나 신과 가장 가까이 있고자 했다. 그리하여 사람들은 산꼭대기에서, 깊은 심연의 밑바닥에서, 절벽 끝에서 신을 찾았고, 어디에서나 신을 발견했다. 그러나 반은 유럽에 반은 아프리카에 속하는 이 암벽이 아닌 그 어디에서도 그토록 영혼을 고양시키고, 더없이 고통스러운 기억들을 잠재우고, 마음속에서 일어나는 격한 감정들을 가라앉히고, 인생의 고통을 다스리며 편히 잠재우는 마음의 평안을 찾을 수는 없으리라. 수녀원은 마을 끝, 바위 꼭대기에 세워져 있었다. 거대한 지각변동으로 인해 바다 쪽으로 난 바위는 완전히 깎아지른 절벽이 되었으며, 암면巖面의 모든 모서리는 날카롭게 각이 져 있었다. 암면은 해수면 높이에서 몰아치는 파도에 가볍게 침식되었을 뿐이지만, 그 절벽을 넘어가는 것은 불가능했다. 게다가 그 바위는 멀리까지 뻗은 위험한 암초들로 둘러싸여 있었기에 어떠한 공격에도 끄떡없었다. 암초들 사이로는 빛을 받아 반짝거리는 지중해의 파도가 출렁이고 있었다. 따라서 사각형으로 된 이 건물 전체를 보기 위해서는 먼 바다로 나가야만 했다. 그 건물의 모양이나 높이, 출입구의 배치 등 모든 것은 수도원에서 규정한 기준을 세심하게 따르고 있었다. 도시 쪽에서 보면, 단단하게 지어진 이 수도원은 우뚝 선 교회에 완전히 가려져 있었다. 수도원 지붕은 폭이 넓은 타일로 덮여 있어 세찬 바람에도, 폭풍우에도, 내리쬐는 햇빛에도 끄떡없었다. 어떤 스페인 가문의 기부 덕분에 지어진 그 교회는 도시의 꼭대기에 위치하고 있었다. 단호하고 품위 있는 교회 정면은 이 작은 해안도시를 웅장하고 아름답게 보이게 했다. 예쁜 항구 앞으로는 원형극장처럼 층을 이루면서 촘촘하게 다닥다닥 붙어 있는 지붕들이 있었고, 그 위로는 세 개의 도리아식 줄무늬가 새겨진 근사한 고딕식 현관이 우뚝 서 있었다. 그리고 수많은 종탑과 작은 탑, 그리고 세공된 첨탑도 보였다. 이러한 도시의 모습이야말로 지상에 존재하는 숭고함이 모두 담긴 광경이 아니겠는가?

이것이야말로 종교가 인간의 삶을 지배하면서 사람들에게 끊임없이 삶의 목적과 수단을 부여하고 있음을 보여주는 광경이 아니겠는가. 게다가 이것은 지극히 스페인적인 이미지이리라! 이 광경을 지중해 한가운데 불타는 태양 아래 놓고, 거기에 종려나무 몇 그루와 잘 자라지는 않지만 생명력이 강한 푸르고 무성한 잎이 넘실대는 나무들을 덧붙여 보라. 그 나무들은 움직이지 않는 건물에 조각된 나뭇잎들과 한데 어우러지는 것처럼 보이지 않는가. 파도의 거품이 바다의 암초를 흰색으로 물들이면서 사파이어처럼 푸른 바다색과 대조를 이루는 광경을 보라. 집집마다 지붕 위에 설치된 회랑과 테라스를 찬미하라. 사람들은 작은 뜰에 심긴 꽃들과 나무들 사이로 저녁 공기를 마시러 그곳으로 오곤 한다. 그런가 하면 항구에는 범선 몇 척이 정박되어 있다. 밤이 시작될 무렵, 황혼의 정적 속에서 들려오는 오르간 소리를, 성무일도聖務日禱*의 미사곡을, 먼 바다까지 울려퍼지는 멋진 교회 종소리를 들어보라. 사방에서 소음이 들리기도 하고 고요한 침묵이 느껴지기도 한다. 그러나 대부분의 경우 고요함이 주위를 지배한다. 교회 내부는 어두컴컴하지만 신비로움이 감도는 세 개의 홀로 나뉘어 있었다. 이곳은 바람이 거셌기 때문에 건축가는 대부분의 다른 성당들과는 달리 성당을 근사하게 장식하는 동시에 성당 안에 기도실들이 들어설 수 있도록 힘을 받쳐주는 버팀대**를 바깥 측면에 설치할 수 없었다. 따라서 건물을 지탱하기 위

---

* 매일 정해진 시간에 하느님을 찬미하는 교회의 공적이고 공통적인 기도. 성직자, 수도자의 의무로서 여덟 개의 정시과(定時課)로 되어 있다. (옮긴이)

** 고딕 양식 건축에서 높은 건물을 지탱하기 위해 건물 바깥에 설치한 반 아치형 기둥. (옮긴이)

해 두 개의 작은 홀 옆에 세운 벽 때문에 빛은 거의 들어오지 않았다. 외부에서 볼 때 이 두꺼운 벽들은 일정 간격을 두고 세워진 거대한 부벽*들에 기대어 있는 잿빛 덩어리들처럼 보였다. 따라서 큰 중앙홀과 측면에 있는 두 개의 작은 홀에는 오직 현관 위에 달린 스테인드글라스로 된 장미창을 통해서만 빛이 들어왔다. 놀랍도록 멋지게 현관 위에 부착된 스테인드글라스는 아주 적절한 곳에 위치하고 있어, 돌에 새겨진 세공장식이 주는 화려함과 고딕식이라고 불리기에는 적합하지 않을 만큼 독자적인 양식의 아름다움을 돋보이게 했다. 세 개의 홀은 대부분 주민들을 위한 것이었다. 그들은 기도를 하고 예배를 드리러 그곳에 왔다. 성단 앞에는 철책문이 있었고, 그 뒤로는 주름이 많이 잡힌 갈색 휘장이 내려져 있었다. 가운데가 조금 벌어진 휘장 사이로는 미사를 집행하는 성직자와 제대만 겨우 보였다. 기둥들 사이에 동일한 간격으로 놓인 철책이 안쪽에 있는 성가대석과 오르간을 분리하고 있었다. 교회의 장식들과 잘 조화되는 이러한 구조 때문에 밖에서는 커다란 중앙홀의 기둥들이 받치는 회랑의 섬세하게 조각된 목조 난간들밖에 보이지 않았다. 따라서 어떤 호기심 많은 자가 대담하게도 회랑의 좁은 난간 위로 올라가 성단을 들여다본다 한들, 단지 주 제대 주위의 벽면에 높이 달린 옆으로 긴 팔각형 채색창들밖에 볼 수 없으리라.

페르난도 7세가 왕권을 되찾도록 돕기 위해 프랑스군이 스페인으로 군대를 파견했을 때의 일이다. 카디스를 점령한 후,** 왕정이 다시 들어섰음을 알리기 위해 프랑스 장군 한 사람이 이 섬으로 왔다. 장군은 그

---

* 벽을 지탱하기 위해 적당한 간격을 두고 바깥쪽에 세운 보강 기둥. (옮긴이)

수도원을 꼭 보고야 말겠다는 일념 아래 체류 일정을 늦추던 중, 드디어 그 안으로 들어갈 방법을 찾아냈다. 그것은 물론 대단히 민감하고도 어려운 일이었다. 그러나 열정적인 남자, 글이 아닌 행동으로 인생이라는 시를 쓰는 남자, 소설을 쓰는 것이 아니라 소설적 행위를 실천하는 남자, 무엇보다 어떤 생각을 할 경우 그것을 실행하고야 마는 남자, 그런 남자는 불가능해 보이는 것에 더욱 끌리는 법이다. 여자들만 있는 수도원의 문을 합법적으로 열게 한다? 교황이나 이 교구의 대주교가 그것을 허락할 리 없다. 속임수를 쓰거나 강압적으로 열게 한다? 하지만 그랬다가 탄로나면 자신의 지위나 군인으로서의 명성을 잃을 뿐 아니라, 본래의 목적도 달성하지 못하는 것이 아닌가? 총사령관 앙굴렘 공작은 아직 스페인 본토에 있었다. 총사령관의 총애를 받는 사내라면 웬만한 과오는 별 탈 없이 넘어갈 수 있지만, 그런 종류의 잘못은 절대 용서받을 수 없는 것이었다. 사실 장군은 비밀스레 무엇인가를 알아내고자 이 원정 임무를 맡겠다고 자청했었다. 그의 시도가 성공할 가능성은 더없이 희박했다. 그러나 이 마지막 시도를 포기한다는 것은 그의 마음이 허락지 않았다. 스페인 전역에서 아직 그의 탐색의 손길이 미치지 않은 수도원은 카르멜회 수녀들의 거처인 이 수도원밖에 없었다. 바다를 건너는 데는 한 시간도 걸리지 않았다. 그동안 그의 머릿속에는

---

** 1820년 1월 5일 리에고 대위의 선동으로 스페인 왕정에 대한 반란이 일어났다. 남서부 안달루시아 지방 카디스에서 발발한 이 반란은 스페인 전역으로 확대되었고, 페르난도 7세는 1821년 자유주의 헌법 제정을 수락해야 했다. 프랑스는 스페인 왕권의 회복을 위해 이에 개입하기로 결정했다. 샤를 10세의 장남인 앙굴렘 공작이 지휘하는 프랑스군은 1823년 4월 스페인에 입성하여 10월 3일 카디스를 점령하고 의회의 포로가 된 왕을 구했다.

희망을 품어도 될 것 같은 예감이 용솟음쳤다. 비록 그가 수녀원에서 볼 수 있는 것은 벽뿐으로 수녀들의 모습은커녕 그들의 법의조차 볼 수 없었고 예배 때 미사곡을 부르는 소리 말고는 사람의 소리라고는 들을 수 없었음에도, 그는 수녀원의 성벽과 그 안에서 울려퍼지는 노랫소리에서 자신의 실낱같은 희망이 결코 헛된 것은 아니리라는 예감을 받았다. 갑자기 든 그 예감은 아무런 근거가 없었기에 믿을 만한 것이 못 되는 하찮은 것이었다. 그렇지만 그 어떤 인간의 열정도 당시 장군이 품었던 그 호기심보다 더 격렬하지는 않으리라. 하기야 인간의 마음에 관한 한, 하찮은 것이 어디 있겠는가. 마음은 항상 모든 것을 확대하여 커다란 의미를 부여한다. 십사 년간 지속된 제국의 추락과 여인의 장갑 한 짝이 떨어지는 것을 같은 저울에 올려놓고는, 대부분의 경우 여인의 장갑이 제국보다 더 무겁다고 여기는 것이 바로 인간의 마음인 것이다. 자, 이제 본론으로 들어가 단순명료하게 이야기해보자. 감동은 그후에 밀려올 것이다.

장군이 이 섬에 도착하고 난 후 한 시간 만에 왕권은 회복되었다. 카디스가 함락된 후 야음을 틈타 이 섬으로 피신해 와 있었던 스페인의 입헌주의자들은 런던으로 떠나는 배에 올랐다. 장군은 그들이 배를 빌릴 수 있도록 허락해주었던 것이다. 따라서 그 어떤 저항도, 그 어떤 반항도 없었다. 작은 섬에서 이루어진 소박한 왕정복고였지만 그것에 대한 감사미사가 없어서는 안 될 일이었다. 원정을 위해 파견된 두 중대는 그 미사에 참석해야 했다. 그런데 외부와의 접촉이 완전히 차단된 맨발 카르멜회 수도원의 엄격한 규칙을 잘 몰랐던 장군은 그 교회에 가면 수녀원에 파묻혀 사는 수녀들에 대한 정보를 알 수 있으리라고 기대했다. 어쩌면 그중 한 여인이 그에게 생명보다 소중하고 명예보다 값진 바로 그 여인일지도 모를 일이었다. 그러나 그의 기대는 무참히 깨져버렸다. 미사는 참으로 성대했다. 멋지고 장중한 미사를 빛나게 하기 위해 평상시 성단을 가리고 있던 휘장이 열렸고, 그 안에 있는 온갖 찬란한 물건, 값진 그림, 그리고 보석으로 장식된 성골함 들이 드러나 휘황찬란한 빛을 발하고 있었다. 그 바람에 커다란 중앙홀의 기둥에 장식된, 그 항구의 선원들이 바친 금은으로 세공된 수많은 봉헌물이 발하는 빛은 완전히 바랠 정도였다. 수녀들은 모두 오르간석 뒤에 숨어 있었다. 그러나 애초의 계획이 틀어졌음에도, 감사미사가 진행되는 내내 참으로 흥미로운 사건이 남몰래 펼쳐지고 있었다. 그토록 인간의 심장을 뛰게 하는 극적인 사건은 자고로 없었으리라. 오르간을 연주하는 수녀가 어찌나 강렬하게 감정을 고조시켰던지 미사에 참석한 것을 후회한 군인은 한 명도 없었다. 사병들마저 즐거워했고 장교들은 완전히 황홀경에 빠졌다. 장군의 경우 겉으로는 매우 침착하고 냉정해 보였다. 그러나 수녀가 연주한 여러 곡들이 그에게 불러일으킨 감동은 아주 특별한 것이었다. 그것은 죽음이나 신이나 영원처럼 절대 말로 표현해서는 안 되고 표현할 수도 없는 것 중 하나로, 아주 미미하더라도 인간과의 교감이 있어야만 느낄 수 있는 지극히 드문 감정이었다. 기묘한 우연이겠지만, 수녀가 연주하는 오르간곡은 로시니파에 속하는 작품인 것 같았다. 로시니야말로 음악이라는 예술에 인간의 열정을 가장 많이 담았던 작곡가가 아니던가. 그는 수많은 곡을 작곡했고 그의 음악 세계는 매우 광대하니, 언젠가 그의 작품들은 호메로스에 필적할 만한 존경을 받게 되리라. 이 뛰어난 천재가 작곡한 곡 중에서 그 수녀는 〈모세의 기도〉*를 특별히 많이 연구한 듯했다. 아마도 그 작품에 교회음악의 감정이 최고조로 표현되었기 때문일 것이다. 하나는 유럽의 영광스러운 작곡가요 다른 하나는 무명의 여인이지만, 상이한 두 정신은 분명 동일한 시적 직관 안에서 만났으리라. 그것은 스페인에 체류하는 동안에도 파리의 파바르 극장**을 그리워하던, 진정한 음악 애호가인 두 장교가 내놓은 의견이었다. 마지막으로 감사의 찬송인 〈테 데움〉이 연주되자 그 음악의 독특한 느낌에서 프랑스적 정신을 읽어내지 않을 수 없었다. 독실한 기독교도인 프랑스 왕의 승리가 그 수녀의 가슴속 깊은 곳에 격렬한 환희를 불러일으킨 것이 분명했다. 그녀는 프랑스 여자임이 틀림없었다. 이어진 주제의 반복부에서는 애국심이 고조되면서 찬란한 빛을 발하고 있었기 때문이다. 그 부분에서 수녀는 한껏 세련된 파리 취향이 담긴 모티프를 도입했는데, 그것은 막연하게나마 아름다운 프랑스 국민가요를 상기시키는 가락과 뒤섞여 있었다. 스페인 여자였다면 승리한 군대에 바치는 이 찬사에 연주자의 출생지를 드러내는 열정을 담지는 않았을 것이다.

"어딜 가도 프랑스가 있군." 한 병사가 말했다.

장군은 〈테 데움〉이 연주되는 동안 밖으로 나와버렸다. 도저히 그 곡

---

* 로시니는 1818년 사순절을 기하여 〈이집트의 모세〉를 작곡하여 나폴리 산 카를로스 극장에서 연주했다. 파리에서는 1822년 이탈리아 극단이 루부아 극장에서 처음으로 공연했는데 이때 그 유명한 〈모세의 기도〉가 덧붙여졌다. 1832년에 이 작품이 공연되었으니 발자크는 이에 대한 생생한 기억을 가지고 있었을 것이다. 그러나 소설 속의 랑제 공작부인은 다섯 해 전에 이미 파리 사교계를 떠났으므로 그녀가 〈모세의 기도〉를 알았을 리는 없다.

** 현 부알디외 광장, 오페라 코미크 극장 자리에 있던 이탈리아 극단의 극장. 1827년부터 로시니가 극단을 이끌었다. 1838년 극장에 불이 났으나 곧 재건축했다.

을 듣고 있을 수가 없었던 것이다. 그 연주는 분명 그가 미치도록 사랑했던 여인의 것이었다. 그런데 그녀는 종교에 귀의하여 너무도 깊숙이 숨어버렸고 사교계와는 완벽하게 연을 끊었기에, 대단한 권력과 뛰어난 머리를 가진 남자들*이 그동안 능숙한 솜씨로 집요하게 찾았음에도 도저히 찾을 수 없었다. 드디어 〈타구스강〉**이라는 프랑스 연가의 애수에 젖은 감미로운 가락이 들리자, 옛날에 들었던 그 곡이 희미하게나마 기억나면서 장군의 마음에 생겼던 의혹은 확신으로 변했다. 그가 사랑했던 여인의 규방에서 그녀가 그 전주곡을 연주하는 것을 종종 듣곤 했기 때문이다. 그런데 방금 그 수녀는 환희에 찬 승리자들 가운데 고립된 유배자의 회한을 바로 그 곡을 통해 표현했던 것이다. 얼마나 격한 감정의 파문이 그에게 일어났던가! 지난 오 년 동안 그의 열정은 헛된 노력 속에서 더욱더 고조되었고, 아무리 애를 써도 소용이 없다는 생각에 더욱 커져만 갔었다. 그런데 오 년***이 지난 지금, 잃어버린 사랑을 소생시키고, 잃어버린 사람을 되찾고, 남몰래 그녀를 엿볼 수 있다니!

일생에 적어도 한번쯤, 소중한 물건을 찾기 위해 온 집안을 다 뒤지고 서류들을 다 들춰내고 초조하게 기억을 되살려보면서 성과 없이 하루 이틀을 보내기도 하고, 찾을 수 있다는 희망과 도저히 못 찾을 거라는 절망 사이를 왔다갔다하다가, 아무리 중요하다 해도 따지고 보면 아

---

* 13인당을 암시하고 있다. (옮긴이)

** 1820년 당시 유행하던 폴레의 연가.

*** 몽리보 장군이 공작부인을 만난 것은 1818~1819년 겨울이며, 카디스는 프랑스군에게 1823년 10월 3일에 함락되었다.

무것도 아닌 시시한 것에 온갖 열정을 다 쏟아붓는 헛짓거리를 했다고 있는 대로 짜증을 내기도 하던 중, 마침내 그것을 찾았을 때의 형언할 수 없는 기쁨을 느껴보지 않은 사람이 있을까? 오 년 동안 그런 열정과 집착 속에 살았다 가정해보라. 그 시시한 물건의 자리에 한 여인을, 하나의 사랑을 놓아보라. 인간이 지닌 감정 중 가장 높은 영역에 열정을 옮겨놓아보라. 그리고 격정적인 한 남자, 사자의 마음과 얼굴을 가진 남자, 사람들에게 존경심과 두려움을 불러일으키는 사자의 갈기 같은 수염이 덥수룩한 남자를 상상해보라! 그러면 아마도 감사 찬송 도중, 옛날에 금으로 장식된 호화로운 방에서 감미롭게 듣곤 했던 연가의 전주곡이 이 해변의 교회 안에서 울려퍼질 때, 장군이 왜 갑자기 밖으로 나가버리고 말았는지 이해할 수 있으리라.

장군은 교회로 나 있는 울퉁불퉁한 길을 따라 내려가다가, 오르간의 장중한 소리가 그의 귀에 들리지 않는 지점에 이르러서야 멈춰 섰다. 화산이 폭발하듯 격한 사랑의 감정이 북받쳐올라 다른 것은 아무것도 생각할 수 없었기에, 〈테 데움〉이 끝난 것도 모르고 있었던 그는 스페인 참석자들이 우르르 몰려 내려오는 것을 보고 나서야 연주가 다 끝났다는 사실을 알았다. 자신의 행동이나 태도가 남들에게 이상하게 보일 수도 있으리라는 생각이 들자, 그는 행렬 앞으로 돌아와 시장과 지사에게 갑자기 몸이 불편하여 바람을 쐬러 나왔었노라고 말했다. 그러자 그 순간, 처음에는 별생각 없이 둘러댔던 이 핑계를 섬에 계속 눌어붙어 있기 위해 잘 이용해야겠다는 생각이 들었다. 몸 상태가 더 나빠진 것 같다고 말하면서 그는 섬 유지들이 군 장교들에게 베푸는 연회에 주빈으로 참석하는 것도 거절했다. 그는 자리에 들었다. 그러고는 부하를 시켜 사령관에게 편지를 쓰게 했다. 몸이 아파 군대의 지휘를 대령에게 맡기지 않을 수 없게 되었다는 내용이었다. 이런 술수는 흔해 빠진 것이지만 또한 아주 자연스러운 것이기도 했는데, 그 덕분에 그는 계획을 완성하기 위해 필요한 시간 동안 모든 업무에서 해방될 수 있었다. 본래 가톨릭교도인 동시에 왕정주의자인 양, 그는 미사 시간을 알아보면서 종교의식에 대단한 관심을 보이는 척했다. 그러나 스페인에서는 그런 신앙심이 너무도 당연한 것이라 아무도 놀라지 않았다.

바로 다음날, 군인들이 출발하는 동안 장군은 저녁 예배에 참석하러 수도원으로 갔다. 교회는 텅 비어 있었다. 신앙심이 깊은 사람들이었지만 군인들이 승선하는 광경을 구경하기 위해 주민들은 모두 항구로 나갔던 것이다. 교회 안에 혼자 있다는 사실에 흐뭇해진 장군은 일부러 크게 박차 소리를 내어 교회의 둥근 천장이 울리게 하려고 애를 썼다. 그는 큰 소리를 내며 걸어다녔고, 기침을 했으며, 큰 소리로 혼잣말을 하기도 했다. 수녀들에게, 특히 오르간을 연주한 수녀에게 다른 프랑스 사람들은 다 떠났지만 이렇게 한 사람은 남아 있음을 알리기 위해서였다. 이 이상한 신호를 알아들은 것일까?…… 장군은 그렇다고 생각했다. 성모마리아 송가가 연주될 때 오르간 음은 성당 안 공기의 떨림을 통해 그에게 답을 보내는 것 같았다. 수녀의 영혼은 소리에 날개를 달고 그에게로 날아왔고, 그 선율의 움직임 속에서 동요하고 있었다. 음악이 고조되면서 교회 안은 열기로 가득찼다. 로마교회의 숭고한 예배의식에 따라, 영원히 살아 있는 신의 영광 앞에서 영혼이 고양됨을 표현하기 위해 부르는 이 환희의 찬가는 덧없는 사랑의 광채 앞에서 행복이 두려운 한 여인의 마음을 드러내고 있었다. 그녀는 신의 반려자로 새로이 태어나기 위해 신에게 몸을 바쳤고 스스로를 신의 무덤 속에 매장했다. 그런데 결코 그녀에 대한 사랑을 저버리지 못한 그가 그 무덤 너머까지 그녀를 찾아와 그녀의 마음을 어지럽힌 것이다.

오르간은 인간이 만들어낸 가장 위대하고, 가장 대담하고, 가장 멋진 악기임이 틀림없다. 오르간은 능숙한 연주자의 요구를 모두 수용할 수 있는 하나의 완벽한 오케스트라다. 그 악기는 무엇이든 표현할 수 있다. 오르간은 영혼이 하늘로 날아오르기 위해 잠시 머물러 있는 일종의 받침대 같은 것이 아닐까? 일단 날아오른 영혼은 수천 개의 그림을 그리고, 인생을 담아내고, 하늘과 땅 사이의 무한한 공간을 마음껏 돌아다니지 않는가. 오르간이 자아내는 웅장한 화음에 귀를 기울일수록, 시인은 무릎 꿇고 기도하는 인간과 교회의 찬란한 빛에 가려 보이지 않는 신 사이의 간격을 없애주는 것은 지상의 대합창밖에 없다는 것을 더 잘 이해하게 되리라. 그것만이 종교적 명상이 부여하는 황홀경 속에서 비통한 회한을 뱉어내기도 하고 신앙이 부여하는 오만 가지 환상을 품기도 하면서 온갖 음계를 동원하여 다양한 슬픔을 표현함으로써, 인간의 기도를 신에게 전할 수 있는 강력한 표현 방식이라는 사실을 말이다. 그렇다, 이 커다란 둥근 천장 밑에서 신성함이 잉태한 선율은 이루 말할 수 없이 웅장했고, 점점 더 웅장해졌다. 희미한 빛, 깊은 적막, 우레와 같은 오르간 소리 사이사이 들리는 합창소리, 이 모든 것은 베일처럼 신을 에워싸고 있었고, 찬연한 신의 속성이 그 베일을 통해 빛을 발하고 있었다. 그런데 이상하게도 성스러움으로 가득찬 이 음악은 벌하는 것을 잊지 않는 질투심 많은 영원한 신의 옥좌 앞에서 연주되고 있음에도, 아주 희미한 향을 피우듯 사랑의 여신을 모신 덧없는 제단에 바쳐지고 있는 듯했다. 실제로 수녀의 음악에 담겨 있는 환희에서는 〈성모마리아 송가〉의 장중함과 조화를 이루는 위대함이나 중후함 같은 것을 느낄 수 없었다. 수녀의 연주는 화려하고 우아했기에 그 새로운 리듬들은 오히려 속세의 인간들이 느끼는 기쁨을 나타내고 있었던 것이다. 수녀는 주요 모티프들에 화려한 장식음을 달아 사랑의 마음을 표현하려 하고 있었다. 그녀의 손끝에서 피어나는 곡조는 마치 짝을 찾아 기뻐 날뛰는 새처럼 날아다녔다. 그러고는 때때로 과거로 날아가 장난치기도 하고, 울기도 하는 것이었다. 그처럼 변덕스러운 음계는 뭔지 모를 혼란한 감정을 드러내고 있었다. 그것은 마치 돌아온 애인을 보고 너무도 행복해하는 여인의 흥분 같은 것이었다. 정신없이 푸가의 변주곡을 연주하면서 꿈만 같은 이 기막힌 만남에 대해 놀라운 반응을 보인 후, 그렇게 음악으로 말을 대신한 그녀의 영혼은 원래의 평온한 상태로 되돌아갔다. 음악을 연주하던 이는 장조에서 단조로 이동하면서 자신이 현재 처해 있는 상황을 듣는 이에게 알렸다. 갑자기 그녀는 오랜 세월 동안의 슬픔과 서서히 그녀를 잠식해가는 마음의 병을 이야기했다. 그녀는 날마다 하나씩 감각을 죽이고, 매일 밤 한 가지씩 상념을 잘라내고, 점차적으로 심장을 재로 만들어버렸던 것이다. 부드러운 물결이 이는 듯한 연주가 끝난 후, 음악은 서서히 아주 깊은 슬픔의 색조를 띠었다. 곧이어 성당 안에서 울리는 오르간 소리는 메아리가 되어 넘쳐흐르는 슬픔을 토해냈다. 그리고 마지막으로 갑자기 천사의 목소리로 합창되는 듯한 높은 음들이 울려퍼졌다. 마치 헤어지긴 했지만 한 번도 잊은 적이 없었던 연인에게 두 사람의 영혼은 하늘에서나 다시 맺어질 수 있을 거라고 말하는 듯했다. 얼마나 애처로운 소망인가! 드디어 아멘 하는 소리가 들렸다. 이제 더이상 음악에서 느껴지는 기쁨도 없었고 눈물도 없었다. 슬픔도 후회도 없었다. 아멘은 신에게로 돌아가는 것을 의미했다. 이 마지막 화음은 중후하고 장엄하면서도 섬뜩했다. 연주하던 수녀는 마지막으로 관객의 머리털이 곤두서게 할 정도로 으르렁거리는 낮은 음까지 다 연주하고 난 후, 수녀의 베일을 펼쳐 얼굴을 가리고는 잠시 빠져나왔던 무덤 속으로 다시 들어가는 것 같았다. 연주가 끝나자 서서히 공기의 떨림이 멈추면서, 그때까지 찬란하게 빛나던 교회는 깊은 어둠에 파묻혀버린 듯했다.

이 격렬한 영혼의 움직임은 장군을 순식간에 사로잡았다. 그리하여 장군은 그 영혼이 스쳐간 구석구석을 돌아다녔다. 울려퍼지는 음악을 들으면서 그는 이 열광적인 교향곡에 가득 담긴 이미지들의 의미를 이해할 수 있었다. 그 곡의 화음은 그의 상념을 아주 먼 옛날로 이끌었다. 수녀에게 그러하듯, 그에게도 그 노래는 미래였고 현재였으며 또한 과거이기도 했다. 음악이란, 설사 그것이 극장음악이라 할지라도, 부드럽고 시적인 영혼과 고통받고 상처 입은 마음을 지닌 이에게는 추억에 따라 써나가는 하나의 작품이 아닐까? 음악가가 되기 위해 시인의 마음을 가져야 한다면, 위대한 음악을 듣고 이해하기 위해서도 사랑과 시정이 필요하지 않을까? 종교, 사랑, 그리고 음악은 하나의 동일한 사실에 대한 세 가지 다른 표현 방식이 아닐까? 고귀한 영혼을 지닌 자라면 누구나 그 세 가지 표현 방식을 통해 마음을 토로하고 싶어하지 않을까? 그 세 가지 형식의 시는 모두 신에게로 향한다. 그리고 신은 속세에서의 모든 감정적 인연을 끊어버린다. 따라서 인간의 성 삼위일체라 할 수 있는 종교와 사랑과 음악은 신의 무한한 영광을 위한 것이기에,

사랑의 열정과 금으로 만든 시스트럼*이 내는 방울소리와 찬란한 빛과 화음으로 신을 둘러싸지 않고는 신의 모습을 그려볼 수 없다. 신이야말로 우리 작품의 원천이자 목표가 아닐까?

장군은 그 수녀가 바다로 둘러싸인 사막처럼 황량한 이 바위 위에서 음악에 몰두하면서, 자신을 괴롭히는 과도한 열정을 음악에 다 쏟아붓고 있었다는 사실을 알아차렸다. 그것은 자신의 사랑을 신에게 다 바치고자 함이었을까, 아니면 신에 대한 사랑의 승리였을까? 무엇이라 단정하기 어려운 문제다. 그러나 장군은 이 세상에서는 살아 숨쉬는 것을 멈춰버린 그 심장에 분명 자신의 열정만큼이나 불타는 열정이 숨어 있음을 의심치 않았다. 저녁 예배가 끝나자, 그는 자신이 머물고 있는 시장의 저택으로 돌아왔다. 고통스러운 마음으로 찾아 헤매면서 그토록 오랫동안 기다려왔던 것을 얻었다는 기쁨으로 한없는 행복감에 젖어, 그는 더이상 아무것도 생각할 수 없었다. 그러니까 그녀는 여전히 그를 사랑하고 있었다. 그가 극복하고 나면 그녀가 또다시 만들어내곤 했던 두 사람 사이의 장애물로 인해 그의 사랑이 점점 더 불타올랐던 것처럼, 고독 속에서 그녀의 사랑은 점점 더 커져만 갔던 것이다. 얼마간 그의 영혼은 기쁨으로 가득차 있었다. 그러자 그녀를 다시 보고 싶은 욕망, 신과 경쟁하여 신에게서 그녀를 빼앗아오고 싶다는 욕망이 용솟음쳤다. 그것은 무모하기 짝이 없는 계획이었지만 대담한 장군에게는 아주 마음에 드는 것이었다. 저녁식사 후 사람들이 이것저것 질문하는 것을 피하기 위해, 또한 아무런 방해도 받지 않으면서 혼자 생각하기 위

---

* 고대 이집트 종교의식에서 사용되었던 타악기의 일종.

해 장군은 자리를 떠나 잠자리에 들었다. 그러고는 잠을 이루지 못한 채 다음날 아침까지 아주 깊은 명상에 잠겼다. 그는 아침 미사에 참석하기 전까지 계속 침대에 머물러 있었다. 교회에 도착한 그는 성단 앞 철책문 가까이에 자리잡았다. 그의 이마가 휘장에 닿을 정도였다. 그는 그 휘장을 찢어버리고 싶었으리라. 그러나 그는 혼자가 아니었다. 그에게 숙식을 제공한 집주인이 예의상 그를 따라왔던 것이다. 그러니 조금이라도 경솔한 행동을 했다간 사랑의 미래가 위태로워질 수도, 새로운 희망을 망칠 수도 있었다. 오르간 소리가 들렸다. 그러나 악기를 연주하는 손은 어제의 그 손이 아니었다. 지난 이틀 동안 연주를 했던 이는 이제 더이상 건반을 두드리지 않았다. 장군에게는 모든 것이 생기 없고 차갑게 느껴졌다. 사나이의 단호한 마음도 견디지 못했던 그 격한 감정에 그의 연인도 짓눌렸던 것일까? 그녀도 그처럼 여전히 그를 사랑하고 있으며 여전히 그를 갈구하고 있다는 사실을 인식하고 골방의 침상에 누워 죽어가는 것은 아닐까? 이런 종류의 온갖 상념이 프랑스 장군의 마음속에 일어나고 있을 때, 사랑했던 여인의 목소리가 그의 바로 옆에서 울리는 것이 들렸다. 그 맑은 음색은 분명 그녀의 것이었다. 수줍은 처녀의 애교가 느껴질 정도로 떨리는 바람에 약간은 변질된 그녀의 목소리는 마치 피날레의 합창이 울려퍼지는 가운데 홀로 빛나는 프리마돈나의 노래처럼 다른 사람들의 목소리 속에서 두드러졌다. 그녀의 목소리가 그의 마음속에 불러일으킨 감정은 마치 벽난로 위에 있는 칙칙한 장식띠에서 금이나 은으로 된 줄무늬를 발견했을 때 느끼는 감정과 같은 것이었다. 분명 그녀였다. 사교계의 화려한 옷과 장식을 다 버리고 머리띠로 이마를 가린 채 카르멜 수도회의 거칠고 단단한 옷을 걸쳤음에도 여전히 파리 여인이었기에, 그녀는 그 특유의 교태를 완전히 버릴 수 없었던 것이다. 전날 저녁, 신에게 바치는 찬미가를 통해 그에 대한 사랑을 표현한 그녀는 이제 연인에게 이렇게 말하는 듯했다. '그래요, 저예요. 저 여기 있어요. 지금도 여전히 당신을 사랑해요. 하지만 저는 이제 더이상 사랑 때문에 고통받지 않는 안전한 곳에 있답니다. 당신은 제 목소리를 들을 수 있을 것이고, 제 영혼은 당신을 감싸겠지요. 하지만 저는 이곳 사람들의 갈색 수의를 벗지 않을 겁니다. 그 어떤 권력으로도 여기서 저를 빼내지 못할 거예요. 당신은 저를 볼 수 없어요.'

'분명 그 여자야!' 장군은 머리를 들면서 생각했다. 귀에 익은 목소리가 웅얼거리는 파도 소리와 뒤섞여 둥근 천장 밑에서 울려퍼질 때, 마음속에서 회오리바람처럼 일어나는 격한 감정을 견딜 수 없어 그는 두 손으로 머리를 감싸쥐고 있었던 것이다. 밖에는 폭풍우가 몰아치고 있었지만, 성전 안은 고요했다. 풍부한 음색을 지닌 그 목소리는 계속해서 달콤한 말을 뱉어냈으며, 향기를 뿜으면서 연인의 불타는 가슴에 다가왔고 성당 안의 공기 속으로 가득 퍼져나갔다. 그는 그 공기를 깊이 들이마시면서 기도문을 통해 열정적으로 사랑을 드러내고 있는 그녀의 영혼을 다시 붙들고 싶었다. 시장이 그의 곁으로 왔다. 그는 수녀가 노래하는* 거양성체 찬가를 들으면서 장군이 눈물을 흘리는 모습을 보았다. 그는 손님을 집으로 데리고 갔다. 프랑스 군인의 신앙심이 그토록 깊다는 사실에 놀란 시장은 수도원의 고해신부를 그날 저녁식사에

* 실제로 카르멜회 수도원의 수녀들은 성무일도를 낭송할 뿐이며, 그들에게는 노래가 금지되어 있다.

초대하고는 장군에게 그 소식을 알렸다. 장군에게 그보다 더 기쁜 소식은 없었으리라. 저녁식사를 하면서 장군은 고해신부에게 무척 신경을 쓰면서 존경심을 표시했기에, 그 존경심이 실제로는 다른 이해관계에 따른 것이었음에도 두 스페인 남자는 장군의 두터운 신앙심을 믿어 의심치 않았다. 그는 마음 좋은 노신부가 가장 관심을 가지는 주제를 두고 예의바르게 대화하기를 원하는 남자처럼, 수녀는 몇 명이나 되는지, 수도원 수입은 얼마나 되는지, 재산의 규모는 어떠한지 등에 대해 심각한 어조로 질문했다. 그러고는 수녀들의 삶에 대해 이것저것 물어보았다. 수녀들의 외출은 허락되는지? 수녀들을 만나볼 수 있는지?

"장군님, 규율은 엄격합니다." 위엄이 가득한 신부가 말했다. "여성들이 브루노 성인께서 세우신 샤르트르 수도원*을 방문하려면 교황 성하의 허락을 받아야 하듯이, 여기에서도 동일한 규율이 적용됩니다. 대주교님이 수도원에 봉직하도록 임명한 사제가 아닌 한, 남자가 맨발 수도원에 들어가는 것은 불가능합니다. 수녀들은 아무도 외출할 수 없습니다. 그렇지만 대성녀님이신 테레사 수녀님은 종종 나와 다니셨다고 하더군요. 감독관 신부님이나 고위직 수녀님들만이 주교님의 승인을 받아 수녀가 외부인과 만나는 것을 허락할 수 있습니다. 특히 몸이 아픈 경우에 한해서 말입니다. 그런데 이곳은 교단의 본부이며, 따라서 수도원에는 원장수녀님이 계십니다. 외국인 중에는 프랑스 분도 계시답니다. 테레즈 수녀님이라고 성당의 미사 음악을 주관하시지요."

---

* 성 브루노 수도사는 은둔을 중시하는 샤르트르 수도회의 창시자이며 1084년 그르노블 근처에 위치한 샤르트르 수도원을 세웠다. 발자크는 1832년 카스트리 후작부인과 함께 이 수도원을 방문한 바 있다.

“아 그래요!” 장군은 놀라는 척하면서 대답했다. “그 수녀님은 부르봉 왕가의 승리를 기뻐하시겠군요.”

“수녀님들에게 미사의 목적을 이야기했습니다. 그분들은 항상 호기심이 많거든요.”

“그런데 테레즈 수녀님은 프랑스에서 일어난 일들에 관심이 많지 않을까요? 혹은 무엇인가 전하고 싶다거나 소식을 듣고 싶다거나 할 수도 있고 말입니다.”

“그렇지 않을 겁니다. 알고 싶은 것이 있다면 제게 물어보았을 테니까요.”

“동포로서 그분을 꼭 뵙고 싶다는 생각이 드는군요.” 장군이 말했다. “가능하다면 말입니다. 만일 원장수녀님께서 허락하신다면, 만일……”

“철책을 사이에 두고, 그 자리에 원장수녀님이 입회하신대도, 그 누구와의 면회도 불가능할 겁니다. 하지만 가톨릭을 신봉하는 왕실과 신성한 종교를 구해주셨으니, 아무리 엄격하신 원장수녀님이라도 규칙 위반을 잠깐 눈감아주실지 모르지요.” 고해신부는 눈을 찡긋하면서 그렇게 말했다. “아무튼 제가 한번 말씀드려보겠습니다.”

“테레즈 수녀님은 나이가 몇인가요?” 그 수녀가 아름다운지에 대해서는 감히 질문할 수 없었던 연인은 그렇게 물었다.

“수녀들에게는 나이가 없답니다.” 신부는 간결하게 말했다. 그 간결함은 장군을 전율케 했다.

다음날 아침, 오수 시간이 되기 전에 고해신부가 찾아와 테레즈 수녀와 원장수녀가 저녁 미사 전 면회실에서 철책을 사이에 두고 그를 접견하는 것을 허락했다고 알려주었다. 사람들이 낮잠을 자는 동안 장군은 정오의 뜨거운 열기에도 불구하고 시간을 보내기 위해 항구로 산책을 나갔다. 오수 시간이 지나자 신부가 다시 찾아와 그를 수도원으로 안내했다. 신부는 묘지를 따라 늘어서 있는 회랑 밑으로 그를 데려갔다. 여러 개의 둥근 아치형 지붕으로 덮인 회랑 안에는 분수대가 몇 개 있었으며 푸른 나무들이 가득했다. 이 모든 것이 그곳을 지배하는 침묵과 조화를 이루면서 회랑은 시원한 느낌을 주었다. 길게 이어진 회랑의 끝에 이르자 신부는 철책에 의해 둘로 나뉜 방으로 그를 안내했다. 철책에는 갈색 휘장이 쳐져 있었다. 사제는 철책으로 나뉜 두 부분 중 소위 일반인이 들어가는 곳에 장군을 남겨두었다. 그곳에는 벽을 따라 나무 벤치가 하나 있었고, 철책 옆으로는 역시 나무로 된 의자가 몇 개 놓여 있었다. 천장에는 아무런 장식도 없는 참나무 대들보가 드러나 있었다. 빛이라고는 수녀들의 방 쪽으로 난 두 개의 창문을 통해서만 새어 들어올 뿐이었다. 따라서 그 희미한 불빛은 갈색 목재에 흡수되어 면회실의 회색 벽을 장식하는 검은색의 커다란 그리스도상과 성 테레사의 초상, 그리고 성모마리아의 그림만을 겨우 비출 뿐이었다. 그리하여 격한 감정이 소용돌이치고 있었음에도 장군의 마음은 우수에 젖게 되었다. 면회실의 고요함 속에서 그의 마음도 평온해졌다. 이 차가운 천장 아래 있노라니 무덤에서나 느낄 수 있는 숙연함이 그를 엄습했다. 그것은 영원한 침묵, 완전한 평화, 무한함 같은 것이 아닐까? 또한 수도원 안에서는 평온함과 확고한 신념이 느껴졌다. 공기 안으로, 희미한 빛 사이로, 모든 것에 스며들어 자취를 감춘 그 신념은 마음껏 날개를 펼 수 있기에 상상 속에서 점점 더 커지는 것이었다. 그리하여 "주님 안에 평화가 있다"는 거룩한 말이 신앙심이 별로 없는 사람의 마음에도 강력하게 파고들었다. 남자 수도원은 잘 이해되지 않는다. 그곳에 있는 남자들은 나약해 보인다. 남자란 본디 행동하고 활동하기 위해 태어난다. 따라서 수도원에 처박히는 것은 그런 삶으로부터 도피하는 것이다. 하지만 여자 수도원에서는 얼마나 활기찬 힘과 애처로운 나약함을 느낄 수 있는가! 남자들은 오만 가지 이유나 생각으로 수도원 깊숙이 칩거한다. 그들은 벼랑으로 떨어지듯 수도원에 몸을 던진다. 그러나 여자들은 오로지 하나의 감정에 이끌려 수도원으로 들어간다. 그곳에 가서도 여자들의 본성은 달라지지 않는다. 그저 신의 반려자가 될 뿐이다. 남자 성직자들에게는 '왜 투쟁하지 않았는가?'라고 물을 수 있다. 그러나 여자들에게 은둔은 언제나 숭고한 투쟁이 아닐까? 장군은 이 적막한 면회실이, 바다 한가운데 덩그마니 놓여 있는 이 수도원 전체가 그에 대한 그녀의 상념으로 가득차 있음을 느꼈다. 사랑이 경건한 경지에까지 이르기는 어렵다. 그러나 신의 품에 안겨서도 변치 않았던 사랑이라면 그것이야말로 경건함 그 자체요, 19세기 당시의 풍속을 고려할 때 한 남자가 기대할 수 있는 것 이상의 그 무엇이 아닐까? 이러한 상황에서 느껴지는 무한한 위대함이 장군의 마음에 작용했을 것이다. 그리하여 그는 정치고 명예고 스페인이고 파리의 사교계고 다 잊어버릴 만큼, 그리고 장엄한 대단원의 경지에까지 오를 만큼 완전히 고양되어 있었다. 게다가 이보다 더 비극적인 것이 어디 있겠는가! 바다 한가운데 있는 화강암 위에서 단둘이 만났음에도, 뛰어넘을 수 없는 하나의 생각과 하나의 울타리로 인해 떨어져 있는 이 상황에서, 얼마나 많은 감정이 샘솟았을까! 남자는 '내가 그녀의 마음에서 신을 물리칠 수 있을까?'라는 질문을 스스로에게 던졌으리라. 가벼운 인기척이 났고 그 소리에 장군의 몸이 부르르 떨렸다. 갈색 휘장이 열렸다. 그는 희미한 불빛 아래서 있는 한 여인을 보았다. 그러나 머리로부터 내려온 베일에 가려 얼굴은 보이지 않았다. 수도원 규칙에 따라 그녀는 카르멜회 수녀가 입는 연한 갈색 법의를 입고 있었다. 그 색이 카르멜회 수녀의 옷 색깔임은 누구나 다 아는 사실이었다. 장군은 수녀의 맨발을 보지 못했다. 그러나 만일 그가 발을 보았더라면 그녀가 얼마나 끔찍하게 야위었는지 알 수 있었으리라. 몸을 장식하는 것이 아니라 그저 신체를 덮고 있을 뿐인 그 조야한 법의는 주름이 잔뜩 잡혀 부풀려져 있었음에도, 그는 그녀가 눈물과 기도와 정열과 고독한 삶으로 인해 형편없이 수척해졌음을 짐작할 수 있었다.

얼음장처럼 차가운 손이 휘장을 꽉 잡고 있었다. 분명 원장수녀의 손이리라. 이 면회에 없어서는 안 될 입회인을 관찰하던 장군은 거의 백 살은 되어 보이는 늙은 수녀의 검고 깊은 시선과 마주쳤다. 맑고 청순한 그 눈은 수많은 주름으로 인해 움푹 파인 창백한 얼굴과는 어울리지 않는 것이었다.

"공작부인, 당신의 동행인은 프랑스어를 알아듣나요?" 장군은 매우 흥분된 목소리로 머리를 숙이고 있는 수녀에게 물었다.

"이곳에 공작부인은 없습니다. 당신 앞에 있는 사람은 테레즈 수녀입니다. 당신이 나의 동행인이라 부르신 분은 신의 세계에서의 나의 어머니, 이곳의 원장수녀님이십니다." 수녀는 대답했다.

일찍이 파리에서 사교계의 여왕으로 군림하며 유행의 최첨단을 걷던 시절, 그녀의 목소리는 주위를 둘러싸고 있던 세련되고 우아한 환경과 너무도 잘 어울렸었다. 그 음성으로 그녀는 가볍기 짝이 없고 조롱으로 가득찬 말을 내뱉곤 했던 것이다. 그런데 그런 그녀가 이토록 겸손한 투로 말을 하다니, 장군은 너무 놀라 벼락을 맞은 느낌이었다.

"원장수녀님은 라틴어와 스페인어밖에 모르십니다." 수녀가 덧붙였다.

"저는 그 어느 쪽 말도 할 줄 모릅니다. 내 사랑, 앙투아네트, 원장수녀님께 죄송하다고 전해주세요."

옛날에는 그녀에게 그토록 냉혹했던 남자가 그토록 다정하게 이름을 부르는 소리를 듣자 수녀의 마음은 격렬하게 흔들렸다. 햇빛을 가득 받고 있는 베일의 가벼운 떨림은 그녀의 고조된 감정을 전하고 있었다.

"형제님, 제 이름은 테레즈 수녀입니다." 그녀는 베일 밑으로 소매를 가져가면서 그렇게 말했다. 아마도 눈물을 닦기 위해서였으리라.

그러고 나서 그녀는 원장수녀 쪽으로 돌아서서 스페인어로 말했다. 장군은 그녀가 하는 말을 모두 들었다. 그는 알아들을 수 있을 만큼, 아니 어쩌면 말도 할 수 있을 만큼 그 나라의 언어를 잘 알았던 것이다.

"원장님, 장군님께서 원장님께 경의를 표하고자 하십니다. 다만 원장님 발밑에 엎드려 직접 경의를 표하지 못함을 유감스럽게 생각하신답니다. 원장님이 아시는 라틴어도 스페인어도 할 줄 모르신다는군요."

노수녀는 천천히 머리를 끄덕였다. 그녀는 천사처럼 다정한 표정을 지었지만, 권위와 위엄으로 거만해 보였다.

"이 군인을 아는가?" 원장수녀는 마음을 꿰뚫어보는 듯한 시선을 수녀에게 던지면서 물었다.

"네, 원장님."

"그렇다면 네 방으로 돌아가거라." 원장수녀는 명령조로 말했다.

장군은 자신을 뒤흔드는 격렬한 마음의 동요가 얼굴에 드러나는 것을 보이지 않으려고 휘장 뒤로 얼른 숨었다. 어둠 속에서도 그는 원장수녀의 날카로운 시선을 느꼈다. 아무리 포탄이 날아와도 두렵지 않던 그였건만, 그토록 애쓴 끝에 이제 겨우 획득한 잠깐 동안의 행복이 금방 사라져버릴지도 모른다고 생각하니 원장수녀가 너무도 무서워 부들부들 떨릴 지경이었다. 그의 행복은 순전히 원장수녀의 손에 달려 있었다. 공작부인은 문 쪽으로 걸어갔다. 그런데 갑자기 그녀가 뒤돌아섰다. "원장님, 이 프랑스 사람은 제 오라버니입니다." 그녀는 소름이 끼칠 정도로 침착하게 말했다.

"그렇다면 좀더 있어도 좋다." 노수녀는 잠시 뜸을 들인 후 그렇게 말했다.

그 멋진 거짓말에는 너무도 많은 사랑과 후회가 담겨 있었기에, 장군만큼 강인한 남자가 아니었다면 한 번도 처해본 적 없는 커다란 위험 속에서 느끼는 격렬한 기쁨을 견디지 못해 기절할 것 같았으리라. 사랑이 날카로운 시선과 맹수의 발톱을 피하고자 할 때, 그때의 말과 시선과 몸짓은 얼마나 큰 가치를 지니는가! 테레즈 수녀는 다시 돌아왔다.

"형제님, 제가 감히 무슨 짓을 하고 있는 건가요. 하지만 이는 오직 잠시 동안이라도 당신의 구원에 대해 말하기 위해, 제가 마음을 다하여 당신을 위해 매일매일 하느님께 기도하는 바를 당신에게 전하기 위해서입니다. 저는 씻을 수 없는 죄를 짓고 있습니다. 저는 거짓말을 했습니다. 이 거짓말을 용서받으려면 얼마나 오랫동안 속죄의 나날을 보내야 할지요! 그러나 그것은 당신을 위한 고통일 겁니다. 형제님, 하늘에 계신 신의 품에서 사랑하고 그 감정을 하느님께 고백할 수 있다는 것이 얼마나 큰 기쁨인지 당신은 모르십니다. 종교는 그 감정을 깨끗하게 정화시키고 더 높은 곳으로 우리를 데려가지요. 우리는 오로지 영혼만을 바라보아야 한답니다. 성녀님의 교리와 성녀님의 정신이 저를 지상의 모든 고통으로부터 멀리 떨어져 있는 이 은신처로, 성녀님이 계신 곳에는 못 미치지만 분명 이 세상보다는 높은 곳으로 저를 데려오시지 않았더라면, 저는 당신을 다시 만나지 못했을 겁니다. 그러나 지금 저는 당신을 만나고 당신의 말을 듣고 이렇게 마음이 평온할……"

장군은 그녀의 말을 막으면서 외쳤다. "그렇다면, 앙투아네트, 내가 당신을 만날 수 있게 해줘요. 지금 내가 미치도록 사랑하는 당신, 당신이 내게 갈구했던 것만큼 열렬히 사랑하는 당신을 말입니다."

"저를 앙투아네트라 부르지 마세요. 제발 부탁입니다. 과거의 기억은 제 마음을 아프게 합니다. 이곳에는 하느님의 자비만 바라며 살고 있는 테레즈 수녀밖에 없어요." 그러고 나서 잠시 쉬었다가 그녀는 덧붙였다. "형제님, 자제해주세요, 형제님의 얼굴에 세속적인 욕망이 드러나거나 형제님의 눈에서 눈물이 흐른다면, 원장수녀님은 가차없이 우리를 떼어놓으실 겁니다."

장군은 묵상하기 위한 것처럼 고개를 숙였다. 그가 철책 쪽으로 눈을 들자, 두 창살 사이로 야위고 창백하지만 여전히 열정적인 수녀의 얼굴이 보였다. 지난날, 젊음의 온갖 매력으로 아름답게 빛났던 그녀의 얼굴, 잡티 하나 없는 하얀 얼굴과 장밋빛을 띠는 볼이 행복한 대조를 이루었던 그녀의 얼굴은 밑으로부터 희미한 조명을 받고 있는 도자기 잔처럼 누런색을 띠고 있었다. 그녀가 그토록 자랑스러워하던 머리칼은 다 잘렸다. 얼굴에 두른 하얀 띠는 이마를 가리고 있었다. 고단한 삶 때문에 눈밑에는 검은 그늘이 졌지만, 때때로 그녀는 불타는 시선을 던지곤 했다. 평상시 평온해 보이는 그녀의 눈은 진실을 가리는 베일에 지나지 않았던 것이다. 이제 이 여인에게는 영혼만 남아 있었다.

"아! 이제 내 삶의 전부가 된 당신! 당신은 이 무덤을 떠나야 합니다. 당신은 내 사람이었습니다. 그러니 누구에게도, 설사 하느님이라 할지라도, 당신 마음대로 몸을 맡겨서는 안 되는 것이었습니다. 아무리 하찮은 것일지라도 내 명령을 따르기 위해서는 모든 것을 희생하겠노라 약속하지 않으셨습니까? 그동안 당신을 위해 내가 무엇을 했는지 아신다면, 이제는 나라는 사람이 그 약속을 지킬 만한 가치가 있는 사람이라고 생각하실 겁니다. 당신을 찾아 전 세계를 돌아다녔습니다. 오 년 동안 당신은 한시도 내 머릿속에서 떠난 적이 없습니다. 당신은 내 삶을 온통 지배했습니다. 당신도 아시다시피 대단한 권력을 가진 내 친구들이 온 힘을 다해 프랑스, 이탈리아, 스페인, 시칠리아섬, 그리고 아메리카대륙에 있는 수도원이란 수도원은 모두 다 뒤졌습니다. 당신을 찾는 노력이 수포로 돌아갈 때마다 내 사랑은 더욱 격렬하게 불타올랐습니다. 종종 헛된 희망에 기대어 긴 여행을 하기도 했지요. 수많은 수도원의 검은 벽 주변에서 마음을 졸이면서 인생을 허비해왔습니다. 변함없는 충실한 사랑에 대해 말하려는 것이 아닙니다. 그것이 뭐가 중요하겠습니까? 내 사랑의 영원한 맹세에 비하면 그것은 아무것도 아닌걸요. 당신의 후회가 진심이라면 당신은 오늘 나를 따라 이곳에서 나오는 것을 주저해서는 안 될 것입니다."

"당신은 제가 자유의 몸이 아니라는 사실을 잊으셨군요."

"공작님은 돌아가셨습니다." 장군은 얼른 말했다.

테레즈 수녀는 얼굴을 붉혔다.

"그분에게 천국의 문이 열리기를!" 그녀는 감정에 복받쳐 그렇게 말했다. "그분은 제게 무척이나 관대하셨지요. 하지만 저는 그런 부부의 연을 말하는 것이 아닙니다. 제 과오 중 하나는 아무런 양심의 가책도 느끼지 않은 채 당신을 위해 그 모든 인연을 끊고자 했었다는 것이지요."

"그렇다면 당신은 수녀로서의 서원을 말하는 건가요?" 장군은 눈살을 찌푸리면서 말했다. "당신 마음속에 사랑보다 더 중요한 것이 있으리라고는 생각하지 못했습니다. 하지만, 앙투아네트, 그런 것이라면 걱정하지 마세요. 교황 성하에게 서약을 무효화할 교서를 받아내겠습니다. 물론 로마로 가야지요. 지상에 존재하는 모든 권력을 다 동원하여 청원할 것입니다. 만일 하느님이 지상으로 내려온다면, 나는……"

"하느님을 모독하지 마세요."

"하느님에 대해서는 걱정하시지 말라니까요! 아! 당신이 나를 위해 이 벽을 뛰어넘어온다면 얼마나 좋을까요. 오늘밤 당장 바위 밑에 있는 작은 배에 몸을 던진다면! 어디에서든, 그곳이 이 세상 끝이라 할지라도, 함께 있다면 우리는 행복할 겁니다. 내 곁에서, 사랑의 신의 날개에 안겨 당신은 활기차고 건강한 삶을 되찾을 겁니다."

"그렇게 말하지 마세요." 테레즈 수녀가 말을 이었다. "제게 당신이 어떤 존재가 되었는지 당신은 모르십니다. 저는 그 어느 때보다 더 당신을 사랑합니다. 당신을 위해 매일매일 하느님께 기도한답니다. 하지만 저는 이제 더이상 육신의 눈으로 당신을 보지 않습니다. 아르망, 하느님께서 지켜주시는 순수한 우정에 아무런 부끄러움을 느끼지 않고 몸을 맡기는 행복을 당신이 아신다면! 당신에게 하느님의 은총이 내리기를 기도하면서 제가 얼마나 행복한지 당신은 모르십니다. 저는 저 자신을 위해 기도하지 않아요. 저에 대해서는 하느님이 알아서 하시겠지요. 하지만 당신은 다릅니다. 저는 당신이 이 지상에서뿐 아니라 저세상에 가서도 오래오래 행복할 거라는 확신을 가지고 싶습니다. 그것을 위해서라면 저의 영원한 생명을 대가로 치러도 좋아요. 그 영원한 생명은 저의 불행이 제게 남긴 전부이니 당신에게 드릴 것이라고는 그것밖에 없군요. 이제 저는 눈물 속에서 늙어버렸습니다. 저는 이제 더이상 젊지도 아름답지도 않습니다. 게다가 당신은 다시 여인이 되고자 환속한 수녀를 경멸하실 겁니다. 설사 그것이 모성애 때문이었다 할지라도…… 당신이 무슨 말을 하신들, 오 년 동안 제 가슴속에 겹겹이 쌓인 수많은 생각들, 제 마음을 변하게 만들고 가슴에 구멍을 내고 치욕을 느끼게 했던 그 생각들을 지워버릴 수 있을까요? 조금은 덜 서글픈 제 마음을 하느님께 드렸어야 했습니다."

"앙투아네트, 내가 하고자 하는 말은 당신을 사랑한다는 것이오. 애정, 사랑, 진정한 사랑, 서로의 마음에 아무것도 남기지 않고 모든 것을 다 주는 삶이 주는 행복은 이 세상에서 만나기 힘들고 극히 드물지. 그래서 나는 당신을 의심했고 당신에게 혹독한 시련을 겪게 했소. 그러나 이제 나는 영혼의 온 힘을 다해 당신을 사랑하오. 당신이 나를 따라 어디든 가서 은둔한다면, 나는 이제 당신 말만 들을 것이고 당신 얼굴만 바라볼 것이……"

"그런 말씀 마세요. 아르망! 지상에서 우리가 만날 수 있도록 허락된 유일한 시간마저 단축하고 싶으신가요?"

"앙투아네트, 나를 따라오겠소?"

"하지만 저는 단 한 번도 당신을 떠난 적이 없습니다. 저는 늘 당신 마음속에 있답니다. 다만 사교계에서의 즐거움이나 이해관계, 그리고 이기적인 쾌락을 위해서가 아닐 뿐이지요. 저는 생기를 잃고 시든 채로 이곳에서 하느님의 품에 안겨 당신을 위해 살아갑니다! 하느님이 공정하시다면 당신은 행복……"

"그건 다 핑계일 뿐이오! 만일 내가 생기를 잃고 시들어버린 지금의 당신 그대로를 원한다면? 당신을 내 것으로 만들어야만 내가 행복할 수 있다면? 그래도 당신은 여전히 연인 앞에서 수녀로서의 의무만 중시할 거요? 당신 마음속에는 그 연인이 무엇보다 우선인 적은 한 번도 없었소? 예전에는 사교계라든가 당신 자신이라든가 그런 것들이 그리도 중요하더니, 이제는 하느님, 혹은 나를 구원하는 것이 그리도 중요하다는 거요? 테레즈 수녀에게서 나는 여전히 사랑의 기쁨이라고는 모르고, 다정다감한 척하지만 사실은 아주 무감각하고 냉정한 공작부인을 볼 뿐이오. 당신은 나를 사랑하지 않소, 한 번도 사랑해본 적이 없소……"

"아, 형제님……"

"당신은 이 무덤을 떠나고 싶지 않다는 거로군. 내 영혼을 사랑한다고 말했소? 그렇다면 당신은 그 영혼을 영원히 잃어버릴 거요. 나는 죽어버릴 테니……"

"원장수녀님," 테레즈 수녀는 스페인어로 울부짖었다. "저는 거짓말을 했습니다, 이 남자는 제 연인입니다!"

곧이어 휘장이 내려왔다. 안쪽 문이 거칠게 닫혔지만 망연자실한 채

서 있는 장군에게는 그 소리가 겨우 들릴 뿐이었다.

'아! 그녀는 여전히 나를 사랑하고 있어!' 그는 수녀의 울부짖음에 담긴 숭고함을 절실히 느끼면서 속으로 그렇게 외쳤다. '이곳에서 그녀를 빼내야 해……'

섬을 떠나 사령부로 돌아온 장군은 건강을 핑계삼아 휴가를 신청하고 서둘러 프랑스로 돌아갔다.

이제부터 이 장면에 등장한 두 인물이 각각 어떠한 연유에서 이런 상황에 처하게 되었는지에 대한 이야기가 시작된다.

## 2
## 성 토마스 아퀴나스 교구에서의 사랑

프랑스에서 생 제르맹 구역이라 불리는 것은 어떤 특정 지역도 아니요, 특정 당파나 제도 또한 아니다. 그것은 무엇이라 명확히 표현할 수 없는 어떤 것이다. 루아얄 광장이나 생 토노레, 그리고 쇼세 당탱에도 생 제르맹 구역의 분위기가 느껴지는 대저택이 많다. 그러니 모든 귀족이 다 생 제르맹 구역에 사는 것은 아니다. 생 제르맹과는 먼 곳에서 그 영향을 하나도 받지 않고 태어났을지라도 생 제르맹의 분위기를 풍기면서 사교계에 편입하는 사람들이 있는가 하면, 거기서 태어났음에도 그곳에서 영원히 추방되는 사람들도 있다. 사십여 년 전부터, 파리에서는 그들의 태도나 말투 등 한마디로 생 제르맹의 관습이 일찍이 궁정이 하던 역할을 하게 되었다. 14세기에는 생 폴 저택이, 15세기에는 루브르궁이, 16세기에는 궁정과 랑부예 부인의 저택과 루아얄 광장이, 그리고 17세기와 18세기에는 베르사유궁이 그런 역할을 수행했었다.* 역사적으로 볼 때, 어느 시기든 파리의 상류계급이나 귀족들에게는 그들의 중심지가 있었다. 파리의 하층민들 역시 그들 나름의 중심지를 가지고 있듯이. 이러한 시대별 특성은 사회계층에 따라 구분되는 구역들을 관찰하고 묘사하는 사람들에게는 풍부한 연구 자료를 제공해준다. 이 이야기에 등장하는 사건의 특성을 규명하기 위해서뿐 아니라, 지금보다 앞으로 더 분명해질 중대한 이해관계를 설명하기 위해서도 이러한 현상의 원인을 파헤쳐볼 필요가 있을 것이다. 경험이라는 것이 당파를 위해서나 젊은이들을 위해 무의미하지 않다면 말이다. 어떤 시기든 대귀족들, 그리고 항상 그들을 흉내내는 대부호들은 인구가 밀집된 곳에서 멀리 떨어진 곳에 집을 지었다. 루이 14세 치하에서 위제스 공작이 몽마르트르 가에 아름다운 저택을 짓고 대문 앞에 급수소를 설치했을 당시, 그곳은 파리에서 아주 한적하고 황량한 곳이었다. 원래 미덕의 소유자인데다 그런 자선행위로 인해 그는 민중의 숭배 대상이 되었다. 그의 장례식 때에는 그 구역 주민들이 모두 장례 행렬을 따라갈 정도였다고 한다. 그러나 곧이어 성곽들이 무너지고 대로 너머에 있던 습지에 집들이 가득 들어서면서 위제스 공작가는 그 아름다운 저택을 떠났고, 지금은 어떤 은행가가 그곳에 살고 있다.** 한편 루아얄 광장이나 파리 중심부에 거주하던 귀족들은 주변에 많은 상점이 들어서는 바람에 구역의 평판이 나빠지자 그곳을 떠났고, 여유로운 공간을 찾아 강 건너 생

---

* 마레 지구의 생 폴 대저택은 왕가의 저택으로 샤를 5세가 주로 머물렀던 곳이다. 루브르궁 근처에 있었던 랑부예 대저택은 17세기 살롱으로 이름을 날렸던 곳이며, 루아얄 광장(현 보주 광장)은 1605년에 짓기 시작하여 1612년에 완공되었다.

제르맹 구역으로 이동했다. 그곳에는 이미 루이 14세가 서출 왕자 중에서 가장 아끼던 멘 공작***을 위해 지어준 저택 주위로 호화로운 저택이 많이 들어서고 있었다. 호사스러운 삶에 익숙한 사람들에게 서민들이 떠들어대는 소란스럽고 악취나는 진흙 묻은 좁은 길만큼 역겨운 것이 또 어디 있겠는가? 귀족의 관습은 상가나 공장 지대의 관습과 절대로 조화를 이룰 수 없는 것이 아닐까? 장사꾼과 노동자가 잠자리에 드는 시간에 귀족은 '이제 저녁을 먹어볼까' 하는 생각을 한다. 전자가 부지런히 움직일 때 후자는 휴식을 취한다. 그들 두 집단의 계산이 일치하는 법은 없다. 한쪽은 수입이, 다른 쪽은 지출이 중요하다. 그러니 서로의 풍습은 정반대가 된다. 이러한 생각에는 절대 어느 한쪽에 대한 경멸이 담겨 있지 않다. 이 사회에서 귀족계급이 일종의 사유思惟라면, 부르주아나 프롤레타리아계급은 기관器官이요 행동이다. 따라서 각자의 세력에 따라 서로 다른 본거지가 생긴다. 서로 대립관계에 있는 그들은 각각 다르게 행동하기 때문에 외관상 적대적으로 보인다. 그러나 그들의 다양한 행동은 공통된 목적을 위한 것이다. 그 어떤 입헌헌장에 근거하더라도 이러한 사회의 부조화는 너무나 논리적인 것이어서, 그러한 부조화는 숭고한 이상에 반하는 것이라고 더없이 한탄하는 자유주

---

** 여기서 말하는 위제스 공작은 필시 샤를 에마뉘엘 드 크뤼솔 위제스일 것이다. 그는 시인이었으며 볼테르의 친구이기도 하다. 그러나 그 저택은 루이 14세 치하가 아니라 그가 죽은 후인 1767년에 완공되었으니 그가 실제로 거주한 적은 없다. 이 저택은 혁명 후인 1795년 세관으로 사용되었으며, 이후 델레세르 은행이 되었다. 발자크가 암시하는 은행가는 뱅자맹 델레세르로 1847년 일흔넷의 나이로 그 집에서 죽었다. 저택은 1870년에 철거되었다.

*** 루이 14세는 치세 말기에 애인 몽테스팡 부인과의 사이에서 난 아들 중 총애했던 멘 공작을 위해 부르봉 가(현 릴 가)에 저택을 지어주었다.

의자라 할지라도, 몽모랑시 대공이 자신의 이름이 붙은 길모퉁이에 있는 서민 거주지인 생 마르탱 가에 산다거나, 스코틀랜드 왕가의 후예인 피츠 제임스 공작이 몽토르게유 가 모퉁이에 있는 창녀들의 거리인 마리 스튀아르 가에 저택을 가지고 있다면, 정말 웃긴다고 생각할 것이다.* 하기야 그 자유주의자들이야말로 실상은 숭고한 이상 아래 자신들의 진짜 의도를 숨기고 있는 자들이 아니던가. "지금 있는 그대로 존재케 하라. 아니면 아예 존재하지 않도록 하라"**라는 교황의 명언은 모든 나라의 귀족이 좌우명으로 삼을 만하다. 어느 시대에나 명백했던, 그리고 민중도 인정했던 이러한 사실은 그 자체로 국익 우선주의와 결부된다. 그것은 원인인 동시에 결과이며 원리인 동시에 법칙이다. 대중도 양식이 있기에, 악의적인 인간들에게 현혹되지 않는 한 그 양식을 버리지 않는다. 양식이란 런던이든 모스크바든 캘커타든 제네바든 어디에서고 보편적인 진리에 근거한다. 어디에서건 특정한 공간에 재산이 다른 가문들을 모아보라. 반드시 상류계급이나 귀족, 그리고 제1계급, 제2계급, 제3계급이 형성되는 광경을 보게 될 것이다. 평등은 분명 하나의 권리

---

* 15세기부터 1627년까지 이 거리에 몽모랑시 가문의 저택이 있었으며, 1627년 몽모랑시 부트빌 백작이 참수된 후 저택은 몰수되었다. 마리 스튀아르(스코틀랜드 여왕인 메리 스튜어트의 프랑스식 표기) 가의 옛 이름은 티르 비 가, 그리고 티르 부댕 가였다. 창녀들이 많이 왕래하던 곳이었으며, 나폴레옹 시절 마리 스튀아르 가로 이름이 바뀌었다. 카스트리 후작부인의 친척인 피츠 제임스 공작은 영국 왕이자 스코틀랜드 왕이었던 제임스 2세(제임스 스튜어트, 프랑스에서는 자크 2세라 부름)의 사생아 버윅 공작의 후손이다. 몽모랑시 가문의 저택은 실제로 이 거리에 있었지만, 피츠 제임스 공작의 저택은 마리 스튀아르 가에 없었다.

** "Sint ut sunt, aut non sint." 이 말은 교황이 아니라 1762년 프랑스 정부가 예수교 정관의 개혁을 요구했을 때, 예수교의 수장이었던 R. P. 리치가 한 말이다.

일 테지만 그 어떤 권력자도 그 권리를 사실로 만들지 못할 것이다. 프랑스의 안녕을 위해서는 이러한 생각을 널리 유포시키는 것이 유익하리라. 가장 무지한 대중조차 정치적 조화가 이득을 가져올 것이라고 생각한다. 조화란 질서로부터 나오는 시이며, 국민은 질서를 염원한다. 여러 가지 사실이 서로 일치하는 것, 한마디로 말해 통일성이야말로 질서에 대한 가장 명쾌한 표현 아니겠는가? 프랑스에서 건축, 음악, 시 등 모든 것은 다른 어떤 나라보다 통일성의 원칙에 근거한다. 게다가 통일성은 맑고 순수한 언어인 프랑스어의 본질에 담겨 있는 원칙이기도 하다. 그런데 언어야말로 한 국가를 가장 정확히 나타내주는 표현방식일 것이다. 그리하여 프랑스 국민은 지극히 명쾌한 사상에 애착을 가지고, 수많은 사유가 담긴 예리한 주제들을 사랑하면서 가장 시적이고도 리듬 있는 선율을 언어에 담는 것이다. 아주 간단한 문장 하나로 인해 거대한 혁명이 일어날 수도 있는 나라는 프랑스밖에 없으리라. 대중이 들고일어나 항거하는 것은 오직 인간과 사물과 원칙을 서로 일치시키기 위해서다. 그 어떤 나라도 프랑스만큼 절실하게 귀족들의 삶에 통일성이라는 관념이 꼭 필요하다는 것을 느끼지 못했다. 아마도 다른 나라들은 프랑스만큼 그것의 정치적 필요성을 인식하지 못했기 때문이리라. 프랑스 역사가 역행하는 일은 결코 없을 것이다. 프랑스는 종종 실수하기도 한다. 그러나 프랑스의 실수는 여인들이 그러하듯 이해관계를 따지지 못한 채 너그러운 생각과 따뜻한 감정에 이끌린 나머지 저지른 것이다.

그리하여 호화로운 대저택, 넓은 정원, 고요함 등이 생 제르맹 구역의 첫번째 특징이 되어, 유사 이래로 거대한 영지들의 웅장함과 잘 어울렸다. 특정 계급과 도시 전체 사이에 놓인 이 공간은 그들을 갈라놓는 정신적 격차를 물질적으로 공고히 드러내는 것이 아닐까? 모든 피조물에게 머리의 자리는 정해져 있다. 어쩌다 한 국가가 그 나라의 수장을 국민의 발밑에 무릎 꿇게 했다면, 언젠가는 그것이 자살행위였음을 알게 될 것이다. 국가도 죽는 것을 원치는 않을 터이니, 머리에 해당하는 수장을 다시 만들기 위해 노력해야 할 터이다. 힘이 없어지면 국가는 망한다. 로마가, 베네치아가, 그리고 그 밖의 많은 국가가 그랬다. 상류층과 다른 사회 계층들 사이의 풍습 차이에서 빚어진 구분은 필연적으로 최상류층 귀족들이 실질적 가치를 지닌 중요한 사람들이라는 사실을 전제로 한다. 어떤 나라, 어떤 정부 체제 아래에서든, 특권층이 절대적 우위를 차지하지 못한다면 그들은 힘을 잃게 되고 그럴 경우 민중은 곧바로 그들을 타도한다. 민중은 항상 특권층이 그들의 손과 가슴과 머리에 재산과 권력과 행동을 다 쥐고 있기를 바란다. 멋진 언변과 훌륭한 지성, 그리고 조국을 위한 영광을 말이다. 이 세 가지 힘이 없다면 모든 특권은 사라진다. 민중은 여자와 같아서 누구든 자기를 지배하는 사람의 힘을 사랑한다. 존경심이 없다면 사랑도 없다. 복종을 강요하지 않는 사람에게는 복종하지 않는다. 멸시당하는 귀족은 나태한 왕이나 치마를 두른 남편과 다르지 않다. 아무것도 아닐 뿐 아니라 형편없고 무가치한 존재다. 그리하여 다른 계급과 분리된 귀족들만의 특별한 풍습, 다시 말해 특권층만의 고유한 풍습은 그들이 실제로 소유한 힘을 상징하며, 만일 그 힘을 빼앗길 경우 그들은 멸망하고 만다. 생 제르맹 구역 사람들은 자신의 지위에 합당한 책무를 지속적으로 수행하는 것이 그리 어려운 일이 아니었음에도, 그러한 의무를 수행해야 한다는 사실을 깨닫지 못했기 때문에 얼마 못 가 몰락하고 말았다. 그들도 영국 귀족들이 그랬던 것처럼 시기적절하게 사태의 흐름을 파악하고, 사회체제를 그대로 지탱할 수 없는 어려운 시기가 있으며 그런 때는 같은 말도 본래 의미와 다른 뜻으로 사용되고, 사상도 옷을 갈아입으며, 본질은 그대로일지라도 정치생명의 조건은 그 형태가 완전히 달라진다는 사실을 깨달았어야 했다. 이러한 생각을 좀더 풀어나갈 필요가 있는데, 왜냐하면 앞으로 이 이야기를 전개해나가면서 그 원인을 규명하고 사건을 설명하는 데 중요한 열쇠가 될 터이기 때문이다.

웅장한 궁궐이나 귀족의 대저택에서 사치스러운 가재家財와 호화로운 가구에 둘러싸인 사람들, 넓은 부지에서 아무런 제약도 받지 않고 마음껏 돌아다니며 살 수 있는 사람들, 그런 재산가들은 태어나기 전부터 부자인 행운을 타고난 사람들이다. 그들은 한 번도 매일매일의 수입을 계산하는 쩨쩨한 삶을 살아본 적이 없다. 그들은 항상 시간적 여유가 있고 일찍부터 최고의 교육을 받을 수 있다. 세습귀족의 전통은 다른 경쟁자들이 타고난 재능과 더불어 집요한 의지를 발휘해 죽도록 연구해야만 겨우 손에 넣을 수 있는 사회적인 힘을 그들에게 부여한다. 그 모든 조건은 그들에게 고양된 정신을 부여할 것이며, 젊은 시절부터 그러한 특권을 가진 그들에게 분명 높은 자긍심을 심어줄 것이다. 그리하여 고귀한 이름에 걸맞은 고귀한 심성을 가지게 되는 것은 당연한 일이리라. 실제로 그런 가문이 몇몇 존재하기는 한다. 생 제르맹 구역 여기저기에서는 이따금 훌륭한 인격을 지닌 사람들을 만날 수 있다. 아주 예외적이라 할지라도 그들의 존재는 생 제르맹이라는 별난 세계가 망하게 된 이유가 그곳 사람들 모두의 이기주의 때문이라는 사실에 대한 반증이 될 수 있으리라. 어느 나라에서나 토지 소유권이건, 금전적 소유권이건 소유권을 기반으로 하는 한 세습귀족들은 번창할 수 있을 것이다. 소유권이야말로 합법적인 사회에서 유일하고도 굳건한 기반이기 때문이다. 그리고 그들에게는 특권이 부여된다. 프랑스 귀족들에게도 그러한 특권이 부여되었다. 그러나 제아무리 고귀한 혈통의 귀족이라 할지라도 민중이 그들에게 제시한 조건을 충족시키지 못한다면 그러한 특권을 유지할 수 없게 된다. 그것은 일종의 정신적 봉토인데, 그것을 양도받은 자는 군주에 대한 의무를 수행해야만 한다. 그리고 오늘날의 군주는 물론 민중이다. 시대가 바뀌었고, 따라서 무기도 달라졌다. 옛날에는 기사들이 쇠사슬로 된 갑옷을 입고 창을 휘두르면서 잘 보이게 깃발을 들고 있기만 하면 되었지만, 지금은 통찰력이 있음을 보여주어야 한다. 과거에는 너그러운 마음이면 충분했지만, 이제는 머리가 좋아야 한다. 예술, 과학, 그리고 돈이야말로 사회를 구성하는 삼각형이며, 그 안에 권력의 방패가 놓여 있다. 그리고 바로 그곳에서 현대적 의미의 귀족이 생겨난다. 훌륭한 수학적 정리를 발견한 사람은 명성을 얻을 만하다. 현대의 푸거 가문이라 할 수 있는 로스차일드 가문은 사실상 왕가와 다름없다.* 위대한 예술가는 진정으로 일종의 집정관이라 할 수 있다. 그는 한 세기 전체를 대표하며 대부분의 경우 하나의 법이 된다. 마찬가지로 언변의 재능, 높은 압력을 가진 기계로 찍어내듯

* 푸거 가문은 15~16세기 남독일의 상업도시 아우크스부르크를 거점으로 번영했던 은행가 가문이며, 로스차일드 가문은 18세기 이후 현재까지도 유럽 각지에서 금융 분야에서 번영을 이루고 있는 가문이다. 로스차일드 가문이 프랑스에 진출한 것은 1812년인데 특히 루이 필리프 치하의 7월 왕조 시절에 막강한 힘을 가졌었다. 발자크는 제임스 로스차일드를 잘 알고 있었고 종종 그의 저택에 초대받기도 했다.

엄청난 글을 쓰는 작가의 능력, 시인의 천재성, 상인의 집요함, 빛나는 자질들을 한몸에 지닌 정치가의 의지, 장군의 검, 이 모든 것은 한 개인이 사회 전체를 압도하기 위해 획득해야 할 요소들이다. 귀족계급의 경우, 옛날에는 물질적 권력을 독점하고 있었다면 지금은 그 모든 능력을 다 갖추도록 노력해야 할 것이다. 항상 국가의 수반으로 남아 있고 싶으면 국가를 잘 관리하면서 이끌어갈 능력이 있어야 한다. 국가의 손들이 움직이게 하려면 자기 자신이 바로 국가의 영혼과 정신 그 자체가 되어야 한다. 명령을 내릴 만한 권력 없이 어떻게 국민을 다스릴 수 있겠는가? 지휘봉을 쥔 대장이 실질적 권력을 가지지 못한다면 그 지휘봉은 무슨 소용이 있겠는가? 그런데 생 제르맹 구역 사람들은 지휘봉 자체가 곧 권력이라 여기면서 그것을 휘두르고 있었다. 그들은 자신의 존재를 결정짓는 명제를 완전히 거꾸로 이해하고 있었던 것이다. 민중의 비위를 거스르는 가문의 문장紋章 같은 표시들은 내던져버리고 은밀히 권력을 유지했어야 함에도, 생 제르맹 구역 사람들은 그러기는커녕 부르주아들에게 권력을 내줘버리고 불행히도 허울뿐인 그런 표시들에만 필사적으로 매달려 있었다. 그뿐만 아니라 수적으로 열세인 그들이 명심해야 할 법칙을 노상 잊어버리는 것이었다. 인구의 천분의 일밖에 되지 않는 귀족계급이 중대한 위기 상황에 처할 경우, 다른 계급들에 맞서기 위해서는 다양한 방법으로 행동을 취해야 하며 대중과 맞먹는 힘을 키워야 한다. 과거에도 그랬고 지금도 그러하다. 오늘날의 행동 방식은 역사상 존재했던 것에 대한 추억이 아니라 실질적인 힘을 발휘할 수 있는 것이라야 한다. 불행하게도 프랑스 귀족들은 이미 사라져버린 과거의 권력을 잊지 못하고 여전히 자만심에 빠져 있었다. 자만심을 버리기가 그다지도 어려웠던 것이다. 아마도 그것은 민족적 결함이리라. 프랑스인들은 절대 자신이 속한 계층보다 밑으로 떨어지려 하지 않는다. 그들은 항상 자신의 처지보다 높이 올라가려 한다. 그들이 자기보다 밑에 있는 불행한 사람들을 가엾게 여기는 경우는 거의 없다. 그들은 그저 자기보다 높은 계급에 속하는 행복한 사람들만 바라보면서 자신들의 신세를 한탄하는 것이다. 그런 경향은 다른 나라 사람들보다 프랑스인들에게 훨씬 더 강하게 나타난다. 정이 많으면서도, 정보다는 재기才氣의 명령에 더 귀를 기울이는 것이다. 그런 민족성은 항상 프랑스인들로 하여금 앞만 보고 전진하게 만들었다. 서서히 재산을 탕진하게 만드는 그 허영심은, 근검절약 정신이 네덜란드 사람들의 행동거지 하나하나를 철저하게 지배하듯이, 지난 삼백 년 동안 완벽하게 귀족들을 지배했다. 그런 점에서 본다면 귀족들은 지극히 프랑스적이었다. 생 제르맹 구역 사람들은 자신들이 물질적으로 우위에 있으니 지적으로도 우위에 있다고 생각했다. 프랑스에서는 누구나 다 그것을 인정했다. 왜냐하면 궁정이 베르사유를 떠난 바로 그날 시작된 귀족들의 혁명과도 같은 생 제르맹 구역 건립 이후, 그 구역은 몇몇 시기를 제외하고는 늘 권력을 기반으로 하고 있었기 때문이다. 그후로도 프랑스에서 권력은 어느 정도는 늘 생 제르맹 구역 그 자체였다. 1830년*의 패배는 그 결과였다. 당시 그들은 기지基地도 없이 행동하는 군대와도 같았다. 그들은 평화를 이용해 국민의 마음속에 자리잡았어야 했으나 그렇게 하지 못했다. 그들의 과오는 훈련도 받지 않았을 뿐 아니라 자신들의 이

* 1830년, 7월 혁명이 일어나 왕정복고 체제가 전복되고 부르주아가 주도권을 가지는 7월 왕정이 탄생한다. 그들은 오를레앙가의 루이 필리프를 왕으로 추대한다. (옮긴이)

해관계에 대한 전체적인 통찰력도 없었다는 데 있었다. 그들은 불확실한 현재를 위해 확실한 미래를 죽이고 말았던 것이다. 잘못된 정치의 원인은 아마도 다음과 같은 것이리라. 상류층 사람들은 다른 계급 사람들과 물리적, 정신적 거리를 유지하고자 노력했고, 그러다가 사십여 년 전부터는 특권계급 안에서 사적인 이익을 중시하는 이기적인 풍조가 팽배하더니 결국 자기네 특권계급에 대한 충성심마저 잃어버리는 치명적인 결과를 낳고 말았다. 일찍이 프랑스의 귀족이 위대하고 부유하고 힘이 있던 시대에는, 위기에 처할 경우 자기들끼리 지도자를 뽑고 그렇게 선출된 지도자에게 복종할 줄 알았다. 그러나 한없이 나약해져버린 지금의 귀족들은 통제력을 잃고 우왕좌왕하고 있는 것이다. 그들은 동로마제국에서 그랬듯이 제각기 황제가 되고 싶어했다. 잘난 사람 하나 없이 모두가 고만고만하니 각자 자기가 제일 우월하다고 생각했던 것이다. 대혁명 때문에 몰락한 집안이나 균등한 재산상속으로 인해 파산한 집안의 사람들은 귀족 가문 전체는 생각하지 않은 채 자기 가족, 자기 집안만을 생각했다. 그들은 모든 집안이 각자 부유해지면 결국 당파도 강해질 거라고 생각했다. 그러나 그것은 잘못된 생각이다. 돈 또한 힘을 나타내는 하나의 기호일 뿐이다. 귀족 가문들은 우아한 예절과 진정한 품위, 훌륭한 언어, 귀족적인 신중함과 자부심 등 귀족의 생활방식과 잘 어울리는 오래된 전통을 고수했다. 그리하여 그들에게는 분명 본질적이고 내재적인 가치가 존재했다. 그러나 전통을 지키는 일은 삶에서 부차적인 것에 지나지 않을 뿐인데도 거기에만 매달려 살아갈 경우, 쩨쩨하고 천박한 짓거리가 되어버린다. 그리하여 내면적 가치는 사라지고 그들에게는 허울뿐인 명목상의 가치만이 남게 된다.

그들 중 '우리에게 권력을 지탱할 만한 힘이 있나?'라고 자문할 용기를 가진 집안은 하나도 없었다. 그들은 1830년에 변호사들이 그랬던 것처럼 권력에 달려들었다. 생 제르맹 구역 사람들은 대귀족답게 다른 사람들의 보호자가 되기는커녕 벼락출세자들처럼 탐욕스러웠다. 다시 권력을 잡은 귀족들이 자기들만을 위해 권력을 휘두르고 예산을 편성한다는 것을 세상에서 가장 똑똑한 국민에게 분명히 보여준 바로 그날부터 귀족들은 도저히 회복될 수 없는 불치병에 걸린 것이나 다름없었다. 이미 과두정치가 될 수밖에 없었음에도 그들은 귀족정치를 원했다. 그 두 체제는 서로 완전히 다른 것으로, 영국 상원의원들의 성姓을 주의깊게 읽을 수 있을 만큼 영리한 사람이라면 두 체제의 차이를 알 수 있으리라.* 분명 왕정 체제도 좋은 의도를 가지고 있었을 것이다. 그러나 그 체제는 국민 자신이 무엇인가를 소망하도록 해야 하고 행복조차 그들이 스스로 원하도록 해야 한다는 사실, 그리고 프랑스라는 변덕스러운 여인은 자기 기분 내키는 대로 행복을 원하기도 하지만 파멸을 원하기도 한다는 사실을 자꾸만 잊어버렸던 것이다. 귀족의 명성에 부끄럽지 않을 만큼 겸손함을 겸비한 라발 공작** 같은 인물이 많았더라면 영국의 하노버 왕가처럼 본가의 왕권***이 훨씬 더 확고히 자리잡을 수 있었을 것이다. 왕정복고가 시작된 1814년, 특히 베리 공작 암살 사건이 일어

* 영국 상원위원 중에는 종종 평민 출신이 있다. 발자크는 프랑스 귀족 사회도 폐쇄성을 벗어나 그렇게 열려 있기를 소망했을 것이다.

** 왕정복고기에 로마, 스페인, 빈, 영국 등의 대사를 지내고 외무부 장관을 역임한 바 있는 외교관 마티유 드 몽모랑시 라발 공작을 말한다.

*** 1830년 7월 혁명이 일어나 부르봉 왕가의 샤를 10세는 폐위되고 방계 왕족인 루이 필리프가 옹립되었다. 루이 필리프의 선조는 루이 14세의 동생 필리프 오를레앙이다. (옮긴이)

났던 1820년에, 프랑스 귀족들은 그 어느 때보다 지식이 보급된 시대, 가장 귀족적인 부르주아들, 그리고 세상에서 가장 여성적인 국가를 다스려야 했다. 당시 중류계급은 자신이 탁월하다는 생각에 취해 있었을 뿐 아니라 예술과 과학에 열중해 있었으니, 생 제르맹 구역의 귀족들이 그들을 이끌어가고 그들을 즐겁게 만들어주는 것이 그리 어려운 일은 아니었을 것이다. 그러나 그토록 지적이고 위대한 시대였음에도 쩨쩨하고 인색했던 당시의 모든 지도자는 예술이나 과학을 증오했다. 그들은 자신들에게 필요한 종교마저 사람들이 그것을 좋아할 수 있도록 시적 색채로 가득한 표현을 사용하여 내세울 줄 몰랐다. 라마르틴, 라므네, 몽탈랑베르,* 혹은 다른 재능 있는 작가들이 종교적 이념을 시적으로 아름답게 표현하고 새롭게 하거나 향상시킴으로써 위대한 것으로 만들고 있을 때, 정권을 망친 이들은 모두 종교가 주는 쓰라린 고통을 느끼게 하고 있었다. 국민이 그렇게 관대했던 적은 일찍이 없었다. 그들은 이제 너무 지쳐 다루기 쉬워진 여자와 같았다. 반면 정권은 그 어느 때보다 서툴렀다. 여자들이 그렇듯이 프랑스는 차라리 실수를 더 좋아한다. 다시 국민의 마음을 사고 위대한 과두정치 체제를 창건하기 위해, 생 제르맹 귀족들은 동료들 중 나폴레옹 같은 보물을 찾으려고 열심히 사방을 뒤져보았어야 했다. 자신의 배를 갈라 그 속에서 입헌주의를 지지하는 리슐리외를 찾아냈어야 했다. 동료들 중 그런 천재가 없다

* 프랑스 낭만주의 시인 알퐁스 드 라마르틴은 7월 혁명 후에는 정치가로 활약했다. 펠리시테 로베르 드 라므네는 종교철학자로 자유주의적인 가톨릭교를 제창했다. 샤를 드 몽탈랑베르는 정치가, 가톨릭사가로 교회 자유화를 위해 교회를 국가의 감독에서 해방시키려고 노력했다. (옮긴이)

면 냉기 도는 다락방에라도 가서 그곳에서 죽어가고 있을지도 모르는 천재를 찾아내어 자기네 편으로 끌어들였어야 했다. 영국의 상원이 어쩌다 귀족이 된 자들을 끊임없이 동료로 편입시켰듯이 말이다. 그런 후, 그 사내들에게 단호한 태도를 취하라고, 썩은 가지는 가차없이 잘라내고 귀족의 나무를 잘 다듬으라고 명령했어야 했다. 그러나 무엇보다 머리가 작아 생각이 짧은 프랑스인들에게 토리주의*라는 영국의 위대한 정치체제는 너무 거대한 것이라, 그 제도를 도입하는 데는 무척이나 많은 시간이 걸렸을 것이다. 하지만 프랑스인들에게 시간이 걸리는 성공은 완전한 실패와도 같다. 게다가 신이 내려주신 힘을 찾아내어 구원의 정치를 펼치는 대신 못난 프랑스 대귀족들은 외부로부터 오는 힘은 모조리 증오했다. 결국 생 제르맹은 젊어지기는커녕 더 늙어버렸다. 예의범절이란 원래 별로 중요하지도 않은 관습에 불과한 것이니, 파티 같은 근사한 자리에서만 지켜졌다면 문제가 되지 않았을 것이다. 그러나 예절은 매일매일 지켜야 할 일상적인 투쟁이 되었다. 예절은 이제 그 기교나 외형적 화려함이 아니라 권력의 문제가 되었던 것이다. 왕의 주위에는 중대하고 위급한 상황에 맞는 조언을 해줄 훌륭한 인물이 없었고, 귀족들에게는 공공 이익에 대한 개념이 없었다. 이 두 가지만 있었더라도 다른 부족함을 보충할 수 있었을 것이다. 탈레랑**의 경우를

* 영국 보수당의 전신인 토리당의 보수주의. (옮긴이)

** 샤를 모리스 드 탈레랑. 나폴레옹전쟁을 마무리짓는 빈 평화회의에서 패전국 프랑스가 다시 유럽의 강대국 대열에 들어가게 한 수완이 뛰어난 외교관이다. 제정시대에 나폴레옹의 권유로 오랫동안 관계를 가졌던 신분이 낮은 영국 여자 그랜드 부인과 결혼했으나, 왕정복고 시절 이혼할 수밖에 없어 헤어진 후 조카며느리인 디노 부인과 동거하기도 했다.

에로 들어보자. 영광된 국가를 되찾을 수 있는 새로운 정치체제를 구상할 수 있을 만큼 명석한 두뇌를 가진 사람은 그밖에 없었음에도, 그의 결혼이 문제가 되자 귀족들은 그와의 왕래를 끊어버리지 않았던가. 생제르맹 구역 사람들은 귀족 출신이 아닌 장관들을 비웃었지만, 그 구역 사람 중 장관이 될 만큼 우수한 사람은 찾아볼 수 없었다. 진정으로 국가를 위해 일하고자 했다면, 귀족들은 치안재판소를 장악하고, 땅을 비옥하게 만들고, 도로와 운하를 건설하고, 활동적인 지주 세력을 형성했어야 했다. 그러나 그들은 주식에 투자하기 위해 영지를 팔아버렸다. 야심만만하여 권력에 위협이 되는 활동적이고 재능 있는 자들에게 출세 가능성을 열어주었더라면 부르주아지들로부터 그들을 빼앗아올 수도 있었을 것이다. 그러나 귀족들은 그들과 맞서 싸우기를 선택했다. 게다가 귀족들에게는 아무런 무기도 없었다. 왜냐하면 과거에는 실제로 가지고 있었던 것도 이제는 전설로만 남아 있었을 뿐이니 말이다. 자신들의 교만한 태도를 유지할 수 있을 만큼의 재산이 아직 여기저기에 남아 있었다는 사실은 귀족계급에게 여간 불행한 일이 아니었다. 과거의 추억에만 사로잡혀 있었기에, 그들 중 그 누구도 진지하게 가문의 장자들로 하여금 싸움에 대처할 수 있는 무기를 갖추게 할 생각을 하지 않았다. 19세기에는 그런 무기가 광장에 널려 있었는데도 말이다. 가문의 어른들은 끊임없이 지방의 이익을 옹호함으로써 그 지방에서 자신들의 지위를 인정받고, 당시의 시대정신에 따라 시대에 걸맞게 특권층을 재편성하고자 애썼어야 했다. 그리고 젊은이들은 제정시대나 공화국 시절의 젊고 성실하고 순수한 재능을 가진 사람들의 영향을 받아 그런 작업을 이어갔어야 했다. 그러나 모든 일에서 배제된 젊은이들은 부인들의 살롱에서 춤을 출 뿐이었다. 옛날 봉건 영주들은 서로 반목했고 왕궁과도 적대적이었다. 그런 풍조가 여전히 남아 있는 생 제르맹 구역에 몰려 살면서 튈르리궁과는 사이가 좋지 않았던 귀족들을 물리치는 것은 아주 쉬운 일이었다. 그들에게는 하나의 거점만이 존재했을 뿐 아니라, 무엇보다 귀족원의 구성만큼이나 조직이 엉성했기 때문이다. 나라 전체를 아우르는 조직망을 가지고 있었더라면 그들을 파멸시킬 수 없었을 것이다. 그러나 자신들의 구역에 틀어박혀 궁에도 등을 돌린 채 예산을 마음대로 펑펑 써대는 귀족들의 꺼져가는 생명줄을 끊기 위해서는 도끼를 한 번 내리치는 것으로 충분했다. 얼굴이 넓적하고 자그마한 변호사가 바로 그 일격을 가하고자 나섰다. 루아예 콜라르 씨의 훌륭한 연설에도 불구하고, 의원세습제와 재산세습제는 그 변호사의 조소 앞에서 사라져버리고 말았다. 그는 자신이 사형집행인의 손아귀에서 능숙하게 몇몇 사람의 목숨을 구했노라 자랑했지만, 어설프게도 훌륭한 제도를 죽여버렸던 것이다.* 바로 여기에서 미래를 위한 전례와 교훈을 찾아볼 수 있다. 프랑스의 과두정치가 미래에 살아남을 수 없다면, 그것이 죽어버린 후 그것을 고문하는 것은 얼마나 잔인한 일이겠는가. 그렇다면 그것을 석관에 고이 모실 일만 생각할지어다. 하지만 외과의사의 메스는 무시무시한 느낌을 줄지라도 종종 죽어가는 사람

* 1831년 11월 29일 포고된 법에 따라 왕에게 새로운 의원을 임명할 권리가 부여되었고 최종적으로 의원세습제가 폐지되었다. 왕은 일정한 조건을 갖춘 사람들 중에서 의원을 선택해야 했다. 피츠 제임스 공작과 중도파 정치가였던 루아예 콜라르는 의원세습제를 옹호했다. 얼굴이 넓적하고 자그마한 변호사는 뒤팽 변호사다. 그는 세습이 아닌 종신의원제를 도입하자고 주장했다. 그는 7월 혁명 이후 대법원 검찰총장직을 맡아 샤를 10세 시절의 장관들 목숨을 구한 바 있다.

의 목숨을 구하지 않는가. 생 제르맹 구역 사람들이 지도자를 옹립하고 조직적 체계를 갖추고자 한다면, 의기양양했던 시절보다 박해받는 지금 훨씬 더 강해질 수 있을 것이다.

이제 귀족에 관한 반쯤은 정치적인 개요를 요약하는 것이 어렵지 않다. 그들에게는 폭넓은 통찰력이 부족했고, 자질구레한 결함은 수없이 많았다. 그들은 누구나 막대한 재산을 되찾는 데만 열중하고 있었다. 정치권력을 유지하기 위해서는 현실적으로 종교가 필요했음에도 쾌락에 대한 열망은 신앙심에 해를 끼쳤고 필연적으로 위선을 낳았다. 상황을 제대로 파악한 몇몇 고매한 정신의 소유자는 부분적으로 저항했지만, 궁정 내에서 벌어지는 대립과 갈등은 그들의 활동을 방해할 뿐이었다. 한편 지방귀족은 종종 궁정귀족보다 더 좋은 혈통을 가졌음에도 대접을 받지 못해 기분이 상해 있었다. 이 모든 원인이 서로 결합하여 생 제르맹 구역의 풍습에 불협화음을 조성하고 있었다. 그들의 제도는 치밀하지 않았고, 행동에는 일관성이 없었다. 그들은 완벽하게 도덕적이지도, 그렇다고 대놓고 방탕하지도, 자신이 타락하거나 남을 타락시킬 만큼 퇴폐적이지도 못했다. 그들은 자신들에게 해를 끼치는 문제들을 완전히 포기하지도 못했지만, 자신들을 구원해줄 사상을 받아들이지도 않았다. 사실, 개개인은 무기력했을지라도 당파는 국가가 잘 돌아갈 수 있도록 훌륭한 행동 원칙들을 갖추고 있었다. 그런데 힘이 있으면서도 망한 것은 도대체 무엇 때문인가? 당파에 소속된 사람 중 누구의 잘못이라 꼭 집어 말하긴 어렵다. 그들은 고급 취향을 가지고 있었고 점잖게 경멸할 줄도 알았지만, 추락할 때의 모습은 눈부시지도 기사답지도 않았다. 1789년에 해외로 망명했던 귀족들은 그래도 상황을 자각하고는 있었다. 그러나 1830년에 국내로 망명한 귀족들은 오로지 사리사욕만 챙기고 있었다. 문학계의 몇몇 대가들, 의회 연단에서의 승리, 국제회의에서의 탈레랑의 활약, 알제리 정복, 그리고 몇몇 전투에서 이름을 남겨 역사적 인물이 된 많은 사람들, 이 모든 정황은 프랑스 귀족들에게 아직도 그럴 의지만 있다면 국민과 동화되고 자신들의 지위를 인정받을 수 있는 방법이 남아 있음을 깨닫게 해준다. 모든 생명체에는 그 나름의 일관성이 존재한다. 누군가 게으르다면 그의 모든 동작에서 게으름이 드러나는 법이다. 마찬가지로 한 계급의 외관 역시 전반적인 기풍이나 그 집단을 이끌어가는 정신에 부합한다. 왕정복고 체제하에서, 생 제르맹 구역 여성들은 옛날 궁정 여인들처럼 윤리적 일탈 행위에 대해 오만하고 대담한 태도를 취하지도 못했고, 뒤늦게나마 덕행을 쌓으면서 자신의 과오를 속죄함으로써 주변까지 광채로 빛나게 하는 겸손의 미덕을 보이지도 않았다. 그녀들은 경박하지도 못했고, 그렇다고 근엄하지도 않았던 것이다. 몇몇 예외적인 경우를 제외하고, 그녀들의 사랑은 거짓이고 위선이었다. 그녀들은 말하자면 자신들의 향락과 적당히 타협했던 것이다. 오를레앙 공작부인*이 사용하던 부부용 침대는 팔레 루아얄 궁전을 방문하는 관람객들에게 우스꽝스럽게 보였지만, 생 제르맹 구역 몇몇 가문의 여인들은 그녀의 부르주아적 생활방식을 따라하기도 했다. 두세 명 정도의 부인만 여전히 섭정시대의 문란한 풍습을 따라하고 있었고, 그들의 그런 태도는 처신에 능한 부인들

---

* 7월 혁명으로 왕이 된 루이 필리프의 어머니. 조부가 루이 14세의 사생아인 툴루즈 백작이다. 조부의 막대한 재산을 지참금으로 가지고 왕가의 루이 필리프 오를레앙 공과 결혼했는데 공으로서는 신분이 낮은 사람과의 결혼이었다. 부인은 왕정복고 때 조부의 재산을 되찾기 위해 노력했다. (옮긴이)

에게 혐오감을 불러일으켰다. 이 시대의 귀부인들은 풍습에 아무런 영향도 미치지 못했다. 그녀들은 많은 기여를 할 수도 있었을 것이며, 궁여지책으로 영국의 귀족부인들처럼 당당한 모습을 보여줄 수도 있었을 것이다. 하지만 그녀들은 어리석게도 오래된 관습들 사이에서 망설였고, 억지로 독실한 신자가 되었으며, 모든 것, 심지어 자신들의 훌륭한 자질마저 다 숨기고 있었던 것이다. 사람들이 상류층 인사의 세련되고 고상한 취향과 태도를 배우고자 몰려들 살롱을 열 만한 부인이 당시 프랑스 여자 중에는 없었다. 일찍이 사회에 대한 생생한 표현이라 할 수 있는 문학에서 그토록 위용을 떨쳤던 그녀들의 목소리는 이제 완전히 사라졌다. 보편적 체계를 갖추지 못한 문학은 실체가 없으며, 따라서 그런 문학은 한 세기도 넘기지 못한 채 사라지기 마련이다. 어느 시대건, 국가 내에 독자적으로 구성된 집단이 있을 경우, 역사가는 언제나 그 속에서 자신이 속한 집단의 장점과 단점을 요약하는 한 명의 핵심 인물을 만나게 된다. 신교도들을 이끌었던 콜리니 제독*, 프롱드 난이 일어났을 당시의 레츠 보좌신부**, 루이 15세 시절의 리슐리외 원수***, 그리고 공포정치 시대의 당통**** 같은 인물들이 바로 그런 이들이

* 종교전쟁 시기 신교파를 대표한 가스파르 드 콜리니. 샤를 9세의 사랑을 받아 가톨릭교도들의 미움을 샀으며, 성 바르톨로메오 축일의 학살 사건 당시 희생되었다. (옮긴이)

** 본명은 폴 드 공디로 훗날 추기경이 되었다. 루이 14세가 즉위한 이후 부르봉 왕가에 대한 귀족들의 반란인 프롱드 난이 일어났을 때 파리 대주교의 보좌신부로서 왕권 반대파로 활약했다. 프롱드 난에 대한 기록이 담긴 『회상록』을 썼다. (옮긴이)

*** 루이 13세 시절 재상이었던 리슐리외 추기경의 질손(姪孫)인 리슐리외 공작. 방탕한 삶으로 섭정시대에 이름을 날렸다.

**** 프랑스 혁명가이자 정치가인 조르주 당통. 혁명적 독재와 공포정치의 완화를 요구하다 로베스피에르파에게 고발당해 단두대에서 처형되었다. (옮긴이)

다. 이처럼 역사적으로 한 사람과 그 주변 사람들 사이에서 유사한 특징이 발견되는 것은 지극히 자연스러운 일이리라. 하나의 당파를 이끌기 위해서는 그 당파의 이념을 존중해야 하지 않을까? 어떤 시대에 빛을 발휘하려면 당파는 그 시대를 대표해야 하지 않을까? 현명하고 신중한 사람이라 할지라도 당파의 지도자는 언제나 그의 뒤를 따르는 대중의 편견과 광기에 복종해야 하기에, 종종 역사가들에게 비난받을 행동을 취하게 된다. 그런데 역사가들은 흥분하는 민중과 멀리 떨어져 있으므로 세기의 위대한 투쟁을 이끌어가기 위해 필요한 열정을 냉정하게 평가한다. 수세기 동안 역사극에서 진실이었던 것은, 한 국가에서 일어나는 극의 단편적인 장면 중에서도 가장 좁은 범위에 속하는, 소위 '풍속'에서도 진실인 것이다.

앞에서 말한 내용들이 사실이라면 왕정복고는 견실할 수 없었을 터, 당시 생 제르맹 구역의 영화 역시 그리 오래가지 못했다. 그 짧았던 영광이 시작되던 무렵, 탁월하지만 나약하고, 위대하면서도 하찮은, 말하자면 귀족계급의 특징을 완벽히 지니고 얼마 동안 그 계급의 전형으로 간주되던 젊은 여인이 있었다. 그녀는 겉으로 보기에는 유식해 보였지만 실은 아무것도 몰랐으며, 고귀한 감정이 가득했지만 그 감정들을 정리할 만한 생각은 모자랐고, 관습을 따르기 위해서라면 마음속에 간직한 가장 소중한 것들마저 다 써버리는 여인이었다. 그녀는 사회와 맞서 싸울 준비가 되어 있으면서도 늘 망설이고 주저하다가는 마침내 잔재주를 부리고, 성격이 강하다기보다는 고집이 세고, 열광하기보다는 휩쓸리고, 가슴으로 느끼기보다는 머리로 판단했다. 그녀는 천생 여자였고 더할 나위 없는 멋쟁이였다. 무엇보다 그녀는 파리 여인이었다. 화려함과 축제를 좋아했고, 심사숙고하는 법이 없었다. 아니 그보다는 한참 지난 후에야 깊이 생각했다. 그녀의 경솔함은 거의 시적 경지에 이를 정도였다. 그녀는 기가 막히게 거만했지만 마음속으로는 겸손했고, 곧은 갈대처럼 강한 척했지만 힘센 자 앞에서는 갈대처럼 휠 준비가 되어 있었다. 종교에 대해 말을 많이 하면서도 정작 종교를 좋아하지는 않았다. 하지만 종국에는 해결책으로 종교를 받아들일 준비가 되어 있었다. 진정 이토록 복잡한 피조물을 어떻게 설명할 수 있을까? 제법 훌륭한 면이 있는, 그러나 심술궂은 이야기를 할 때면 자신의 그런 자질을 잊어버리는 여자, 젊고 감미로운 마음을 지니고 있으면서도 주위 사람들이 주장하는 규범을 따르느라 마음에 비해 훨씬 늙어버린 여자, 사람들의 이기적인 철학을 이해하지만 그것을 실천하지는 않는 여자, 화류계 여인의 악덕과 소녀의 고귀함을 동시에 지닌 여자, 모든 것을 의심하면서도 모든 것을 다 믿어버리는 이 여자를 말이다. 그녀 안에서 여러 개의 영롱한 색채가 충돌하며 시적인 혼돈을 빚어내고 있었다. 반면에 젊음의 광채라는 거룩한 빛은 그녀의 복잡한 특성에 일종의 통일성을 부여하고 있었다. 그러니 이 여인의 초상화는 영원히 미완성일 수밖에 없지 않을까? 그녀는 우아함 그 자체였다. 억지로 꾸민 것은 없었다. 그녀의 열정도, 위대해지고 싶다는 생각과 실제로는 보잘것없는 현실도, 차가운 감정과 격정적인 열정도, 그녀에게는 모두 자연스러운 것이었으며, 그녀와 그녀가 속한 귀족 신분에 걸맞은 태도였던 것이다. 자기만 자기를 이해할 뿐 아무에게도 이해받지 못한 그녀는 가문의 보호 아래 사교계에 군림하고 있었다. 그녀의 삶에는 패배하는 상황에 처해서도 자존심을 지켰던 메데

이아의 나*만이 존재했다. 당시 귀족들 역시 다 죽어가면서도 제자리를 지키려 하지도 않았고, 정치를 치유해줄 이들에게 손을 내밀려 하지도 않았으며, 사람들과의 만남을 제안하지도 받아들이지도 않았다. 그 정도로 그들은 한없이 나약해지고 무너져버린 듯한 느낌이었다. 왕정복고 체제가 안정적으로 자리를 잡은 1816년은, 랑제 공작부인이라 불리는 이 여인이 결혼한 지 사 년이 넘은 해였다. 1816년은 백일천하**로 인해 정신을 차린 루이 18세가 측근의 의견에 휘둘리지 않고 자신이 처한 상황과 시대적 정황을 정확히 파악했던 해이기도 했다. 그러나 후일 그가 병석에 눕자 그 측근들은 도끼를 잃어버린 루이 11세***를 완전히 제압했다.**** 랑제 공작부인은 공작 작위를 가진 나바랭 가문의 여인이었다. 그 가문은 루이 14세 때부터 공작의 작위를 포기하는 결혼은

* 그리스신화에 나오는 악녀이자 마녀. 남편의 배신에 대해 복수하고자 자신의 두 아들마저 죽인다. 이 책에는 코르네유의 비극 〈메데이아〉에서 아들들을 죽인 후 메데이아가 심복과 나눈 대화 내용이 암시되어 있다. "이 같은 역경 속에서 당신에게는 무엇이 남나요?"라고 묻는 심복에게 그녀는 다음과 같이 의연하게 답한다. "나만이 남지. 그것으로 충분하다네."

** 1814년 엘바섬에 유배되었던 나폴레옹은 1815년 3월 파리에 돌아와 제국의 부활을 선포하고 다시 황제가 되었으나, 이에 주변 동맹국들이 이십만 명이 넘는 대군을 결집시켜 워털루에서 나폴레옹을 격파했다. 백 일간의 재위 끝에 나폴레옹은 세인트헬레나섬으로 유배되어 1821년 그곳에서 생을 마감한다. (옮긴이)

*** 1461년부터 1483년까지 프랑스를 통치한 왕. 귀족에게 과세하고 교회 수입을 관장하며 외교, 음모, 배반, 전쟁 등 온갖 수단을 동원하여 왕권을 강화했고 프랑스 절대왕정의 기틀을 마련했다. (옮긴이)

**** 1816년 9월 5일, 루이 18세는 극우왕당파로만 구성된 하원을 해산했다. 그러나 극우왕당파들은 1820년 베리 공작 암살 사건 이후 그에 대해 복수하면서 루이 18세로 하여금 온건파를 대변했던 장관 드카즈를 해임토록 하는 데 성공했으며, 그후 다시 극우왕당파들이 주도권을 차지하게 되었다. 그러니까 왕정복고의 중도정치는 겨우 사 년간 지속되었을 뿐이다.

절대 하지 않는다는 원칙을 고수하고 있었다. 나바랭가의 여식들은 그들의 어머니와 마찬가지로 언젠가는 궁정에서 한자리를 차지할 터였다. 열여덟 살이 되자 앙투아네트 드 나바랭은 완전한 은둔 생활에서 세상으로 나와 랑제 공작의 장남과 결혼했다. 두 가문은 사교계로부터 멀리 떨어져 있었다. 그러나 프랑스가 침공당하자 왕당파들은 그 불행한 전쟁에서 나라를 지키기 위해서는 부르봉 왕가의 복귀만이 유일한 답이라고 생각했다. 부르봉 왕가에 충성을 바쳤던 나바랭 공작과 랑제 공작은 귀족답게 나폴레옹 황제가 제안하는 영광의 유혹을 모두 물리쳤었다. 이 결혼이 성사되던 당시의 상황으로 보아 그들은 마땅히 자기네 가문의 오랜 정치적 성향을 따랐어야 했으리라. 아름답고 가난했던 앙투아네트 드 나바랭은 랑제 후작과 결혼했다. 그런데 결혼 후 몇 달 만에 그의 아버지인 랑제 공작이 세상을 떠났다. 부르봉 왕가가 복귀하자 두 가문은 그들의 지위와 관직과 궁정에서의 위상을 되찾았으며, 그때까지 조심하느라 다소간 거리를 두고 있었던 사교계 활동을 다시 시작했다. 두 집안은 새로이 형성된 정치계에서 최고로 빛나는 가문이 되었다. 비열함과 거짓 회심이 난무하던 시기였던 만큼, 두 가문이 한 치의 오점도 없이 왕가에 충성했을 뿐 아니라 사적인 생활과 정치적 성향이 서로 일치하는 삶을 살았다는 사실에 대해서는 정파를 떠나 누구나 어쩔 수 없이 경의를 표할 수밖에 없었다. 그러나 타협의 시대에 흔히 그렇듯이, 불행하게도, 새롭고도 과감한 정치를 펼치리라는 기대를 품게 해줄 수 있는 용기를 지닌 사람들, 즉 높은 안목과 현명한 원칙을 가진 순수한 사람들은 일선에서 배제되고 결국 충성심을 증명하기 위해 행동 원칙을 극단적으로 밀고 나가는 타산적인 사람들이 모든 것을 좌지우지했다. 랑제 가문과 나바랭 가문은 궁정의 높은 지위에 머물러 있으면서 궁정 예법을 지켜야만 했으며, 자유주의자들로부터는 명예와 부를 다 거머쥐고 있다는 비난과 조소를 받아야만 했다. 그러나 실상 그들의 재산은 전혀 불어나지 않았고 왕실에서 주는 하사금도 체면 유지를 위해 다 써버리고 말았다. 유럽의 어느 왕국에서나, 설사 공화주의적인 왕국에서일지라도 품위 유지는 필요한 것이니 말이다. 1818년 랑제 공작은 어느 사단의 지휘관으로 임명되었다. 그런데 공작부인은 대공비를 수행하는 임무를 맡았기에, 아무런 잡음을 일으키지 않고도 남편에게서 멀리 떨어져 파리에 남아 있게 되었다. 게다가 공작은 사단장 임무 외에 궁정에서도 관직을 맡았기 때문에 일 년 중 사분의 일에 해당하는 삼 개월 정도는 참모장에게 지휘권을 맡기고 궁정에 와 있곤 했다. 따라서 공작 부처는 세상 사람들 모르게 몸도 마음도 완전히 별거를 유지할 수 있었다. 협정에 의한 이 정략결혼은 가문끼리의 계약일 경우 흔히 존재하는 일상적인 운명을 따른 것이었다. 세상에서 가장 상극인 두 성격의 소유자들이 만나, 남모르게 서로의 기분을 상하게 했고, 아무도 모르게 서로에게 상처를 입혔으며, 결국은 영원히 남남이 되어버렸다. 두 사람은 예법을 준수한 채 각자 자신의 성향에 맞게 살았다. 폴라르의 기사*만큼이나 논리적인 정신의 소유자인 랑제 공작은 논리적으로 자신의 취향을 따랐고 쾌락을 추구했다. 그러고는 아내가 아주 오만할 뿐 아니라 차가운 심장을 가지고 있으며 사교계의 관습을 맹목적으로 따르고 있다는 사실을, 또한 순진하게도 정숙한 탓

* 장 샤를 드 폴라르. 뛰어난 전술가로 병법서들을 남겼다. (옮긴이)

에 근엄하고 종교적인 궁정의 분위기를 감안했을 때 집안 노인들의 감시하에서는 몸을 함부로 할 수 없으리라는 사실을 파악한 뒤에는 그녀 취향대로 마음껏 살도록 내버려두었다. 그러니까 그는 지난 세기의 대귀족들이 그랬듯이 냉정하게 스물두 살짜리 여인을 버려두었고, 그로 인해 그녀는 심한 상처를 받았다. 그런데 그녀는 허영심과 자존심, 그리고 정절마저 무시당하고 남몰래 상처를 입었을 경우 그 모욕을 결코 용서하지 않는 무서운 성격의 여자였다. 그 모욕이 공개적일 때 여성은 그것을 잊고자 한다. 오히려 자신의 관대함을 드러냄으로써 위대한 여인이 될 수 있는 기회가 될 수도 있다. 그러나 여자들은 남몰래 받은 모욕은 절대 용서하지 않는다. 왜냐하면 그들은 비열한 행위도, 미덕의 실천도, 그리고 사랑도 남몰래 하는 것은 좋아하지 않기 때문이다.

사교계에는 알려지지 않았지만 랑제 공작부인이 처한 상황은 바로 이런 것이었다. 그러나 마침 베리 공작*의 결혼으로 인해 연이어 파티가 벌어지는 통에 공작부인은 그런 것에 대해서는 깊이 생각하지 않았다. 그즈음 궁정과 생 제르맹 구역은 그때까지의 무기력하고 신중했던 상태에서 벗어나고 있었다. 바야흐로 전대미문의 화려함이 시작되고 있었고, 그 화려함은 왕정복고 정권으로 하여금 착각을 일으키게 했다. 당시 랑제 공작부인은, 속셈이 있어서인지 아니면 허영심 때문인지는 몰라도, 사교계에 나타날 때에는 반드시 남부럽지 않은 가문과 재산을 자랑하는 부인 서너 명을 대동하곤 했다. 사교계의 여왕이었던 그녀는 자신의 태도나 재치를 여기저기 퍼뜨려줄 시녀들을 거느리고 있었던

* 1816년 샤를 10세의 차남인 베리 공작은 나폴리의 페르디난도 왕의 딸인 마리 카롤린 드 부르봉과 결혼했다. 그는 1820년 암살당했다.

것이다. 그녀는 시녀들을 선택할 때 아주 능란한 솜씨를 발휘해, 아직 궁정과 내밀한 관계를 갖지 못했거나 생 제르맹 구역의 주류에 끼지 못했지만 앞으로 어떻게든 끼고 싶어하는 여자들을 골랐다. 그들은 신의 옥좌 주변까지 올라가 작은 궁전*이라 불리는 최고 천사들의 무리에 끼고 싶어하는 중급 천사들이었다. 그렇게 하여 랑제 공작부인은 더욱 더 세력을 키웠고 지배력을 강화하여 이전보다 더욱 안전한 상태에 놓이게 되었다. 그녀를 수행하는 여인들은 중상모략으로부터 그녀를 지켜주었고, 사교계의 꽃이라는 가증스러운 역할을 할 수 있도록 조력자가 되어주었다. 그녀는 남자들을 마음껏 우롱하면서 그들에게 열정을 불러일으키고, 그들을 애타게 하고, 여자의 본성을 만족시켜주는 온갖 찬사를 다 받은 후에 아무에게도 마음을 주지 않음으로써 자기를 지켜나갈 수 있었다. 파리에서, 특히 최상류층 사교계에서 여자는 언제나 여자다. 여자는 칭찬과 아부와 명예를 먹고산다. 진정 최고의 미모를 갖추었을지라도, 얼굴이 경탄할 만큼 아름다울지라도, 찬미의 대상이 되지 못하면 아무 소용이 없다. 연인이나 추종자는 여자들의 위력을 나타내는 증거다. 아무도 알아주지 않는 권력이 무슨 소용이란 말인가? 그것은 아무짝에도 쓸모없다. 기막히게 아름다운 여인이 살롱 구석에 혼자 있다고 가정해보자. 그녀는 서글프기만 하다. 호화로운 사교계 사람들 속에서 여인은 단 한 남자의 마음을 지배하는 행복한 주인이 될 수 없기에 모든 남자의 마음을 지배하고자 한다. 그들의 몸치장과 꾸밈과 교태는 재치라고는 찾아볼 수 없는 미련퉁이들, 장점이라고는 반반한

* 베리 공작부인의 무리를 일컫는다.

얼굴밖에 없는 가장 한심한 남자들을 위한 것인데, 모든 여자들은 아무 소득도 없이 그 남자들 때문에 평판만 위태롭게 했던 것이다. 몇몇 예외를 제외하고 그 남자들은 모두 금박을 입힌 나무 우상들로, 프롱드 난 시절의 멋쟁이들 같은 이력을 쌓지도 못했고, 제정시대의 영웅들처럼 가치 있는 일을 하지도 못했으며, 조부들처럼 재치 있는 태도나 지혜도 갖추지 못했으면서 그저 공짜로 그들과 비슷한 사람이 되고자 하는 자들이다. 그들에게 시련이 닥쳤다면, 프랑스 젊은이들이 늘 그렇듯이, 아마도 용감하고 능숙하게 행동했을 것이다. 그러나 그들을 꼼짝 못하게 붙들고 영향력을 행사하는 닳고 닳은 늙은이들 치하에서 젊은이들은 아무것도 될 수 없었다. 참으로 차갑고 쩨쩨하고 시정이 없는 시기였다. 왕정복고가 진정한 군주제가 되기 위해서는 오랜 세월이 필요하리라.

일 년 반이라는 세월 동안 랑제 공작부인은 오로지 무도회와, 무도회를 위한 방문들, 의미 없는 성공, 하루아침에 생겼다가 사라지고 마는 일시적인 열정 등으로 이루어진 공허한 삶을 살고 있었다. 그녀가 살롱에 나타나면 모든 시선이 그녀에게 집중되었다. 그녀는 아첨하는 말과 열정이 담긴 표현을 들으면서 몸짓과 시선으로 그에 화답함으로써 남자들을 더 부추겼지만, 그러한 말들은 표피에 머물 뿐 절대 그보다 더 멀리 나가지 않았다. 그녀의 말투, 태도, 그녀의 모든 것이 권위가 있었다. 그녀는 자신을 취하게 하는 한결같은 쾌락의 열병, 일종의 허영의 열병을 앓고 있었다. 대화를 할 때면 꽤 노골적으로도 이야기할 수 있었다. 다른 사람들의 말을 다 듣기도 하고, 마음속으로는 아니라도 겉으로는 타락한 것처럼 보이게도 했다. 그러나 집에 돌아와서는 자신이 웃고 떠들었던 추잡한 이야기들을 떠올리며 수치심에 얼굴을 붉히곤 했다. 그 이야기들의 세부사항은 그녀로 하여금 잘 알지도 못하는 연애론에 대해 토론하게 하고, 위선자들이 친절하게도 그녀에게 말해준 현대적인 정열의 미세한 차이에 대해 논쟁을 벌이게도 해주었던 것이다. 이렇듯 여자들끼리는 무슨 이야기든 다 할 수 있기 때문에, 여자들은 남자보다 여자로 인해 타락하는 경우가 더 많다. 어느 순간, 그녀는 사랑받는 여자만이 아름다움과 재치를 널리 인정받을 수 있다는 사실을 깨달았다. 남편은 대체 무엇을 증명할 수 있단 말인가? 처녀 시절 지참금이 많았는지, 교육을 잘 받았는지, 모친이 능숙했는지, 남편의 야망을 만족시켜주었는지 등이 고작일 것이다. 그러나 연인은 개인이 얼마나 완벽한 자질을 지녔는지 알려주는 변함없는 지표다. 아직 젊었음에도 랑제 공작부인은 여자란 사랑의 공범자가 되지 않고도, 상대방의 사랑을 받아들이거나 인정하지 않고도, 최소한의 사랑 표시만으로 상대방을 만족시키면서 공공연히 사랑받을 수 있다는 사실을 배웠다. 게다가 이 위험천만한 연극놀이의 방법을 가르쳐줄 정숙한 척하는 위선적인 여자는 얼마든지 있었다. 그리하여 공작부인 주위에는 수많은 추종자가 몰려들었는데, 그녀를 흠모하고 그녀에게 구애하는 남자가 많다는 사실은 오히려 그녀가 정숙하다는 사실을 증명해주는 것이기도 했다. 그녀는 축연이나 무도회나 야회가 끝날 때까지는 요염하고 사랑스럽고 매력적이었지만, 막이 내리고 나면 혼자 남아 차갑고 무심한 사람이 되었다. 그렇지만 다음날이 되면 다시 살아나 여전히 피상적인 다른 감흥을 추구했다. 그녀의 그런 태도에 완전히 속아 그녀를 진정으로 사랑했던 청년이 두세 명 있었으나, 그녀는 그들을 철저히 무시한 채 아무 신경도 쓰지 않았다. 그녀는 스스로에게 이렇게 말하곤 했다. '나는 사랑받고 있어! 저 남자는 나를 사랑해!' 그녀에게는 그런 확신만으로도 충분했다. 마치 자신의 변덕스러운 기분은 언제든 충족시킬 수 있다는 생각만으로 흡족해하는 수전노처럼, 그녀에게는 아마도 욕망 자체가 없었을 것이다.

어느 날 저녁, 그녀는 아주 가까운 친구인 퐁텐 자작부인의 집을 방문했다. 자작부인은 마음속으로는 공작부인을 증오하면서도 늘 부인을 따라다니는 여자들, 부인과는 경쟁상대도 못 되면서 자신들은 나름 경쟁자라고 생각하는 여인 중 하나였다. 그들의 우정은 서로를 경계하는 일종의 무장된 우정이라 할 수 있었다. 속내 이야기를 할 때조차 그들은 교묘하게 숨기며, 때로는 거짓을 말하기도 한다. 공작부인은 때로는 거만하게, 때로는 다정하게, 또 때로는 경멸조로 사람들에게 가볍게 눈인사를 건네고 있었다. 그녀의 그런 태도는 자신이 보내는 미소의 가치를 잘 아는 여인에게는 너무도 자연스러운 것이었다. 바로 그때, 한 번도 본 적이 없는 어떤 사내 앞에서 그녀의 시선이 멈추었다. 대범하고도 근엄한 그의 얼굴 표정을 보고 그녀는 깜짝 놀랐던 것이다. 그를 보면서 그녀가 느낀 감정은 일종의 공포 같은 것이었다.

"처음 보는 얼굴인데 저 사람은 누구죠?" 그녀는 모프리뇌즈 부인에게 물었다.

"당신도 아마 저 사람 이야기는 들었을 거예요. 몽리보 후작이에요."

"아! 바로 그 사람이군요."

그녀는 코안경을 집어들고, 마치 아무리 쳐다봐도 의식하지 않는 초상화를 바라보듯 무례할 정도로 그를 세밀히 관찰했다.

"나한테 소개시켜줘요, 재미있는 분일 것 같아요."

"저 남자만큼 따분하고 침울한 사람은 없을걸요. 그런데도 지금 그의 인기는 대단하답니다."

아르망 드 몽리보는 자기도 모르는 사이에 당시 모든 사람들에게 호기심의 대상이 되어 있었다. 그런데 그는 일시적으로 인기를 끄는 사교계의 총아들과 달리 그런 대접을 받을 만했다. 파리는 주기적으로 인위적인 열정에 사로잡힌다. 따라서 그 열정에 열광하고 심취하고자 하는 욕구를 만족시키기 위해서는 사교계의 총아를 필요로 하게 되며, 며칠 동안은 온 파리가 그에게 푹 빠져 있는 것이다. 아르망 드 몽리보는 몽리보 장군의 외아들이었다. 몽리보 장군은 의연하게 공화국에 헌신했던 구귀족 중 하나로, 노비 전투중 주베르 장군*과 함께 전사했다. 고아가 된 그는 나폴레옹의 배려로 샬롱의 포병학교에 들어갔고, 전쟁터에서 죽은 수많은 장군의 자제들처럼 프랑스공화국의 보호하에 놓이게 되었다. 학교를 졸업한 후, 가진 재산이라고는 아무것도 없었던 그는 포병대로 들어갔다. 그러나 퐁텐블로의 비극**이 일어났을 때 그는 일개 대대장에 지나지 않았다. 아르망 드 몽리보가 속한 부대에는 승진할 수 있는 기회가 거의 없었다. 우선, 다른 부대들보다 장교의 수가 훨씬 적었다. 게다가 거의 공화주의에 가까운 자유주의 성향이 포병대를 지배하고 있었는데, 황제는 깊이 생각하는 것에 익숙한 지식인 남자들의 회

---

* 바르텔레미 카트린 주베르. 혁명시대 장군으로 1799년 이탈리아 원정중 이탈리아 북부의 노비 전투에서 프랑스군을 지휘하다 전사했다. (옮긴이)

** 1814년 연합군에게 파리가 함락된 후 퇴위를 강요당한 나폴레옹은 4월 16일 퐁텐블로 조약을 체결한 후 엘바섬의 영주로 추방되었다. (옮긴이)

합에 두려움을 느끼고 있었기에, 포병대 장교들은 대부분 군대에서 기회를 잡고 출세하기가 매우 어려웠다. 이렇듯 일반적으로 생각하는 것과는 반대로, 군에서 가장 뛰어난 장교들이 항상 장군의 지위에까지 오르는 것은 아니다. 적당히 무능해야만 두려움을 사지 않는 법이기 때문이다. 포병대는 군대에서 별도의 부대였으며, 전투가 없을 때에는 나폴레옹의 군대에 소속되지 않았다. 아르망 드 몽리보의 승진이 늦어진 것은 그러한 일반적인 이유 때문이었지만, 그 밖에도 그의 사람 됨됨이와 성격 등 개인적인 이유도 한몫했다. 이 세상에 홀로 남겨진 후 스무 살이라는 젊은 나이에 나폴레옹이 겪었던 폭풍우 같은 삶에 몸을 던졌던 그는 자기 자신 외에는 누구에게도 아무 관심이 없었을 뿐 아니라 매일매일 언제든 죽을 각오가 되어 있었기에, 자신에 대한 내적인 자부심과 책임 완수에 대한 의무감만으로 살아가고 있었다. 내성적인 사람들이 다 그렇듯이 그는 늘 말이 없었다. 그러나 그가 내성적이었던 이유는 그에게 용기가 없었기 때문이 아니라 쓸데없이 떠벌리는 것을 수치스럽게 생각했기 때문이다. 전쟁터에서 그가 보여준 용맹은 결코 허세가 아니었다. 그는 모든 상황을 잘 파악했고, 전우들에게는 차분하게 적절한 조언을 할 줄 알았으며, 몸을 완전히 구부려 총알을 피하면서 빗발치는 탄환들을 뚫고 전진하기도 했다. 그는 좋은 사람이었지만, 늘 침착한 태도 때문에 사람들은 그가 오만하고 엄격한 사내라고 생각했다. 모든 면에서 정확하고 엄밀한 그는 주어진 지위가 부여한 책무라든가 행위의 결과에 대해 그 어떤 위선적인 타협도 용납하지 않았다. 불명예스러운 행동은 절대 하지 않았고, 자신을 위해서는 아무것도 요구하지 않았다. 예컨대 그는 알려지지 않은 숨은 위인들 중 하나였던 것이다. 인생을 달관한 그러한 위인들은 명성 따위는 우습게 여기면서 삶에 연연하지 않는다. 왜냐하면 그들이 사는 세상에서는 마음껏 능력을 발휘하거나 감정을 표현할 수 있는 기회가 없기 때문이다. 그는 두려움과 존경의 대상이었지만, 그다지 사랑받지는 못했다. 사람들은 누군가 뛰어난 사람이 자기보다 높이 올라가는 것은 인정할 수 있지만, 그들이 절대 자기만큼 밑으로 떨어지지 않는다는 사실은 결코 용납하지 않는다. 따라서 사람들이 훌륭한 인물들에게 느끼는 감정에는 으레 약간의 증오심과 두려움이 섞여 있기 마련이다. 죽은 사람이든 산 사람이든 누군가 지나치리만큼 많은 영광을 한몸에 받을 경우, 그는 암묵적으로 비난의 대상이 되고, 사람들은 그런 인물을 결코 용서하지 않는다. 퐁텐블로에서 나폴레옹과 결별한 후, 귀족 출신에 작위를 가지고 있었음에도 몽리보는 휴직 명령을 받았다. 과거에 그가 보여주었던 강직함에 대해 국방부는 겁을 먹었던 것이다. 나폴레옹의 군기軍旗에 맹세했던 그의 충성심은 국방부에 널리 알려져 있었다. 백일천하 시절 그는 근위대장에 임명되었고, 워털루전쟁에 참여했다. 그러나 워털루전쟁에서 부상을 당해 벨기에에 붙들려 있었던 탓에 그는 루아르 부대*에 편입될 수 없었다. 그런데 왕정이 백일천하 시절에 그가 부여받았던 지위를 인정하려 하지 않자, 그는 조국 프랑스를 떠나버렸다. 천부적으로 타고난 대담한 기질과 이제까지 전쟁터에서 만났던 수많은 위험을 통해 충족되었던 고귀한 사유에 이끌리고, 엄정한 직관에 따라 뭔가 유용하다고 판단된 계획에 열광하면서, 그는 오늘날 학자들 사이에서 지대한 관심

* 1815년 백일천하 당시 왕당파가 일으킨 방데 반란을 진압하고자 조직된 나폴레옹 군대. (옮긴이)

의 대상이 된 북이집트와 아프리카 미지의 땅, 특히 중앙아프리카 지역을 탐험하고자 배를 탔다. 이 과학적 탐험은 오래 걸렸을 뿐 아니라 큰 성과를 거두지도 못했다. 무척이나 열심히 연구했던 지리적 문제나 산업상의 문제를 해결하기 위해 그는 소중한 자료들을 수집했으며, 수많은 역경을 견뎌가면서 아프리카 중심부에 도달했으나, 그곳에서 동료의 배신으로 야만적인 부족에게 붙잡히게 되었다. 그는 가진 것을 모두 다 빼앗기고 그들의 노예가 되어, 매 순간 죽음의 위협을 받고, 인정머리없는 아이들이 가지고 노는 동물만도 못한 대접을 받으면서 두 해 동안 사막 여기저기로 끌려다녔다. 강인한 신체와 흔들리지 않는 굳건한 정신력으로 그는 그 끔찍한 포로생활을 견뎌냈다. 그렇지만 그가 기적적으로 그곳에서 탈출했을 때, 그의 기력은 완전히 고갈되고 말았다. 그는 누더기를 걸치고 기억도 몽롱해진 채, 다 죽어가는 상태로 프랑스 식민지였던 세네갈에 도착했다. 여행중 치렀던 엄청난 희생도, 아프리카 여러 지역의 방언에 대한 연구도, 그 밖의 수많은 발견이나 관찰도 아무 소용 없었다. 그를 포로로 붙잡았던 부족장의 아이들은 며칠 동안 그의 머리를 과녁으로 삼아 멀리서 말뼈를 던져 그 과녁 가까이에 이르게 하는 놀이를 즐겼다. 이 단 한 가지 사실만으로도 그가 얼마나 고통을 겪었는지 가늠할 수 있을 것이다. 몽리보는 1818년 중반쯤에 파리로 돌아왔지만, 후원자 하나 없는 빈털터리 신세였다. 게다가 그는 후원자를 원하지도 않았다. 무엇이 되었건, 설사 이미 획득한 자신의 권리를 인정받기 위한 것이라 할지라도, 남에게 간청해야 한다면 그는 수십 번이라도 죽는 것을 택했으리라. 역경과 고난을 극복해왔던 만큼 그는 아주 사소한 일에도 최선을 다했으며 양심이라는 도덕적 의식 앞에서 늘 인간으로서의 존엄성을 지켜왔기에, 겉으로 보아 별것 아닌 것처럼 보이는 행동도 매우 중요하게 생각했다. 그렇지만 파리의 주요 학자들이나 교육받은 군인들과 친분이 있었으므로 그의 진정한 가치와 그가 한 모험은 사교계에 널리 알려지게 되었다. 그의 탈주, 포로 생활, 그리고 여행을 둘러싼 자초지종은 그가 무척이나 침착하고 지혜로우며 용기 있게 행동했음을 보여주었으며, 따라서 그는 자기도 모르는 사이에 파리 사교계에서 흔히 볼 수 있는 일시적인 명성을 얻게 되었던 것이다. 파리 사교계는 그런 종류의 명성에는 아낌없이 관심을 표하지만, 예술가들이 그 명성을 유지하기 위해서는 이루 말할 수 없는 노력을 기울여야만 한다. 그런데 그해가 끝나갈 무렵, 몽리보 장군의 지위가 갑자기 달라졌다. 무일푼이던 그는 부자가 되었던 것이다. 아니 적어도 외관상으로는 부자의 특권을 모두 누릴 수 있게 되었다. 왕정은 강력한 군대를 만들기 위해 유능한 인재를 물색했고, 그리하여 지난 시절의 장교 중에서 성실하고 인품이 좋은 것으로 미루어 변함없는 충성심이 보장되는 몇몇 인물을 골라 그들에게 새로운 자리를 부여했던 것이다. 몽리보는 지난날의 계급을 유지한 채 군의 지휘관으로 복권되었고, 그동안의 밀린 봉급을 받았을 뿐 아니라 근위대에 배치되었다. 그 자신은 아무것도 요구하지 않았지만, 몽리보 후작에게는 연이어 혜택이 쏟아졌다. 본인은 절대 하지 못할 사적인 이해관계를 위한 교섭을 친구들이 나서서 대신 해주었던 것이다. 그후 그는 갑자기 이제까지의 습관을 바꾸어 사교계에 드나들기 시작했다. 사교계에서 그는 환대를 받았고, 어디에서나 사람들은 그에게 특별한 존경심을 표했다. 그는 마치 인생의 대단원에 이른 것처럼 보였다. 그러나 내면으로만 그런 생각을 할 뿐, 겉으로는 아무런 내색도 하지 않았다. 사교계에서도 그는 늘 근엄한 얼굴을 하고 명상에 잠겨 있었으며, 말이 없고 차가웠다. 그는 파리의 살롱을 장식하는 진부하기 짝이 없는 용모를 가진 다른 사내들과 확연히 구분되면서 인기를 끌었다. 이제껏 사교계에 그런 인물은 없었던 것이다. 그의 말에는 고독한 사람이나 야성적인 사람이 사용하는 언어에서 볼 수 있는 간결함이 있었다. 수줍은 태도마저 고귀함의 증거로 보였기에 그는 더욱더 매력적으로 보였다. 그에게는 어딘지 남다르고 위대한 점이 있었다. 게다가 그 어떤 권력자도 농락할 수 있고 아무리 단호한 성격의 소유자라 할지라도 망가뜨릴 수 있는 능수능란한 아첨과 술책에도 아무 반응이 없었던 만큼, 여인들은 그의 독특한 매력에 모두들 푹 빠지고 말았다. 그러나 몽리보 장군은 파리 여인들의 그런 유치한 수작에는 아랑곳하지 않았으며, 그의 영혼은 오로지 진심이 담긴 고귀한 감정의 울림을 느낄 경우에만 응답했다. 이제까지 살아온 인생이나 그가 겪은 모험들에 담긴 시정이 없었더라면, 본인도 모르는 사이에 그를 찬양하고 다니는 사람들이 없었더라면, 그가 사랑할 여자를 기다리면서 자존심을 지켜오지 않았더라면, 그는 아마도 사교계에서 금방 잊히고 말았을 것이다. 그러나 그 모든 것을 가진 그는 여전히 인기를 유지할 수 있었다. 이런 상황이니 랑제 공작부인이 그에게 강한 호기심을 품게 된 것은 자연스러운 일이었으리라. 우연한 기회에 그녀는 몽리보 장군에게 관심을 가지게 되었는데, 전날 밤 들은 그의 여행담 중 여자들의 변덕스러운 상상력에 깊은 인상을 남길 만한 이야기가 있었기 때문이다. 나일강 상류지역을 탐험하던 중 몽리보는 안내인 중 하나와 기가 막힌 논쟁을 벌인 적이 있었다. 여행연감에 기록된 것들

중에 가장 놀라운 것이라 할 만한 말다툼이었다. 사막을 횡단할 때의 일이었다. 그가 탐험하고자 하는 장소로 가기 위해서는 그 사막을 걸어서 횡단할 수밖에 없었다. 그를 그곳까지 데려다줄 수 있는 안내인은 딱 한 사람뿐이었다. 게다가 그때까지 그곳을 뚫고 들어간 여행자는 단 한 사람도 없었다. 그러나 대담하고 용기 있는 사내였던 장교는 그 지역에 가면 몇 가지 과학적 문제에 대한 해결책을 찾을 수 있으리라고 추정했다. 그 지역 노인들과 안내인의 만류에도 불구하고 그는 그 끔찍한 여정을 시작했다. 온갖 무시무시한 난관이 기다리고 있을 거라는 말에 그는 더욱더 큰 용기로 무장을 하고 아침 일찍 길을 떠났다. 하루종일 사막을 걸었고 밤이면 이제까지 한 번도 경험해보지 못했던 피로감을 느끼면서 모래 위에 누웠다. 발을 한 발짝 내디딜 때마다 모래가 밑으로 빠지면서 마치 땅이 꺼지는 듯한 느낌을 주었기에 그가 느끼는 피로감은 여느 피로감과는 달랐던 것이다. 하지만 그는 다음날이면 해가 뜨기 시작하는 새벽부터 다시 길을 떠나야 한다는 사실을 너무도 잘 알고 있었다. 어쨌든 안내자는 그에게 정오쯤이면 목적지에 도달하게 해주겠노라 약속하지 않았던가. 그 약속은 그에게 새로운 힘과 용기를 주었다. 약간은 과학을 원망하기도 했지만, 고통을 참으면서 그는 여정을 계속했다. 안내인 앞에서 불평하는 것은 수치라 여기며 힘든 내색도 하지 않았다. 하루의 삼분의 일 정도 걸었을 때, 그는 이미 완전히 탈진한 상태였고 발은 피투성이가 되었다. 그러자 그는 안내인에게 이제 곧 도착할 예정인지 물었다. 안내인은 "한 시간만 더 가면 됩니다"라고 말했다. 그 말에 아르망은 딱 한 시간 동안 버틸 수 있는 힘을 내고는 길을 계속 갔다. 그러나 약속한 시간이 지났음에도, 망망한 바다처럼 광대한 모래 지평선 너머로 목적지에 다다랐음을 알려줄 만한 야자수도 산봉우리도 보이지 않았다. 그는 가던 걸음을 멈추고 더이상 못 가겠노라 버티면서, 자기를 죽일 작정으로 거짓말을 했다며 안내인을 위협했다. 그러자 분노와 피로에서 비롯된 눈물이 햇빛에 벌겋게 달아오른 그의 뺨 위로 흘러내렸다. 잇달아 엄습해오는 보행의 고통으로 몸은 구부러졌고, 사막에서의 갈증으로 인해 목구멍은 말라붙어버린 것만 같았다. 안내인은 꿈쩍도 않고 빈정거리는 태도로 그의 불평을 다 들었다. 그러고는 동방인 특유의 아무렇지도 않은 표정을 지으면서, 갈색이 도는 금처럼 거의 거무스레한 빛이 나는 모래사막의 불규칙한 지층들을 살피는 것이었다. 그러더니 "길을 잘못 들었습니다"라고 차갑게 말했다. "너무 오랜만에 온 길이라 방향을 제대로 찾을 수 없었습니다. 이제 제 길로 들어섰습니다만, 아직 두 시간 정도 더 가야 합니다." '이 사람 말이 맞겠지.' 몽리보는 생각했다. 그러고는 그 인정머리없는 아프리카인을 따라 여행을 계속했다. 마치 사형수와 사형집행인이 보이지 않는 끈으로 연결되어 있듯이 그는 어떤 끈을 통해 그 무정한 인간과 묶여 있는 것 같았다. 그러나 안내인이 말한 두 시간이 지나고 프랑스인에게 남아 있던 마지막 기력까지 모두 다 고갈되었지만, 지평선 너머로는 여전히 아무것도 보이지 않았다. 야자수도 산도 없었다. 그에게는 이제 소리지를 힘도 한탄할 힘도 없었다. 그는 그냥 거기서 죽을 요량으로 사막 위에 누워버렸다. 그러나 이 세상에서 가장 용감한 사람이라 할지라도 그의 시선을 보았더라면 두려움에 벌벌 떨었을 것이다. 그 시선은 마치 혼자서는 절대 죽지 않겠노라고 말하는 듯했다. 그러나 진짜 악마처럼 안내인은 권위 있고도 냉정한 시선으로 그를 힐끗 쳐다보더니, 절망한 희생자가 무슨 일을 벌일 경우에 대비하여 거리를 둔 채, 바닥에 뻗어 있는 그를 내버려둘 뿐이었다. 몽리보는 마지막 한 방울의 힘을 다 쥐어짜내 안내인에게 저주를 퍼부었다. 그러자 안내인이 다가와 그를 빤히 바라보고 입 닥치라고 한 후 이렇게 말했다. "우리가 말렸는데도 그곳까지 데려가달라고 우긴 건 당신이오. 그래놓고는 당신을 속였다고 비난해? 안 그랬다면, 당신은 여기까지도 못 왔을 거요. 진실을 알고 싶소? 말하리다. 아직도 다섯 시간은 더 가야 하오. 게다가 이제는 돌아갈 수도 없소. 잘 생각해보시오. 더이상 갈 용기가 없다면, 자 여기 단도가 있소." 몽리보는 인간의 고통과 힘에 관한 무서운 통찰력에 놀랐다. 그러나 그는 이 야만인보다 못난 사람이 되고 싶지 않았다. 그는 유럽인의 자존심을 지키기 위해 새로운 용기를 내어 다시 일어나 안내인을 따라갔다. 다섯 시간이 지났다. 그러나 몽리보의 눈에는 여전히 아무것도 보이지 않았다. 그는 안내인을 향해 다 죽어가는 눈길을 보냈다. 그러자 그 누비아인은 그를 번쩍 들어올려 어깨에 둘러멨다. 백 보 정도 떨어진 곳에 아름다운 푸른 숲으로 둘러싸인 호수가 불타오르는 석양빛을 받아 반짝이는 광경이 보였다. 그들은 거대한 화강암 지층 가까이 이르렀는데, 바로 그 밑에 숭고한 경치가 파묻힌 것처럼 숨겨져 있었던 것이다. 아르망은 다시 태어난 느낌이었다. 지혜롭고 용감한 거인 같은 안내인은 그를 짊어진 채, 화강암 위로 보일락 말락 한 발자국이 새겨진 뜨겁고 반들반들한 작은 오솔길을 따라 내려감으로써 헌신적인 임무 수행을 마쳤다. 한쪽은 지옥 같은 사막이었고, 다른 한쪽은 이 사막에서 가장 아름다운 오아시스가 있는 지상낙원이었다.

시정 가득한 그 인물의 외모에 강한 인상을 받았던 공작부인은 그가 바로 그 유명한 몽리보 후작이라는 사실을 알게 되자 더욱 그에게 끌렸다. 밤새도록 그녀는 몽리보 장군의 꿈을 꾸었던 것이다. 그와 함께 불타는 모래 위에 남겨지는 것, 그런 남자가 악몽의 동반자가 되는 것, 이런 것들은 공작부인과 같은 성격의 여인에게는 즐거움을 약속해주는 감미로운 전조가 아닐까? 아르망만큼 얼굴 표정에서 자기 성격을 그대로 드러내는 사람도 없었을 것이며, 아르망만큼 사람들의 호기심을 자극하는 사람도 없었을 것이다. 크고 각진 그의 머리에서 두드러져 보이는 것은 엄청나게 숱이 많은 검은 머리카락이 얼굴을 완전히 뒤덮고 있는 모습이었는데, 그 모습은 클레베르 장군*을 연상시켰다. 정력이 넘쳐 보이는 이마, 윤곽이 뚜렷한 얼굴, 대담하면서도 침착해 보이는 눈매, 또렷한 이목구비에서 느껴지는 격렬함 등이 클레베르 장군과 많이 닮았던 것이다. 키는 작았지만 가슴팍은 넓었고 사자처럼 근육이 발달해 있었다. 걸을 때면, 자세나 발걸음뿐 아니라 아주 소소한 몸짓에서도 경의를 표하게 하는 뭔지 모를 안정된 힘과 사람을 압도하는 그 무엇이 느껴졌다. 그는 마치 자기 의지대로 되지 않는 것은 아무것도 없다는 사실을 잘 알고 있는 사람처럼 보였다. 그것은 아마도 그가 늘 올바른 것만을 원했기 때문이리라. 아무튼, 진정으로 강인한 사람들이 다 그러하듯이, 그 역시 말할 때는 부드러웠고, 태도에는 꾸밈이 없었으며, 당연히 인품도 좋았다. 그러나 감정적으로 냉혹해지고 무서운 행동을 결심하는 심각한 상황에 이를 경우 틀림없이 그의 그런 장점들은 모두 사라져버릴 것이다. 관찰력이 뛰어난 사람이라면 그의 입술 가

* 장 바티스트 클레베르. 프랑스혁명기의 장군. 이집트 원정 당시 사망했다. (옮긴이)

장자리가 살짝 올라간 모습을 보고 그가 냉소적인 성격의 소유자임을 알아챌 수 있으리라.

랑제 공작부인은 그 남자를 정복하는 것이 일시적이긴 하지만 얼마나 가치 있는 일인지 잘 알고 있었기에, 모프리뇌즈 공작부인이 그를 소개시켜주려고 찾으러 간 잠깐 사이에, 그를 유혹하여 연인 중 하나로 만들어버리겠다는 결심을 했다. 그러고는 다른 애인들보다 그에게 훨씬 더 큰 호의를 보임으로써 그를 자기 곁에 붙들어놓고 온갖 애교를 부릴 생각을 했다. 그것은 변덕에 의한 일시적인 욕망으로 로페 데 베가인지 칼데론인지가 쓴『정원사의 개』*의 주제이기도 하다. 그가 다른 여자의 남자가 되는 것은 싫었지만, 그렇다고 자기가 그 남자의 여자가 될 생각도 없었다. 랑제 공작부인은 애교와 교태를 부리는 데 필요한 자질을 타고난데다 그 자질들은 교육을 통해 더욱더 완벽해졌다. 그녀는 여자들에게는 선망의 대상이 되었고, 남자들한테는 사랑을 받았다. 그럴 만도 했다. 그녀는 사랑을 불러일으키고, 그 사랑의 정당함을 주장하게 하고, 그 사랑이 영원히 지속되게 하는 데 필요한 모든 것을 갖추고 있었으니 말이다. 매력적인 미모, 품행, 말투, 태도, 이 모든 것이 잘 어우러져 요염한 분위기를 자아냈는데, 그 요염함은 지극히 자연스러운 것이었다. 자연스레 풍기는 요염함이야말로 사내들에 대한 여자들의 위력을 확인하게 해주는 것이리라. 자태가 아름다웠던 그녀는 상

* 이 작품의 저자는 로페 데 베가다. 작가는 "정원사의 개는 자기 먹이는 먹지 않으면서 소가 그것을 먹으면 으르렁거린다"는 스페인 속담에서 소재를 가져왔다. 여주인공 디안 데 벨플로르는 자신의 비서를 마음에 두고 있음에도 자존심 때문에 그의 구애를 거부한다. 그러나 그가 자신의 하녀를 유혹하자 분통을 터뜨린다.

대방에게 지나칠 정도로 환심을 사고자 과장되게 몸을 움직였는데, 그런 꾸민 태도는 비난받을 만한 그녀의 유일한 단점일 것이다. 아주 사소한 몸짓부터 말할 때의 독특한 어투며 누군가를 바라볼 때의 위선적인 시선까지, 그 모든 것이 자연스럽게 조화를 이루고 있었다. 그 외모의 가장 큰 특징은 우아한 기품이었으며, 지극히 프랑스적인 그녀의 변덕스러운 성격도 결코 그 기품을 손상시키지 않았다. 허구한 날 변덕을 부리는 그녀의 태도는 오히려 남자들에게 이루 말할 수 없이 더 큰 매력으로 다가왔던 것이다. 그녀가 코르셋을 벗어던지고, 체면 유지를 위해 걸친 모든 거추장스러운 것을 다 없앤다면 그 누구보다 감미로운 최고의 애인이 될 것임은 틀림없었다. 사실 사랑의 기쁨은 사랑이 담긴 자유분방한 시선, 유혹적인 달콤한 목소리, 감미로운 말, 이런 것들 속에서 싹트는 것이다. 공작부인의 내면에 고급 창부 기질이 숨어 있다는 사실은 누구나 알 수 있었다. 아무리 신앙심을 내세우면서 그 사실을 부인하려 해도 소용없었다. 야회에서 그녀 곁에 앉아본 사람이라면 누구나 그녀가 즐거움이나 우울을 연기하는 것이 아니라, 진짜로 즐겁게 대화하다가 갑자기 침울해지곤 하는 모습을 목격할 수 있었다. 그녀는 자기 마음 내키는 대로 상냥하게 애교를 부릴 수도 있었고, 남을 멸시하거나 거만하게 굴 수도 있었다. 그런가 하면 속내 이야기를 터놓고 할 수도 있는 여자였다. 그녀는 선해 보였고 실제로도 그랬다. 그런 지위에 있는 여자라면 심술궂은 행동까지 할 필요가 없는 것이다. 그녀는 때에 따라 경계심 없이 대하다가는 교활해지기도 하고, 감동적일 만큼 다정하다가는 가슴을 얼어붙게 할 만큼 냉혹해지기도 했다. 그러나 그녀를 제대로 묘사하려면 여성에게 존재하는 상반되는 특징을 모두 다 합쳐야만 하리라. 한마디로 그녀는 자신이 되고 싶었던 여자, 남들에게 그렇게 보이고 싶었던 여자가 되었던 것이다. 그녀의 얼굴은 무척이나 갸름하고 우아했는데, 그 섬세하고 가느다란 선은 어딘가 중세 여인의 얼굴을 연상케 하는 구석이 있었다. 창백한 얼굴은 살짝 발그레한 빛을 띠고 있었다. 지나친 섬세함이 오히려 결점이라면 결점인 얼굴이었다.

몽리보 장군은 기꺼이 랑제 공작부인을 소개받았다. 상투적인 대화를 피하는 세련된 취향을 가진 사람들의 관례에 따라, 공작부인은 질문이나 찬사로 그를 귀찮게 하지 않으면서 존경심이 묻어나는 우아한 태도로 그를 맞이했다. 뛰어난 사내라면 그런 태도 앞에서 기분이 좋아질 수밖에 없으리라. 훌륭한 남자라면 여자들에게서 일어나는 모든 감정을 꿰뚫어볼 수 있을 만큼 통찰력을 지녔을 터이니 말이다. 공작부인은 호기심을 표시할 경우 눈으로 말했고, 찬사를 보낼 때는 몸동작으로 표현했다. 그러고 나서 애교 섞인 달콤한 말을 늘어놓았다. 상대방의 관심을 끌고 싶다는 소망을 이토록 섬세하게 표현할 수 있는 여자는 그녀밖에 없을 것이다. 그러나 이제까지의 모든 대화는 편지로 치자면 본문 같은 것이었다. 그녀에게는 말하고 싶은 진짜 내용이 담길 추신이 필요했다. 삼십 분 정도 말투나 미소에만 말의 가치를 부여하던 별 의미 없는 대화를 나눈 후, 몽리보가 조용히 자리를 뜨려고 하자 공작부인은 의미심장한 몸짓으로 그를 붙잡았다.

"몽리보 씨, 잠시 동안이었지만 당신과 나눈 대화는 무척 즐거웠습니다. 그런데 제가 당신을 집으로 초대해도 될 만큼 당신도 대화를 즐기셨는지 모르겠군요. 게다가 당신을 나 혼자 차지하는 건 너무 내 생각만 하는 것 아닌가 하는 생각도 들고요. 하지만 당신이 즐거워하셨다면 저로서는 매우 기쁜 일입니다. 저는 열시까지는 항상 집에 있으니 언제든 와주세요."

공작부인이 너무도 요염한 말투로 그렇게 말했기 때문에 몽리보 장군은 그 초대에 응하지 않을 수 없었다. 여자들 무리에서 조금 떨어져 남자들이 모여 있는 곳으로 가자, 그의 친구들은 랑제 공작부인에게 그렇게 특별한 대접을 받은 데 대해 반쯤은 진심으로, 반쯤은 농담으로 축하를 보냈다. 그 어렵고도 빛나는 정복이 확실히 이루어졌다. 승리는 근위 포병대가 맡아놓은 것이다. 일단 그런 주제가 받아들여지고 나면, 호의적이든 악의적이든 파리 사교계에는 수많은 농담이 오가기 마련이다. 사교계에서는 농담을 즐기지만, 농담의 수명은 너무도 짧기에 사람들은 모두 하나의 농담을 가지고 최대한 즐기려 한다.

이런 시시껄렁한 이야기에 장군은 자기도 모르게 우쭐해졌다. 그는 자리에 앉아 있으면서도 종잡을 수 없는 여러 가지 미묘한 생각에 이끌려 자꾸만 공작부인에게로 시선이 갔다. 시선을 사로잡는 아름다운 여자는 많았다. 그러나 그네들 중 아무도 그녀만큼, 프랑스의 젊은 청년들이 꿈꾸듯, 자신의 장점과 단점, 그리고 그것들의 조화를 매력적으로 표현한 여자는 없다는 사실을 그는 인정하지 않을 수 없었다. 설령 꿈속에서라 할지라도 자신이 선택한 여성이 세 가지 면에서, 즉 정신적, 육체적, 사회적으로 나무랄 데 없이 완벽하며, 항상 그녀를 통해 자신의 모든 소망이 이루어졌음을 느낄 수 있다면, 그가 운명적으로 무슨 계급에 속해 있든, 어떤 사내이든 간에 더없는 기쁨을 느끼지 않겠는가? 환상을 품게 하는 모든 요소의 총집합은 사랑의 원인은 아닐지라도, 분명 사랑이라는 감정을 불러일으키는 강력한 촉매제가 될 수는 있을 것이다. 지난 세기의 심오한 사상을 지닌 어떤 모럴리스트는 허영심이 없다면 사랑이란 회복기 환자에 불과하다고 말한 바 있다.* 남자든 여자든 누구에게나 사랑하는 사람이 탁월한 인물이라는 사실은 분명 최고의 기쁨이다. 그 여인 때문에 자존심이 상처받을 일은 없다는 것, 그녀는 절대로 무시당하지 않을 만큼 고귀하며, 재계의 벼락부자들과 맞먹을 정도의 화려함으로 둘러싸일 수 있을 만큼 부자이며, 고도로 세련된 농담에도 상처받지 않을 만큼 재치가 있으며, 그 어떤 남자나 여자와 견주어도 손색이 없을 만큼 용모가 뛰어나다는 것, 그러한 것들이 전부라고는 말할 수 없지만 대단히 중요한 것임에는 틀림없지 않은가? 남자는 눈 깜박할 사이에 그런 생각들을 한다. 그러나 그런 생각을 품게 한 바로 그 여인이 이제 막 피어나는 사랑의 미래를 위해 애교를 부리며 온갖 희열을 느끼게 하고, 순진한 영혼의 천진난만한 언동을 보이는 동시에, 교태 뒤에 숨은 속마음을 은근히 드러내면서 사랑의 위험성을 경고한다면, 아무리 냉정한 사내라 한들 어떻게 마음이 흔들리지 않을 수 있겠는가? 여자 문제와 관련하여, 당시 몽리보가 처한 상황은 다음과 같았다. 그 문제에서 특이한 점은 과거 그의 삶의 행적이 어느 정도 확실하게 보여줄 것이다. 일찍이 젊어서부터 프랑스의 전쟁이라는 폭풍우 속에 던져져, 늘 전쟁터에서 살아왔던 그가 여자에 대해 아는 것은 항상 시간에 쫓기며 이 여관에서 저 여관으로 돌아다니는 여행자가 어떤 나라에 대해 알 수 있는 것 정도에 지나지 않았다. 볼테르가 나

* 18세기 프랑스 시인이자 언론인이었던 모럴리스트 샹포르의 격언. 그는 자신의 격언집에서 다음과 같이 말한다. "사랑에서 자존심을 버리고 나면 남는 것은 별로 없다. 허영심을 제거하고 나면, 사랑이란 겨우 기어다닐 수 있을 만한 회복기 환자에 불과하다."

이 팔십이 되어 인생을 돌이켜보며 했던 이야기를 그는 자신의 지난 삶에 대해 말할 수 있을까?* 스스로를 책망할 일이 수도 없이 많지 않을까? 이제 막 숨어서 『포블라』**를 읽은 젊은 청년처럼, 그는 그 나이 먹도록 사랑에는 미숙하기 짝이 없었다. 여자에 대해서라면 모르는 것이 없었지만, 사랑에 대해서는 아무것도 몰랐다. 여태껏 누군가를 사랑해본 적이 없었던 만큼 그는 처음으로 이제까지와는 다른 욕망을 느꼈던 것이다. 몽리보가 전쟁이나 지금까지 일어났던 사건들에 휩싸여 살았듯이, 가난이나 야망, 예술이나 과학으로 인해 일에 몰두하도록 강요받은 남자들 중에는 그러한 자신의 이상한 상황을 잘 파악하고 절대로 그것을 털어놓고 이야기하지 않는 사람들이 있다. 파리에서 모든 남자는 사랑받은 경험이 있어야만 한다. 여자들은 누구나 다른 여자가 원치 않았던 남자는 사랑하지 않기 때문이다. 프랑스에서는 바보 취급을 받을까봐 두려워 누구나 거드름을 피우면서 거짓말을 한다. 프랑스에서 바보로 취급받는다는 것은 그가 이 나라 사람이 아니라는 것을 의미한다. 그 순간 몽리보는 사막의 열기 속에서 점점 더 커져만 갔던 강렬한 욕망에 사로잡혔을 뿐 아니라 가슴이 세차게 뛰는 것을 느꼈다. 이제까지 그는 한 번도 뛰는 가슴으로 격렬한 포옹을 해본 적이 없었던 것이다. 거친 성격이었던 만큼 정신력이 강했던 그는 마음속에서 일어나는

* 볼테르는 죽기 직전에 르 브룅에게 이렇게 말했다고 한다. "내 나이 여든넷, 그동안 얼마나 바보짓을 많이 했던가!"

** 18세기 작가이자 정치가인 루베 드 쿠브레의 리베르티나주 소설 『포블라 기사의 사랑』. 경박한 연애사건을 그린 작품으로 발자크는 종종 이 작품을 인용했는데, 그는 특히 교활한 남자 주인공 포블라와 착하고 사랑스러운 여주인공 리그놀 부인에 대해 특별한 관심을 보였다.

흥분을 억제할 수 있었다. 그러나 의미 없는 말들을 지껄이면서도 생각에 잠기곤 했다. 그는 그녀를 반드시 자기 여자로 만들겠다고 다짐했다. 그에게는 그 생각만이 사랑에 이르는 길이었던 것이다. 그의 욕망은 한때 함께 생활했던 아랍인들에게 배운 아랍식 맹세 같은 것이 되었다. 아랍인들에게 맹세란 운명과 맺은 일종의 계약인데, 그들에게는 맹세를 지키는 것이 자기 자신보다 더 중요하며, 죽음조차 성공을 위한 하나의 수단에 지나지 않는다. 젊은 사내라면 마음속으로 '랑제 공작부인이 내 애인이라면 얼마나 좋을까!'라든가, 아니면 '랑제 공작부인의 사랑을 받는 녀석은 얼마나 행복할까!'라고 생각했을 것이다. 그러나 장군은 이렇게 생각했다. '랑제 공작부인을 애인으로 삼을 것이다.' 사랑이 곧 종교가 되어버린 마음이 순결한 남자가 그런 생각을 가슴에 품을 때, 그 사내는 자신이 얼마나 끔찍한 지옥으로 발을 들여놓은 것인지 알지 못한다.

몽리보 장군은 처음으로 첫사랑의 열기에 사로잡혀 어쩔 줄 몰라, 서둘러 살롱을 빠져나와 집으로 돌아갔다. 중년의 나이에 이르렀음에도 여전히 신념과 환상을 간직하고 있을 뿐 아니라 솔직하고 어린아이처럼 성급한 사내라면 원하는 것을 가지기 위해 우선 손을 뻗어 잡으려 할 것이다. 그런 후 그 욕망의 대상이 자기 손이 닿을 수 없는 먼 거리에 있다는 사실을 깨닫게 되면, 어린아이들처럼 놀라거나 조바심에 사로잡히게 된다. 더욱이 조바심으로 인해 욕망하는 대상의 가치는 점점 더 커져만 간다. 그래서 결국 부르르 떨거나 울어버린다. 그리하여 이튿날, 아르망 드 몽리보는 마음을 뒤흔들며 혼란스럽게 만들었던 오만 가지 폭풍 같은 상념 끝에 진정한 사랑으로 인해 생긴 욕망의 노예가 되고 말았다. 전날 그토록 퉁명스러운 취급을 당했던 공작부인은 그 다음날 더없이 성스럽고, 무시무시한 힘을 가진 여인이 되어 있었다. 이제 그에게 공작부인은 이 세상 모두이자 삶의 전부가 되었다. 이제까지 그가 살아오면서 느꼈던 최고의 기쁨이나 최고의 고통도 그녀에게서 받은 아주 사소한 감정에 대한 기억 앞에서는 빛이 바래버리는 것이었다. 혁명이 제아무리 신속히 진행된다 한들 그것은 인간의 이해관계를 혼란스럽게 할 뿐이지만, 열정은 인간의 감정을 뒤흔들어버린다. 그런데 이해관계보다 감정으로 살아가는 사람들, 다시 말해 점액질*의 지적이고 무심한 성격이라기보다는 감수성이 예민하고 다혈질인 사람들에게 진정한 사랑은 그들의 삶 자체를 완전히 바꾸어버린다. 아르망드 몽리보는 잠시 생각한 후 단번에 지난 과거의 삶을 모두 잊기로 결심했다. 그는 마치 어린아이처럼 수십 번이나 '갈 것인가? 말 것인가?'를 자문한 끝에 옷을 갈아입고 저녁 여덟시쯤 랑제 공작부인의 저택으로 갔다. 그는 부인 방으로 안내되었다. 그러나 그가 만나게 될 여인은 단순한 여인이 아니라 전날 밤 그가 보았던, 찬란한 빛을 받으며 싱그럽고 순진무구한 아가씨처럼 얇은 천으로 된 옷을 입고 레이스와 베일로 몸을 감쌌던 우상, 열렬한 숭배의 대상이었다. 그는 마치 전쟁터에서 적을 향해 첫번째 대포를 쏘듯이 단숨에 사랑을 고백하고자 그녀의 방으로 들어갔다. 가여운 풋내기 같으니라고! 그는 모호한 분위기를 풍기는 공기의 요정처럼, 교묘하게 불룩한 주름을 넣은 갈색 캐시미어 실내복으로 몸을 감싸고 어두컴컴한 방의 긴 의자에 힘없이 앉아 있는

* 고대 의학이 분류한 네 가지 인간 유형에 따르면, 인간은 다혈질, 성을 잘 내고 침울한 담즙질, 신경이 예민한 우울질 형, 림프 체질의 무심한 점액질로 분류된다.

여인을 보았다. 랑제 공작부인은 일어나지도 않은 채, 얼굴만 살짝 들 뿐이었다. 머리에 베일을 둘렀음에도 머리칼은 흐트러져 있었다. 그녀는 그에게 앉으라는 손짓을 했다. 멀리 놓인 하나밖에 없는, 깜빡거리는 촛불의 희미한 빛 아래에서 그 손은 대리석처럼 하얗게 보였다. 그녀는 희미한 불빛만큼이나 조용한 목소리로 이렇게 말했다. "후작님, 당신이 아니었다면, 허물없이 지내는 친구나 별로 흥미롭지 않은 시시한 분이었다면, 아마 그냥 가시라고 했을 겁니다. 보시다시피 머리가 많이 아파요."

아르망은 그냥 가야겠다고 생각했다.

"하지만……" 그녀는 반짝이는 눈으로 그를 바라보면서 말했다. 순진한 군인은 열 때문에 그녀의 시선에서 불꽃이 인다고 생각했다. "당신이 곧 방문하실 걸 몸이 먼저 알았는지 조금 전부터 머리가 많이 맑아졌어요. 그리고 지체 없이 와주셔서 더없이 기뻐요."

"그럼 그대로 있어도 되겠군요." 몽리보가 말했다.

"어머나! 그냥 가시면 무척 서운할 거예요. 오늘 아침에도 생각했어요. 당신은 제게 아무 관심도 없을 거라고. 당신은 아마도 제 초대를 그저 파리 여인들이 아무 생각 없이 남발하는 흔해빠진 평범한 인사치레에 지나지 않는다고 생각하셨을 거라고요. 그래서 저는 은혜를 모르는 당신의 행동을 미리 용서해드리기로 했었답니다. 사막에서 바로 도착한 분이시니 우리 생 제르맹 구역 사람들이 사람을 사귈 때 얼마나 배타적인지 잘 모르실 거예요."

감미로운 그녀의 말은 속삭이듯 한마디 한마디 흘러나왔고, 그 말들에는 기쁜 감정이 담뿍 담겨 있었다. 마치 그 감정이 감미로운 말들을 부추기는 것 같았다. 공작부인은 두통을 최대한 이용하려 했고 그녀의 계산은 딱 들어맞았다. 어리석은 군인은 그녀의 가짜 두통을 진심으로 마음 아파했다. 마치 크리용*이 그리스도의 수난 이야기를 들었을 때처럼, 장군은 그녀의 두통을 쫓아내기 위해서라면 칼이라도 뽑을 태세였다. 아! 이런 환자 앞에서 어찌 감히 사랑을 고백할 수 있단 말인가! 게다가 이미 아르망도 그토록 상류층에 속하는 여자에게 느닷없이 사랑 이야기를 꺼내는 것이 얼마나 우스꽝스러운 것인지 깨닫게 되었다. 그는 단 한 가지 생각으로 감정의 온갖 섬세함과 영혼이 요구하는 바를 다 이해할 수 있었다. 사랑한다는 것, 그것은 변명하고 애원하고 기다릴 줄 아는 것이 아닐까? 사랑을 느꼈다면 그것을 증명해야 하지 않을까? 그는 귀족 구역의 예법과 두통의 위력으로 인해, 그리고 무엇보다 진정으로 사랑에 빠진 남자의 소심함 때문에 얼어붙어 혀가 마비되어버렸다. 그러나 이 세상 그 어떤 힘도 표범의 눈처럼 고요하면서도 광대한 사막의 열정을 담고 있는 그의 시선을 감출 수는 없었다. 그 눈의 눈꺼풀은 거의 깜빡이지도 않았다. 공작부인은 그녀만을 바라보는, 빛과 사랑으로 가득한 그의 시선을 한없이 사랑했다.

"공작부인, 당신이 베풀어주신 호의에 무어라 감사드려야 할지 모르겠습니다." 그는 말했다. "제가 지금 바라는 것은 단 한 가지, 당신의 두통을 없앨 수 있는 능력뿐입니다."

"실례지만 이걸 좀 치울게요. 지금은 너무 덥군요." 공작부인은 매력

---

* 앙리 4세 시절 신교측 군인이었던 그는 아비뇽 근처 자신의 영지로 은둔했다. 어느 날, 교회에서 그는 신부가 예수의 태형 이야기를 읽는 것을 듣고, 칼을 잡으면서 이렇게 소리쳤다고 한다. "크리용, 너는 어디에 있었느냐?"

이 넘치는 우아한 동작으로 발을 덮고 있던 쿠션을 치우면서 말했다. 그러자 쿠션 밑에 숨겨져 있던 그녀의 발이 훤히 드러났다.

"부인, 동방에서라면 당신의 발은 거의 천 세퀸*의 값어치는 될 겁니다."

"탐험가의 찬사로군요." 그녀는 미소 지으면서 말했다.

재치가 넘치는 그 여인은 무뚝뚝한 몽리보를 어리석고 진부하고 의미 없는 대화에 끌어들이는 것이 여간 즐겁지 않았다. 군대식으로 말하자면 그는 나폴레옹이 오스트리아를 점령했을 당시 대패시켰던 카를 대공**처럼 어쩔 줄 몰랐던 것이다. 공작부인은 이 풋내기의 입에서 나오는 바보 같은 말들에서 이제 막 시작된 그의 사랑이 얼마나 열렬한 것인지 확인하고, 심술궂게도 그것을 마음껏 즐기고 있었다. 그녀는 그를 빠져나올 수 없는 미로 속에 조금씩 밀어넣고서 그가 자기 자신에 대해 수치심을 느끼도록 내버려둘 생각이었다. 그래서 그녀는 우선 그를 골려주었던 것이다. 그렇지만 그로 하여금 시간 가는 것을 못 느끼게 하는 것도 재미있었다. 첫 방문이 길어지는 것은 종종 아첨하기 위한 것이리라. 하지만 그것은 결코 아르망의 의도가 아니었다. 이 유명한 탐험가는 이것저것 많은 이야기를 했지만 정작 하고 싶은 이야기는 한마디도 못한 채, 자기는 이 여인의 장난감에 불과한 것은 아닌가 생

---

* 옛 베네치아 금화로 이탈리아 및 동방에서 통용됨. (옮긴이)

** 오스트리아 레오폴트 2세의 아들인 카를 대공은 유능한 지휘관이었으나 1809년 에슬링과 와그람 전투에서 나폴레옹에게 패했다. 『결혼 생리학』에서 발자크는 다음과 같이 말한다. "카를 대공은 『1798년 원정에 적용된 전략의 원칙』이라는 군대의 기술에 대한 훌륭한 개론서를 썼다. 그러나 나폴레옹이라는 천재 앞에서 군대의 기술에 대한 원칙이 무슨 소용이 있단 말인가?"

각하면서 한 시간 동안 그녀의 방에 머물러 있었다. 바로 그때 그녀가 일어나 앉더니 머리에 쓰고 있던 베일을 목에 두른 후 팔걸이에 팔을 걸치고는 몽리보 덕분에 이제 두통이 다 나았다며 줄을 잡아당겨 하인을 불러 방에 촛불을 켜게 했다. 이제까지 꼼짝도 하지 않았던 그녀가 더없이 우아한 동작으로 움직이고 있었다. 그녀는 몽리보 쪽으로 몸을 돌리더니 방금 그에게 들은 이야기, 무척이나 흥미로운 그의 개인적인 속내 이야기에 답하기 위해 다음과 같이 말했다. "지금까지 한 번도 사랑을 한 적이 없는 남자라고 믿게 만들면서 저를 놀리시려는 거죠? 남자들은 여자 앞에서 항상 그러고 싶어하더군요. 우리는 그 말을 믿지요. 하지만 우리가 그러는 건 순전히 예의를 차리기 위해서랍니다. 우리가 그런 것도 모를까봐요? 이 세상에 한 번도 사랑에 빠져보지 않은 남자가 어디 있겠어요? 하지만 남자들은 여자를 속이기를 좋아하고, 여자들은 바보같이 남자들이 그러도록 내버려두지요. 왜냐하면 당신들의 속임수도 사실 따지고 보면 순수하기만 한 여자들의 감정이 훨씬 더 고귀하다는 것에 대해 경의를 표하는 것이니까요. 하여간 우리 여자들만 불쌍하다니까요."

공작부인이 너무도 거만하고 너무도 자신 있게 이 마지막 말을 했기에 사랑에 있어 애송이인 그녀의 연인은 총알을 맞고 깊은 구렁으로 빠져버린 느낌이었다. 반면 그 말을 함으로써 공작부인은 천사처럼 하늘로 다시 날아오르는 것이었다.

'제기랄!' 아르망 드 몽리보는 마음속으로 부르짖었다. '도대체 어떡해야 이 망나니 같은 여자에게 사랑한다는 말을 꺼낼 수 있지?'

그는 이미 수십 번이나 말했다. 아니 공작부인은 그의 시선에서 수십 번이고 사랑을 읽었다. 그토록 위대한 남자가 자기에게 빠져 있다면 앞으로 재미있는 일이 많이 생길 것이며 무료했던 삶이 흥미로워지리라는 것을 그녀는 간파했던 것이다. 그리하여 그녀는 벌써부터 용의주도하게 마음의 준비를 단단히 하고 자기 주위에 수많은 보루를 쌓아놓은 후, 그가 그것들을 다 날려버리지 못한다면 절대로 마음을 허락하지 않겠노라 다짐하고 있었다. 부인의 변덕스러운 장난의 희생자가 된 몽리보는 온갖 장애물을 뛰어넘었음에도 여전히 제자리에 머물러 있었다. 마치 어린아이의 손바닥 안에서 앞으로 나아간다고 생각하면서 힘겹게 뛰어오르지만 사실은 짓궂은 형리刑吏인 그 어린아이 손에 놀아나면서 같은 자리에서 맴돌고 있을 뿐인 가엾은 곤충 같았다. 그러나 공작부인은 기개 높은 그 남자의 말이 거짓이 아님을 확인하자 말할 수 없이 기뻤다. 사실 아르망은 한 번도 사랑을 해본 적이 없었다. 그는 자신에게도 화가 났지만, 부인에게는 더욱더 화가 나서 자리를 뜨려고 했다. 그러나 공작부인은 그가 뿌루퉁해 있는 것을 재미있어하면서 바라보았다. 자신의 말 한마디, 한 번의 시선, 하나의 몸짓이면 그런 것쯤은 순식간에 사라져버리리라는 사실을 잘 알고 있었기 때문이다.

"내일 밤에도 와주시겠지요?" 부인이 말했다. "내일 무도회에 갈 거예요. 열시까지 기다릴게요."

그다음날 몽리보는 하루종일 서재 창가에 앉아 하염없이 여송연만 피워대고 있었다. 그러다보니 드디어 몸치장을 하고 랑제 저택으로 갈 시간이 되었다. 그의 엄청난 가치를 아는 사람이 그렇게 왜소해지고 그렇게 전전긍긍하는 그를 본다면, 온 세상이라도 품음직한 사유의 빛이 고작 한 여자의 규방에 국한되어버린 것을 본다면, 몽리보를 무척이나 한심하게 생각했을 것이다. 그러나 몽리보는 행복에 젖어 자신이 이미 너무나 초라해졌다는 것을 알고 있었기에, 난관을 극복하기 위해 친한 친구에게 연애담을 털어놓을 엄두조차 내지 못했다. 한 남자가 사랑에 빠졌을 때, 그 남자를 사로잡는 수줍음에는 늘 얼마간의 수치심이 담겨 있는 것이 아닐까? 그리고 그 소심함은 여자들을 우쭐하게 만드는 것이 아닐까? 다시 말해 여자들 자신도 뭐라 설명할 수 없는 그런 수많은 이유들이야말로 여자들로 하여금 사랑의 비밀을 지키는 데 지친 나머지 먼저 비밀을 누설해버리게 만드는 것이 아닐까?

"장군님, 지금은 공작부인을 만나실 수 없습니다. 부인께서는 지금 옷을 갈아입고 계시는 중입니다. 여기서 기다려달라고 하십니다." 하인이 말했다.

아르망은 거실을 거닐면서, 아주 사소한 것들에까지 스며들어 있는 부인의 취향을 음미했다. 그는 그녀가 선택한 물건들, 즉 그녀의 일상을 보여주는 그 물건들에 탄복하여, 그녀의 사람 됨됨이나 생각을 파악하기도 전에 그녀에 대해 경탄을 금치 못했다. 한 시간가량 흐른 후 공작부인이 아무 소리도 없이 방에서 나왔다. 뒤를 돌아본 몽리보는 그림자처럼 민첩하게 걸어오는 그녀를 보고 온몸을 부르르 떨었다. 부인이 그의 곁으로 다가왔다. 그러나 그녀는 그를 향해 '저 어때요?' 같은 평범한 말은 하지 않았다. 자기 모습에 자신이 있었던 부인은 가만히 그를 바라보면서 눈으로 이렇게 말했다. '당신 마음에 들려고 이렇게 치장했어요.' 버림받은 공주의 양어머니 노릇을 하는 늙은 요정만이 매력이 넘치는 이 여인의 목에 얇은 천을 휘감을 수 있었으리라. 얇은 천에 잡힌 주름의 선명한 색조는 비단결 같은 피부의 광채로 인해 더욱더 선명해 보였다. 공작부인은 눈부시게 아름다웠다. 밝은 청색 의상에 달린 장식은 머리의 꽃장식과 잘 어울렸으며, 그 화려한 푸른색은 날씬한 그녀의 몸매를 확실히 드러내 보였다. 게다가 양옆으로 늘어진 숄을 휘날리면서 아르망을 향해 미끄러지듯 다가오는 그녀는 공기처럼 가벼워 보였다. 전쟁터를 누비던 용감한 군인은 물위에서 꽃들 사이를 날아다니는, 꽃처럼 보이는 파랗고 예쁜 곤충과 그녀를 비교하지 않을 수 없었다.

"당신을 너무 오래 기다리게 했군요." 남자의 마음을 사로잡으려 할 때 여인들이 사용하는 음성으로 공작부인은 말했다.

"당신같이 아름다운 여신을 만날 수 있다는 확신만 있다면, 인내심을 가지고 언제까지라도 기다릴 수 있습니다. 하지만 당신에게는 아름답다고 말하는 것이 찬사에도 속하지 않을 겁니다. 당신의 마음을 조금이라도 움직이려면 하느님을 숭배하듯 열렬한 사랑을 바쳐야겠지요. 그저 당신의 숄에라도 입맞출 수 있게 허락해주십시오."

"어머, 그건 안 돼요." 공작부인은 오만한 태도로 말했다. "제가 존경하는 분이니 손을 내밀어야죠."

그녀는 아직도 촉촉하게 젖은 손을 내밀고 거기에 입맞춤하게 했다. 향기나는 욕조에서 바로 나온 여자의 손은 뭐라 말할 수 없는 포근하고도 신선한 느낌, 부드럽고도 몰랑몰랑한 느낌을 간직하고 있었다. 그 손이 주는 묘한 느낌은 입술에서 가슴으로 전달되었다. 가슴에 품은 사랑만큼이나 감각적인 쾌락을 탐하는 이 사나이에게, 겉으로는 정숙해 보이는 이 입맞춤은 무시무시한 폭풍우를 몰고 올 수 있으리라.

"당신은 언제고 이렇게 제게 손을 내주실 거죠?" 장군은 이 위험한 손에 정중하게 입을 맞추면서 겸손하게 말했다.

"그럼요, 하지만 우리 이 상태에 머물러 있기로 해요." 공작부인이 미소를 지으면서 말했다.

그녀는 자리에 앉아 몽리보 장군을 쳐다보면서 장갑을 끼려고 했다. 그러나 장갑이 너무 작아 손가락을 끼워 넣는 게 무척이나 힘들어 보였다. 그는 공작부인의 얼굴과 똑같은 동작을 우아하게 반복하는 부인의 손을 번갈아 바라보면서 감탄하고 있었다.

"아! 시간을 잘 지켜주셔서 정말 다행이에요. 저는 시간을 정확히 지키는 것을 좋아해요. 폐하께서도 시간을 잘 지키는 것이 왕가의 예절이라고 말씀하셨어요. 그런데 이건 제 생각이지만, 시간을 잘 지키는 것이야말로 남자가 여자에게 보내는 최고의 예찬이 담긴 경의의 표시인 듯싶어요. 그렇지 않나요? 말씀 좀 해보세요."

하찮은 것에도 만족해하면서 행복에 겨워 아무 말도 못하는 장군을 보자 그녀는 다시 그에게 가벼운 시선을 보내면서 호의를 표시했다. 그러나 그 호의에는 진심이 담겨 있지 않았다. 아! 공작부인은 여자의 역할을 완벽하게 터득하고 있었다. 즉 그녀는 남자가 자신을 비하하면 놀라우리만큼 그를 치켜세우고, 어리석은 감정에 빠지려 하면 그때마다 무의미하지만 기분좋은 말을 늘어놓음으로써 그에게 보답할 줄 알았던 것이다.

"앞으로도 잊지 말고 아홉시에 오셔야 해요."

"네, 알겠습니다. 그런데 매일 저녁 무도회에 가시나요?"

"글쎄요." 그녀는 마치 자신은 변덕 그 자체이니 자기를 사랑한다면 있는 그대로의 자기를 받아들여야 한다는 이야기를 하려는 듯, 어린애 같은 순진한 태도로 어깨를 으쓱하며 말했다. "게다가 그게 뭐가 문젠가요? 당신이 저를 데려가시면 되잖아요."

"오늘 저녁은 좀 곤란하겠는데요. 무도회에 적합한 복장이 아니어서요."

"누군가 당신의 복장을 견뎌야만 할 사람이 있다면, 그건 바로 저일 거예요." 그녀는 오만하게 그를 바라보면서 말했다. "하지만, 여행자 선생님, 제게 팔을 빌려주시는 분은 항상 유행 따위에 초연한 분이랍니다. 아무도 감히 그에 대해 이러쿵저러쿵 비판하지 못할걸요. 당신은 정말 사교계를 모르시는군요. 하긴 그래서 당신이 더 좋아요."

이렇듯 공작부인은 사교계에서 인기 있는 여자가 가지는 허영심의 비밀을 슬쩍 가르쳐줌으로써, 시시하고 하찮은 것들이 지배하는 사교계로 그를 끌어들이고 말았다.

'그녀가 나를 위해 바보 같은 짓을 하고 싶다면, 그것을 제지하는 것도 어리석은 일일 거야'라고 아르망은 속으로 생각했다. '그녀는 나를 사랑하는 것 같아. 하지만 분명한 것은 나만큼 사교계를 경멸하지는 않는다는 사실이야. 좋아, 무도회에 가자!'

분명 공작부인은 장군이 장화에 검은 넥타이 차림으로 공작부인을 따라 무도회에 나타난 것을 본다면, 그가 공작부인에게 푹 빠져 있음을 의심하는 사람은 아무도 없을 것이라고 생각했으리라. 세련된 사교계의 여왕이 자신을 위해 위험을 무릅쓰고 있다는 사실에 행복해진 장군은 희망에 부풀어 재기가 넘쳤다. 부인의 마음에 들 수 있다는 확신이 생기자, 어젯밤에 그를 그토록 괴롭혔던 어색함을 전혀 느끼지 않은 채 그는 자신의 생각과 감정을 마음껏 늘어놓았다. 처음으로 마음을 터놓고 주고받는 속내 이야기는 말하는 사람에게도 듣는 사람에게도 감미롭기 짝이 없었다. 내용이 풍부하고 활기가 넘치는 이 대화에 랑제 공작부인은 매료되었다. 아니 어쩌면 이렇게 매료된 척 계획적으로 교태를 부리는 것일 수도 있었다. 그러나 열두시를 알리는 종이 울리자 공작부인은 장난기 어린 눈으로 벽시계를 바라보았다.

"어머나! 당신 때문에 무도회에도 못 갔군요." 시간을 완전히 잊어버렸다는 사실을 깨닫자 공작부인은 놀랍기도 하고 분하기도 한 듯했다. 하지만 이내 그와의 대화가 더 즐거웠으니 안 가길 잘했다고 말하며 미소 지었다. 그 미소는 아르망의 가슴을 뛰게 했다.

"보세앙 부인에게 꼭 간다고 약속했는데." 그녀는 덧붙였다. "모두 저를 기다리고 있을 거예요."

"그럼, 가셔야죠."

"아니에요, 이야기를 계속해주세요. 그냥 있겠어요. 동방에서의 모험담에 저는 완전히 매료되었거든요. 당신이 살아오신 인생에 대해 모두 말해주세요. 용감한 남자가 겪은 고통에 대해 듣고 싶어요. 저도 똑같이 고통을 느끼거든요. 정말이에요!" 그녀는 숄을 비비 꼬기도 하고 구기기도 했다. 그 동작은 마음속에 있는 불만을 드러내는 초조함처럼 보이기도 했고, 무엇인가 골똘히 생각하는 것처럼 보이기도 했다. "우리 여자들은 아무런 가치도 없는 존재예요." 그녀는 말을 이었다. "아! 우리는 정말이지 아무 가치도 없고 이기적이고 경박해요. 인생을 즐기며 놀다 지쳐 이제는 권태만 남았지요. 우리 중 그 누구도 인생에서 자신이 해야 할 임무를 알지 못해요. 옛날 프랑스 여자들은 사람들에게 도움을 줄 줄 아는 광명 같은 존재였어요. 그 여인들은 고통으로 눈물짓는 사람들을 위로해주고, 훌륭한 덕행을 격려하며, 예술가들을 후원하는가 하면 고귀한 생각으로 그들의 삶에 생명력을 불어넣기도 했지요. 사교계가 이토록 형편없어진 것은 다 우리 여자들 탓이에요. 당신 때문에 사교계고 무도회고 다 싫어졌어요. 아니에요, 당신을 위해 그리 대단한 걸 희생한 건 아니랍니다." 꽃을 가지고 장난치면서 꽃잎을 모조리 따버린 어린아이처럼, 그녀는 숄을 완전히 망가뜨렸다. 그녀는 숄을 돌돌 말아 구석으로 던져버렸다. 그렇게 함으로써 그녀는 백조 같은 목을 드러내 보일 수 있었다. 공작부인은 종을 울려 하인을 부른 후 "오늘 저녁 외출하지 않아요"라고 말했다. 그러고는 수줍어하며 푸른 눈으로 아르망을 응시했다. 마치 두려움이 담긴 그 시선을 통해 첫 고백, 그녀로서는 엄청난 호감을 표했다고 할 수 있는 이 고백을 받아들이게 하려는 듯했다. "고생을 많이 하셨군요." 생각에 잠겨 잠시 아무 말도 않던 그녀가 감동적으로 말했다. 그러나 여인들은 진심이 아니어도 얼마든지 목소리에 감동을 담아 말할 수 있다.

"그렇지는 않습니다." 아르망이 대답했다. "다만 지금까지 저는 행복이 무엇인지 잘 몰랐습니다."

"그렇다면 이제는 아시지요?" 부인은 위선적이고 교활한 시선으로 슬며시 그를 응시하면서 물었다.

"이제 제게 행복이란 당신을 보고 당신의 음성을 듣는 것이 아닐까요…… 여태껏 저는 고통을 겪었을 뿐입니다. 하지만 지금은 불행해질 수도 있겠다는 생각이……"

"그만, 그만하세요. 이제 그만 돌아가주세요. 벌써 열두시예요. 우리 서로 예절은 지키도록 해요. 저는 무도회에 가지 않았고 당신은 여기 있었어요. 사람들이 쑥덕거리지 못하도록 해요. 안녕히 가세요. 뭐라 핑계를 대야 할지 모르겠군요. 하지만 두통이란 놈은 참으로 착하지요. 두통이 있다고 하면 다들 넘어가주니까요."

"내일도 무도회가 있습니까?" 그가 물었다.

"이제 무도회에 아주 익숙해지시겠어요. 네, 그래요, 내일 함께 가도록 해요."

아르망은 세상에서 가장 행복한 사나이가 되어 랑제 공작부인의 집을 나왔다. 그리고 그다음날부터 매일 저녁 무언의 협약을 통해 그에게 주어진 일정한 시각에 그녀를 방문했다. 이런 이야기를 한 걸음 한 걸음 진행한다는 것은 따분하기 짝이 없으며 그런 종류의 아름다운 추억을 가진 수많은 젊은이들에게는 늘 반복되는 상투적인 이야기에 지나지 않을 것이다. 감정이 너무 앞서가면 말로 다투고, 생각을 말로 표현하지 못할 경우에는 감정에 호소하면서, 여자의 변덕에 따라 앞당기거나 늦추거나 하면서 진행되는 시정 가득한 은밀한 대화처럼 말이다. 따라서 페넬로페*의 길쌈에나 비유될 수 있는 사건의 진행을 기록하기 위해서는 아마도 감정을 구체적으로 표현하는 데 그쳐야 할 것이다. 아무튼 공작부인과 몽리보 장군의 첫 만남 이후 며칠 만에, 끈기 있게 부인 곁을 지키던 장군은, 만족을 모르는 그녀의 손에 언제나 입맞춤할 수 있는 권리를 획득하게 되었다. 랑제 공작부인이 가는 곳이면 어디서나 예외 없이 몽리보 씨를 볼 수 있었기에, 농담으로 그를 공작부인의 당번

---

* 오디세우스의 아내. 이십 년에 걸친 남편의 부재중 구혼자들을 물리치기 위해, 자기가 짜고 있던 천을 완성하면 구혼자 중 한 사람을 선택하겠노라 말한 후 밤이 되면 낮에 짠 부분을 모두 풀어버렸다고 한다. (옮긴이)

병이라 부르는 사람들도 있었다. 그런 지위로 인해 아르망은 벌써 여러 사람들의 부러움과 질투와 미움의 대상이 되었다. 공작부인은 목적을 달성했던 것이다. 몽리보 후작은 부인의 수많은 찬미자 중 하나가 되었고, 부인은 공공연하게 그를 총애함으로써 공작부인의 호감을 얻고 있다고 우쭐대던 사내들의 코를 납작하게 만들었다.

"정말이지, 공작부인이 특별하게 생각하는 사람은 몽리보 씨인 게 확실해요." 세리지 부인이 말했다.

파리에서 여인이 특별하게 생각한다는 말이 무엇을 의미하는지 모르는 사람이 어디 있겠는가? 이렇듯 모든 일은 완벽하게 관례대로 잘 진행되었다. 사람들이 그에 대해 쑥덕대는 말 때문에 몽리보는 만만찮은 상대가 되었으므로, 눈치 빠른 젊은이들은 아무 말 없이 공작부인의 환심을 사는 일을 포기해버렸다. 그러나 그들은 공작부인 곁에 있음으로써 얻을 수 있는 이득을 활용하고 그녀의 이름과 인맥을 이용함으로써, 잘하면 이류급 여자들하고라도 잘될 수 있으리라는 생각에서 여전히 공작부인 주변에 머물러 있었다. 또한 그 여자들의 입장에서도 랑제 공작부인의 애인을 빼앗을 수 있다는 것은 여간 신나는 일이 아니었다. 공작부인은 무척 예리한 눈을 가진 여자였기에 그런 변절이나 밀약을 알아채기는 어렵지 않았다. 특히 그녀의 자존심은 그들이 자기를 속이고 몰래 협정을 맺고 있다는 사실을 용납할 수 없었다. 그리하여, 공작부인을 무척 사랑하는 탈레랑 대공이 말했듯이, 그녀는 서슬이 퍼런 말로 신분이 다른 사람들끼리의 결합을 비난함으로써 그들에게 복수했다. 거만하기 짝이 없는 그녀의 조롱으로 인해 그녀는 더욱 두려운 존재가 되었을 뿐 아니라, 사람들은 그녀를 매우 재치 있는 여자라고 생각하게 되었다. 이렇듯 자신의 비밀을 드러내지 않은 채 다른 사람들의 비밀을 조롱함으로써, 그녀는 정절에 관한 자신의 평판을 더욱 확고히 했다. 하지만 몽리보 씨와 늘 곁에 붙어다닌 지 두 달이나 지났음에도, 그가 생 제르맹퐁 교태에 담긴 미묘한 술책을 전혀 이해하지 못하고 파리 여인의 애교를 있는 그대로 받아들이자, 마음속 깊이 막연한 두려움을 느끼게 되었다. "앙투아네트, 너는 절대 저 사내를 길들이지 못할 거다. 독수릿과에 속하거든. 조심하지 않으면, 저 남자는 너를 자기 영역으로 끌어들일 거야"라고 늙은 파미에 주교 대리가 언젠가 말했었다. 교활한 늙은이가 그 말을 한 다음날 저녁, 그 말이 예언이 될까봐 두려웠던 공작부인은 아르망이 자신을 미워하도록 그에게 냉혹하게 굴고 고집을 부리며 신경질도 내는 등 고약하게 행동했다. 하지만 그는 천사같이 온화했기에 그녀는 도저히 화를 낼 수가 없었다. 훌륭한 인품을 지닌 사람들이 베푸는 대범한 친절에 익숙하지 않았던 공작부인은 애교를 부리면서 빈정거렸다. 그런데 그는 그녀의 투정을 받아들이는 것이었다. 싸움을 걸었는데 오히려 애정의 증거를 발견했던 것이다. 그러나 그녀는 계속 고집을 피우며 심술궂게 굴었다. 그러자 아르망이 말했다.

"당신을 이토록 숭배하는 남자의 어떤 면이 마음에 안 드는 건가요?"

"당신이 마음에 안 드는 게 아니에요." 갑자기 상냥해지고 유순해진 공작부인이 말했다. "하지만 당신은 왜 제 평판을 위태롭게 하려 하세요? 당신은 제게 그저 한 명의 친구일 뿐이에요. 그걸 모르세요? 전 진정한 우정에서 나오는 배려와 신중함을 당신에게서 보고 싶어요. 그래야 당신의 존경심도 잃지 않고, 당신 곁에서 제가 느끼는 즐거움도 간직할 수 있을 테니까요."

"친구일 뿐이라고요?" 이 끔찍한 말에 몽리보는 머리에 전기충격이라도 받은 듯 부르짖었다. "당신이 제게 허락하신 감미로운 시간들을 믿었기에, 자나깨나 당신 생각뿐이었습니다. 그런데 오늘은, 아무 이유도 아무 근거도 없이, 이제까지 내 삶의 원천이었던 비밀스러운 희망을 짓밟아버리는 말을 하시는군요. 그것도 마치 농담하듯이 말입니다. 당신은 저로 하여금 그토록 영원한 사랑을 맹세하게 해놓고, 게다가 변덕스러운 여성들에 대한 혐오감을 그토록 피력해놓고, 파리의 모든 다른 여성들처럼 당신 역시 누군가에게 열광할 뿐 절대 사랑은 하지 않는다고 말하고 싶은 겁니까? 그렇다면 어째서 당신은 제 목숨을 요구하셨습니까? 어째서 그것을 받아들인 겁니까?"

"제가 잘못했어요. 그래요, 여자는 그 사랑에 보답할 수도 없고 보답해서도 안 되는 경우, 남자가 사랑에 취하도록 내버려둬서는 안 되지요."

"알겠습니다. 당신은 그저 가볍게 교태를 부렸을 뿐이군요. 그런데……"

"교태라고요?…… 저는 여자들이 교태를 부리는 것은 딱 질색이랍니다. 아르망, 교태를 부린다는 것은 여러 남자에게 추파를 던지고는 절대 아무에게도 몸을 주지 않는 것을 말하지요. 누구에게나 몸을 허락하는 것은 방종이고요. 제가 아는 우리의 풍속에 따르면 그렇답니다. 하지만 침울한 사람 곁에서는 울적해지고 무사태평한 사람과 있으면 즐거워지고 야심가와 함께 있을 때는 정치적이 되는 것, 말이 많은 사람의 말을 경탄하는 척하며 들어주는 것, 군인들과는 전쟁 이야기를 하고 박애주의자들과는 국가에서 펼치는 자선사업에 열광하는 것, 이렇듯 누구에게나 약간의 아첨을 떠는 것, 제가 보기에 이런 것들은 머리에 꽃을 꽂거나 다이아몬드 장식을 달거나 장갑을 끼고 멋진 옷을 입는 것만큼이나 우리 여자들한테 꼭 필요한 일이에요. 사람들의 이야기란 정신적인 것이긴 해도 옷치장의 일부이니 깃털 달린 모자처럼 썼다 벗었다 할 수 있는 것이죠. 당신은 그것을 교태라 부르는 건가요? 하지만 지금까지 단 한 번도 당신을 다른 남자들과 똑같이 대한 적은 없었어요. 당신에게는 진심으로 대하고 있어요. 당신 생각에 늘 동의했던 것은 아니에요. 하지만 논쟁이 끝난 후, 당신에게 설득당한 제가 너무도 행복해하던 모습을 당신은 보시지 않았나요? 그래요, 당신을 사랑해요. 하지만 신앙심이 깊고 순결한 여인에게 허락된 것 이상으로 사랑할 수는 없어요. 많은 생각을 했어요. 하지만 아르망, 저는 결혼한 여자예요. 물론 랑제 공작과의 특별한 부부생활 덕분에 누군가에게 마음을 줄 수는 있지만, 결혼에 따르는 법률과 예법이라는 것이 있으니 제가 완전히 자유로울 수는 없답니다. 어떤 계급에 속하든 명예가 실추된 여자는 사교계에서 추방되고 말지요. 게다가 여자의 희생에 대해 자신이 어떤 책임을 져야 할지 아는 남자는 여태껏 한 번도 만나본 적이 없어요. 다주다 씨는 로슈피드 양과 결혼하기 위해 보세앙 부인과 결별했어요.* 누구나 예상했던 일이지요. 그들의 결별을 통해 저는 여자의 희생은 대부분의 경우 결국 당신네 남자들에게 버림받게 되는 이유가 된다는 사실을 확실히 알게 되었어요. 당신이 진정으로 저를 사랑하신다면, 당분간 저를 만나는 일을 삼가주세요. 저는 당신을 위해 모든 자만심을 다 버리겠어요. 이것도 제법 대단한 희생 아닌가요? 아무 남자도 관심

* 보세앙 부인과 포르투갈 귀족 다주다 후작의 관계. 다주다와 로슈피드 양의 결혼 이야기는 1835년에 출판된 『고리오 영감』에 다시 등장한다.

두지 않는 여자에 대해 사람들이 무슨 말인들 못하겠어요? 아! 저 여자는 감정도 없고, 재치도 없고, 영혼도 없어. 무엇보다 매력이 없거든. 오! 그렇게 되면 남자들의 환심을 사려고 교태를 부리는 여자들은 절대 제게 그 어떤 자비도 베풀지 않을 거예요. 오히려 제가 사교계에서 누리는 특권을 빼앗으려 하겠지요. 제가 특별한 존재라는 사실에 그들은 무척이나 기분이 상해 있거든요. 하지만 제 평판이 훼손되지 않는다면, 저와 경쟁하고자 하는 여인들이 제가 그들보다 탁월하다는 사실을 인정하지 않는다 한들 무슨 상관인가요? 그 여인들이 제 탁월함과 사교계에서의 지위를 물려받지는 못할 테니까요. 자, 친애하는 장군님, 당신을 위해 이토록 큰 희생을 치르는 사람한테 당신도 무엇인가 해줘야 하지 않겠어요! 지금처럼 자주 찾아오지 말아주세요, 그렇다고 당신을 덜 사랑하지는 않을 테니까요."

"아!" 아르망은 마음에 상처를 입은 남자의 빈정거리는 말투로 말했다. "삼류작가들에 따르면 사랑이란 환상만을 먹고산다고 하더군요! 이제 진실 따위는 어디에도 없다는 것을 알았습니다. 사랑받고 있다고 상상하면 되는 거지요. 하지만 잘 들으세요. 치유되지 않는 상처가 있듯이 쉽게 돌아서지 않는 마음도 있답니다. 당신은 제 마지막 믿음 중 하나였습니다. 그런데 이제 저는 이 세상에서는 모든 것이 허위라는 사실을 깨달았습니다."

공작부인이 웃으려 하자 아르망은 달라진 목소리로 말했다.

"그렇습니다, 당신이 저를 개종시키고 싶어하는 가톨릭이라는 신앙도 인간이 만들어낸 거짓입니다. 희망이란 미래를 담보로 한 거짓말이요, 자존심은 우리가 우리 자신에게 하는 거짓말입니다. 연민의 감정도 신중함도 불안감도 타산적인 거짓입니다. 그러니 제 행복 또한 거짓일 터, 저 자신을 속이면서 언제나 이십 프랑짜리 금화를 오 프랑짜리 은화와 바꾸는 데 동의해야만 하겠지요. 당신이 그렇게 쉽게 저를 보지 않고도 잘 지내실 수 있다면, 저를 친구로도 연인으로도 인정하지 않으신다면, 당신은 저를 사랑하지 않는 것입니다. 그런데 저는, 바보 같은 이 미친놈은 그렇게 생각하면서도, 그걸 너무나 잘 알면서도, 당신을 사랑하는군요."

"어머나 세상에, 아르망, 당신 화나셨군요."

"제가 화를 내고 있다고요?"

"그래요, 좀 신중하자고 말했을 뿐인데, 당신은 모든 것이 다 끝난 것처럼 생각하시는군요."

연인의 눈에 분노가 넘치는 것을 보면서 부인은 속으로 무척 기뻐했다. 그 순간 부인은 분명 그를 괴롭히고 있었다. 하지만 그녀는 그에 대한 판단을 내리기 위해 그의 얼굴에 나타나는 아주 작은 변화도 소홀히 넘기지 않았다. 만일 장군이, 순진한 영혼을 지닌 사람들이 종종 그러하듯, 불행하게도 아무 반박도 하지 않은 채 너그러운 태도를 보였다면, 사랑을 할 줄 모르는 남자라는 낙인이 찍힌 채 영원히 추방되고 말았으리라. 게다가 결국 자신도 그 사실을 인정하고 말았을 것이다. 대부분의 여성은 누군가 자신의 기를 꺾어주기를 바란다. 오로지 힘에만 굴복하는 것, 그것은 여자가 남자에게 떠는 아첨 아닐까? 그러나 아르망은 공작부인이 능수능란하게 꾸며놓은 함정을 눈치챌 만큼 그 방면의 지식이 풍부하지 못했다. 힘이 센 남자가 사랑에 빠질 경우 그의 마음은 어린아이같이 순진하기만 하지 않은가!

"체면을 지키는 것만이 문제라면," 아르망은 순진하게 말했다. "저는 그 어떤……"

"체면만이 문제라니요?" 공작부인은 그의 말을 가로막으면서 소리 질렀다. "도대체 저를 뭘로 보시는 거예요? 제가 당신 것이 될 수 있다는 생각을 할 수 있을 만한 최소한의 권리라도 당신에게 드린 적이 있나요?"

"아니, 그럼 도대체 무슨 이야기를 하고 있는 겁니까?" 몽리보가 물었다.

"이것 보세요, 몽리보 씨, 당신은 정말 무서운 분이군요. 아니, 죄송해요, 오히려 감사합니다." 부인은 차가운 어조로 다시 말을 이었다. "감사해요, 아르망. 제때에 저의 본의 아닌 경솔함을 일깨워주셨어요. 정말이지 고의가 아니었어요, 믿어주세요. 고통을 이겨낼 수 있다고 말씀하셨죠? 저도 그래요. 고통을 이겨낼 수 있어요. 그러니 우리 이제 더 이상 만나지 말죠. 그리고 우리 둘 다 냉정을 되찾은 후에, 이 세상이 허락하는 행복을 찾아보도록 해요. 저는 아직 젊어요, 아르망. 신중하지 못한 남자는 스물네 살밖에 안 된 여인에게 어리석고 경솔한 행동을 하게 하지요. 하지만 당신은 그런 사람이 아니잖아요! 제 친구가 되어주세요, 그러겠다고 약속해주세요."

"스물네 살의 여인은 계산을 할 줄도 알지요." 그렇게 답하고 몽리보는 손으로 머리를 감싸고 소파에 앉아 있었다. "부인, 저를 사랑하십니까?" 그는 머리를 들고 결의에 찬 표정으로 물었다. "분명하게 말씀해주십시오. 그런지 아닌지."

그런 질문을 받은 공작부인은 죽음의 협박을 받았을 때보다 더 무서웠다. 더이상 허리에 칼 찬 남자를 만나기 힘든 19세기에는 죽이겠다는 위협처럼 흔해빠진 속임수에 놀라면서 벌벌 떠는 여자는 별로 없다. 그러나 눈썹을 찌푸리고 눈을 일그러뜨린 채 입술을 부르르 떠는 모습은 그가 얼마나 무서운 사람인지를 너무도 생생하고 강렬하게 드러내고 있었기에 그녀는 공포를 느끼지 않을 수 없었다.

"아! 만일 제가 자유의 몸이라면, 만일……"

"그렇다면 우리에게 방해가 되는 건 당신 남편뿐이라는 말입니까?" 방안을 성큼성큼 거닐면서 장군은 기쁜 듯이 소리쳤다. "사랑하는 앙투아네트, 저는 러시아 전체를 다스리는 황제보다 더 막강한 권력을 가지고 있습니다. 운명도 제 편이죠. 그러니까 이 사회에서는 시곗바늘을 돌리듯이 제 마음대로 운명을 앞당길 수도 있고, 지연시킬 수도 있습니다. 정치라는 기계 안에서 운명을 지배한다는 것, 그것은 그 기계의 톱니바퀴들을 잘 알기만 하면 되는 것 아닐까요? 머지않아 당신은 자유의 몸이 될 것입니다. 그때가 되면 당신이 한 약속을 기억해주십시오."

"아르망, 무슨 말씀을 하시는 거예요?" 공작부인이 부르짖었다. "세상에! 범죄의 대가로 저를 가질 수 있을 거라고 믿는 건가요? 제가 죽기를 바라시나요? 그러니까 당신은 종교를 전혀 믿지 않는군요? 저는 하느님이 두렵습니다. 비록 제게 랑제 씨를 미워할 권리가 있다 해도 그분을 해치고 싶은 생각은 추호도 없어요."

몽리보는 마치 퇴각을 알리는 북을 치듯이 무심코 벽난로의 대리석을 손가락으로 두드리면서 차분한 태도로 공작부인을 바라볼 뿐이었다.

"장군님, 그 사람을 존중해주세요." 공작부인은 말을 이었다. "그 사람은 저를 사랑하지도 않고, 제게 맞는 사람도 아니에요. 하지만 제게는 그 사람에 대한 의무가 있어요. 당신이 그 사람에게 끔찍한 재앙을 내리는 일을 막기 위해서라면 무슨 일이든 하겠어요."

"좋아요." 부인은 잠시 뜸을 들인 후 다시 말했다. "앞으로 다시는 헤어지자고 말하지 않을게요. 예전처럼 저희 집에 와주세요. 언제든 제 이마에 입맞출 수 있게 해드릴게요. 가끔씩 제가 그 입맞춤을 거절한 적도 있지만, 솔직히 그건 순전히 당신의 환심을 사기 위한 교태였어요. 하지만 제가 하는 말에 동의해주세요." 부인은 그가 앞으로 다가오는 것을 보면서 말했다. "저를 추종하는 남자들의 숫자를 늘리고, 오전 중에는 그들이 예전보다 더 빈번히 저를 방문할 수 있도록 해주세요. 전보다 훨씬 더 가볍게 처신할 겁니다. 그리고 겉으로는 당신한테 무척 쌀쌀하게 대할 뿐 아니라 결별한 척 가장하고 싶습니다. 전보다 조금 덜 자주 오시도록 하세요. 그런 후에……"

공작부인이 그렇게 말할 때, 그는 부인의 허리를 끌어안았고 부인도 저항하지 않았다. 이렇듯 몽리보의 뜨거운 포옹을 받으면서 부인은 격렬한 기쁨을 느꼈다. 사랑이 주는 모든 종류의 쾌락이 약속된 것처럼 보이는 그토록 열렬한 포옹을 받을 경우 대부분의 여성은 그런 기쁨을 느끼리라. 그러고 나서 그녀는 장군에게 무슨 은밀한 이야기라도 듣고 싶었던지, 발뒤꿈치를 들고 장군의 불타는 입술에 자신의 이마를 갖다 댔다.

"이제 더이상 남편 이야기는 하지 마세요." 몽리보가 말했다. "남편에 대해선 생각도 해서는 안 됩니다."

랑제 공작부인은 아무 말 없이 가만히 있었다.

"적어도, 저를 꾸짖거나 심술만 부리지 않는다면 당신 마음대로 하셔도 좋아요." 의미심장한 침묵 끝에 부인이 말했다. "그런데 아까는 제게 겁을 주려고 그런 말을 하신 거죠? 말해보세요, 그렇죠?…… 당신처럼 좋은 분이 그런 끔찍한 생각을 하실 리 없어요. 하지만 제가 모르는 비밀이 있는 건 아니에요? 어떻게 운명을 지배할 수 있다는 거죠?"

"당신의 마음을 온통 다 제게 주셨을 때는 너무도 행복한 나머지 무어라 답해야 할지 몰랐습니다. 당신을 믿습니다, 앙투아네트. 이제부터는 당신을 의심하는 일도, 터무니없는 질투를 하는 일도 없을 겁니다. 하지만 만약 우연에 의해 당신이 자유의 몸이 된다면, 우리는 결합할……"

"우연히요, 아르망." 부인은 귀엽게 머리를 까딱이면서 말했다. 의미심장해 보이는 그 동작은, 마치 가수가 목소리를 가지고 놀면서 능란하게 연기하듯, 그런 부류의 여인들이 가볍게 던지는 일종의 연기였다. "정말로 순전히 우연히요. 잘 들으세요. 만일 당신 잘못으로 랑제 씨한테 어떤 불행이 닥친다면 저는 절대 당신 여자가 될 수 없을 거예요."

두 사람은 서로에게 만족한 상태로 헤어졌다. 공작부인은 몽리보와의 계약을 통해 말과 행동으로 그가 자신의 연인이 아님을 사교계에 증명해 보여도 좋다는 허락을 받아냈다. 또한 교활한 공작부인은 장군에게 아무런 애정 표시를 못하게 함으로써 그를 지치게 할 요량이었다. 물론 시시콜콜한 말다툼을 하다보면 애정 표현이 드러나기도 했는데, 그럴 때면 공작부인은 자기 마음대로 싸움을 중단해버리곤 했다. 그녀는 전날 밤 양보하기로 합의했더라도 다음날이면 그 합의사항을 완전히 취소할 수 있었다. 육체적으로 정절을 지키겠다는 결심이 너무도 확고했기에, 그녀는 사랑에 빠진 여자들에게는 위험하기 짝이 없는 육체적 사랑의 전초전이라고 할 수 있는 애정 표현에 대해서는 아무런 위험을 느끼지 않았다. 사실상 남편과 별거중인 공작부인이 이미 오래전에 무효가 되다시피 한 결혼을 희생했다고 해서, 사랑을 위해 대단한 것을 바쳤다고 볼 수는 없다. 그러나 몽리보는 막연하게나마 사랑의 약속을 받아냈고, 부인이 혼인 서약을 들먹이며 사랑을 거부하지 못하게끔 한 일로 무척 기분이 좋아졌을 뿐 아니라, 부인의 마음속 공간을 좀 더 많이 점령하게 되어 몹시 만족스러웠다. 그리하여 얼마 동안 그는 그토록 어렵게 획득한 용익권用益權을 마구 남용했다. 이 남자는 전에 없이 어린아이가 되어 온갖 유치한 행동에 몸을 맡겼다. 첫사랑에 빠진 사람들에게 그런 유치함은 인생의 꽃이리라. 그는 그 여인의 손등과 복슬복슬한 금빛 곱슬머리와 티 없이 밝게 빛나는 이마에 입맞추면서 열렬하게 불타는 마음과 주체할 수 없는 힘을 노골적으로 드러냄으로써 다시 나약한 사내가 되었다. 공작부인 역시 사랑에 흠뻑 젖고 더없이 뜨거운 감정의 마력적인 향기에 매혹되어, 영원한 결별을 가져올 수도 있을 그와의 말다툼을 되도록 피했다. 그녀는 자기가 생각하는 것보다 훨씬 더 여자다웠던 것이다. 이 나약한 피조물은 종교의 계율과 허영심이라는 강렬한 감정과 파리 여인들이 열광하는 가장된 쾌락을 잘 조화시키려 애쓰고 있었다. 일요일이면 빠짐없이 미사에 참석하고 예배를 보았다. 그러나 저녁때가 되면 그녀는 억압된 욕망이 불러일으키는 황홀한 관능에 빠지곤 했다. 아르망과 랑제 공작부인은 금욕적 삶을 살며 순결을 지킨 보상으로 더욱더 쾌락에 대한 유혹을 느끼는 인도의 탁발승과 비슷했다. 아마도 공작부인은 형제끼리 하는 것 같은 순수한 포옹을 통해 애정을 해소하고자 했을 것이다. 그러나 누구에게나 순수해 보이는 그러한 포옹은 사실 정신적으로는 자유분방한 그녀의 상상 속에서 한없이 음란해질 수 있는 것이었다. 끊임없이 이랬다저랬다 하는 그녀의 변덕에 대한 불가사의한 수수께끼를 어떤 말로 설명할 수 있을까? 아침마다 공작부인은 자기 집에 몽리보 후작이 발을 들여놓지 못하게 하겠다고 결심했지만, 막상 저녁이 되어 그가 올 시간이 되면 그의 매력에 이끌리고 말았다. 가볍게 저항해보았지만 그녀는 곧 다시 상냥해져버렸다. 그리하여 대화는 부드럽고 감미로워지는 것이었다. 사랑에 빠진 두 연인만이 그럴 수 있다. 공작부인의 재치는 최고로 빛났고, 그녀의 교태는 더할 나위 없이 장군의 마음을 사로잡았다. 그리하여 마음이 동요하고 정욕이 불타오른 연인이 그녀를 품에 안으려 할 때면, 그녀 역시 그가 으스러지도록 끌어안아주기를 바랐다. 그러나 부인에게는 정열이 넘어서는 안 될 한계가 있었다. 그래서 장군이 격정적인 욕망을 참지 못하고 한계를 넘어서려는 기색을 보일 때면 부인은 항상 화를 내곤 했다. 어떤 여인도 이유 없이 차마 사랑을 거부하지 못한다. 사랑에 굴복하는 것만큼 자연스러운 일은 없기 때문이다. 따라서 랑제 공작부인은 첫번째 보루보다 더 공략하기 어려운 두번째 방어선을 주위에 둘러쳤다. 그녀는 또다시 종교가 주는 두려움을 거론했다. 웅변술이 능한 그 어떤 신부도 그녀만큼 신을 변호할 수는 없었을 것이요, 하늘이 내린 그 어떤 복수도 공작부인의 음성만큼 그 정당성을 부여받지 못했을 것이다. 그녀는 종교적 서약을 하지도 않았고 과장된 미사여구를 쓰지도 않았다. 그러나 그녀에게는 그녀만의 고유한 비법이 있었다. 격정에 사로잡힌 아르망이 애원할라치면, 부인은 눈물 젖은 눈길을 보내면서 자기 역시 더이상 견딜 수 없을 정도로 그를 사랑하지만 그것이 얼마나 끔찍한 것인지를 몸짓으로 나타내 보이곤 했다. 그녀는 눈빛과 몸짓으로 자비를 베풀어달라 애원하면서 그로 하여금 아무 말도 못하게 했다. 마치 한마디만 더 한다면 그녀는 그 말을 듣지 않고 죽어버릴 것이며, 죄 많은 행복을 얻느니 차라리 죽는 게 더 낫다고 말하는 듯했다.

"하느님을 거역하는 것이 아무것도 아니란 말인가요?" 말을 되찾은, 그러나 마음속에서 일어나는 싸움으로 인해 힘이 없는 듯 작아진 목소리로 공작부인이 말했다. 이 아름다운 연극배우는 일시적으로나마 내면의 싸움을 이겨내는 것이 무척 힘들었던 듯 보였다. "당신을 위해 모든 남자를, 아니 이 세상 전체를 기꺼이 포기할 수 있어요. 하지만 한순간의 쾌락을 위해 제 모든 미래를 요구하시다니 정말 너무 이기적이시군요. 자, 제발요! 당신은 지금 행복하지 않나요?" 부인은 실내복 차림으로 그의 손을 잡고 그렇게 말했고 그는 그런 차림을 한 그녀를 보면서 분명 위로를 받았다. 언제나 그랬듯이 말이다.

그녀 자신마저 이례적으로 마음의 동요를 느낄 만큼 격렬한 열정에 사로잡힌 장군을 제지하기 위해서, 혹은 마음이 약해져서 갑작스러운 입맞춤을 허락했을 때에도, 그녀는 금방 두려움을 가장한 채 얼굴을 붉히면서 위험한 공간이 되어가는 소파에서 아르망을 쫓아냈다.

"당신이 원하는 쾌락은 죄악입니다. 제가 그 죗값을 치러야겠지요, 아르망. 그 쾌락의 대가를 치르기 위해 저는 고행과 후회의 나날을 보낼 거예요." 부인은 외쳤다.

이 귀족 여인에게 가까이 다가가기만 하면 그런 말을 듣자 몽리보는 신성모독적인 말을 내뱉기도 하고 신을 저주하기도 했다. 그러면 공작부인은 마구 화를 냈다.

"하지만, 장군님." 그녀는 차갑게 말했다. "당신이 왜 신을 믿지 않는지 저는 도무지 이해가 안 되는군요. 인간을 믿을 수는 없잖아요. 아무 말 마세요, 그런 식으로 말하지 마세요. 당신처럼 훌륭한 정신을 가진 분이 자유주의자들의 바보 같은 주장을 지지할 리는 없잖아요. 그들은 아예 신을 죽이려 하더군요."

신학적 논쟁과 정치적 논쟁은 몽리보를 진정시키는 찬물 같은 역할을 했다. 부인이 절대주의를 놀랍도록 옹호하면서 그를 규방에서 멀리 떨어진 정치적 논쟁에 끌어들여 그의 화를 돋울라치면 그는 사랑 이야기로 되돌아갈 줄 몰랐다. 감히 민주주의자가 되고자 하는 여성은 거의 없다. 감정적인 면에서 민주주의는 그 여인들이 지지하는 전제주의와 너무도 대립되기 때문이다. 그러나 장군은 때때로 정치 이야기를 집어치우고, 갈기를 뒤흔들며 울부짖다가 먹이에 달려들기 위해 옆구리를 공격하는 사자처럼, 불타는 마음과 생각을 더이상 견디지 못하겠다는 듯 무시무시한 욕정을 품고 연인에게로 되돌아올 때도 있었다. 부인 역시 평판을 해쳐도 좋다고 생각될 만큼 흥분해 일시적 욕망에 사로잡힐 때도 있었다. 그러나 그럴 경우 그녀는 방에서 얼른 나와버려야 한다는 것을 알고 있었다. 그녀는 자신이 들이마시고 있는 욕정으로 가득한 공기를 떠나 거실로 갔다. 그러고는 피아노 앞에 앉아 근대음악의 가장 감미로운 가락을 노래하면서 관능적 사랑을 달래려 했다. 관능적 욕망에서 벗어날 수 없을 때도 있었지만, 그녀에게는 욕망을 이겨낼 힘이 있었다. 그럴 때 그녀는 아르망의 눈에 숭고해 보였다. 부인의 태도는 거짓이 아니고 진실이었다. 그래서 불쌍한 연인은 사랑받고 있다고 굳게 믿었다. 사실은 이기적이기 짝이 없는 저항이었지만, 그 저항을 보면서 아르망은 부인이 참으로 성스럽고 정숙한 여인이라 굳게 믿었다. 그래서 그는 체념했다. 그러고는 플라토닉한 사랑을 이야기했다. 포병대 장군인 그가 말이다. 자신의 이익을 위해 종교를 가지고 놀던 공작부인이 이번에는 아르망을 위해 종교를 가지고 놀았다. 부인은 그를 종교적 감정으로 이끌고 싶었다. 그래서 그녀는 그를 위해 샤토브리앙의 『기독교의 정수』*를 군대식으로 고쳐 써주기까지 했다. 몽리보는 초조했고 구속이 부담스러웠다. 그러자 부인은 그것에 대한 반발로 끊임없이 신 이야기를 하면서 그를 더 못살게 굴었다. 그렇게 함으로써 신 덕분에 집요하게 목적을 위해 전진하는 그 남자에게서 벗어날 수 있을지 알고 싶어서였다. 그의 집요함이 점점 두려워지기 시작했던 것이다. 그녀는 또한 끝날 것 같지 않은 도덕에 관한 싸움을 질질 끌고 싶었다. 그 싸움이 끝나버리면 그다음에는 반드시 훨씬 더 위험한 육체적 싸움이 시작될 터였기 때문이다.

혼인법의 이름으로 발생한 저항이 감정적 싸움의 세속기에 해당된다면, 이번의 저항은 종교기에 해당된다. 앞서와 마찬가지로 그들에게는 그것이 하나의 위기였지만, 위기가 지난 후 그 강도는 약해지기 마련이다. 그런데 어느 날 저녁, 우연히 평소보다 일찍 부인의 집을 방문한 아르망은 그곳에서 랑제 공작부인의 고해신부인 공드랑을 보게 되었다.

* 1802년 출판된 샤토브리앙의 작품으로 18세기 철학자들이 종교를 비판하는 데 대항하는 기독교 호교론이다. 종교는 미(美)이며 위대성의 원천임을 주장한다. 또한 문명은 근본적으로 기독교적이며 기독교가 삶을 인간적으로 만든다는 사실도 주장한다. (옮긴이)

그는 마치 저녁식사와 더불어 고해자의 귀여운 죄과들을 소화시키고 있는 사람처럼 벽난로 옆 소파에 앉아 있었다. 안색은 충분히 휴식을 취한 사람처럼 건강해 보였고, 이마는 차분했으며 입은 금욕적으로 보였다. 짓궂은 종교재판관의 시선을 가지고 있었지만, 그의 태도에서는 진정 고위 성직자의 위엄을 느낄 수 있었다. 그가 입은 자주색 주교복부터 이미 위엄을 내뿜고 있었다. 그런 신부를 보자 몽리보의 표정이 어두워졌다. 그는 아무에게도 인사하지 않았고 아무 말도 하지 않았다. 사랑에 관한 일이 아닌 한 장군은 직감이 발달한 편이었다. 그래서 이 미래의 주교와 약간의 시선을 나눈 후, 장군은 바로 이 남자가 공작부인이 그의 사랑에 대해 무장하여 온갖 장애물을 마련하도록 부추기는 장본인임을 알아챘다. 한낱 야심 많은 신부 하나가 전쟁터에서 잔뼈가 굵은 몽리보 장군의 행복을 방해하고 참견하려 한다? 그런 생각이 들자 얼굴에는 분노가 끓어올랐고 손가락에는 경련이 일었다. 앉아 있을 수가 없었던 그는 일어나서 쿵쿵거리며 방안을 거닐었다. 그는 제자리로 돌아와 한바탕 소동을 피우려 했으나, 공작부인의 눈길 한 번에 진정이 되었다. 보통 여자들 같았으면 침울한 낯빛으로 침묵을 지키는 연인의 모습이 무척이나 거북했을 것이다. 그러나 랑제 공작부인은 연인이 침묵하든 말든 조금도 아랑곳하지 않고, 종교가 과거의 찬란함을 다시 찾아야 한다고 주장하면서 공드랑 신부와 재치 있는 대화를 이어갔다. 부인은 신부보다 더 조리 있게 왜 교회가 정치적인 권력뿐 아니라 세속적인 권력까지도 가져야 하는지를 설명했다. 그러고는 프랑스 상원에는 아직 영국 상원처럼 사교의석司教議席이 없는 것을 무척 애석해하기도 했다. 그러나 신부는 사순절 설교에서 톡톡히 복수할 수 있으리라는 것을 잘 알고 있었으므로, 장군에게 자리를 양보하고 방을 나갔다. 그런데 공작부인은 몽리보의 태도가 마음에 걸린 나머지 자리에서 겨우 일어났을 뿐, 신부의 정중한 인사에 제대로 답도 못했다.

"왜 그러시는 거예요?"

"당신의 고해신부는 좀 거슬리는군요."

"책이라도 읽고 있지 그랬어요?" 부인은 문을 닫고 있는 신부가 듣거나 말거나 전혀 개의치 않고 장군에게 말했다.

몽리보는 잠시 동안 아무 말도 못하고 가만히 있었다. 왜냐하면 그렇게 말하는 공작부인의 태도에 극도의 거만함이 더욱더 도드라졌기 때문이다.

"사랑하는 앙투아네트, 교회보다 사랑을 더 중요하게 생각해주심에 감사드립니다. 하지만 당신에게 한 가지 질문을 하는 것을 허락해주십시오."

"아! 제게 질문을 하신다고요. 좋아요." 그녀는 말을 이었다. "당신은 제 친구가 아니시던가요? 물론 저는 당신에게 제 마음을 다 보여드릴 수 있어요. 제 마음속엔 오직 당신밖에 없으니까요."

"그 남자에게 우리의 사랑에 대해서도 이야기합니까?"

"그분은 제 고해신부님이세요."

"그는 내가 당신을 사랑하는 것을 압니까?"

"몽리보 씨, 제 고해성사의 비밀을 다 알아야겠다고 주장하실 셈인가요?"

"그러니까 그 남자가 다 안단 말이지요? 우리의 말다툼도, 당신에 대한 내 사랑도……"

"그 남자라니요? 장군님! 하느님이라고 말하세요."

"하느님, 하느님, 그놈의 하느님! 당신 마음속에는 나 하나만 있어야 합니다. 하느님은 하늘나라에 그냥 조용히 놔둬요. 신에 대한 사랑을 위해, 그리고 나에 대한 사랑을 위해. 부인, 이제 더이상 고해성사하러 가지 마십시오. 그러지 않으면……"

"그러지 않으면요?" 부인은 미소 지으며 물었다.

"그러지 않으면 나는 더이상 여기에 오지 않겠습니다."

"그럼 가세요, 아르망. 안녕, 영원히 안녕!"

부인은 일어나 몽리보에게 눈길 한 번 주지 않고 방으로 들어가버렸다. 장군은 한 손으로 의자를 짚은 채 멍하니 서 있었다. 그 자신도 얼마 동안 그렇게 서 있었는지 알지 못했다. 마음은 공간을 넓게 보이게도 하고 좁게 보이게도 하는 알 수 없는 힘을 가지고 있다. 그는 부인의 방문을 열었다. 방안은 어두웠다. 힘없는 목소리로 강하고 날카롭게 외치는 말이 들려왔다. "종을 울린 적이 없어. 게다가 부르지도 않았는데 왜 들어오지? 쉬제트, 귀찮게 하지 마."

"내 말에 기분이 상했소?" 몽리보가 소리쳤다.

"저리 가세요." 부인은 하인을 부르기 위해 종을 울리면서 말했다. "이 방에서 나가세요, 잠시 동안만이라도 나가주세요."

"공작부인께서 불을 밝히라 하시네." 그가 하인에게 말하자, 하인은 부인의 방으로 들어가 촛불을 켰다.

두 연인만 남았을 때, 랑제 공작부인은 몽리보라는 남자는 안중에도 없다는 듯 꼼짝도 않고 아무 말도 하지 않은 채 소파에 누워 있었다.

"앙투아네트, 내가 잘못했소." 장군은 숭고할 정도로 착한, 그러나 고통에 찬 어조로 말했다. “당신이 종교를 버리기를 바라는 것은 아니오……”

“양심의 필요성을 인정하신다니 참으로 다행이군요.” 부인은 그를 쳐다보지도 않은 채 차갑게 말했다. “하느님을 대신해 당신에게 감사드립니다.”

이때 장군은 그 여인의 냉혹함에 충격을 받았다. 그녀는 그렇게 자기 마음대로 태도를 바꾸어 완전히 남처럼 쌀쌀하게 대할 수도, 또 누이처럼 다정해질 수도 있는 여자였던 것이다. 그는 절망에 빠진 발걸음으로 문 쪽을 향했다. 그러고는 한마디 말도 없이 영원히 그녀를 떠나버리려 했다. 그는 고통스러웠다. 그런데 공작부인은 옛날에 재판할 때 행해졌던 고문보다 더 잔인한 정신적 고문에 시달리는 그의 고통을 마음속으로 비웃고 있었다. 그러나 그 남자는 떠나겠노라 마음먹었음에도 마음대로 떠나지도 못하고 있었다. 여자들은 어떤 위기의 순간에도 항상 할말이 많다. 그리고 그 말들을 하지 못할 경우 뭔가 개운하지 않은 듯한 느낌에 시달리게 된다. 할말을 다 하지 못한 랑제 공작부인은 다시 말을 이었다.

“장군님, 우리는 서로 같은 신념을 가지고 있지 않아요. 그래서 저는 무척 괴로워요. 죽음 너머까지 사랑을 계속할 수 있게 해주는 종교를 믿지 않는 것은 여인에게는 끔찍한 일이에요. 종교적 감정은 별도로 생각하겠어요. 당신이 그 감정을 이해하지 못하니까요. 하지만 세상의 관습에 대해서만은 말하게 해주세요. 당신은 궁정 여인에게 부활절 날 성체배령을 못하도록 금지하고 싶으신 건가요? 하지만 저도 당을 위해 무엇인가 해야 하잖아요. 자유주의자들이 아무리 애쓴다 한들 종교적 감정을 죽일 수는 없을 겁니다. 종교란 언제나 정치적으로 필요하답니다. 당신은 논리적으로 따지고 드는 이성적인 국민을 통치할 수 있다고 보세요? 나폴레옹도 그러지 못했기에 관념론자들을 박해했지요. 국민으로 하여금 논리적으로 따지지 못하게 하려면 그들의 감정을 부추겨야 해요. 그러니 가톨릭이라는 종교와 그 종교가 우리에게 미치는 모든 영향을 받아들여야 하는 것이지요. 온 프랑스 국민이 다 미사에 참석하게 하려면 우리부터 모범을 보여야 하지 않을까요? 당신도 아시다시피 종교는 부자들이 안심하고 살 수 있게 해주기 위한 보수적인 이론들과 긴밀한 관계에 있답니다. 소유권과도 밀접하게 연관되어 있고요.* 분명, 도덕적 사유로 국민을 인도하는 것이 공포시대처럼 단두대로 인도하는 것보다 훨씬 바람직하지 않겠어요? 단두대란 당신네 고약한 혁명이 국민을 복종시키기 위해 고안한 유일한 방법이었죠. 신부님과 국왕, 그래요, 그들은 바로 당신이고 저예요. 그리고 제가 모시는 대공비님이기도 하지요. 다시 말해 거기에 우리 같은 교양인들의 모든 이해관계가 달려 있다고요. 자, 장군님, 좋아요. 당신이 속한 당파로 돌아가세요. 약간의 야심만 있다면 당신은 로마의 독재자 술라**처럼 될 수도 있을 거예요. 저는 정치는 몰라요. 그저 감정에 따라 정치를 논할 뿐이에요. 하

* 공작부인의 말은 발자크의 정치사상을 대변한다. 그는 『왕당파의 입장에 대한 소고』에서 다음과 같이 말한 바 있다. "국가 통치 수단 중에서 종교야말로 민중으로 하여금 고통을 견디면서 열심히 일하는 것을 받아들이게 할 가장 강력한 수단이 아닐까? (…) 예수와 성모마리아는 사회가 존재하기 위해 필요한 헌신에 대한 숭고한 이미지로 불행한 삶을 사는 온 국민이 지탱할 수 있는 힘을 주며 그들로 하여금 가난을 받아들이게 한다."

** 로마시대 정치가, 군인. 로마의 독재관이 되어 반대파를 무자비하게 숙청함으로써 공포정치를 실시했다. (옮긴이)

지만 사회의 기초가 흔들리면 그 사회는 전복될 수 있다는 것쯤은 저도 알아요……"

"당신들의 궁정이, 당신들의 정부가 그리 생각한다면 정말 한심하군요." 몽리보가 말했다. "왕정복고는 드뢰 전투*에서 패했다고 생각했을 때의 카트린 드 메디시스**처럼 스스로에게 말해야 합니다. 그녀는 신교도와의 전쟁에서 졌다고 생각했을 때 이렇게 말했다지요. '자, 그럼 이제 신교의 예배당으로 갑시다.' 그런데 1815년은 당신들에게 드뢰 전투입니다. 그 시절의 왕정과 마찬가지로 당신들은 사실상 이겼지만, 권리의 차원에서는 진 것입니다. 신교도의 정치는 정신에서 승리했습니다. 당신들이 낭트칙령***을 따르기를 원치 않는다든가 혹은 그것을 실시했다가 다시 철회한다면, 어느 날 당신들이 더이상 혁명에서 생긴 이익을 보장하는 보증에 불과한 인권선언을 지키기를 원치 않는다고 확신하게 된다면, 혁명은 다시 무섭게 일어날 겁니다. 그리고 당신들을 일격에 쓰러뜨릴 겁니다. 혁명이 프랑스 땅을 떠나는 일은 없을 겁니다. 프랑스에서 혁명은 프랑스 땅 그 자체입니다. 사람들은 서로 죽고 죽이게 될 겁니다. 하지만 사람들이 죽더라도 이해관계는 여전히 남아 있지요…… 그런데 세상에, 내가 지금 무슨 말을 하고 있나요! 프랑스가,

---

* 기즈 공이 이끄는 구교군과 콩데 공과 콜리니 제독이 이끄는 신교군 사이에 벌어진 전투. 드뢰는 파리 서쪽 약 백 킬로미터 지점에 있는 도시. 처음에는 신교군이 우세했으나, 결국 기즈 공이 지휘하는 구교군이 승리를 거두었다. 『카트린 드 메디시스에 대하여』에서 발자크는 그녀의 정치적 현실주의를 찬미한다.

** 앙리 2세의 왕비. 메디치가 출신으로 샤를 9세 대신 섭정을 하며 종교전쟁을 지휘했으며, 성 바르톨로메오 대학살의 주모자다. (옮긴이)

*** 앙리 4세가 신교를 인정하고 종교전쟁을 종식시키기 위해 1598년 선포한 칙령. 그러나 루이 14세는 1685년 이 칙령을 취소했다. (옮긴이)

왕권이, 정통 왕조가, 이 세상 전체가 다 무슨 소용인가요? 내 행복에 비한다면 그런 것들은 부질없기 짝이 없는데 말입니다. 통치하라지요, 뒤집어엎으라지요, 내겐 아무 상관도 없습니다. 그런데 내가 지금 어디 있는 겁니까?"

"장군님, 당신은 지금 랑제 공작부인의 방에 있답니다."

"아니요, 아니요, 더이상 공작부인은 없습니다, 더이상 랑제 공작부인은 없습니다, 나는 지금 사랑하는 앙투아네트의 곁에 있을 뿐입니다!"

"제발, 더이상 다가오지 말고 지금 계신 곳에 그대로 계셔주세요." 부인은 미소 지은 채 그를 밀어내면서 말했다. 그러나 그녀는 그다지 세차게 그를 밀어내지 못했다.

"그러니까 당신은 한 번도 나를 사랑한 적이 없습니다." 눈에서 불꽃이 일 만큼 분노가 치민 장군이 말했다.

"그래요, 장군님!"

그러나 '그래요'라는 그녀의 대답은 '아니요'라는 의미였다.

"나는 정말 바보입니다." 장군은 이제 그냥 여자로 돌아온, 이 인정머리없는 여왕의 손에 입을 맞추면서 말을 계속했다.

"앙투아네트." 장군은 부인의 발에 머리를 대고 말했다. "이토록 다정한 당신이 우리의 행복을 남에게 이야기하다니요. 이 세상 그 누구에게도 그럴 수는 없습니다."

"아! 당신 정말 이상하군요!" 부인은 격하면서도 우아한 동작으로 일어나면서 말했다. 그러고는 한마디 말도 없이 거실로 뛰어가버렸다.

'왜 저러지?' 자신의 뜨거운 머리가 연인의 머리에서 발끝까지 전류가 흐르게 할 만큼의 충격을 주었다는 사실을 미처 생각지 못한 장군은 의아하게 생각하면서 그렇게 자문했다.

잔뜩 화가 난 장군이 거실로 들어서자, 천상의 선율이 들려왔다. 공작부인이 피아노 앞에 앉아 있었다. 깊이 성찰하면서도 기쁨을 모르지 않고 이해하면서도 즐길 줄 아는 과학자나 시인이라면, 목관이나 금관이 연주자들의 친근한 악기인 것처럼, 음악 기호나 음악 용어가 음악가들의 친밀한 악기라는 사실을 잘 알 것이다. 이러한 사람들에게는 영혼이 빚어내는 감각적 언어의 이중적 표현 속에 또다른 별도의 음악이 존재한다. 모차르트의 오페라 〈돈 조반니〉에 나오는 "같이 갑시다, 내 사랑이여"*는 가수가 누구냐에 따라 기쁨의 눈물을 흘리게 하기도, 연민의 조소를 자아내기도 한다. 이 세상 여기저기에는 남모를 고통의 무게를 감당할 수 없어 죽어가는 처녀도 있고, 열정에 사로잡혀 떨리는 가슴을 주체하지 못하는 남자도 있다. 그들은 어떤 음악적 주제를 들으면서 신과 소통하기도 하고, 숭고한 멜로디를 통해 서로의 마음을 주고받기도 한다. 그 멜로디는 일종의 잃어버린 시라고 할 수 있으리라. 장군은 지금, 이제까지 한 번도 들어본 적 없는 시의 한 구절을 듣고 있었다. 그 시는 마치 처녀림 속에서 친구 하나 없이 죽어가는 외로운 새의 탄식처럼 들렸다.

"세상에, 무엇을 연주하고 계셨습니까?" 장군은 감격스러운 목소리로 물었다.

---

* 모차르트의 오페라 〈돈 조반니〉 1막 중 돈 조반니가 시골 처녀 체를리나를 유혹하는 장면에서 체를리나와 돈 조반니가 함께 부르는 소프라노 바리톤 이중창 〈나에게 그대의 손을, 연인이여〉의 마지막 후렴구 "Andiamo, mio ben(같이 갑시다, 내 사랑이여)". 특히 마치 함정에 빠져 돈 조반니의 유혹에 흔들리기도 하고 망설이기도 하는 체를리나의 목소리가 매우 인상적이다. 발자크가 주목하는 것 역시 그러한 그녀의 마음 상태다.

"〈타구스강〉*이라는 로망스의 서곡이에요."

"피아노곡이 이토록 감동적일 수 있다는 것을 몰랐습니다."

"그러게 말이에요." 부인은 처음으로 사랑하는 여인의 시선으로 그를 바라보며 말했다. "당신은 제가 당신을 얼마나 사랑하는지, 당신 때문에 얼마나 고통받고 있는지 모르세요. 아무 말도 못한 채 홀로 괴로움을 삭여야 한다는 것도 당신은 몰라요. 그러지 않아도 된다면 당신의 여자가 될 수도 있겠지요…… 그런데 당신은 아무것도 보지 못하는군요."

"나를 행복하게 해주고 싶은 마음이 없다고 말씀하시는 거군요!"

"아르망, 저는 지금 너무 고통스러워서 내일 당장 죽을지도 몰라요."

장군은 황급히 랑제 저택에서 나왔다. 거리에 나오자 이제까지 꾹 참고 있었던 눈물을 주체할 수 없었다. 그는 눈물을 닦았다.

종교에 관한 이야기는 석 달 동안이나 계속되었다. 석 달이 지나자 공작부인은 같은 말을 반복하는 데 싫증이 나서 연인이 신을 마음대로 하도록 내버려두고 말았다. 그녀는 속수무책이었던 것이다. 어쩌면 영원에 대한 이야기를 너무 많이 한 나머지 장군의 사랑이 이승뿐 아니라 저승에서까지 이어질까봐 두려워졌는지도 모른다. 이 여인의 명예를 위해서는 그녀가 몸뿐 아니라 마음까지도 순결하다는 것을 믿어야 할 것이다. 그렇지 않으면 이 여인은 너무도 무서운 여자가 될 테니 말이다. 인생을 살다보면 남녀가 공연히 시간을 낭비하거나 즐기는 일에 몸을 사리기에는 남은 날이 그리 많지 않은 나이가 온다. 그러나 공작부인은 그런 나이가 되려면 아직도 먼 젊은 여인이었다. 그러니만큼 첫

---

* 이베리아반도에서 가장 긴 강으로 스페인어로는 타호강이다. (옮긴이)

사랑은 아니었을지 몰라도, 성적 유희를 즐기는 건 이번이 처음이었다. 옳고 그름을 비교할 줄도 모르고, 발밑에 던져진 보화의 가치를 알 수 있을 만큼 고통을 겪어본 적도 없는 공작부인은 그 보물을 가지고 놀기만 했다. 빛의 찬란한 기쁨을 알지 못했기에 그녀는 어둠 속에 머물면서 즐거워하고 있었던 것이다. 어렴풋이나마 이런 괴상한 상황을 눈치채기 시작한 아르망은 그녀의 입에서 처음으로 본능에 눈을 뜬 말이 나오기를 기대했다. 매일 저녁 그는 랑제 공작부인의 집을 나오면서 생각했다. 이 여인은 일곱 달 동안이나 한 남자의 세심한 배려와 열렬한 사랑의 증거를 받아들이지 않았으니 한순간의 가벼운 열정에 휩쓸려 몸을 내맡기지는 않으리라고 말이다. 그래서 그는 인내심을 가지고 태양의 계절을 기다렸다. 그때가 되면 신선한 과일을 딸 수 있으리라고 확신했기 때문이다. 그는 남편이 있는 여자가 느끼는 양심의 가책과 종교적 불안감을 충분히 이해할 수 있었다. 그런 일로 그녀와 언쟁을 벌이는 일이 즐겁기조차 했다. 그는 공작부인이 무척이나 정숙한 여인이라고 생각했지만, 사실 그녀는 무서우리만큼 내숭을 떨면서 교태를 부렸을 뿐이다. 그러나 어쩌면 그는 부인이 다르게 행동하는 것을 원치 않았을지도 모른다. 그래서 그는 부인이 장애물들을 고안해내는 것이 좋았다. 그 장애물들을 하나하나 극복해나가지 않았던가? 그리고 장애물을 극복할 때마다 그토록 오랫동안 금지되었던 연인들만의 친밀한 표현이 다른 사랑의 표시들과 더불어 허용되었고, 그 친밀함의 강도가 조금씩이나마 높아지지 않았던가? 심지어 그는 수줍은 연인들이 좋아하는 사소하고도 단계적인 정복들을 너무도 음미했던 나머지, 그런 정복이 습관이 되어버리고 말았다. 장애물로 말할 것 같으면 이제 정복해야 할 것은 자기 자신의 불안뿐이었다. 왜냐하면 이제 그의 행복을 방해하는 것은 앙투아네트라고 부르기를 허락한 그 여인의 변덕밖에 없었기 때문이다. 그래서 그는 더욱더 원하기로, 아니 모든 것을 다 원하기로 했다. 자신의 우상이 타락했음을 차마 믿고 싶어하지 않는 젊은 연인과도 같이 어쩔 줄 몰라하면서 장군은 오랫동안 망설였다. 그러한 자신의 태도에 대해 무서운 심리적 반발이 일어나는 것을 느꼈지만 그 단호한 의지는 그녀의 말 한마디면 꺾여버렸고, 아무리 단단히 결심을 해도 그녀의 집 문턱을 넘어서면 그 마음은 물거품처럼 사라져버리고 말았다. 한마디 말도 못하는 나약한 자신을 경멸하면서도 그는 아무 말도 하지 못했다. 그러던 어느 날 저녁, 그는 침울하고 우울해져서, 합법적이지는 않지만 그래도 정당하다고 할 수 있는 자신의 권리를 강하게 주장할 참이었다. 그러나 공작부인은 자신의 노예가 간청하기도 전에 그의 욕망을 알아차렸다. 남자의 욕망은 절대로 비밀이 될 수 없단 말인가? 여자들이란 남자의 얼굴에 나타난 마음의 동요를 읽는 능력을 타고난 것일까?

"왜 그러세요! 이젠 제 친구가 되기 싫으신가요?" 부인은 장군이 입을 떼자마자 말을 가로막고, 창백한 얼굴에 선혈처럼 번진 홍조 때문에 더욱 아름답게 빛나는 시선을 보내면서 그렇게 말하는 것이었다. "당신에게 보여드린 여러 가지 호의에 대한 보답으로 당신은 제 명예를 더럽히려 하시는군요. 조금만 더 생각해보세요. 저는 수없이 많이 생각하고 또 생각했어요. 저는 항상 우리를 생각해요. 당신네 남자들이 명예를 저버려서는 안 되는 것 이상으로 우리 여자들은 정절을 지켜야 합니다. 저는 부정을 저지를 수 없어요. 제가 당신의 여자가 된다면, 어떤 방식으로든 더이상 랑제 씨의 아내가 될 수 없어요. 그러니까 당신은 일곱 달도 못 견딘 불확실한 사랑을 위해 제 지위, 제 신분, 제 삶, 이 모든 것을 다 희생하란 말이군요. 기가 막혀서! 당신은 벌써 제 자유의지를 빼앗을 작정인가요? 아니요, 아니요, 그렇게 말하지 마세요. 아니요, 더이상 아무 말도 하지 마세요. 듣고 싶지 않아요, 들을 수도 없어요." 그렇게 말하면서 부인은 두 손으로 이마를 덮고 있는 곱슬머리를 쓸어넘겼다. 그녀는 매우 흥분한 듯했다. "당신은 매우 확실한 계산적인 생각을 하면서 나약한 여인의 집으로 오셨군요. 분명 이런 생각을 하셨겠지요. '얼마간은 남편 이야기를 하겠지. 그러고는 종교 이야기를, 그다음에는 분명 사랑 이야기를 하겠지. 하지만 나는 그녀에 대한 영향력을 키워 그 힘을 행사하고 또 마음껏 이용할 거야. 나는 꼭 필요한 존재가 될 거야. 관습의 굴레와 사람들 사이에서 형성된 암묵적 협약을 이용해서 말이야. 결국 사교계에서 우리 관계를 인정하게 되면 나는 저 여자의 주인이 되는 거야.' 솔직히 말해보세요. 이런 게 바로 당신 생각이지요? 아! 당신은 머리로는 그런 계산을 하면서 입으로는 사랑을 말하지요. 아, 절 사랑하신다고요! 네, 저도 알아요! 당신은 절 원하고, 결국 정부로 삼고 싶은 겁니다. 그뿐이에요. 하지만, 아니요. 랑제 공작부인은 그렇게까지 타락하지 않을 겁니다. 순진한 부르주아계급 여인들은 아마도 당신의 거짓말에 속아넘어갈지도 모르지요. 하지만 저는 절대 그렇게 되지 않을 겁니다. 당신의 사랑이 변하지 않으리라 보장해줄 수 있는 건 아무것도 없어요. 당신은 제가 아름답다고 말하지만, 여섯 달도 못 가서 제가 모시는 대공비님처럼 미워질지도 몰라요. 당신은 제 재치와 우아한 매력에 매료되셨지요. 하지만 쾌락에 익숙해지듯이 그런 매력에도 익숙해질걸요. 제 마음이 약해져서 몇 달 동안 당신에게 호의를 보였더니 금방 그것에 익숙해지시지 않았나요? 제가 몸을 망치고 나면, 언제고 당신은 '이제 더이상 당신을 사랑하지 않소'라는 단호한 말 한마디로 당신의 변심을 통보하면 그만일 뿐, 다른 어떤 이유도 댈 필요가 없겠지요. 지위, 재산, 명예, 랑제 공작부인의 모든 것은 배반당한 희망 속에서 사라져버릴 거예요. 제 치욕스러운 행위를 증명할 아이들이 생길 테고, 그러면……" 부인은 조급해하면서 말을 이었다. "그런데 제가 지금 뭘 하고 있는 거죠? 당신이 더 잘 알고 계실 것들을 이렇게 설명하고 있다니, 전 정말 너무 착하군요. 자, 이 정도 하고 이제 그만두죠. 당신이 그토록 견고하다고 믿었던 관계를 끊을 수 있다는 사실이 정말 기쁘군요. 매일 저녁 랑제 저택에 와서 잠시 동안 한 여자 곁에서 시간을 보내면서 그 여자의 수다를 듣는 것을 즐기고 장난감처럼 그 여자를 가지고 노는 것만큼 자랑스러운 일이 또 있을까요? 하지만 당신이 저녁이면 어김없이 이 집을 찾아오시듯, 잘난 척하는 젊은 남자들도 오후 세시에서 다섯시 사이에는 항상 저를 방문하지요. 게다가 그들은 무척이나 관대하답니다. 제가 아무리 그들을 조롱해도, 아무 말 없이 제 변덕이나 무례함을 다 받아주고 저를 즐겁게 해주기도 합니다. 그런데 당신은, 제 마음의 가장 소중한 보물을 당신에게 바쳤건만, 제 신세를 망치고 저를 곤경에 빠뜨리려 하는군요. 아무 말도 하지 마세요, 됐어요, 됐어요." 장군이 무슨 말인가 하려 하자 부인은 그의 말을 가로막고 이렇게 말했다. "당신한테는 마음도 영혼도 세심함도 없어요. 당신이 무슨 말을 하고 싶은지 알아요. 그렇다면, 좋아요. 하지만 세상 사람들에게 흔해빠진 여자 취급을 당하거나 당신의 그 잘난 즐거움을 위해 희생한 후 영원한 형벌을 받느니, 차라리 애정이라고는 모르며 심장도 없고 차갑고 쌀쌀맞은 여자가 되는 편이 훨씬 나아요. 게다가 당신은 그 즐거움에도 곧 진력을 낼 테니까요. 이기적인 당신의 사랑에는 그만한 희생을 바칠 가치가 없어요……"

공작부인이 앵무새처럼 장황하게 늘어놓는 말은 대략 이런 내용이었다. 부인은 필시 언제까지라도 그렇게 계속 말할 수 있었으리라. 불쌍한 아르망은 피리 소리같이 높은 음조로 퍼부어대는 그녀의 말에 아무 대꾸도 하지 못한 채 침묵을 지키고 있었다. 그러나 그 침묵에는 무서운 감정이 가득 담겨 있었다. 그는 처음으로 이 여인의 애교가 교태에 지나지 않음을 어렴풋이 눈치챘다. 진실한 여자라면 진심으로 누군가를 사랑하고 그 사람의 사랑을 받을 때, 절대 이런 식으로 계산하지도 논리적으로 따지지도 않으리라는 것을 본능적으로 느꼈던 것이다. 그러나 그는 곧 자신도 무의식적으로 계산을 하고 있었다는 사실을 떠올리고 수치심을 느꼈다. 부인에게 이미 역겨운 생각을 하고 있다고 비난받은 바 있지 않았던가. 솔직한 마음으로 곰곰이 반성해보니, 자기가 한 말이나 생각에서도, 말하지 않고 마음속에 품고만 있던 대답들에서도 이기심을 볼 뿐이었다. 자신의 과오를 인정하자, 절망한 나머지 창문으로 뛰어내리고 싶었다. 그의 자아는 그를 죽이고 있었다. 사랑을 믿지 않는 여인에게 도대체 무슨 말을 할 수 있단 말인가? '내가 당신을 얼마나 사랑하는지 증명하게 해주세요'라고 할까? 이때도 역시 내가 문제인 것이다. 이런 경우 규방의 영웅들이라면 운동의 법칙을 부정하는 피론파 철학자들 앞을 당당히 걸어가는 논리학자*를 모방했을 테지만, 몽리보는 그렇게 할 줄 몰랐다. 용감하고 대담한 남자였지만, 그에게는 여성 대수학의 공식을 잘 아는 연인들이 지닌 대담성이 결여되어 있었던 것이다. 그렇게 많은 여자들이, 게다가 정숙한 여인들마저, 상스러운 사람들에게 고약한 이름으로 불리는 솜씨 좋고 사랑에 능란한 남자들의 먹잇감이 된다면, 그것은 아마도 그들이 대단한 증명가들이며, 사랑이란 그 감미로운 시적 감정에도 불구하고 사람들이 생각하는 것보다 많은 기하학을 필요로 하기 때문이리라. 하지만 공작부인도 몽리보도 사랑에 미숙하다는 점에서는 비슷했다. 부인의 경우 사랑에 대한 이론도 거의 몰랐을 뿐 아니라 사랑해본 경험도 없었고, 아무것도 느끼지 못한 채 생각만 많았다. 몽리보는 경험도 별로 없고 이론도 모르는 채 감정이 너무 앞서 생각을 할 여유가 없었다. 그리하여 두 사람은 이 이상한 상황 속에서 불행을 겪고 있었던 것이다. 이 결정적 순간에, 그를 지배한 오만 가지 생각을 한마디로 요약하면 다음과 같다. '당신을 소유하게 해주시오.' 그런 말을 들으면서 아무런 추억도, 아무런 이미지도 떠올리지 않을 여자에게 그것은 끔찍하리만큼 이기적인 말이리라. 아무튼 장군은 무슨 말이라도 해야만 했다. 활을 쏘듯 연이어 퍼부어대는 차갑고 날카롭고 신랄한 말을 들으면서 분노로 피가 들끓었지만, 몽리보는 바보 같은 말 한마디로 모든 것을 잃게 될까봐 그 분노를 감출 수밖에 없었다.

"공작부인, 저는 신이 여인의 마음을 증명하는 수단으로 오로지 몸을 허락하는 방법밖에 고안해내지 못한 점이 매우 유감스럽습니다. 당신이 그토록 몸을 소중히 여기시는 것을 보니, 그것에 대해서는 더이상

---

* 피론파 철학자들은 운동을 부정하는 제논의 유명한 명제를 대변한다. 운동의 법칙을 증명한 논리학자는 견유학파 디오게네스를 가리킨다.

희망을 가져서는 안 되겠군요. 말씀하신 대로 당신의 마음과 모든 애정을 제게 주신다면, 그 외의 것이 뭐 그리 중요하겠습니까? 더욱이 제 행복이 당신에게 그토록 괴로운 희생을 요구한다니, 이제 더이상 그 이야기는 하지 않겠습니다. 다만 인정 많은 한 남자가 사냥개 취급을 당한 데 대해 모욕감을 느낀다는 말씀을 드리는 것을 용서하시기 바랍니다."

보통 여자 같았으면 이 마지막 문장을 내뱉는 장군의 말투에 소스라치게 놀랐을 것이다. 그러나 지상의 그 어떤 권력자도 스스로를 신격화하고 그 누구보다 높은 곳에 올라앉은 이 여자만큼 오만하지는 않으리라.

"후작님, 저는 신이 남자의 마음을 증명하는 수단으로 놀라우리만큼 저속한 욕망을 드러내 보이는 것보다 더 고상한 방법을 고안해내지 못한 점이 매우 유감스럽습니다. 남자에게 몸을 맡기는 순간 우리는 당신들의 노예가 되지요. 그러나 남자는 여자를 받아들여도 아무런 구속을 받지 않아요. 제가 영원히 사랑받을 거라고 누가 보장하죠? 당신을 붙잡아두기 위해 매 순간 사랑 표현을 한다면, 아마도 그것 역시 버림받는 이유가 되겠지요. 저는 보세앙 부인처럼 되고 싶지 않아요. 우리 곁에 당신들을 붙잡아두는 방법이 있을까요? 우리가 계속해서 차가운 태도를 유지하는 것이야말로 남자들로 하여금 언제까지나 우리를 사랑하게 하는 비결이랍니다. 물론 어떤 남자들에게는 변함없는 헌신과 매 순간의 애정 표현이 필요하겠지요. 그러니까 이런 남자에게는 다정함이, 저런 남자에게는 횡포가 필요한 겁니다. 남자의 마음을 완벽히 헤아린 여자는 아직 아무도 없었어요." 부인은 잠시 뜸을 들이더니 어조를 바꾸어 말했다. "그래요. '내가 영원히 사랑받을 수 있을까?'라고 자문하면서 불안에 떨지 않을 여자는 없답니다. 제가 당신에게 심한 말을 했다면 그건 당신을 잃을까봐 두렵기 때문이에요. 맙소사! 지금 말하는 이는 제가 아니라 제 이성이랍니다. 어떻게 저처럼 사랑 때문에 미쳐버린 여자에게도 이성이 존재할 수 있는지 모르겠군요. 사실, 이젠 저도 정말 모르겠어요."

가슴이 찢어질 정도로 고통을 주는 조롱으로 시작해 솔직하게 사랑을 고백하기 위해 여인들이 사용하는 더없이 감미로운 어조로 끝나는 부인의 대답을 들은 장군은 마치 순교의 고통에서 벗어나 천국으로 올라가는 듯한 기분이 들지 않았을까? 몽리보의 안색이 창백해졌다. 그는 난생처음으로 여인 앞에 무릎을 꿇었다. 그러고는 공작부인의 옷자락에, 발에, 무릎에 입맞춤을 했다. 그러나 생 제르맹 구역의 명예를 위해 규방에서 나눈 비밀을 누설해서는 안 될 것이다. 규방이란 자고로 사랑을 증명하는 행위가 아닌 한, 사랑에 관한 모든 것이 허락된 곳이니 말이다.

"사랑하는 앙투아네트." 찬미하도록 내버려두는 것만으로도 대단한 은혜를 베푸는 것이라 생각하면서 부인이 모든 것을 내맡기자 장군은 완전히 도취되어 흥분한 상태에서 외쳤다. "그래요, 당신 말이 맞아요. 당신이 그런 의심을 하는 것을 원치 않소. 지금 이 순간에도 나는 내 인생에 존재하는 천사에게 버림받을까 두려울 뿐이오. 우리를 위해 절대로 끊어지지 않을 끈을 만들고 싶구려."

"아! 거봐요." 부인은 목소리를 낮추고 말했다. "제 말이 맞잖아요."

"내 말을 끝까지 들어봐요." 아르망이 말을 이었다. "단 한마디로 당신의 의혹을 깨끗이 풀어주겠소. 잘 들어요. 내가 만일 당신을 버린다면 천 번이라도 죽어 마땅하오. 내 여자가 되어주오. 내가 만일 당신을 배신한다면 나를 죽여도 좋소. 자살할 수밖에 없는 이유들이 담긴 편지를 한 장 쓰겠소. 유언도 남겨놓겠소. 내 죽음이 자살임을 증명해주는 유서를 줄 테니 잘 간직하도록 해요. 그러면 신도 그 누구도 두려워할 필요 없이 복수할 수 있을 거요."

"제게 그 편지가 필요할까요? 당신의 사랑을 잃는다면, 살아 있을 필요가 있을까요? 만일 당신을 죽이고 싶다면 저 역시 당신을 따라 같이 죽지 않을까요? 그렇게까지 생각해주시니 고마워요. 하지만 아니요, 저는 그런 편지 같은 것은 원치 않아요. 죽음이 두려워 저를 사랑한다고 생각할 거예요. 그렇게 목숨을 내던지는 사람한테는 배신의 위험이 일종의 매력으로 여겨질지 모른다는 생각도 들 것 같고요. 당신이 지키기 어려운 유일한 것, 저는 당신에게 그것을 부탁드리려고 해요."

"도대체 그게 무엇이오? 도대체 무엇을 원하는 거요?"

"당신의 복종과 나의 자유!"

"맙소사!" 그는 부르짖었다. "나를 어린애처럼 취급하는구려."

"제멋대로인 응석받이 어린아이지요." 공작부인은 무릎 위에 놓인 장군의 탐스러운 머리카락을 쓰다듬으면서 말했다. "오! 그래요, 자기가 생각하는 것보다 훨씬 더 많은 사랑을 받으면서도, 제멋대로이고 말을 안 듣는 어린아이랍니다. 이대로 있으면 왜 안 되나요? 당신의 욕망은 제게 그토록 큰 상처를 주건만, 어째서 당신은 그 욕망을 버리지 못하나요? 정숙한 여인이 드릴 수 있는 모든 것을 당신에게 드리고 있는데, 왜 그것을 받아들이지 않는 건가요? 이대로 행복하지 않은가요?"

"오! 그래요. 아무런 의심이 들지 않는다면 나는 행복해요. 앙투아네트, 사랑하는 사람끼리 서로 의심하는 것, 그것은 죽음이나 다름없지 않소?"

그러고 나서 장군은 갑자기 원래 모습으로 돌아가 욕망의 열기에 사로잡힌 사내들이라면 누구나 보이는 능란하고도 웅변적인 말솜씨를 발휘했다. 그동안 남몰래 위선적인 권력을 휘두르면서 쾌락을 누렸다면, 이제 공작부인은 머리로 느끼는 흥분을 경험했다. 이런 흥분에 익숙해지면서 부인에게는 이제 아르망의 사랑도 사교계나 무도회나 오페라만큼이나 없어서는 안 될 것이 되어버렸다. 위대함과 대담한 성격으로 인해 두려움을 주는 남자의 숭배의 대상이 되고, 그를 어린아이로 만들어버리고, 포파이아*가 네로와 그랬던 것처럼 그와 노닥거리는 것. 이런 위험천만한 행복을 위해 헨리 8세**의 왕비들이 그랬듯이, 많은 여인들은 온 혈관의 피를 대가로 지불했던 것이다. 그런데 이 얼마나 야릇한 예감인가! 부인은 하얗게 빛나는 아름다운 금발을 손으로 쓰다듬는 것을 좋아하는 남자에게 머리를 맡긴 채 그처럼 위대한 사내의 작은 손이 자신을 압박해오는 것을 느끼고 있었다. 자기도 남자의 검은 머리를 만지작거리면서 자신의 통치하에 있는 방 안에서 그녀는 생각했다. '자기가 조롱당하고 있다는 것을 안다면 이 남자는 나를 죽이고 말 거야.'

몽리보는 새벽 두시까지 연인 곁에 머물렀다. 이제 부인은 그에게 더이상 공작부인도, 나바랭가의 여인도 아니었다. 앙투아네트는 그저

---

* 로마 황제 네로의 애첩으로 나중에 부인이 된다. 임신한 상태에서 네로에게 발길질을 당해 죽었다고 한다. (옮긴이)

** 1509년부터 1547년까지 재위한 영국 왕. 왕비 캐서린에게 아들이 없자 궁녀 앤 불린과 결혼하고자 가톨릭과 결별하고 영국국교회를 세워 종교개혁을 단행했다. 이후에도 네 명의 여자와 결혼했으며, 총 여섯 명의 왕비 중 두 명은 사형당했다. (옮긴이)

한 여자로 보일 만큼 철저히 위장하고 있었던 것이다. 이 파리 여인이 사교계에서 큰 과오로 여겨질 그토록 달콤한 사랑의 서막을 연출한 적은 이제껏 한 번도 없었다. 그 감미로운 저녁 시간 내내 부인은 장군에게 수줍은 척하면서도 온갖 애교를 부리면서 소녀다운 아름다움을 마음껏 보여주었다. 부인이 그토록 자주 걸어온 변덕스러운 언쟁 또한 고귀한 영혼을 둘러싸고 있는 베일과도 같은 것이니, 부인의 사랑스러운 몸을 덮고 있는 베일들처럼 그것들을 하나하나 벗겨내야 한다고 그는 생각했다. 그리고 그가 그런 생각을 한 데는 나름대로 이유가 있었다. 그의 눈에 공작부인은 더없이 순진하고 순수한 연인으로 보였기에 장군은 그녀를 자기 여자로 만들기로 했던 것이다. 부인이 자신에게 그토록 확실한 사랑의 증거를 보였다는 사실에 만족하여 장군은 행복한 마음으로 부인의 집을 나왔다. 이제 그는 부인의 숨겨진 남편이 될 수밖에 없을 것이다. 하느님도 그 선택을 인정해주시지 않았던가. 사랑의 기쁨을 음미하는 동시에 그에 따르는 책임을 절감하는 순진한 사람처럼 그런 생각을 하면서, 아르망은 천천히 집으로 돌아왔다. 탁 트인 하늘을 바라보고 싶었던 그는 강변을 따라 걸었다. 그는 가슴이 크게 확장되는 것을 느끼면서, 하늘도 삼라만상도 다 커지기를 바랐다. 그의 심장은 전날보다 더 많은 양의 공기를 들이마시는 것 같았다. 걸으면서 그는 스스로에게 질문했다. 그러고는 그녀가 변함없는 행복 속에서 사회적으로 지탄받을 수 있는 과오에 대해 매일매일 속죄할 수 있을 만큼 온 마음을 다해 그녀를 사랑하겠노라 결심했다. 충만한 삶에서 느끼는 흥분은 얼마나 감미로운가! 단 하나의 감정만으로 자신의 영혼을 물들일 만큼 강한 남자들은 결코 사그라들지 않는 열정으로 가득찬 삶에 대해 문득문득 생각하면서 이루 말할 수 없는 희열을 느낀다. 이는 마치 법열의 순간 신이 내리는 빛을 바라보는 수도승에 비유될 수 있으리라. 영원히 지속되리라는 믿음이 없다면 사랑은 아무런 가치도 없을 것이다. 변치 않고 한결같은 마음은 사랑을 더욱 위대하게 만든다. 행복에 취해 집으로 돌아가면서 몽리보가 생각한 열정은 바로 그런 것이었다. '그러니까 우리는 이제 영원히 하나가 된 거야!' 이런 생각은 이 남자에게는 일생의 소원이 이루어지게 하는 일종의 부적과도 같았다. 그는 공작부인이 변심하지 않을까, 그들의 사랑이 오래오래 지속될 수 있을까 하는 종류의 의심은 하지 않았다. 그런 생각은 추호도 없었다. 그에게는 신념이 있었기 때문이다. 신념은 중요한 미덕 중 하나로 신념이 없다면 기독교의 미래도 없다. 그러나 신념은 아마도 사회에서 더욱 필요한 것이리라. 난생처음으로 그는 감정에 따라 살아가는 삶을 이해했다. 이제까지 그는 오직 인간의 한계를 벗어난 힘을 바탕으로 행동하는 삶, 온몸을 바쳐 헌신하는 병사의 삶을 살아왔던 것이다.

다음날, 몽리보는 일찍부터 생 제르맹 구역으로 갔다. 랑제 저택과 가까운 집에서 회합이 있었던 것이다. 볼일을 마치자 그는 마치 자기 집으로 돌아가듯 랑제 공작부인의 저택으로 발길을 옮겼다. 그때 그는 어떤 사내와 함께 걸어가고 있었다. 그런데 몇몇 살롱에서 그 남자와 마주칠 경우 장군은 반감을 표시하며 그를 무척 싫어하는 태도를 보였었다. 그 남자는 롱크롤 후작으로, 파리의 규방에서 평판이 대단한 인물이었다. 재치와 능력을 겸비한데다 무엇보다 용기 있는 남자여서 많은 파리의 젊은이에게 모범이 되는 인물이었다. 여자들한테도 인기가 많아 그의 무수한 여성 편력과 유혹 성공담 역시 그를 선망의 대상으로 만들었다. 게다가 재산이나 가문 또한 그 누구에게도 뒤지지 않았다. 이 두 가지는 파리의 인기 있는 남자들이 갖춘 자질을 더욱 빛나게 해주는 요소가 아니던가.

"어디에 가는 길인가?" 롱크롤 후작이 몽리보에게 물었다.

"랑제 공작부인 댁에 가네."

"아! 그렇군. 자네가 그 여자한테 꼼짝없이 걸려들었다는 사실을 잊고 있었네. 그 집에서 자네는 쓸데없이 사랑 타령만 하고 있겠지. 다른 데서였다면 벌써 사랑을 얻고도 남았을 걸세. 그런 작위 있는 창부보다 천 배는 훌륭한 여자 열 명은 얼마든지 골라 소개해줄 수 있다네. 그 여자는 머리로만 모든 것을 다 하지. 순진한 여자들이……"

"자네, 무슨 말을 하는 건가?" 아르망이 롱크롤의 말을 막으면서 물었다. "공작부인은 천사같이 순진한 여자야."

롱크롤은 웃음을 터뜨렸다.

"자네가 이 지경까지 이르렀으니 이제 내가 자네 눈을 뜨게 해줘야겠군. 한마디만 물어보겠네. 우리 사이니 상관없지 않나. 공작부인은 자네 여자가 되었나? 그렇다면 더이상 아무 말도 않겠네. 자, 다 털어놓아보게. 자네처럼 고귀한 영혼은 그런 배은망덕한 여자에게 목매며 시간을 낭비해서는 안 된다네. 그런 여자는 자네가 열심히 가꾸는 희망을 무참히 짓밟을 테니 말일세."

아르망이 그동안의 상황을 자세히 설명하면서 그토록 힘겹게 얻어낸 몇 가지 권리를 순진하게 나열하자 롱크롤은 폭소를 터뜨리고 말았다. 장군에게는 얼마나 잔인한 웃음인가. 롱크롤이 아니었다면 아마도 목숨이 남아나지 않았을 것이다. 그러나 두 남자가 주고받는 시선으로 보아, 또한 사막 한가운데에서처럼 사람들과 멀리 떨어진 담벼락 구석에서 단둘이 이야기하는 태도로 보아, 그들은 그 어떤 이해관계도 갈라놓을 수 없을 만큼 깊은 우정을 나누고 있음을 쉽게 알아챌 수 있었다.

"이 친구야! 공작부인 때문에 속을 끓이고 있었다고 왜 진작 말하지 않았나? 자네에게 그 연애를 잘 끌고 갈 만한 좋은 방법을 가르쳐주었을 텐데 말이야. 우선 알아둘 점은 다른 여인들과 마찬가지로 생 제르맹 구역 여인들도 늘 사랑에 빠져 살고 싶어한다는 사실일세. 그러나 그 여자들은 소유당하지 않은 채 남자를 소유하려 한다네. 자신들의 본성과 타협한 거지. 게다가 교구의 판례를 보면, 확실한 증거가 있는 죄악을 저지르지 않는 한 그네들이 무슨 짓을 하든 눈감아주고 있다네. 그 아름다운 공작부인이 자네에게 맛보여주는 즐거움은 용서받을 수 있을 정도의 죄악이어서 속죄의 물로 씻어버릴 수 있는 것이라네. 그러나 자네한테는 더없이 중요한 일이지만 그녀한테는 속죄할 수 없을 정도로 죄를 짓는 일을 자네가 무례할 정도로 대담하게 요구한다면, 자네는 지독한 경멸을 받으면서 그녀의 규방은 물론 당장 저택 출입도 금지당할 걸세. 사랑스러운 앙투아네트는 모든 것을 잊어버릴 것이고, 자네는 그녀에게 없느니만도 못한 존재가 되어버릴 걸세. 이보게, 여자들이 무심한 태도로 화장을 지우듯 자네의 입맞춤은 그렇게 지워지고 말 걸세. 공작부인은 입술에 바른 연지를 지우듯 볼에 남은 사랑의 자국을 스펀지로 닦아버릴 거야. 그런 부류의 여자들을 잘 알지 않는가. 순수한 파리 여자들 말일세. 자네도 길거리에서 종종걸음치는 바람둥이 여공들을 보지 않았나? 그 여공들의 머리 부분은 한 폭의 그림이 될 만하지. 예쁜 모자, 싱그러운 뺨, 탐스러운 머리칼, 상냥한 미소, 그런데 그

나머지 것에는 별로 신경을 안 쓰거든. 바로 그것이 그녀들의 초상 아닌가? 파리 여자들의 모습이지. 그녀들은 사람들이 머리 쪽만 본다는 것을 잘 아는 거야. 그러니 머리 쪽에만 치장을 하고 장식을 달고, 온갖 허영을 다 부린다네. 자, 자네의 공작부인 역시 머리로만 사는 여자라네. 머리로 느끼고, 가슴조차 머리에 있거든. 머리로 말하고 머리로 좋아하지. 우리는 그런 불쌍한 여자들을 지적인 라이스*라고 부르지. 자네는 어린아이처럼 그녀의 노리갯감이 되었던 거야. 내 말을 못 믿겠다면, 오늘 저녁, 아니 당장 이 아침에라도 그 증거를 잡을 수 있을 걸세. 그 집에 가서 오만한 태도로 그녀가 거부하는 일을 원한다고 말해보게. 고故 리슐리외 원수식으로 말할지라도, 그 청원은 단번에 기각되고 말 걸세."

아르망은 얼이 빠져버렸다.

"바보가 되도 좋을 만큼 그녀를 원하나?"

"무슨 짓을 해서라도 내 여자로 만들고 싶어." 절망에 빠진 몽리보가 소리쳤다.

"그렇다면, 잘 듣게. 자네도 그녀만큼 냉혹해져야 하네. 그녀에게 모욕을 주고 자만심을 꺾어버리게. 그녀의 마음이나 영혼은 내버려두고, 신경과 림프 조직에만 신경을 쓰란 말일세. 그녀는 신경질적이면서도 무심한 점액질이거든. 그녀에게 욕망을 불러일으킬 수 있다면 자넨 구원받은 것이라 할 수 있지. 하지만 어린아이 같은 그런 순진한 생각은 집어치우게. 자네가 독수리 같은 발톱으로 그녀를 꽉 조이면서도 양보하거나 주저하는 기색을 보이든가 조금이라도 눈썹을 움직이면, 그녀

---

* 고대 그리스 시대에 라이스라는 이름의 창녀들이 있었다고 전한다. (옮긴이)

는 여전히 자네를 지배할 수 있다고 여기고 미꾸라지처럼 자네의 발톱에서 빠져나가 두 번 다시 자네에게 잡히지 않을 테니 말일세. 법처럼 엄격해지게나. 사형집행인과 마찬가지로 동정심은 금물이네. 후려치게. 후려치고 또 후려쳐야 하네. 태형을 선고받은 죄인을 치듯이 세게 후려치란 말일세. 이보게, 공작부인이라는 여자들은 몰인정하고 냉혹하기 짝이 없다네. 그런 여자들의 못된 성격은 매를 맞아야만 부드러워지지. 고통이 그네들에게 심장을 주는 모양이니, 그 여자들을 매질하는 것은 자선을 베푸는 일이나 다름없다네. 그러니 쉬지 말고 후려치게. 그렇게 고통을 겪다보면 신경이 누그러지고, 자네가 부드럽고 여리다고 생각하는 그녀의 기질은 더 순해질 거야. 인정머리라고는 없던 심장도 뛰게 되겠지. 자네 매질 덕분에 메말랐던 심장이 다시 뛸 테니 말일세. 일단 머리로 자신의 사랑을 인정하고 마음의 요구에 굴복하게 되면, 툭하면 울고 아양도 떨고 기절도 하고 살살 녹는 달콤한 말을 속삭이는 기능이 구비된 여자의 심장에 열정이 스며들 걸세. 그렇게 되면 세상에서 가장 근사한 불길을 보게 될 거야. 물론 난로에 불이 붙었을 경우지. 그 여인 마음속의 강철은 용광로 불속에서 붉은색을 띠면서 녹아버릴 걸세. 그 어떤 불빛보다 오래 지속될 불의 열기, 이 불길은 아마도 사랑으로 변하겠지. 그런데 난 자네가 잘할 수 있을지 의심이 드네. 게다가 공작부인이 그렇게까지 공들일 가치가 있는 여자인가? 우리끼리니까 하는 말이네만, 그 여자는 나 같은 남자한테 먼저 교육을 받을 필요가 있어. 나라면 그녀를 아주 귀여운 여인으로 바꾸어놓을 텐데. 어쨌든 좋은 집안 출신이니 말이야. 둘만 내버려뒀다간 평생 가도 사랑의 첫 단계에서 더이상 진도를 나가지 못할 듯싶군. 하지만 자네는 지금 사랑에 빠져 있으니 사랑에 관한 내 의견에 동의하지 않겠지." 롱크롤 후작은 잠시 뜸을 들인 후 웃으면서 다시 말했다. "두 사람 모두, 열심히 즐기게. 난 까다롭게 굴지 않고 잘 넘어오는 여자가 좋아. 최소한 그런 여자들은 상냥하지. 그리고 사회적 제약과 편견에 얽매이지 않고 자연스럽게 사랑을 한다네. 불쌍한 친구야, 쓸데없는 트집이나 잡는 여자? 상대방의 마음을 뒤흔들어놓기만 하고 마음은 절대 주지 않는 여자? 그런 여자는 사치스러운 말馬처럼 하나만 있으면 된다네. 고해소와 소파 사이의 싸움, 흑백 논리, 왕비와 어릿광대의 싸움, 후회와 쾌락 사이의 갈등은 무척 재미있는 체스 게임처럼 생각하면 그만이고 말일세. 별로 영악하지 않더라도 체스판을 아는 사내라면 세 수만 두어도 기꺼이 외통장군을 부를 걸세. 내가 만일 그런 부류의 여자를 상대한다면, 나는 목표를……"

그는 아르망의 귀에 대고 한마디 속삭인 후 대답을 듣지 않은 채 서둘러 떠났다.

몽리보는 단숨에 랑제 저택으로 달려가 안마당으로 들어서서는 곧장 부인의 방으로 올라갔다. 그러고는 하인이 그가 왔다고 알리기도 전에 부인의 침실로 들어갔다.

"어머나, 이게 무슨 짓이에요! 이러시면 안 되죠." 부인은 서둘러 실내복을 여미면서 말했다. "아르망, 당신은 정말 밉살스러운 분이시군요. 자, 제발 나가주세요. 나가세요, 나가시라니까요. 거실에서 기다려주세요. 어서."

"나의 천사여! 당신의 남자인 내게 아무런 특권도 없단 말이오?"

"하지만, 장군님, 남편이나 배우자라 할지라도 이렇게 불시에 아내를 찾아오는 것은 정말 아주 고약한 취미예요."

그는 부인에게 다가가 그녀를 꽉 끌어안았다. "미안하오, 내 사랑 앙투아네트, 하지만 오만 가지 의심이 내 마음을 괴롭히는구려."

"의심이라뇨? 세상에, 아, 정말 기가 막혀서!"

"내 의심은 근거 없는 것이 아니오. 당신이 나를 사랑한다면, 내게 이런 시비를 걸겠소? 나를 보는 게 그저 기쁘기만 했을 것 아니오? 절로 가슴이 뛰는 것을 느꼈을 것 아니오? 난 당신 목소리만 들어도 가슴이 떨린다오, 여자가 아닌 나도 말이오. 무도회가 한창일 때 당신 목을 껴안고 싶었던 적도 종종 있었소."

"아! 모든 사람이 보는 앞에서 당신 목에 매달리지 않는 한 계속 의심하실 거라면, 저는 평생 당신한테 의심받으면서 살겠군요. 당신에 비하면 오셀로는 어린아이에 불과하겠어요."

"아!" 절망한 그는 말했다. "나는 사랑받고 있지 않아!"

"적어도 지금은 사랑스럽지 않다는 것을 인정하세요."

"그럼, 당신 마음에 들기 위해 더 노력해야 하오?"

"네, 그럼요." 그녀는 명령조로 말했다. "자, 이제 나가세요, 혼자 있게 해주세요. 저는 당신과 달라요. 저는 언제나 당신한테 잘 보이고, 당신 마음에 들고 싶어요……"

거만한 태도를 보이면서도 그토록 매력적일 수 있는 여자는 랑제 공작부인밖에 없으리라. 그 매력 때문에 오만함은 배가되는 것이 아닐까? 바로 그런 점이 더없이 냉정한 남자조차 미치게 만드는 것이 아닐까? 그때 그녀의 시선, 어조, 태도는 자신이 그 누구에게도 구속되지 않은 완전히 자유로운 여자임을 증명하고 있었다. 사랑하는 남자를 보기만 해도 가슴이 떨릴 만큼 사랑에 빠진 여인에게서는 그런 당당함을 절대로 찾아볼 수 없다. 롱크롤 후작의 충고로 세상 물정에 밝아진데다, 직관의 도움을 받아 장군은 공작부인의 여유 있는 태도 뒤에 숨겨진 무서운 진실을 간파하게 되었다. 아무리 둔한 남자라 할지라도 열정적 사랑에 빠지면 일시적으로 그런 직관을 가지기 마련이고, 더욱이 강한 남자들은 한층 더 완벽하게 그 능력을 발휘하기 마련이다. 진실을 간파하자, 장군의 마음은 몰아치는 폭풍우로 인해 넘쳐흐르기 직전의 호수처럼 차올랐다.

"당신이 어제 한 말이 진심이라면, 내 여자가 되어주오." 그는 부르짖었다. "앙투아네트, 나는 원하오……"

장군이 다가오는 것을 보자, 부인은 그를 힘껏 그러나 차분하게 밀어내면서 말했다. "무엇보다 제 평판을 더럽히지 말아주세요. 제 하녀가 당신 말을 들을 수도 있어요. 부탁이니 제발 저를 존중해주세요. 저녁에 제 규방에서라면 이렇게 허물없이 구셔도 좋아요. 하지만 지금 여기서는 절대 안 돼요. 그런데 아까 '나는 원하오'라고 하신 말씀의 의미는 뭐죠? '나는 원하오'라니! 저한테 그런 말을 한 사람은 여태껏 아무도 없었어요. 가소롭군요, 정말이지 가소로워요."

"그 점에 대해서는 절대 양보할 수 없다는 거요?"

"아! 당신은 우리가 스스로를 마음대로 할 수 있는 권리를 그 점이라고 부르시는군요. 그래요, 가장 중요한 점이죠. 그리고 그 점에 대해서는 완전히 제 마음대로 할 수 있게 해주시길 바랍니다."

"만일 당신의 약속을 믿고 그 점을 요구한다면?"

"아! 제가 그런 가벼운 약속을 하는 과오를 범했다는 것을 증명하시겠다고요. 설사 그렇다 해도 제가 그 약속을 지킬 만큼 바보는 아니에요. 그러니 제발 저를 가만히 놔두세요."

얼굴이 창백해진 몽리보는 부인에게 달려들려고 했다. 그러나 공작부인은 종을 울려 하녀를 불렀다. 하녀가 나타나자, 부인은 상냥한 미소를 지으면서 빈정거리듯 말했다. "당신을 뵐 준비가 됐을 때 다시 와주시기 바랍니다."

아르망 드 몽리보는 모욕적인 말로 마음을 산산이 부수는, 강철로 만든 검처럼 차갑고 예리한 그 여인의 냉혹함을 뼈저리게 느꼈다. 공작부인은 장군 혼자 단단하다고 믿었던 두 사람 사이의 끈을 한순간에 잘라버렸다. 공작부인은 아르망의 낯빛을 보고 그 방문의 목적이 은밀한 요구에 있음을 간파했다. 그러자 그녀는 공작부인이란 존재는 얼마든지 사랑에 응할 수 있지만, 몸을 허락하는 일은 절대로 없다는 것을, 또한 그네들을 정복하는 일은 유럽 전체를 정복하는 일보다 더 어렵다는 사실을 이제 제정시대의 군인에게 깨닫게 해줄 때가 왔다고 판단했다.

"부인," 아르망이 말했다. "저는 이제 더이상 기다릴 수 없습니다. 당신 말대로 저는 버릇없는 아이입니다. 조금 전에 말씀하신 것을 제가 진심으로 원할 때가 되면, 저는 반드시 그것을 가질 것입니다."

"가지실 거라고요?" 약간 놀라면서도, 거만한 태도로 그녀가 말했다.

"가지게 될 겁니다."

"아, 그러세요! 그렇게 될 수 있다면 저도 매우 기쁠 것 같군요. 호기심이 생기네요, 당신이 어떻게 그 일을 해내실지 매우 궁금하군요……"

"당신의 삶에 흥미를 부여했다니 기쁘기 그지없습니다." 공작부인에게 공포심을 불러일으킬 만한 미소를 지으면서 장군이 말했다. “오늘 저녁 무도회에 가기 위해 댁으로 모시러 와도 되겠습니까?”

“진심으로 감사드립니다만, 마르세 씨와 먼저 약속을 해버렸네요.”

몽리보는 근엄하게 인사하고는 그 집에서 나왔다.

‘롱크롤 말이 맞았어.’ 그는 생각했다. ‘좋아, 이제 체스 게임에서 누가 이기느냐의 문제야.’

그때부터 장군은 지극히 침착한 태도를 보이면서 마음의 동요를 숨겼다. 그토록 최고로 행복한 상태에서 극도의 불행으로 급격히 추락하는 변화를 감당할 만큼 강인한 사내는 없을 것이다. 잠시나마 행복한 삶을 맛본 것은 오로지 옛 삶의 공허함을 더욱 사무치게 느끼기 위함이었던가? 무시무시한 폭풍우가 몰아치고 있었다. 하지만 그는 고통을 견딜 줄 아는 사내였다. 그는 화강암으로 된 암초가 대서양의 날카로운 파도를 받아치듯이 격렬한 사유의 습격을 받아내고 있었다.

‘그녀에게 아무 말도 할 수 없었다. 그 여자 앞에서는 생각이 멈춰버린다. 그녀는 자기가 얼마나 저열하고 비열한지 모른다. 감히 아무도 그녀 면전에서 그녀가 어떤 인간인지 알 수 있도록 말해주지 못했으니까. 분명 그 여자는 수많은 남자를 농락했을 거야. 그들 모두를 대신해 내가 복수해주지.’

한 사내의 마음속에 사랑과 복수심이 그토록 똑같은 비중을 차지하고 뒤섞인 적은 없었으리라. 그래서 몽리보 자신도 사랑과 복수심 중에서 무엇이 더 강한 감정인지 알 수 없었다. 바로 그날 저녁 장군은 랑제 공작부인이 참석할 것이 분명한 무도회에 갔다. 그러나 악랄한 말이라도 한마디 해주려고 그녀에게 다가가는 것은 거의 불가능했다. 부인은 다정한 미소를 머금고 친절하게 그를 대했다. 아마도 사교계 사람들이 몽리보와 그녀가 은밀한 관계를 맺고 있다고 생각하지 못하게 하기 위해서였으리라. 두 사람 다 뿌루퉁해 있으면 사람들은 그들의 사랑을 눈치채고 만다. 그러나 후작은 우울하고 슬픔에 잠겨 있는 데 반해 공작부인의 태도에는 아무런 변화가 없다면, 그것은 아르망이 부인한테서 아무것도 얻지 못했음을 사람들에게 알려주는 것이 아닐까? 사교계 사람들은 버림받은 남자들의 불행을 꿰뚫어보는 데 일가견이 있다. 따라서 여자들이 종종 사랑을 감추기 위해 연인에게 다툰 척하라고 명령할지라도 사교계에서는 그런 술수와 버림받은 남자들의 진짜 불행을 혼동하는 일은 결코 없다. 그래서 사람들은 모두 사교계에 정통한 선배에게 조언을 구하지도 않고 혼자서 꿈을 꾸다가 고통스러워하고 있는 몽리보를 비웃었다. 롱크롤이라면 아마도 공작부인의 우정을 가장한 위선에 열정적인 태도로 응수함으로써 그녀의 평판을 위태롭게 하라고 명령했을 것이다. 아르망 드 몽리보는 인간의 본성에 대해 진저리를 치면서, 그러나 그토록 철저히 사악할 수 있을까 의아해하면서 무도회장을 떠났다.

파리에서 가장 매력적인 여인들이 춤추고, 떠들고, 웃어대는 살롱의 햇빛 가득한 창을 바라보면서 장군은 말했다. "공작부인, 그토록 극악무도한 범죄를 처벌할 사형집행인이 없다면, 내가 당신의 목을 잡고 그레브 광장*의 칼날보다 더 날카로운 검을 들이밀어주겠소. 칼에는 칼로. 누구의 심장이 더 날이 서 있는지 두고 봅시다."

* 파리 시청 앞에 위치한 광장으로 혁명기에 단두대로 사형을 집행하던 곳. (옮긴이)

# 3
# 진실한 여인

약 일주일 동안 랑제 공작부인은 몽리보 후작이 다시 나타나기를 기다렸다. 그러나 아르망은 매일 아침 랑제 저택으로 명함만 보낼 뿐이었다. 명함이 전달될 때마다 부인은 어렴풋이 드는 불길한 예감에 부르르 떨지 않을 수 없었다. 모든 불행의 예감은 이렇듯 어렴풋이 찾아오는 법이다. 명함에 쓰인 이름을 보노라면 어떤 때는 무자비한 그 남자의 억센 손이 자신의 머리채를 휘어잡는 듯했고, 또 어떤 때는 그 이름이 복수를 예고하는 듯했다. 불안에 사로잡힌 채 그녀는 그 복수가 무척이나 잔인할 것이라고 생각했다. 장군을 너무도 잘 아는 부인은 두려움에 떨지 않을 수 없었다. 살해당하는 건 아닐까? 황소 같은 그 사내가 머리 위로 날 번쩍 들었다 내동댕이쳐버리는 건 아닐까? 발로 짓밟아버리지는 않을까? 언제, 어디서, 어떻게 잡아갈까? 심한 고통을 줄까? 어떤 종류의 고통을 주려 궁리하고 있을까? 부인은 후회했다. 바로 이런 때 장군이 왔다면 부인은 그의 팔에 안겨 모든 것을 다 바쳤으리라. 매일 밤, 공작부인은 잠자리에 들면서 몽리보의 이런저런 모습을 떠올렸다. 슬픈 미소, 유피테르처럼 도도하게 찡그린 눈썹, 사자 같은 시선, 거만한 어깨 동작, 이 모든 것을 떠올리면서 그녀는 두려움에 떨었다. 그 다음날 명함을 받으면 그것이 피로 물든 듯한 느낌이 들었다. 이전에는 격렬하고 고집 세고 요구가 많은 연인으로 인해 마음이 불안했다면, 지금은 그의 이름만으로도 그때보다 더 마음이 불안한 나날을 보내고 있었다. 게다가 그녀의 두려움은 침묵 속에서 점점 더 커져만 갔다. 그녀는 다른 사람의 도움 없이 혼자서 그 무서운 전투에 임할 준비를 해야만 했다. 아무한테도 그런 말을 할 수 없었던 것이다. 자존심이 강하고 냉정한 그녀의 영혼은 그전에 받았던 사랑의 애무보다 지금 느끼는 증오의 자극에 훨씬 더 민감했다. 아! 규방 깊숙이 틀어박혀 미간을 잔뜩 찌푸린 채 깊은 고민에 빠진 공작부인을 볼 수 있었다면, 장군은 아마도 커다란 희망을 품을 수 있었으리라. 그 방에서 그는 얼마나 많은 즐거움을 맛보았던가. 자존심이란 오직 고귀한 행동만 가능케 하는 인간의 감정이 아니던가? 랑제 공작부인이 자신의 생각을 감추고 있었음에도, 이제 더이상 그녀가 몽리보에게 무관심하지 않다는 것은 누구나 짐작할 수 있었다. 여자의 마음을 사로잡았다는 것은 남자에게는 거대한 정복이 아닐까? 어쨌든 그 여자의 마음속에 일종의 진전이 있었던 것은 사실이다. 광포하게 날뛰는 말발굽 아래, 혹은 무시무시한 동물 앞에 한 여인을 놓아보자. 분명 그녀는 그 앞에 무릎을 꿇고 죽음을 기다릴 것이다. 그러나 만일 그 동물이 관대하여 그녀를 살려준다면 그녀는 말이든 사자든 황소든 그 동물을 사랑하게 될 것이고 그 짐승에 대해 거리낌없이 이야기할 수 있을 것이다. 공작부인은 마치 사자의 발밑에 깔려 있는 느낌이었다. 그녀는 두려움에 부들부들 떨었지만, 그 사자를 미워하지는 않았다. 서로 얼굴을 마주하는 것이 몹시 어색해진 두 사람은 지난주에 사교계에서 딱 세 번 마주쳤다. 그때마다 공작부인은 애교 섞인 질문을 던져보았지만 장군은 매번 정중한 인사와 조소 어린 냉혹한 미소로 답할 뿐이었다. 그 미소가 어찌나 냉혹했던지, 아침에 명함을 받을 때마다 느꼈던 공포가 근거 없는 것이 아니었음을 확인할 수 있었다. 인생이란 그저 감정에 따라 만들어지는 것에 지나지 않는다. 바로 그 감정이 두 사람 사이에 깊은 구렁을 파놓았던 것이다.

롱크롤 후작의 여동생인 세리지 백작부인은 그다음주 초에 성대한 무도회를 열었다. 랑제 공작부인은 그 무도회에 참석하기로 되어 있었다. 홀에 들어서자 제일 먼저 공작부인의 눈에 들어온 것은 아르망의 얼굴이었다. 이번에는 그가 부인을 기다리고 있었다. 적어도 그녀는 그렇게 생각했다. 두 사람의 시선이 마주쳤다. 갑자기 부인은 온몸의 모공이란 모공에서 진땀이 흐르는 것을 느꼈다. 몽리보는 그들의 신분에 걸맞은, 상상을 초월할 만큼 무서운 복수를 할 만한 사람임을 부인은 알고 있었다. 드디어 복수의 방법이 정해졌고 준비도 끝난 것이 분명했다. 복수는 열기를 내면서 부글부글 끓고 있었다. 배신당한 연인의 눈에서는 번개처럼 불꽃이 일었고, 얼굴에는 증오심이 넘쳐흘렀다. 그리고 그 증오심에는 일종의 만족감이 담겨 있었다. 때문에 공작부인이 냉정하고 거만해 보이려고 아무리 애를 써도 그녀의 시선은 활기를 잃을 수밖에 없었다. 부인은 세리지 백작부인 옆에 가서 앉았다. "앙투아네트! 무슨 일이에요? 왜 그래요? 걱정이 되네요." 세리지 부인은 그렇게 묻지 않을 수 없었다.

"카드리유*를 추면 괜찮아질 거예요." 공작부인이 앞으로 다가오는 청년에게 손을 내밀면서 말했다.

랑제 공작부인은 미친듯이 열정적으로 춤을 추기 시작했고, 그러자 몽리보는 더욱더 위압적인 시선으로 그녀를 바라보았다. 그는 춤추는 이들을 바라보며 즐거워하는 사람들 앞에 가만히 서 있었다. 연인이 자기 앞을 지나갈 때마다 그는, 마치 호랑이가 먹이를 바라보듯, 빙글빙글 돌아가는 그녀의 머리를 뚫어지게 바라보았다. 춤이 끝나자 부인은 세리지 부인 곁으로 가서 앉았다. 후작은 처음 보는 어떤 남자와 대화를 나누면서도 공작부인에게서 시선을 떼지 않았다.

"그 여행에서 가장 인상적이었던 것은……" 장군이 말했다.

공작부인의 귀는 온통 그에게 쏠려 있었다.

"……찰스 1세**의 목을 칠 때 사용했다는 도끼를 보여주면서 웨스트민스터사원의 문지기가 들려준 왕의 말입니다. 복면을 한 사내가 왕의 목을 쳤다지요. 그리고 그때 왕이 어느 구경꾼에게 그 말을 했다고 합니다."

"뭐라고 말했는데요?" 세리지 부인이 물었다.

"도끼에 손대지 마시오." 몽리보는 위협적인 말투로 그렇게 말했다.

---

* 18~19세기에 유행했던 사교춤으로, 네 쌍의 남녀가 사각형을 이루면서 마주보고 춤을 춘다. (옮긴이)

** 스튜어트왕조의 영국 왕. 영국국교회를 강화하고 청교도를 억압했다. 또한 왕권신수설을 주장하여 의회와 충돌함으로써 1642년 청교도혁명이 발발했다. 의회를 대표하는 크롬웰에게 패한 후 1649년 화이트홀궁전 앞에서 참수되었다. (옮긴이)

“후작님, 정말이지.” 랑제 공작부인이 말했다. “런던에 가본 사람이라면 누구나 다 아는 옛날이야기를 하시면서 어쩜 그렇게 극적인 태도로 제 목을 바라보시는 거죠? 마치 지금 손에 도끼를 쥐고 계시기라도 한 것 같군요.”

공작부인은 웃으면서 그렇게 말했지만 온몸에서 식은땀이 흘렀다.

“하지만 상황에 따라 아주 새로운 이야기가 될 수도 있지요.” 그가 답했다.

“어떻게요? 말씀해주세요. 어떤 점에서 그런가요?”

“당신이 도끼에 손을 댔다는 점에서 그렇지요, 부인.” 몽리보는 목소리를 낮추고 그렇게 말했다.

“정말 멋진 예언이군요!” 부인은 짐짓 아무렇지도 않은 척 애교 있게 미소 지으면서 말했다. “그렇다면 제 목은 언제쯤 떨어지게 될까요?”

“저는 당신의 아름다운 목이 떨어지는 것을 원치 않습니다, 부인. 다만 당신에게 커다란 불행이 닥칠까봐 걱정되는군요. 만약 당신의 머리카락이 다 잘리는 일이 생긴다면, 당신은 이토록 아름다운 금발을 잃은 것을 애석해하지 않을까요? 이 머리카락 덕을 많이 보셨으니……”

“하지만 그럴 만한 가치가 있는 사람을 위해서라면 여자들은 기꺼이 그런 종류의 희생을 감수한답니다. 경솔한 행동을 한 번 했다고 해서 더이상 애인을 신뢰하지 않는 남자에게조차 말이에요.”

“좋습니다. 그렇다면 만일 어떤 짓궂은 남자가 화학적인 방법을 사용해서 당신의 미모를 한번에 빼앗아버린다면, 우리 눈에는 열여덟 살밖에 안 돼 보이는 당신을 백 살 노파로 만들어버린다면 어떻겠습니까?”

"하지만 장군님." 부인이 그의 말을 가로막으면서 말했다. "천연두는 우리 여자들에게 워털루전쟁과 같답니다. 전쟁이 끝나고 나면 누가 진정으로 우리를 사랑하는지를 알게 되지요."

"당신은 아름다운 얼굴이 사라진 것을 아쉬워하지 않을까요? 그 얼굴은……"

"아! 물론 많이 그립고 아쉽겠지요. 하지만 저보다 그 얼굴을 보는 것이 기쁨이었던 사람들이 더 아쉬워하겠지요. 그렇지만 누군가 진정으로 절 사랑한다면 외모 따위가 뭐 그리 중요하겠어요? 어떻게 생각해요, 클라라?"

"그건 좀 위험한 생각인데요." 세리지 부인이 대답했다.

"마법사들의 왕에게 물어볼까요?" 랑제 공작부인이 말을 이었다. "런던에는 한 번도 가본 적이 없는 제가 언제 도끼에 손대는 죄를 저질렀는지……"

"저도 모르겠네요." 장군은 조롱하듯 웃으면서 말했다.

"그렇다면 형벌은 언제부터 시작되나요?"

바로 그때 몽리보는 냉정한 태도로 시계를 꺼내더니, 소름이 끼칠 만큼 진지하게 시간을 확인했다.

"오늘이 다 가기 전에 당신에게 무서운 불행이 닥칠 것입니다……"

"전 협박에 쉽게 넘어가는 어린아이가 아니랍니다. 아니, 그보다 위험이라고는 모르는 어린아이지요. 그러니까 저는 두려워하지 않고 지옥 끝까지라도 춤추러 갈 겁니다." 공작부인이 말했다.

"당신이 그토록 기개 있는 분임을 알게 되어 기쁘군요." 장군은 카드리유를 추러 나가는 부인을 보면서 말했다.

공작부인은 아르망의 불길한 예언을 무시하는 척했지만, 사실은 엄청난 공포에 사로잡혔다. 장군이 무도회장을 떠나자 그녀는 그로 인해 느꼈던 정신적 육체적 압박감에서 조금이나마 벗어날 수 있었다. 그런데, 그가 떠난 후 잠시 동안이나마 마음껏 숨을 쉴 수 있는 기쁨을 맛보았을 때, 그녀는 문득 자신이 그 공포감을 그리워하고 있다는 사실을 깨달았다. 여자의 본성이란 이처럼 과격한 감동을 갈망하는 것이다. 그 그리움이 바로 사랑이라고까지는 말할 수 없지만, 분명 사랑을 준비하는 감정에 속하리라. 그러고 나서 부인은 몽리보가 불러일으켰던 두려움에 다시 사로잡힌 채, 그가 확신에 찬 태도로 시계를 보았던 것을 떠올리고는 등골이 오싹해져 무도회장을 나왔다. 자정 무렵이었다. 부인을 기다리고 있던 하인이 그녀에게 모피코트를 걸쳐준 후, 마차를 대기 위해 앞장서서 걸었다. 마차를 타고 자리에 앉은 부인은 몽리보의 예언으로 인해 자연스레 몽상에 빠져들었다. 안마당에 도착한 그녀는 자기 저택의 현관과 거의 비슷하게 생긴 현관으로 들어갔다. 그런데 갑자기 계단이 없다는 것을 발견하고 하인들을 부르려고 돌아섰다. 그 순간 몇 명의 사내가 순식간에 그녀를 덮쳐 손수건으로 입을 틀어막고 팔과 다리를 묶은 후 그녀를 들어올렸다. 그녀는 비명을 질렀다.

"부인, 소리치면 죽여버리라는 명령을 받았습니다." 누군가가 귓전에 대고 그렇게 말했다.

너무도 무서웠기에 부인은 자기가 어느 길로 어떻게 운반되었는지 도무지 알 수 없었다. 정신이 들었을 때 그녀는 자신의 손과 발이 비단 끈으로 묶인 채, 독신남의 방에 있는 소파에 눕혀진 상태임을 알아차렸다. 그녀는 아르망 드 몽리보와 눈이 마주치자 너무 놀라 자기도 모르게 비명을 질렀다. 그는 실내복 차림으로 태연하게 안락의자에 앉아 여송연을 피우고 있었다.

"공작부인, 소리지르지 마십시오." 그는 냉정한 태도로 입에서 여송연을 떼면서 말했다. "두통이 있거든요. 그리고 이제 끈은 풀어드릴 겁니다. 그러나 제가 드리는 말씀을 잘 들어주시기 바랍니다." 그는 솜씨 있게 공작부인의 발에 묶인 끈을 풀었다. "소리질러봐야 무슨 소용 있겠습니까? 듣는 사람이 아무도 없는데 말입니다. 게다가 당신은 대단히 예절 바르신 분이니, 쓸데없는 행동을 하시는 일은 없으리라 믿습니다. 얌전히 계시지 않는다면, 혹여 제게 반항이라도 하신다면, 다시 당신의 손과 발을 묶을 것입니다. 체면을 중시하는 당신인 만큼 이 모든 상황을 고려하여, 댁의 소파에서 그랬듯이, 이 소파 위에 가만히 앉아 계시리라 믿습니다. 원하신다면 당신 집에서처럼 냉정한 태도로 계셔도 좋습니다…… 그 소파 위에서 당신 때문에 남몰래 눈물도 많이 흘렸었지요……"

몽리보가 이야기하는 동안 공작부인은 방심하는 척하면서도 아무것도 놓치지 않는 여인 특유의 은밀한 시선으로 재빨리 주변을 살펴보았다. 그녀는 수도사의 방과 닮은 이 방이 무척 마음에 들었다. 이 방에는 몽리보의 영혼과 사상이 감돌고 있었다. 회색으로 칠해진 벽면에는 아무런 장식도 없었다. 바닥에는 초록색 카펫이 깔려 있었다. 검은색 소파 하나, 서류로 뒤덮인 책상 하나, 커다란 안락의자 두 개, 자명종이 놓인 서랍장 하나, 테두리에 검은색의 그리스식 번개무늬가 있는 붉은 침대보가 덮인 나지막한 침대 하나, 이러한 가구 구성은 그가 간소한 삶을 살고 있음을 보여주었다. 벽난로 위에 놓인 삼각 촛대는 이집트풍이었기에 그 남자가 오랫동안 떠돌아다녔던 거대한 사막을 연상케 했다. 주름 잡힌 침대보 밑으로 보이는 스핑크스의 발처럼 생긴 침대 다리와 그 옆의 벽 사이에는 붉은색과 검은색 술 장식이 달린 녹색 커튼이 쳐진 문이 하나 있었다. 그 커튼은 굵은 고리에 끼워져 커튼 봉에 매달려 있었다. 조금 전에 낯선 사내들이 들어왔던 문에도 똑같은 커튼이 달려 있었지만, 그 커튼은 옆으로 젖혀져 커튼 줄로 고정되어 있었다. 두 개의 커튼을 비교하려고 방금 전 시선을 돌렸을 때, 공작부인은 침대 옆 문이 열려 있는 것을 보았다. 그리고 바닥에 있는 커튼 밑단에 달린 술 장식 사이로 불그스레한 불빛이 새어나오고 있다는 사실도 알아챘다. 이 불길한 불빛에 어둠 속에서 이상한 형상들이 어렴풋이 드러났기에, 그녀는 자연스레 호기심을 느꼈다. 그렇지만 그때는 바로 그곳에서 위험이 찾아오리라고는 전혀 예상하지 못했기에, 부인은 지금 가장 시급하고도 궁금한 것을 물어볼 생각을 했다.

"장군님, 저를 어떻게 하실 작정인지 여쭤봐도 실례가 되지 않을까요?" 공작부인은 거만하고도 조소에 찬 어조로 날카롭게 말했다.

공작부인은 몽리보의 말에서 격렬한 사랑을 꿰뚫어보았다고 생각했다. 게다가 한 여인을 유괴했다면, 그것은 그녀를 열렬히 사랑하기 때문이 아니겠는가?

"어떻게 할 생각은 없습니다, 부인." 그는 마지막으로 우아하게 담배연기를 내뿜으면서 말했다. "이곳에 그리 오래 머무르시진 않을 겁니다. 우선 당신이 어떤 분이신지, 그리고 저는 어떤 사람인지 설명드리고자 합니다. 당신 방 소파에서 몸을 비비꼬고 계실 때면, 저는 제 생각을 표현할 말을 찾을 수 없게 돼버리곤 합니다. 게다가 당신 집에서는 조금이라도 당신 마음에 안 드는 말을 하면, 당신은 바로 줄을 당겨 하인을 부르고 큰 소리를 지르면서 더없이 파렴치한 인간이라도 되는 듯 당신의 연인을 밖으로 내쫓아버리지요. 여기서는 제 마음대로 할 수 있습니다. 아무도 저를 내쫓지 못하니까요. 여기서는 잠시나마 당신이 제 희생자가 될 것입니다. 그러니 제 말을 잘 들어주세요. 아무것도 두려워하지 마세요. 당신을 납치한 것은 당신에게 모욕을 주기 위해서도 아니고, 제가 받을 만한 자격이 없는 것, 당신이 제게 기꺼이 베풀어주고 싶어하지 않는 것을 완력으로 얻기 위해서도 아닙니다. 그것은 비열한 짓이지요. 험한 일을 당할까봐 두려워하셨을지 모르겠습니다만, 그런 짓을 할 생각은 추호도 없습니다."

그는 지극히 무미건조한 동작으로 여송연을 불속에 집어던졌다.

"담배 연기가 싫으시겠군요?"

그는 벌떡 일어나더니 벽난로 안에 있는 달궈진 향로를 꺼내서는 향을 태워 공기를 정화시켰다. 공작부인이 느낀 놀라움은 그녀가 받은 굴욕감만큼이나 컸다. 부인의 운명은 이 남자의 손에 달려 있건만 그는 그 힘을 함부로 사용하지 않으려 하고 있었다. 일찍이 사랑으로 인해 그토록 빛나던 그의 눈빛은 하늘의 별처럼 차분하게 안정되어 있었다. 그녀는 부르르 떨었다. 가위에 눌려 아무리 움직이려 애써도 꼼짝도 할 수 없을 때처럼 온몸의 감각이 마비된 듯한 느낌 속에서 아르망 때문에 생긴 두려움은 점점 더 커졌다. 그녀는 두려움에 사로잡혀 못 박힌 듯 꼼짝할 수 없었다. 풀무질로 인해 커튼 뒤의 희미한 불빛이 점점 더 활활 타오르고 있음을 느낄 수 있었기 때문이다. 커튼 뒤로 보이는 불빛이 갑자기 환해지면서 복면을 한 세 명의 남자를 비추었다. 이 끔찍한 광경은 순식간에 사라져버렸기에 그녀는 자기가 착시를 일으켜 환상을 본 것이려니 생각했다.

"부인," 장군은 모멸에 찬 냉혹한 시선으로 그녀를 응시하면서 말했다. "일 분, 단 일 분이면 당신 인생 전체를 망가뜨릴 만큼 큰 상처를 입힐 수 있습니다. 제가 마음대로 사용할 수 있는 것은 영원처럼 느껴지는 그 일 분뿐입니다. 신이 아니니까요. 제 말을 잘 들으세요." 그는 자신이 하는 말에 위엄을 더하기 위해 잠시 틈을 두었다가 다시 말을 이었다. "당신이 원하기만 하면 사랑은 언제나 당신에게 다시 찾아오겠지요. 당신은 사내들에게 무한한 권력을 휘두르고 계시니까요. 하지만 잊지 마십시오. 어느 날, 사랑이 당신에게 온 것이 아니라, 당신이 사랑을 불렀다는 것을 말입니다. 이 땅에서 가장 순수하고 천진난만한 그 사랑은 그렇게 당신에게로 왔습니다. 격렬했던 만큼 정중하기도 했던 사랑이었습니다. 헌신적인 아내의 사랑처럼, 아이에 대한 어머니의 사랑처럼 다정하고도 부드러운 사랑이었습니다. 동시에 너무도 격렬해서 광기에 가까운 사랑이었지요. 그런데 당신은 그 사랑을 농락했으니 그것은 범죄입니다. 모든 여자들에게는 함께 마음을 나눌 수 없다고 생각하는 남자의 사랑을 거절할 권리가 있습니다. 사랑받지도 못하면서 사랑하는 남자는 동정받을 여지가 없습니다. 그에게는 불평할 권리도 없습니다. 하지만 공작부인, 당신은 애정이 결핍된 불쌍한 사내를 유인하여 사랑하는 척하면서, 그로 하여금 완전한 행복이 무엇인지를 맛보게 한 후에 그것을 빼앗아버렸습니다. 그의 행복한 미래를 앗아갔던 것입니다. 그의 모든 시간과 모든 생각에 독을 흘려 넣어 오늘뿐 아니라 그가 살아 있는 동안 영원히 그를 죽여버린 것입니다. 바로 이것이 제가 무서운 범죄라고 부른 것입니다!"

"장군님……"

"아직은 당신이 대답하는 것을 허락할 수 없습니다. 제 말을 계속 들으십시오. 게다가 저는 지금 당신에 대한 몇 가지 권리를 가지고 있습니다. 하지만 저는 범죄자에 대한 몇 가지 재판관의 권리만을 요구합니다. 당신의 양심을 깨우기 위해서지요. 당신에게 더이상 아무런 양심도 없다면, 저는 당신을 탓하지 않겠습니다. 그러나 당신은 아직 너무도 젊지 않습니까! 그러니 아직은 심장이 뛰는 것을 느껴야 하지 않나요. 저는 그렇게 생각하고 싶습니다. 저는 당신이 법의 처벌을 받지 않는 한도 내에서는 태연하게 죄를 저지를 만큼 부도덕한 사람이긴 해도, 제가 드리는 말의 의미를 이해하지 못할 만큼 타락했다고는 생각하지 않습니다. 다시 말을 계속하겠습니다."

바로 그때 공작부인은 어렴풋이 풀무 소리를 들었다. 그녀가 언뜻 보았던 낯선 사내들이 풀무질을 계속하면서 불기운을 돋우고 있는 듯했다. 커튼 위로 그 불빛이 환하게 어른거렸다. 그러나 그녀는 몽리보의 번뜩이는 시선 앞에서 꼼짝도 못한 채 부들부들 떨면서 그를 바라볼 뿐이었다. 옆방에서 정체를 알 수 없는 불꽃이 타오르며 내는 소리가 호기심을 불러일으켰지만, 부인은 아르망이 불같이 토해내는 말에 훨씬 더 신경이 쓰였다.

"부인." 잠시 쉬었다가 그는 다시 말을 이었다. "파리에서 사형집행인은 불쌍한 살인범을 잡아다가, 단두대의 널빤지 위에 눕힙니다. 법에 따르면 살인범은 눕혀진 채로 목이 잘리게 되어 있으니까요…… 아시다시피, 신문에서는 부자와 가난한 자 모두에게 처형 사실을 예고합니다. 부자들에게는 밤에 편히 자라고, 가난한 자들에게는 안심하고 생계를 위한 밤일을 하라고 말입니다. 당신은 독실한 신자라고 할 수 있을 만큼 신앙심이 깊은 분이시니, 그 남자를 위해 미사를 드려주시기 바랍니다. 게다가 당신은 이제 곧 처형당할 남자와 같은 혈통이라고 할 수 있으니까요. 당신이 본가 출신이겠군요. 본가 쪽 사람들은 편안히 군림하면서 아무 걱정 없이 행복한 삶을 영위하지요. 하지만 감옥에 있는 당신의 친척 동생은 가난 때문에 혹은 화가 나서 한 사람을 죽였을 뿐입니다. 그런데 당신은요? 당신은 한 남자의 행복도, 그 남자의 찬란한 인생도, 그 남자의 소중한 믿음도 다 죽여버렸습니다. 당신의 동생은 눈앞에 있는 희생자를 그냥 죽였을 뿐이지요. 원래 죽일 생각은 없었지만 붙잡혀서 단두대로 보내지는 게 두려워 범행을 저질렀던 것입니다. 그런데 당신은 어떤가요…… 당신은 강인하지만 순진한 사람을 상대로 온갖 교태를 부리는 중죄를 범했습니다. 당신이 당신의 사형수를 길들이면서 그의 마음을 빼앗아버린 것은 그 마음에 더 큰 상처를 주기 위해서였습니다. 당신은 이런저런 애정 표현으로 그를 유혹했지요. 달콤한 사랑을 상상하고, 꿈꾸고, 욕망하게 만들기 위해 온갖 종류의 호의를 다 베풀었던 것입니다. 당신은 그에게 수많은 희생을 요구했지만, 정작 당신은 그 어떤 희생도 거부했습니다. 그에게 찬란한 빛을 보여준 후 그 눈을 다 파버린 것이지요. 얼마나 매정한가요! 그런 비열함은 당신이 그토록 조롱하는 시민계급 여성들은 이해하지 못할 사치지요. 적어도 그 여자들은 몸을 허락할 줄도 알고 남을 용서할 줄도 압니다. 사랑할 줄도 괴로워할 줄도 압니다. 그 여자들은 위대한 헌신을 보여줌으로써 우리를 부끄럽게 만들지요. 사회적 지위가 높아질수록 타락이 만연하더군요. 하층계급과 다르지 않아요. 오히려 그들의 타락이 더 극도에 달했음에도, 금빛으로 포장되어 있을 뿐이지요. 그렇습니다. 완벽하게 비열해지려면 교육을 잘 받아야 하고, 집안이 좋아야 하며, 아름다워야 하고, 공작부인 정도는 되어야 합니다. 완벽하게 타락하기 위해서는 누구보다 출세해야 하는 것이더군요. 생각하는 바를 제대로 말할 수가 없습니다. 당신에게 받은 상처가 아물지 않아 여전히 괴롭기 때문입니다. 하지만 제가 투정을 부리고 있다고 생각지는 마십시오. 절대 그렇지 않습니다. 사사로이 바라는 게 있어서 이런 말을 하는 게 아닙니다. 저의 쓰라린 감정 따위는 담지도 않았습니다. 잘 들으세요, 부인. 당신을 용서합니다. 그리고 그 용서는 완벽한 것이니, 당신이 원해서 온 것은 아니지만, 그래도 용서를 구하기 위해 이곳에 오신 것을 불평하지 않으셔도 됩니다. 하지만 당신은 저처럼 순진한 남자들을 또 농락할 수 있을 터이니, 제게는 그들이 그런 고통을 겪지 않도록 할 의무가 있습니다. 제게 심판에 대한 생각을 심어준 사람은 바로 당신인 것이지요. 살아 있는 동안 과오를 속죄하십시오. 그러면 아마도 하느님이 용서해주실 겁니다. 저도 그러기를 바랍니다. 하지만 하느님은 준엄한 분이시니, 그분이 내리는 벌을 피할 수는 없을 것입니다."

그 말을 들으면서 공작부인은 기가 죽었고 마음도 찢어질 듯 아팠다. 그녀의 눈에는 눈물이 가득 고였다.

"왜 우십니까? 당신의 본성대로, 당신답게 행동하세요. 당신에게 마음을 짓밟힌 이가 겪는 고통을 아무렇지도 않게 바라보셨잖아요. 그만하세요, 부인, 진정하세요. 더이상 참을 수가 없군요. 다른 남자들은 당신이 생명을 주었다고 말할지 모르겠습니다만, 저는 기꺼이 말하겠습니다. 당신이 제게 준 것은 죽음과도 같은 허망함뿐이라고. 당신도 아시겠지만, 제 몸은 저만의 것이 아닙니다. 저는 친구들을 위해 살아야 합니다. 그러니 죽음의 냉혹함도 인생의 비애도 그들과 함께 견딜 것입니다. 당신도 그런 마음을 가질 수 있을까요? 아니면 상처를 입힌 후 그 상처를 핥아주는 사막의 호랑이처럼 되려 하시나요?"

공작부인의 눈에서 하염없이 눈물이 흘렀다.

"부인, 눈물을 아껴두시지요. 설사 지금 그 눈물을 믿는다 해도, 저는 곧 다시 의심할 것입니다. 그 눈물도 당신의 계책 중 하나이지 않습니까? 아닌가요? 당신이 이제까지 사용한 계책을 다 아는데, 어떻게 당신에게 진실함이 존재한다고 믿을 수 있겠습니까? 당신의 그 어떤 말이나 행동도 더이상 제 마음을 움직일 수 없습니다. 제가 하고 싶은 말은 여기까지입니다."

랑제 공작부인은 기품이 넘치면서도 몹시 겸손한 동작을 취하면서 일어났다.

"제게 이토록 매정하게 구실 만도 해요." 그녀는 그에게 손을 내밀면서 말했다. 그러나 장군은 그 손을 잡지 않았다. "더 심하게 말씀하셔도 할말이 없어요. 저는 이런 벌을 받아 마땅합니다."

"제가 당신을 벌한다고요? 부인! 하지만 벌한다는 것은 사랑한다는 것을 의미하지 않던가요? 제게 그런 감정 비슷한 것은 아무것도 기대하지 마십시오. 물론 저는 스스로 고발자가 되고 재판관이 되어, 구형을 내리고 사형을 집행할 수도 있습니다. 제게는 충분히 그럴 만한 이유가 있으니까요. 하지만 저는 그렇게 하지 않을 것입니다. 잠시 후 저는 제 의무를 완수하고자 합니다만, 복수심 같은 것은 품고 있지 않습니다. 제가 생각하는 가장 잔인한 복수는 복수를 할 수 있는데도 무시하고 하지 않는 것이니까요. 제 복수가 오히려 당신에게 기쁨을 줄지 누가 압니까? 사회가 죄인에게 입히는 서글픈 죄수복을 입게 된다면, 그 옷을 아무리 우아하게 입는다 해도, 당신은 아마도 죄인들처럼 성실해질 수밖에 없을 겁니다. 그때가 되면 당신도 사랑이 무엇인지 알게 되시겠지요."

공작부인은 고분고분한 태도로 그 말을 듣고 있었다. 더이상 연극을 하지도 타산적으로 요염한 태도를 보이지도 않았다. 얼마 동안 아무 말도 않던 공작부인이 입을 열었다.

"아르망, 당신의 사랑에 저항했다면, 그것은 여자들에게 정숙함을 요구하는 도덕관념에 복종하고자 했기 때문일 거예요. 하지만 당신에게 이 같은 질책을 당하리라고는 생각지 못했어요. 당신은 제 모든 약점을 들추어내어 그 약점들이 죄악이라고 주장하고 계십니다. 저 역시 사랑에 이끌려 도리를 어기고 싶었던 적이 있었어요. 그다음날이면 그런 마음을 품은 것을 후회하면서 저 자신에게 화를 내기도 했지요. 그런데 당신은 어째서 그런 제 마음을 헤아리지 못하셨나요? 그래요! 그것은 제가 무지해서 저지른 죄입니다. 맹세컨대, 제 과오도 제 후회도 다 선의에서 비롯된 것입니다. 저의 친절한 태도가 사랑을 드러냈던 것 이상으로 저의 매정한 태도는 사랑의 표시였답니다. 그런데 도대체 뭐가 불만이세요? 제 마음을 다 드린 것으로 만족하지 않고, 당신은 난폭하게 제 몸을 요구하시……"

"난폭하게라고요!" 몽리보가 소리질렀다. 그러나 마음속으로는 이렇게 생각했다. '이 여자와 말싸움을 하면 나는 절대 이길 수가 없다.'

"그래요, 당신은 마치 행실 나쁜 여자의 집을 방문하듯이 제 집에 오셨어요. 존경심도 사랑에 대한 배려도 찾아볼 수 없었지요. 제게도 심사숙고할 권리가 있는 것 아닌가요? 그래서 신중하게 생각해보았어요. 그랬더니 당신의 무례한 행동을 이해할 수 있었어요. 사랑 때문이었으니까요. 그렇게 믿게 해주세요. 당신의 행동이 정당했다고 생각하게 해주세요. 그래요, 아르망, 오늘 저녁 당신이 제게 불행이 닥칠 거라 예언하시던 그 순간에도 저는 우리의 행복을 믿었어요. 그래요, 자존심 강하고 고결한 당신의 품성을 신뢰하고 있었으니까요. 당신은 그 증거를 수없이 많이 보여주셨지요…… 그리고 저는 완전히 당신의 여자였어요." 그녀는 몸을 굽혀 몽리보의 귀에 대고 이렇게 말했다. "그래요, 저한테는 격렬한 시련이라는 시험을 통과해낸 남자를 행복하게 해주고 싶다는 욕심이 있었어요. 왜냐하면 저는 제 연인이 저를 지배할 만한 남자, 위대한 남자이기를 바랐으니까요. 스스로가 고귀하다고 여기면 여길수록 바닥으로 전락하고 싶지 않기도 했고요. 당신을 신뢰했기에, 당신이 제게 죽음을 보여주실 때에도, 저는 사랑으로 가득한 삶을 눈앞에 그리고 있었어요…… 강인함은 항상 친절과 함께한답니다. 장군님은 강인한 분이시니 당신을 사랑하는 불쌍한 여인을 냉혹하게 대하시지 않으리라 믿어요. 만일 제가 잘못했다면, 그 과오를 용서받을 수는 없는 건가요? 속죄할 길도 없나요? 후회는 사랑이 가지는 우아한 매력이 아닐까요? 저는 당신을 위해 우아해지고 싶어요. 사랑하는 사람과 친밀한 관계를 맺게 되었을 때 여자들이 불안해하고 두려워하고 수줍어하는 것은 너무나 당연하고 자연스러운 일이에요. 물론 당신네 남자들은 그런 관계를 쉽게 끊어버리지만 말이에요. 그런데 어째서 저만 다른 여자들처럼 그런 감정을 가져서는 안 되는 건가요? 늘 저와 비교하시는 부르주아계급 여자들도 몸을 맡길 때는 맡기지만, 그녀들 역시 자기 자신과 싸우고 있답니다. 그래요, 저 역시 열심히 싸웠어요, 그런데 이렇게 되었군요…… 맙소사! 이이는 내 말을 듣지도 않아!" 부인은 말을 멈추고 소리쳤다. 그녀는 자기 손을 비틀면서 부르짖었다. "그래도 전 당신을 사랑해요! 전 당신 거예요!" 그녀는 아르망의 무릎에 매달렸다. "당신 거예요, 전 당신 거예요! 당신은 저의 유일한 주인이에요."

"부인," 아르망은 그녀를 일으키면서 말했다. "앙투아네트는 더이상 랑제 공작부인을 구할 수 없습니다. 이제 저는 둘 중 그 어느 쪽도 믿지 않습니다. 오늘은 제게 몸을 맡기겠지만, 내일은 분명 거절하겠지요. 저 하늘에도 이 땅에도 당신의 사랑이 영원하리라 보증해줄 수 있는 힘을 가진 것은 아무것도 없습니다. 과거에는 그것을 보증하는 징표가 있었겠지요. 그러나 이제 우리에게 더이상 과거는 없습니다."

바로 그때, 거튼 뒤의 불빛이 점점 활활 타올랐기에 공작부인은 문 쪽으로 고개를 돌리지 않을 수 없었다. 그리고 그곳에 복면을 한 남자 세 명이 있음을 똑똑히 볼 수 있었다.

"아르망, 당신에 대한 존경심을 잃고 싶지 않아요. 그런데 저 남자들은 왜 저기 있는 거죠? 도대체 제게 무슨 짓을 하실 작정인가요?"

"저 사람들은 여기에서 일어나는 일에 대해 저만큼이나 비밀을 지킬 사람들입니다." 그가 말했다. "그들은 내 팔이요 내 심장이나 다름없습니다. 한 사람은 외과의사인데……"

"외과의사라고요? 아르망, 확실히 알지 못하는 것만큼 잔인한 고통은 없어요. 말해주세요. 제 목숨을 원하신다면 기꺼이 드릴게요, 억지로 빼앗으려 하실 필요 없어요……"

"아직도 말귀를 못 알아들으셨습니까?" 몽리보가 응수했다. "심판에 대해 말씀드리지 않았습니까?" 그는 책상 위에 놓인 철 조각 하나를 집어들고 차갑게 말을 이었다. "당신이 더이상 두려워하지 않도록, 제가 당신을 어떻게 하려는지 말씀드리지요."

그는 쇠막대기 끝에 달린 로렌의 십자가*를 그녀에게 보여주었다.

"두 명의 친구가 지금 십자가를 달구고 있습니다. 이것과 똑같은 십자가입니다. 우리는 당신의 이마에 그 십자가 자국을 낼 것입니다. 빛나는 다이아몬드로도 감출 수 없도록, 그리하여 사교계에서 쏟아질 질문을 도저히 피할 수 없도록, 두 눈 사이 이마 한가운데에 말입니다. 그리하여 당신의 형제들인 도형수들이 어깨에 붙이고 다니는 치욕스러운 자국을 당신은 이마에 붙이고 다닐 것입니다. 고통이 그리 심하지는 않을 것입니다. 다만 당신이 신경발작을 일으키거나 저항할까봐 걱정이……"

"저항한다고요?" 그녀는 기쁨에 겨워 손뼉을 치면서 말했다. "아니요, 아니요, 천만에요. 오히려 바로 지금 이곳에서 온 세상 사람들을 만나고 싶은걸요. 아! 아르망, 당신에게 속한 물건에 도장을 찍듯 어서 당신의 여자에게 그 낙인을 찍어 당신 소유물이 되게 해주세요. 제 사랑이 영원하리라 보증하는 징표를 요구하셨죠? 그 낙인 하나에 모든 사랑의 징표가 다 담겨 있지 않나요? 아! 당신의 복수에는 관용과 용서,

---

* 가로대가 두 개인 십자가. (옮긴이)

그리고 영원한 행복뿐이로군요…… 이렇게 자기 여자라고 표시를 하고, 붉은 낙인을 단 노예로 만들어버린다면, 당신은 절대 그 여자를 버리지 못하겠지요. 그러면 당신은 영원히 제 것이 되는 거예요. 이 땅에서 저를 고립시키셨으니, 당신이 제 행복을 책임지셔야 합니다. 그러지 않으면 당신은 비열한 사람입니다. 하지만 당신이 그럴 리가 없죠, 고귀하고 훌륭한 분이니까요! 사랑하는 여인은 언제나 스스로 낙인을 찍는답니다. 자, 여러분, 들어와서 낙인을 찍어주세요. 랑제 공작부인에게 낙인을 찍으세요. 그녀는 영원히 몽리보 씨의 것이니까요. 어서 들어오세요, 모두요. 제 이마는 당신들이 손에 쥔 쇳조각보다 더 뜨겁답니다."

아르망은 무릎을 꿇고 몸을 떨고 있는 공작부인을 보지 않으려고 급히 고개를 돌렸다. 그가 한마디 말을 던지자 세 명의 사내는 사라졌다. 살롱에서의 생활에 익숙한 여자들은 거울을 통해 많은 것을 알아챘다. 그래서 아르망의 마음을 읽고 싶은 공작부인은 거울을 유심히 살폈다. 거울을 의식하지 않았던 아르망은 얼른 훔치기는 했지만 두 방울의 눈물을 보이고 말았다. 공작부인의 미래는 완전히 이 두 방울의 눈물에 달려 있었다. 공작부인을 일으키려고 그가 돌아섰을 때 그녀는 이미 일어서 있었다. 그녀는 사랑받고 있다고 믿었다. 그래서 몽리보가 단호한 어조로 말하는 것을 들으면서 그녀의 가슴은 마구 뛰었다. 그것은 그녀 자신이 그를 조롱할 때 종종 사용하곤 했던 말투였던 것이다. "부인, 당신을 용서하겠습니다. 이 일은 없었던 것으로 하겠습니다. 저를 믿으셔도 됩니다. 하지만 이제 여기서 영원히 이별합시다. 당신은 당신의 소파에서 교태를 부릴 때에도 정직했었고, 여기 제 소파에서 당신의 마음을 토로할 때에도 정직했다고 생각하고 싶습니다. 안녕히 가십시오. 저는 이제 더이상 아무것도 믿지 않습니다. 당신은 계속 저를 괴롭힐 것이고, 영원히 공작부인으로 남을 것입니다. 그리고…… 아니 됐습니다, 이제 헤어집시다. 우리는 절대로 서로를 이해하지 못할 겁니다. 이제 어떻게 하시겠습니까?" 그는 의식을 주관하는 집행관처럼 말했다. "댁으로 가시겠습니까, 아니면 세리지 부인 댁의 무도회장으로 돌아가시겠습니까? 제 모든 힘을 동원하여 당신의 명성에 아무 지장이 없도록 조치를 취해놓았습니다. 당신 친구들도 사교계 사람들도 십오 분 동안 우리 사이에 일어난 일에 대해 아무것도 알지 못할 겁니다. 당신 친구들은 당신이 무도회장에 있다고 생각할 겁니다. 당신의 마차는 세리지 부인의 안마당을 떠난 적이 없으니까요. 당신의 소형마차도 당신 저택 안마당에 그대로 있을 겁니다. 어디로 가시겠습니까?"

"당신 생각은 어때요, 아르망?"

"이제 아르망은 없습니다, 공작부인. 우리는 서로 모르는 사이입니다."

"그렇다면 저를 무도회장으로 데려다주세요." 부인은 아르망의 능력을 다시 한번 시험해보고 싶어 그렇게 말했다. "사교계라는 지옥 속에 이 불쌍한 여자를 던져버리세요. 어차피 행복을 바랄 수 없다면, 이제까지 고통받으며 살아왔던 그곳으로 돌아가 계속 고통을 받아야겠지요. 오! 하지만 저는 당신을 사랑해요. 당신이 말하는 그 부르주아 여인들이 사랑하는 것처럼 당신을 사랑하고 있어요. 당신이 원하신다면 무도회장에 있는 사람들이 다 보는 앞에서 당신 목에 매달릴 수도 있을 만큼 당신을 사랑해요. 무시무시한 이 사교계도 저를 타락시키지 못했죠. 그래요, 저는 젊어요. 그리고 더 젊어졌어요. 네, 저는 어린아이예요, 당신의 아이. 당신이 저를 새로 창조했어요. 오! 에덴동산에서 저를 쫓아내지 마세요."

아르망은 몸짓으로 자신의 의사를 표시했다.

"아! 그렇군요. 하지만 여기서 나갈 때, 무엇이라도 가져가게 해주세요. 아무거라도 좋아요! 이거면 좋겠군요, 오늘밤 가슴에 품고 자겠어요." 그녀는 아르망의 헝겊 모자를 집어서는 손수건으로 싸면서 말했다.

"아니에요." 그녀는 다시 말을 이었다. "저는 사교계의 타락한 여자들과는 달라요. 당신은 사교계를 잘 몰라요. 그러니 저를 높이 평가하지 않는 거예요. 하지만 이것만은 잘 알아두세요. 어떤 여자들은 돈 때문에 몸을 맡기고, 또 어떤 여자들은 선물에 넘어가기도 하지요. 모두가 다 추악해요. 아! 헌신적인 사랑은 인간의 고귀함을 기반으로 해야 한다고 생각하는 여자보다 신분이 낮은 여자를 더 좋아하신다면, 저는 차라리 단순한 부르주아 여인네나 여공이 되고 싶어요. 아! 아르망, 우리 중에는 고귀하고 위대하고 순결한 때 묻지 않은 여자들이 있어요. 게다가 매력적이기도 하지요. 저는 귀족 신분의 고귀함을 다 간직하고 싶어요. 그래야 당신을 위해 그 모든 것을 희생할 수 있으니까요. 불행히도 저는 겨우 공작부인에 지나지 않아요. 공주로 태어났더라면 좋았을 것을. 그랬다면 당신을 위해 희생하기에 부족함이 없었을 텐데 말이죠. 저는 당신을 위해서는 여공이 되고, 다른 이들에게는 여왕이 될 수 있었을 거예요."

그는 침으로 여송연을 적시면서 그녀의 말을 듣고 있었다.

"나가고 싶으면 언제든 말씀하십시오……" 그가 말했다.

"하지만 저는 여기 있고 싶어요……"

"그건 안 됩니다."

"어머나, 담배가 풀렸네요!" 그녀는 담배를 잡으면서 소리쳤다. 그러고는 아르망의 입술이 닿았던 곳을 삼킬 듯이 입으로 가져갔다.

"담배를 피웠던가요?" 그가 물었다.

"오! 당신 마음에 들기 위해서라면 무슨 짓인들 못하겠어요?"

"그렇다면 부인, 여기서 나가주십시오……"

"당신 말을 따르겠어요." 그녀는 울면서 말했다.

"지나가는 길을 알지 못하도록 당신 눈을 가려야 합니다."

"자, 이제 나갈 준비가 되었어요, 아르망." 그녀는 눈가리개를 하면서 말했다.

"보입니까?"

"아니요."

장군이 조용히 무릎을 꿇었다.

"아! 당신이 무얼 하는지 귀로 들을 수 있어요." 이제는 가혹한 척하는 장난을 멈추겠거니 생각하면서 그녀는 아주 상냥한 태도로 말했다.

그가 그녀의 입술에 키스하려 하자, 그녀는 몸을 앞으로 내밀었다.

"보이는군요."

"아니, 그냥 당신이 무얼 하시나 궁금했을 뿐이에요."

"당신은 늘 저를 속이시는군요."

"어머나!" 자신의 진가를 인정받지 못해 화가 난 부인이 말했다. "이 수건을 치우고 저를 데려가세요, 장군님, 절대 눈을 뜨지 않겠습니다."

부인의 외침을 듣고 거짓이 아니라고 확신한 아르망은 눈을 가리지 않은 채 공작부인을 안내했다. 자신이 한 약속을 지키면서 부인은 의연하게 눈을 감고 있었다. 아버지처럼 손을 잡고 때로는 올라가게도 하고, 때로는 내려가게도 하면서, 몽리보는 급속히 진정한 사랑에 빠져들고 있는 이 여인의 심장이 세차게 뛰는 것을 살피고 있었다. 랑제 공작부인은 그렇게라도 그와 대화할 수 있어 행복했다. 그래서 그녀는 기꺼이 모든 것을 다 말했지만 그의 마음은 누그러지지 않았다. 공작부인이 손으로 질문을 던져도 그의 손은 아무 대답도 하지 않았다. 이렇게 얼마 동안 함께 걸어간 후, 아르망이 그녀에게 앞서가라고 했다. 그의 말대로 앞서 걸어가던 부인은 그가 입구에 있는 벽에 닿지 않도록 옷자락을 잡아주는 것을 느꼈다. 아마도 입구가 좁았던 모양이다. 랑제 공작부인은 이러한 배려에 감동했다. 그는 아직 그녀에 대한 사랑이 남아 있음을 보여주는 것이리라. 하지만 몽리보에게 그것은 일종의 작별인사였다. 그러고 나서 한마디 말도 없이 그녀를 떠났으니 말이다. 주변에서 더운 기운이 느껴지자 공작부인은 눈을 떴다. 그녀는 세리지 백작부인의 규방 벽난로 앞에 홀로 서 있는 자신을 발견했다. 부인은 우선 몸치장을 가다듬었다. 흐트러진 옷매무새를 바로잡고 머리를 매만졌다.

"어머나, 앙투아네트, 여기에 있었군요. 당신을 얼마나 찾았다고요." 백작부인이 규방 문을 열면서 말했다.

"숨 좀 돌리려고 여기 있었어요." 공작부인이 말했다. "홀 안이 너무 더워서요."

"댁으로 돌아가신 줄 알았어요. 그런데 롱크롤 오라버니가 당신 하인들을 보았다는 거예요. 아직 당신을 기다리고 있다고요."

"좀 피곤해서요, 여기서 잠깐 쉬게 해주세요."

그 말을 하고 나서 공작부인은 친구의 소파에 주저앉았다.

"왜 그래요? 무슨 일이에요? 온몸을 떨고 있군요."

그때 롱크롤 후작이 들어왔다.

"부인에게 무슨 사고라도 생길까봐 걱정이 됩니다. 방금 전에 보았는데, 부인의 마부가 스위스 사람들처럼* 취해 있더군요."

공작부인은 아무 말도 하지 않은 채, 몽리보가 다녀간 흔적을 찾아보려고 벽난로와 거울을 바라보았다. 그러고는 자신의 인생에 큰 전환점이 된 그 끔찍한 사건 직후에 자신이 이토록 유쾌한 무도회장 한가운데 있다고 생각하자 이상한 느낌이 들었다. 그녀의 몸이 부들부들 떨리기 시작했다.

"몽리보 씨가 아까 저한테 했던 예언 때문에 신경이 좀 날카로워졌어요. 장난으로 한 말이겠지만, 그 런던의 도끼가 제 잠까지 방해하는 것은 아닐지 모르겠군요. 그럼, 부인, 안녕히 계세요. 후작님도요."

공작부인은 홀을 가로질러갔다. 가는 도중 남자들의 찬사를 받느라 종종 멈춰 서야만 했지만, 그녀는 그들이 측은할 뿐이었다. 그토록 굴욕을 당한 보잘것없는 자신이 여왕으로 군림하는 사교계가 너무도 시시해 보였다. 게다가 자신이 진정으로 사랑하는 그 강인한 성격의 남자에 비한다면 이 남자들은 도대체 무엇인가? 물론 그녀 때문에 일시적으로 성격이 누그러지기도 했지만, 이제 그는 원래의 강인함을 되찾았던 것이다. 하지만 어쩌면 그녀가 그의 기질을 과대평가한 건지도 모른다. 부인은 아까 자신을 데려다주었던 하인을 주의깊게 보지 않을 수

---

* 원문에는 '스물두 개의 주처럼'이라고 되어 있는데, 이는 스물두 개 주로 구성된 스위스를 가리킨다. 스위스 사람들은 술 마시는 것을 좋아한다는 평판이 있었다고 한다.

없었다. 그런데 그는 깊이 잠들어 있었다.

"여기서 나간 적이 없는가?" 부인이 물었다.

"네, 마님."

마차에 탄 공작부인은 마부가 정말 술에 취해 있다는 것을 알아차렸다. 다른 날 같았으면 그녀는 무척이나 불안했을 것이다. 그러나 인생이 송두리째 뒤집히는 일을 겪고 나면 일상적인 그런 시시한 일에는 두려움을 느끼지 않는 법이다. 게다가 그녀는 무사히 집에 도착했다. 그러나 집으로 돌아온 그녀는 달라져 있었고, 완전히 새로운 감정에 사로잡혔다. 그녀에게는 이제 이 세상에 단 한 명의 남자만 존재했다. 다시 말해 오직 그 남자를 위해서만 가치 있는 여자가 되고 싶었다. 생리학자는 자연법칙에 의존해 기민하게 사랑을 정의할 수 있다. 그러나 사회의 변화를 고려해 사랑을 설명해야 하는 모럴리스트는 그리 쉽게 사랑을 정의할 수 없다. 그렇지만 사랑이라는 종교에는 수많은 갈래의 이단 종파가 존재함에도, 그 교리를 공유하는 곧고도 단호한 하나의 노선이 존재한다. 그 어떤 논쟁을 벌이더라도 그 노선은 흔들리지 않으며, 그것을 엄격히 적용한다면 대부분의 여자들과 마찬가지로 랑제 공작부인이 처하게 된 위기를 설명할 수 있을 것이다. 부인은 아직 사랑에 빠진 것이 아니라 정열에 사로잡혀 있었던 것이다.

사랑과 열정은 서로 다른 마음 상태임에도, 시인이나 사교계 사람들, 철학자나 멍청이 할 것 없이 다들 이 두 감정을 혼동한다. 사랑은 상호적인 감정으로, 그 무엇에 의해서도 변하지 않는 기쁨이 보장되어 있다. 서로가 끊임없이 쾌락을 주고받으며, 두 마음이 너무도 유착되어 있기에 질투가 끼어들 여지가 없다. 이때 소유란 하나의 수단일 뿐 결코 목적이 아니다. 배신이나 부정조차, 고통을 줄지언정, 두 사람을 갈라놓지는 못한다. 그들의 영혼은 이제 더이상 불타오르거나 동요하지 않으며, 그저 오래오래 행복할 뿐이다. 신의 숨결에 의해 무한한 시간의 이 끝에서 저 끝까지 펼쳐진 욕망은 우리의 시간을 동일한 색으로 물들인다. 그리하여 인생은 청명한 하늘처럼 푸른색이 된다. 반면에 열정이란 고통받는 모든 영혼이 갈망하는 사랑과 그 사랑의 영원함에 대한 예감이다. 열정은 언제 배반당할지 모를 희망이다. 열정은 고통인 동시에 변질을 의미한다. 희망이 죽으면 열정은 사라지기 때문이다. 남자든 여자든 자신의 명예를 실추시키지 않고도 얼마든지 여러 번 열정을 품을 수 있다. 행복을 지향하는 것은 너무도 자연스러운 일이 아닌가? 그러나 사랑은 평생 단 한 번뿐이다. 기록으로 남은 것이든 구전하는 것이든, 감정에 대한 모든 논쟁은 따라서 그것이 열정인가, 아니면 사랑인가 하는 두 가지 질문으로 요약될 수 있다. 쾌락을 몸으로 느끼지 못하고는 사랑을 안다고 할 수가 없다. 사랑을 영속시켜주는 것은 바로 그 쾌락이기 때문이다. 그러니 공작부인은 사랑이 아닌 열정의 지배를 받고 있었던 것이다. 따라서 그녀는 몸을 태우는 마음의 동요, 무의식적인 계산, 무미건조한 욕망 등 한마디로 열정이란 단어가 나타내는 모든 것을 느끼고 있었다. 그녀는 고통스러웠다. 그러나 마음의 동요가 극에 달한 순간에도, 허영심과 자존심, 오만과 긍지가 불러일으킨 소용돌이로 인해 혼란스러웠다. 그 모든 이기심은 서로 밀접하게 연관되어 있었던 것이다. 그녀는 한 남자에게 "당신을 사랑해요, 저는 당신거예요!"라고 말했다. 랑제 공작부인이 공연히 이런 말을 했을까? 사랑을 얻든가 아니면 사회적 지위를 잃든가 둘 중 하나일 수밖에 없다. 관능이 넘쳐 보이는, 그러나 관능이 아직 한 번도 뜨거운 발을 들여놓은 적이 없는 침대에 눕자 외로움이 밀려왔다. 부인은 '사랑받고 싶다'는 생각을 수없이 하면서 계속해서 이리저리 뒹굴기도 하고 몸을 뒤척이기도 했다. 하지만 아직 마음속에 남아 있는 믿음이 사랑받는 데 성공할 수 있다는 희망을 불어넣어주고 있었다. 공작부인이자 거만한 파리 여인으로서 그녀는 자존심에 상처를 입고 모욕을 당했지만, 진실한 여인으로서 그녀는 행복을 예감했다. 이제까지 본능을 억제하느라 허비한 세월을 보상받으려는 듯 그녀는 상상 속에서 꺼지지 않는 쾌락의 불길을 활활 태웠다. 그녀가 느끼는 감정은 거의 사랑에 가까웠다. 왜냐하면 사랑받고 있는지에 대한 확신이 서지 않아 가슴이 찢어질 듯 괴로우면서도, 스스로에게 '나는 그를 사랑하고 있어!'라고 말하면서 한없는 행복을 느꼈기 때문이다. 사교계고 신이고, 모두 발밑에 놓고 짓밟아버리고 싶었다. 이제 몽리보가 그녀의 종교가 되었다. 다음날, 정신은 혼미하고 육체는 이루 말할 수 없이 동요한 상태에서 하루를 보냈다. 그녀는 수없이 많은 편지를 썼고 쓰는 족족 다 찢어버렸다. 그러고는 가능하지도 않은 온갖 추측을 다 해보는 것이었다. 몽리보가 방문하던 시간이 되면, 그가 올 거라고 믿고 싶었고 그를 기다리는 것이 즐거웠다. 그녀의 삶은 오로지 청각으로 집중되었다. 종종 눈을 감고 공간을 통해 소리를 들으려고 애를 썼다. 그러고는 완전한 정적 속에서 멀리 들리는 소리를 들을 수 있도록 자신과 연인 사이의 장애물을 모조리 없애버리고 싶었다. 그런 상념에 빠져 있는 그녀에게 벽시계의 추가 왔다갔다하는 소리는 지긋지긋하게 들렸다. 그것은 마치 불길한 예감이 드는 수다처럼 들렸다. 그녀는 추를 고정시켜버렸다. 거실의 시계가 밤 열두시를 알렸다.

'세상에!' 그녀는 혼자서 중얼거렸다. '그이가 여기로 온다면 얼마나 행복할까! 그전에는 욕망에 이끌려 이곳에 오곤 했었지. 그이의 목소리가 이 방을 꽉 채웠었어. 그런데 지금은 아무것도 없구나!'

자신이 교태를 부리던 장면들을 돌이켜보면서, 그 교태 때문에 그를 잃었다 생각하며 그녀는 한참 동안 절망의 눈물을 흘렸다.

그때 하녀가 들어와 말했다. "마님, 벌써 새벽 두시인지 모르시나 해서요. 몸이 불편하신 줄 알았어요."

"알았다, 곧 잘 거야. 하지만 잘 들어라, 쉬제트." 랑제 공작부인은 눈물을 닦으면서 말했다. "앞으로 부르지도 않았는데 네 마음대로 방에 들어오는 일은 없도록 해라. 같은 말을 다시 하지 않겠다."

일주일 동안 랑제 공작부인은 몽리보 장군을 만날 수 있을 만한 집들은 모조리 다 방문했다. 평상시와 달리 그녀는 이른 시간에 도착하여 늦게까지 남아 있었다. 더이상 춤은 추지 않았고 카드놀이만 했다. 그러나 다 헛수고였다. 어디에서도 아르망을 볼 수 없었기에, 차마 그의 이름을 입에 올리지도 못했다. 그런데 어느 날 저녁, 절망에 빠진 공작부인은 최대한 무심한 척하면서 세리지 부인에게 슬쩍 물어보았다. "몽리보 씨와 다투셨나요? 댁에서 통 뵐 수가 없더군요."

"그럼 이제 이 댁에도 안 오시나보군요?" 백작부인은 웃으면서 대답했다. "게다가 아무도 그를 본 사람이 없나봐요. 분명 어떤 여자한테 푹 빠져 있는 거겠지요."

"롱크롤 후작님은 그분의 친구인 것으로 아는데……" 공작부인은 부드러운 어조로 말을 이었다.

"오라버니가 그 사람과 알고 지낸다는 말은 들어본 적이 없는데요."

랑제 공작부인은 아무 대답도 하지 않았다. 오래전부터 공작부인이 자기와 거리를 두는 것을 얄밉게 생각했던 세리지 부인은 이때야말로 근사하게 한 방 먹일 수 있는 기회라 생각하고 이야기를 이어갔다.

"그 남자가 그립기라도 한 거예요? 그토록 침울한 남자가? 그 남자에 대한 흉악한 이야기를 들었어요. 그에게 상처를 주면, 절대 다시 돌아오지도 않고, 용서하지도 않는대요. 반면에 누군가 그를 사랑하면 그 사람에게 족쇄를 채운다지요. 그에 대해 내가 무슨 말을 하든, 그를 칭찬하는 어떤 사람은 항상 한마디로 제 말을 잘라버린답니다. 그야말로 진정 사랑할 줄 아는 남자라고. 사람들은 그에 대해 늘 이렇게 말하죠. '몽리보는 친구를 위해 모든 것을 버릴 수 있다. 그는 훌륭한 영혼의 소유자다'라고요. 나 참, 기가 막혀서. 사교계에는 그런 훌륭한 영혼을 가진 분은 필요 없어요. 그런 기질의 남자는 자기 집이 편할 터이니, 그냥 집에 계시라고 해요. 우리끼리 시시하게 놀도록 내버려두고 말이죠. 어떻게 생각해요, 앙투아네트?"

사교계의 풍습에 이골이 나 있었지만 공작부인은 동요하는 기색을 숨길 수 없었다. 그러나 그녀는 세리지 부인도 속을 만큼 자연스럽게 말했다. "그분을 뵐 수 없어 유감이군요. 그분에게 무척 흥미를 느꼈고, 진정한 우정을 나누고 싶었거든요. 이런 제가 우스꽝스럽게 보이시겠지만, 저는 위대한 영혼을 가진 분을 좋아한답니다. 바보 같은 남자에게 몸을 맡긴다는 건 쾌락만 추구한다는 사실을 분명히 고백하는 것이 아닐까요?"

세리지 부인은 평범하고 보잘것없는 남자들하고만 특별한 관계를 맺어왔고, 지금은 데글르몽 후작이라는 미남자의 사랑을 받고 있었다.

백작부인은 예상대로 일찍 자리를 떴다. 백작부인이 돌아간 후, 랑제 공작부인은 아르망의 완벽한 은둔에서 희망을 보고는 즉시 겸손하면서도 애정이 넘치는 편지를 썼다. 그가 아직도 그녀를 사랑하고 있다면 그 편지를 보는 대로 그녀에게 돌아올 것이다. 다음날, 부인은 하인을 시켜 그 편지를 보냈다. 그러고는 하인이 돌아오자 몽리보에게 직접 편지를 전했는지 물었다. 그렇다는 대답을 듣자 그녀는 기쁨을 감출 수 없었다. 아르망은 파리에 있다! 사교계에 나가지도 않고 혼자서 자기 집에 처박혀 있는 것이다. 그러니까 나는 사랑받고 있다. 그녀는 하루 종일 답장을 기다렸다. 그러나 답장은 오지 않았다. 초조한 나머지 신경이 있는 대로 날카로워진 와중에도 앙투아네트는 답장이 늦어지는 이유를 대면서 자신을 달랬다. 아르망은 당황했을 거야. 편지는 우편으로 오겠지. 그러나 저녁이 되자 그녀는 더이상 자신을 속일 수 없었다. 불쾌하지만은 않은 고통, 짓눌리는 듯한 심장의 경련, 생명력을 소진시키는 과도한 감정으로 뒤범벅된 끔찍한 하루였다. 다음날, 부인은 아르망에게 답장을 받아오라고 그 집에 하인을 보냈다.

"후작님께서 공작부인을 뵈러 오시겠답니다." 심부름을 갔던 쥘리앙이 말했다.

부인은 기뻐서 어쩔 줄 모르는 모습을 보이지 않으려고 방에서 나와 거실 소파에 몸을 던지고는 흥분된 감정을 마음껏 음미했다.

'그이가 올 거야!' 그런 생각을 하니 가슴이 저렸다. 기다림이란 세차게 몰아치는 폭풍우요, 넘쳐흐르는 감미로운 쾌락이라는 사실을 모르는 이들은 정말이지 불행한 사람들이다. 그들에게는 사물을 보면서 이

미지를 환기하고, 사물의 실재만큼이나 그 순수한 본질에도 관심을 가짐으로써 그 사물의 이중적 의미를 파악할 수 있는 마음의 불꽃이 없다. 사랑하는 사람들에게 기다림이란 반드시 올 거라는 희망을 끊임없이 소진시키는 것이요, 진실을 알고 나면 느끼게 될 환멸을 모른 채 행복한 정열이 야기하는 무시무시한 재앙에 몸을 맡기는 것이 아니겠는가! 인간에게 끊임없이 힘과 욕망이 솟아나게 하는 기다림이란 향기를 발산하는 꽃에 비유될 수 있지 않을까? 우리는 화려하지만 열매를 맺지 못하는 기생초나 튤립의 색깔에는 곧 싫증을 내지만, 감미로운 향기를 풍기는 오렌지나 볼카메리아의 꽃들은 다시 찾는다.* 그 꽃들의 원산지 사람들은 무의식적으로, 과거에도 아름다웠고 미래에도 아름다울, 사랑으로 충만한 새색시와 그 꽃들을 비교하곤 했다.

공작부인은 사랑의 채찍을 황홀하게 느끼면서 새로운 삶이 주는 기쁨에 눈을 뜨게 되었다. 그러고는 감정의 변화를 느끼면서, 세상사에는 이제까지 생각했던 것과는 다른 목적이, 더 의미 있는 것이 존재함을 발견했다. 서둘러 단장실로 달려가면서, 그녀는 허영심 때문이 아니라 사랑을 위해 화장을 하고 온몸을 세심하게 치장하는 것이 얼마나 행복한 일인지 깨달았다. 그녀는 그를 맞을 채비를 하느라 긴 시간을 견딜 수 있었다. 그러나 몸치장이 끝나고 난 후에는 다시 극도의 흥분 상태에 빠져들었고, 오만 가지 상념을 불러일으키는 무서운 힘에 의해 신경이 극도로 예민해졌다. 그 힘은 아마도 일종의 광기에 지나지 않으리라. 그런데 사람들은 광기가 불러일으키는 고통을 즐기지 않는가. 공작

* 기생초 꽃에는 향기가 없고 볼카메리아는 가시가 달린 관목이지만 꽃향기는 좋다.

부인은 오후 두시부터 준비를 끝내고 몽리보를 기다렸다. 그러나 밤 열한시 반이 되도록 그는 나타나지 않았다. 문명사회에서 응석받이 어린아이처럼 자기 멋대로 살아온 이 부인이 지금 느끼는 불안을 설명하는 일, 그것은 인간의 마음이 한 가지 생각에 얼마나 많은 시정을 담아낼 수 있는가를 말하는 일이리라. 또한 초인종이 울릴 때마다 영혼에서 얼마나 많은 힘이 빠져나가는지, 멈추지 않고 지나가는 마차 소리를 들을 때마다 의기소침해지면서 얼마나 많은 생명력이 소진되는지를 추정하는 일이리라.

"이 사람이 나를 농락하는 걸까?" 부인은 시계가 자정을 치는 소리를 들으며 혼잣말을 했다.

그녀의 얼굴에서 핏기가 가셨다. 이도 덜덜 떨렸다. '예전에는 부르지 않아도 그 사람이 나타나곤 했었지'라고 생각하면서, 그녀는 후작이 드나들던 바로 그 방에서 두 손을 맞잡고 벌떡 일어났다. 그러나 이제 그녀는 체념했다. 자기가 날카로운 야유의 화살을 퍼부어 그 사람을 창백하게 만들고 화나게 하지 않았던가? 랑제 공작부인은 남자들과 달리 사랑하면서도 아무런 행동도 취할 수 없고 아무런 대책도 없이 무작정 기다려야만 하는 여자들의 숙명이 얼마나 처참한 것인지를 뼈저리게 느꼈다. 사랑하는 남자에게 여자가 먼저 다가가는 것은 잘못된 처신이며, 그것을 반기는 남자는 거의 없다. 대부분의 남자는 이 숭고한 아첨을 타락이라고 생각한다. 하지만 아르망은 위대한 영혼의 소유자니, 넘치는 사랑을 보인다면 영원한 사랑으로 보답할 줄 아는 얼마 안 되는 남자 중 하나이리라.

'좋아, 내가 가겠어.' 잠을 이룰 수 없었던 부인은 침대 위에서 몸을 뒤척이면서 생각했다. '내가 그이한테 가겠어. 공연히 망설이지 말고 내가 먼저 손을 내밀어야지. 뛰어난 남자는 자기에게 다가오는 여인의 발걸음 하나하나에서 영원한 사랑의 맹세를 읽을 수 있을 거야. 그래, 천사라 할지라도 인간에게 다가가기 위해서는 하늘에서 내려와야지. 난 그이를 위해 천사가 되고 싶어.'

다음날, 부인은 파리에 존재하는 수만 명의 세비녜 부인*의 재치를 다 합해놓은 것처럼 뛰어난 문장의 편지를 썼다. 그러나 자신을 낮추지 않으면서도 투정을 부리고, 비굴하게 기어가는 것이 아니라 두 날개를 활짝 펴서 날아가고, 기분이 상하지 않게 질책하고, 우아하게 화를 내고, 자신의 평판을 해치지 않으면서도 용서하고, 모든 것을 다 말하면서도 아무것도 고백하지 않은, 그런 기막힌 편지를 쓸 수 있는 여자는 블라몽 쇼브리 대공비 슬하에서 자란 랑제 공작부인밖에 없으리라. 쥘리앙이 편지를 가지고 나갔다. 쥘리앙은 다른 모든 하인들과 마찬가지로 사랑을 전하기 위해 왔다 갔다를 반복하는 일종의 피해자였다.

"몽리보 씨가 뭐라고 답하시더냐?" 쥘리앙이 심부름을 마치고 돌아오자, 부인은 최대한 무심한 척하면서 물었다.

"후작님께서는 잘 알았다고 전해달라 하셨습니다."

그녀의 마음속에 얼마나 무서운 반응이 일어났던가! 애정 문제와 관련된 얘기를 듣고도 호기심에 가득찬 시선으로 관찰하고 있는 사람 앞에서는 작은 신음조차 내뱉지 못하고 침묵해야 하는 것. 그것은 가진 자들이 감내해야 하는 고통 중 하나이리라!

---

* 세비녜 부인이 딸에게 보낸 편지는 17세기 서간체 문학을 대표한다. (옮긴이)

이십이 일 동안 매일같이 랑제 공작부인은 몽리보 장군에게 편지를 썼지만 단 한 번도 답장을 받지 못했다. 마침내 그녀는 모시고 있는 대공비와 사교계에 대한 의무에서 벗어나기 위해 아프다는 핑계를 대기에 이르렀다. 부인은 부친인 나바랭 공작, 대고모인 블라몽 쇼브리 대공비, 외종조부인 파미에 주교 대리, 시숙인 그랑리외 공작을 제외하고는 그 누구의 방문도 받지 않았다. 나날이 쇠약해져가고, 창백해지고, 여위어가는 모습을 보면서 그들은 부인이 병들었다고 쉽게 믿어버렸다. 진정한 사랑에 대한 막연한 기대로 열정을 불태우기도 하고, 자존심에 상처 입어 노여워하기도 하며, 자신을 아프게 할 수 있는 유일한 사내로부터 받은 모멸감에 지속적으로 상처를 입고, 그러면서도 늘 원했지만 늘 그 기대가 배반당했던 쾌락을 갈망하던 공작부인은 마침내 헛되이 모든 힘을 다 써버린 나머지 몸도 마음도 쇠약해졌다. 그녀는 이제까지의 거짓투성이 삶에 일종의 연체료를 지불하고 있었던 것이다. 부인은 마침내 몽리보 장군이 참여할 것이 분명한 열병식에 참석하러 갔다. 왕족들과 함께 튈르리궁 발코니에 자리잡은 공작부인의 모습은 사람들이 오래오래 마음속에 간직할 추억으로 남을 그 축제의 일부였다. 초췌한 모습의 공작부인은 더욱 숭고해 보였기에 그곳에 있던 사람들 모두 감탄을 금치 못하면서 그녀에게 목례를 했다. 몽리보가 나타나자 부인은 더욱더 아름답게 보였다. 두 사람의 시선이 몇 차례 마주쳤다. 발코니에 앉아 있던 부인은 바로 자기 발밑으로 장군이 행진을 하며 지나가는 것을 볼 수 있었다. 군복을 입은 그에게서는 광채가 났다. 아무리 얌전한 척하는 여인이라도 군복이 여인들의 상상력에 미치는 효과는 인정할 것이다. 마음을 완전히 빼앗겼음에도 두 달 동안이나 애인을 볼 수 없었던 여인에게, 이 잠깐의 순간은 꿈속에서 끝이 보이지 않는 광활한 자연과 언뜻 마주한 것과 유사하지 않을까? 따라서 여자들이나 젊은 청년들만이 공작부인의 얼빠진 시선과 그 시선에 담긴 어처구니없는 갈망을 이해할 수 있으리라. 남자들의 경우, 젊은 시절 첫사랑의 열정이 절정에 이르렀을 때 신경이 극도로 예민해졌던 경험이 있을지라도, 시간이 흘러 나이가 들면 그런 것들은 까맣게 잊어버린다. 그러고는 그토록 황홀한 도취 상태를 부정하기에 이른다. 이 멋진 직관은 황홀한 도취 상태라고밖에 부를 수 없다. 종교적 법열은 육체에서 분리된 사유의 광기다. 반면 사랑의 도취 상태에서는 육체와 정신의 힘이 서로 뒤섞이고 하나가 되어 부둥켜안는다. 랑제 공작부인의 경우처럼 한 여자가 격렬한 열정에 복종하는 노예가 되어버렸을 경우, 납득하기 어려울 만큼 신속하게 최종 결정이 내려진다. 그러고 나면 그 결정을 이행하기 위한 이런저런 생각이 든다. 그리고 그 사념들은 마치 바람에 실려온 구름들이 태양이 숨은 잿빛 하늘을 떠다니듯 마음속을 돌아다닌다. 이제 사실만이 모든 것을 말해준다. 그러니 이제 그 사실들을 이야기해보자. 열병식 다음날, 랑제 공작부인은 자신의 마차와 하인을 몽리보의 집으로 보내 아침 여덟시부터 오후 세시까지 문 앞에 머물게 했다. 아르망은 상원*에서 아주 가까운 센 가에 살고 있었는데, 마침 그날 상원에서는 회합이 열리기로 예정되어 있었다. 그러나 위원들이 상원에 도착하기 훨씬 전에 이미 몇몇 사람들은 랑제 공작부인의 마차와 하인이 몽리보의 집 앞에 서 있는 광경을 보았다. 제일 먼저 본

* 양당제를 택하고 있는 프랑스 의회의 상원을 가리키며 '세나'라고도 한다. 뤽상부르 궁에 위치한다. (옮긴이)

사람은 랑제 공작부인에게 무시당한 후 세리지 부인과 가까워진 몰랭쿠르 남작이라는 젊은 장교였다.* 그는 곧장 애인 집으로 달려가서는 이 어처구니없고도 어리석은 행동을 은밀하게 전했다. 이 소식은 전보처럼 빠른 속도로 전해져서 생 제르맹 구역 사람들은 당파를 불문하고 모두 다 알게 되었다. 게다가 왕궁과 엘리제궁에까지 소문이 퍼진 바람에 오후 내내 회합마다 온통 그 이야기뿐이었다. 여자들은 대개 소문에 신빙성을 더하는 말투로 그 소문이 사실일 리 없다고 말했다. 반면 남자들은 너그러운 마음으로 랑제 공작부인에게 관심을 가지면서 소문이 사실일 거라고 믿었다.

"몽리보라는 야만적인 친구, 정말 냉혹하군. 이런 소동도 분명 그자가 요구했을 거야." 몇몇 남자들은 이렇게 말하면서 몽리보에게 잘못을 전가했다.

그런가 하면 이렇게 말하는 남자들도 있었다. "아무튼, 랑제 공작부인의 행동이 경솔하긴 해도 진정 고귀하군요. 파리의 모든 사람들 앞에서 사랑하는 사람을 위해 사교계도, 지위도, 재산도, 명예도 다 버린다는 것은 여성의 쿠데타입니다. 중죄재판소에서 이발사가 단도를 들이대 캐닝**의 마음을 흔들었던 것만큼이나 감동적인 이야기로군요. 공작부인을 비난하는 여자들 가운데 그녀만큼, 옛 시대에 그랬듯, 당당하게 사랑을 고백할 수 있는 이는 단 한 명도 없을 겁니다. 그렇게 공공연하

* 이 당시 세리지 부인의 애인은 데글르몽이다(376쪽 참조). 발자크는 여기서 몰랭쿠르를 데글르몽으로 바꾸는 것을 잊은 듯하다. 몰랭쿠르 남작은 '13인당 이야기'의 첫번째 에피소드인 「페라귀스」에 등장하는 인물이다.

** 영국의 정치가이자 외교관인 조지 캐닝. 그러나 이 일화에 대해서는 알려진 바가 없다.

게 자신의 사랑을 드러내다니, 랑제 공작부인은 진정으로 영웅적인 여성입니다. 이제는 몽리보밖에 사랑할 수 없을 겁니다. '내게 사랑은 오직 하나뿐이다'라고 말하는 여자에게서는 위대함 같은 것이 느껴지지 않습니까?"

"하지만 정절을 존중하지 않고 타락을 높이 산다면 도대체 이 사회는 어떻게 되겠어요?" 검찰총장 부인인 그랑빌 백작부인이 말했다.

튈르리궁에서도 생 제르맹이나 쇼세 당탱 구역에서도 정조가 굳센 그 귀족 부인의 파멸을 두고 이러쿵저러쿵 입방아를 찧어댔다. 그런가 하면 성질 급한 젊은이들은 말을 타고 달려와 센 가에 마차가 서 있는 모습을 보면서 공작부인이 진짜로 몽리보의 집에 있는지 확인하기도 했다. 그러나 정작 공작부인은 떨리는 마음으로 자기 방 구석에 누워 있었다. 전날 밤 귀가하지 않은 아르망은 마르세와 함께 튈르리 정원을 산책하고 있었다. 한편, 랑제 공작부인의 친척 어른들은 서로를 방문하며 논의한 끝에, 부인을 엄중하게 꾸짖고 그녀의 행동이 야기한 추문을 무마할 방법을 찾아내고자 부인의 집에서 만나기로 약속했다. 오후 세 시에 나바랭 공작, 파미에 주교 대리, 블라몽 쇼브리 대공비, 그랑리외 공작이 랑제 공작부인의 거실에 모였다. 그러나 하인들은 호기심 많은 다른 사람들에게 그랬듯이, 그들에게도 마님은 외출중이시라고 말했다. 공작부인은 명령을 내리면서 아무런 예외도 두지 않았던 것이다. 그런데 이 네 사람은 고타 연감*에 매년 가계의 급변 사항이나 상속권에 대한 내용이 기재될 정도로 저명한 인사들이니, 그들에 대한 간단한

* 18세기부터 유럽 왕실과 귀족의 가계와 경력 등을 수록한 연감. (옮긴이)

소개가 없다면 이 사회를 완벽하게 그릴 수 없으리라.

블라몽 쇼브리 대공비는 사교계 부인들 사이에서 루이 15세 시대의 더없이 시적인 유물로 통했다. 루이 15세가 '사랑받는 왕'이라는 별명을 얻게 된 데는 젊은 시절 대공비의 공헌이 컸다고 한다. 젊은 시절 그녀가 지녔던 매력 중 이제 남은 것은 터키 반월도처럼 휜, 툭 튀어나온 가는 코밖에 없었다. 그 코는 낡은 흰 장갑처럼 생긴 얼굴에 품위를 부여하는 장식물과도 같았다. 그렇지만 몇 가닥 남지 않았음에도 곱슬곱슬하게 지지고 분칠도 한 머리, 굽 높은 실내화, 멋진 레이스가 달린 모자, 손가락 끝이 밖으로 보이는 검은 장갑, 완벽한 만족이라 불리는 다섯 개의 다이아몬드가 박힌 목걸이 등은 여전히 지난날의 명성을 말해주고 있었다. 하지만 그녀에 대해 좀더 정확히 묘사하기 위해서는, 그녀가 과거 영광의 흔적들을 너무도 소중하게 생각하기에 저녁 야회 때는 가슴이 파인 드레스를 입고, 긴 장갑을 끼며, 여전히 최고급인 마르탱*의 고풍스러운 볼연지를 칠한다는 사실을 덧붙여야 할 것이다. 주름진 얼굴은 상냥하지만 호락호락하지 않고, 눈빛은 비범하며, 온몸에서 위엄이 풍긴다. 독설가의 혀와 틀리는 법이 없는 정확한 기억력을 지녔다. 사정이 이렇다보니 이 노부인이 사교계에서 발휘하는 위력은 대단할 수밖에 없었다. 그녀의 머릿속 양피지에는 고문서의 모든 기록이 다 담겨 있었다. 그녀는 전 유럽의 왕가며, 공작가며, 백작가의 인척관계에 대해 줄줄 꿰고 있었다. 샤를마뉴대제**의 마지막 후예들이 어디에 있는지까지 다 알 정도였다. 따라서 그녀 앞에서 가짜로 작위를 댔다가

* 마르탱은 그의 어머니가 발명한 연지를 생산 판매했던 업자로, 1820년 베리 공작부인에게 특허를 얻어 궁정에 화장품을 납품했다.

는 금방 탄로날 수밖에 없었다. 잘 보이고 싶어하는 젊은 청년들, 야심가들, 젊은 여성들은 너 나 할 것 없이 그녀에게 지속적으로 경의를 표했다. 부인의 살롱은 생 제르맹 구역에서도 매우 권위가 있었다. 여자 탈레랑이라고도 할 수 있을 만큼 화술이 뛰어난 부인의 말은 최종 판결문과도 같았다. 어떤 이들은 이 노부인 댁을 방문하여 예절이나 관습에 대한 의견을 구하기도 하고 고상한 취향에 대한 지도를 받기도 했다. 그 어떤 노부인도 그녀만큼 우아하게 담뱃갑을 호주머니에 넣지는 못했으며, 그 누구도 의자에 앉거나 다리를 꼬면서 그녀만큼 치맛자락을 단정하게 갈무리하지 못했다. 그녀의 태도가 너무도 우아했기에 꽤나 세련된 젊은 부인들도 그녀 앞에서는 기가 죽을 수밖에 없었다. 숭년 시절까지만 해도 머리에서부터 나오던 묵직한 목소리가 이제는 점점 콧소리가 되는 것은 어쩔 수 없었다. 그러나 이상하게도 그 콧소리 때문에 그녀가 하는 말은 더 의미심장하게 들리는 것이었다. 막대한 재산을 다 잃었지만, 그래도 그녀에게는 나폴레옹이 관대한 마음으로 돌려준 십오만 리브르***에 해당하는 숲이 남아 있었다. 이렇듯 재산으로 보나 사람 자체로 보나 그녀는 모든 점에서 존경받을 만한 대단한 인물이었다. 희귀한 골동품과 다름없는 이 여인은 벽난로 옆 안락의자에 앉아 또하나의 골동품 유물인 파미에 주교 대리와 이야기를 나누고 있

** 서유럽 국가들의 토대를 만든 프랑크 왕국의 왕. 800년에 교황 레오 3세로부터 로마제국의 제관을 받았다. 이로써 그는 게르만족과 기독교, 그리고 그리스 · 로마를 연결시켰다. (옮긴이)

*** 19세기에 소득이나 연금을 계산할 때 사용하던 화폐 단위로 당시 1리브르는 1프랑으로 취급했다. (옮긴이)

었다. 몰타기사단*의 기사였던 그 노귀족은 키 크고 호리호리한 체격이었다. 항상 꽉 끼는 칼라와 목까지 올라오는 넓은 넥타이가 그의 얼굴을 꽉 조이는 바람에 두 볼은 삐져나올 듯이 부풀었다. 게다가 목까지 올라오는 칼라로 인해 그는 항상 머리를 꼿꼿이 들고 다녔다. 그런 태도는 보통의 경우 무척 거만해 보일 테지만, 그에게는 볼테르식 재치가 있었기에 사람들로부터 그럴 만하다는 평가를 받았다. 툭 튀어나온 그의 눈은 모든 것을 다 꿰뚫어볼 것만 같았다. 그런데 실제로 그는 모든 것을 다 꿰뚫어보고 있었다. 그리고 귀에는 솜을 틀어막고 남의 말을 듣지 않았다. 게다가 그 남자는 귀족 혈통의 완벽한 전형이었다. 호리호리하고 날씬하고 유연하고 매력적인 그의 몸은 마치 뱀처럼 자유자재로 구부릴 수도 있고 꼿꼿이 설 수도 있었다. 그 몸은 유연해질 수도 뻣뻣해질 수도 있는 것이다.

나바랭 공작은 그랑리외 공작과 함께 거실 안을 이리저리 왔다갔다 하고 있었다. 두 사람은 똑같이 쉰다섯 살이었는데, 둘 다 작달막하고 뚱뚱했지만 여전히 활달해 보였고 영양이 좋아 혈색도 좋았다. 하지만 눈은 피곤해 보였으며 벌써 아랫입술은 처지고 있었다. 세련된 말투와 친절하고 예의바른 태도, 그리고 갑자기 거만해질 수도 있는 여유 있는 행동 등이 없었다면, 대충 살펴보고 마는 관찰자들은 그들을 은행가로 여겼을 것이다. 그러나 그들이 다른 사람들과 대화하는 것을 듣고 나면

---

* 1080년 성지 순례자들을 위해 예루살렘에 세워진 병원에서 시작된 기독교 기사단. 십자군 원정 이후 이슬람에 의해 기독교 세력이 축출된 후에도 그들은 스페인 몰타섬으로 이주하여 주권이 있는 나라로 발전했다. 1789년 나폴레옹이 이끄는 프랑스군에게 점령당했으나 그후에도 몰타기사단은 살아남아 오늘날에도 존속하고 있다. (옮긴이)

아무도 그렇게 오해하지 않는다. 그들은 자신들이 두려워하는 사람들과 대화할 때는 지극히 조심하지만, 동등한 사람들에게는 무미건조하게 대하며, 아랫사람들에게는 신의가 없다. 궁정인이나 정치가는 세련되게 장황한 말을 늘어놓으면서 아랫사람들을 손아귀에 넣어 다스리고 예상치 못한 말 한마디로 그들을 모욕하기도 하는 것이다. 이 사람들이야말로 완전히 멸망해버리든가 아니면 완전히 살아남기를 원했던 그 위대한 귀족계급을 대표하는 인물들이었다. 그들에게는 칭찬받을 만한 점도 비난받을 만한 점도 있다. 따라서 리슐리외의 도끼 밑에서 죽어가면서도 왕에게 기꺼이 복종했던 귀족들이나, 1789년 대혁명 당시 비열한 복수라며 단두대를 멸시했던 귀족들에 대해 한 시인*이 묘사하기 전까지는 그들에 대해 완벽하게 정당한 평가를 내리는 것은 불가능했다.

특이하게도 이 네 사람은 모두 가냘픈 목소리를 지니고 있었는데, 그것은 그들의 생각이나 태도와 유난히 잘 어울렸다. 게다가 그들 사이에는 완벽한 평등이 유지되고 있었다. 궁정에서 익힌, 감정을 드러내지 않는 습관 덕분인지는 몰라도 그들은 젊은 친척이 벌인 엉뚱한 짓에 대한 불만을 밖으로 드러내지는 않았다.

비평가들에게 다음 장면의 첫 부분이 유치하다는 비난을 받지 않기 위해서는 여기서 로크가 영국 귀족들과 동석했을 때의 일화를 살펴볼 필요가 있다. 그 귀족들은 재치가 뛰어나기로 유명할 뿐 아니라 기품 있는 태도와 확고한 정치적 신념을 지닌 인사들이었다. 그런데 로크는

* 19세기 낭만파 시인인 알프레드 드 비니를 가리킨다.

짓궂게도 특별한 방식으로 그들의 대화를 속기한 후, 그들로부터 무엇을 끌어낼 수 있을지 보기 위해 그 내용을 그들에게 읽어주어 모두가 폭소를 터뜨리게 했던 것이다. 사실 어느 나라에나 상류사회의 대화에는 금빛으로 번쩍이는 은어가 있지만, 그것을 문학적 철학적 잿물 속에 담가 한 번 씻어내고 나면 남아 있는 금조각은 거의 없다. 파리의 몇몇 살롱을 제외한 사회의 모든 계층 사람들이 나누는 대화는 전부 우스꽝스럽기 짝이 없다. 다만 겉에 바른 유약이 투명한지 두꺼운지, 즉 겉치레가 그럴싸한지 아닌지 그 차이만 있을 뿐이다. 따라서 내용이 알찬 대화는 사회적으로 아주 예외적일 뿐, 대부분의 경우 어리석은 내용들이 각 사회 계층에서 주고받는 대화의 소재가 된다. 분명 상류층 사람들은 말을 많이 하지만 생각은 별로 하지 않는다. 생각을 한다는 것은 피곤한 일인데, 부자들은 별 노력을 들이지 않고도 삶이 굴곡 없이 잘 흘러가기를 바라는 것이다. 파리의 개구쟁이부터 프랑스 상원의원에 이르기까지 계층별로 농담의 본질을 비교해보면, '태도가 가장 중요하다'라는 탈레랑의 그 유명한 말이 이해가 된다. 그 말은 '형식이 내용에 우선한다'는 사법적 공리를 멋지게 번역한 것이다. 시인들에게는 자기네 생각에 언제나 투박한 시적 특성을 부여하는 하층계급 사람들이 더 멋져 보일 것이다. 이러한 관찰을 통해 살롱에서 주고받는 대화의 빈약함과 공허함, 그리고 깊이 없음을 느낄 수 있을 뿐 아니라, 뛰어난 사람들은 살롱에서 자신들의 생각을 나누는 무가치한 거래를 하는 것을 별로 내켜하지 않는다는 사실을 알 수 있다.

나바랭 공작이 갑자기 하던 이야기를 멈추고, 무슨 기가 막힌 생각이라도 난 듯이 옆 사람에게 말했다. "그러니까 토른통을 파신 겁니까?"

"아니요, 그놈이 병이 났답니다. 죽을까봐 걱정이지요. 그놈이 죽으면 마음이 무척 아플 겁니다. 아주 뛰어난 사냥마였는데 말입니다. 그런데 마리니 공작부인의 병세는 좀 어떤지 아시나요?"

"아니요, 저도 오늘 아침엔 뵙지 못했습니다. 당신이 앙투아네트 이야기를 하러 오셨을 때, 부인을 뵈러 집을 나서던 참이었거든요. 하지만 어제는 상태가 아주 안 좋았어요. 그래서 사람들도 단념하고 종부성사를 받게 했지요."

"부인이 돌아가시면 당신 조카의 지위도 달라지겠군요."

"아니요, 전혀 달라지지 않을 겁니다. 부인은 이미 생전에 증여하는 형식으로 재산을 다 나눠주고 질녀인 술랑주 부인한테 받는 연금만 남겨두셨지요. 그 질녀한테 종신연금을 받는 조건으로 게브리앙 땅을 증여하셨거든요."

"부인의 죽음은 사교계에 큰 손실이 아닐 수 없습니다. 정말로 훌륭한 분이셨으니까요. 그 가문은 이제 경험도 풍부하고 훌륭한 조언도 해줄 수 있는 어른을 한 분 잃게 된 겁니다. 우리끼리 하는 이야기입니다만, 사실 그분이 집안을 이끌어가셨잖아요. 그분 아들 마리니는 괜찮은 친구예요. 재치도 있고 대화할 줄도 알지요. 아주 호감 가는 친구예요, 오! 그 점은 이론의 여지가 없어요. 하지만 처신은 좀…… 그런데 놀랍지 않나요, 그 친구 정말 용의주도해요. 어느 날, 그 친구가 클럽에서 쇼세 당탱 구역의 부유한 사람들과 저녁을 먹고 있더랍니다. 당신 백부님이 그곳에 가셨다가 그 친구를 보았다더군요. 당신 백부님은 모임에 참석하기 위해 늘 그곳에 가시곤 하지요. 그분이 그 친구를 보고 놀라이 클럽* 회원이냐고 물어보자, '네, 그렇습니다. 저는 이제 더이상 사교계에 나가지 않습니다. 은행가들과 교제하고 있습니다'라고 대답하더랍니다. 왠지 아십니까?" 그랑리외 공작이 묘한 미소를 지으면서 물었다.

"모르겠는데요."

"결혼한 지 얼마 안 되는 켈레 부인에게 빠져 있거든요. 공드르빌의 여식인데 은행가 사회에서는 무척이나 인기 있는 여자랍니다."

"그건 그렇고, 보아하니 이제 앙투아네트도 심심하진 않겠어요." 늙은 주교 대리가 말했다.

"그 아이를 무척이나 아끼는 나로서는 지금 이 사건이 묘하게 흥미롭게 느껴지는군요." 대공비가 담뱃갑을 호주머니에 집어넣으면서 그렇게 응수했다.

"고모님," 공작이 걸음을 멈추고 말했다. "정말 유감입니다. 정숙한 여인에게 그런 무례한 행동을 강요할 수 있는 자는 나폴레옹의 군인밖에 없습니다. 우리끼리니 하는 말입니다만, 앙투아네트는 좀더 나은 남자를 선택했어야 했습니다."

"하지만," 대공비가 대답했다. "몽리보 가문은 매우 오래되고 인척 관계도 훌륭한 가문이랍니다. 부르고뉴 지방의 모든 상류사회와 연결되어 있어요. 게다가 스페인 북서부 갈리시아 지방에서 될망가의 방계인 리보두 다르쇼가의 혈통이 끊긴다면 몽리보가가 다르쇼 가문의 재산과 작위를 다 물려받게 될 거예요. 증조부로 인해 상속받는 것이지요."

"그게 정말입니까?……"

---

* 발자크는 부유한 부르주아들과 귀족들의 만남의 장소인 조키 클럽을 염두에 둔 것으로 보인다. 조키 클럽은 1833년에 생겼다.

"그 사람 부친보다 제가 더 잘 알 겁니다. 전에 자주 본 적이 있어요. 그래서 내가 그에게 그런 사실을 알려주었답니다. 훈장까지 받은 기사면서도 그런 데는 관심조차 없었어요. 그는 백과전서파였답니다. 하지만 그의 동생은 망명 시절 그 상황을 잘 활용했지요. 북쪽 나라에 사는 친척들에게 대접을 무척 잘 받았다고 하더군요……"

"네, 맞아요. 몽리보 백작은 페테르부르크에서 죽었어요. 저도 그곳에서 그를 만난 적이 있어요. 뚱뚱한 편이었는데, 굴이라면 환장하는 사람이었어요." 주교 대리가 말했다.

"얼마나 먹었길래요?" 그랑리외 공작이 물었다.

"매일 열 다스씩 먹었다죠."

"그러고도 아무렇지도 않았대요?"

"전혀."

"오! 정말 놀랍군요! 그렇게 먹고도 담석도 통풍도 없고 아프지도 않았다고요?"

"네, 아주 건강했다고 합니다. 죽은 건 사고 때문이었다지요."

"사고로 죽었다고요! 그럼 그 사람은 굴을 먹도록 태어났군요. 아마도 굴이 필요한 체질이었나봅니다. 우리에게는 가장 우선적인 취향을 충족시키는 것이 어느 정도는 생명 유지의 조건이니까요."

"아무려면요. 왜 아니겠어요." 대공비가 웃으면서 말했다.

"부인은 항상 그렇게 짓궂게 받아들이신다니까요." 그랑리외 공작이 말했다.

"저는 단지 젊은 여자들은 그런 이야기를 별로 좋지 않은 의미로 받아들일 수도 있다는 말을 하려고 했을 뿐이랍니다." 대공비가 대답했다.

그러고는 잠시 틈을 두었다 말했다. "그나저나 이 아이를 어쩌나!"

"고모님." 나바랭 공작이 말했다. "저는 아직도 그애가 몽리보의 집에 갔다는 사실을 믿을 수가 없어요."

"글쎄요!" 대공비가 말했다.

"주교 대리님은 어떻게 생각하십니까?" 공작이 물었다.

"공작부인이 순진하다면, 그럴 수도……"

"하지만 사랑에 빠진 여자는 순진해진답니다. 그런 말씀을 하시다니, 주교 대리님도 이제 늙으셨나봅니다."

"아무튼, 어떡하죠?" 공작이 말했다.

"만약 그 아이가 현명하다면," 대공비가 말했다. "오늘 저녁 궁으로 입궐할 겁니다. 왜냐하면 다행히도 오늘은 월요일이라 알현일이거든요. 여러분이 그애 곁에 꼭 붙어서 그 해괴한 소문이 가짜임을 밝혀야 해요. 상황을 설명하는 방식에는 수천 가지가 있지요. 몽리보 후작이 신사라면 우리 의견에 동의할 겁니다. 어린애 같은 두 사람이 이성적으로 행동하도록 가르쳐야 해요……"

"하지만 몽리보를 정면에서 공격하는 것은 무척 어렵습니다, 부인. 그는 나폴레옹의 부하였고 사회적 지위도 있으니까요. 어떡한다! 게다가 요즘 아주 잘나가거든요. 근위대에서도 중요한 지휘관 자리를 차지하고 있고요. 아주 유능하다는 평입니다. 게다가 야망도 없어요. 마음에 안 드는 소리를 한마디만 들어도 폐하에게 '여기 사직서가 있습니다. 저를 내버려두십시오'라고 말할 사람이거든요."

"그의 정치적 사상은 어때요?"

"아주 나빴죠."

"정말이지," 대공비가 말했다. "폐하께선 여전히 옛날 그대로시군요. 백합꽃 장식을 단 자코뱅*이라고나 할까요."

"오! 약간 온건하시긴 하죠." 주교 대리가 말했다.

"천만에요, 저는 오래전부터 폐하를 잘 알아요. 왕비님께서 처음으로 궁의 대연회에 참석하신 날, 폐하는 우리 궁정 사람들을 가리키면서 '우리의 하인들이오!'라고 말씀하셨답니다. 그런 분이시니 음흉한 악당임이 틀림없어요. 폐하께서 왕제王弟였던 시절의 모습이 보여요. 본인이 주재하시던 입헌의회**의 위원회에서 형님에게 불리한 투표를 한 나쁜 동생이시니, 자유주의자들과 타협하고 그들이 마음대로 떠들고 논쟁하게 내버려두시는 것도 당연하죠. 철학자인 척하는 폐하는 형님에게 그랬던 것만큼이나 아우님***에게도 방해물이에요. 재치라고는 없고 살만 찐 폐하가 신나게 벌여놓은 그 많은 골칫거리를 후계자가 될 아우님이 잘 해결할 수 있을지 모르겠어요. 게다가 폐하께서는 아우님을 싫어하시니, 돌아가실 때는 '그 녀석의 치세는 그리 길지 않을 것이야'라며 흐뭇해하실걸요."

"고모님, 우리의 국왕이십니다. 저로서는 폐하를 모시는 것이 영광이고, 또……"

---

* 백합은 부르봉 왕가의 문장으로 프랑스 왕권의 상징이고, 자코뱅은 프랑스 혁명 시절 로베스피에르 등이 이끈 급진파다. (옮긴이)

** 루이 16세의 동생인 루이 18세는 1789년 입헌의회의 의원이 아니라, 1788년 명사회의의 구성원이었고 일곱 개의 위원회 중 하나를 주도하고 있었다. 당시 그는 제삼계급의 대표자를 두 배로 하자는 안에 찬성표를 던졌다.

*** 루이 18세 이후 즉위하는 샤를 10세를 가리킨다. (옮긴이)

"폐하를 섬기기 때문에 솔직하게 말도 못한다는 거로군요! 당신도 부르봉 왕가만큼이나 훌륭한 가문 출신이잖아요. 만일 기즈 일가*가 좀 더 결단력이 있었더라면 오늘날 폐하는 초라한 사내에 불과했을 겁니다. 나는 아주 적당한 때에 이 세상을 떠납니다. 이제 귀족계급은 죽었어요. 그래요, 당신들에게 남은 것은 이제 아무것도 없어요." 대공비가 주교 대리를 쳐다보면서 말했다. "그런데 그 아이의 행동을 두고 온 도시가 떠들썩거려야만 한답니까? 그 아이 잘못도 있어요. 나도 그것을 부정하진 않아요. 쓸데없이 추문을 일으킨 건 그 아이 잘못이니까요. 그래도 나는 그 아이가 그렇게 적절치 못한 행동을 했다고는 믿을 수가 없어요. 내가 그 아이를 길러서 잘 아는데……"

바로 그때 공작부인이 자기 방에서 나왔다. 대공비의 목소리와 대화 속에 언급된 몽리보의 이름을 들었기 때문이다. 그녀는 아침 실내복을 입은 채 그대로 나왔다. 그녀가 나타났을 때, 무심코 창문을 내다보고 있던 그랑리외 공작은 부인의 빈 마차가 돌아오는 것을 보았다.

"아가야," 나바랭 공작이 딸의 머리를 잡고 이마에 입맞추며 말했다. "지금 무슨 일이 벌어지고 있는지도 모르는 거니?"

"무슨 큰일이라도 났나요, 아버지?"

"모든 파리 사람들이 네가 몽리보의 저택에 있다고 믿고 있단다."

"앙투아네트, 넌 집에서 나간 적이 없지, 그렇지?" 대공비가 공작부

---

* 16세기에 위세를 떨친 가문. 앙리 드 기즈는 구교도의 수령으로 콜리니 제독 암살과 성 바르톨로메오 축일의 학살을 선동했다. 앙리 3세의 후사가 없음을 계기로 왕위를 탐하여 전쟁을 일으켰으나(1585), 그의 세력을 두려워한 앙리 3세에 의해 암살당했다. 앙리 3세의 죽음 이후 발루아 왕가가 끊기고 앙리 4세로 시작되는 부르봉 왕가가 들어섰다. (옮긴이)

인에게 손을 내밀면서 물었다. 그러자 공작부인은 존경 어린 애정을 담아 그 손에 입을 맞추었다.

"네, 저는 외출하지 않았어요. 하지만," 공작부인은 몸을 돌려 주교 대리와 공작에게 인사하면서 말했다. "파리 사람들 모두 제가 몽리보 씨 댁에 있다고 믿기를 바랐어요."

공작은 하늘을 향해 손을 들어올리고는 기가 막혀 손뼉을 쳤다. 그러고는 팔짱을 꼈다.

공작이 마침내 입을 열었다. "하지만 그런 경솔한 행동이 어떤 결과를 불러올지 모른단 말이냐?"

갑자기 노부인이 일어나더니 공작부인을 바라보았다. 공작부인은 얼굴을 붉히면서 시선을 떨구었다. 쇼브리 대공비는 다정하게 그녀를 끌어당기고 말했다. "입맞추게 해다오, 아가." 그러고는 다정하게 공작부인의 이마에 입을 맞춘 후 손을 잡고 웃으면서 말했다. "우리는 더이상 발루아 왕조 시대에 살고 있지 않단다, 아가야. 너는 네 남편의 평판과 더불어 사교계에서의 네 지위도 위태롭게 하고 있구나. 하지만 우리가 모두 힘을 합쳐 모든 것을 원상복구시키도록 하마."

"하지만 대고모님, 저는 아무것도 되돌리고 싶지 않아요. 온 파리 사람들이 오늘 아침 제가 몽리보 씨 댁에 있었다고 믿고, 또 그렇게 떠들어댔으면 좋겠어요. 그 믿음이 사실이 아닐지라도 지금 와서 그 믿음을 깨버린다면 저를 방해하시는 거예요."

"얘야, 진정 너 자신을 완전히 파멸시키고 가족들을 슬프게 할 작정이냐?"

"아버지, 제 가족은 이해관계를 위해 저를 희생시키면서, 돌이킬 수 없는 불행으로 저를 내몰았어요. 물론 제가 불행하기를 바라진 않으셨겠죠. 불행한 가운데 무엇인가 위안을 찾았던 것에 대해 저를 비난하셔도 좋아요. 하지만 제가 가엾지도 않으세요?"

"당신도 딸들에게 어울리는 짝을 맺어주려고 죽어라 애써보시오. 이런 꼴을 당할 테니 말이오!" 나바랭 공작이 주교 대리 앞에서 투덜댔다.

"아가야," 대공비는 옷자락 앞으로 떨어진 담뱃가루를 털면서 말했다. "가능하다면 행복해져라. 우리는 네 행복을 방해하려는 게 아니란다. 다만 관습이 허락하는 한도 내에서 행복하기를 바랄 뿐이지. 여기 있는 우리 모두, 결혼이라는 것이 결함이 많은 제도라서 연애라도 해야 버틸 수 있다는 것을 모르지 않는단다. 하지만 애인이 있다고 해서 카루젤 광장* 앞에서 보란듯이 침구를 정리할 필요는 없지 않니? 자, 조금은 이성적으로 생각해라, 우리 말을 들어다오."

"듣고 있어요."

"공작부인." 그랑리외 공작이 말했다. "이 세상의 시숙부들에게 질부들을 감독할 의무가 있다면, 그들은 사회에서 대단한 지위를 가지게 될 걸세. 사회는 그들에게 경의를 표하고, 보상을 하고, 국왕을 모시는 신하들처럼 대접해야 할 테니 말이야. 그만큼 힘든 일이라네. 그러니 내가 이곳에 온 것은 자네에게 내 조카 이야기를 하기 위해서가 아니라 자네의 이해관계를 따져보기 위함일세. 계산을 좀 해보세. 만일 자네가 스캔들을 일으키고야 만다면? 나는 조카 놈을 잘 알아. 나도 그놈을 별로 좋아하지 않거든. 랑제는 인색하고 성품도 고약한 녀석이지. 그놈은

* 루브르궁과 튈르리 공원 사이에 있는 광장. (옮긴이)

자네와 헤어지려 할 거고, 그러면서 자네 재산을 다 차지할 걸세. 그러면 자네는 가난해질 것이고, 그렇게 되면 세상 사람들에게 멸시를 당하겠지. 최근에 자네 외가 쪽 할머니 한 분에게 상속받은 십만 리브르의 연금도 그놈이 여자들하고 놀아나는 데 다 탕진해버리고 말 걸세. 자네는 법에 묶여 자유를 박탈당한 채, 그런 부당한 협정에 동의할 수밖에 없을 거야. 그러다가 몽리보가 자네를 버리기라도 하면! 제발, 질부님, 우리 화내지 말고 이야기하세. 젊고 아름다울 때는 사내들한테 버림받지 않아. 하지만 얼마나 많은 아름다운 여인들이, 심지어 왕녀들조차, 버림을 받았는지 우리는 너무도 잘 안다네. 그러니 절대 일어날 리 없는 일을 가정하는 것을 이해해주기 바라네. 나도 그런 일은 절대 일어나지 않으리라고 믿고 싶네. 하지만 그런 경우 남편이 없다면 자네는 어떻게 되겠나? 그러니 자네의 미모를 소중히 여기듯 남편도 소중히 생각하시게. 결국 남편만큼이나 여자들을 지켜주는 것은 미모이지만 말일세. 자네가 늘 행복하고 사랑받기를 바라네. 자네에게 불행한 일이 일어나는 것은 생각도 하고 싶지 않아. 게다가 행이든 불행이든 아이들을 갖게 되지 않겠나? 그럼 어쩔 셈인가? 몽리보의 성을 따를 텐가? 그렇더라도 그 아들은 아비의 재산을 한 푼도 받을 수 없다네. 자네는 그애들에게 자네의 전 재산을 물려주고 싶을 것이고, 그 역시 자기 재산을 모두 물려주고 싶겠지. 그런 마음이 드는 건 너무나 당연한 일일세. 하지만 법은 자네들 편이 아니라네. 합법적인 상속자들이 사랑으로 인해 태어난 자식들에게 소송을 제기하는 경우를 얼마나 많이 보아왔나! 전 세계 법정이 그런 소송으로 인해 시끌벅적하다네. 개입유증*의 수단을 동원할 텐가? 자네가 신뢰했던 사람이 자네를 배신한다 해도,

법에 호소해봤자 아무 소용도 없다네. 하지만 아이들은 무일푼이 되는 걸세. 그러니 잘 생각해보게. 자네가 얼마나 난처한 상황에 처해 있는지 알겠나? 어쨌든 자네 아이들은 필연적으로 자네의 불장난에 희생될 수밖에 없고, 떳떳한 신분도 갖지 못할 것이 뻔하네. 어릴 때는 귀엽고 사랑스럽지. 맙소사, 그러나 언젠가는 부모가 자식들은 안중에도 없이 자신들만 생각했다며 부모를 원망하는 날이 올 걸세. 우리 이 늙은 귀족들에게는 그런 것이 훤히 보인다네. 아이들도 어른이 되지. 그런데 어른은 배은망덕하거든. 독일에 있을 때, 저녁식사 후 호른 백작 2세**가 하는 말을 들었지. '만약 어머니가 정숙한 여자였다면, 나는 권력을 가진 대공이 되었을 텐데'라고 그는 말하더군. 하지만 그 '만약'이라는 말은 평민들이 입에 달고 사는 말이지. 바로 그 '만약'이 혁명을 일으키지 않았나. 사람들은 아버지를 비난할 수도 없고 어머니를 비난할 수도 없으면, 자신의 불운을 하느님 탓으로 돌린다네. 그러니까 우리가 여기 온 것은 자네에게 상황을 정확히 알려주기 위해서일세. 자, 이제까지 내가 한 이야기를 한마디로 요약할 테니 명심하게. 여자는 절대 남편한

---

* 유언자가 신뢰할 수 있는 사람을 지정하여 그에게 유산을 위탁했다가, 나중에 그것을 상속자에게 전달해주는 증여 형식.

** 아민 백작 클라스 프레드리크 데 호른. 프레드리크 데 호른의 아들. 스웨덴의 구스타프 3세의 시종이었으나 장군이었던 아버지가 파면된 것에 대해 복수하기 위해 1792년 가면무도회에서 국왕 암살 기도에 가담한 죄로 사형선고를 받은 후 감형되어 코펜하겐으로 추방되어 작가로 활동한다. 어머니가 부정한 여인이었다는 기록은 어디에도 없으며, 실제로 어머니는 정숙한 부인이었던 것으로 전해진다. 그러나 1833년 오베르가 오페라 〈구스타프 3세 혹은 가면무도회〉를 발표했는데 그 작품에는 배신당한 남편이 복수를 위해 음모를 꾸민 것으로 되어 있다. 발자크가 언급한 어머니의 부정은 그 작품에 근거해 작가가 상상한 것으로 보인다.

테 빌미를 잡혀서는 안 된다네."

"숙부님, 사랑을 몰랐을 때는 저도 타산적이었어요. 그때는 숙부님처럼 이해관계만 따졌지만 이제는 감정이 제일 중요해요." 공작부인이 말했다.

"하지만, 아가야. 인생이란 그저 이해관계와 감정이 복잡하게 얽혀 있는 것이란다." 주교 대리가 응수했다. "그러니까 행복해지려면, 자신의 감정과 이해관계를 일치시켜야 하는 거야. 특히 너 같은 신분의 여자는 말이다. 여공들이 제멋대로 사랑을 한다고 해서 뭐랄 사람은 아무도 없단다. 하지만 너처럼 재산과 가문과 작위와 궁정에서의 지위를 가진 여자가 그 모든 것을 창문 밖으로 내던져버릴 수는 없지 않겠니. 모든 것을 조정하기 위해 우리가 너한테 뭘 요구하러 왔겠니? 관습의 규범을 위반하지 말고, 그저 지혜롭게 피해가자는 것이란다. 맙소사, 나도 이제 곧 여든이 된다만, 그 어떤 체제하에서도, 그 행복한 사내를 위해 네가 치르는 대가에 상응할 만큼 대단한 사랑은 본 적이 없구나."

공작부인은 주교 대리에게 차가운 시선을 보냄으로써 그로 하여금 아무 말도 못하게 했다. 만일 몽리보가 이 모습을 보았다면, 모든 것을 다 용서했으리라……

"연극 무대에서는 이런 자네의 행동이 멋진 효과를 낼 수 있겠지." 그랑리외 공작이 말했다. "하지만 자네가 마음대로 쓸 수 있는 재산이나 자네의 지위, 그리고 자네의 독립이 문제가 될 경우, 그런 것은 아무 의미가 없어진다네. 앙투아네트, 자네는 고마워할 줄도 모르는구먼. 경험을 가르쳐주고, 천방지축인 젊은이들에게 분별 있는 말을 해주는 용기 있는 친척들이 있는 집안은 그리 많지 않다네. 지옥에 떨어지고 싶다면, 당장 종교적 구원을 받을 생각을 포기하면 돼. 좋아, 그렇게 하시게! 하지만 연금을 포기하는 것이라면 심사숙고해야 하네. 우리에게 가난을 면하게 해줄 고해신부는 단 한 명도 없으니까. 나는 이런 말을 할 권리가 있다고 생각하네. 만약 자네가 곤란한 처지에 빠지게 될 경우 자네를 옹호해줄 사람은 나밖에 없으니 말일세. 나는 랑제의 숙부뻘이니, 다 그놈 탓이라고 말해도 되는 자격을 지닌 사람은 나밖에 없지 않겠나."

"얘야." 고통스러워하면서 생각에 잠겨 있던 나바랭 공작이 수심에서 깨어나 말했다. "네가 감정에 대해 이야기하니 내 이 말은 꼭 해야겠구나. 너 같은 이름을 가진 여자는 평범한 사람들과는 다른 감정을 가져야 한다. 귀족을 모욕하기 위해 안간힘을 쓰는 자유주의자들이나 로베스피에르 같은 위선자들에게 유리한 결정을 내리고 싶은 거냐? 나바랭가의 여식으로서 그런 일을 벌인다면 가문 전체에 엄청난 해를 끼치는 것이다. 너 하나의 불명예로 끝나는 일이 아니란 말이다."

"저런." 대공비가 말했다. "불명예라니요! 여러분, 고작 빈 마차 한 대가 왔다갔다한 일로 너무 소란 피우지 맙시다. 그리고 앙투아네트와 단둘이 있게 해주세요. 우리 이따가 저녁식사 시간에 따로 만나 이야기하죠. 알아서 잘 해결할 테니 지금은 나한테 맡겨둬요. 당신네 남자들은 이런 일에 대해 아무것도 몰라요. 당신들 말 속에 벌써 가시가 돋쳐 있잖아요. 당신들이 앙투아네트와 사이가 틀어지는 것을 보고 싶지 않아요. 그러니 이제 그만 돌아가주세요."

세 명의 노귀족은 필시 대공비의 의도를 알아챘으리라. 그들은 두 여자에게 작별인사를 했다. 나바랭 공작은 딸의 이마에 입맞추며 말했다.

"자, 애야, 현명하게 처신해라. 너만 원한다면, 아직 늦지 않았어."

"집안에 몽리보란 놈에게 도전할 수 있을 만큼 괜찮은 청년이 없을까?" 계단을 내려가면서 주교 대리가 말했다.

"아가." 단둘이 남자, 대공비는 눈짓으로 옆에 있는 작고 나지막한 의자를 가리키면서 자신이 교육한 앙투아네트에게 앉으라고 한 다음 말했다. "이 시시한 세상에서 하느님과 18세기만큼 중상모략을 당하는 것도 없을 것이다. 내 젊은 시절을 떠올려봐도 너처럼 예절과 관습을 짓밟아버리는 공작부인은 하나도 없었으니 말이다. 소설가들이나 엉터리 삼류작가들이 루이 15세 치세를 비방하면서 명예를 훼손시킨 것이란다. 그러니 그들이 하는 말을 믿어서는 안 된다. 뒤바리 부인*만 해도 스카롱 부인**만큼 뛰어난 분이었고, 인품은 그분보다 훌륭했단다. 우리가 젊었을 때에는 연애 사건은 많았어도 여자들이 자존심을 지킬 줄은 알았다. 그런데 경솔한 행동으로 인해 우리는 파멸하고 말았지. 모든 불행은 거기서부터 생겼단다. 철학자 같은 하찮은 인간들을 살롱에 들였더니, 우리의 호의에 보답하기는커녕 우리의 애정관계를 조사하고, 우리 모두에 대해 상세하게 묘사하면서 18세기에 대해 맹렬히 비난하는 무례하고 배은망덕한 짓을 일삼았던 거야. 판단 능력이 없는

---

* 뒤바리 백작부인은 화류계 출신으로 루이 15세의 정부가 되었으며, 특히 국왕의 말년에는 최고의 사치와 권력을 누렸다. 혁명 이후 단두대에서 처형당했다. (옮긴이)

** 맹트농 부인으로 알려져 있으며 몰락한 귀족 가문 출신으로 조부가 유명한 시인 아그리파 도비네다. 극작가 스카롱의 미망인으로 루이 14세의 자식들(몽테스팡 부인과의 사이에서 난)의 가정교사였으나, 왕의 정부가 되었다. 왕비의 죽음 이후 1683년 국왕과 비밀 결혼을 했다. 가난한 귀족 여성들을 위하여 생 시르 학교를 건립하기도 했다. (옮긴이)

민중은 방법이나 형식은 알지 못한 채 그 내용만 보았던 거지. 하지만, 앙투아네트, 그 시절에는 남자도 여자도 그 어떤 군주제 시절과 비교해도 손색이 없을 만큼 멋있었단다. 베르테르라도 된 양 구는 사내들, 소위 명사라는 사내들, 노란 장갑을 끼고 있지만 바지 속에는 빈약한 다리를 감추고 있는 요즘 사내들 중 행상인 차림으로 유럽대륙을 횡단하여 목숨을 걸고 모덴 공작의 단검에 맞서 섭정왕의 딸 단장실에 잠입할 수 있는 용기를 지닌 자는 단 한 명도 없을 거다.* 뿔테안경을 쓴 폐병 환자같이 나약해빠진 요즘 사내들 중 로죈 공작**처럼 육 주 동안이나 벽장 속에 숨어 출산하는 애인에게 용기를 불어넣어줄 수 있는 남자도 없을 테지. 법안 수정 때문에 여자들을 내팽개치고 토론에만 열중하는 족속들을 다 합쳐도 조쿠르 후작***의 새끼손가락 안에 담긴 열정만 못할 거다. 요즘 세상에 쾨니그스마르크 백작부인****의 장갑 낀 손에 입

---

* 루이 15세 당시 섭정왕 필리프 오를레앙의 딸인 샤를로트 드 발루아, 즉 모덴 공작부인은 공작과 결혼하기 전 유명한 난봉꾼이었던 리슐리외 원수의 정부였다. 결혼 후에도 그들의 관계는 지속되었고, 그는 공작에게 들키지 않기 위해 행상인으로 변장하고 궁으로 들어간다. 그러나 그들의 애정 행각은 예정보다 일찍 사냥에서 돌아온 남편에게 들키고 만다.

** 17~18세기에 수많은 연애 사건으로 유명한 로죈 공작. 여기서 언급된 여인은 차르토리스카 폴란드 대공비다. 그는 자신의 아이를 출산하는 대공비를 보려고 파리에서 바르샤바로 가서, 벽장 속에 숨어 서른여섯 시간 동안 그녀의 출산을 지켜보았다고 한다. 공작의 『회고록』에 담긴 내용이다.

*** 국회의원이었던 조쿠르 후작. 스탈 부인의 친구로 라 샤트르 공작부인의 정부였다. 부인의 방에 있다가 갑자기 남편이 들어오는 바람에 옆방으로 피신하던 중 문틈에 손가락이 끼여 부러졌음에도 신음 소리 하나 내지 않고 참았다고 한다.

**** 마리 오로르 드 쾨니그스마르크 백작부인. 훗날 폴란드 왕이 되는 프레데리크 오귀스트 드 삭스와 연인관계였으며, 그들 사이에서 태어난 아들이 조르주 상드의 증조부인 모리스 드 삭스다.

맞추기 위해서라면 몸이 잘려 마루 밑에 파묻히는 것도 마다하지 않을 궁정 신하가 있다면 데려와보렴. 요즘은 정말이지 남녀의 역할이 바뀐 것 같구나. 여자가 남자를 위해 헌신해야 하는 세상이니 말이다. 오늘날의 신사분들은 옛날만큼의 가치가 없는데도 자기들이 더 잘났다고 생각하지. 잘 들어라, 앙투아네트, 사람들이 우리의 선한 루이 15세를 궁지에 몰기 위해 그분의 애정 행각들을 폭로하는 바람에 지금은 다 알려졌지만, 그 수많은 염문도 처음에는 다 비밀이었단다. 하녀들의 입에서 이러쿵저러쿵하는 이야기를 주워듣고는 그것들을 소재로 중상모략을 일삼았던 엉터리 시인이나 문사들, 도덕군자연하는 작가 나부랭이들이 없었다면 우리 시대는 문학적 관점에서 진정으로 미풍양속이 존재했던 시대로 남았을 거다. 나는 18세기를 변호할 뿐, 그 이전이나 이후의 시대는 변호하지 않는다. 타락한 여자들이 한 백 명 정도 있었겠지. 하지만 신문발행인들이 패한 진영의 사상자 수를 부풀려서 추산하듯이, 그 엉터리 같은 작가들이 그런 여자가 천 명 정도나 되는 양 떠벌렸던 거야. 게다가 혁명기나 제정시대가 과연 우리를 비난할 수 있는지 모르겠다. 그 시대야말로 교양도 없고 무식하기 짝이 없는 방종의 시기였는데 말이다. 기가 막혀서! 그때를 생각하면 화가 치미는구나. 그때야말로 우리 역사에서 가장 치욕스러운 순간이었다. 서론이 길어졌구나, 앙투아네트." 대공비는 잠시 틈을 두었다가 다시 말했다. "그것은 말이다. 만일 네가 몽리보를 좋아한다면, 할 수 있는 한 마음껏 좋아하라고 말해주기 위해서란다. 내 경험에 비추어보더라도, 널 감금하지 않는 한 너는 하고 싶은 대로 하리라는 것을 잘 알고 있거든. 하지만 요즘에는 옛날처럼 딸자식을 감금하는 일은 없지 않니. 나도 네 나이였다면 그렇게 했을 거다. 하지만 말이다, 앙투아네트, 나라면 내 자손들에게 랑제 공작 작위를 물려줄 권리는 포기하지 않을 거다. 그러니 상식을 벗어나는 행동은 삼가도록 해라. 주교 대리의 말이 옳다. 우리네 여자들은 남자의 사랑에 보답하기 위해 온갖 희생을 다 치르지만, 이 세상 어디에도 우리가 그런 희생을 치를 만큼 가치 있는 사내는 없단다. 그러니 힘있는 자리에 머물러라. 언젠가 불행히도 이 사랑을 후회할 날이 올 때를 대비해서라도 랑제 공작부인으로 남아 있도록 해라. 그래야 나이를 먹었을 때 시골 수도원이 아니라 궁궐에서 미사를 볼 수 있는 기쁨을 누릴 수 있을 것 아니냐. 바로 그것이 문제란다. 경솔하게 행동한다면 하숙집을 전전하면서 연인에게 예속된 떠돌이 같은 삶을 살게 될 거다. 게다가 너보다 훨씬 못한 여자들이 너에게 건방지고 무례하게 구는 수모도 당하게 될 거다. 비열할지라도 그 여자들은 훨씬 능란하게 처신했거든. 대낮에 몽리보의 집으로 마차를 보내는 것보다는, 차라리 변장하고 밤에 몰래 마차로 그 집에 가는 편이 백 배 나았을 거다. 너는 정말 바보로구나, 아가야! 너의 마차는 그 남자의 허영심을 만족시켜 주었을 뿐이지만, 네가 직접 갔더라면 그의 마음을 사로잡았을 것 아니냐. 나는 정확한 사실만 이야기할 뿐이다. 하지만 나는 너를 원망하지 않는다. 너의 잘못된 숭고함은 두 세기가 늦었구나. 자, 이제 우리가 모든 것을 수습할 테니 너는 가만히 있거라. 몽리보가 자기의 허영심을 만족시키고 너의 평판을 위태롭게 하려고, 네 하인들에게 술을 먹여……"

"세상에! 대고모님!" 공작부인은 벌떡 일어서면서 소리쳤다. "그이를 모략하지 마세요."

"오! 아가야!" 대공비의 눈에 생기가 돌았다. "해가 되지 않는 꿈이라면 네가 그 꿈을 꾸는 것을 보고 싶구나. 하지만 모든 꿈에는 끝이 있기 마련이란다. 내 나이가 아니었다면 무척이나 감동을 받았을 것이다. 제발, 그 남자도, 우리도, 아무도 슬프게 하지 말아다오. 모든 사람이 다 잘되도록 알아서 하마. 하지만 하나만 약속해라. 나한테 먼저 의논하지 않고는 그 어떤 행동도 하지 않겠다고 말이다. 내게 모든 것을 다 말해야 한다. 일이 잘되도록 해주마."

"대고모님, 약속할게요……"

"모든 걸 다 이야기하기로……"

"네, 말할 수 있는 것은 모두 다 이야기할게요."

"하지만, 아가야, 내가 알고 싶은 것은 이야기할 수 없는 것들이란다. 잘 알아들었으리라 믿는다. 자, 이제 말라빠진 내 입술로 네 예쁜 이마에 입맞추게 해주렴. 아니, 그냥 내가 하게 내버려두려무나. 네가 내 앙상한 뼈에 입맞추면 안 되니까. 늙은이들한테는 늙은이들만의 예법이 있단다…… 이제 나를 마차까지 데려다주렴." 대공비는 공작부인에게 입맞춤한 후 말했다.

"대고모님, 그럼 변장하고 그이 집으로 가는 건 괜찮은 거죠?"

"물론이다. 언제든 절대 그런 일이 없었노라 잡아떼면 되거든." 노부인이 말했다.

대공비가 한 설교 중 공작부인이 확실하게 아로새긴 가르침은 그것뿐이었다. 쇼브리 대공비가 마차 구석에 자리를 잡자, 랑제 공작부인은 상냥하게 인사했다. 그러고는 기쁜 마음으로 방으로 돌아왔다.

"내가 직접 간다면 그이의 마음을 사로잡을 거야. 대고모님 말씀이 맞아. 예쁜 여자가 기꺼이 몸을 던지는데, 거절할 남자는 없어."

그날 저녁, 베리 공작부인이 주최하는 모임에서 나바랭 공작, 파미에 주교 대리, 마르세 씨, 그랑리외 공작, 모프리뇌즈 공작 등은 항간에 떠도는 랑제 공작부인을 비방하는 소문을 일축하는 데 성공했다. 몇몇 장교와 여러 사람들이 아침나절 튈르리 공원에서 몽리보가 산책하는 모습을 보았다고 증언해주었기 때문에 이 소문은 순전히 우연이 빚어낸 어처구니없는 헛소문이었던 것으로 일단락되었다. 우연은 모든 것을 다 수용하는 법이니 말이다. 그리하여 그다음날에는 그녀의 마차가 여전히 몽리보의 집 앞에 머물러 있었음에도, 공작부인의 명성은 산초 판사가 깨끗이 닦은 맘브리노의 투구*처럼 오점 하나 없이 깨끗해졌다. 다만, 오후 두시쯤 불로뉴 숲의 한적한 길에서 롱크롤 후작은 몽리보의 옆을 지나면서 웃음 띤 얼굴로 말했다. "자네의 공작부인은 안녕하시더군!" 그러고는 타고 있던 암말에게 의미심장한 채찍질을 하면서 다음과 같이 덧붙였다. "여전히, 그리고 앞으로도 영원히." 말은 총알처럼 달려나갔다.

쓸데없는 한바탕 소란이 있은 지 이틀 후, 랑제 공작부인은 몽리보에게 편지를 썼다. 그러나 앞서 보낸 편지들과 마찬가지로 그녀는 답장을 받지 못했다. 이번에는 조심스럽게 아르망의 하인인 오귀스트를 매수했다. 그래서 밤 여덟시에 그녀는 아르망의 방으로 안내되었다. 그곳은 그들 사이에 있었던 비밀스러운 사건의 무대였던 방과는 완전히 다

---

* 맘브리노는 무어의 왕으로, 그의 투구는 마법의 힘을 가진 것으로 알려졌다. 『돈키호테』 21장에는 주인공이 이발사가 사용하는 놋대야를 맘브리노의 투구로 착각하는 구절이 있다.

른 곳이었다. 공작부인은 장군이 귀가하지 않으리라는 것을 알아챘다. 다른 거처가 있는 것일까? 하인은 대답하려 하지 않았다. 공작부인이 돈으로 그 방 열쇠를 샀다고 해서, 그의 충성심까지 산 것은 아니었던 것이다. 혼자 남게 된 공작부인은 조그만 낡은 원탁 위에 놓인 열네 통의 편지를 보았다. 편지들은 구겨지지 않았을 뿐 아니라 겉봉이 뜯겨 있지도 않았다. 그는 편지를 하나도 읽지 않았던 것이다. 그것을 본 공작부인은 소파 위에 쓰러져 얼마 동안 의식을 잃고 말았다. 정신이 들자 부인은 코에다 식초를 갖다 대고 있는 오귀스트를 발견했다.

"마차를 불러주세요, 어서요." 공작부인이 말했다.

마차가 도착하자, 그녀는 미친듯이 빠른 속도로 뛰어내려갔다. 집으로 돌아온 그녀는 침대에 드러누워 문을 걸어 잠그고 아무도 들어오지 못하게 했다. 그녀는 스물네 시간 동안 자리에 드러누운 채 시중드는 하녀 외에는 아무도 곁에 오지 못하게 했다. 하녀는 부인에게 따뜻한 오렌지 잎차를 몇 잔 가져갔을 뿐이었다. 쉬제트는 주인마님이 신음하는 소리를 몇 번 들었고, 거무스레한 그늘이 진 그러나 반짝이는 눈에서 눈물이 흐르는 것을 보았다. 그다음날, 절망에 빠져 눈물을 흘리면서도 그녀는 곰곰이 생각한 끝에 어떤 결정을 내렸다. 그러고는 재산관리인을 불러 이야기를 나누었다. 아마도 그에게 무슨 일인가에 대한 준비를 의뢰하는 것 같았다. 그러고 난 후 부인은 파미에 주교 대리를 부르러 사람을 보냈다. 몰타기사단의 기사를 기다리는 동안 그녀는 몽리보에게 편지를 썼다. 주교 대리는 그녀를 기다리게 하지 않았다. 그는 공작부인의 창백한 얼굴을 보면서 그녀가 매우 낙심해 있음을, 그러나 모든 것을 체념한 상태라는 것을 알아챘다. 오후 두시경의 일이었다.

이 고귀한 피조물이 고통으로 인해 초췌해진 그때처럼 시적인 적은 일찍이 한 번도 없었다.

"주교 대리님." 부인은 그에게 말했다. "주교 대리님 연세가 여든이라는 점 때문에 이렇게 믿고 만나뵙고자 했어요. 오! 제발 불행과 싸우고 있는 이 불쌍한 여자를 비웃지 말아주세요. 주교 대리님은 친절하신 분이고 인기도 많았다지요. 젊었을 때는 연애도 많이 하셨다니 여자들에게 관대하셨겠지요. 그렇게 믿고 싶어요."

"아니, 조금도." 그는 말했다.

"정말이세요?"

"여자들은 무슨 일에나 즐거워하지." 그가 대답했다.

"그렇군요. 하지만 주교 대리님은 우리 가문의 중심 인물이시잖아요. 그리고 아마도 제가 마지막으로 만나 손을 잡는 친구이자 친척이 되실 거예요. 그러니 중요한 역할을 해주십사 이렇게 부탁드려요. 주교 대리님, 제 부탁을 들어주세요. 이것은 아버지한테도, 시숙부인 그랑리외 공작님한테도, 다른 그 어떤 여자분한테도 부탁드릴 수 없는 일이에요. 저를 이해해주시리라 믿어요. 제 부탁을 꼭 들어주세요. 그리고 그 결과가 어떻든 간에 제 부탁을 들어주셨다는 사실조차 깨끗이 잊어주세요. 이 편지를 가지고 몽리보 씨 댁으로 가서 그이를 만나 이 편지를 전해주세요. 그리고 그이한테 이 편지를 읽을 마음이 있는지 물어봐주세요. 남자들끼리는 그런 종류의 질문도 할 수 있을 거예요. 여자들 앞에선 잊어버리고 마는 정직성이나 특별한 감정 같은 것들이 남자들 사이에는 존재하니까요. 하지만 남자들은 어떤 종류의 감정은 남에게 드러내고 싶어하지 않으니, 주교 대리님 앞에서 바로 편지를 읽지 않아도 되도록 배려해주세요. 그이의 결정을 돕기 위해 필요하다고 생각하시면, 이 편지에 제 생사가 달려 있다는 말을 하셔도 좋아요. 그이가 만일 이 편지를 읽어준다면……"

"읽어준다면, 이라니!" 그 말에 놀란 주교 대리가 말했다.

"그이가 만일 읽어준다면," 공작부인은 의연하게 말을 이었다. "마지막으로 한마디만 전해주세요. 오늘 저녁 다섯시에 그이는 집에서 식사를 할 예정이랍니다. 그 시간에 그이를 만나러 가주세요. 그리고 답장 대신 저를 만나러 와달라고 전해주세요. 만일 세 시간이 지난 후, 그러니까 여덟시에 그이가 집에서 나오지 않는다면 그것이 그이의 답이겠죠. 그러면 랑제 공작부인은 이 세상에서 영원히 사라질 겁니다. 죽지는 않을 거예요, 주교 대리님, 하지만 인간의 힘으로는 절대로 이 땅에서 저를 찾아낼 수 없을 겁니다. 저녁식사하러 저희 집으로 와주세요. 제 마지막 고통을 지켜보는 친구가 적어도 한 명은 있어야 하지 않겠어요. 그래요, 오늘 저녁이면 제 인생은 결정되는 겁니다. 결과가 어떻든 그 삶은 잔인하고도 격렬할 수밖에 없어요. 자, 이제 아무 말도 하지 마세요. 충고든 의견이든 그런 말은 아무것도 듣고 싶지 않으니까요. 우리 즐겁게 웃으면서 이야기해요." 공작부인은 그렇게 말하면서 손을 내밀었다. 주교 대리는 그 손에 입을 맞추었다. "우리 두 사람은 인생을 달관하고 죽음의 순간까지 인생을 즐길 줄 아는 철학자 노인이 되는 거예요. 예쁘게 화장을 하고 주교 대리님을 위해 애교도 부리겠어요. 아마도 주교 대리님이 마지막으로 랑제 공작부인을 본 남자가 될 거예요."

주교 대리는 아무 말도 하지 않았다. 그는 인사를 한 후 편지를 들고 임무를 수행하러 갔다. 그는 다섯시에 다시 왔다. 공작부인은 정성스레 치장을 하고 아름다운 모습으로 그를 기다리고 있었다. 거실은 마치 축제일처럼 꽃으로 장식되어 있었고, 음식은 훌륭했다. 노인을 위해 공작부인은 재치를 한껏 발휘했고, 그 어느 때보다 매력적으로 보였다. 처음에 주교 대리는 이 모든 준비가 젊은 여인의 장난이라고 믿고 싶었다. 그러나 부인이 억지로 펼치는 매혹의 마력은 종종 빛을 잃었다. 어떤 때는 갑자기 두려움에 사로잡혀 몸을 부르르 떨기도 했고, 또 어떤 때는 침묵에 귀를 기울이는 것처럼 보이기도 했다. 그럴 때면 주교 대리는 "왜 그러나?" 하고 물었지만, 부인은 "쉿!" 하고 답할 뿐이었다.

일곱시가 되자 공작부인은 노인을 혼자 놔두고 잠깐 나갔다가 곧바로 돌아왔다. 그러나 그녀는 여행을 떠나는 하녀의 복장을 하고 있었다. 부인은 주교 대리에게 자신과 같이 가주기를 바라면서 팔을 빌려달라 하고는 빌린 마차에 올라탔다. 두 사람은 여덟시 십오 분 전쯤, 몽리보 저택의 문 앞에 도착했다.

바로 그 시간에 아르망은 다음과 같은 편지를 읽으면서 생각에 잠겨 있었다.

그대여, 저는 당신이 모르는 사이에 잠시 당신 방에서 얼마 동안 시간을 보냈습니다. 그곳에 있던 제 편지를 모두 가져갑니다. 오! 아르망, 당신이 제게 그렇게 무관심하실 수는 없습니다. 증오는 무관심으로 변하지 않아요. 저를 사랑하신다면, 제발 이 잔인한 놀이를 멈춰주세요. 당신으로 인해 저는 죽고 말 거예요. 훗날, 당신이 얼마나 사랑받았는지 아시게 된다면 후회와 절망 속에서 괴로워하시겠지요. 불행하게도 저는 당신의 마음을 잘 이해했는데 당신은 제게 반감만 품고 계시는군요. 그리고 그 반감에는 경멸과 혐오가 담겨 있으니 제겐 아무런 희망도 남아 있지 않습니다. 남자들은 일단 이 두 감정을 품게 되면 절대 그 감정을 지우지 못하는 법입니다. 그런 생각은 비록 끔찍하긴 해도, 제가 보낼 긴 고통의 순간에 오히려 위안을 줄 겁니다. 앞으로도 당신은 후회하지 않을 테니까요. 후회! 아, 아르망, 당신이 후회하지 않기를! 그래도 만일 저로 인해 당신에게 조금이라도 후회하는 마음이 생긴다면?…… 아니요. 당신이 후회하신다면 제가 얼마나 고통스러워할지 말씀드리고 싶지 않아요. 앞으로 살아가는 동안 더이상 당신의 여자가 될 수는 없겠지요. 온 마음을 당신께 다 드린 지금 다른 그 누구에게 저를 바칠 수 있겠어요?…… 하느님밖에 없어요. 그래요, 한순간이나마 당신이 사랑했던 두 눈은 이제 더이상 그 어떤 남자의 얼굴도 볼 수 없을 겁니다. 하느님의 영광이 제 두 눈을 감겨줄 수 있기를! 당신의 목소리를 들었던 저는 이제 더이상 다른 사람의 목소리를 듣지 않을 것입니다. 부드럽기만 했던 당신의 목소리가 어제는 정말 무서웠어요. 당신의 복수가 항상 어제의 일처럼 느껴지니, 당신의 목소리는 언제나 어제의 목소리입니다. 저는 하느님의 말씀을 들으면서 소멸되기를 소망합니다. 당신의 분노와 하느님의 분노 사이에서 저는 눈물을 흘리며 하느님께 기도할 뿐입니다. 어쩌면 당신은 왜 제가 이런 편지를 쓰는지 의아해하실지도 모릅니다. 행복했던 삶을 영원히 떠나면서도 여전히 희망의 끈을 놓지 못하고 행복했던 삶에 대해 탄식하는 저를 나무라지 말아주세요. 저는 지금 끔찍한 상황에 처해 있습니다. 이 위대한 결정이 저의 영혼에 평온을 부여했음에도, 으르렁거리며 울부짖는 폭풍우 소리가 여전히 제 귓전에서 울리는 것을 느낍니다. 저로 하여금 그토록 당신에게 끌리게 만들었던 당신의 그 무서운 모험에서, 아르망, 당신은 좋은 안내자의 인도를 받아 사막에서 오아시스로 가셨지요. 하지만 저는 오아시스에서 사막으로 갑니다. 저를 그 길로 인도한 당신은 무자비한 안내자지요. 그럼에도, 그대여, 오직 당신만이 제가 마지막으로 행복에 던지는 시선의 처연함을 이해할 수 있으며, 제가 얼굴을 붉히지 않고 푸념을 늘어놓을 수 있는 사람 역시 당신밖에 없습니다. 만일 당신이 제 소원을 들어주신다면 저는 더없이 행복할 것입니다. 하지만 만일 당신이 제게 무정하게 구신다면, 제 죄에 대한 대가를 치르고 벌을 받을 것입니다. 사랑하는 남자의 기억 속에, 수많은 고귀한 감정이 가득 담긴 그 기억 속에 남아 있고 싶은 것은 여자들에게 당연한 소망이 아닐까요? 오! 제게 하나밖에 없는 소중한 분이여! 당신의 여자가 훌륭한 여인이었다고 생각해주시리라 믿으면서 세상을 등지고 은둔하게 해주세요. 당신의 가혹한 행동은 저로 하여금 많은 생각을 하게 했습니다. 사실 당신을 사랑하게 되고부터는, 당신이 생각하시는 것만큼 죄의식을 느끼지 않았답니다. 그러니 제 변명을 들어주세요. 당신에게 이 말은 꼭 해야 합니다. 제게 이 세상 전부인 당신, 최소한 잠깐 동안이라도 제 말을 들어주세요.

제가 겪은 고통을 통해, 제 변덕스러운 행동 때문에 당신이 얼마나 고통받았을지 이해하게 되었습니다. 하지만 그 당시 저는 사랑에 대해 아무것도 몰랐어요. 당신은 참을 수 없는 그 고통의 비밀을 알고 계시지요. 그리고 제게 그 고통을 가르쳐주셨지요. 당신은 여덟 달 동안 마음을 다해 구애하셨지만 제가 당신을 사랑하게 만들지는 못하셨어요. 왜냐고요? 제가 지금 왜 당신을 사랑하는지 설명할 수 없는 것처럼 그때 제가 왜 그랬는지 모르겠어요. 아! 물론 당신이 오직 저만을 위해 열정적인 말들을 쏟아내고, 저에게만 불같은 시선을 보내는 데 우쭐해졌던 것은 사실입니다. 하지만 그렇다고 해도 저는 당신에게 냉정했고 당신에 대한 욕망이 생겨나지도 않았습니다. 그래요, 저는 여자가 아니었어요. 여자의 헌신도 여자의 행복도 저는 몰랐던 겁니다. 누구의 죄일까요? 마음이 이끌리지 않는데도 당신에게 몸을 맡겼다면 당신은 저를 경멸하지 않았을까요? 어쩌면 쾌락을 모르는 채 몸을 맡기는 것이 우리 여성들의 숭고함인지도 모르겠네요. 격렬하게 욕망하면서 익히 알고 있는 쾌락에 몸을 맡기는 것은 결코 칭찬받을 만한 것이 아니지 않나요? 아! 그대여, 당신의 환심을 사려고 애쓰면서도 변덕을 부릴 때 제 머리에 떠오른 생각은 바로 이런 것들이었습니다. 하지만 저는 이미 당신을 위대한 분이라고 생각했기에, 동정심 때문에 당신에게 저를 허락하는 건 실례가 되는 일이라고 생각했던 것인데…… 제가 지금 무슨 말을 하고 있는 건지요! 아! 당신 방에서 제 편지를 모두 찾아와, 지금 불속에 던지고 있습니다. 편지들이 활활 타고 있군요. 그 편지들이 얼마나 간절하게 사랑과 열정과 미칠 것 같은 마음을 고백하고 있는지 당신은 모르실 겁니다…… 더이상 아무 말도 하지 않겠어요. 아르망, 여기서 멈추렵니다. 제 감정에 대해 더이상 아무 말도 하고 싶지 않습니다. 제 소망이 마음에서 마음으로 전해지지 않았다면, 여자인 저 또한 이제는 연민에 의한 사랑을 기대할 수밖에 없겠지요. 저는 미칠 듯이 사랑받고 싶습니다. 하지만 그것이 아니라면 차라리 가차없이 버려지기를 바랍니다. 당신이 읽기를 거부하신다면 이 편지 역시 불태워질 것입니다. 만일 이 편지를 읽고 나서 세 시간이 지난 후에 당신이 제 영원한 반려가 되시지 않을지라도, 당신 손 안에 그 편지가 들어갔다는 사실에 대해 수치심을 느끼지는 않을 것입니다. 절망 속에서도 제 자존심은 모든 모욕으로부터 제 추억을 지켜줄 테니까요. 제 마지막 삶은 제 사랑에 걸맞은 것이 될 것입니다. 제가 어딘가에 살아 있다 할지라도 당신은 이제 더이상 이 세상에서 저를 만나실 수 없겠지만, 세 시간 후 오로지 당신에게 애정을 바치기 위해서만 숨이 붙어 있을 그 여자를 생각하면 전율하지 않을 수 없을 것입니다. 희망 없는 사랑 때문에 소진되어가는 여자, 함께 나눈 쾌락이 아니라 인정받지도 못한 감정에 충실한 여자를 말입니다. 라 발리에르 공작부인*은 잃어버린 행복과 사라져간 권력 때문에 눈물을 흘렸다지요. 하지만 랑제 공작부인은 행복한 눈물을 흘릴 것이며, 여전히 당신에게 영향력을 발휘할 것입니다. 그래요, 당신은 저를 그리워할 거예요. 저는 이 사교계에 어울리는 사람이 아닌 것 같아요. 그리고 그것을 깨닫게 해주신 당신에게 감사드려요. 영원한 이별을 고합니다. 당신은 결코 제 도끼에 손대지 않을 것입니다. 당신의 도끼가 사형집행인의 것이었다면 제 도끼는 하느님의 것입니다. 당신의 도끼는 사람을 죽이지만, 제 도끼는 사람을 구한답니다. 당신의 사랑은

---

* 루이 14세의 애첩으로 왕의 아이를 네 명 낳았으나, 왕의 사랑이 몽테스팡 부인에게 향하자 카르멜회 수도원에 들어가 여생을 마쳤다. (옮긴이)

영원한 것이 아닙니다. 그 사랑은 경멸도 조소도 견디지 못했습니다. 하지만 제 사랑은 절대 약해지지 않을뿐더러 모든 것을 감내합니다. 그 사랑은 영원히 죽지 않을 것입니다. 오! 스스로 그토록 위대하다고 생각하는 당신을 굴복시키고, 하느님의 발밑에 엎드려 하느님의 이름으로 남자들을 감시할 수 있는 권리와 힘을 가진 가냘픈 천사들의 고요한 미소로 당신에게 굴욕을 줄 수 있다고 생각하면 씁쓸한 기쁨이 느껴지기도 합니다. 당신은 일시적인 욕망을 느꼈을 뿐입니다. 하지만 이 불쌍한 수녀는 열렬한 기도로 끊임없이 당신에게 빛을 비출 것이고, 숭고한 사랑의 날개는 항상 당신을 지켜줄 것입니다. 당신이 어떤 답을 하실지 알 것 같아요, 아르망. 그러니 우리 다시 만날 것을 약속해요…… 천국에서 말입니다. 그대여, 그곳에는 강인한 사람도 나약한 사람도 다 들어갈 수 있답니다. 그들 모두 고통받는 자들이지요. 이러한 생각은 마지막 고난으로 흔들리는 제 마음을 진정시켜줍니다. 이제 저는 완전히 평온을 되찾았습니다. 너무도 평온해서 만일 이 세상을 떠나는 것이 당신을 위해서가 아니었다면, 이제 더이상 당신을 사랑하지 않을까봐 걱정이 될 정도랍니다.

앙투아네트

"주교 대리님." 몽리보의 집에 도착하자 공작부인이 말했다. "문지기에게 그 사람이 집에 있는지 물어봐주시겠어요?"

주교 대리는 18세기 남자들의 예법에 따라 부인에게 복종하면서 마차에서 내렸다. 그러고는 그렇다는 답을 가지고 돌아왔다. 그 말을 듣자 공작부인은 부르르 떨었다. 그녀는 주교 대리의 손을 꼭 잡고 그가 자신의 양볼에 입맞추도록 했다. 그런 후, 공작부인은 그에게 절대 그녀를 따라오지도, 보호하려 하지도 말고 그곳을 떠나달라고 부탁했다.

"하지만 지나가는 사람들이 볼 텐데?"

"아무도 제게 무례하게 굴지 않을 거예요."

그것이 사교계 여왕으로서의, 그리고 공작부인으로서의 마지막 말이었다. 주교 대리는 떠나갔다. 랑제 공작부인은 외투로 몸을 감싸고 그 집 문 입구에 서서 여덟시 종이 치기를 기다렸다. 종이 쳤다. 이 불쌍한 여인은 십 분, 아니 십오 분을 더 기다렸다. 마침내, 부인은 그가 이렇게 지체하는 것은 그녀에게 다시 한번 모욕을 주기 위해서라고 생각했다. 이제 믿음이 깨졌다. 부인의 입에서 "아아! 하느님"이라는 탄식이 절로 나왔다. 그리고 그녀는 이 비통한 장소를 떠났다. 그것이 카르멜회 수녀로서의 첫번째 말이었다.

몽리보는 몇몇 친구들과 회합을 가지고 있었다. 그는 회합을 빨리 끝내려고 친구들을 재촉했다. 하지만 시계가 늦게 가고 있었다. 그래서 그가 랑제 저택으로 가기 위해 서둘러 집을 나섰을 때, 공작부인은 이미 싸늘한 분노에 사로잡혀 마차도 타지 않은 채 걸어서 파리의 거리를 빠져나가고 있었다. 당페르 대로에 이르렀을 때 그녀의 눈에서 눈물이 흘렀다. 그녀는 그곳에서 마지막으로 파리를 바라보았다. 파리는 연기에 휩싸여 있었고, 소음으로 가득했으며, 햇빛을 받아 불그레하게 보이는 대기층으로 덮여 있었다. 부인은 광장에 있는 역마차에 올라타, 다시는 돌아오지 않을 이 도시를 떠났다. 랑제 저택에 도착한 몽리보 후작은, 부인이 집에 없는 것을 발견하자, 처음에는 자신이 희롱당하고 있다고 생각했다. 그래서 그는 주교 대리의 집으로 달려갔다. 노인은 아름다운 공작부인의 행복을 생각하면서 실내복으로 갈아입고 있던 참이었다. 그는 장군을 맞이했다. 몽리보는 남자고 여자고 할 것 없이 그 시선을 받는 사람은 전율을 느끼지 않을 수 없는 무시무시한 눈빛으로 주교 대리를 바라보았다.

"주교 대리님, 당신은 이 잔인한 장난의 공모자인가요?" 그는 소리쳤다. "랑제 공작부인 댁에서 오는 길입니다. 그런데 하인들은 그녀가 외출했다고 합니다."

"분명 당신 때문에 무슨 커다란 불행이 일어난 것 같소." 주교 대리가 말했다. "공작부인을 당신 집 앞에 내려주고 왔소만……"

"그게 몇시입니까?"

"여덟시 십오 분 전이오."

"안녕히 계십시오." 몽리보는 작별인사를 한 후 서둘러 집으로 돌아와, 문지기에게 저녁나절 문 앞에서 어떤 여인을 보지 않았는지 물었다.

"네, 주인님. 커다란 근심이 있는 것처럼 보이는 매우 아름다운 부인이었습니다. 아무 소리도 내지 않은 채 막달라 마리아처럼 하염없이 울기만 하더군요. 말뚝처럼 꼿꼿이 서서 말이지요. 마지막에 '아아! 하느님!' 하고 절규하면서 가버렸어요. 그 말에 저도 마누라도 가슴이 찢어지더군요. 그때 저희는 그곳에 있었는데, 그분은 저희가 있는지도 모르시는 것 같았어요."

이 몇 마디 말에 그토록 강인한 남자의 얼굴이 백지장처럼 하얘졌다. 그는 몇 마디를 적어 서둘러 그 쪽지를 롱크롤에게 보낸 후 집으로 들어갔다. 밤 열두시경이 되었을 때, 롱크롤 후작이 왔다.

"무슨 일인가, 친구?" 그는 장군을 보면서 물었다.

아르망은 그에게 공작부인의 편지를 건네면서 읽어보라고 했다.

"어떻게 된 건가?" 롱크롤이 물었다.

"여덟시에 그녀는 내 집 앞에 있었어. 그리고 여덟시 십오분에 사라져버렸다네. 그녀를 잃어버렸어. 그런데 나는 그녀를 사랑한다네! 아! 만일 내 목숨이 내 것이라면, 벌써 내 머리에 총을 쏴버렸을 걸세!"

"말도 안 되는 소리!" 롱크롤이 말했다. "진정하게. 공작부인이란 존재는 할미새처럼 그렇게 빨리 날아가버리지 않아. 한 시간에 12킬로미터 이상은 못 갈 걸세. 내일 우리는 24킬로미터를 가세나."

"그런데 놀랍네!" 그는 다시 말을 이었다. "랑제 공작부인은 보통 여자들과는 다르군. 내일 우리는 말을 타고 가세나. 경찰에 문의하면 내일 중으로 그녀가 어디로 갔는지 알게 될 걸세. 그 천사님에게는 날개가 달리지 않았으니, 마차를 타고 갔을 거 아닌가. 어디로 가는 중이건, 파리에 숨어 있건, 우리는 그녀를 찾아낼 걸세. 그녀를 쫓아가지 않고도 잡을 수 있는 전신기라는 것이 있지 않나? 자넨 곧 행복해질 걸세. 하지만, 친구, 자네가 잘못했구먼. 자네처럼 기운이 넘치는 자들은 많든 적든 그런 잘못을 저지르는 법이지. 그들은 남의 마음도 자기 마음처럼 생각하기 때문에, 인간관계의 끈을 잡아당길 때 언제 그 끈이 끊어질지 모른단 말이야. 아까 회합 때 왜 아무 말도 하지 않았나? 그랬다면 자네에게 '시간은 정확히 지키게'라고 말해주었을 텐데 말이야."

"자, 그럼 내일 만나세." 그는 아무 말도 하지 않는 몽리보의 손을 잡으면서 말했다. "잠을 좀 자두게. 그럴 수 있다면 말이네."

그러나 정치가와 군주와 대신과 은행가 들, 말하자면 인간의 권력으로 동원할 수 있는 모든 수단 방법을 다 동원해보았지만, 모두가 허사였다. 몽리보도 그의 친구들도 공작부인의 흔적을 찾을 수 없었다. 부인은 틀림없이 수도원에 은거하고 있을 터였다. 몽리보는 전 세계의 수도원을 모두 뒤지기로 결심했다. 남들에게 의뢰도 했다. 설령 도시 전체를 전멸시키는 한이 있더라도 그에게는 공작부인이 꼭 필요했다. 이 비범한 남자를 정당하게 평가하기 위해서는 그의 격렬한 열정이 매일 매일 한결같았으며 그렇게 오 년 동안이나 지속되었다는 사실을 언급해야 할 것이다. 1829년이 되어서야, 나바랭 공작은 아주 우연히 자신의 딸이 줄리아 호프우드 부인의 하녀 신분으로 스페인으로 갔으며, 카디스에서 그 부인과 헤어졌다는 사실을 알게 되었다. 줄리아 부인은 하녀인 카롤린 양이 파리 상류사회에 큰 파문을 일으켰던 실종 사건의 주인공인 그 유명한 공작부인일 줄은 꿈에도 몰랐던 것이다.

카르멜회 수도원의 철책을 사이에 두고 원장수녀 입회하에 만난 두 연인의 끓어오르는 감정을 이제 완전히 이해할 수 있으리라. 또한 두 사람의 마음에 되살아난 격렬한 감정은 아마도 이 이야기의 결말을 설명해주리라.

# 4
# 신께서 결말을 지어주시다

1823년 랑제 공작이 세상을 떠나자 공작부인은 자유의 몸이 되었다. 앙투아네트 드 나바랭으로 돌아간 부인은 사랑 때문에 몸이 쇠약해진 채 지중해 바위 위에서 살고 있었다. 하지만 교황은 테레즈 수녀의 서원을 취하할 수 있을 것이다. 그토록 큰 사랑의 희생을 치르고 얻은 행복이 두 연인을 위해 활짝 꽃피리라. 이런 생각을 하면서 몽리보는 카디스에서 마르세유로, 마르세유에서 파리로 날아왔다. 장군이 프랑스에 도착하고 몇 달이 지난 후, 무역선을 가장한 범선 하나가 전쟁을 위한 무장을 하고 마르세유항을 출발해 스페인으로 향했다. 이 대형 선박은 대부분이 프랑스 사람인 몇몇 명사가 빌린 것으로, 그들은 동방의 아름다움에 매료되어 그 지역의 몇몇 고장을 방문하고자 항해를 시작한 것이었다. 그 지방 풍속에 해박한 몽리보는 그 사람들에게 소중한 동반자였기에 그들은 몽리보에게 같이 가달라고 부탁했고, 몽리보는 그 제안을 수락했다. 국방장관은 이 즐거운 외유에 나선 몽리보의 편의를 봐주기 위해 그를 사령관으로 임명한 후 포병대 소속으로 보냈다.

출발한 지 꼬박 하루가 지난 후 그 배는 스페인 해안이 바라다보이는 작은 섬의 북서쪽에 멈추었다. 가까이 있는 암초 때문에 그쪽으로는 절대 접근이 불가능해 보였지만, 그 범선은 아무 문제 없이 그 암초에서 2킬로미터 정도 되는 곳에 닻을 내릴 수 있었다. 그런 경우를 대비해서 일부러 밑바닥의 질이 좋고 돛대는 가벼운 범선으로 골랐던 것이다. 그곳에 있는 선박들이나 주민들은 정박중인 그 배를 보고 아무런 의심도 하지 않았다. 게다가 일단 정박하고 나서는 그 이유를 대기가 더욱 쉬웠다. 섬이 보이는 곳에 다다르기 전에 몽리보는 미국 국기를 게양하게 했다. 배의 일꾼으로 고용한 선원은 모두 미국인으로, 그들은 영어밖에 할 줄 몰랐다. 몽리보의 동료 중 하나가 그들을 모두 작은 배에 태워 조그만 마을의 여관으로 데려가 혀가 꼬부라지도록 진탕 술을 마시게 했다. 그러고 나서, 저 배에는 보물 찾는 사람들이 타고 있는데, 그들은 보물찾기에 혈안이 된 사람들로 미국에서는 익히 알려진 사람들이며, 그 나라의 어떤 작가*는 그들을 소재로 책을 쓰기도 했다고 떠들고 다녔다. 그리하여 이 배가 왜 암초 지대에 정박하고 있는지는 충분히 설명이 되었다. 자칭 부수부장副水夫長이라는 자는 선주들이나 여행객들이 1778년 멕시코에서 보물을 싣고 오다가 좌초된 갈리온선**의

* 이 작가는 필시 페니모어 쿠퍼일 것이다. 열여섯 살에 항해를 떠난 바 있는 그는 『해적』 등 세 편의 해양소설을 썼다.

** 아메리카에서 금·은을 스페인으로 나르던 대형 범선. (옮긴이)

잔해를 찾고 있다고 말하기도 했다. 여관 주인들이나 당국자들은 더이상 아무것도 물으려 하지 않았다.

아르망과 이 어려운 계획을 헌신적으로 도와주는 그의 친구들이 무엇보다 먼저 고려한 점은, 책략이나 힘을 써서는 이 작은 마을에서 테레즈 수녀를 데리고 나올 수도 납치할 수도 없다는 것이었다. 그래서 이 대담한 남자들은 뿔로 황소를 들이받는 것처럼 정면 돌파하기로 의견을 모았다. 그들은 도저히 접근할 수 없을 것 같은 장소에 수도원으로 통하는 길을 냄으로써, 카프리섬을 공략하는 데 성공했던 라마르크 장군*처럼 험악한 자연환경을 극복하고자 했다. 그런데 그 놀라운 원정에 참가했던 몽리보에게도, 깎아지른 화강암 바위들로 둘러싸인 이 섬에 접근하는 것은 카프리섬 점령 때보다 훨씬 어려워 보였다. 그뿐만 아니라 그곳의 수녀들은 허드슨 로 경**보다 더 무섭게 느껴졌다. 떠들썩한 소동을 벌이면서 공작부인을 납치하는 것은 그들 스스로 용납할 수 없는 수치였다. 그러느니 차라리 해적들처럼 마을 전체와 수도원 전체를 공격하여 그들의 승리를 목격한 자는 한 사람도 남겨두지 않는 편이 나으리라. 이 계획을 실행하기 위해서는 두 가지 방법밖에 없었다. 하나는 범행의 동기를 숨긴 채 불을 지르든가 무기를 사용하여 온 유럽을 불안에 떨게 하는 것이고, 다른 하나는 신비롭게 하늘에서 테레즈 수녀를 납치한 것처럼 하여 수녀들로 하여금 악마가 다녀갔다고 믿게 하는 것이다. 출발하기 전에 파리에서 열린 비밀회의에서는 두번째

* 나폴레옹 시절의 장군으로 1808년 영국군의 수중에 있던 카프리섬을 십이 일간의 포위 끝에 위험한 등반 공격을 통해 함락했다.

** 영국 장군이자 세인트헬레나섬의 총독으로 유배온 나폴레옹을 감시했다.

의견이 압도적 지지를 받았다. 이 계획을 성공시키기 위해 모든 준비를 마쳤다. 파리의 쾌락에 싫증난 그 남자들에게 이 모험은 여간 신나는 일이 아니었다.

말레이시아의 나룻배를 모델로 하여 마르세유에서 만든, 아주 가벼운 카누 덕분에 그들은 암초들 사이를 지나 더이상 전진할 수 없는 곳에서 멈출 수 있었다. 몇 자 간격으로 막대기들이 직각을 이루면서 받치는 두 개의 쇠밧줄이 평행을 이루면서 양쪽에 설치되었다. 그 밧줄들 위로는 역시 쇠줄로 만든 운반기들을 올려놓을 것이다. 이 두 개의 쇠밧줄은 중국에서처럼 바위와 바위를 잇는 일종의 다리 역할을 했다. 이렇게 하여 암초들은 쇠밧줄과 운반기 장치에 의해 서로 연결되었다. 그것은 거미들이 돌아다니며 나무에 둘러치는 거미줄과 아주 유사했다. 역사적으로 볼 때, 거미들이 본능적으로 만들어낸 이 작품을 처음으로 흉내낸 사람들은 모방의 대가인 중국인들이었다. 튼튼해 보이지 않았지만 그 쇠밧줄은 바다의 거센 파도에도 거친 풍랑에도 끄떡없었다. 이 밧줄은 셰르부르항을 설계했던 불멸의 엔지니어 고故 카생*의 연구에 기초하여 적당히 구부러지게 만들어졌기에, 파도가 아무리 거세게 몰아쳐도 파도의 힘을 그대로 받지 않았다. 구부러진 밧줄을 지나면서 성난 파도의 위력은 감소되어버리기 때문이다. 밧줄이 구부러지게 된 것은 인간이 관찰 능력으로 자연의 숨은 법칙을 간파한 후 도용했기 때문이다. 관찰 능력이야말로 인간이 가진 능력의 거의 전부라 할 수 있으리라.

---

* 조제프 마리 프랑수아 카생 남작. 나폴레옹 시대에 셰르부르항의 건설 책임을 맡았던 엔지니어. (옮긴이)

카누에는 몽리보의 동료들만 타고 있었다. 사람들의 눈길이 그들에게까지 미치지는 않을 터였다. 지나가는 선박의 선원들이 갑판 위로 올라가 그쪽을 향해 최고로 성능 좋은 망원경을 들이댄다 할지라도 암초 위에 걸린 쇠밧줄이나 바위 뒤에 숨은 남자들을 발견할 수는 없으리라. 열하루 동안 준비를 마친 이 악마 같은 열세 명의 사내는 바다 위로 오륙십 미터 뾰족하게 솟아 있는 갑岬 아래에 도착했다. 그러나 사람들이 그 암벽을 기어올라가는 것은 생쥐들이 아무 장식도 없이 매끌매끌한 도자기 항아리의 불룩한 부분을 기어오르는 것만큼이나 어려운 일이었다. 그러나 다행히도 화강암으로 된 바위의 평평한 면에 금이 가 있었다. 그로 인해 갈라진 틈이 곧게 나 있어, 그 안에 한 자 간격으로 나무로 만든 굵은 쐐기를 박을 수 있었다. 게다가 이 대담한 사나이들은 그 쐐기 안에 쇠로 만든 꺾쇠를 심었다. 미리 준비한 이 꺾쇠 끝에는 구멍이 뚫린 편편한 나뭇조각이 달려 있었는데, 그 나뭇조각 위에 굉장히 가벼운 전나무로 만든 발판을 고정시켰다. 이 발판은 갑과 같은 높이의 버팀대 구멍들에 끼우도록 되어 있었다. 버팀대는 모래사장에 있는 바위에 단단히 고정되어 있었다. 그들 중에는 뛰어난 수학자가 하나 있었는데, 그는 실행력이 우수한 동료들을 믿고, 아래위에서 단계적으로 계단을 설치하기에 적합한 각도를 계산했다. 그리하여 버팀대 한가운데 지점부터 계산된 각도에 따라 만들어진 구멍들에 끼운 위쪽 발판들이 부채꼴을 이루며 바위 꼭대기에 이르렀고, 아래쪽 발판들도 똑같이 반대 방향으로 부채꼴을 이루면서 펼쳐졌다. 믿기 어려울 정도로 가볍고 튼튼한 이 계단을 설치하는 데는 이십이 일이나 걸렸다. 하지만 그 자취를 영원히 없애버리기 위해서는 인 성분이 담긴 한 번의 라이터불,

하룻밤의 시간, 그리고 바다에서 밀려오는 파도면 충분했다. 따라서 비밀이 누설될 염려는 전혀 없었고, 수도원을 침입한 자들에 대한 그 어떤 조사도 불가능했다.

바위 꼭대기에는 편평한 공간이 있었고, 깎아지른 절벽이 사방으로 둘러쳐져 있었다. 정체불명의 사내 열세 명이 장루檣樓 위에서 망원경으로 미리 지형을 살핀 결과, 몇 군데 험한 지형이 있긴 하지만 어려움 없이 수도원 정원으로 진입할 수 있으리라 확신했다. 게다가 나무들이 우거져 있으니 그들에게 확실한 은신처를 제공해줄 수 있을 터였다. 수녀를 납치할 방법은 아마도 그곳에 도착한 후에 결정해야 할 것이다. 이토록 많은 노력을 기울였는데 사람들한테 들켜 계획이 수포로 돌아가는 일이 있어서는 절대 안 되기에, 그들은 하현달이 완전히 모습을 감출 때를 기다렸다.

몽리보는 외투를 뒤집어쓴 채, 바위 위에 누워 꼬박 이틀 밤을 지냈다. 아침저녁으로 들리는 성가는 그에게 이루 말할 수 없는 기쁨을 주었다. 그는 오르간 소리를 들으려고 수도원 담벼락까지 갔다. 그러고는 성가대원들의 목소리 중에서 단 하나의 목소리를 구별해내려고 애썼다. 하지만 주위의 정적에도 불구하고, 거리가 멀어 그의 귀에는 노랫소리가 어렴풋이 들려올 뿐이었다. 결점이라고는 없어 보이는 감미로운 화음이었다. 그 음악을 듣고 있노라니, 예술에 대한 순수한 생각이 영혼으로 전달되었다. 주의깊게 들을 필요도, 이해하려고 애쓸 필요도 없었다. 아르망에게는 참으로 끔찍한 추억이었다. 하지만 그 추억을 떠올리면서 바람결에 실려오는 음악을 듣고 있노라니 그의 사랑은 완전히 다시 피어났다. 공기 중에 울려퍼지는 음악을 통해 그는 행복을 찾고 싶었다. 마지막 밤을 지내고 난 다음날, 어떤 작은 방의 창문을 몇 시간이고 바라보다가, 동이 트기 전에 밑으로 내려왔다. 그 방에는 창살도 없었다. 이토록 멀리 떨어진 깊은 바닷가에 창살이 무슨 필요가 있겠는가. 방에는 밤새 등불이 켜져 있었다. 때에 따라 잘 들어맞기도 하고 영 틀리기도 하는 것이 본능이지만, 그때 몽리보의 마음속에서 들려오는 본능의 목소리가 그에게 소리치고 있었다. '그녀가 저기에 있다!'

"그녀는 분명 저기에 있다. 내일이면 내 여자가 될 것이다." 그는 천천히 울려퍼지는 종소리를 들으면서 기쁨에 겨워 혼자 중얼거렸다. 인간의 마음이란 얼마나 이상한 것인가! 그는 지금, 요정처럼 사랑스럽고 경쾌했던 스물네 살의 젊은 여자보다 사랑의 고통 때문에 시들어버리고, 눈물과 단식과 불면과 기도로 몸을 축내며 비탄에 잠겨 있는 스물아홉 살의 수녀에게 더욱더 열정적인 사랑을 느끼는 것이었다. 하지만 강인한 영혼을 지닌 사내라면 고귀한 불행이나 격렬한 마음의 동요로 인해 여인의 얼굴에 드리워진 숭고한 표정에 이끌리지 않을까? 몸은 연약하지만 감정은 풍부한 여인에게 언제까지고 위안과 친절을 베풀 수 있는 보석 같은 마음을 지닌 남자에게, 고통받는 여인의 아름다움은 그 어떤 아름다움보다 매력적이지 않을까? 상큼하고 풋풋하고 생기 있는 단순한 아름다움, 한마디로 말해 예쁜 것은 시시한 사내들이나 좋아하는 평범한 매력이다. 몽리보는 분명 고통이 만든 주름살과 우수에 젖어 여윈 몸에서 사랑이 피어나는 여인, 그런 여인의 얼굴을 사랑할 줄 아는 남자였다. 격렬한 욕망에 사로잡힌 연인은 그런 여인에게서 가슴을 뛰게 하는 완전히 새롭고 젊은 여인의 모습을 끄집어낸다. 그에게는 아름답게 보일지라도 세상 사람들의 눈에는 망가진 것으로 보이는 겉모습을 그녀는 오직 그만을 위해 벗어버리는 것이 아닐까? 이렇듯 그는 두 여인을 소유한 것이 아닐까? 한 여인은 다른 사람들에게는 창백하고 생기 없고 슬퍼 보이는 여인이요, 다른 여인은 아무도 그 진정한 가치를 모르는 뜨거운 심장을 가진 여인, 감정으로 인생을 이해하는 천사, 오직 숭고한 사랑을 위해서만 광채에 휩싸여 나타나는 여인이다. 그 자리를 떠나기 전에 장군은 그 골방에서 가느다랗게 새어나오는 조화로운 음을 들었다. 다정하기 이를 데 없는 감미로운 목소리였다. 친구들이 기다리는 바위 밑으로 돌아온 그는 몇 마디 말로 이제까지 살아오면서 이토록 희열에 사로잡혀본 적이 없었노라 고백했다. 그가 자신의 속마음을 드러내지 않으려 애썼음에도 그의 말 속에는 주위 사람들에게 전해지지 않을 수 없는 열정이 깃들어 있었다. 인간은 이러한 열정에 대한 숭고한 표현을 존경하는 법이다.

다음날 밤, 열한 명의 헌신적인 동료는 어둠 속에서 바위 위로 기어올라갔다. 그들은 각자 단도 한 자루와 비상식품인 초콜릿, 그리고 도둑들에게 필요한 일체의 도구를 구비하고 있었다. 수도원을 둘러싼 성벽에 도착한 그들은 준비한 사다리를 타고 성벽을 넘어 수도원 묘지로 들어갔다. 몽리보는 지난번 면회실에 갈 때 지났던 아치형의 긴 회랑과 그 면회실의 창문들을 기억했다. 그는 곧바로 계획을 세웠고 동료들은 그 계획을 채택했다. 그들은 수녀들의 방을 비추는 빛이 들어오는 면회실 창문을 통해 안으로 들어갈 것이다. 안으로 들어간 후, 복도를 지나 각 방에 수녀들의 이름이 붙어 있나 확인하고, 테레즈 수녀의 방으로 들어가 자고 있는 수녀를 발견하면, 그녀의 입을 틀어막은 후 끈으로 묶어 납치할 것이다. 계획에 포함된 이 모든 절차를 이행하는 것은 도형수의 대담성과 교활함을 갖추고 있는데다 사교계 사람 특유의 지식까지 겸비한 사내들에게는 어려울 것이 없었다. 그들에게는 비밀 유지를 위해 단도로 사람을 찌르는 것 정도는 아무것도 아니었다.

두 시간 만에 창문에 달려 있는 쇠창살이 잘렸다. 그들 중 세 명은 밖에서 망을 보았고, 두 명은 면회실에 남았다. 나머지 사람들은 신발을 벗고 열주 회랑 양쪽에 일정 거리를 두고 서 있었다. 몽리보는 열주 회랑 안으로 들어가 동료 중 가장 능수능란하고 나이도 젊은 앙리 드 마르세 뒤에 숨었다. 그는 용의주도하게 그 수도원의 수녀복과 똑같은 카르멜회 수녀복을 입고 있었다. 가짜 수녀와 몽리보가 수녀들의 기숙사에 이르렀을 때 괘종시계가 세시를 쳤다. 그들은 곧 방들의 상황을 파악했다. 아무런 소리도 들리지 않는 것을 확인한 후, 그들은 빛이 새지 않는 각등에 의지해 방문 앞에 쓰여 있는 이름들을 읽어나갔다. 다행히도 각 방문 앞에는 이름이 쓰여 있었고, 이름 옆에는 신비로운 금언과 더불어 성인이나 성녀의 초상화가 붙어 있었다. 수녀들은 각자 자신의 새로운 삶에서 부여받은 역할을 금언 형식으로 새겨넣었으며, 거기에 자신의 마지막 생각들을 드러내고 있었다. 테레즈 수녀의 방문 앞에 이른 몽리보는 '성 테레사님의 가호 아래!'라고 새겨진 글을 읽었다. 그곳에는 '영원히 경배할지어다!'라는 금언도 새겨져 있었다. 갑자기 동료 하나가 그의 어깨에 손을 얹고는 문틈 사이로 새어나와 복도 바닥에 깔린 돌들을 비추고 있는 강한 불빛을 가리켰다. 바로 그때 롱크롤이 그들에게로 달려왔다.

"수녀들이 모두 교회에 모여 장례미사를 시작하려 하고 있어." 그가 말했다.

"나는 여기 남을 테니, 자네들은 면회실로 돌아가게. 가면서 이 복도의 문은 닫아주게나." 몽리보가 대답했다.

베일을 벗어버린 가짜 수녀를 앞세우고 그는 서둘러 방으로 들어갔다. 방 입구에 있는 부속실에서 그들은 이미 시체로 변한 랑제 공작부인을 보았다. 두 개의 촛불이 침대 위에 누인 그녀를 비추고 있었다. 몽리보도 마르세도 아무 말도 할 수 없었고 아무 소리도 지를 수 없었다. 그들은 서로 마주볼 뿐이었다. 그러고 나서 장군은 '이 여자를 데려가자'라는 의미가 담긴 몸짓을 했다.

"도망쳐!" 롱크롤이 외쳤다. "수녀들의 행렬이 오고 있어. 이러다간 들키고 말 거야."

그녀를 데려가야 한다는 욕망이 너무도 강렬했기에 그들은 놀라우리만큼 빠르게 움직였다. 수녀의 유해는 면회실로 운반된 후 창문을 통해 실려 나왔다. 그리하여 원장수녀가 수녀들을 거느리고 테레즈 수녀의 유해를 가지러 왔을 때는 이미 그녀의 몸이 담벼락 밑으로 운반되고 난 후였다. 유해를 지키는 임무를 맡았던 수녀는 경솔하게도 죽은 수녀의 비밀을 캐고자 방안을 뒤지는 데 열중한 나머지 아무 소리도 듣지 못했던 것이다. 그러고는 시체가 없어진 것을 발견하자 겁에 질려 그곳을 나와버렸다. 아연실색한 수녀들이 사건의 경위를 조사할 생각조차 못하고 있을 때, 공작부인은 쇠밧줄에 의해 바위 밑으로 내려졌고 몽리보의 동료들은 자신들의 흔적을 모두 없애버렸다. 오전 아홉시가 되었을 때는, 더이상 계단도 쇠밧줄로 만든 다리도 남아 있지 않았다. 테레즈 수녀의 유해는 뱃전에 안치되어 있었다. 범선은 항구에 가서 선원들을 태운 후 그날로 모습을 감추었다. 몽리보는 앙투아네트 드 나바랭의 시신을 앞에 두고 홀로 선실에 머물러 있었다. 그녀의 얼굴은 그를 위해 숭고한 아름다움을 발산하면서 몇 시간 동안 사랑스럽게 빛나고 있었다. 죽고 나면 인간의 유해에서는 특유의 평온함이 느껴지며, 그 평온함은 숭고한 아름다움을 부여하지 않는가.

"그런데 말일세." 롱크롤은 몽리보가 갑판 위에 모습을 나타내자 말했다. "전에는 여자였지만, 이제는 아무것도 아니네. 양쪽 다리에 쇠공을 달아 바다에 던져버리세. 그리고 다 잊어버리게나. 어릴 적 읽은 책을 더이상 생각하지 않는 것처럼 말일세."

"그래." 몽리보가 말했다. "이제는 한 편의 시에 불과하니까."

"자네 아주 현명해졌군. 앞으로 얼마든지 정열을 불태우게나. 하지만 사랑을 할 때는, 그 사랑을 어떤 자리에 놓느냐를 잘 알아야 하네. 남자의 첫사랑을 만족시키는 것은 여자의 마지막 사랑뿐이라네."

1834년 1월 26일,* 제네바의 프레 레베크에서.

* 실제로 이 소설을 마친 것은 두 달 후다. 그러나 발자크는 카스트리 후작부인에게 복수하기 위해 의도적으로 한스카 부인과 육체적 결합을 한 '잊을 수 없는 그날'의 날짜를 표기했다.

# 「도끼에 손대지 마시오」(「랑제 공작부인」) 첫 판본의 후기

1834년

'13인당 이야기'의 두 일화에서 보듯이, 13인의 권력은 죽음과 신이라는, 본질적으로 영원히 인간의 의지에 반하는 난관 외에는 그 어떤 장애물과도 마주한 적이 없었다. 본의 아니게 흥미로운 인물들의 비밀을 털어놓았던 그 남자는 마지막으로 세번째 일화를 들려주겠노라 약속했다. 왜냐하면 지극히 파리적이라고 할 수 있는 「황금 눈의 여인」의 모험 이야기에서도 13인은 자신들의 권력이 무력화되고 복수가 실패하는 것을 경험했기 때문이다. 게다가 이번 경우, 마지막에 그들이 마주한 것은 신도 죽음도 아닌 무서울 정도로 열정적인 사랑이었던바, 아무것도 두려워하지 않는 우리의 문학도 그 사랑 앞에서는 뒷걸음질칠 수밖에 없었다.

# 황금 눈의 여인

## 화가, 외젠 들라크루아에게*

* 이 헌사 역시 다른 두 일화의 헌사와 마찬가지로 1843년 퓌른판에 추가된 것이다. 발자크는 아마도 1824년부터 들라크루아를 알고 지냈을 것이다. 그는 화가에게 무한한 존경을 표했고, 화가는 발자크의 『루이 랑베르』에 찬사를 보냈다. 「황금 눈의 여인」을 쓰던 1834년 당시 살롱전에 〈방안에 있는 알제의 여인들〉이 출품되어 전시되었는데, 작가는 이 그림에 표현된 하렘 내부의 강렬한 색채와 열정이 담긴 정경에서 영감을 받았다.

# 1
# 파리의 인상학

파리의 가장 흉측한 광경 중 하나는 바로 파리 사람들의 모습이다. 보기에도 끔찍한 그들의 얼굴은 창백하면서도 누르죽죽하고 피부는 검게 그을렸다. 파리는 상충되는 이해관계가 폭풍우 치듯 몰아치면서 끊임없이 동요하는 거대한 들판이 아니던가? 그 폭풍우로 인해 수많은 사람들이 회오리바람처럼 요동친다. 파리에서는 그 어느 곳보다 많은 사람들이 죽어가지만, 동시에 더 많은 사람들이 태어나 인구밀도는 점점 높아진다. 뒤틀리고 비뚤어진 파리 사람들의 얼굴은 그들의 마음, 욕망, 그리고 머릿속에 들어 있는 위험한 생각까지도 속속들이 다 드러낸다. 하지만 그것은 진짜 얼굴이 아니라 가면이다. 나약한 척하는 가면, 강한 척하는 가면, 가난한 척하는 가면, 기쁜 척하는 가면, 위선의 가면이다. 그 가면들은 모두 지쳐 있지만, 거기에는 마음을 졸이며 갈망하는 기색이 역력하다. 그들은 무엇을 원하는가? 황금인가? 아니면 쾌락인가?

파리의 영혼을 관찰해보면 파리 사람들의 외모가 왜 그렇게 시체처럼 음산한지 이해하게 된다. 그들에게는 두 가지 나이, 즉 젊음과 노쇠밖에 없다. 핏기 없는 창백한 젊음이거나 젊게 보이고 싶어 분칠한 노쇠, 그 둘 중 하나다. 무덤에서 파헤쳐진 시체 같은 이 사람들을 보면서, 별생각 없는 이방인들이 처음 받는 인상은 거대한 쾌락의 작업장인 이 도시가 혐오스럽다는 것이다. 하지만 일단 발을 들여놓게 되면 그들 역시 이 도시에서 빠져나가지 못한 채, 이곳에 머물면서 기꺼이 자신을 타락시킨다. 파리 사람들의 얼굴에 드리워진 지옥의 기운을 생리학적으로 증명하기 위해서는 많은 말이 필요 없다. 사람들이 단순히 농담삼아 파리를 지옥이라 불렀던 것은 아니다. 그 말은 사실이었다. 파리에서는 모든 것이 연기를 피우고, 불타오르고, 반짝거리고, 흥분하고, 이글거리는 강력한 빛을 내며, 증발해버리고, 꺼졌다가는 다시 불이 붙어 번뜩이며 탁탁 튀다가, 결국 완전히 타버린다. 그 어떤 나라의 삶도 그토록 격렬하지도, 혹독하지도 않으리라. 늘 바쁘게 움직이는 사회적 존재인 파리 사람들은 한 가지 일을 끝내고 나면 '또다른 일'을 외치며 달려가는 것처럼 보인다. 자연법칙을 따르는 모든 존재가 그리하듯이 말이다. 자연처럼 이 사회적 존재는 곤충, 하루만 피는 꽃, 하찮은 것, 하루살이 등을 잘 돌보다가도, 영원한 분화구에 있는 불과 화염을 던져버리기도 한다. 지적이고 활동적인 이 국가에 속한 각 집단이 그 특유의 용모를 지니게 된 원인을 분석하기에 앞서, 아마도 개개인의 얼굴을 퇴색시키고, 창백하게 만들고, 파랗게 질리게 만든 일반적 원인을 언급해야 하리라.

파리 사람들은 모든 것에 관심을 기울인 나머지 종국에는 아무것에도 관심이 없게 된다. 사람들과 부대끼느라 지쳐버린 얼굴에는 아무 감정도 드러나지 않는다. 닳고 닳은 그 얼굴은 온갖 먼지와 연기를 뒤집어쓴 건물의 회반죽처럼 칙칙하다. 실제로 어제는 아무 관심도 없던 것에 내일은 열광하는 파리 사람들은 나이가 얼마든 모두 다 어린아이로 산다. 그들은 모든 것에 대해 투덜거리고, 모든 것에 대해 위안을 받고, 모든 것을 비웃고, 모든 것을 잊어버리고, 모든 것을 원하고, 모든 것을 맛보고, 모든 것을 열광적으로 차지하는가 하면, 아무 관심도 없다는 듯 모든 것을 다 팽개치기도 한다. 국왕도, 정복도, 영광도, 우상도. 그 우상이 청동으로 만들어졌든 유리로 만들어졌든 아무 상관 없다. 그들은 마치 스타킹이나 모자나 재산을 던져버리듯이 모든 것을 던져버린다. 이렇듯 파리에서는 물건을 내던지는 것을 아무렇지도 않게 생각하며, 그런 성향 때문에 파리 사람들에게는 정념이 들어설 자리가 없다. 파리에서 사랑은 욕망일 뿐이요, 증오심조차 그리 대단한 감정이 아니다. 파리에서 진정한 친척이라고는 천 프랑짜리 지폐뿐이며, 전당포 외에는 친구도 없다. 이처럼 대다수 사람이 취하는 될 대로 되라는 식의 태만적인 삶의 태도는 그 나름의 결과를 낳는다. 그리하여 길거리에 아무나 돌아다니듯 파리의 살롱에서는 쓸데없는 사람도, 꼭 필요한 사람도, 절대적으로 해가 되는 사람도 없다. 그곳에는 재주 있는 사람과 정직한 사람이 있는가 하면 바보와 사기꾼도 있다. 파리에서는 모든 것이 허용된다. 통치하는 정부도, 단죄하는 단두대도, 종교도, 심지어 콜레라*조차도. 당신은 늘 이 세계에 어울리는 사람이며 여기서는 절대 좌절하지 않는다. 도덕적 풍속도 믿음도 감정도 없는 이곳을 지배하는 자는 누구인가? 그런데 이 모든 감정, 모든 믿음, 모든 미풍양속은 도대체 어디에서 오는 것이며 또 어디로 귀착되는 것일까? 황금과 쾌락이다. 황금과 쾌락이라는 두 단어를 빛으로 삼아라. 그러고 나서 회반죽을 바른 이 거대한 감옥, 더러운 시냇물이 흐르고 사람들이 우글거리는 이 꿀벌통 같은 도시를 두루 돌아다녀보라. 또한 이 도시를 흥분시키고 자극하고 선동하는, 불꽃처럼 이는 생각들을 따라가보라. 자, 우선 가진 것이라고는 아무것도 없는 세계를 살펴보라.

노동자, 프롤레타리아는 살기 위해 자신의 손과 발과 혀 그리고 등과 한쪽 팔이나 다섯 손가락을 움직여야 하는 사람들이기에 삶의 밑천인 몸을 아껴야 할 것이다. 그러나 그들은 힘에 부치도록 일하고, 아내에게는 기계처럼 일을 시키며, 아이들은 톱니바퀴의 부속품처럼 착취한다. 두번째 부류에 속하는 제조업자는 노동자들을 몰아붙이면서 선동한다. 더러운 손으로 돌림판에서 도자기를 돌린 후 그 도자기에 금박을 입히고, 옷을 만들기 위해 바느질을 하고, 쇠를 얇게 자르고, 목재를 얇게 깎고, 강철을 꼬고, 대마로 단단한 밧줄을 만들고, 청동에 윤을 내고, 크리스털을 꽃 줄 모양으로 장식하고, 조화를 만들고, 모직에 수를 놓고, 말을 조련하고, 군복의 장식줄을 꼬고, 동판을 자르고, 마차에 페인트를 칠하고, 느릅나무 가지를 동그랗게 다듬고, 면으로 된 천에 수증기를 뿜어 염색을 하거나 무늬를 새기고, 얇은 망사를 훈증 처리하고, 다이아몬드를 세공하고, 금속을 반들반들하게 윤내고, 대리석을 종

---

* 1832년 3월 파리에 발생했던 콜레라를 암시한다. 육 개월 동안 당시 파리 인구(팔십만 명)의 2.5퍼센트에 해당하는 만 팔천 명이 이 전염병으로 희생되었다.

이처럼 얇게 자르고, 조약돌을 다듬고, 제비꽃을 손질하고, 온갖 것들에 여러 색을 칠하기도 하고 흰색이나 검은색을 칠하기도 하는 노동자들을 말이다. 이 제조업자들은 파리라는 도시가 부추기는 욕망의 이름으로 혹은 투기라 불리는 괴물의 속삭임을 통해, 땀과 의지와 노력과 인내심으로 사는 사람들에게 엄청난 수입을 약속한다. 그리하여 이 유인원 노동자들은 밤샘을 하고, 괴로워하고, 투덜대기도 하고, 밥을 굶기도 하면서 부지런히 몸을 움직이며 일한다. 노동자들은 모두 그들을 매혹시키는 황금, 즉 돈을 벌기 위해 기진맥진해진다. 그러다가 미래에 대한 걱정은 잊어버린 채 쾌락을 갈망하면서, 화가들이 팔레트를 믿듯이 자신들의 팔만 믿고 월요일이면 그동안 번 돈을 모두 카바레에 갖다 바치기도 한다. 그날 하루 동안은 돈 많은 나리가 되는 즐거움에 빠진다. 타락의 장소인 술집들은 도시 외곽에 빙 둘러쳐져 일종의 띠를 이룬다. 그것은 마치 끊임없이 입었다 벗었다 하는 가장 추잡한 베누스의 허리띠와도 같으리라. 일할 때 과묵한 것만큼이나 쾌락 추구를 위해 맹렬히 달려드는 노동자들은 도박장에서처럼 그곳에서 매일매일 버는 일당을 다 날려버린다. 그리하여 닷새 동안 부지런히 움직이는 이 계층의 파리 사람들에게는 그 어떤 휴식도 허락되지 않는다. 끝없는 움직임은 노동자들을 뒤틀리게 하고, 뚱뚱해지거나 마르게 만들고, 창백해지게 하지만, 수많은 창조적 의지가 분출되게 만들기도 한다. 노동자들에게 휴식처럼 보이는 쾌락은 몸을 지치게 만드는 방탕이다. 그들의 피부는 거무칙칙해지고, 여기저기 부딪혀 검게 멍들고, 술에 취해 흐리멍덩해지고, 소화불량으로 안색은 누렇게 떠 있다. 그 쾌락은 이틀밖에 지속되지 않지만, 미래의 빵과 일주일 치 수프를 날려버리고, 아내의 옷과 아이의 배내옷을 모두 누더기로 만들어버린다. 모든 피조물에는 다 그 나름의 아름다움이 존재할 터, 아마 그들도 멋진 남자가 되기 위해 태어났을 것이다. 그러나 그들은 어릴 적부터 힘과 망치와 절단기와 방적공장의 지배하에 들어가, 일찍이 유황을 뒤집어쓴 흉한 처지가 된다. 못생기고 힘센 불카누스*는 못생기고 힘센 그 집단을 상징하리라. 기계에 대한 이해력은 숭고의 경지에 이르렀으며, 그들은 참을성 있게 기다릴 줄도 안다. 그러나 노동자들은 한 세기 중 하루, 무시무시한 존재가 되기도 한다. 화약처럼 불붙기 쉬운 그들은 브랜디에 취해 혁명의 불을 지를 준비가 되어 있다. 다시 말해 그들은 말 한마디에 벌컥 흥분할 수 있을 만큼 즉흥적이다. 그러나 그들을 흥분하게 하는 말은 언제나 황금과 쾌락을 의미하는 궤변에 불과하다. 적선해달라고 손을 내미는 사람, 정당한 임금을 달라고 손을 내미는 사람, 5프랑의 화대를 요구하며 손을 내미는 파리의 매춘부, 그러니까 좋은 방법으로든 나쁜 방법으로든 돈을 버는 사람들을 모두 다 합할 경우, 이 사람들은 약 삼십만 명에 이른다. 카바레가 없었다면, 매주 화요일마다 정부는 타도되지 않았을까? 다행히도, 화요일이면 그들의 몸은 마비되고, 쾌락에 대한 욕망도 가라앉는다. 수중에 한 푼도 남아 있지 않으니 다시 돈을 벌어야 한다는 생각에 마른 빵을 씹으며 일터로 돌아간다. 그들에게 이제 돈을 번다는 것은 습관이 되어버렸다. 하지만 그들에게는 그들 나름의 미덕이, 그들 나름의 완벽한 인간상이, 그들 나름의 나폴레옹만큼 위대한 이름

* 그리스신화의 헤파이스토스와 동일시되는 로마의 신. 유피테르와 유노 사이에서 태어난 맏아들로 절름발이에 못생긴 외모를 가졌다. 원래 활화산에서 분출하는 불의 신이었으며, 화산의 신, 대장장이의 신으로도 불린다. (옮긴이)

없는 영웅들이 존재한다. 그 영웅들은 그들의 힘을 가장 잘 보여주는 표본이 되는 인간들로 즐거움을 추구하기 위해서가 아니라 고통을 완화하기 위해 사유와 행동을 잘 결합시킴으로써 그 집단의 사회적 역량을 집약하는 존재들이다.

열심히 절약하는 한 노동자가 있다 치자. 어쩌다가 그는 한 가지만 생각했기에 미래만을 바라볼 수 있었다. 한 여자를 만났고, 아버지가 되었고, 몇 년 동안 허리띠를 졸라매며 절약한 끝에 조그만 잡화상을 열 생각을 하고 가게를 세냈다. 질병이나 타락이 그의 길을 막지 않아 그가 번창했다면, 바로 그것이 보통 노동자의 삶에 대한 스케치다.

그러니 우선, 파리에서 쉴새없이 움직이는 이 최고의 활동가에게 경의를 표하라. 그는 시간도 공간도 다 정복한 사내다. 그렇다, 질산칼륨과 기체로 구성된 이 피조물, 밤에도 부지런히 활동해 프랑스에 아이들을 낳아주고, 낮에는 국민에게 봉사하기 위해, 국민이 영광과 즐거움을 누릴 수 있도록 하기 위해 혼자서 여러 몫을 하는 이 피조물에게 경의를 표하라. 이 사내는 사랑스러운 아내를, 가정을, 〈입헌제〉 신문사를, 구청 사무실을, 국민군*을, 오페라단을, 하느님을 동시에 만족시켜야 하는 과제를 수행하고 있다. 하지만 그것은 오로지 〈입헌제〉와 사무실과 오페라단과 국민군과 아내와 신, 이 모든 것을 돈으로 환산하기 위해서다. 그러니 수많은 직함을 가진 이 나무랄 데 없는 사내에게 경의를 표할지어다. 그는 매일 아침 새벽 다섯시에 일어나, 새가 날아가듯 빠른

* 1827년에 없어졌다가 1830년 다시 생긴 국민군 제도는 7월 왕조 초기에 체제 유지의 중요한 수단이었다. 국민군은 군복과 무기를 구입할 수 있을 정도의 경제적 능력을 가진 납세자들로만 구성되어 있었기에 민중에게는 해당되지 않았다.

걸음으로 자기 집*과 몽마르트르 가 사이의 길들을 지나간다. 바람이 불든 천둥이 치든 비가 오든 눈이 오든 그는 〈입헌제〉 신문사에 있다. 신문 배포 책임을 맡은 그는 그곳에서 신문더미가 도착하기를 기다린다. 그는 이 정치적 양식을 게걸스럽게 받은 후 그것을 운반하고 배포한다. 아홉시에는 가정의 품으로 돌아가 아내에게 실없는 소리를 하고 진한 포옹을 한다. 커피 맛을 보고 아이들을 혼내기도 한다. 열시 십오분 전이면 구청**에 모습을 드러낸다. 그는 마치 앵무새가 나뭇가지에 앉듯이, 파리시의 돈으로 따뜻하게 난방이 된 사무실에서 안락의자에 앉아 네시까지 그 구역에 사는 모든 사람의 사망과 출생을 기록한다. 사망에 대해 눈물을 흘리거나 출생을 축하하며 미소 짓는 일은 없다. 그날 아침 〈입헌제〉의 정신이 그의 어깨를 거쳐갔듯이, 그 구역 사람들의 행복과 불행은 모두 그의 펜촉을 거쳐간다. 그에게 골치 아픈 일이란 없다. 그는 항상 앞만 보고 달려간다. 신문이 만들어준 애국심을 의심 없이 받아들이고, 누구의 말에도 반박하지 않으며, 다른 사람들과 똑같이 소리지르고 박수친다. 그리고 제비처럼 부지런히 산다. 구청 사무실에서 가까운 본당 교회에 중요한 미사가 있을 경우, 그는 하급 직원에게 자리를 양보하고 교회 보면대에 놓인 악보를 보면서 진혼곡을 부르기도 한다. 그 교회에서 가장 위엄 있는 목소리를 가진 덕분에 그는 일요일이나 경축일이면 교회의 자랑거리가 된다. 그는 열심히 입을

---

* 1830년 발자크가 샤를 필리퐁과 함께 창간한, 삽화가 들어간 잡지 『카리카튀르』에 등장하는 잡화상은 시테섬 안의 바리유리 가에 있었다. 현재 팔레 대로 자리다.

** 『카리카튀르』에는 어느 구청인지 명시되어 있다. 현재의 6구에 해당하는 당시 11구 구청이다. 1819년에서 1850년까지 가랑시에르 가의 수르데아크 저택에 자리하고 있었다.

비틀어대면서 큰 소리로 유쾌하게 아멘을 외친다. 그는 교회 성가대원인 것이다. 오후 네시, 공적인 임무에서 해방된 그는 쾌활함과 명랑함을 전파하기 위해 시테섬에서 가장 유명한 그의 가게에 나타난다. 그에게는 질투할 시간조차 없으니 행복한 사람은 그의 아내일지어다. 그는 감성적이라기보다는 활동적인 사람이다. 그리하여 그는 가게에 도착하자마자 생기발랄한 눈으로 많은 단골손님을 끌어모으는 계산대 아가씨들을 들들 볶는다. 그러고는 장신구, 여자들의 숄, 솜씨 좋은 여공들이 짠 모슬린 같은 상품들 사이에서 마냥 즐거워한다. 많은 경우, 저녁 먹으러 가기 전에 직접 손님을 상대하기도 한다. 신문의 한 페이지를 복사해주기도 하고 배달이 늦어진 물건을 직접 문지기에게 가져다주기도 한다. 이틀에 한 번은 반드시 저녁 여섯시에 오페라단에 가서 자신의 역할을 충실히 수행한다. 합창대 저음부에서 부동의 지위를 차지하고 있는 그는 오페라에서 군인도, 아랍인도, 죄수도, 야만인도, 농부도, 그림자도, 낙타의 발도, 사자도, 악마도, 정령도, 노예도, 백인이든 흑인이든 환관도 될 준비가 되어 있다. 기쁨과 고통과 연민과 놀라움을 표현하는 데 능숙하며, 소리지르고, 침묵하고, 사냥하고, 싸우는 연기도 잘하며, 로마나 이집트를 실감나게 표현하는 데도 정통하다.* 그러나 그는 마음속으로는 어디까지나 잡화상이다. 자정이 되면 그는 좋은 남편, 좋은 남자, 다정한 아빠로 돌아간다. 머릿속에는 아직도 오페라단 요정들의 환상적인 모습이 남아 있지만, 그는 부부의 침대로 미끄러져

* 당시 합창단원이나 성가대 단원을 종종 노동자 중에서 선발하기도 했다. 로마와 이집트를 언급한 것은 작가가 스폰티니의 〈베스타 여사제〉나 로시니의 〈이집트의 모세〉를 염두에 둔 것으로 보인다.

들어간다. 그러고는 세상에 존재하는 방탕과 탈리오니*의 통통하고 관능적인 다리에 대한 욕망을 아내와의 사랑으로 대신한다. 마침내 그는 잠이 든다. 일상에서 항상 서두르면서 바쁘게 살듯이 잠도 서둘러 잔다. 그러한 움직임이 인간을, 구체적인 공간을, 다양한 문명을 만드는 것이 아닐까? 그 남자는 모든 것을 집약하고 있다. 그는 역사이고 문학이고 정치이며, 정부이고 종교이고 군대이기도 하다. 그는 파리라는 도시가 그러하듯 휴식 없이 항상 걸어다니는 살아 있는 백과사전이요 기괴한 지도책이 아닐까? 늘 움직이는 그에게는 다리만이 존재한다. 그처럼 일에 치여 사는 사람은 그 누구도 단정한 용모를 유지할 수 없을 것이다. 충분한 연금이 보장된 몇몇 철학자들에 따르면, 마시는 브랜디의 양이 점점 늘어남에 따라 위가 다 망가져 서른 살에 이미 노인이 되어 죽는 노동자는 아마 잡화상보다 더 행복할 것이라 한다. 전자는 갑자기 죽고, 후자는 서서히 죽는다. 이 잡화상은 여덟 개의 생업수단을 통해, 어깨와 목청과 손을 통해, 아내와 가게를 통해, 여러 농지에서 수확을 거두어들이듯이, 아이들과 수천 프랑의 돈, 그리고 그 무엇보다 그의 마음을 즐겁게 하는 근면함이 주는 행복을 얻는다. 그는 재산과 아이들, 아니 그의 모든 것인 아이들을 통해 계급상승을 이루고자 한다. 그리하여 그는 계급상승을 위해 아이들에게 돈을 투자한다. 그런데 고등교육을 받아 아버지보다 똑똑해진 그의 아들딸은 아버지보다 훨씬 더 큰 야심을 갖게 된다. 그리하여 종종 작은 소매상집 막내아들이

---

* 마리아 탈리오니는 당시의 유명한 낭만파 무용수였다. 1827년 파리 오페라단에 들어간 후, 1832년에 아버지인 필리포 탈리오니와 함께 만든 〈라 실피드〉로 성공을 거두었다.

국가의 주요 대신이 되는 꿈을 꾸기도 한다.

그런 야심은 우리의 사유를 파리의 두번째 영역으로 이끈다. 한 층을 올라가 일층과 이층 사이에 있는 중이층으로 가든지, 다락방에서 한 층 내려와 오층으로 가보자. 그러니까 뭔가 특별할 것 같은 세계로 들어가보자. 하지만 그곳도 마찬가지다. 그곳에는 많은 경우 상인들, 견습생들과 종업원, 성실한 은행직원, 사기꾼, 가증스러운 사람들, 고참 혹은 신참 점원, 집달리나 소송대리인이나 공증인의 서기, 그러니까 열심히 움직이고, 생각하고, 투기하는, 소시민에 속하는 온갖 부류의 사람이 산다. 그들은 파리의 이해관계를 좌지우지하고, 수확을 챙기고, 물품을 독점하고, 노동자들이 만든 물건들을 창고에 저장하고, 남프랑스 지방의 과일과 대서양의 생선과 태양 가득한 해안지방의 포도주를 빽빽하게 쟁여놓는다. 그들은 동방으로 손을 뻗쳐, 터키인이나 러시아인은 거들떠보지도 않았던 숄들을 가져온다. 그들은 인도까지 가서 곡물을 사온다. 물건이 팔리기를 기다리며 쭈그린 채 잠을 자고, 이윤을 챙기고, 어음을 할인하고, 유가증권을 굴리면서 현금으로 바꾼다. 그들은 파리 전체를 조금씩 실어나르고, 어린아이들의 엉뚱한 생각을 감시하고, 늙은이들의 변덕과 타락을 엿보면서 병든 그들을 착취한다. 그리하여 그들은 노동자들처럼 독한 술을 마시지 않아도, 성곽 밖으로 굴러다니며 방탕한 생활을 하지 않아도, 모든 기력이 고갈되어 기진맥진해 있다. 그들의 몸과 마음은 모두 과도한 스트레스를 받는다. 그들의 욕망은 메말라버렸고, 늘 바쁘게 뛰어다니느라 몸은 망가졌다. 그들의 몸은 이권이라는 채찍과 이 흉악한 도시의 상류층 사람들을 괴롭히는 야심이라는 재앙 때문에 비틀리고 마비된다. 노동자들의 몸이 "나는 그것을 원한다"고 외치는 귀족들의 횡포에 따라 끊임없이 요구되는 돈과 메달을 찍어내야 하는 잔혹한 기계 밑에서 비틀리고 마비되었듯이 말이다. 그들 역시, 만인의 주인인 황금과 쾌락에 복종하기 위해 시간을 잡아먹어야 하고, 시간을 재촉해야 하고, 밤낮으로 일하면서 하루를 스물네 시간 이상으로 살아야 하고, 신경을 곤두세워야 하고, 죽도록 애를 써야 하며, 삼십 년을 일하고 늙어버린 후에야 골골거리면서 이 년간 휴식을 취할 수 있다. 다만 노동자의 경우 쇠약해져서 마지막 종말이 오면 그냥 병원에서 죽는 데 반해, 소시민은 오래 살기를 원하기에 완전히 바보가 될지언정 끈질기게 산다. 얼굴은 지치고 맥빠지고 늙어버렸고, 눈에는 광채라곤 없으며, 다리에는 힘이 풀려 휘청거리는 소시민이 멍한 표정으로, 친애하는 파리라는 도시의 베누스 띠처럼 생긴 외곽도로 위를 어슬렁대는 모습을 볼 수 있다. 이 소시민은 무엇을 원했는가? 국민군의 단검, 변함없는 맛의 스튜, 페르 라셰즈 묘지의 적당한 자리 하나, 그리고 노후를 위해 합법적으로 번 약간의 돈, 그게 다이다. 그에게는 월요일이 일요일이다. 그날이 되면 휴식을 위해 고급 삯마차를 타고 산책을 하고, 시골로 놀러가기도 한다. 시골로 소풍 갈 때면 아내와 아이들은 오며 가며 먼지를 뒤집어쓰고 얼굴은 햇빛 때문에 까맣게 탄다. 그가 가는 곳은 고작해야 몸에 해로운 음식을 만들기로 유명한 식당이거나 가족들이 모두 함께 가는 무도회장이다. 사람들은 그곳에서 자정까지 숨이 차도록 춤을 춘다. 바보 같은 사내들은 현미경을 통해서만 볼 수 있는, 물방울 속 미생물이 마구 움직이는 모습과 흡사한, 무도병 환자 같은 몸짓을 하며 춤을 추는 그 광경에 놀란다. 하지만 숭고한 용기를 가졌으나 인정받지 못한 인물이었던 라블레의 가르강

튀아라면 뭐라고 말할까? 하늘에서 떨어진 그 거인이 파리의 두번째 영역에 속하는 이 사람들의 부단한 움직임을 본다면 뭐라고 말할까? 이제 그들이 어떻게 살고 있는지 보자. 보잘것없는 가건물, 여름에도 춥고, 겨울이면 조그만 발보온기 하나밖에 없는, 곡물시장을 덮고 있는 둥근 구리천장 밑에 있는 그들의 일터를 보았는가? 아내는 아침 일찍부터 그 시장에 나가 바쁘게 움직여 연 만 이천 프랑의 수입을 올린다고 한다. 아내가 서서 일하고 있을 때, 남편은 어두컴컴한 집무실로 간다. 그곳에서 그는 동네 상인들에게 단기간 동안 적은 액수의 돈을 빌려주고 이자를 챙긴다. 아홉시가 되면 그는 구청 여권부 사무실에 있다. 사무실에는 여러 명의 차장이 있고 그는 그중 하나다. 저녁시간이 되면 그는 이탈리아 극장, 혹은 그가 마음대로 고른 다른 극장의 매표소로 간다. 아이들은 유모한테 맡긴다. 아이들은 중학교나 기숙학교에 가기 전까지는 유모네 집에 머물 것이다. 그들 부처는 사층에 산다. 요리사는 한 명밖에 없다. 4미터, 2미터의 작은 거실이지만 연료통이 심지보다 위에 붙은 캥케식 양등으로 불을 밝히고 그곳에서 무도회를 열기도 한다. 쉰 살이 되면 딸에게 십오만 프랑의 지참금을 주고 나서 그들은 은퇴할 것이다. 그 나이가 되면 오페라 3등 좌석에 나타나기 시작하고, 마차를 타고 롱샹에 가며, 햇빛 좋은 날이면 언제나 빛바랜 낡은 옷을 입고, 성공을 과시하는 장소인 대로를 어슬렁거릴 것이다. 동네에서 존경받고, 국가의 사랑도 받고, 상류층 부르주아지들과도 교류하면서, 예순다섯이 되면 국가로부터 레지옹 도뇌르 훈장을 받게 될 것이며, 사돈 관계인, 즉 아들의 장인이 되는 구청장은 그를 저녁 만찬에 초대할 것이다. 그가 일생 동안 이룬 업적은 아이들에게 유리하게 작용하여 소시민의 아이들은 필연적으로 더 높은 계급으로 상승하게 된다. 이렇듯 각 계급의 사람들은 더 높은 계급으로 상승하고자 돈을 뿌린다. 돈 많은 잡화상집 아들은 공증인이 되고, 목재판매인의 아들은 법관이 된다. 더 높이 올라가기 위해서라면 무슨 일이든 한다. 모든 것이 돈의 상승 운동을 자극한다.

자, 이제 이 지옥 같은 도시의 세번째 영역을 살펴보자. 언젠가는 그 지옥을 그려줄 그들의 단테가 탄생하리라. 사회적으로 세번째 영역에 해당하는 이 집단은 파리의 위장에 해당된다. 거기에서 도시의 이윤은 소화되고, 그 이윤은 사업의 형태로 축적된다. 여기에 속하는 사람들로는 소송대리인, 의사, 공증인, 변호사, 사업가, 은행가, 대상인, 투자자, 법관 등이 있는데, 그들은 담즙이 가득한 내장의 격렬한 운동으로 인해 분주히 움직이며 돌아다닌다. 그들이 몸과 마음을 망치게 되는 이유는 다른 영역 사람들보다 훨씬 더 많다. 그들은 대부분의 경우 불결한 집무실, 악취나는 더러운 법정, 창살이 쳐진 사무실에 산다. 그들은 남에게 사기당하지 않기 위해, 모든 것을 얻기 위해 혹은 아무것도 잃지 않기 위해, 어떤 사람 또는 그 사람의 돈을 움켜쥐기 위해, 사업을 시작하든가 접기 위해, 일시적인 상황을 잘 활용하기 위해, 한 남자에게 사형선고를 내리든가 무죄선고를 내리기 위해, 정확한 시간에 맞춰 새벽이면 일어나 구부정한 자세로 일에 치여 하루를 보낸다. 그들의 삶은 부리는 말들에게도 영향을 준다. 말들은 녹초가 되도록 혹사당하며 나이에 비해 다리가 일찍 노화된다. 시간은 그들에게 지배자와 다름없다. 그들에게는 늘 시간이 부족하고, 시간은 늘 그들을 피해간다. 그들은 시간을 늘릴 수도, 다시 조일 수도 없다. 서민들 고통의 무게를 견디면서, 그 고통을 분석하고, 검토하고, 평가하여 그들에게서 정기적으로 돈을 뜯어내는 직업을 수행해야 하는 사람들이 어떻게 위대하고 순수하고 윤리적이고 너그러운 영혼을 가질 수 있으며, 어떻게 아름다운 모습을 간직할 수 있을까? 그들은 도대체 어디에 심장을 놔둔 것일까?…… 모르겠다. 하지만 그들에게도 심장이 있다면, 매일 아침 불쌍하기 그지없는 수많은 가정家庭을 짓누르는 고통의 밑바닥으로 내려가 보기 전에 어딘가 다른 곳에 그것을 놔두어야 하리라. 그들에게 불확실한 것은 아무것도 없다. 그들은 고해신부가 그러하듯 사회의 어두운 면을 본다. 그러나 그들은 그것을 경멸한다. 무슨 일을 하든, 사회 이면의 부패와 씨름하다보면 그것에 혐오감을 느끼게 되고 싫어하게 된다. 하지만, 지쳐서, 혹은 밀약에 의해 그들은 그 타락을 인정하기에 이른다. 마침내 그들은 필연적으로 무감각해진다. 왜냐하면 법과 사람과 제도가 그들에게서 모든 감정을 앗아갔기 때문이다. 까마귀가 아직도 식지 않은 시체 위를 날아다니듯이 말이다.* 돈밖에 모르는 은행가들은 매순간 살아 있는 사람들의 무게를 재고, 계약을 주로 하는 공증인들은 죽은 사람들의 무게를 재며, 법조인들은 양심의 무게를 잰다. 끊임없이 말을 해야 하는 그들은 말로 생각을 대신하며, 문장으로 감정을 대치한다. 따라서 그들에게 더이상 영혼은 없고 후두라는 소리 내는 기관만 있을 뿐이다. 그들은 녹초가 되고 의욕을 잃어버린다. 거상巨商도, 판사도, 변호사도 올바른 방향을 유지하지 못한다. 그들은 더이상 아무런 감정도 없이, 인류가 잘못 만든 규칙을 적용한다. 급류 같은 인생에 떠

* 프랑스어 'voler'에는 '도둑질하다' '빼앗다'라는 의미와 '날다'라는 두 가지 의미가 있다. 작가는 동음이의어로 언어유희를 하고 있는 것이다. (옮긴이)

밀려, 그들은 남편도, 아버지도, 애인도 되지 못한다. 그들은 썰매를 타고 인생을 미끄러져 내려온다. 그리고 매 순간 이 거대한 도시에서 벌어지는 사건에 밀려 살아간다. 퇴근 후에는, 다시 무도회와 오페라와 파티에 가서 고객을 관리하고, 인맥을 쌓고, 후원자를 만들어야 한다. 그들은 모두 엄청나게 많이 먹으면서 밤새 놀며 즐거운 시간을 보낸다. 그들의 얼굴은 투실투실 살이 찌고, 보잘것없어지며, 붉게 상기된다. 그들은 과도할 정도로 지력智力을 소비하고 여러 가지 도덕적 자가당착에 빠져 있다. 이에 대항하기 위해 그들이 택한 것은 쾌락이 아니라 타락, 은밀하면서도 강렬한 타락이다. 쾌락은 너무 시시하고 짜릿한 맛이 없는 반면, 타락을 택할 경우 하고 싶은 대로 마음껏 즐기면서도 사회적 규범을 지키는 것이 되기 때문이다. 실제로는 대단히 멍청함에도 그들은 수완이 좋아 그렇게 보이지 않는다. 그들은 자신의 직업에 대해서는 잘 알지만, 그 외의 것들에 대해서는 아무것도 모른다. 따라서 자존심을 지키기 위해 그들은 모든 것을 문제삼고, 닥치는 대로 트집을 잡는다. 게다가 스스로 굉장히 의심 많고 회의적인 사람인 척하지만 실제로는 남의 말을 쉽게 믿어버리는가 하면, 재치를 부린답시고 끝도 없는 논쟁에 빠져 갈피를 못 잡고 횡설수설하기도 한다. 그들은 대부분 사회적, 문학적, 정치적 편견을 쉽게 받아들인다. 그래야 자기 의견을 가질 필요가 없으니까. 마찬가지로 그들은 양심조차 법, 혹은 상사商事 재판소의 보호 아래 놓는다. 뛰어난 사람이 되기 위해 일찍 출발했지만, 그들은 보잘것없는 사람이 되어 이 세상의 꼭대기를 향해 기어올라간다. 그리하여 그들의 얼굴은 눈에 거슬릴 정도로 창백하고, 염색한 머리는 부자연스럽기만 하며, 흐릿한 눈 주위로는 거무스레하게 그늘이 져 있고, 수다스러운 입은 색욕으로 물들어 있다. 관찰자는 그들에게서 생각이 타락하는 징후를 본다. 뇌의 창의력도, 넓게 보는 능력도, 총괄하고 추론하는 능력도 죽여버리는 하찮은 생각들이 머릿속에서 계속 맴도는 것도 본다. 그들은 거의 모두 사건의 용광로 속에서 망가져간다. 보잘것없는 인물로 축소되도록, 아니면 거대한 기계의 톱니바퀴에 불과하도록 스스로를 방치한 인간은 위대한 인물이 될 수 없을 것이다. 의사를 예로 들자면 별로 진료를 하지 않든가, 아니면 비샤*처럼 예외적으로 지나치게 열심히 일한 나머지 과로로 일찍 죽어버린다. 거상의 경우는 그래도 뭔가 있다. 자크 쾨르**에 버금가는 인물이 될 수도 있다. 로베스피에르가 변호사 일을 하긴 했나?*** 그런가 하면 당통은 기다리기만 했던 게으름뱅이가 아니던가. 게다가 그들의 얼굴이 아무리 당당하다 한들 누가 그 얼굴을 부러워했겠는가? 누구보다 바쁜 그 사람들은 돈으로 귀족들과 혼인관계를 맺을 수 있을 만큼 부를 축적한다. 노동자의 야망이 소시민이 되는 것이라면, 이들에게도 역시 한 계급 상승하고자 하는 야망이 있다. 이렇듯 파리에서 허영심이란 모든 야망을 다 합친 것이다. 이 계층에 속하는 사람들은 고뇌에 찬 상태로 죽도록 일한 후 개미가 좁은 구멍을 파고들듯 참사원에까지 이르는 야심 많은

---

* 프랑스 의사, 해부병리학자. 과로로 서른한 살에 죽었다.

** 프랑스 중세의 대상업자본가. 동방무역, 영국과의 무역에 종사했다. 백년전쟁 이후 경제 부흥에 이바지했으나, 1451년 정치 음모로 유죄 선고를 받고 재산을 몰수당했다. 발자크는 이 거상에게 대단한 존경을 표하고 있다.

*** 라루스 사전에 따르면 로베스피에르는 일반적인 소송사건 전문이긴 했지만 아라스 지방에서 상당히 명성을 날린 변호사였다. 그러나 그는 문학에 몰두할 수 있을 만큼 시간적으로 여유가 있었다고 한다.

부르주아거나, 다양한 음모에 휩싸이지만 귀족들에게 복수하려는 국왕에 의해 중신으로 발탁되는 신문사 편집장이거나, 훗날 자신이 사는 구의 구청장이 될 공증인 같은 사람이다. 그들은 모두 일에 짓눌려 목적을 달성하고 나면 녹초가 된다. 프랑스에서는 시대착오적이고 구태의연한 생각으로 가득한 늙은이들이 모든 자리를 차지하는 것이 관행이었다. 나폴레옹이나 루이 14세 같은 위대한 왕만이 자신의 계획을 실천하기 위해 항상 젊은이들을 기용했다.

그들의 영역 위에는 예술가의 세계가 존재한다. 그러나 독창성이 두드러지는 예술가의 얼굴은 아무리 고귀할지라도 망가지고, 피로에 지치고, 뒤틀려 있다. 창작의 요구에 시달려 기진맥진하고, 돈이 많이 드는 갖가지 엉뚱한 짓을 하느라 지출은 초과되고, 불타는 천재성 때문에 지쳐버린다. 그러면서도 쾌락에 목마른 파리의 모든 예술가들은 나태로 인한 공백을 엄청난 양의 작업으로 메꾸려 한다. 그리고 사교계와 명예와 돈과 예술을 모두 획득하고자 한다. 그러나 그것은 헛된 욕망일 뿐이다. 예술가는 처음부터 끊임없이 빚에 허덕인다. 곤궁한 삶은 빚을 낳고 빚을 갚기 위해 그는 밤을 새우며 일해야 한다.* 하지만 노동 이후에는 쾌락이 있어야 하지 않나! 배우는 자정까지 연기하고, 아침에는 대사를 외우며, 낮에는 연습을 한다. 조각가는 작품 밑에 쭈그리고 있다. 기자는 전쟁터에 나간 군인처럼 걸으면서도 생각을 해야 한다. 인기 있는 화가는 일에 치여 허덕이고, 스스로 천재라고 자부함에도 일거리가 없는 화가는 애간장이 탄다. 경쟁과 대립, 그리고 음모는 재능을

* 예술가에 대한 서술은 평생 빚에 쪼들려 글을 써야 했던 발자크 자신을 연상시킨다.

말살해버린다. 어떤 이는 절망하여 타락의 늪에 빠져버리고, 또 어떤 이는 확실하지도 않은 자신의 미래를 너무 믿다가 젊은 나이에 무명으로 죽기도 한다. 그들의 얼굴도 처음에는 숭고했으리라. 그러나 그들 중 멋진 모습을 유지하는 사람은 극히 드물다. 게다가 그들의 얼굴이 아무리 빛이 날 만큼 아름답더라도 그것을 알아주는 사람은 아무도 없다. 예술가의 얼굴은 항상 정상이라 할 수 없는 독특한 분위기를 풍기며, 보통 바보들이 이상적인 미美라고 규정한 기준보다 너무 넘치든가 아니면 아주 못 미치든가 둘 중 하나다. 어떤 힘이 그들의 얼굴을 그렇게 망가뜨리는가? 그것은 그들의 열정이다. 파리에서 모든 열정은 황금과 쾌락이라는 두 단어로 집약된다.

이제 숨을 좀 쉴 수 있지 않나? 공기도 공간도 정화된 것 같지 않나? 이곳에는 노동도 고통도 없다. 황금의 소용돌이는 빙빙 돌면서 맨 꼭대기에 이른다. 수로가 시작되는 환기창이 있는 깊숙한 지하에서, 허술한 임시 물막이로 황금을 가두어놓고 있는 상점 안쪽에서, 황금이 안전하게 보관된 상점의 계산대나 거대한 작업장에서, 황금은 귀족계급을 향해 분출한다. 젊은 처녀에게 붙어 따라온 지참금의 형태로, 뼈대 있는 집안의 노인에게 물려받은 상속의 형태로. 귀족의 집에서 황금은 번쩍거리면서 진열될 것이다. 그러나 파리의 커다란 부의 원천이 되는 네 영역에 대한 이야기를 마치기 전에, 이미 언급한 바 있는 정신적인 문제들에 이어 물질적인 문제들을 추론하여 그곳에 만연하면서도 겉으로는 드러나지 않은 채, 문지기, 상점 점원, 노동자들까지 전염시키는 치명적인 전염병을 관찰해야 하지 않을까? 또한 그것이 정신에 미치는 지극히 해로운 영향도 지적해야 하지 않을까? 게다가 파리 행정은 친절하게도 그 같은 해로운 영향이 만연하도록 내버려두고 있으니, 그 타락상은 앞서 지적한 전염병으로 인한 부패와 크게 다르지 않으리라. 대부분의 부르주아가 사는 집의 공기는 오염되었고, 거리의 공기는 그렇지 않아도 공기가 부족한 가게 뒷방으로 지독한 악취를 뿜어댄다. 그러나 그 악취보다 더 심각한 것은 이 거대한 도시의 사만 채나 되는 집들이 더러운 오물 속에 발을 담그고 있다는 사실이다. 정부는 지독하게 더럽고 악취나는 폐수가 땅을 통해 스며드는 것을 막고, 우물을 오염시키지 못하게 하며, 지하가 계속 늪지대로 남아 있지 못하도록* 그곳을 콘크리트 벽으로 둘러싸는 것을 아직도 심각하게 고려하지 않고 있다. 파리 인구의 절반은 안마당과 거리와 하층민 작업장의 썩어가는 냄새 속에서 잠을 잔다. 그렇다면 이제 환기가 잘되고 금이 번쩍이는 근사한 거실이나 정원이 있는 저택, 다시 말해 여유롭고 행복한 연금생활자들의 부유한 사회로 들어가보자. 그들의 얼굴 역시 누렇게 시들었고, 공허함에 지쳐 있다. 그곳에는 실재하는 것이 아무것도 없다. 쾌락을 좇는다는 것, 그것은 권태를 발견하는 것이 아닐까? 사교계 사람들은 일찌감치 지쳐버렸다. 오로지 쾌락 추구에만 몰두하면서 그들은, 마치 노동자들이 알코올을 남용하듯, 감각을 남용했다. 쾌락이란 특정한 의약품과도 같다. 똑같은 효과를 내기 위해서는 복용량을 두 배로 늘려야 하며, 그러다보면 결국 죽음에 이르든가 아무 반응도 없는 둔한 상태에 이르게 된다. 하층민

* 원문에는 '계속적으로 뤼테스(Lutèce)라는 이름을 사용하지 못하도록'이라고 되어 있다. 뤼테스는 켈트어로 늪지대를 의미하는 루크-테이(louk-teih)에서 파생된 말로 라틴어 뤼테시아(lutétĭa)의 변형어다. (옮긴이)

들은 부자들 앞에 웅크리고 앉아 그들의 취향을 잘 살핌으로써 그들을 타락시키기도 하고 교묘하게 이용하기도 한다. 이 나라에서 획책되는 교묘한 유혹에 어떻게 저항할 수 있겠는가? 그리하여 파리에는 특유의 아편중독자들이 있다. 그들에게는 도박도 식도락도 창녀도 다 아편이다. 따라서 일찍이 그들에게는 오직 취향만 있을 뿐, 열정이라든가 낭만적 환상이라든가 소심한 사랑 같은 것은 존재하지 않는다. 그곳을 지배하는 것은 무기력뿐이다. 그곳에 사상은 없다. 사상은 마치 에너지가 흘러 지나가듯 규방의 교태와 여자들의 우스꽝스러운 몸짓 속에서 사라져버린다. 그곳에는 마흔이 되어도 풋내기인 사람도 있고, 열여섯밖에 되지 않았지만 노련한 석학도 있다. 파리에서 부자들은 이미 만들어진 정신, 알기 쉽게 설명된 과학, 이미 정형화된 견해를 만난다. 따라서 그들은 사유할 필요도, 과학을 이해하려고 애쓸 필요도, 의견을 가질 필요도 없다. 그 세계에는 무능과 방종이 난무하는 만큼이나 비상식이 판을 친다. 그들은 시간을 낭비하기 위해 시간을 아낀다. 그렇다고 그들에게 사상보다 감정이 더 많은 것도 아니다. 포옹은 철저한 무관심을, 예절은 줄기찬 경멸을 감추고 있다. 그들은 절대 타인을 좋아하지 않는다. 깊이는 하나도 없는 재치, 경솔함, 잡담과 비방, 특히 진부하기 짝이 없는 생각들, 그런 것들이 그들 언어의 실체다. 그러나 행복해 보이지만 실제로는 불행한 사교계 사람들의 주장에 따르면 자신들은 결코 라로슈푸코류의 잠언들*을 언급하거나 그런 것을 만들어내기 위해 모이지는 않는다는 것이다. 마치 꽉 찬 것과 완전히 빈 것 사이의 중간, 18세기에 널리 인정된 바 있는 중용이라는 개념이 그들에게는 존재하지 않는 것처럼 말이다. 어떤 유능한 사람이 세련되고도 가벼운 농담을 던질지라도, 그들은 그 농담을 이해하지 못한다. 그러면 그 사람은 대꾸도 없는 농담하기에 지쳐 외출을 금한 채, 집에 머물면서 바보들이 자신의 영지를 지배하도록 내버려둔다. 공허한 삶, 절대 얻지 못할 쾌락에 대한 끝없는 기다림, 만성적인 권태, 재치와 마음과 지능의 부재, 파리의 대연회가 주는 피로감 따위가 그들의 모습에 그대로 드러난다. 그들의 얼굴은 마분지처럼 딱딱하고, 젊어서부터 주름이 진다. 그 부자들의 얼굴은 무기력으로 인해 구겨져 있다. 그들의 얼굴에서는 황금빛이 반사되지만 총명한 지혜는 찾아볼 수 없다.

파리의 이러한 정신적 풍경은 파리가 물질적으로 지금의 상태일 수밖에 없다는 사실을 입증한다. 왕관을 쓴 이 도시는 여왕이다. 그 여왕은 이미 많은 것을 가졌음에도 저항할 수 없는 격렬한 욕망에 사로잡혀 있다. 파리는 지구의 머리, 즉 천재성이 넘치며 인간의 문명을 이끌어가는 뇌에 해당된다. 파리는 또한 위대한 인간이며, 끊임없이 창조하는 예술가다. 투시력을 지닌 정치가이기도 하다. 그 정치가는 분명 필연적으로 뇌에 주름이 많을 것이고, 위인에게 필요한 악덕과 예술가의 엉뚱한 기질을 가졌을 것이며, 정치가답게 무감각할 것이다. 파리의 모습은 선악의 발생을, 전쟁과 승리를, 투쟁의 나팔소리가 여전히 세계 방방곡곡에 울려퍼지던 1789년의 정신적 투쟁을, 그리고 1814년의 낙

---

* 라로슈푸코 공작은 프랑스 정치가이자 모럴리스트다. 루이 13세 시절 왕비의 반反리슐리외 음모에 가담한 것이 발각되어 1637년부터 팔 년 동안 바스티유 감옥에 수감되기도 했다. 그의 『잠언집』(원제는 『도덕에 관한 성찰과 잠언』)은 고민과 절망으로 가득한 자기반성을 토대로 쓴 격언집이다. (옮긴이)

담을 암시한다.* 따라서 이 도시는 이보다 더 도덕적일 수도, 더 진실할 수도 없으며, 파도를 헤쳐나가는 것을 보면서 당신이 감탄을 금치 못하는 증기선의 보일러보다 더 깨끗할 수도 없다! 파리는 지성을 가득 실은 숭고한 배가 아닐까? 그렇다, 배 모양의 파리 문장紋章은 이 도시에 운명이 내린 신탁 중 하나이리라. 파리라는 도시는 승리의 역사를 아로새긴 거대한 청동 돛대를 달고 있으며, 나폴레옹은 해상 감시인으로 버티고 있다.** 이 선박은 앞뒤로 흔들려 불안정하지만, 세계 각지를 누비고 다닌다. 의회 연설을 통해 온 세계를 지배하고, 과학의 바다를 누비며, 돛을 활짝 펴고 항해를 하고, 학자와 예술가는 돛대 위에서 큰 소리로 "앞으로 전진! 나를 따르라!"라고 외친다. 엄청나게 많은 선원이 있으며 그들은 신이 나서 새로운 깃발들로 배를 장식한다. 밧줄을 잡아당기면서 왁자지껄 웃고 떠드는 그들은 어린 견습선원들이다. 뚱뚱한 시민들은 바닥짐이 되고 노동자와 선원들은 역청을 뒤집어쓰고 있다. 그리고 객실 안에는 즐거운 여행객들이 있다. 멋지게 차려입은 해군사관후보생들이 갑판 난간에 기대 시가를 태우고 있는가 하면, 상갑판 위에는 개혁적이거나 야망 있는 병사들이 있다. 그들은 세계 각국의 해안에 다다를 것이며, 빛나는 총기를 발휘하면서 영광을 추구할 것이다. 그 영광이란 다름 아닌 쾌락, 혹은 황금을 가져다줄 사랑이리라.

이렇듯 파리에서 하층민들은 살기 위해 과도하게 움직이고, 두 부류

---

* 1789년은 프랑스대혁명이 일어난 해고, 1814년은 나폴레옹이 폐위되고 왕정이 복귀한 해다. (옮긴이)

** 1833년 7월 왕조의 루이 필리프 정부는 방돔 광장의 원주형 기념물 꼭대기에 황제 모습을 한 나폴레옹 동상을 건립한다.

의 부르주아지들은 몸을 망가뜨려가면서 취한 이득을 타락을 위해 낭비하고, 예술가들의 사유는 너무도 냉혹하며, 상류층 사람들은 끊임없이 과도한 쾌락을 추구한다. 그러니 파리 사람들 얼굴이 어찌 흉측하지 않을 수 있겠는가! 오로지 동방에서만 인류가 남긴 멋진 흉상을 볼 수 있다. 그러나 그런 멋진 흉상은, 긴 담뱃대를 문 심오한 철학자들이 지속적인 평온을 갈구해온 덕분에 만들어질 수 있었다. 다리가 짧고 가슴이 각진 그들은 몸을 움직이는 것을 경멸한다. 그들은 몸을 움직이는 것을 질색하는 사람들이다. 그러나 파리에서는 하층민이건 중산층이건 상류층이건 모두가 '필요'라고 하는 냉혹한 여신의 채찍을 맞으면서 계속해서 달리고, 뛰어다닌다. 펄쩍펄쩍 뛰고, 깡충깡충 뛴다. 돈도 필요하고 영광도 필요하고 즐거움도 필요하다. 따라서 풋풋하고 침착하고 상냥한, 진정으로 젊은 얼굴이 있다면 그것은 극히 예외적인 경우다. 그런 얼굴은 거의 존재하지 않는다. 혹여 당신이 그런 사람을 만났다면, 그는 필시 열정적인 젊은 성직자거나, 턱이 삼중인 마흔 살의 훌륭한 사제거나, 부르주아 집안에서 자라 도덕적인 품성을 갖춘 젊은이거나, 첫아이에게 젖을 먹여 키우면서 아직도 환상을 품고 있는 스무살짜리 애엄마거나, 시골에서 막 상경하여 신앙심 깊은 부자 친척 부인에게 도움을 청했으나 한 푼도 못 받고 쫓겨난 순진한 젊은이거나, 광목을 접었다 폈다 하느라 녹초가 되어 자정이 되어서나 잠자리에 들고는 아침 일곱시면 일어나 진열대를 정리하는 가게 점원일 것이다. 아니면 종종 얼마간의 재산을 기반으로 훌륭한 생각을 하면서 수도승처럼 검소하고 순수하게 인내심을 가지고 사는 과학자이거나 시인일 수도, 바보짓만 하면서도 스스로에게 만족해하면서 늘 미소 짓고 다니느라 바쁜 팔팔하게 건강한 멍청이일 수도 있다. 혹은 흐느적거리며 길거리를 배회하는 행복한 산책객일 수도 있다. 파리에서 진정으로 행복한 사람들은 그 산책객들뿐이리라. 그들은 매 순간 파리의 움직이는 시정을 음미한다. 그러나 파리에는 일부 특권을 누리는 사람들이 있는데, 그들에게는 파리의 모든 움직임, 즉 제조와 이윤과 사업과 예술과 황금의 과도한 움직임이 이득이 된다. 그 특권을 누리는 사람들은 바로 여자들이다. 그 어느 곳보다 이곳 파리에는 용모가 망가질 만한 수만 가지 비밀스러운 이유가 있음에도, 여인들의 세계에는 동양풍으로 살며 미모를 유지할 줄 아는 소수의 행복한 무리가 존재한다. 그러나 그 여인들이 길거리를 걸어다니는 경우는 거의 없다. 마치 특정한 시간에만 꽃잎을 펼쳐 보이면서 진정으로 이국적인 특별한 미를 뽐내는 희귀한 식물처럼, 그들은 항상 어디엔가 숨어 있다. 하지만 파리는 근본적으로 대립이 존재하는 도시다. 파리에서 진실한 감정을 만나기는 어렵지만 다른 여느 곳만큼이나 이곳에도 고귀한 우정이나 한없는 헌신이 존재한다. 잘나가는 사교계에서는 이기적인 사람이 늘 승리하고 개인은 각자 스스로를 방어해야만 한다. 그래서 사교계를 군대라 부르지 않던가. 사교계가 그러하듯 이해관계와 열정이 뒤얽힌 파리라는 전쟁터에 감정이 존재하기는 어려울 터, 만일 존재한다면 그 감정은 완전무결할 것이며 차곡차곡 쌓인다면 숭고의 경지에까지 이르리라. 얼굴 모습도 마찬가지다. 드문 경우이긴 하지만, 종종 파리의 상류 귀족 중에서 매력적인 얼굴의 젊은이들을 만나게 된다. 그들은 예외적으로 좋은 교육을 받고 훌륭한 풍습을 익힌 자들이다. 그들은 영국 혈통이 섞인 청년 특유의 아름다움에 남쪽 나라 사람들의 또렷한 이목구비, 그리고 프랑스적 정신과 완벽한 몸매를 지니고 있다. 반짝이는 눈, 불그레한 입술, 결이 곱고 윤기가 흐르는 검은 머리칼, 하얀 피부, 수려한 얼굴선, 이 모든 것은 그들을 꽃처럼 아름다운 인간으로 만든다. 윤기 없고 늙수그레하고 구부정하고 주름이 가득한 대부분의 사람들 사이에서 그들의 멋진 얼굴은 단연 돋보인다. 따라서 여인들은 쾌락을 갈망하면서 그 젊은 청년들을 찬미한다. 품위 있고 우아할 뿐 아니라 순결하기 그지없는 예쁜 여자를 바라보면서 남자들이 쾌락을 갈망하는 것처럼 말이다. 남자들은 완벽하게 아름다운 여자를 순결로 치장함으로써 그네들을 이상화하기를 좋아하지 않던가. 지나가는 파리 사람들을 흘끔 바라보기만 해도 라파엘로의 그림 속 인물처럼 잘생긴 얼굴은 드물다는 사실, 그리고 그런 아름다운 얼굴은 첫눈에 열정적인 탄복을 불러일으킨다는 사실을 인정한다면, 우리가 지금 하고자 하는 이야기가 기본적으로 흥미로울 것임은 입증되는 것이리라. 스콜라학파의 정식定式을 풍속학에 적용한다면, 그 사실은 증명 완료된 것이다.

나뭇잎이 돋기 시작했지만 아직은 초록빛을 띠기 전, 태양열로 지붕은 이글거리기 시작하고 하늘은 파란색을 띠던 날, 파리 사람들이 벌집 구멍에서 기어나와 대로에서 웅성거리기도 하고, 이때가 되면 다시 시작되는 결혼식의 화려한 행렬에 경의를 표하면서 라 페 거리와 튈르리 공원을 향해 알록달록한 색깔의 뱀처럼 어슬렁거리던 어느 화창한 봄날 아침이었다. 이처럼 즐거움이 가득한 어느 날, 화창한 날씨만큼이나 아름다운 청년이 튈르리 공원의 대로를 산책하고 있었다. 그는 고급 취향의 옷을 입고 있었으며 태도는 무척 자연스럽고 여유 있어 보였다. 그런데 비밀을 말하자면, 그는 사랑의 결실인 아이, 즉 더들리 경과 그 유명한 보르닥 후작부인의 사생아였다. 앙리 드 마르세라 불리는 이 미남 청년은 프랑스에서 태어났다. 왜냐하면 더들리 경이 프랑스로 와서 이미 앙리를 임신한 상태였던 젊은 처녀를 마르세라는 늙은 귀족과 결혼시켰기 때문이다. 젊은 시절의 방탕으로 퇴락해버린 바람둥이 노귀족은 궁극적으로는 앙리에게 넘겨질 10만 프랑의 연금에 대한 용익권을 가지는 조건으로 앙리를 자식으로 인정했다. 미친 짓이었지만, 더들리 경으로서는 자신의 사생아 아들을 버젓한 귀족의 적자로 만들기 위한 조처치고는 별로 큰 출혈도 아니었다. 게다가 당시 프랑스 국채 금리로는 일수 17프랑 50상팀 정도에 해당되는 금액이었다.* 노귀족은 아내 얼굴도 모른 채 죽었다. 그후 마르세 부인은 보르닥 후작과 결혼했다. 그러나 후작부인이 되기 전에도 그녀는 자기가 낳은 아이나 더들리 경에게 별로 관심을 갖지 않았다. 우선 프랑스와 영국 사이에 발발한 전쟁**이 두 연인을 갈라놓았고, 아무리 그래도 변함없는 사랑이라는 것이 있을 테지만, 과거에도 현재에도 파리에서 변함없는 사랑은 유행이 아니었다. 게다가 우아하고 아름다운데다 어디에서나 사랑받는 이 파리 여인은 여인으로서의 성공에 도취한 나머지 모성애라는 감정을

---

* 10만 프랑의 이자는 연리 6퍼센트로 계산하면 6천 프랑이고 그것을 일수로 계산하면 16.4프랑쯤 된다. 1820년대 금리는 평균 5퍼센트 정도였다고 한다. 더 정확히 살펴보면 1820~1825년경 프랑스 금리는 8퍼센트까지 치솟은 적도 있지만 보통 5~7퍼센트 사이에서 등락을 거듭했으며 1875년 이후에야 4퍼센트 이하로 안정되는 추세였다고 한다. 반면 영국은 프랑스와 같은 주기로 등락을 거듭하면서 최고 5퍼센트까지 올라가지만 19세기 내내 거의 3퍼센트대로 안정되었다고 한다. 따라서 이 대목은 프랑스 금리가 높아서 더들리 경으로서는 영국에서보다는 부담이 적었다는 의미인 것으로 보인다. (옮긴이)

** 1793년 2월 국민의회는 영국에 전쟁을 선포한다.

완전히 잊어버렸다. 더들리 경 역시 아이 어머니만큼이나 자기 아이한테 신경을 쓰지 않았다. 아마도 그는 열정적으로 사랑했던 여인이 금방 자신을 배신했다는 사실로 인해 그 여인으로부터 나온 모든 것에 반감을 가졌을 수도 있다. 게다가 아버지들은 어쩌면 함께 충분한 시간을 보낸 자식에게만 사랑을 느끼는지도 모른다. 그것은 가족의 평화를 유지하기 위해 매우 중요할 뿐 아니라, 모든 독신 남자가 부성애란 여인과 풍습과 법의 보호를 받으면서 따스한 온실에서 길러지는 감정임을 인정하면서 명심해야 할 사회적 믿음이다.*

불쌍한 앙리 드 마르세는 두 명의 아버지 중 아버지의 의무가 없는 아버지만 알았을 뿐 진짜 아버지는 한 번도 만나보지 못했다. 이러한 상황이니 앙리에게 마르세 씨가 부성애를 못 느끼는 것은 너무도 당연했다. 자연의 질서에서 새끼들에게 아비는 아주 짧은 동안만 존재한다. 이 귀족 양반은 그와 같은 자연법칙을 따랐다. 그 노인이 방탕한 삶을 살지 않았더라면 아마 자기 이름을 그리 쉽게 팔아버리지는 않았으리라. 그는 아무런 양심의 가책을 느끼지 않고 여러 도박장을 드나들면서 돈을 탕진했으며, 국가가 국채 소유자에게 지불하는 얼마 안 되는 육개월 치 이자는 다른 곳에서 술값으로 다 날려버렸다. 그러고 나서 그는 노처녀였던 누이에게 그 아이를 맡겼다. 마르세 양은 아이를 정성껏 돌보았고, 오라비가 준 얼마 안 되는 양육비를 쪼개어 가정교사를 붙여주었다. 그 가정교사는 무일푼인 사제였는데, 젊은이의 미래를 가늠해보고는 10만 리브르의 연금에서 장차 보상받기를 기대하고 제자에게

* 아마도 발자크는 1834년 마리아 뒤 프레즈네와의 사이에서 난 딸의 출생을 염두에 두고 한 말일 것이다.

정성을 쏟기로 결심했다. 그는 제자가 마음에 들었던 것이다. 그런데 우연히도 이 가정교사는 소위 진정한 의미에서 신부라고 할 수 있는 위인이었으며, 프랑스의 추기경이 되든가, 아니면 교황 밑에서 보르자* 가문이 했던 역할을 하도록 길러진 성직자였다. 그는 학교에서 십 년 동안 배울 것을 제자에게 삼 년 만에 다 가르쳤다. 그러고 나서 마로니 신부라 불렸던 이 위대한 인물은 다양한 측면에서 문명을 습득하도록 하면서 제자의 교육을 마쳤다. 그는 자신의 경험을 통해 제자를 가르쳤다. 교회에는 거의 가지 않았다. 물론 혁명 이후였던 그 당시, 교회 문은 굳게 닫혀 있었다. 그는 가끔씩 제자를 은밀한 곳으로 데려갔고 창녀들이 있는 곳에는 더 자주 갔다. 그는 제자에게 인간의 감정을 하나하나 분석해주었고 살롱 한가운데에서 정치를 가르쳤다. 당시 정치는 바로 그곳에서 요리되었던 것이다. 그는 또한 정부 조직의 순위를 매겨주기도 했다. 버려졌지만 장래가 촉망되는 아름다운 피조물에 대한 우정으로 신부는 남자이면서도 어머니를 대신하고자 했다. 교회야말로 고아들의 어머니가 아니던가? 제자는 스승의 기대에 부응했다. 존경할 만한 그 위인은 주교가 되었고, 하늘 아래 자신이 키운 아들을 하나 남기고 간다는 사실에 만족해하면서 1812년 세상을 떠났다. 열여섯 살에 불과했지만 스승에게 마음과 정신의 교육을 잘 받았기에 그 청년은 마흔 살 먹은 남자도 속여 먹을 수 있을 정도였다. 누군들 그 매력적인 외모 밑에 쇠처럼 차가운 마음과 술에 절어 망가진 두뇌가 숨어 있으리라고 상상할 수 있겠는가? 그런 모습은 늙은 화가들이나 순진한 예

* 르네상스 시대 바티칸에 큰 영향을 미쳤던 가문. (옮긴이)

술가들이 지상의 낙원에 있는 뱀을 그릴 때 표현함직한 형상이리라. 신부가 그에게 베푼 이러한 은혜는 다음의 사실에 비하면 아무것도 아니다. 자주색 주교복을 걸친 그 호인은 파리 최고 사교계의 몇몇 사람을 자신의 애제자에게 소개해주었는데, 그 이득을 금전으로 환산하면 젊은이의 손에 수십만 리브르의 연금을 안겨준 것과 다름없었다. 말하자면, 행실은 나쁘지만 정치적이고, 신은 안 믿지만 유식하고, 신의는 없지만 매력적이고, 겉으로는 나약해 보이지만 머리도 몸도 강인한 이 신부는 제자에게 실제로 큰 도움을 주었던 것이다. 그는 제자의 방탕에 관대했으며, 모든 면에서 너무도 타산적이었고, 누군가의 약점을 잡을 때에는 치밀했다. 또한 식탁에서도, 프라스카티* 도박장에서도 또 어디서고 젊은이처럼 활기 있게 행동했다. 그랬기에 1814년 당시 그 무엇에도 절대 마음이 약해지는 법이 없던 앙리 드 마르세도 그에게만큼은 감사하는 마음을 간직하고 있었으며, 그 고위 성직자가 남길 수 있었던 유일한 유품인 초상화를 볼 때만은 애잔한 느낌이 들곤 했다. 실로 멋진 인물이었던 그는 탁월한 재능으로 당시 너무 나약한 젊은 사제들과 너무 늙은 고위 성직자들 때문에 위험에 처해 있던 로마교황청의 가톨릭교회를 구원할 수도 있었을 터였다. 물론 교회가 그것을 원했다면 말이다. 유럽대륙에서 일어난 전쟁으로 인해 어린 마르세는 친부를 만날 수 없었다. 게다가 그는 친부의 이름에 대해서도 확신할 수 없었다. 친부에게 버림받았던 그는 친모인 마르세 부인에 대해서도 별로 아는 것이 없었다. 물론 법적인 아버지였던 마르세 씨를 그리워할 리는 없었

* 이 고급 도박장은 리슐리외 가와 몽마르트르 대로가 만나는 곳에 있었다.

다. 그에게 유일한 어머니였던 마르세 양의 경우, 그녀가 임종했을 때 페르 라셰즈 묘지에 아주 아름다운 묘비 하나를 세워주었다. 마로니 신부는 신앙심 깊었던 그 여인에게 천국의 가장 좋은 자리를 보장했기에 그녀는 행복하게 죽을 수 있었다. 따라서 고모의 죽음 앞에서 흘린 앙리의 눈물은 지극히 이기적인 눈물이리라. 그는 고모를 위해서가 아니라 자기 자신을 위해 눈물을 흘렸다. 제자의 고통을 보면서 사제는 그의 눈물을 닦아주었다. 그러고는 고모가 역겹게 담배를 피워댔으며, 너무 추해졌고, 귀도 먹어 성가신 존재가 되었으니 그녀의 죽음을 감사하게 생각해야 한다는 사실을 깨닫게 해주었다. 1811년 주교는 제자에 대한 마르세 씨의 친권을 해제하도록 했다. 그리고 마르세의 어머니가 재혼할 때, 가족들 중에서 자신이 고해실 창살을 통해 조종할 수 있을 만큼 머리가 텅 빈 적당한 위인을 하나 골라 제자의 후견인으로 삼은 후, 그에게 재산 관리를 맡겼다. 그는 교단의 필요에 따라 그 재산에서 나오는 소득은 유용했지만, 재산의 원금만큼은 잘 보존하고자 했다.

이렇듯 1814년 말경 앙리 드 마르세는 이 땅에서 그 누구에게도, 그 무엇에도 빚진 것이 없었기에, 홀로 하늘을 나는 새처럼 마냥 자유로웠다. 그는 꽉 찬 스물두 살*이었지만 겨우 열일곱이 될까 말까 해 보였다. 소위 최고의 경쟁자라 할 수 있는 젊은이들조차 그가 파리에서 가장 잘생긴 청년이라는 데는 이견이 없었다. 친부인 더들리 경으로부터는 사람들이 깜빡 속아넘어가기 쉬운 사랑스러운 푸른 눈을, 친모로부터는 숱 많은 탐스러운 검은 머리칼을 물려받았다. 순수한 혈통, 젊은

* 여기서 작가는 주인공의 나이보다 네 살 더 많게 묘사한다. 1812년 신부가 죽었을 때 그의 나이는 열여섯 살이었으니, 1814년에는 열여덟 살이어야 한다.

처녀 같은 피부, 다정하고 겸손한 태도, 늘씬하고 귀족적인 몸매, 매우 아름다운 손 등은 두 사람 모두의 유산이었다. 여자들은 모두 그에게 홀딱 빠져버렸다. 하지만 당신은 아는가? 여자들은 지독하게 아픈 사랑을 마음속에 품는다 해도, 이루어질 수 없다는 사실을 깨닫고 나면 곧 그 사랑을 잊어버린다는 것을? 왜냐하면 파리 여자들은 일반적으로 집요하지 않기 때문이다. 아주 극소수의 여자만이 남자들처럼 오라네 가문의 좌우명인 "나는 고수할 것이다"*라고 말할 수 있다. 맑고 촉촉한 눈매를 가진 그는 이처럼 산뜻한 삶을 영위하고 있었지만, 사자처럼 용감했고 원숭이처럼 교활하기도 했다. 그는 열 발자국 앞에서 날아오는 총알을 칼로 벨 수 있는 사내였으며, 반인반마인 켄타우로스의 현신인 양 말을 잘 탔다. 그뿐만 아니라 행군의 향도 역할을 하는 마차를 아주 우아하게 끌었다. 게다가 그는 천사처럼 우아하고 양처럼 온순했다. 그러나 그는 무시무시한 발차기 격투나 몽둥이 싸움에서 변두리 건달을 때려눕힐 수 있는 실력자이기도 했다. 그런가 하면 불행한 일이 닥칠 경우 음악가가 되어 먹고살 수 있을 정도로 피아노 연주 솜씨가 빼어났다. 목소리 또한 기가 막혀, 바르바자**가 그의 목소리를 들었다면 아마도 한 시즌당 오만 프랑을 제안했을 것이다. 그러나 불행히도, 이 모든 장점들, 심지어 귀여운 단점들까지도 끔찍한 방탕으로 인해 모두 퇴색해버렸다. 그는 남자도 여자도 신도 악마도 믿지 않았다. 변덕스러

* 스페인 지배하의 총독으로 네덜란드를 독립으로 이끈 빌럼 1세가 1580년 스페인의 펠리페 2세를 규탄하는 글의 마지막 문장으로, 그후 오라녜 나사우 왕가와 네덜란드의 좌우명이 되었다. (옮긴이)

** 로시니를 고용했던 나폴리의 극장 주인.

운 본성을 타고난데다 신부가 그를 파멸의 길로 이끌었던 것이다.

이 모험 이야기를 이해하기 쉽도록, 더들리 경에게는 수많은 여자가 있었으며, 따라서 앙리와 꼭 닮고 그처럼 매력적인 얼굴을 한 자식이 여럿 있었다는 사실을 언급할 필요가 있을 것이다. 그가 만든 두번째 걸작은 스페인 여자와의 사이에서 난 에우페미아라는 여자아이였다. 그 아이는 쿠바의 아바나에서 양육된 후, 앤틸리스제도 출신의 젊은 크레올 여자와 함께 마드리드로 갔다. 그녀는 식민지 지배자들이 식민지에서 누리던 지나칠 정도로 사치스러운 취향을 가지고 있었다. 다행히도 그녀는 늙었지만 돈이 아주 많은 스페인 귀족과 결혼하게 되었다. 돈 이호스라는 이름의 산 레알 후작이 바로 그녀의 남편이었는데, 그는 프랑스 군대가 스페인을 점령하자 프랑스로 와서 생 라자르 가에 거주하고 있었다. 더들리 경은 도처에 만들어놓은 아이들에게 서로가 형제간이라는 사실을 알리지 않았다. 그 이유는 물론 아이들에게 무관심했기 때문이지만, 어린아이들한테는 아무 잘못도 없다는 사실을 존중했기 때문이기도 했다. 이러한 점이 우리 문명의 다소 부정적인 면이다. 하지만 이 문명에는 분명 여러 가지 장점도 많으니, 문명이 주는 혜택을 고려하여 몇 가지 결함은 눈감아줘야 한다. 이런 이야기는 이제 그만두자. 그런데 더들리 경은 1816년 영국 사법부의 기소를 피해 파리로 도피한 적이 있었다. 영국의 법정은 동방에 관한 한 그곳에서 온 상품들만 보호했지, 그 밖의 것에 대해서는 법 집행이 엄격했던 것이다. 여행중이던 더들리 경은 앙리를 보고는 이 젊은이가 누구인지 물었다. 그리고 젊은이의 이름을 듣자 "아, 내 아들이네. 정말 유감이군!"이라고 말했다고 한다.

이것이 1815년 4월 중순경 튈르리 공원의 대로를 어슬렁어슬렁 걷고 있던 청년의 이야기였다. 그는 자신의 위력을 너무도 잘 알기에 편안한 마음으로 위풍당당하게 걸어다니는 동물들처럼 무사태평이었다. 부르주아계층에 속하는 여인들은 순진하게도 그를 한번 더 보려고 뒤돌아보곤 했지만 사교계 여인들은 절대 뒤돌아보지 않았다. 그들은 그가 되돌아오기를 기다렸다. 그러고는 그 얼굴을 언제든 떠올릴 수 있도록 머릿속에 잘 각인시켰다. 그 매력적인 모습은 그네들 중 가장 아름다운 여자의 몸매와 견주어도 전혀 손색이 없었다.

"일요일인데 여기서 뭐하나?" 롱크롤 후작이 지나가면서 앙리에게 물었다.

"고기 잡으려고 쳐놓은 통발에 괜찮은 놈이 한 마리 걸렸거든." 젊은이가 답했다.

롱크롤과 마르세 두 사람은 서로 모른 척하고 지나갔지만 의미심장한 시선을 통해 그런 대화를 나누었다. 파리 사람들은 아무것도 보지 못하고, 아무것도 듣지 못하는 것처럼 보여도, 실제로는 재빠른 시선과 특별한 청각으로 모든 것을 보고 모든 것을 듣는다. 젊은이 역시 그런 눈과 귀로 산책객들을 유심히 살폈다. 바로 그때, 어떤 젊은 친구가 다가와 다정하게 팔을 잡고 물었다. "멋진 내 친구 마르세 씨는 안녕하신가?"

"잘 지내고말고." 마르세는 겉으로 보기에는 매우 다정하게 대답했지만, 파리 젊은이들 사이의 그런 태도는 아무 의미도 없는 것이었다. 지금도, 그리고 앞으로도 그럴 것이다.

말이 났으니 하는 말인데, 파리 젊은이들은 다른 여느 도시의 젊은

이들과는 다르다. 그들은 두 개의 계급, 즉 가진 자와 못 가진 자 혹은 사유하는 자와 낭비하는 자*로 나뉜다. 하지만 명심할진대, 여기에서 말하는 젊은이들이란 우아하고 감미로운 삶을 영위하는 파리 토박이들만을 가리킨다. 한편 그들과는 다른 부류의 젊은이들이 있으니, 그들은 뒤늦게 파리에 정착하려고 하는 자들로 순진해서 잘 속는다. 그들은 투기投機할 줄 모르며 오로지 공부만 한다. 소위 들입다 연구에만 몰두한다. 부유하든 가난하든 직업을 선택하고 한결같이 그 직업에 종사하는 사람들, 아직도 그런 사람들이 존재한다. 말하자면 시민들에게 마음의 양식이 되는 루소의 에밀 같은 사람이다. 그런 사람들은 절대 사교계에 나가지 않는다. 수완 좋은 사람들은 무례하게도 그런 사람들을 멍청이라고 부른다. 멍청이든 아니든, 그들은 시시한 사람들의 숫자를 늘리는 데 이바지한다. 그리고 프랑스는 그 시시한 사람들의 무게에 짓눌려 있다. 그들은 항상 거기에 있다. 자신들의 무능을 관습이니 청렴이니 하는 말로 포장하면서 오히려 그 무능을 자랑하는 시시하기 짝이 없는 그 사람들은 공적인 일이건 사적인 일이건 늘 망치기만 한다. 사회에서 최고의 상을 받은 그들은 행정부, 군대, 사법부, 입법부뿐 아니라 궁정까지 모두 휩쓸고 다닌다. 그들은 국가를 나약하게 만들고 국가의 위세를 꺾어버린다. 그러고는 정치라는 몸속을 돌아다니는 일종의 림프를 구성한다. 그런데 그 림프에 부하가 걸려 그 몸은 무기력해져버린다. 스스로 정직하다고 생각하는 이 사람들은 재주 있는 사람들을 부도

* 프랑스어에서 '사유하다, 생각하다'라는 동사는 '팡세(penser)'이며 '낭비하다, 소비하다'라는 동사는 '데팡세(dépenser)'다. 발자크는 여기에서 두 동사의 유사한 발음을 이용해 언어유희를 하고 있다. (옮긴이)

덕하다고, 사기꾼이라고 비난한다. 그런데 적어도 그 사기꾼들은 국가에 대한 의무를 수행할 때에는 확실하게 한다. 반면 소위 정직하다는 사람들은 일을 망치기만 하는데도 대중의 존경을 받는다. 그래도 멋진 젊은이들이 그들의 무능함을 끊임없이 규탄하니, 프랑스에는 실로 다행스러운 일이 아닐 수 없다.

따라서 언뜻 보아 우아한 삶을 영위하는 이 두 부류의 젊은이들이 서로 매우 다르게 느껴지는 것은 당연하다. 그래도 그들은 서로 하나의 집단을 형성했고 앙리 드 마르세 역시 그 집단의 일원이었다. 하지만 겉모습뿐 아니라 내면까지 볼 줄 아는 관찰자들은 그 차이는 순전히 정신적인 것이며, 아름다운 외모만큼 사람의 눈을 속이기 쉬운 것은 없다는 사실을 깨닫게 된다. 아무튼 모든 사람은 다 남들보다 앞서고자 한다. 그들은 사물이나 사람들에 대해, 문학과 미술에 대해 되는대로 떠든다. 매년 그 당시의 '피트와 코부르크'*라 할 수 있는 왕당파 보수주의 정치가들에 대한 비판을 입에 달고 살기도 한다. 그들의 대화는 종종 말장난이나 험담 때문에 중단되기도 한다. 그들은 학문도 조롱하고 학자들도 비웃으면서 자기가 모르는 것, 혹은 두려워하는 것은 다 경멸한다. 그리고 스스로 모든 것을 심판하는 최고 재판관이 되어 자기 자신을 최고의 자리에 놓는다. 그들은 모두 아버지를 속일 것이며, 어머니의 가슴에 안겨 악어의 눈물을 흘릴 준비가 되어 있을 것이다. 일반적으로 그들은 아무것도 믿지 않으며, 여자들을 비방하거나 신중한 척하지만, 사실은 못된 창녀나 늙은 여자에게 복종한다. 그들은 모두

* 윌리엄 피트는 영국 수상이며, 프리드리히 폰 작센 코부르크는 오스트리아 육군원수로, '피트와 코부르크'라는 표현은 반자유주의자들을 상징한다.

똑같이 계략과 타락, 그리고 출세에 대한 노골적인 욕망으로 인해 뼛속까지 서서히 썩어들어갈 것이다. 결석이 있을까 우려해 그들의 몸을 검사해본다면 그 결석은 아마도 그들의 심장 속에 박혀 있을 것이다. 그들은 정상적인 상태에서는 더없이 멋진 모습을 보여준다. 또한 끊임없이 우정을 들먹이며 상대방의 마음을 사로잡는다. 하지만 그들이 횡설수설하는 말 속에는 항상 똑같은 빈정거림이 담겨 있다. 그들은 이상한 옷차림을 추구하고 인기 절정에 있는 이런저런 배우들이 하는 우스꽝스러운 짓을 따라하기도 한다. 그리고 그 누구와 함께하든 그런 유희에서 주도권을 쥐고자 항상 경멸적이고 무례한 태도로 놀이를 시작한다. 하지만 상대방의 두 눈을 찌르려면 자기 눈도 하나쯤 내주어야 한다는 사실을 모르는 자는 어리석은 자이리라. 그들은 또한 국가의 불행이나 재앙에는 아무 관심도 없는 것처럼 보인다. 말하자면 그들은 폭풍우가 몰아치는 바다의 파도를 뒤덮는 예쁘고 하얀 거품과도 같다. 워털루전쟁이 일어나도, 콜레라가 발생해도, 혁명 기간 중에도, 그들은 옷을 차려입고, 저녁식사를 하고, 춤을 춘다. 그들은 모두 똑같이 돈을 낭비한다. 하지만 이 두 부류의 젊은이들에게는 대조적인 면이 있다. 그들은 모두 신나게 돈을 쓴다. 그런데 그들 중 어떤 이들에게는 그럴 만한 재산이 있는가 하면, 또 어떤 이들은 돈이 생기기를 기다린다. 그들은 모두 같은 재단사에게 옷을 맞추지만, 두번째 부류의 젊은이들은 청구서 대금을 갚지 못한다. 그러나 첫번째 부류의 젊은이들이 마치 체에 거르듯 온갖 아이디어를 받아들이지만 그중 하나도 간직하지 못하는 데 반해, 두번째 부류의 젊은이들은 그 아이디어들을 비교하면서 좋은 것은 자기 것으로 만든다. 첫번째 부류의 젊은이들은 자기가 무엇이든 다 잘 안다고 생각하지만 실제로는 아무것도 모른다. 그들은 모든 것을 다 파악하고 있다면서 아무것도 필요 없는 사람들에게 온갖 것을 다 빌려주지만 정작 무엇인가 필요한 사람에게는 아무것도 주지 않는다. 반면 두번째 부류의 젊은이들은 비밀리에 다른 이들의 생각을 연구하기도 하고, 돈이든 사랑이든 이득이 되는 곳에 투자하기도 한다. 첫번째 부류의 젊은이들은 변함없는 충직한 사람이라는 인상을 주지 못한다. 왜냐하면 마모되어 광택을 잃은 거울처럼 그들의 영혼에서는 더이상 아무것도 보이지 않기 때문이다. 반면 두번째 부류의 젊은이들은 쾌락을 멀리할 뿐 아니라, 인생도 함부로 살지 않는다. 하지만 그들은 마치 첫번째 부류의 젊은이들처럼 인생을 창밖으로 내던져버리고 될 대로 되라는 듯이 사는 척한다. 첫번째 부류의 젊은이들은 막연한 희망에 기대어 확신도 없이 바람을 잘 타면서 사태를 해결해나가는 체제에 헌신한다. 하지만 그들은 처음에 탄 배가 표류할 경우 바로 다른 정치적 성향의 배로 갈아탄다. 두번째 부류의 젊은이들은 미래를 헤아려보고 정치적 신념의 일관성에 따라 미래의 성공이 보장된다고 생각한다. 상업적 정직성이 영국인들에게 사업의 성공을 보장하는 것처럼 말이다. 하지만 무엇인가를 가진 젊은이가 말장난을 하거나 급변하는 왕권에 대해 한마디 하는 동안, 아무것도 가진 것 없는 젊은이는 공공연히 책략을 쓰거나 비밀리에 야비한 짓을 한다. 그리고 친구들과 열심히 악수하고 다님으로써 출세하기에 이른다. 첫번째 부류의 젊은이들은 다른 이들의 능력은 믿지 않는 반면 자신의 생각은 모두가 다 새로운 것이라 생각한다. 마치 이 세상이 바로 전날 만들어지기라도 한 것처럼 말이다. 그들은 자신에 대해 무한한 신뢰를 품고 있기에 그들의 가장 큰 적은 다름 아닌 자기 자신이다. 그러나 두번째 부류의 젊은이들은 자기가 그 가치를 인정한 사람들에 대해서조차 경계심을 늦추지 않는다. 그들은 자신이 이용한 사람들보다 생각이 더 많은 심오한 정신의 소유자들이다. 그리하여 밤에 자리에 누워 머리를 베개에 대면, 수전노가 금의 무게를 재듯 사람들의 무게를 잰다. 어떤 이들은 하나도 중요하지 않은 어리석은 행동에는 분노하면서도, 수완 좋은 자들이 그들의 자존심을 건드려가면서 조롱하는 것에 대해서는 아무 대꾸도 하지 못한다. 꼭두각시 같은 그 바보들이 가장 소중하게 여기는 것이 바로 자존심인데도 말이다. 반면 존경받을 만한 행동을 하는 이들도 있다. 그들은 자신을 위해 누구를 희생시켜야 할지, 누구를 보호해야 할지 분명하게 구분할 줄 안다. 그리하여 아무것도 가진 게 없던 자가 어느 날 뭔가를 소유하게 되는가 하면, 뭔가를 소유하던 자는 아무것도 가진 게 없게 된다. 모든 것을 다 잃은 자는 높은 지위에 이른 출세한 친구를 보면서 교활하다는 둥, 비열하다는 둥 비난하지만 동시에 그가 강인한 남자임을 인정한다. '그는 참으로 강한 사내지'라는 말은 무슨 짓을 해서든 정치적으로나 경제적으로나 여자 문제에서나 성공한 사람을 이르는 최고의 찬사다. 그중에는 빚을 기반으로 하여 그렇게 되고자 하는 젊은이들도 있다. 물론 그들은 돈 한 푼 없이 그런 도박을 하는 이들보다 훨씬 더 위험한 인물들이다.

앙리 드 마르세의 친구임을 자처하는 젊은이가 있었다. 그는 시골에서 올라온 어리벙벙한 사내였다. 그래서 당시의 멋쟁이 친구들은 그에게 유산을 적절하게 축내는 방법을 가르쳤다. 하지만 그에게는 고향에 아직 손을 대지 않은 확실한 사업체가 남아 있었다. 말하자면 그는 한

달에 겨우 백 프랑 정도만 타 쓰다가 졸지에 부친의 전 재산을 물려받은 상속자였다. 그는 사람들이 자신을 비웃는지도 모르는 바보였지만, 재산 중 삼분의 이를 다 써버리고 난 후에는 낭비를 멈출 만큼 정신이 있는 사내이긴 했다. 그는 파리에서 수천 프랑에 달하는 지폐를 쓰면서 유산이라는 갑옷의 정확한 가치를 파악하게 되었다. 그러고는 어느 정도의 팁이 적당한지 어떤 현학적인 성찰에 따라 하인들에게 급료를 주어야 하는지, 또한 그들과의 계약을 끝내려면 어떤 배상을 하는 것이 가장 유리한지 등을 터득하게 되었다. 그는 고상한 단어를 써가면서 자기 소유의 말이나 피레네에서 온 개에 대해 말하는 것이나, 여성들의 옷차림과 걸음걸이와 신발을 보면서 그들이 어떤 부류에 속하는가를 파악하는 데 큰 중요성을 부여했다. 그는 에카르테 카드놀이를 연구하고, 당시 유행하는 말을 몇 마디 기억하기도 했으며, 파리 사교계를 드나들면서 권위도 획득했다. 나이가 든 후 시골에 돌아가, 차 마시는 취향이나 영국식 은 식기를 도입하고 주위의 모든 것을 경멸하며 말년을 보내기 위해서는 그런 권위가 필요한 것이다. 마르세는 사교계에서 써먹을 요량으로 그와 친교를 맺었다. 마치 과감한 투기꾼이 믿을 수 있는 심부름꾼을 하나 데리고 있는 것과 같았다. 가짜든 진짜든 마르세와의 우정은 폴 드 마네르빌이 사교계에서 지위를 획득하는 데 큰 도움이 되었다. 마네르빌 역시 나름대로 가까운 친구를 잘 이용하고 있다고 생각했다. 그는 친구의 위광에 기대어 살았고, 늘 친구의 우산 밑에 몸을 두었으며, 친구에게 비굴하리만큼 아첨을 떨었다. 그는 마르세가 발하는 빛으로 인해 빛이 났다. 앙리 곁에 있으면서, 혹은 옆에서 나란히 걸어갈 때조차, 그는 '우리를 공격할 생각은 하지 마라. 우리는 진짜 호랑이처럼 잔인한 사람들이니라'라고 말하는 것처럼 보였다. 종종 그는 거드름을 피우면서 "내가 앙리에게 이런저런 것을 요구하면, 그는 모든 것을 다 들어줄 거야. 그는 그만큼 나랑 친한 친구니까……"라고 말하기도 했다. 하지만 그는 앙리에게 절대 아무것도 요구하지 않으려고 신경을 썼다. 그는 앙리를 두려워했다. 비록 그런 내색을 거의 하지 않았지만 그의 두려움은 다른 사람들에게 영향을 미쳐 마르세는 그 덕을 보았다. "마르세는 정말 자랑스러운 친구야. 두고 봐, 그가 원한다면 무엇이라도 될 수 있을걸. 언젠가 외무부 장관이 된다 해도 놀랄 일은 아니야.* 그에게 방해가 되는 것은 아무것도 없으니 말이야." 그러고 나서 그는 트림 하사가 한결같이 자기 모자를 내기의 판돈으로 걸었던 것처럼 마르세를 내세우면서,** "마르세한테 물어봐, 그럼 알게 될 거야!"라고 말하곤 했다.

혹은 "요전에 마르세와 같이 사냥을 갔었거든. 그런데 내가 말을 탄 채 덤불을 뛰어넘었다고 해도 앙리는 내 말을 믿으려 하지 않는단 말이야!"라든가, "마르세와 내가 사창가에 갔었거든. 그런데 맙소사, 내가 말이야……"라고 말하곤 했다.

이렇듯 폴 드 마네르빌은 시골에서 상경한 멍청이, 그러나 훌륭하고 유명한 세력가 일문에 속한 사내였다. 언젠가 그는 국회의원이 되리라. 그러나 아직은 햇병아리에 지나지 않았다. 그의 친구 마르세는 그를 이

---

* 『카디냥 공주의 비밀』에서 앙리 드 마르세는 1832년에 수상이 된다.

** 발자크는 영국 작가 로런스 스턴의 『신사 트리스트럼 섄디의 생애와 의견』을 잘 알고 있었다. 그는 종종 '인간극'에 자기 모자를 내기의 판돈으로 거는 트림 하사를 등장시켰다.

렇게 정의했다. "폴이 누구냐고 물었지. 폴?…… 그냥 폴 드 마네르빌이야."

그 두 사람이 튈르리 공원 산책로에서 우연히 만난 것이다. 폴이 마르세에게 말했다. "친구, 자네가 일요일에 여기에 있다니 놀랍군."

"내가 자네에게 하려던 말일세."

"이곳에 유혹하고 싶은 여자라도 있나?"

"아마도……"

"정말인가!"

"자네에게만 특별히 이야기해주지. 자네라면 여기저기 떠벌리고 다니면서 내 평판을 해칠 염려는 없을 테니 말일세. 게다가 일요일에 튈르리 공원에 나오는 여자라면 보나마나 그렇고 그런 여자 아닌가. 귀족 입장에서 볼 때 말일세."

"하하!"

"그러니 조용히 듣기나 하게. 안 그러면 더이상 자네에게 아무 말도 안 할 걸세. 그렇게 큰 소리로 웃다니, 남들은 우리가 점심을 너무 많이 먹어서 그러는 줄 알 걸세. 지난 목요일, 바로 여기, 튈르리 공원의 테라스 데 푀양* 산책로를 아무 생각 없이 걷고 있었다네. 그런데 카스티글리온 가를 통해 지나가려고 그 길에 있는 철책문에 이르렀을 때, 어떤 여자와 딱 마주친 거야. 그때 그녀가 내게 달려들어 뜨겁게 포옹하지 않은 건 말이야, 체면이나 남들의 이목 때문이 아니라 너무 놀라서였을 걸세. 아연실색한 채 꼼짝 못하고 서 있게 하는 놀라움, 척추 마디

---

* 튈르리 공원 북쪽 리볼리 가를 따라 나 있는 산책로. 왕정복고 시절 멋쟁이들이 즐겨 산책하던 곳이었다.

마디를 타고 내려와 발바닥에서 멈추고는 우리로 하여금 땅바닥에 딱 붙어 있게 하는 그런 놀라움 말이야. 나를 보고 여자들이 그런 반응을 보이는 경우가 종종 있기는 해. 동물세계에 존재하는 일종의 자기磁氣 현상으로 자기도 모르게 끌리는 힘 같은 것이지. 상대도 같은 느낌을 받는 경우에는 굉장한 위력을 발휘하게 되지. 그런데 말이야, 그녀의 경우는 좀 달랐어. 그녀는 아연실색한 것이 아니야. 게다가 천박한 여자처럼 보이지도 않았어. 내 느낌으로는 그녀의 얼굴이 이렇게 말하는 것 같았어. '세상에, 당신이 여기 있군요. 내 이상형, 내가 늘 꿈꾸던 사람, 낮이고 밤이고 꿈꾸던 사람! 어떻게 당신이 여기 있나요? 왜 오늘 아침인가요? 왜 어제가 아니었나요? 저를 데려가세요. 저는 당신 여자랍니다' 등등. 그래서 나는 '저런, 또 한 명의 여자로군!' 하고만 생각했지. 그러고는 그녀를 자세히 살펴보지 않았겠나. 그런데, 맙소사! 외모로 말하자면 그 미지의 여인은 내가 이제껏 만나본 여자 중 최고로 매력적인 여자였다네. 그녀는 로마인들이 황금색 여인, 즉 불의 여인이라 부른 부류에 속하는 여인이었네. 무엇보다 나를 사로잡은 것은 황금빛이 도는 노란 눈이었다네. 마치 호랑이 눈 같았어. 살아 있는 것처럼 반짝이면서도 마치 생각에 잠긴 듯이 보이고, 그런가 하면 사랑을 원하면서 우리 주머니 속으로 쏙 들어오고 싶어하는 황금을 연상시키는 노란색 눈! 아직도 난 그 눈에 빠져 있다네."

"이보게, 그녀를 모르는 사내는 없다네!" 폴이 외쳤다. "그녀는 종종 이곳에 나오거든. 황금 눈의 여인이라고 하지. 우리가 그렇게 이름 붙였어. 스물두 살 정도 되는 여자인데, 부르봉 왕가의 왕정복고 시절 때*이곳에 나타난 것을 보았지. 그런데 그 여자보다 십만 배나 더 멋진 여자와 함께였다네."

"그런 말 말게, 폴! 그 여자, 다리에 와서 감기는 고양이 같은 여자, 머리칼은 잿빛이고 피부는 하얀 여자, 겉으로는 나약해 보이지만 손가락 세번째 관절에는 보송보송한 솜털이 나 있을 것 같은 여자, 뺨을 따라 내려오면서 햇빛을 받아 반짝이는 하얀 솜털이 귀에서 목까지 내려오는 여자, 그런 여자를 능가할 만한 여자는 이 세상에 있을 수 없네."

"이보게, 그 옆에 있던 여자는 말이야! 그 여자는 한 번도 눈물을 흘린 적이 없어 보이는 불타는 검은 눈을 가졌다네. 서로 거의 붙어 있는 두 개의 검은 눈썹은 냉혹한 느낌을 자아내지만, 입술의 주름이 그 느낌을 상쇄한다네. 열정적이고 생기발랄한 그 입술 위로 긴 입맞춤을 할 수는 없겠지. 얼굴은 구릿빛이라, 그 옆에만 가도 남자의 품은 뜨거워질 걸세. 햇빛에 몸이 덥혀지듯이 말이야. 그런데 맙소사, 그녀는 자네와 닮았어……"

"자넨 그녀를 너무 미화하는군!"

"그녀의 허리는 활처럼 휘었고 군함처럼 날씬하다네. 경주를 위해 만들어졌지만 프랑스적인 혈기를 가지고 상선에 달려들어 그 배를 침범하고 결국 순식간에 침몰시켜버리는 군함 말일세."

그러자 마르세가 말했다. "이보게, 친구, 내가 본 적도 없는 여자인데 나와 무슨 상관인가! 여자들을 수없이 관찰해왔지만, 내가 보았던 그 미지의 여인 같은 여자는 없었네. 그 처녀의 젖가슴과 격렬하고도 관능

---

* 두 사람이 대화를 나누는 시기는 1815년 4월 중순쯤이니, 1815년 3월 1일 엘바섬을 탈출한 나폴레옹이 복권을 시도했던 백일천하(3월 20일~6월 29일) 때다. 나폴레옹이 워털루전쟁에서 패함으로써 백일천하는 막을 내린다. (옮긴이)

적인 몸매를 보니 내가 꿈꾸던 여인이 실제로 나타난 것 같았어. 이 마르세가 꿈꾸던 여인이 말이야. 그녀는 괴물을 애무하는 여인이라 불리는 비현실적인 그림의 실제 모델처럼 보였다네.* 고대의 어느 천재 화가가 영감을 받아 그린 가장 격렬하고 가장 끔찍한 그림이지. 그런데 그 그림을 모방한 프레스코화나 모자이크화가 많이 나오는 바람에, 그 그림에 담긴 성스러운 시정이 더럽혀지고 말았어. 부르주아들은 그 그림을 새긴 카메오를 패물 정도로만 여기고 장신구용 시계 열쇠에도 달았지. 하지만 그 여자는 여자 중의 여자, 진짜 여자란 말일세. 그 속에 빠지면 헤어날 수 없는 쾌락의 구렁이라고. 스페인이나 이탈리아에서는 어쩌다 마주칠 수 있을지도 모르지만, 프랑스에서는 만나기 어려운 이상적인 여인이라네. 그런데 말일세. 그 황금 눈의 여인, 괴물을 애무하는 여인을 금요일 날, 바로 여기에서 또 만났단 말일세. 나는 그다음날 같은 시간, 같은 장소에 그녀가 다시 나타날 것임을 예감했지. 내 예감은 틀리지 않았어. 그래서 눈치채지 못하도록 그녀를 따라가면서 바쁘지 않은 여인의 느릿느릿한 걸음을 관찰했지. 하지만 그녀의 걸음걸이에서 잠들어 있는 관능을 한눈에 알아볼 수 있었다네. 그런데 갑자기 그녀가 뒤돌아서더니 나를 보고는 내게 또 애정을 표시할 뿐 아니라 또다시 소스라치게 놀라면서 몸을 부르르 떨더군. 바로 그때 그녀 곁을 지키는 스페인 할망구를 보았지. 하이에나처럼 생긴 악마 같은 여자였어. 질투심이 강한 남자가 그 하이에나에게 옷을 입히고 그 매력적인 여자를

---

* 발자크는 라투슈의 『프라골레타』에 나오는 이 프레스코화에 대한 묘사를 읽었을 것이다. 그 작품에서 나폴리 화가 엘레오노르는 친구들에게 나폴리 박물관을 구경시켜주면서 프레스코 벽화 〈괴물을 애무하는 여인〉에 대한 이야기를 나눈다.

감시하라고 고용한 것이겠지…… 그런데 말일세, 그 할망구 때문에 나는 사랑에 빠졌다기보다는 호기심에 사로잡히게 되었다네. 토요일에는 아무도 없더군. 그리고 오늘, 나는 그녀의 괴물이 되어, 아까 말한 프레스코화 속 괴물 같은 자세로 그녀를 기다리던 참일세."

"바로 저기에 있군." 폴이 말했다. "사람들이 모두 그녀를 보려고 뒤를 돌아보지 않나……"

미지의 여인은 얼굴을 붉혔다. 앙리를 보자 그녀의 눈이 반짝였다. 그녀는 눈을 감고 그냥 지나갔다.

"저 여자가 자네를 알아보았다고 했나?" 폴 드 마네르빌이 앙리를 놀리면서 말했다.

노파는 두 젊은이를 뚫어지게, 그리고 주의깊게 바라보았다. 미지의 여인과 앙리가 다시 만났을 때, 그 아가씨는 그를 스치고 지나갔다. 그때 그녀의 손이 젊은이의 손을 잡았다. 그러고 나서 그녀는 뒤돌아보면서 열정적으로 미소 지었다. 하지만 노파는 얼른 그녀를 데리고 카스티글리온 가의 철책문 쪽으로 갔다. 두 남자는 그녀를 뒤따라가면서 그 목선의 아름다움에 찬탄을 금치 못했다. 그녀의 목과 머리는 뚜렷한 윤곽을 그리며 조화롭게 연결되어 있었고, 머리카락은 목 위로 깔끔하게 말아올려져 있었다. 황금 눈의 여인의 잘 감싼 발은 가늘고 끝이 약간 구부러져 있어, 까다로운 상상력을 가진 이들에게도 매력적이 아닐 수 없었다. 이처럼 그녀는 우아한 신발을 신고 있었으며 발목까지 오는 짧은 드레스를 입고 있었다. 걸어가는 동안 그녀는 가끔씩 앙리를 보기 위해 뒤돌아보았다. 그녀는 자신의 주인이기도 하고 하녀이기도 한 그 노파를 마지못해 따라가는 것처럼 보였다. 그녀는 그 노파를 심하게 두

들겨 팰 수는 있을지언정, 절대 해고하지는 못하리라. 그 모든 것이 다 보였다. 두 사내는 철책문에 도달했다. 제복을 입은 하인 두 명이 가문의 문장이 찍힌 훌륭한 마차의 발판을 폈다. 황금 눈의 여인이 먼저 마차에 올라 마차가 돌아갈 때 자기 모습이 보일 수 있는 곳에 자리잡았다. 그러고는 문 위에 손을 얹고 노파 몰래 손수건을 흔들었다. 지나가는 호기심 많은 사람들이 이러쿵저러쿵하는 것을 비웃으면서 그녀는 손수건을 사용하여 앙리에게 공개적으로 '나를 따라오세요……'라고 말하고 있었다.

"저렇게 멋지게 손수건을 흔드는 여자를 본 적이 있나?" 앙리가 폴 드 마네르빌에게 말했다.

그러고는 사람을 내려놓고 떠나려는 삯마차를 발견하자, 마부에게 멈추라고 손짓을 했다.

"저 마차를 따라가주시오. 어느 길로 가는지, 어느 집으로 들어가는지 잘 보시오. 십 프랑 드리겠소. 잘 가게, 폴."

삯마차는 그녀가 탄 마차를 뒤쫓았다. 그 마차는 생 라자르 가로 접어들어 그 구역에서 가장 아름다운 저택 중 하나로 들어갔다.

# 2
# 이상한 행운

마르세는 경솔한 사내가 아니었다. 다른 젊은이들 같았으면 곧바로 그 여인에 대한 정보를 수집하고 싶은 욕망에 굴복했을 것이다. 그 여인이야말로 그가 늘 꿈꿔왔던 이상적인 여인, 동방의 시정을 체현한 여인이 아니던가. 그러나 그는 워낙 용의주도한 사내였기에 모처럼 잡은 행운을 헛되이 만들 행동은 하지 않았다. 그는 마부에게 가던 길을 계속하여 생 라자르 가를 지나 자신의 저택까지 가자고 말했다. 다음날, 그가 가장 신뢰하는 로랑이라는 하인이 그 미지의 여인 집 근처에서 편지가 배달되는 시간을 기다리고 있었다. 그는 연극 무대 위의 프롱탱* 만큼이나 교활한 사내였다. 마음놓고 저택 주변을 배회하면서 염탐하

* 마리보의 희곡에서 주로 교활한 하인으로 나오는 이름. 그는 「페라귀스」에서 언급된 바 있는 스카팽이나 피가로만큼이나 교활한 인물이다.

기 위해 그는, 경찰들이 변장할 때 흔히 사용하는 수법대로, 즉석에서 오베르뉴 사람의 헌옷을 사 입고 시골 사람 행세를 했다. 우편배달부가 그날 아침 우편물을 배달하기 위해 생 라자르 가를 지나갈 때, 심부름꾼을 가장한 로랑은 보따리를 전달해야 하는데 수신자 이름이 생각나지 않아 곤란한 척하면서 우편배달부에게 그 이름을 물어보았다. 파리라는 문명사회 한가운데에서 그림의 소재가 되고도 남을 만큼 아주 기묘하게 생긴 우편배달부는 로랑의 겉모습에 속아 황금 눈의 여인이 살고 있는 저택이 스페인의 대귀족인 돈 이호스, 산 레알 후작의 소유임을 알려주었다. 그 오베르뉴 사람은 당연히 후작에게는 볼일이 없었다.

"이 물건은 후작부인에게 가는 것입니다." 로랑이 말했다.

"부인은 지금 집에 안 계신데요." 우편배달부가 말했다. "그분 앞으로 온 편지는 모두 런던으로 다시 보냈어요."

"그러면 그 젊은 여자분은 후작부인이 아닌가요? 그……"

"아!" 우편배달부는 하인의 말을 끊고 그를 뚫어지게 바라본 후 말했다. "네놈이 심부름꾼이라면 난 무용수다."

로랑이 편지 수거 시간을 알리기 위해 종을 들고 다니는 이 공무원에게 금화 몇 닢을 보여주자, 그는 웃음을 띠었다.

"자, 당신 사냥감의 이름이 여기 있소"라고 말하면서 우편배달부는 가죽가방에서 편지를 한 통 꺼내주었다. 런던 소인이 찍힌 그 편지에는 다음과 같은 주소가 쓰여 있었다.

파키타 발데스 양 귀하

생 라자르 가, 산 레알 저택,

파리

그 주소는 길쭉하고 가느다란 글씨로 쓰여 있어 여자의 필체임을 알 수 있었다.

"당신과 샤블리 와인 한 병 하고 싶은데 매정하게 구시겠소? 더불어 볶은 버섯을 곁들인 안심 스테이크, 그리고 전채로 석화 한 접시, 어때요?" 우편배달부의 환심을 사기 위해 로랑이 제안했다.

"업무가 끝난 후, 아홉시 반에. 어디서 만나죠?"

"쇼세 당탱과 뇌브 데 마튀랭 가 모퉁이에 있는 '와인 없는 우물'에서요." 로랑이 답했다.

"잘 들으시오, 친구." 하인과 다시 만난 우편배달부는 말했다. "당신 주인이 그 처자에게 빠져 있다면, 지금부터 한 시간 후에는 작업에 들어갈 수 있을 거요. 하지만 당신들이 그녀를 볼 수 있을지는 의문이오. 십 년 전부터 파리에서 우편배달부 노릇을 해온 터라, 파리에 있는 집들의 출입문 장치에 대해서는 빠삭히 꿰고 있소. 하지만 산 레알 저택의 문만큼 비밀스럽고 신비스러운 문은 본 적이 없소. 내 동료들 중 그 누구도 그 사실을 부정하지 못할 거요. 알 수 없는 무슨 암호 같은 것을 대지 않고는 절대 저택 안으로 들어갈 수 없다오. 게다가 그 저택은 안마당과 정원 사이에 위치해 있소. 다른 집들과의 소통을 완전히 차단하기 위해서라오. 문지기는 스페인 노인인데 프랑스 말은 한마디도 못하지만, 도둑인지 아닌지 가려내기 위해 사람들의 얼굴을 뚫어지게 바라본다오. 비도크처럼 말이오. 연인이든, 도둑이든, 혹은 당신이든 이 첫번째 간수를 속여넘기고 주저 없이 그곳을 통과한다 해도, 유리문으로 봉쇄된 첫번째 방에서 하인들에게 둘러싸여 있는 그들의 우두머리를 만나게 될 거요. 그는 문지기보다 더 거칠고 더 무뚝뚝한 어릿광대같이 생긴 노인이라오. 누군가 대문을 넘어서면, 그 하인장이 나와 회랑 밑에서 기다리고 있다가 마치 죄인을 심문하듯 질문을 한다오. 나처럼 하찮은 우편배달부한테까지 그랬다면 말 다한 것 아니겠소. 세상에, 나를 변장한 밀사 취급을 하더이다." 그는 신이 나서 마음대로 떠들어댔다. "그 집 하인들로부터 무엇인가 캐내려는 생각일랑 아예 하지도 마시오. 나는 그들이 전부 벙어린 줄 알았소. 그 동네 사람들은 아무도 그 사람들이 하는 말을 들어본 적이 없다는구려. 도대체 얼마나 급료를 많이 받기에 아무 말도 안 하고, 아무것도 안 마시는지 모르겠소. 문제는 그들 가까이 다가갈 수조차 없다는 거요. 총살당할까 두려워서인지, 아니면 입을 다무는 대가로 받는 돈이 크기 때문인지 도무지 알 수가 없소. 설사 당신 주인이 그 모든 장애물을 넘어설 수 있을 만큼 파키타 발데스 양을 사랑한다 해도, 그녀를 그림자처럼 따라다니는 도냐 콘샤 마리알바에게는 절대 이길 수 없을 거요. 그 노파는 그녀를 떠나느니 차라리 그녀를 자기 치마 밑에 집어넣을 위인이라오. 그 두 여자는 마치 둘을 꿰매놓은 것처럼 항상 붙어다니거든요."

"친절한 우체부 양반," 로랑은 와인을 한 모금 마신 후 다시 말했다. "당신이 한 말은 내가 이제까지 알아낸 정보가 사실임을 확인시켜주는구려. 정말이지 사람들이 나를 놀리는 줄 알았소이다. 그 집 앞에 있는 과일가게 여주인 말에 따르면 밤에는 개들을 정원에 풀어놓는다는 거요. 개들이 뛰어올라도 닿을 수 없도록 기둥 높은 곳에 먹이를 매달아

놓고 말이지요. 그러니 지옥에 떨어진 그 짐승들은 침입자들이 자기네 먹이를 훔치러 왔다고 여기고 그들을 갈기갈기 찢으려고 달려든다오. 그 짐승들에게 고깃덩어리를 던져주면 되지 않느냐고 당신은 말하겠지요. 하지만 그 짐승들은 그 집 문지기가 주는 것 외에는 아무것도 먹지 않도록 길들여져 있는 것 같더군요."

"산 레알 저택의 위쪽 정원은 옆집 정원과 맞붙어 있는데, 그 집이 바로 뉘싱겐 남작의 저택이라오. 그런데 그 댁 문지기도 그런 말을 하더군요." 우편배달부가 맞장구를 쳤다.

'잘됐군, 주인님은 뉘싱겐 남작과 친분이 있으니 말이야.' 로랑은 생각했다. 그러고는 우편배달부의 눈치를 보면서 말했다. "우리 주인님은 자존심이 강한 분이라, 만일 그분이 여왕님 발바닥에 입을 맞추고자 작정한다면, 반드시 그렇게 되어야 한다오. 아시겠소? 그러니 만일 그분이 당신을 필요로 하신다면, 당신을 신뢰해도 되겠소? 난 그러기를 바라오. 그분은 무척이나 관대한 분이거든요."

"물론이죠, 로랑 씨. 내 이름은 무아노요. '녀석'이라는 뜻을 가진 단어*와 발음은 같지만 철자가 달라요. 엠-오-아이-엔-오-티, 무아노."

"정말 그렇군요." 로랑이 말했다.

"5구의 트루아 프레르 가** 11번지에 살고 있소." 무아노가 말을 이었다. "아내와 네 명의 자녀가 있지요. 부탁하실 일이 내 양심에 저촉되지 않고, 우편배달부 일에 방해가 되는 것만 아니라면, 이해하시죠? 얼마

---

* 프랑스어로 'moineau'는 '녀석, 놈'이라는 의미로, 그의 이름 'Moinot'와 발음이 같다. (옮긴이)

** 빅투아르 가와 생 라자르 가 사이에 위치한 지금의 테부 가에 해당될 것이다.

든지 도와드리죠."

"당신은 용기 있는 사람이구려." 무아노와 악수를 하면서 로랑이 말했다.

"파키타 발데스는 아마도 페르난도 국왕의 친구인 산 레알 후작의 정부겠지. 시체와 다름없는 팔십 먹은 스페인 노인만이 그런 대비책을 강구할 수 있을 거야." 하인이 조사한 내용을 보고하자, 앙리가 말했다.

"주인님," 로랑이 말했다. "기구氣球를 타고 가지 않는 이상, 그 집 안으로 들어갈 방법은 없습니다요. 그 저택으로는 아무도 들어갈 수가 없어요."

"바보 같으니라고! 파키타를 가지기 위해 그 집으로 들어갈 필요가 있나? 파키타가 나올 수도 있잖아?"

"하지만, 주인님. 그 노파는요?"

"그 노파야 며칠간 방안에 감금해버리면 그만이지."

"그럼 우리는 파키타를 가질 수 있겠군요!" 로랑이 손을 비비면서 말했다.

"이놈아!" 앙리가 말했다. "네놈이 감히 내 여자가 될 사람을 두고 그따위로 말하다니! 계속 그렇게 무례하게 굴면, 네놈을 그 노파에게 던져줄 테다. 내 몸치장 준비나 해라, 외출할 것이다."

앙리는 한참 동안 즐거운 상념에 사로잡혀 있었다. 말이 났으니 하는 말인데, 여자들의 찬사를 한몸에 받는 그는 원하기만 하면 모든 여자를 다 얻을 수 있었다. 그런데 하물며 애인도 없는 여자에 대해 걱정할 것이 무엇인가? 그 누가 아름다운 육체와 매력적인 영혼으로 무장하고, 정신력과 재산이라는 두 가지 현실적인 무기로 무장한 그 젊은이에게 저항할 수 있을까? 하지만 이렇듯 늘 쉽게 성공하다보니 마르세는 성공에 싫증이 났다. 그리하여 한 이태 전부터는 무척이나 권태로운 생활을 하고 있었다. 관능의 바다에 침잠해 그곳에서 진주보다 자갈들에 더 큰 관심을 기울이곤 했다. 그리하여 그는 마치 권태에 빠진 군주처럼, 위험한 사건에 연루되기를 간절히 소망했다. 넘어서야 할 장애물이 많을 뿐 아니라, 자신의 정신적 육체적 능력을 마음껏 발휘할 수 있는 그런 사건 말이다. 몸도 마음도 아무런 활동을 하지 않고 있었던 것이다. 파키타 발데스의 경우만 해도, 그녀가 완벽한 요소들을 다 가지고 있는 것처럼 보일지라도, 아름다운 요소들을 하나하나 음미할 뿐, 아직 그의 마음속에서 강한 열정이 솟구쳤던 것은 결코 아니었다. 지속적으로 포만감을 느끼다보니, 그의 마음속에서는 사랑이라는 감정이 메말라가고 있었다. 노인들처럼, 혹은 흥미를 잃고 무감각해진 사내들처럼, 그는 이제 기발한 착상이나 돈이 많이 드는 취향, 일단 만족시키고 나면 더이상 아무런 좋은 추억도 남기지 않는 일시적인 욕망 같은 것들만 좇고 있었던 것이다. 젊은이에게 사랑이란 가장 아름다운 감정이다. 사랑은 영혼에 생명을 불어넣고, 그 위대한 힘으로 아름다운 영감과 위대한 사유를 꽃피운다. 모든 것의 시작은 감미로운 법이다. 남자에게 사랑이란 열정이지만, 힘이 넘치면 남용하게 된다. 노인에게는 사랑이 타락으로 변질된다. 성적 불능은 극단적인 행동을 낳기 때문이다. 앙리는 노인이기도 했고 남자이기도 했고 젊은이이기도 했다. 그에게 진정한 사랑을 불러일으키려면 러블레이스처럼 클래리사 할로* 같

* 영국 근대소설의 개척자인 새뮤얼 리처드슨의 서간체 소설 『클래리사 할로』에 등장하는 유혹자와 순결한 처녀, 두 인물을 가리킨다. 발자크는 종종 이 두 인물을 인용했다.

은 여인이 필요하리라. 그처럼 희귀한 보석이 내뿜는 매혹적인 광채가 없다면 그는 그저 파리 사람 특유의 허영심으로 인해 더욱 강렬해진 열정을 느끼거나, 어떤 여인을 어느 정도까지 타락시키겠다는 결심을 하거나, 호기심을 자극할 만한 연애를 할 뿐이었다. 그의 하인인 로랑의 보고는 황금 눈의 여인에게 엄청난 가치를 부여했다. 비밀에 싸인 적을 향해 전투를 시작하는 것이었다. 그런데 그 적은 용의주도할 뿐 아니라 위험하기도 했다. 따라서 승리를 쟁취하기 위해서는 앙리가 사용할 수 있는 모든 힘을 다 동원해야만 할 것이다. 그는 이제 늘 똑같이 진부하면서도 매번 새로운 그 코미디를 공연하려 하는 것이었다. 그리고 등장인물은 노인, 젊은 처녀, 그리고 처녀를 사랑하는 남자, 즉 돈 이호스, 파키타, 마르세다. 그런데 로랑은 피가로에 견줄 만했지만, 노파는 절대 매수되지 않을 것처럼 보였다. 따라서 현실에서 펼쳐지는 이 연극의 줄거리는 그 어떤 극작가의 연극보다 훨씬 더 우연에 좌우되리라! 하지만 따지고 보면 우연도 재능 있는 자에게 주어지는 것이 아닐까?

'신중하게 연기해야 해.' 앙리는 생각했다.

"자!" 그때 폴 드 마네르빌이 들어오면서 말했다. "어디까지 진도가 나간 거야? 자네하고 같이 점심을 들려고 왔네."

"좋아! 그런데 자네 앞에서 몸치장을 해도 불쾌하진 않겠지?"

"농담하나!"

"우리는 오늘날 영국 사람들이 만든 것을 너무 많이 사용해, 그러니 우리도 그들처럼 근엄한 척하는 위선자가 될 수 있을 걸세." 앙리가 말했다.

그때 로랑이 주인 앞으로 수많은 다양한 도구와 온갖 미용 용품을 가져왔기에, 폴은 다음과 같은 질문을 하지 않을 수 없었다.

"그런데 자네 몸치장에 두 시간 정도 걸리나?"

"아니! 두 시간 반."

"그럼, 우린 서로 비밀 없이 다 터놓고 이야기하는 사이이고, 또 우리끼리 있으니 하는 말이네만, 자네처럼 잘생긴 친구가, 자넨 정말 잘나지 않았나, 왜 그렇게 외모에 신경을 쓰면서 과시를 하려 하나? 그건 좀 부자연스럽지 않나? 그저 십오 분 정도 목욕하고, 얼른 머리 빗고, 옷을 입으면 될 것을, 두 시간 반 동안이나 공들여 몸치장을 하는 이유가 무엇인가? 특별한 까닭이 있는 거라면 나한테도 좀 알려주게."

"이 요령 없는 친구야! 그처럼 고귀한 생각들을 말해주려면 내가 자네를 무척 좋아해야겠지." 영국제 비누를 묻힌 부드러운 솔로 하인이 발을 문지르는 동안 젊은이는 그렇게 말했다.

"하지만 나는 자네에게 더없이 진실한 우정을 바치고 있지 않나." 폴 드 마네르빌이 응수했다. "게다가 나보다 월등하기에 난 자네를 좋아한다네……"

마르세는 폴의 고백에는 눈으로만 대답할 뿐 아무 언급도 하지 않은 채 말을 이었다. "자네도 심리 현상을 관찰할 능력이 있으니, 여자들은 잘난 체하는 건방진 남자를 좋아한다는 사실을 파악했을 걸세. 자네는 여자들이 왜 잘난 체하는 남자를 좋아하는지 아나? 건방진 남자들만이 몸치장에 신경을 쓰거든. 그런데 몸치장에 공을 들인다는 건 결국 타인의 행복을 위해 자신을 꾸미는 것이 아닌가? 자기만 생각하지 않고 자기만 위하지 않는 남자를 여자들은 열렬히 좋아한다네. 사랑이란 근본적으로 도둑질일세. 나는 여자들이 열광하는 지나친 깔끔함을 말하는 것이 아닐세. 아무튼 아무리 훌륭한 남자일지라도, 아무렇게나 입는 남자에게 열광하는 여자가 하나라도 있을 것 같은가? 만일 그런 일이 일어난다면, 우리는 임신한 여인의 이상한 욕구 탓으로 돌리지. 웃기는 생각이지만 누구나 그렇게 생각한다네. 물론 출중한 남자 중에는 외모에 관심이 없어 몸치장을 소홀히 하는 사람들도 있지. 그런데 거만한 남자들은 자기 자신에게 신경을 많이 쓰지만, 어리석거나 하찮은 것에도 관심을 기울인다네. 그런데 여자란 무엇인가? 하찮음과 어리석음의 종합이 아닌가? 아무 생각 없이 던진 말 한마디로 여자들을 네 시간 동안 쉬지 않고 일하게 할 수 있지 않은가? 잘난 체하는 남자는 여자에게 온 관심을 기울인다는 사실을 여자들은 잘 안다네. 왜냐하면 그런 남자는 위대한 일에는 관심이 없으니 말일세. 명예나 야망이나 정치나 예술, 그리고 그네들의 경쟁자인 한가락 하는 거리의 여자들 때문에 자신들이 등한시되는 일은 절대 없을 거거든. 게다가 잘난 체하는 거만한 남자들은 여자에게 잘 보이기 위해 우스꽝스러운 옷차림도 마다하지 않는 용기를 지닌 자들이라네. 그리고 여자의 마음속엔 사랑 때문에 웃음거리가 된 남자에게 보상을 해주고 싶다는 생각이 가득 차오른다네. 말하자면, 어떤 사내가 거만한 남자가 되는 건 다 그럴 만한 이유가 있기 때문인 거야. 남자의 등급을 매기는 것은 결국 여자들이니까. 거만한 남자는 군대식 서열로 말하자면 연대장쯤 되겠지. 그는 여복이 많거든. 한 연대의 여성들이 기꺼이 그의 지휘권 안으로 들어오니 말일세. 이보게, 파리에서는 서로 모르는 게 없다네. 그러니 거만한 남자가 거저 되는 것은 아니라네. 한 명의 여자밖에 모르는 자네가, 물론 그런 자네가 옳을지도 모르지만, 그런 자네가 거만한 남자가 되려 한다?…… 우스꽝스러운 사내도 되지 못한 채, 그냥 죽어버리고 말 걸세. 자네는 인간이라는 두 발 달린 짐승의 전형, 어쩔 수 없이 한 가지 일만 하도록 강요받은 수많은 사내 중 하나가 될 걸세. 라파예트*가 미국을 상징하고, 탈레랑이 외교를 상징하고 데조지에**가 가요를, 세귀르***가 연가를 상징하듯 자네는 그냥 어리석음을 상징할 걸세. 그들은 자기가 가진 재능의 영역 밖에서는 아무런 가치도 인정받지 못한다네. 바로 그것이 프랑스에서의 우리, 항상 더할 나위 없이 편파적인 우리의 모습이지. 탈레랑은 어쩌면 훌륭한 자본가였을지도 몰라. 마찬가지로 라파예트는 폭군이었을지도, 데조지에는 행정가였을지도 모르는 거지. 다음해에 자네 주위에 수많은 여자가 있다 할지라도, 공식적으로는 단 한 명의 여자도 자네에게 허락되지 않을 걸세. 폴, 이렇듯 거만함이란 여자라는 족속을 정복하는 데 반드시 필요한 힘을 상징한다네. 많은 여자의 사랑을 받는 남자는 훌륭한 자질을 많이 가진 사내로 통하지. 그러니 그런 자질을 가진 자가 이기는 거란 말일세, 이 불쌍한 친구야! 그런데 말이야, 살롱에 들어갈 수 있고, 그 안에 있는 모든 사람을 머리부터 발끝까지 관찰할 수 있는 것, 아무리 훌륭한 사내일지라도 그가 유

---

* 프랑스 사상가이자 장교. 미국 독립전쟁에 참가했고, 대혁명 중에는 국민 방위대의 사령관을 역임했다. 혁명 이후 〈인권선언〉을 기초했으며 입헌군주제를 실현하려 했다. (옮긴이)

** 프랑스 가요작가, 희극작가, 시인. (옮긴이)

*** 알렉상드르 조제프 드 세귀르 백작과 루이 필리프 드 세귀르 백작 형제. 외교관이자 정치가였지만 시인이기도 했으며, 보드빌과 페도 가에 있는 극장을 위한 극본도 썼다. 특히 그들이 작곡한 연가가 유명하다. (옮긴이)

행에 뒤처진 조끼를 입었다는 이유로 코안경을 통해 쳐다보면서 경멸할 수 있는 것, 자네는 이런 것들이 아무것도 아니라고 생각하나? 아, 아파, 조심해, 로랑. 폴, 점심 먹고 나서 황금 눈의 여인을 보러 튈르리 공원에 가세나."

근사한 식사를 마친 후, 두 젊은이는 테라스 데 푀양 산책로와 튈르리 공원의 대로를 성큼성큼 걸어다녔다. 그러나 그들은 어디에서도 숭고한 파키타 발데스를 만날 수 없었다. 그 대신 파리의 최고 멋쟁이들이 그곳을 산책하고 있었다. 그들은 사향 향수를 뿌리고 고급스러운 넥타이를 매고 장화를 신고 있었으며, 말에 박차를 가하거나 채찍질을 하거나 걷고 있었다. 그들은 웃고 떠들면서 소란스럽게 그 길을 지나다니고 있었다.

"허탕이로군." 앙리가 말했다. "하지만 기막힌 생각이 하나 떠올랐네. 그 아가씨는 런던에서 오는 편지를 받는다고 했어. 우편배달부를 매수하든가 취하게 해서 편지를 개봉해 읽어본 후, 내가 쓴 연애편지를 그 속에 넣고 다시 봉하는 거야. 늙은 폭군은 분명히 런던에서 편지를 써 보내는 사람이 누구인지 잘 알 거야. 그러니 그 편지에 대해서는 아무런 의심도 하지 않을 걸세."

다음날, 마르세는 다시 테라스 데 푀양 산책로에 햇빛을 받으며 산책하러 나왔다가 파키타 발데스를 보았다. 벌써 그에 대한 사랑으로 그녀는 더욱 아름다워져 있었다. 그는 그녀의 눈에 홀딱 반해버렸다. 그녀의 눈빛은 태양이 쏘아대는 광선과도 같은 강렬한 느낌을 주었는데, 그 강렬함은 관능덩어리인 그녀의 완벽한 몸이 주는 느낌을 단적으로 표현하고 있었다. 그녀와 산책로에서 마주친 마르세는 그 매력적인 여인의 옷자락에라도 닿고 싶어 몸이 달았다. 그러나 그의 시도는 번번이 실패했다. 그러던 중, 마르세는 황금 눈의 여인 곁으로 다가가기 위해 우선 노파와 파키타를 앞질러간 후 다시 되돌아오면서 그녀 곁을 지나게 되었는데, 앙리만큼이나 안달이 난 파키타가 서둘러 앞으로 다가오는 것이었다. 그때 마르세는 그녀의 손이 자기 손을 꼭 잡는 것을 느꼈다. 매우 빠르고도 의미심장한 동작이었다. 그는 마치 감전이라도 된 듯한 충격을 받았다. 순식간에 젊은이의 마음속에서 온갖 종류의 흥분된 감정이 끓어올랐다. 두 연인은 서로 마주보았다. 파키타는 수줍어하면서 앙리의 눈을 다시 보지 않으려고 눈을 내리깔았다. 하지만 그녀는 시선을 점점 더 아래쪽으로 내리면서 그의 발을, 그리고 혁명 전에 여자들이 우리의 정복자라 불렀던 그의 몸매를 관찰했다.

'기필코 저 여자를 가지고 말리라.' 앙리는 다짐했다.

루이 15세 광장*에 이르는 테라스 데 푀양 산책로의 끝까지 그녀를 따라가면서 그는 늙은 산 레알 후작을 발견했다. 그는 하인의 팔에 기대어 허약한 통풍 환자처럼 조심조심 걸으면서 산책하는 중이었다. 앙리를 경계하는 도나 콘샤는 파키타를 자기와 노인 사이에서 걷게 했다.

'오! 그래, 너로군.' 마르세는 그 노파에게 경멸의 시선을 던지며 생각했다. '너를 항복시킬 수 없다면, 약간의 아편으로 잠들게 하마. 그리스신화에 나오는 아르고스** 이야기를 잘 알거든.'

---

* 지금의 콩코르드 광장. (옮긴이)

** 그리스신화에 등장하는 백 개의 눈을 가진 괴물. 제우스의 아내 헤라는 아르고스에게 암소로 변한 요정 이오의 감시를 맡긴다. 그러나 제우스의 명을 받은 헤르메스는 피리를 불어 잠들게 한 후 괴물을 퇴치한다. (옮긴이)

마차에 오르기 전, 황금 눈의 여인은 연인과 몇 번이나 시선을 교환했다. 그 시선의 의미는 의심의 여지가 없었기에 앙리는 매우 기분이 좋았다. 하지만 그들이 시선을 주고받는 것을 눈치챈 노파가 노기를 띠고 파키타에게 뭐라 뭐라 말했다. 그러자 파키타는 절망한 듯 마차 깊숙이 몸을 던졌다. 그후 며칠 동안 파키타는 튈르리 공원에 나타나지 않았다. 주인의 명령을 받은 로랑이 저택 주변의 동정을 살피면서 이웃 사람들에게 알아낸 정보에 따르면, 자기가 맡고 있는 아가씨와 앙리가 시선을 교환하는 것을 노파가 눈치챈 바로 그날 이후 두 여자도 늙은 후작도 외출하지 않았다는 것이다. 두 연인을 이어주었던 너무도 약한 끈이 벌써 끊어지려 하고 있었다.

며칠이 지난 후, 쥐도 새도 모르게, 마르세는 목적을 달성했다. 그는 런던에서 발데스 양에게 보낸 편지를 봉한 것과 완전히 똑같은 인장과 밀랍, 서신을 교환한 사람들이 사용한 종이와 똑같은 종이, 그리고 영국과 프랑스 우체국의 소인을 찍는 데 필요한 일체의 도구와 쇠로 된 압형기 등을 마련했다. 그러고는 마치 영국에서 보낸 것처럼 생긴 편지에 다음과 같은 내용을 담았다.

> 친애하는 파키타, 당신이 제게 불러일으킨 열정을 말로는 표현하지 않겠습니다. 만일 당신도 저에 대해 그런 감정을 느끼신다면, 저는 얼마나 행복한 사내일까요. 만일 그렇다면 제가 당신과 편지를 교환할 수 있는 방법을 찾았다는 것을 알아주십시오. 제 이름은 아돌프 드 구주이고 위니베르시테 가 54번지에 살고 있습니다. 만약에 당신이 감시당하고 있고 종이도 연필도 없다면, 당신의 침묵을 통해

편지할 수 없는 당신의 사정을 이해할 것입니다. 그러니 내일 아침 여덟시부터 저녁 열시까지 당신이 정원의 벽 너머 뉘싱겐 남작가의 정원으로 편지를 떨어뜨리지 않으신다면, 그곳에서 하루종일 대기하던 제 충복이 다음날 아침 열시에 약병 두 개를 줄에 매달아 벽 너머로 미끄러뜨릴 것입니다. 그 하인은 제가 완전히 신뢰할 수 있는 충복이니 안심하셔도 됩니다. 그 시간 정도에 산책을 하도록 하십시오. 약병 두 개 중 하나에는 아편이 담겨 있어 당신의 아르고스를 잠들게 할 것입니다. 여섯 방울이면 됩니다. 또 하나의 약병에는 잉크가 담겨 있습니다. 잉크병에는 무늬가 있고 다른 병에는 아무 무늬도 없습니다. 두 병 다 납작하게 생겼으니 코르셋 안에 감출 수 있을 것입니다. 당신과 서신을 교환하기 위해 이제까지 한 행동은 제가 얼마나 당신을 사랑하는지를 말해줄 것입니다. 그래도 저를 의심하신다면, 당신과 단 한 시간을 만나기 위해 목숨이라도 걸 수 있다고 말씀드리고 싶습니다.

"그런데 여자들은 이런 편지를 믿는단 말이지. 불쌍한 피조물들 같으니라고!" 마르세가 중얼거렸다. "하지만 여자들이 옳아. 이토록 확실하게 사랑을 입증하는 연애편지를 받고도 매혹되지 않는 여자를 우리 남자들이 어떻게 생각하겠어?"

그 편지는 다음날 아침 여덟시쯤 우편배달부 무아노를 통해 산 레알 저택 문지기에게 전달되었다.

전쟁터에 더 가까이 가기 위해 마르세는 폴의 집으로 식사를 하러 갔다. 폴은 생 라자르 가 옆에 있는 페피니에르 가에 살고 있었던 것이다. 오후 두시에, 두 친구는 안정된 재산도 없는 주제에 우아한 삶을 살려다가 완전히 파산한 한 사내를 비웃으면서 그 사내에 대해 이야기하고 있었다. 그들은 그 사내가 실패하는 데 아주 결정적인 역할을 했던 것이다. 바로 그때, 앙리의 마부가 폴의 집까지 주인을 찾으러 왔다. 마부는 반드시 마르세를 직접 만나 이야기하고 싶다고 고집을 부렸다는 이상한 인물을 하나 소개했다. 그 인물은 흑백 혼혈로, 만일 탈마*가 그를 보았더라면 오셀로를 연기할 때 큰 영감을 받았음직한 사내였다. 그를 보는 이는 누구나 그가 장엄하게 복수할 수 있고, 신속하게 예측하는 능력을 가졌으며, 생각하는 바를 행동으로 옮길 수 있는 사내임을 알아챌 수 있었다. 그에게서는 무어인 특유의 힘이 느껴지는가 하면 어린아이의 경솔함도 엿보였다. 그 어떤 아프리카인도 그 사내보다 더 그런 인상을 풍기지는 않으리라. 그의 검은 눈은 맹금처럼 한 군데만을 응시하고 있었고, 독수리처럼 속눈썹 없는 푸른 망막이 그 눈을 덮고 있었다. 작고 낮은 이마는 위협적인 인상을 풍겼다. 물론 이 사내는 맹목적으로 오로지 한 생각에만 사로잡혀 있었다. 힘센 그의 팔은 누군가의 지령에 따라 움직일 뿐, 자기 마음대로 쓸 수 있는 것이 아니었다. 그는 누군가를 데려왔는데, 그린란드에서 공포에 떠는 내용의 소설이든 뉴잉글랜드에서 땀흘려 일하는 내용의 소설이든, 그 어떤 소설이나 설화에 담긴 상상력을 동원하더라도 그는 불행한 남자였다라고밖에 표현할 수 없는 사내였다. 그런 말을 들으면 사람들은 각각 자기 나라에서 가난한 사람 하면 떠오르는 이미지에 따라 마음속으로 그 모습을 그려

* 프랑스의 비극 배우. (옮긴이)

볼 것이다. 하지만 그 누가 주름지고 창백한, 게다가 극도로 벌겋게 달아오른 그의 얼굴과 기다란 수염을 상상할 수 있을까? 그 누가 그가 맨 끈 모양의 누런 넥타이와 기름때가 잔뜩 낀 셔츠, 다 해진 모자와 푸르스름한 프록코트, 비참해 보이는 바지, 말라 오그라든 조끼, 인조금으로 된 장식 핀, 진흙투성이의 신발과 진창을 밟아 더러워진 그 신발끈 같은 것들을 볼 수 있을까? 그 누가 과거에 그랬듯이 현재에도 계속되는 지독한 가난에 처한 그 사내를 이해할 수 있을까? 누가 이해할 수 있냐고? 오직 파리 사람들만이 이해할 수 있으리라. 파리에서 불행한 사람은 완벽하게 불행하다. 자신이 얼마나 불행한지 깨닫는 것이 기쁨으로 느껴질 만큼 그에게는 고통만이 존재하기 때문이다. 그 혼혈 사내는 마치 사형에 처할 죄인을 데려오는 루이 11세 시대의 사형집행인처럼 보였다.

"도대체 누가 이 건달 같은 놈들을 데려왔나?" 앙리가 물었다.

"세상에! 두 놈 중 하나는 보기만 해도 오싹해지네." 폴이 답했다.

"그나마 기독교인처럼 보이는 자네, 자넨 누군가?" 앙리는 불행한 사내를 바라보면서 물었다.

혼혈 사내는 마치 아무 말도 듣지 못하지만 몸짓과 입 모양으로 무슨 말인지 알아맞히려는 듯 두 젊은이를 뚫어지게 바라보고 있었다.

"저는 법무사이자 통역사이기도 합니다. 재판소에서 근무합지요. 이름은 푸앵세라 합니다."

"알겠네! 그럼 저자는 누군가?" 앙리가 혼혈 사내를 가리키면서 푸앵세에게 물었다.

"저도 모릅니다요. 이 친구가 스페인 방언 같은 말을 하는데 통역을 해달라고 절 여기까지 끌고 왔습지요."

혼혈 사내는 주머니에서 앙리가 파키타에게 쓴 편지를 꺼내어 내밀었고 앙리는 그 편지를 벽난로 속에 던졌다.

'이제 서서히 게임이 시작되는군!' 앙리는 생각했다. "폴, 잠시 자리를 비켜주게나."

"제가 이 사람에게 이 편지를 번역해주었습죠." 폴이 자리를 뜨고 그들만 남자, 통역사가 말을 이었다. "그 편지를 번역해주었더니 어디론가 갔다 와서는 이 루이를 주겠다며 저를 이리로 데려왔습니다."

"수상한 놈아, 그래서 나한테 하고 싶은 말이 무엇이냐?" 앙리가 혼혈 사내에게 말했다.

"수상한 놈이라는 말은 전하지 않았습니다." 혼혈 사내의 답을 기다리면서 통역사가 말했다.

"그가 말하길," 낯선 사내의 말을 들은 후 통역사는 다시 말을 이었다. "내일 저녁 열시 반에 몽마르트르 대로의 카페 앞에 서 계시랍니다. 그곳에 마차가 한 대 놓여 있을 테니 마차의 문을 열어주는 자에게 코르테호라는 단어를 말씀하시고 그 마차를 타시라고요." 푸앵세는 축하한다는 시선을 앙리에게 던지면서 "스페인어로 연인이란 뜻입니다"라는 말을 덧붙였다.

"좋아!"

혼혈 사내가 통역사에게 이 루이를 주려고 하자, 마르세는 그를 제지하고 훨씬 더 많은 사례금을 주었다. 앙리가 돈을 주는 동안 혼혈 사내는 통역사에게 무슨 말인가 덧붙였다.

"뭐라는 건가?"

"한마디라도 비밀을 누설하면, 제 목을 졸라 죽이겠다고 경고하는 겁니다." 불행한 사내는 그렇게 답했다. "그는 친절합니다만, 힘이 워낙 세니 그러고도 남을 위인입니다."

"자네 말이 맞네. 저자는 충분히 그럴 수 있을 것 같군."

"그가 덧붙이기를," 통역사가 다시 말했다. "그를 보낸 분이 최대한 신중하게 행동하라고 신신당부하셨답니다. 나리를 위해서도 그분 자신을 위해서도 그렇게 해달라 간청하셨다는군요. 나리 머리 위에 있는 단도가 나리의 가슴으로 떨어질 수도 있답니다. 어떤 인간의 힘으로도 그 위험으로부터 나리를 보호할 수 없을 거라고요."

"저자가 그렇게 말했다고? 거참 잘되었군, 더 재미있겠는걸." 그러고는 "이제 들어오게, 폴" 하고 소리쳤다.

파키타 발데스의 연인을 향해 자석에 끌리는 듯한 시선을 잠시도 떼지 않던 혼혈 사내는 통역사와 함께 방을 나갔다.

"드디어 아주 재미있는 모험이 시작되는군." 폴이 들어왔을 때 앙리는 이렇게 혼잣말을 하고 있었다. "연애를 많이 하다보니 드디어 이 파리라는 도시에서 위험천만한 연애 사건에 휘말리게 되는군. 저런! 위험은 여인을 얼마나 대담하게 만드는가! 한 여자를 구속하고 속박하는 것, 그것은 오히려 그녀 앞에 놓인 장애물들을, 몇 년에 걸쳐 겨우 넘을 수 있는 그 장애물들을 단숨에 뛰어넘을 권리와 용기를 주는 것이 아닐까? 귀여운 아가씨야, 자, 어서 뛰어넘어라. 죽음? 불쌍한 것 같으니! 단도? 여자들의 상상력이란! 여자들은 시시한 일에 어마어마한 가치를 부여하고 싶어한단 말이야! 좋아, 그렇게 하지, 파키타. 네 소원대로 엄청난 가치를 부여하도록 하지. 귀신이 잡아가라지! 자연이 만들어낸 걸작인 그 아름다운 아가씨가 벌써 내 것이 되었다 생각하니 짜릿한 맛이 없는데!"

말은 그렇게 가볍게 했지만, 앙리에게는 젊음이 되살아났다. 다음날까지 차분히 기다릴 수 없었던 그는 과도한 쾌락에 몸을 맡겼다. 도박을 했고, 친구들과 저녁도 먹고 야참도 먹었다. 그는 마부처럼 퍼마셨고, 독일인처럼 먹어댔다. 도박장에서 만 프랑에서 만 이천 프랑가량 따기도 했다. 그는 새벽 두시 반에야 로셰 드 캉칼* 식당을 나와 어린아이처럼 잠을 잔 후, 그다음날 싱그럽고 생기발랄한 상태로 잠에서 깼다. 그러고 나서 튈르리 공원으로 나가기 위해 옷을 입으면서, 파키타를 보고 난 후에는 입맛을 돋워 저녁을 맛있게 먹기 위해, 또 시간도 죽일 겸 승마를 하리라 마음먹었다.

앙리는 시간에 맞춰 몽마르트르 대로로 갔다. 그곳에서 마차를 본 그는 흑백 혼혈로 보이는 사내에게 암호를 댔다. 암호를 듣더니 사내는 마차 문을 열고 신속하게 발판을 내렸다. 그리하여 앙리는 어디론가 실려갔는데, 마차가 너무도 빠른 속도로 달린데다 어느 길들을 지났는지 도무지 알 수가 없었기에, 마차가 멈췄을 때 그곳이 어딘지 전혀 알 수가 없었다. 혼혈 사내는 그를 어떤 집으로 안내했고, 그 집 대문 가까이에는 계단이 있었다. 계단은 어두웠다. 층계참도 그보다 밝지 않았다. 혼혈 사내가 빛도 없이 축축하고 악취나는 아파트의 문을 여는 동안 앙리는 그 층계참에서 기다려야 했다. 안내인이 부속실에서 찾아낸 초로 겨우 밝힌 그 아파트의 방들은 마치 그 집에 사는 사람들이 모두 여

* '캉칼의 바위'라는 이름의 이 식당은 몽토르게유 65번지에 있었던 유명한 식당으로 발자크가 자주 가던 곳이었다.

행을 떠난 듯 비어 있는 것 같았고, 가구도 별로 없어 보였다. 그는 앤 래드클리프의 소설을 읽었을 때와 같은 격한 감정을 느꼈다. 그 소설에는 주인공이 차갑고 어둡고 아무도 살지 않는 불길하고 을씨년스러운 방을 가로질러가는 장면이 있었던 것이다. 마침내 혼혈 사내가 응접실의 문을 열었다. 그 방을 장식하고 있는 고가구와 오래된 장식 휘장들은 사창가를 연상시켰다. 세련된 척 멋을 부렸는가 하면, 속된 취향들로 가득하고 먼지와 찌든 때가 역력한 그 방 분위기는 사창가 분위기와 다르지 않았던 것이다. 벽난로 구석에 있는, 위트레흐트산 붉은 벨벳으로 덮인 소파 위에는 어떤 노파가 앉아 있었다. 재 속에 파묻힌 불씨 때문에 벽난로에서는 연기가 피어오르고 있었다. 노파의 차림새는 형편없었는데, 머리에는 나이든 영국 여자들이 고안했음직한 터번을 두르고 있었다. 아마도 중국에서는 그런 물건이 엄청나게 잘 팔릴 것이다. 중국 예술가들은 괴상망측한 것을 이상적인 아름다움으로 여기니 말이다. 만일 파키타가 관능적인 목욕가운을 걸치고 그곳의 안락의자에 앉아 있지 않았더라면, 이 방의 분위기, 늙은 노파, 차가운 벽난로, 이 모든 것이 사랑을 얼어붙게 했으리라. 이곳에서 그녀는 불꽃처럼 빛나는 황금 눈으로 그를 마음껏 바라보며, 아무것도 신지 않은 굽은 발을 마음껏 내보이고 있었는데, 이처럼 마음껏 자유롭게 몸을 움직이는 모습은 눈이 부실 정도였다. 이 첫 만남은 모든 사랑하는 사람들의 첫 만남과 다르지 않았다. 열정적으로 사랑에 빠진 사람들은 서둘러 상대방과의 거리를 좁혀간다. 그들은 서로를 열렬히 욕망하지만 정작 상대방에 대해 아는 것은 아무것도 없다. 두 사람의 마음이 완전히 통하기 전까지의 어색한 상황에서, 처음에는 두 사람이 생각하는 것이 서로 다를 수밖에 없으리라. 욕망으로 인해 남자는 대담해져서 아무런 조심도 하지 않는다. 하지만 여자의 경우는 다르다. 여자이기에, 아무리 열정적으로 사랑한다 할지라도 목적에 너무 빨리 도달해 몸을 허락해야 하는 상황에 직면하는 것을 두려워한다. 많은 여인들에게 몸을 허락한다는 것은 깊은 심연으로 추락하는 것과 같기 때문이다. 그 심연 속에 무엇이 기다리고 있는지도 모르는 채 말이다. 따라서 그 여자는 본의 아니게 냉담해질 수밖에 없었고, 그 차가운 태도는 그녀가 이미 보여준 열정적인 사랑과는 대조를 이루는 것이었다. 그러나 그 어느 때보다 홀딱 빠져 있었던 마르세는 그녀의 냉정함에 더욱더 몸이 달았다. 수증기처럼 영혼의 주위에 떠 있는 그런 생각들은 일종의 일시적인 장애를 야기한다. 아름다운 사랑의 왕국을 돌아다니는 두 사람의 감미로운 여정에서 이 순간은 반드시 통과해야만 하는 광야와도 같다. 그곳은 야생초 하나 없는 광야, 습했다 더웠다 하는 광야, 뜨거운 모래가 가득하고 군데군데 늪이 도사리고 있는 광야다. 그러나 그 광야를 지나고 나면 장미꽃 가득한 사랑스러운 작은 숲에 이르게 된다. 그곳에 사랑이 펼쳐진다. 또한 고운 초록 잔디 위로 사랑과 그에 따르는 쾌락이 펼쳐진다. 재치 있는 사람임에도 종종 멍청한 웃음을 지으면서 그 미소로 모든 것에 응답하는 경우가 있다. 마치 그의 정신이 차갑게 억눌린 욕망 밑에서 마비되었듯이 말이다. 두 사람 다 아름답고 재치 있고 열정적인 사람들일지라도 처음에는 그저 진부하고 멍청한 이야기로 대화를 나누기도 한다. 그러다 우연히 한마디 말, 한 번의 떨리는 시선, 불꽃 튀는 교감이 어떤 계기를 만들어주어 그들을 꽃이 가득 핀 오솔길로 이끈다. 그곳에서 그들은 걷지 않고 굴러다닌다. 그래도 밑으로 떨어지지 않는다. 이러한 마음 상태는 감정의 격렬함에 비례한다. 조금만 사랑하는 연인들은 그런 감정을 느끼지 못한다. 그러한 흥분 상태는 지나칠 정도로 청명한 하늘을 볼 때 받는 강렬한 인상과 비교될 수 있으리라. 언뜻 봐서는 얇은 천으로 된 베일에 덮인 것처럼 푸른 하늘이 까맣게 보인다. 너무 밝은 빛은 암흑과 유사하다. 앙리와 스페인 여인은 둘 다 똑같이 격렬한 욕망에 사로잡혀 있었다. 평형의 법칙이 작용해 그 욕망의 힘은 서로 부딪쳐 상쇄되어버리리라. 누구의 것이 더하달 것 없이 똑같이 격렬한 그들의 욕망은 육체뿐 아니라 정신적인 면에서도 진실한 것이었다. 그 순간 그들이 느끼는 어색함은 미라 같은 늙은 할망구가 옆에 있음으로써 더욱 커졌다. 사랑은 아무것도 아닌 것에서 두려움을 느끼기도 하고, 아주 조그마한 것에서도 기쁨을 느낀다. 모든 것이 그에게는 의미심장해 보였고, 모든 것이 길조 혹은 흉조로 보였다. 마치 예상할 수 있는 대단원을 예고하듯 늙은 노파가 거기에 있었던 것이다. 그 노파는 마치 그리스의 천재 시인들이 키마이라와 세이렌의 모습을 완성하기 위해 부여한 흉측한 모양의 물고기 꼬리와도 같았다. 그러나 흉측한 꼬리와 달리 키마이라나 세이렌의 몸통은 얼마나 매력적이면서도 기만적인가! 사랑을 할 때 처음 느끼는 열정처럼. 앙리를 일컬어 신앙심이 없는 자유주의자라고 말할 수는 없을 것이다. 그 말은 항상 빈정거리는 말처럼 들리니 말이다. 하지만 그는 대단한 힘을 가진 권력자였으며, 신앙이 없는 사내치고는 제법 위대한 사내였다. 그럼에도 그는 이곳에서 벌어진 여러 가지 상황이 놀라울 뿐이었다. 대단히 강한 자들은 놀라기도 잘하는 법이며, 따라서 미신도 무척 잘 믿는 편이다. 우리가 미신이라고 부르는 것이 첫번째 움직임을 포착하고 하는 예측, 즉 오직 강한 자들만이 볼 수 있는, 다른 사람들은 보지 못하는 원인들로부터 결과를 예측해내는 통찰력을 말하는 것이라면 말이다.

그가 망연자실해 있는 순간을 틈타 이 스페인 여인은 자신의 마음을 사로잡은 무한한 숭배의 감정에 취해 황홀경에 빠져들 수 있었다. 간절히 원했지만 닿을 수 없었던 우상과도 같은 남자가 바로 자기 앞에 있었던 것이다. 기쁨과 행복에 젖어 그녀의 눈에서는 불꽃이 반짝였다. 그녀는 오랫동안 꿈꾸어왔던 행복에 취해 두려움도 잊었다. 그런 그녀는 너무도 매력적이었다. 그녀가 너무도 아름다워 보였기에, 그 방에 있는 누더기와 노파와 다 해진 붉은 휘장과 소파 앞에 놓인 녹색 거적 등이 만들어낸 몽환적인 광경도, 바닥에 깔린 더러운 붉은 타일도, 말하자면 그곳에 있는 낡고 지저분하고 초라한 사치품들이 앙리의 눈에 하나도 들어오지 않았다. 응접실이 밝아졌다. 뿌연 연기 속에서는 꼼짝도 않은 채 아무 말도 없이 붉은 소파에 앉아 있는 하르피아처럼 흉측하게 생긴 노파만 보였다. 노파의 누런 눈은 비굴한 감정을 드러내고 있었다. 불행이 그녀를 그렇게 만들었으리라. 폭군 밑에서 채찍을 맞고 살다보면 사람은 짐승이 된다. 그런 횡포하에서 그 노파는 교활해질 수밖에 없었고, 그 교활함이 그녀를 그렇게 비굴하게 만들었으리라. 그녀의 눈은 마치 자신이 아무것도 할 수 없다는 사실을 너무도 잘 알기에 파괴의 욕망을 억누르고 있는 우리에 갇힌 호랑이 눈처럼 차가운 빛을 발하고 있었다.

"저 여자는 누구죠?" 앙리가 물었다.

하지만 파키타는 아무 대답도 하지 않았다. 그러고는 프랑스어를 할 줄 모른다는 신호를 하면서 앙리에게 영어로 말할 수 있느냐고 물었다.

앙리는 그녀의 질문에 영어로 답했다.

"저를 팔아버린 여자지만, 그래도 이 세상에서 제가 믿을 수 있는 유일한 여자예요." 파키타는 차분하게 말했다. "사랑하는 아돌프, 저분은 제 어머니랍니다. 지금은 아름다움의 흔적이 거의 남아 있지 않지만, 젊은 시절 보기 드문 미모로 인해 조지아*에서 팔려왔대요. 어머니는 모국어밖에 할 줄 몰라요."

딸과 앙리의 몸동작을 통해 그들 사이에 무슨 일이 벌어지고 있는지 알아내려고 애쓰는 노파의 태도를 보면서 앙리는 모든 것을 이해할 수 있었다. 그러자 그는 편안해졌다.

"파키타, 그러니까 우리는 자유로울 수 없는 거요?"

"절대로!" 그녀는 슬픈 표정을 지으면서 말했다. "게다가 우리한테는 며칠밖에 없어요."

그녀는 시선을 떨구고는 자신의 손을 바라보면서 오른손으로 왼손 손가락을 하나하나 꼽아가면서 숫자를 셌다. 앙리는 이제까지 그렇게 아름다운 손을 본 적이 없었다.

"하나, 둘, 셋……"

그녀는 그렇게 열둘까지 셌다.

"그래요, 우리에겐 열이틀이 있어요."

"그후에는?"

"그후에는." 그녀는 마치 사형집행인의 도끼 앞에 끌려가서는, 너무

---

* 흑해 연안 러시아와 터키 사이에 위치한 국가. 과거 로마, 몽골, 페르시아, 러시아, 터키 등 여러 나라의 지배를 받았으며, 19세기에는 러시아에 병합되었다. 1991년 구소련이 붕괴되면서 러시아로부터 독립했다. (옮긴이)

무서워 사형이 집행되기도 전에 죽어버린 나약한 여인처럼 멍한 상태에서 말했다. 점점 더 커지는 쾌락, 그 지독한 쾌락을 무한한 시정으로 승화시키는 기막힌 힘을 자연은 그녀에게 주었지만, 두려움은 그런 힘을 다 빼앗아버렸던 것이다. "그후에는……" 그녀는 같은 말을 반복했다. 그녀의 시선은 꼼짝하지 않았다. 마치 멀어져가는, 위협적인 어떤 물체를 응시하는 것처럼 보였다. "모르겠어요." 마침내 그녀는 그렇게 말했다.

'이 여자는 정말 미쳤군.' 앙리는 생각했다. 그 역시 이상한 생각에 빠져들었다.

파키타는 앙리가 아닌 다른 무엇인가를 골똘히 생각하는 것처럼 보였다. 마치 열정과 회한이 뒤섞여 있는 듯했다. 아마도 그녀의 마음속에는 다른 사랑이 자리하고 있는 것이리라. 잊혔다가도 금방 다시 생각나고, 또 잊혔다가 다시 생각나는 그런 사랑 말이다. 그 순간 앙리에게는 오만 가지 모순된 생각이 떠올랐다. 그에게 이 여인은 점점 알 수 없는 존재가 되어가고 있었다. 하지만 그는 웬만한 쾌락에는 무감각해진 사내였기에, 쾌락을 창조해내라고 명령하는 동방의 군주처럼 새로운 쾌락에 목마른 남자의 조예 깊은 시선으로 그녀를 유심히 관찰해보았다. 위대한 영혼의 소유자들은 종종 그와 같은 극심한 갈증에 사로잡히지 않던가. 그 결과 앙리는 자연이 사랑을 위해 즐겁게 빚어낸 듯한 최고의 몸매를 파키타에게서 발견했다. 감정은 제쳐두고, 그 몸의 유희를 상상하는 것만으로도 마르세를 제외한 다른 남자들은 부르르 떨었을 것이다. 하지만 앙리는 약속된 쾌락을 풍성하게 수확한 것에, 그리고 모든 남자들이 꿈꾸는, 남자뿐 아니라 사랑에 빠진 여자라면 누구나 갈망하는, 끊임없이 다채롭게 변주되는 행복을 맛보는 것에 완전히 매료되었다. 파키타의 절대적인 아름다움 앞에서 그는 완전히 얼이 빠져버렸다. 절대라는 추상적 사유가 구체적 현실이 되어 인간이 향유할 수 있는 최고의 쾌락을 약속하면서 그 앞에 나타난 것이다. 그는 그녀에게서 그 어느 때보다 확연히 이 모든 것을 느낄 수 있었다. 왜냐하면 그녀는 사랑받고 있는 것이 좋아 기꺼이 다 보여주고 있었기 때문이다. 그런데 마르세의 찬미는 돌연 은밀한 분노로 바뀌었다. 그는 그녀에게 의미심장한 시선을 던지면서 그녀가 쓰고 있는 가면을 완전히 벗겼다. 스페인 여인은 마치 그런 시선에 익숙한 듯 그 시선의 의미를 얼른 알아챘다.

"만일 네가 나만의 여자가 아니라면, 너를 죽여버리고 말 테다!" 그는 소리쳤다.

그 말을 듣자 파키타는 얼른 손으로 얼굴을 가리고는 순진하게 부르짖었다.

"아! 성모마리아시여, 나 스스로 이런 구렁에 뛰어들다니!"

그녀는 자리에서 일어나더니 붉은 소파에 몸을 던지고는 노파의 가슴을 덮고 있는 누더기에 머리를 파묻고 울음을 터뜨렸다. 노파는 꼼짝도 하지 않은 채, 아무 말 없이 딸을 받아주었다. 노파에게는 미개한 원주민들 특유의 근엄함이 있었다. 마치 조각상과도 같이 무감각해 보였기에 노파가 무슨 생각을 하는지 알 수 없었다. 저 여자는 딸을 사랑하는 것일까? 사랑하지 않는 것일까? 도무지 알 수가 없었다. 그 가면 뒤로 좋은 것이든 나쁜 것이든 인간이 느낄 수 있는 온갖 감정을 감추고 있을 터이니, 그 피조물이 무슨 생각을 하고 무슨 짓을 할지 예측할 수 없었다. 노파는 검은 스카프처럼 얼굴을 뒤덮고 있는 딸의 아름다운 머리칼로부터 앙리에게로 천천히 시선을 옮겼다. 노파는 뭐라 표현할 수 없는 호기심 가득한 시선으로 앙리를 관찰했다. 그녀는 도대체 어떤 마법에 의해 앙리가 그 자리에 서 있는지, 도대체 자연이 무슨 변덕을 부렸기에 그토록 매력적인 사내를 만들어낼 수 있었는지를 궁금해하는 것처럼 보였다.

'이 여자들이 나를 놀리는군!' 앙리는 생각했다.

바로 그때, 파키타가 얼굴을 들고 그를 바라보았다. 그 시선은 그의 영혼에까지 이르러 그 영혼을 불태워버릴 것만 같았다. 그녀는 너무도 아름답게 보였기에 그는 이 아름다운 보물을 반드시 차지하고야 말겠노라 다짐했다.

"나의 파키타, 내 여자가 되어줘!"

"나를 죽이고 싶어요?" 그녀는 겁에 질리고 불안하여 심장이 마구 뛰었음에도, 알 수 없는 어떤 힘에 이끌려 그에게 돌아와서는 그렇게 말했다.

"너를 죽인다고? 내가?" 그는 웃으면서 말했다.

파키타가 겁에 질려 소리를 지른 후 노파에게 뭐라고 말하자 노파는 단호하게 앙리와 딸의 손을 잡더니 두 사람을 물끄러미 바라보았다. 그러고는 지극히 의미심장한 태도로 머리를 설레설레 흔들면서 그들을 놔주었다.

"내 여자가 되어줘. 오늘 저녁, 당장, 나를 따라와줘, 나를 떠나지 마, 파키타! 나를 사랑해? 그럼 나와 함께 가자!"

그 순간, 그는 말도 안 되는 오만 가지 말을 빠르게 내뱉었다. 그 말들은 마치 바위 사이로 솟아오르는 급류와도 같았다. 오만 가지 표현을 쓰고 있지만 결국 같은 말을 계속 반복했던 것이다.

"목소리가 똑같아!" 파키타는 서글프게 말했다. 하지만 마르세는 그 말을 듣지 못한 듯했다. "그리고…… 이렇게 격렬한 것도 똑같아." 그녀가 덧붙였다.

"그럼, 좋아요." 파키타는 뭐라고 표현할 수 없는 열정에 몸을 맡긴 채 말했다. "좋아요, 하지만 오늘 저녁은 안 돼요. 아돌프, 오늘 저녁에는 콘사에게 먹인 아편 양이 너무 적어 금방 깨어날지도 몰라요. 그럼 저는 끝장이에요. 지금 집안사람들은 모두 제가 방에서 자고 있는 줄 알아요. 이틀 후, 같은 장소에서 같은 남자에게 같은 암호를 대세요. 그 남자는 나를 길러준 아버지 같은 사람이에요. 크리스테미오는 나를 흠모하고 있고, 고문을 당한다 해도 나한테 해가 되는 말은 한마디도 하지 않고 기꺼이 나를 위해 죽을 사람이에요. 가세요." 그녀는 앙리의 몸을 잡고 마치 뱀처럼 그에게 휘감기면서 말했다.

그녀는 온몸으로 그를 끌어안았고, 그의 머리에 자신의 머리를 기댔고, 입맞춤을 했다. 그 입맞춤은 두 사람 모두에게 짜릿한 현기증을 불러일으켰다. 앙리는 온 대지가 활짝 열리는 것만 같았다. 파키타는 "가세요!"라고 소리쳤다. 하지만 그 목소리는 그녀가 얼마나 자신의 마음과는 반대로 행동하고 있는지를 증명해주었다. 말로는 "가세요"라고 외쳐대면서도 그를 꼭 붙들고 있었던 것이다. 그렇게 그녀는 그를 천천히 층계로 이끌었다.

그곳에는 혼혈 사내가 기다리고 있었다. 파키타를 본 순간 그의 하얀 눈에서는 빛이 났다. 그는 자신이 우상처럼 숭배하는 여인의 손에서 촛불을 건네받아 앙리를 길 쪽으로 이끌었다. 그는 둥근 천장 아래에 횃불을 내려놓은 후 마차 문을 열어 앙리를 태웠다. 그러고는 놀라운 속도로 마차를 몰아 이탈리앵 대로까지 그를 데려갔다. 어찌나 빨리 달리는지 말들의 몸에 악마가 들린 듯했다.

앙리에게는 이 모든 것이 꿈만 같았다. 모든 것이 사라진 후에도 영혼으로 하여금 신비로운 성적 쾌락을 느끼게 하여 남은 인생 동안 그것만을 쫓아다니게 만드는 그런 꿈 같았다. 단 한 번의 입맞춤으로 충분했다. 허접하고 추한 실내장식품이 가득한 끔찍한 장소였음에도, 게다가 흉측한 수호신이 버티고 있었음에도, 그들의 만남은 이루 말할 수 없이 점잖고, 순결하고, 침착하게 이루어졌다. 앙리에게는 그 어미가 흉측하게 보일 수밖에 없었다. 왜냐하면 그 노파는 웅크린 악마나 타락한 송장, 혹은 잔인하고 사나운 동물처럼 보였기 때문이다. 여태껏 그 어떤 화가도 그 어떤 시인도 그런 여자의 모습을 상상하지 못했으리라. 사실 그 어떤 만남도 파키타와의 만남처럼 감각을 자극하고 노골적으로 쾌락을 일깨워준 적도, 가슴에서 사랑이 용솟음쳐 그 사랑이 한 남자의 주변으로 후광처럼 퍼지게 한 적도 없었다. 뭔가 모르게 불길하고, 신비롭고, 다정하고, 부드럽고, 억제되었지만 억제할 수 없는, 끔찍함과 성스러움, 지옥과 천국이 결합된 듯한 그 무엇에 마르세는 홀려버린 것만 같았다. 그는 제정신이 아니었다. 하지만 그는 그런 쾌락의 황홀경에 빠져 허우적거릴 만큼 어리숙하지는 않았다.

이 이야기의 대단원에서 그의 행동을 이해하기 위해서는, 젊은 나이임에도 그의 마음이 어떻게 그렇게 느긋할 수 있는지에 대한 설명이 필요할 것이다. 보통 젊은이들은 여자들과 어울리거나, 여자들 꽁무니만 쫓아다니면서 스스로를 하찮게 만드는 데 젊은 시절을 다 허비하지 않던가. 그는 여러 가지 비밀스러운 상황 속에서 자랐는데, 그러한 환경은 그에게 아무도 모르는 거대한 권력을 부여했다. 그 젊은이는 오늘날의 왕들이 가진 왕홀王笏보다 더 큰 위력을 지닌 왕홀을 손에 쥐고 있었다. 지금의 왕들이야 조금이라도 자기 뜻을 펴려면 온갖 법령의 구속을 받아야 하니 말이다. 그러나 마르세는 동방의 군주처럼 전제적인 권력을 행사하고 있었다. 그런데 아시아에서는 멍청한 자들이 그 권력을 어처구니없이 행사하지만, 앙리는 유럽의 지성으로, 특히 세상에 존재하는 모든 지적인 정신 가운데 가장 날카롭고 예리한 프랑스의 정신으로 권력을 행사한 덕분에, 그의 권력은 엄청나게 커졌던 것이다. 앙리는 자신의 쾌락이나 허영심을 만족시키기 위해서라면 무엇이든 할 수 있었다. 사교계에서 보이지 않는 영향력을 행사하고 있었던 그는 실제로 대단한 위엄을 지니고 있었다. 남에게 드러내지 않고, 과시하지도 않고 안으로 갈무리하고 있었지만 말이다. 그는 루이 14세가 품었던 자부심보다 더 큰 자부심을 품고 있었다. 그의 자부심은 스스로를 신의 일족이라 여기는 가장 오만한 칼리프나 파라오 혹은 크세르크세스* 같은 군주들, 신을 흉내내면서 자신의 눈을 보기만 해도 죽음에 이를 수 있다는 구실 아래 신하들 앞에서 베일로 얼굴을 가리는 군주들의 자부심과 일맥상통하는 것이었다. 스스로 재판관인 동시에 소송 당사자라는 사실에 아무런 양심의 가책도 느끼지 않은 채, 마르세는 여자 남자 가리지 않고 자신을 심하게 모욕한 자에게는 냉혹하게 사형선고를 내

---

* 고대 페르시아 제국의 황제. (옮긴이)

렸다. 별일 아닌 듯 가볍게 말할지라도 일단 내린 선고는 절대 불변의 확정판결이었다. 그것이 실수였대도, 당한 사람에게는 불행한 일이지만 어쩔 수 없었다. 마치 어떤 파리 여인이 연인과 만나기로 한 장소에 가기 위해 마부가 모는 마차를 타고 갈 때, 늙은 마부 대신 마차에 탄 행복한 그녀의 머리 위로 벼락이 떨어진 것과 유사한 재난일 뿐이었다. 따라서 이 젊은이가 대화를 나눌 때 던지는 폐부를 찌르는 듯한 신랄한 야유는 사람들에게 늘 공포감을 야기했다. 그를 자극하려는 사람은 아무도 없었다. 여자들은 스스로를 군주라 자처하는 남자들, 공포감을 주는 모습으로 사자나 사형집행인의 수행을 받으면서 행진하는 남자들을 열광적으로 좋아한다. 그런 남자들은 안정감 있게 행동하고 권력을 가진 자 특유의 확신에 차 있으며 눈빛은 오만하다. 그뿐만 아니라 모든 여자가 꿈꾸는 힘센 사내의 전형적인 모습을 구현하는 사자처럼 사나운 정신도 지니고 있다. 마르세는 그런 사내였다.

그 순간, 마르세는 행복한 미래에 대한 기대로 다시 젊어지고 유순해졌다. 잠자리에 들면서 그는 사랑만을 생각했다. 그는 열정적 사랑에 빠진 모든 젊은이가 그러하듯 황금 눈의 여인을 열망했다. 빛이 가득했음에도 도무지 무엇인지 알 수 없었던 이상하고 흉측한 이미지들은 불가사의한 그 세계의 모습을 드러내 보였다. 그러나 베일이 드리워져 시야를 가렸기에 그 세계는 완전한 모습을 드러내지 못했다. 다음날도 그 다음날도 그는 모습을 드러내지 않았고, 아무도 그가 어디로 갔는지 알 수 없었다. 그가 힘을 발휘하려면 특정한 조건이 필요했다. 그리하여 그는 그 이틀 동안 어떤 악마적인 존재를 섬기는 단순한 병사 노릇을 했다. 그가 힘을 가지고 있다면 그 힘은 바로 그 악마적인 존재로부터 얻은 것이었다. 하지만 그녀와 약속한 바로 그 저녁 시간이 되자, 그는 대로에서 마차를 기다렸다. 기다린 지 얼마 지나지 않아 마차가 왔다. 혼혈 사내가 앙리에게 다가와 프랑스어로 몇 마디 말했다. 아마도 그는 그 말을 그냥 통째로 외웠을 것이다. "저와 함께 가시려면 눈을 가리는 데 동의하셔야 합니다."

그러고 나서 크리스테미오는 하얀 명주 스카프를 내밀었다.

"싫소!" 자신이 절대 권력을 가지고 있다고 생각하는 만큼 앙리는 그 말에 진노할 수밖에 없었다.

그 말을 한 후, 그는 마차에 올라타려 했다. 하지만 혼혈 사내가 손짓을 하자 마차는 떠나버렸다.

"알았소!" 마르세가 외쳤다. 약속된 행복이 눈앞에서 사라져버리자 그는 화가 났다. 그러나 그는 마치 사형집행인처럼 맹목적으로 주인에게 절대 복종하는 이 노예와는 타협이 불가능하다는 것을 알아챘다. 게다가 하수인에 불과한 이 수동적인 사내에게 화를 낸들 무슨 소용이 있겠는가?

혼혈 사내가 휘파람을 불자 마차는 돌아왔다. 앙리는 얼른 마차에 탔다. 벌써 호기심 많은 사람들이 무슨 일인가 하고 그 길로 몰려들었다. 앙리는 힘이 셌으므로 그 혼혈 사내를 제압해야겠다고 생각했다. 마차가 서둘러 출발하자마자 앙리는 감시인 사내의 두 손을 제압하고 그를 굴복시켜 어디로 가는지 알아내기 위해 힘을 썼다. 그러나 그것은 헛된 시도로 끝났다. 어둠 속에서도 혼혈 사내의 눈은 번들거렸다. 분노로 인해 그 사내는 목구멍에서 나오는 소리를 내지르면서 마르세에게서 벗어나 무쇠같이 단단한 손으로 마르세를 잡고 마차 깊숙이 던져버린 다음 꼼짝 못하게 했다. 다른 한 손으로는 칼날이 삼각형인 단도를 꺼내면서 휘파람을 불었다. 휘파람 소리를 듣자 마부는 마차를 멈추었다. 앙리에게는 무기가 없었다. 그는 굴복할 수밖에 없었다. 그는 스카프 앞으로 머리를 내밀었다. 이 복종의 몸짓은 크리스테미오를 안심시켰다. 그는 경의를 표하면서 자신이 우상처럼 숭배하는 여인이 사랑하는 사람에게 표하는 일종의 존경을 담아 정성껏 마르세의 눈을 가렸다. 그러나 이 조치를 취하기 전, 그는 경계심을 품고 단도를 옆 주머니에 찔러넣었고 턱밑까지 단단히 단추를 채웠다.

'이 망할 놈이 나를 죽일 수도 있겠군!' 마르세는 생각했다.

마차는 다시 속도를 내어 달렸다. 앙리처럼 파리를 잘 알고 있는 젊은이에게는 어디로 가는지 알아챌 수 있는 방법이 한 가지 남아 있었다. 정신을 집중한 후, 개울을 몇 개나 건너는지, 마차가 똑바로 지나간 대로는 몇 개였는지, 그 숫자를 세기만 하면 되는 것이다. 그렇게 하면 어떤 옆길로 마차가 지나는지, 센강 쪽인지 아니면 몽마르트르 언덕 꼭대기 쪽인지 알아챌 수 있고, 마차가 도착한 곳의 이름과 위치를 짐작할 수 있을 것이다. 그런 정보를 잘 포착할 만큼 지혜를 모으고 나중에 기억을 더듬으려면 모든 잡념을 버리고 정신을 집중해야 한다. 그러나 감시인과의 싸움으로 인한 격한 흥분, 상처 입은 권위에 대한 분노, 복수하겠다는 생각, 그 신비의 여인이 그를 데려오기 위해 취한 세심한 주의가 암시하는 오만 가지 추측, 이 모든 것 때문에 그는 도무지 정신을 집중할 수가 없었다. 마차는 삼십 분가량 달렸다. 마차가 멈춰 선 곳은 더이상 포석이 깔린 길 위가 아니었다. 혼혈 사내와 마부는 두 팔로 앙리의 허리를 붙잡아 일으켜서는 그를 들것에 싣고, 꽃향기와 나무와

풀들의 독특한 향기가 진동하는 정원을 지나갔다. 사위는 너무도 고요해서 젖은 나뭇잎에서 떨어지는 물방울소리가 들릴 정도였다. 두 남자는 그를 계단까지 옮긴 후 일으켜 세워서는, 손으로 그를 끌고 여러 방을 지나 향기 가득한 어느 방으로 데려갔다. 그는 발바닥으로 두툼한 양탄자의 촉감을 느낄 수 있었다. 한 여인의 손이 그를 소파로 안내한 후 그의 눈을 가린 스카프를 풀었다. 앙리는 자기 앞에 서 있는 파키타를 보았다. 그런데 파키타는 얼마나 관능적인가.

앙리가 있는 규방의 반은 반원형의 우아한 곡선을 그리고 있었고, 나머지 반은 완전히 네모난 형태였다. 그리고 사각형을 이루는 쪽 중앙에는 금색과 흰색의 대리석 벽난로가 빛을 발하고 있었다. 그는 옆문으로 들어갔는데, 그 문은 태피스트리로 된 멋진 휘장으로 가려져 있었으며, 그 앞에는 창문이 있었다. 편자 모양의 공간에는 진짜 터키식 긴 의자가 장식되어 있었다. 다시 말해 침대만큼이나 커다란 매트리스 같은 것이 바닥에 아름답게 놓여 있었는데, 둘레가 오십 자나 되는 그 긴 의자는 마름모꼴로 배치된 검은색과 선홍색의 작고 볼록한 리본으로 장식된 하얀 캐시미어 천으로 덮여 있었다. 침대처럼 거대한 이 의자에는 매력적인 취향으로 인해 가구를 돋보이게 하는 쿠션이 여럿 놓여 있었으며, 의자 등받이는 그 쿠션들보다 몇 센티미터 위로 솟아 있었다. 이 규방에는 붉은색 천으로 된 벽지가 발려 있었고 그 위로는 코린트식 원주圓柱의 세로줄 홈처럼 둥근 주름을 잡아놓은 인도산 모슬린 커튼이 달려 있었는데, 주름들은 검은색 아라베스크 무늬가 있는 진홍색 띠로 아래위로 고정되어 있었다. 모슬린 천으로 덮여 있어 선홍색 벽은 분홍색으로 보였다. 검은색이 섞인 진홍색 술 장식이 달리고 분홍색 호박단과 겹쳐진, 창문에 달린 인도산 모슬린 커튼은 사랑스러운 분홍색을 띠고 있었던 것이다. 각각 두 개씩 초를 받치고 있는 촛대 여섯 개가 긴 의자를 비추기 위해 일정한 간격을 두고 벽에 걸려 있었다. 천장 한가운데에는 광택 없는 진홍색 샹들리에가 매달려 있었다. 그 빛으로 인해 천장은 밝게 빛나고 있었고 천장의 돌림띠는 금빛을 띠고 있었다. 양탄자는 마치 동방에서 온 숄처럼 부드러웠다. 양탄자에 그려진 무늬에서는 페르시아의 시정이 묻어났다. 그 양탄자는 아마도 그곳에서 노예들의 손으로 만들어졌으리라. 가구들은 하얀 캐시미어 천으로 덮여 있었는데, 검은색과 진홍색의 가구 장식으로 인해 그 하얀 캐시미어 천이 더욱 돋보였다. 벽시계도 큰 촛대도 모두 흰색과 금색 대리석으로 되어 있었다. 그곳에 있는 하나밖에 없는 테이블 밑에는 캐시미어로 만든 양탄자가 깔려 있었다. 창가에 놓인 근사한 화분에는 갖가지 종류의 장미꽃과 흰색, 붉은색의 꽃들이 담겨 있었다. 그러니까 아주 사소한 물건 하나하나에도 사랑이 담겨 있었던 것이다. 고상한 분위기를 내고 우아함을 표현하기 위해, 그러면서도 관능적 욕망을 불러일으키기 위해 그보다 더 매력적으로 은밀한 분위기를 연출할 수는 없을 것이다. 그곳에서는 아무리 지독한 냉혈한이라 할지라도 몸이 뜨거워지리라. 시선을 돌릴 때마다 흰색 혹은 분홍색으로 색깔이 달라지는 벽지의 영롱한 광채는 주름진 모슬린 커튼의 반투명함 속에 은은하게 녹아들면서 흐릿한 형체를 만들어내는 빛의 효과와 놀라운 조화를 이루었다. 영혼은 흰색에 알 수 없는 애착을 가진다. 그런가 하면 사랑은 붉은색을 좋아한다. 그리고 황금은 열정을 부추긴다. 황금은 열정이 불러일으키는 환상을 실현시켜줄 힘을 가지고 있지 않은가. 이처럼 인간이 마음속에 막연하고 신비롭게 품고 있던 것들, 즉 친화력이라고 하는 설명할 수 없는 어떤 힘이 작용하는 가운데 두 사람은 자기도 모르게 서로에게 끌렸던 것이다. 이토록 완벽한 조화에는 색채의 향연이 있었다. 그리고 그들의 영혼은 애매하고 확실치 않은 그러나 관능적인 생각들로 그 향연에 응답했다.

그윽한 향기가 가득한 감미로운 분위기 속에서 하얀 나이트가운을 입고, 검은 머리에는 오렌지 꽃을 꽂은 파키타가 앙리 앞에 맨발로 무릎을 꿇고 있었다. 그녀는 성전에 모셔진 신을 경배하듯 앙리를 찬미하고 있었다. 그 성전으로 앙리가 와준 것이다. 파리의 호사에 익숙했음에도, 마르세는 마치 베누스가 탄생한 조개껍질 같은 그 방을 보고 놀라지 않을 수 없었다. 그가 방금 지나온 어둠과 지금 그의 영혼을 적시는 빛이 대조를 이루었기 때문인지, 아니면 첫 만남 때 보았던 방과 이 방을 재빨리 비교한 결과인지는 몰라도 그는 진정한 시에서나 느낄 수 있는 미묘한 느낌을 받았다. 요정이 지팡이를 휘둘러 만든 듯한 이 작은 성 한가운데에서 신이 창조한 걸작인 그녀를 보는 순간, 그는 분노고, 복수욕이고, 상처받은 자존심이고 다 잊어버렸다. 그녀의 부드러운 얼굴에는 열에 들뜬 듯 생기가 돌았다. 입술 연지의 붉은색이 반사되어, 게다가 사랑으로 들뜬 마음을 토로하고 싶어 살짝 금빛으로 물든 그녀의 피부는 반짝반짝 빛나고 있었다. 마치 그녀 자신이 빛과 색채가 발하는 광선을 반사하고 있는 것 같았다. 앙리는 먹이를 보고 달려드는 독수리처럼 그녀의 몸 전체를 끌어안고 자기의 무릎에 앉혔다. 관능적으로 그를 짓누르는 그녀의 몸은 이루 말할 수 없이 그를 취하게 했다. 풍만하게 발달된 아름다운 몸이 그를 매력적으로 감싸고 있었던 것이다.

"이리 와, 파키타!" 그는 낮은 목소리로 말했다.

"아무 걱정 말고 큰 소리로 말해도 돼요." 그녀는 말했다. "이 은신처는 사랑을 위해 지어진 거예요. 여기서는 아무 소리도 새어나가지 않아요. 그러니 여기서는 사랑하는 사람의 목소리도 그 사람이 하는 이야기도 마음껏 들을 수 있어요. 아무리 크게 소리질러도 밖에서는 아무 소리도 안 들리거든요. 여기서는 쥐도 새도 모르게 살인도 할 수 있어요. 아무리 비명을 질러도 소용없으니까요. 사막 한가운데에서 소리지르는 것과 마찬가지예요."

"도대체 누가 질투에 대해 그렇게 잘 알고, 이런 방을 만들 생각까지 한 거지?"

"그 부분에 대해서는 아무것도 묻지 마세요." 파키타는 말할 수 없이 상냥한 태도로 젊은이의 넥타이를 풀면서 답했다. 그녀는 아마도 앙리의 목을 보고 싶었던 모양이다.

"맞아, 내가 너무 좋아하는 목이야! 당신을 사랑할 수 있게 해줄래요?"

그림자처럼 두 사람 위에서 맴돌고 있는 미지의 존재에 대해 아무것도 알려고 하지 말라는 파키타의 대답을 듣고 깊은 생각에 빠져 있던 앙리는 선정적이라고까지 할 수 있는 말투의 질문을 듣는 순간 퍼뜩 현실로 돌아왔다.

"이곳에 군림하는 자가 누군지 알고 싶다면?"

파키타는 부들부들 떨면서 그를 바라보았다.

"그러니까 내가 아니란 말이지." 그는 일어나 그녀를 밀쳐내면서 말했고 그녀는 쓰러지면서 머리를 뒤로 젖혔다. "여기 이 자리에는 나만 있어야 돼."

"어쩌지! 어쩌지!" 불쌍한 노예 소녀는 공포에 사로잡혀 말했다.

"도대체 나를 뭐로 보는 거야? 대답 안 해?"

파키타는 눈물에 젖어 천천히 일어나더니 그 방에 있는 두 흑단목 가구 중 하나에서 단검을 꺼냈다. 그러고는 호랑이라도 누그러뜨릴 만큼 복종의 태도를 취하면서 그 칼을 앙리에게 건넸다.

"사랑하는 사람들이 향연을 벌이듯 내게 향연을 베풀어주세요. 그리고 내가 잠든 후 나를 죽여줘요. 당신 질문에는 답할 수 없으니까요. 내 말을 들어주세요. 나는 말뚝에 묶인 불쌍한 가축처럼 매인 몸이랍니다. 우리를 갈라놓고 있는 깊은 수렁 위에 다리를 던져놓을 수 있었다는 사실에 나 자신이 놀라고 있어요. 내가 마음껏 취할 수 있게 해주세요. 그러고 나서 날 죽여주세요. 오! 아니요, 아니요." 그녀는 두 손을 모으고 말했다. "죽이지 마세요! 난 삶을 사랑해요! 내게 인생은 너무도 아름다워요! 난 노예에 지나지 않지만 여왕이기도 한 걸요. 말로 당신을 속이면서 당신만을 사랑한다고 말하고 그것을 증명할 수도 있겠지요. 지금의 지배력을 이용하여 '국왕의 정원을 지나가면서 그곳에 있는 꽃향기를 맡아보듯 나를 가지세요'라고 말할 수도 있어요. 그리고 여자들이 흔히 그러하듯 교활하고 능숙한 말을 늘어놓고 쾌락의 날개를 펴고 내 갈증을 풀고 난 후, 당신을 우물 속으로 던져버릴 수도 있어요. 아무도 우물에 빠진 당신을 찾지 못할 거예요. 그 우물은 복수를 위해 만들어진 것이니까요. 법의 복수를 두려워할 필요도 없어요. 그 우물 속에는 석회가 가득해서 불을 붙이면 당신은 뼛조각 하나 남지 않고 다 타버릴 테니까요. 그러면 당신은 영원히 내 것이 되어 내 마음속에 남겠죠."

앙리는 아무런 동요도 없이 그녀를 바라보았다. 그 말을 들으면서 앙리는 떨지 않았다. 두려움이라고는 찾아볼 수 없는 그의 눈을 보면서 파키타는 기쁨에 젖었다.

"아니요, 난 그렇게 하지 않을 거예요. 당신은 함정에 빠진 것이 아니라 당신을 사모하는 여인의 마음속에 빠진 걸요. 우물에 던져질 사람은 당신이 아니라 내가 될 거예요."

"이 모든 것이 정말 우스꽝스럽게 보이는군." 마르세는 그녀를 찬찬히 살피면서 말했다. "좀 이상하긴 하지만 당신은 착한 여자처럼 보여. 맹세코 당신은 살아 있는 수수께끼 같아. 그 답을 찾아내기가 쉽지 않아 보이는군."

파키타는 앙리가 하는 말을 하나도 이해하지 못한 채 그윽한 눈빛으로 그를 바라보기만 했다. 그래도 그녀의 눈빛은 우둔해 보이지 않았다. 그러기에는 그 눈빛이 너무도 관능적이었던 것이다.

"자, 이리 와요, 내 사랑." 그녀는 "당신을 사랑할 수 있게 해줄래요?" 라고 아까 했던 말을 되풀이했다.

"당신이 원하는 대로, 아니 당신이 원치 않는 것까지도 해주지." 마르세는 웃으면서 말했다. 여자들을 꼼짝 못하게 하는 매력을 가진 남자로서의 여유를 되찾은 그는 앞뒤 가릴 것 없이 눈앞에 놓인 행운을 향해 달려가기로 결심했다. 어쩌면 그는 여복이 많은 자신의 능력과 힘을 믿고, 몇 시간 후 이 여자를 정복하고 나면 비밀을 알아낼 수 있으리라 생각했는지도 모른다.

"그럼, 내 취향대로 당신을 꾸미게 해주세요." 그녀가 말했다.

"당신 마음대로 해봐."

기쁨에 들뜬 파키타는 옷장으로 가서 붉은색 벨벳 드레스를 가져와 마르세에게 입힌 후, 여자용 챙 없는 모자를 머리에 씌우고, 숄을 두르게 했다. 순진한 어린아이처럼 그렇게 말도 안 되는 우스꽝스러운 짓을 한 뒤 그녀는 발작적으로 웃었다. 그녀는 마치 날개를 퍼덕이는 새와도 같았다. 하지만 그녀는 자신의 행동이 어떤 결과를 가져올지 예측하지 못했다.

신이 즐거웠을 때 만든 게 분명한 이 두 아름다운 피조물이 나눈 놀라운 열락을 묘사하는 것은 불가능할지라도, 젊은이가 느꼈던 불가사의하다고 할 수 있을 만큼 놀라운 감정을 형이상학적으로 설명할 필요는 있을 것이다. 마르세와 같은 사회적 지위를 가지고 있고, 그처럼 사는 남자들은 여자들의 순결에 대해 누구보다 잘 안다. 그런데 참으로 이상한 일이었다! 이 황금 눈의 여인은 분명 처녀였지만 결코 순진하지는 않았다. 신비로운 것과 현실적인 것, 빛과 어둠, 추함과 아름다움, 쾌락과 위험, 천국과 지옥의 이상한 결합은 이 모험에서 이미 마주쳤던 것이다. 그런데 지금 마르세가 마음대로 농락하고 있는 요사스럽고도 숭고한 이 여인은 그 이상한 결합 그 자체였다. 쾌락에 조예 깊은 남자가 알고 있는 더없이 세련된 모든 관능의 기교들, 소위 사랑이라는 감각의 시정에 대해 앙리가 알고 있는 모든 것도 그 여자가 펼쳐 보이는 보물들에 비하면 아무것도 아니었다. 빛이 분출하는 그녀의 눈은 그 눈이 약속한 것과 한 치의 어긋남이 없었다. 그것은 태양이 빛나는 동방의 시였다. 페르시아의 두 시인 사디와 하피즈*는 그들의 감동적인 시 구절에 태양을 넣지 않았던가. 그러나 사디의 리듬이나 핀다로스**의 리듬도 이 매력적인 여인을 사로잡았던 혼란으로 가득찬 도취와 마비 상태를 표현하지는 못했으리라. 이윽고 무쇠 같은 억센 손에 이끌려 쾌락을 맛보던 금지된 사랑이 끝났다.

"죽었어요!" 그녀가 말했다. "이제 나는 죽었어요. 아돌프, 나를 데려가요. 이 세상 끝, 우리를 아는 사람이 아무도 없는 작은 섬으로. 도피하면서 아무런 흔적도 남기지 말아야 해요. 지옥 끝까지라도 우릴 쫓아올 테니까요. 맙소사! 날이 밝네요. 어서 도망가요. 당신을 다시 볼 수 있을까요? 그래요, 내일, 당신을 다시 만나고 싶어요. 이 행복을 위해서라면 저를 감시하는 사람들을 모두 다 죽여도 좋아요. 내일 봐요."

그녀는 두 팔로 앙리를 꽉 껴안았다. 그 포옹에서 그는 죽음의 공포를 느꼈다. 파키타는 초인종과 연결된 것처럼 보이는 용수철을 눌렀다. 그리고 마르세에게 눈을 가리라고 간청했다.

"싫다면? 여기에 남아 있겠다고 한다면?"

"내가 더 빨리 죽게 되겠지요." 그녀는 말했다. "왜냐하면 나는 분명 당신을 위해 죽을 테니까요."

앙리는 눈을 가리도록 내버려두었다. 방금 쾌락을 만끽한 남자에게는 망각하는 경향도, 뭔지 모를 배은망덕함도, 자유에 대한 열망도, 밖으로 산책하러 나가고 싶다는 엉뚱한 생각도, 우상처럼 숭배했던 여인을 경멸하거나 심지어 혐오하는 마음도 생기기 마련이다. 다시 말해 뭐

---

* 둘 다 페르시아 시인으로, 사디가 실천 도덕의 시인이라면 하피즈는 페르시아 최고의 서정시인으로 꼽힌다. (옮긴이)

** 고대 그리스의 서정시인. (옮긴이)

라 설명할 수 없는, 그를 비열하고 야비한 존재로 만드는 이상한 감정들이 일어나는 것이다. 그 감정은 모호하지만 하늘의 빛에 의해서도 밝아지지 않고, 집요한 감정을 불러일으키는 신성한 향기에도 물들지 않는 냉정한 자들에게는 분명한 것이리라. 그리고 그 감정에 대한 확신이 아마도 루소로 하여금 『누벨 엘로이즈』의 편지들 마지막에 에두아르 경의 성적 모험담을 덧붙이게 만들었으리라.* 설사 루소가 리처드슨의 작품에서 영감을 받았다 할지라도, 『누벨 엘로이즈』의 세부사항 하나하나를 살펴보면 두 작가의 작품은 별 관계가 없다. 바로 그 세부사항들이 『누벨 엘로이즈』를 기념비적이고 독창적인 작품으로 만들었으니 말이다. 그 작품은 거기에 담긴 위대한 사상으로 인해 후대 사람들에게 권장되었다. 그러나 독자는 그 사상을 발견하기 어렵다. 왜냐하면 젊은 시절 독자는 우리의 감각 가운데 가장 육체적인 것들에 대한 열정적인 묘사를 찾아보려는 의도로 그 책을 읽는데, 신중하고 철학적인 작가는 오로지 광대한 사상을 표현하기 위해 혹은 그 사상이 불러올 결과를 표현하기 위해서만 그러한 이미지를 사용했기 때문이다. 그런데 에두아르 경의 사랑 이야기는 유럽적인 관점에서 볼 때 그 소설에서 가장 섬세한 부분이다.

앙리는 이처럼 진실로 사랑한다면 느낄 수 없는 모호한 감정에 사로잡혔다. 그가 한 여인에게 다시 돌아가려면 더이상 아무와도 비교할 필

* 『누벨 엘로이즈』의 부록에 해당하는 이야기. 에두아르 경은 앙리와 달리 관능적인 여인의 유혹을 물리친다. 에두아르 경의 미덕은 분명 리처드슨 소설의 주인공을 상기시킨다. 그러나 에두아르 경의 미덕이 더욱 흥미로운 이유는 그것이 격렬한 욕망에 대한 승리이기 때문이다.

요가 없다는 확신이 서야 하고, 저항할 수 없을 만큼 그녀와의 추억에 매혹되어야 했다. 진정한 사랑이란 특히 추억으로 유지되는 것이니 말이다. 과도한 쾌락이나 열정적인 감정으로 자신의 존재를 남자의 마음속에 각인시키지 못한 여인은 절대 사랑받을 수 없는 것일까? 그런데, 조금 전, 앙리 자신도 모르는 사이에 파키타는 쾌락과 열정이라는 두 가지 방법을 통해 그의 마음을 차지해버렸다. 그러나 그 순간, 행복이 주는 노곤함과 감미로운 몸의 나른함에 몸을 맡긴 채, 그는 이제껏 맛보지 못했던 강렬한 쾌락의 느낌을 입술로 되새기면서 지금 자신의 마음속에서 일어나고 있는 일을 곰곰이 생각했다. 그는 도무지 자신을 이해할 수 없었다. 이른 새벽 몽마르트르 대로에 내린 그는 떠나가는 마차를 멍하니 바라보다가, 주머니에서 시가를 두 개비 꺼낸 후, 노동자, 사동, 채소장수 등 새벽에 일을 시작하는 온갖 종류의 파리 사람들에게 술과 커피를 파는 노파가 들고 있는 초롱불로 한 개비에 불을 붙였다. 그러고는 두 손을 바지 주머니에 찔러넣은 채, 담배를 물고 뻔뻔스럽고 무사태평한 태도로 유유히 사라졌다.

'담배란 참 좋은 것이야! 이거야말로 사내들이 절대 싫증내지 않을 물건이지!' 그는 생각했다.

이제 그는 당시 파리의 모든 젊은 멋쟁이 신사들을 열광케 했던 황금 눈의 여인을 거의 잊다시피 했다. 어머니를 닮아 동양의 매력을 지녔지만 유럽에서 교육을 받았고 그런가 하면 출생지는 열대지방인, 말하자면 동양과 유럽과 열대지방을 연결하는 그 아름다운 여인이 쾌락의 한가운데서 내비친 죽음의 예감은, 설사 두려움에 벌벌 떠는 그 여인의 얼굴을 여러 차례 어둡게 만들었다 할지라도, 그저 여자들이 관심을 끌기 위해 사용하는 속임수 중 하나에 지나지 않은 것처럼 보였다.

'그녀는 아바나 출신이야. 신대륙에서 가장 스페인적인 나라지. 그러니 그녀는 파리 여자들처럼, 내 앞에서 슬픈 척하거나 고통을 호소하거나 교태를 부리거나, 아니면 여자로서의 의무를 말하는 것보다 공포를 연기하는 것을 더 좋아했던 거야. 그녀의 황금빛 눈에 취해 잠들고 싶구나.'

그는 프라스카티 도박장 구석에 도박장에서 나오는 손님을 기다리는 마차 한 대가 서 있는 것을 보았다. 그는 마부를 깨운 후 마차를 타고 집으로 돌아가서는 잠자리에 들었다. 아무 걱정 없이 잘 자는 것을 보니 그는 진정 개선의 여지가 없는 나쁜 남자임이 틀림없다. 그처럼 나쁜 남자도 죄 없는 이들과 마찬가지로 깊은 잠을 잘 수 있다니 이 얼마나 기막힌 일인가. 그럼에도 그 어떤 풍자가요 작가도 아직 그런 소재로 곡을 쓴 바가 없다. 이것은 필시 극과 극은 통한다는 속담의 생생한 예이리라.

## 3
## 피의 위력

정오쯤 마르세는 일어나면서 기지개를 폈다. 그는 몹시 배가 고팠다. 나이든 병사들은 너 나 할 것 없이 전쟁터에서 승리한 다음날 심한 허기를 느꼈던 것을 기억한다. 그가 느낀 허기는 바로 그런 것이었다. 그래서 자기 앞에 폴 드 마네르빌이 서 있는 것을 보자 그는 기분이 좋아졌다. 누군가와 함께 식사를 하는 것처럼 즐거운 일은 없으니 말이다.

"그래서," 친구가 물었다. "우리는 전부 자네가 황금 눈의 여인과 열흘간 어딘가에 틀어박혀 있었다고 생각했다네."

"황금 눈의 여인이라! 난 이제 그런 여자한테 아무 관심도 없네. 맹세코, 내겐 더 중요한 일이 있거든."

"아! 자네 비밀을 지키려 하는군."

"그럼 안 되나?" 앙리는 웃으면서 말했다. "이보게, 비밀을 지키는 건 가장 영리한 전략이라네. 들어보게나…… 아닐세. 자네에게는 한마디도 하지 않겠네. 자넨 내게서 아무 이야기도 끌어내지 못할 걸세. 쓸데없이 내 전략의 핵심을 자네에게 알려줄 수는 없거든. 인생은 거래에 사용되는 흐르는 강물 같은 것이라네. 이 세상에서 가장 신성한 것을 걸고, 예를 들어 담배를 걸고 말하겠네만, 나는 멍청이들이 이해할 수 있는 사회경제학 강의를 하는 교수가 아니라네. 밥이나 먹으러 가세. 자네를 위해 머리를 쓰는 것보다 참치 오믈렛을 대접하는 것이 훨씬 더 싸게 먹히니 말일세."

"자네는 친구 사이에도 잇속을 따지나?"

"이보게," 빈정거림을 마다하지 않는 앙리였지만 제법 심각하게 말했다. "다른 사람들처럼 자네도 비밀을 지켜야 할 때가 있지 않나. 게다가 난 자네를 좋아하네…… 그래, 자네를 좋아해. 맹세컨대, 만일 자네가 머리에 권총을 쏴 자살하는 것을 막기 위해 천 프랑이 필요하다면 나는 당장 아무 조건 없이 그 돈을 내놓겠네. 우리는 아직 죽기엔 너무 젊은 나이니 말일세. 그렇지 않나, 폴? 만일 자네가 내일 누군가와 결투를 하게 된다면 결투 규칙이 제대로 지켜지도록 내가 거리를 재고 총에 총알을 장전해주겠네. 또, 만일 자네가 없는 자리에서 누군가 자네 험담을 한다면 그는 마르세라는 만만치 않은 상대와 맞서 싸워야 할 걸세. 이렇게 시련에 처했을 때 알 수 있는 것이 내가 말하는 우정이라네. 그러니, 만일 자네에게 지키고 싶은 비밀이 생긴다면, 비밀을 지키는 데는 두 가지 방법이 있다는 것을 명심하게. 적극적 비밀 유지 방법과 부정적 비밀 유지 방법. 부정적 비밀 유지 방법은 얼굴을 찌푸린 채 침묵하고 부정하는 것으로 바보들이 비밀을 지킬 때 사용하는 방법이라네. 문을 걸어 잠그고 아무 말도 하지 않는, 참으로 무능한 자들이 비밀을 지키는 방법이지. 적극적 비밀 유지 방법은 긍정으로부터 생긴다네. 만일 내가 오늘 저녁 클럽에 가서 '맹세컨대, 황금 눈의 여인은 내가 지불한 만큼의 가치가 없던데!'라고 말한다면, 내가 나간 뒤 모든 이들이 이렇게 말하겠지. '저 오만한 마르세가 하는 이야기를 들었소? 자기가 벌써 황금 눈의 여인을 정복했다고 믿게 하려는 수작이야. 그렇게 하여 사전에 경쟁자들을 제거하려는 것이지. 그는 미숙하지 않거든'이라고 말일세. 하지만 그런 계략은 저속할 뿐 아니라 위험하기도 해. 우리가 하는 바보 같은 말이 아무리 믿기 어려운 것일지라도 그 말을 믿는 멍청이들은 항상 있거든. 최고의 비밀 유지 방법은 능숙한 여인이 남편을 속일 때 사용하는 방식 같은 것이라네. 그런 여인은 자신의 명예를 지키기 위해 우리가 아무런 애착도 가지지 않고, 전혀 사랑하지도 않는, 혹은 아예 존재하지도 않는 어떤 여인의 평판에 흠집을 내지. 그런데 우리는 그렇게 능숙한 여인을 존경하고 사랑한다네. 소위 보호막을 치는 여인이라는 여자들일세. 아, 로랑! 지금 가져오는 게 무엇인가?"

"오스텐데* 굴입니다, 백작님……"

"폴, 자네도 언젠가 알게 될 걸세. 애정 문제에 대한 비밀을 감춘 채 세상을 가지고 노는 것이 얼마나 재미있는지 말이야. 나는 대중의 어리석은 법정에 서지 않는 것이 한없이 기쁘다네. 대중이란 자신들이 뭘 원하는지도, 또 남들이 자신들에게 원하는 것이 무엇인지도 모르는 채 결과만을 위해 온갖 수단을 다 동원하거든! 금방 칭송하다가도 저주하

---

* 북해 연안 벨기에 플랑드르 지역의 항구도시. (옮긴이)

고, 치켜세우다가도 파멸시켜버리는 것이 대중이야. 그들을 흥분하게 만들되 절대 흥분하지 않는 것, 그들을 길들이되 절대 복종하지 않는 것, 이 얼마나 기분좋은 일인가! 우리가 무엇인가에 대해 자부심을 품을 수 있다면, 그건 우리 스스로가 만든 권력에 대해서가 아닐까? 우리는 그 권력의 원인이자 결과이자 원칙이자 성과란 말일세. 그러니 내가 누굴 사랑하는지, 내가 뭘 원하는지 아무도 모른다네. 아마도 내가 누굴 사랑했고, 누굴 사랑하려 했었고 무엇을 원하고자 했었는지는 알 수 있겠지. 이미 끝난 연극에 대해 말할 수 있는 것처럼 말일세. 하지만 내가 벌이는 게임을 본다고?…… 멍청이 같으니라고. 내게 속고 말 거야. 교활한 재주를 부려 획득한 능력만큼 시시한 것은 없다네. 외교라는 것이 인생만큼 어렵다면, 나는 기꺼이 대사직을 수행하는 데 필요한 사항들을 배우겠네. 하지만 난 그렇게 생각하지 않네. 자네에겐 야망이 있나? 출세하고 싶은가?"

"하지만, 앙리, 자네 지금 나를 놀리는군. 마치 내가 출세할 수 있을 만큼 적당히 무능하지도 평범하지도 않은 것처럼 말일세."

"그래! 폴. 계속 그렇게 자네 자신을 비웃는다면, 곧이어 온 세상 사람들을 다 비웃게 될 걸세."

점심식사중 시가를 피우면서 마르세는 다른 관점에서 어젯밤 벌어진 일을 되짚어보았다. 영민한 사람들이 흔히 그러하듯 그의 통찰력은 타고난 것이 아니었기에, 그는 느닷없이 그 사건에 무작정 빠져들지 않았던 것이다. 현재의 삶을 중시하면서 순간의 쾌락을 최대한 음미할 줄 아는 사람들이 그렇듯이, 사건의 전말을 파악하기 위해서는 그에게도 얼마간의 휴식이 필요했다. 리슐리외 추기경이 그랬었다. 물론 그렇다고 해서 판세를 읽는 데 필요한 예견력이 그에게 없었던 것은 아니었다. 마르세도 마찬가지였다. 그러나 그는 우선 오로지 쾌락을 위해서만 그 무기를 사용했고, 쾌락을 질릴 정도로 맛본 후에야 그 시대의 가장 중요한 정치가 중 하나가 되었다. 쾌락이란 젊은이들이 돈과 권력을 가지게 되었을 때 제일 먼저 추구하는 것이 아니던가. 이렇듯 남자는 마음을 단단히 먹고 여자에게 이용당하지 않기 위해 여자를 이용한다. 그 순간 마르세는 전날 밤 일어난 일을 전체적으로 되새기면서 황금 눈의 여인이 자기를 가지고 놀았다는 사실을 깨달았다. 처음에는 조금씩 잔잔하게 차오르던 쾌락의 물결이 마침내 급류처럼 휘몰아쳤던 밤이었다. 그제야 그는 그토록 분명한 사건의 전모를 파악하고 그 숨은 의미를 간파할 수 있었다. 파키타의 육체적인 순결함, 쾌락에 대한 놀라운 환희, 쾌락이 절정에 달한 순간 그녀의 입에서 흘러나온, 그때는 몰랐지만 지금은 명확해진 말들, 이 모든 것을 감안할 때, 그녀에게 그는 다른 누군가의 대용품임이 분명했다. 사회에 만연한 온갖 종류의 타락에 대해 잘 알고 있었던 만큼, 게다가 온갖 종류의 기발한 행위에 대해 완벽하게 초연한 태도를 표방했을 뿐 아니라, 그들이 그 행위를 통해 성적 만족을 느낀다면 그 자체로 정당화될 수 있다고 생각했던 만큼, 그는 방탕이나 타락에 대해 별로 놀라지 않았다. 그저 친구 하나를 알듯이 그런 타락을 알고 있었던 것이다. 그러나 자신이 먹잇감이 되었다는 사실에는 몹시 기분이 상했다. 만일 그의 추측이 맞는다면 그는 엄청난 모욕을 당한 것이었다. 그런 의심이 들자 그는 영양에게 조롱당한 호랑이처럼 격분하여 포효하듯 울부짖었다. 그러나 그것은 맹수의 힘과 악마의 지혜를 겸비한 호랑이의 울부짖음이었다.

"자네, 왜 그러나?" 폴이 물었다.

"아무것도 아닐세."

"나한테 무슨 불만이 있는지 물었을 때, 지금처럼 그냥 아무것도 아닐세, 라고 답하는 것을 듣고 싶지는 않네. 그럴 경우 아마 다음날 우리는 결투를 해야 할 걸세."

"나는 이제 더이상 결투 같은 건 하지 않네." 마르세가 말했다.

"그 말은 더 비극적으로 들리는군. 그럼 자네는 암살을 하나?"

"내 말을 왜곡하지 말게. 나는 집행을 하네."

"이보게, 오늘 아침 자네의 농담은 지나치게 적의에 차 있는 것 같군."

"어쩌겠나? 쾌락은 인간을 잔혹하게 만든다네. 왜냐고? 나도 모르지. 그 이유를 찾아볼 만큼 그것을 알고 싶지도 않고.—시가가 아주 훌륭하군. 차를 좀 주게.— 폴, 자네 그거 아나? 나는 야만적인 삶을 살고 있다네. 하지만 이제 운명을 결정할 때가 된 것 같아. 맛볼 만한 가치가 있는 무엇인가를 위해 힘을 사용할 때가 된 것 같거든. 인생이란 참으로 묘한 코미디 같아. 현 사회질서의 모순에 대해 나는 두려워하기도 하고 냉소적이 되기도 하네. 정부는 단 한 사람을 죽인 불쌍한 사람들의 목을 베는가 하면, 겨울마다 의술이라는 이름하에 수많은 젊은이를 죽음으로 몰고 가는 인간들에게 의사 면허를 발급하지. 사회를 파괴하는 수많은 타락과 악행에 대해 윤리는 속수무책이고 그것을 벌할 수 있는 것은 아무것도 없네.—차 한 잔 더 하겠나?—단언컨대, 인간은 절벽 위에서 춤추는 어릿광대와 같다네. 라클로의 『위험한 관계』나 하녀의 이름을 딴 제목의 어떤 소설*이 부도덕하다고들 말하지만, 정말 추하고 더럽고 끔찍하고 퇴폐적인 책은 사교계라는 책이라네. 늘 펼쳐져 있는 그 책이 덮이는 경우는 절대 없지. 사교계의 책 중에도 가장 위험한 책은 저녁에 무도회장에서 남자들끼리 나누는 귓속말이나 여자들이 부채 뒤에서 주고받는 말로 이루어진 책이라네."

"앙리, 자네한테 무슨 엄청난 일이 생긴 것이 분명하군. 자네가 아무 말 하지 않아도 다 알 수 있네."

"그래? 좋아. 자 이제 저녁까지 시간을 죽여야 하네. 도박장으로 가세나. 누가 아나, 돈을 모조리 잃게 될지!"

마르세는 자리에서 일어나 지폐를 한 움큼 집어들어 시가 통에 말아 넣은 후 옷을 입고는, 마침 그곳에 있던 폴의 마차로 '외국인의 살롱'이라는 도박장으로 갔다. 그곳은 전형적인 귀족들의 도박장으로 리슐리외 가에 있었다. 그는 그곳에서 극적으로 돈을 따고 잃기를 반복하면서 저녁까지 시간을 보냈다. 도박장에서 그런 스릴을 맛보는 것은 힘이 넘치는 사람들이 주체할 수 없는 힘을 발산하기 위해 고를 수 있는 최고의 선택지이리라. 저녁이 되자 그는 약속 장소에 가서 순순히 눈을 가렸다. 그러고는 진정으로 강인한 남자들만이 가진 집중력을 발휘하겠다는 확고한 의지를 다지고 머리를 써서 마차가 어느 길들을 지나는지 추리했다. 그는 마차가 생 라자르 가로 접어들어 산 레알 저택 정원으로 난 작은 문 앞에서 멈추었다는 확신이 들었다. 처음에 왔을 때처럼 그 문으로 들어간 후, 그는 혼혈 사내와 마부에 의해 들것에 실려갔다. 발밑으로 들리는 모래 소리를 들으면서 그는 그들이 왜 그토록 조심하는지 이해할 수 있었다. 그가 자유로운 몸이었다면, 그래서 그가 마음

---

* 사드의 『쥐스틴 혹은 미덕의 불행』을 말한다. 발자크의 『나귀 가죽』에 등장하는 페도라의 하녀 이름도 쥐스틴이다.

대로 그곳을 걸어갈 수 있었다면, 소관목의 나뭇가지를 하나 꺾을 수도 있고, 장화에 묻은 모래의 특성을 살필 수도 있었을 것이다. 그러나 들것에 실려, 말하자면 공중으로 운반되어 외부인이 접근할 수 없는 저택으로 들어가고 있으니, 그가 할 수 있는 것은 이제까지 그랬던 것처럼 상상하는 것뿐이었다. 그러나 절망적이게도 남자들은 좋은 일이든 나쁜 일이든 아무것도 완벽하게 할 수 없다. 지적인 작업이든 육체적인 작업이든 그들이 하는 모든 작업에는 파괴의 흔적이 남으니 말이다. 땅이 촉촉한 것을 보니 비가 살짝 내렸었나보다. 밤에는 낮보다 훨씬 더 진하게 풀 냄새가 나기 마련이다. 앙리는 이송되는 길을 따라가면서 물푸레나무 향기를 맡을 수 있었다. 그것은 파키타의 규방이 어느 건물에 있는지를 알아내는 데 매우 중요한 정보가 될 것이다. 그는 또한 나중에 다 떠올릴 수 있도록 들것을 든 자들이 저택에 들어온 후 모퉁이를 몇 개나 돌았는지도 유심히 살폈다. 그는 어젯밤처럼 터키풍의 방에 이르러 파키타 앞에 섰다. 그녀는 앙리의 눈을 가린 스카프를 풀어주었다. 그런데 파키타의 얼굴이 어제와 다르게 무척 창백해 보였다. 울었던 것 같았다. 기도하는 천사처럼, 하지만 무척이나 슬프고 울적한 천사처럼 무릎을 꿇고 앉아 있는 파키타는 호기심에 가득차 그를 열망하면서 펄쩍펄쩍 뛰기도 하고 날개 위에 앙리를 태우고 사랑의 낙원으로 데려가기도 하던 어제의 그 여인이 아니었다. 쾌락 뒤에 감춰진 절망은 너무도 진실해 보여서 흉악한 마르세조차 자연에 존재하는 이 새로운 종류의 피조물을 찬미하지 않을 수 없었다. 그래서 그는 순간적으로 그곳에 온 주된 목적도 잊어버렸다.

"무슨 일 있어? 내 사랑 파키타?"

"앙리, 어디론가 나를 데려가줘요. 바로 오늘밤에. 아무도 날 보면서 파키타가 여기 있다고 말하지 않는 곳, 아무도 황금 눈의 머리 긴 여자가 여기 있다고 대답하지 않는 먼 곳으로 날 보내줘요. 그곳에서는 당신이 원하는 만큼 마음껏 쾌락을 누릴 수 있게 해드릴게요. 그러고 나서 당신이 더이상 날 사랑하지 않는다면 날 버려도 좋아요. 아무 불평도 아무 원망도 하지 않을게요. 나를 버린다 해도 아무런 가책도 느낄 필요 없어요. 당신을 바라보며 하루만, 단 하루만 보낼 수 있다면 그 하루는 제 인생 전부와 같을 테니까요. 하지만 그냥 여기 있으면 난 죽어요."

"파키타, 난 파리를 떠날 수 없어." 앙리가 답했다. "난 혼자 몸이 아니야. 특별한 관계로 맺어진 몇몇 친구들과 공동운명체거든. 내가 그들에게 속해 있듯이 그들도 내게 속해 있지. 하지만 당신을 위해 파리에 은신처를 마련해줄 수는 있어. 그 누구라도 인간의 힘으로는 찾아낼 수 없는 곳으로."

"아니요." 그녀는 말했다. "당신은 여자가 얼마나 무서운지 몰라요."

인간의 목소리로는 더이상 담아낼 수 없을 만큼의 공포가 그녀의 말속에 담겨 있었다.

"이 세상과 당신 사이에 내가 이렇게 버티고 있는데 도대체 당신에게 무슨 일이 일어날 수 있다는 거야?"

"독약을 먹이겠지요!" 파키타가 말했다. "벌써 도냐 콘샤가 당신을 의심하고 있어요." 그녀는 눈물을 줄줄 흘리면서 말을 이었다. 그녀의 눈물이 뺨을 따라 내려오면서 빛나고 있었다. "내가 예전과 달라졌다는 것을 알아채기는 어렵지 않으니까요. 하긴, 나를 삼켜버리고 말 괴물의 분노에 나를 맡겨버린다면, 당신의 신성한 의도가 실현되는 것이겠지요! 하지만, 이리 와요. 우리의 사랑에는 인생에서 맛볼 수 있는 모든 쾌락이 다 담겨 있어요. 게다가 전 울면서 애원할 거예요. 소리지르면서 저항할래요. 아니 도망칠 수도 있어요."

"도대체 누구에게 간청한다는 거야?" 그가 물었다.

"쉿! 아무 말도 마세요!" 파키타가 다시 말했다. "만일 제가 용서를 받을 수 있다면, 그건 아마도 비밀을 지켰기 때문일 거예요."

"내 옷을 줘." 앙리가 은밀하게 말했다.

"아니, 아니요." 그녀는 강하게 거부했다. "당신 모습 그대로 있어요. 사람들은 내게 남자라는 존재를 증오하라고 가르쳤고, 그래서 나는 그들을 다 괴물로만 생각했어요. 하지만 당신은 하늘 아래 존재하는 가장 아름다운 존재인걸요." 그녀는 앙리의 머리를 만지면서 말했다. "당신은 내가 얼마나 바보인지 몰라요. 난 아무것도 배운 것이 없어요. 열두 살 때부터 갇혀 있었어요. 아무도 만날 수 없었죠. 글을 읽을 줄도 쓸 줄도 몰라요. 영어와 스페인어를 말할 뿐이지요."

"그럼 런던에서 당신에게 온 편지는 뭐지?"

"편지요? 자 여기 있어요!" 그녀는 기다란 일본 화병에서 편지를 몇 통 꺼내왔다.

그녀는 앙리에게 편지를 내밀었다. 젊은이는 그 편지에서 수수께끼 그림 같은 이상한 형상들을 보았다. 피로 그려진 그 형상들은 넘치는 열정을 표현하고 있었다.

"아니, 당신은 지옥에 있는 귀신의 지배를 받고 있는 거야?" 앙리는 질투심과 집착을 가지고 쓴 상형문자 같은 기호들을 보면서 외쳤다.

"지옥에 있는." 그녀는 앙리의 말을 반복했다.

"그런데 어떻게 그 지옥에서 나올 수 있었나……"

"아! 바로 그것이 파멸의 원인이 되었지요." 파키타가 말했다. "나는 도냐 콘샤에게 지금 당장 나한테 죽든지 아니면 나중에 나를 내보낸 일로 질책을 당하든지 둘 중 하나를 택하라고 했어요. 악마의 호기심이 일었어요. 이 세상과 나 사이를 가로막고 있는 견고한 굴레에서 벗어나고 싶었어요. 젊은 남자들은 어떻게 생겼을까 궁금했어요. 남자라고는 후작과 크리스테미오밖에 본 적이 없으니까요. 우리를 여기로 데려온 마부하고 하인도 늙은이들이고……"

"하지만 항상 갇혀만 있었던 것은 아니지? 건강이……"

"오! 산책은 했지요. 하지만 밤에 사람들이 없는 시골이나 센강가에서요."

"그렇게 사랑받고 있다는 것이 자랑스럽지 않나?"

"아니요, 이제는 아니에요. 아무리 풍족한 삶이라도, 이렇게 숨어 사는 것은 빛에 비하면 암흑일 뿐이에요."

"빛이란 무엇을 말하는 건가?"

"당신이 빛이랍니다, 내 사랑 아돌프! 당신을 위해서라면 나는 죽어도 좋아요. 사람들이 말하던, 그리고 내가 느끼는 소위 열정이라는 것을 당신에게서 느껴요. 여태껏 나는 살아 있다는 것이 뭔지 몰랐어요. 하지만 이제 서로 사랑한다는 것이 어떤 건지 알아요. 이제까지 나는 사랑받기만 했지, 사랑할 줄 몰랐어요. 당신을 위해서라면 모든 것을 다 버리겠어요. 날 데려가주세요. 원한다면 장난감처럼 갖고 놀아도 좋아요. 하지만 당신이 나를 더이상 원치 않을 때까지, 당신 곁에 있게 해줘요."

"후회하지 않겠어?"

"절대로!" 그녀는 맑고 순수한 황금빛 눈으로 앙리를 마주보며 말했다.

'정말 나를 사랑하나?' 앙리는 생각했다. 그녀의 말이 진실이라면, 그토록 지고지순한 사랑을 고려할 때 그는 자신이 받은 모욕을 용서할 준비가 되어 있었다. 그는 '좀더 두고 보자'고 생각했다.

파키타는 자신의 과거에 대해 해명할 아무런 의무가 없었다. 그럼에도 그녀가 가진 한 줌의 추억마저 앙리에게는 커다란 죄악으로 보였다. 그리하여 서글픈 기분을 느끼면서도 그는 생각에 잠긴 채 연인을 관찰하고 심판했다. 그러나 동시에 그는 이루 말할 수 없는 쾌락에 완전히 몸을 맡겼다. 설사 사랑하는 연인을 위해 하늘에서 페르시아의 요정이 내려온다 해도 그만한 쾌락을 줄 수는 없었으리라. 파키타는 자연이 특별한 정성을 들여 사랑을 위해 창조한 피조물 같았다. 하룻밤 사이에, 여자로서 사랑을 나누는 재능이 만개했던 것이다. 워낙 의지력이 강하고 쾌락에는 별로 관심이 없을 뿐만 아니라 바로 어젯밤 쾌락으로 충만한 시간을 보냈음에도, 이 젊은이는 황금 눈의 여인과 사랑을 나누면서 마치 술탄의 궁전에 있는 듯한 느낌을 받았다. 사랑이 넘치는 여인이 제공하는 그 궁전은 남자라면 그 누구도 절대 포기할 수 없을 곳이리라. 파키타는 진정으로 위대한 모든 남자가 무한에 대해 느끼는 열정, 파우스트에게서 그토록 극적으로 표현되고, 맨프레드에게서 그토록 시적으로 해석되고, 돈 후안으로 하여금 여인들의 마음을 파고들게 만들었던 신비로운 열정에 부응했다. 환상이나 이상을 좇는 수많은 사람들이 그토록 찾고자 하는 것, 학자들은 학문에서, 신비주의자들은 오직 신에게서만 찾을 수 있다고 믿는 무한한 사유를 돈 후안은 여인의 마음에서 찾을 수 있기를 소망하지 않았던가. 지치지 않고 투쟁을 계속해야만 얻을 수 있을 이상적인 존재를 마침내 차지할 수 있다는 희망은 마르세를 황홀하게 했다. 그는 참으로 오랜만에 처음으로 마음을 열었던 것이다. 긴장이 풀려 느긋해졌고 냉정함은 불타는 영혼으로 인해 녹아버렸다. 그가 견지하던 단호한 생각은 사라졌고, 충만해진 행복감으로 인해 그의 마음은 규방의 색깔처럼 흰색과 분홍색으로 물들었다. 그는 엄청난 관능적 쾌락의 자극을 느끼면서 이제까지 어떤 한계를 정해놓고 그 속에 자신의 열정을 가두었던 그 한계선 너머로 이끌리고 있었다. 자연에 반하는 사랑이 자신의 취향에 맞게 길러낸 이 여자가 자기를 능가하는 것을 원치 않았던 그는, 남자로 하여금 모든 면에서 정복자가 되겠다는 생각을 부추기는 허영심으로 인해, 이 여인을 굴복시키고자 있는 힘을 다했다. 그러나 한편으로는 자신을 억제할 수 있는 한계선을 벗어나 어리석은 하층민들이 꿈 같은 공간이라 부르는 환락의 주변에서 완전히 정신을 잃고 있었다. 그는 다정했고 친절했고 마음을 터놓고 이야기하기도 했다. 그로 인해 파키타는 거의 미칠 지경이었다.

"소렌토, 니스, 키아바리*로 가서 남은 일생을 함께 보내면 안 될까? 그러고 싶어?" 그는 가슴을 파고드는 목소리로 파키타에게 말했다.

"그러고 싶으냐고 물어볼 필요가 있나요? 내게 의지라는 것이 있던가요? 나는 당신에게 쾌락을 주기 위해서만 존재하는 물건에 불과한

---

* 이탈리아 북부 제노바에서 동쪽으로 30킬로미터 정도에 위치한 지중해 연안 도시. (옮긴이)

걸요. 만일 우리에게 적당한 안식처를 구하려 한다면 아시아만이 유일한 땅일 거예요. 그곳에서는 사랑이 날개를 펼 수 있답니다……"

"당신 말이 맞아." 앙리가 말을 이었다. "인도로 가자. 항상 봄인 나라, 땅에는 꽃들이 만발한 나라가 바로 그곳이지. 평등이라는 보잘것없는 망상을 실현하고 싶어 안달하는 한심한 나라에서 그랬다간 비난받지만, 그곳에서는 군주와 같은 호사를 누려도 누구도 비난하지 않거든. 수많은 노예를 거느리고 사는 곳, 태양이 언제나 하얀 궁전을 비추는 곳, 공중에 향수를 뿌리는 곳, 새들이 사랑을 노래하는 곳, 더이상 사랑할 수 없으면 죽어버리는 곳…… 그곳으로 가자."

"그리고 그곳에서 함께 죽는 거예요!" 파키타가 말했다. "하지만 내일까지 기다리지 마요. 지금 당장 떠나요. 크리스테미오도 데려가요."

"정말이지, 쾌락이야말로 인생 최고의 멋진 결말이야. 아시아로 가자. 하지만, 어린애 같은 아가씨야, 떠나기 위해서는 황금이, 그러니까 돈이 많이 있어야 해. 그리고 돈을 구하려면 자산을 정리해야 하지."

그러나 그녀는 그의 말을 도무지 이해하지 못했다.

"금이라면 여기에 많아요. 이만큼 쌓여 있는걸요." 그녀는 손을 높이 쳐들면서 말했다.

"그건 내 것이 아니야."

"그럼 어때요?" 그녀는 말을 이었다. "우리에게 필요한 것이라면 그냥 가져가면 되지요."

"그건 네 소유도 아니야."

"소유요?" 그녀는 그 말을 반복했다. "당신은 나를 소유하지 않았나요? 우리가 그걸 가지면, 그건 우리 소유가 되는 거예요."

그는 웃음을 터뜨렸다.

"불쌍한 것, 순진하기도 해라! 너는 세상사에 대해 정말 아무것도 모르는구나."

"그래요, 하지만 내가 아는 건 이거죠." 그렇게 그녀는 외치면서 앙리를 자기 앞으로 끌어당겼다.

마르세가 모든 것을 다 잊고 이 여인을 영원히 자기 여자로 만들겠다는 욕망을 품은 바로 그 순간, 쾌락의 절정에서 그는 마치 단도로 가슴을 찔린 듯한 극심한 고통을 느꼈다. 그는 난생처음으로 모욕을 당한 느낌이었다. 그를 더 잘 보기 위해 격렬하게 그를 위쪽으로 안아 올린 파키타가 "오! 마리키타!"라고 외쳤기 때문이다.

"마리키타!" 젊은이는 포효하면서 부르짖었다. "이제 내가 의심하던 것, 믿고 싶지 않았던 모든 것의 실체를 알았어."

그는 단도가 들어 있는 가구로 갔다. 그러나 장롱의 문은 잠겨 있었다. 그에게나 그녀에게나 참으로 다행한 일이 아닐 수 없었다. 문이 열리지 않자 그는 더욱더 화가 났다. 그러나 그는 안정을 되찾고, 넥타이를 가지러 갔다. 그러고는 사납고 의미심장한 태도로 그녀 앞으로 다가갔다. 너무도 잔인한 모습이었기에 자기가 뭘 잘못했는지 모르면서도 파키타는 그가 자기를 죽이려 한다는 사실을 알아챘다. 그래서 그녀는 넥타이 끈으로 자기 목을 조르려는 마르세를 피하기 위해 단숨에 방구석으로 돌진했다. 두 사람 사이에 몸싸움이 벌어졌다. 두 사람 모두 똑같이 유연했고, 민첩했고, 격렬했다. 싸움을 끝내기 위해 파키타가 연인의 다리 밑으로 던진 쿠션에 맞아 앙리가 넘어졌다. 그녀가 그 틈을 타서 경보음을 울리게 하는 장치를 눌렀다. 그러자 갑자기 혼혈 사내가 나타났다. 그녀가 눈짓을 하자 크리스테미오는 마르세에게 달려들어 그를 넘어뜨리고는 발로 가슴을 밟았다. 발뒤꿈치는 그의 목을 겨냥하고 있었다. 마르세는 발버둥치면서 싸움을 계속한다면, 파키타의 신호 하나만으로 자신의 목숨이 끝장나리라는 사실을 알아챘다.

"내 사랑, 왜 나를 죽이려 했나요?" 파키타가 물었다.

마르세는 아무 대답도 하지 않았다.

"무엇이 당신 마음에 안 들었어요? 말해봐요, 우리 이야기 좀 해요."

앙리는 패배를 인정하는 강인한 남자의 냉정한 태도를 유지했다. 차가우면서도 차분한 이 태도는 일시적인 포기를 통해 자존심을 지키겠다는 신념을 드러내는 매우 영국적인 태도였다. 게다가, 무척 화가 나긴 했지만, 절대 처벌받는 일이 없게끔 철저히 준비하지 않은 채 즉흥적으로 이 여인을 죽여 공연히 법정과 얽히게 되는 것은 신중하지 못한 행동이라는 생각도 들었다.

"내 사랑," 파키타가 다시 말했다. "말해줘요. 사랑의 이별인사도 없이 그냥 가버리지 마요. 당신이 보여준 무서운 모습을 내 마음속에 간직하고 싶지 않아요. 말해줘요." 그녀는 화가 나서 발을 동동 구르면서 말했다.

마르세는 대답 대신 너는 죽게 될 거야!라고 말하는 듯한 시선을 던졌다. 그 시선의 의미가 너무도 확실했기에 파키타는 그에게로 몸을 던졌다.

"좋아요, 나를 죽이고 싶어요? 내 죽음이 당신을 기쁘게 한다면, 나를 죽여요!"

그녀가 크리스테미오에게 눈짓을 하자, 그 사내는 젊은이의 가슴을 밟고 있던 발을 치우고 파키타의 명령대로 물러섰다. 그는 파키타가 옳은지 그른지는 전혀 판단하지 않은 채 무조건 그녀의 명령을 따르는 듯했다.

"진짜 사내로군!" 마르세는 침울한 몸짓으로 혼혈 사내를 가리키며 말했다. "아무 조건 없이 무조건 우정을 따르는 것만이 진정한 헌신이지. 저 사내는 당신의 진정한 친구로군."

"원한다면 당신에게 드리겠어요." 그녀가 답했다. "내가 명령한다면 나를 섬기듯 당신을 섬길 거예요."

그녀는 답을 기다렸다. 그러고는 애정이 넘치는 말투로 다시 말했다. "아돌프, 다정한 말 한마디만 해줘요. 이제 곧 날이 밝아요."

앙리는 아무 말도 하지 않았다. 사람들은 힘과 유사한 것이면 무엇이든 위대하게 여기는 경향이 있으며 흔히 엉뚱한 생각이나 행동을 찬미하곤 하니, 그 젊은이는 훌륭한 자질을 지녔다고 할 수 있을 것이다. 그러나 그 자질은 실상 얼마나 서글픈 것인지. 앙리는 용서할 줄 몰랐다. 되돌아볼 줄 아는 것, 아마도 인간이 가진 장점 중 하나인 그 자비심이 앙리에게는 없었다. 그에게는 그런 것이 무의미했다. 영국 혈통에 강하게 배어 있는 북쪽 사람들의 잔인함이 아버지를 통해 그에게 유전되었던 것이다. 좋은 감정이든 나쁜 감정이든 어떤 감정을 품게 되면 그는 확고했다. 남자로서의 허영심을 최고로 만족시켜주었을 감미로운 승리의 왕관을 빼앗겼던 만큼 파키타의 울부짖음은 그에게 무척이나 끔찍하게 들렸다. 기대, 사랑, 그리고 온갖 감정이 더없이 고조되었었고, 그 모든 것이 그의 심장과 머리에서 불타올랐었다. 그런데 그의 인생을 환하게 비추기 위해 타올랐던 그 불길이 한순간 싸늘한 바람에 꺼져버렸던 것이다. 어안이 벙벙해진 파키타에게는 아무런 힘도 남아 있지 않았다. 고통에 잠긴 그녀는 이제 떠나야 한다는 신호를 겨우 할 수 있을 뿐이었다.

"이제 이것도 아무 소용 없어." 그녀는 눈을 가리는 스카프를 내던지면서 말했다. "그가 더이상 나를 사랑하지 않는다면, 그가 나를 증오한다면, 모든 것이 끝장이야."

그녀는 앙리가 다정한 시선으로 바라봐주길 기다렸지만, 그는 냉정할 뿐이었다. 그녀는 다 죽어가는 상태로 쓰러졌다. 혼혈 사내는 앙리에게 끔찍하리만치 무서운 의미심장한 시선을 던졌다. 그의 눈길이 너무도 섬뜩하여, 누구나 인정할 만큼 더없이 대담한 젊은이였음에도 마르세는 난생처음 두려움을 느꼈다. '만일 네놈이 더이상 그녀를 사랑하지 않는다면, 만일 네놈이 그녀를 조금이라도 아프게 한다면, 넌 내 손에 죽는다.' 재빨리 지나간 그의 시선은 그렇게 말하고 있었다. 그럼에도 노예가 주인을 섬기는 듯한 맹목적인 시중을 받으면서 마르세는 격자창으로 빛이 새어들어오는 긴 복도를 따라갔다. 그 복도 끝에서 그는 산 레알 저택의 정원에 이르는 숨겨진 계단에 있는 비밀 문을 통해 밖으로 나왔다. 혼혈 사내는 앙리로 하여금 보리수나무가 늘어선 산책로를 조심스럽게 걷게 했다. 그 길은 당시에는 황량했던 길로 통하는 작은 문까지 이어져 있었다. 마르세는 그 모든 것을 잘 살폈다. 마차가 그를 기다리고 있었다. 이번에는 혼혈 사내가 그를 그곳까지 안내하지 않았다. 앙리가 저택과 정원을 다시 한번 보려고 마차문 밖으로 머리를 내밀었을 때, 그는 크리스테미오의 허연 눈자위를 보았다. 그들의 시선이 마주쳤다. 두 사람 모두에게 그것은 협박이었고 도전이었다. 그것은 일반적인 규칙 같은 것은 존재하지 않는, 배신이나 배반도 허용되는 잔인한 전쟁과 결투를 통보하는 시선이었다. 크리스테미오는 앙리가 파키타를 죽이겠다고 맹세한 것을 알고 있었고, 앙리는 자기가 파키타를 죽이기 전에 크리스테미오가 자기를 죽이려 할 것임을 알고 있었다. 그들은 서로를 너무도 잘 파악하고 있었던 것이다.

'사건이 점점 흥미로운 방식으로 복잡하게 얽히는군.' 앙리는 생각했다.

"어디로 모실까요?" 마부가 물었다.

마르세는 폴 드 마네르빌의 집으로 갔다.

앙리는 일주일 넘게 집을 비웠다. 그동안 그가 어디에 있었는지, 무엇을 했는지는 아무도 몰랐다. 덕분에 그는 혼혈 사내의 분노를 피할 수 있었다. 그러나 그것은 이 세상 그 누구도 그토록 사랑한 적이 없을 만큼 한 남자를 사랑했고 그 남자에게 모든 것을 걸었던 불쌍한 여인의 죽음을 초래했다. 한 주가 끝나가는 마지막 날, 밤 열한시쯤 앙리는 마차를 타고 산 레알 저택 정원의 작은 문으로 갔다. 세 명의 남자가 그와 함께 있었다. 주의깊은 보초처럼 아주 작은 소리에도 신경을 쓰면서 자리에 꼿꼿이 서 있던 마부도 물론 그의 친구 중 하나였다. 세 명 중 첫번째 사내는 문밖의 길에서 망을 보았다. 두번째 사내는 정원에서 벽에 몸을 기대고 있었다. 열쇠꾸러미를 손에 쥔 세번째 사내는 마르세와 함께 들어갔다.

"앙리," 그 친구가 말했다. "우리 계획이 탄로난 것 같아."

"누구한테 말인가, 페라귀스?"

"안 자고 있는 사람들이 있어." 데보랑 비밀결사의 수장이 대답했다. "분명 이 집의 누군가는 먹지도 마시지도 않았어. 자, 저 빛을 좀 보게."

"우리에겐 이 집 도면이 있어. 저 빛이 어디서 나오는 거지?"

"도면을 볼 필요도 없네." 페라귀스가 말했다. "빛은 후작부인의 방에서 새어나오고 있어."

"아!" 마르세가 외쳤다. "런던에서 오늘 돌아왔나보군. 그 여자가 내게서 복수할 기회마저 뺏어갈 모양일세. 하지만, 그녀가 나보다 선수를 친다면, 그라티앵, 우리는 그녀를 경찰에 넘기면 그만일세."

"잘 듣게! 일은 이미 끝났네." 페라귀스가 앙리에게 말했다.

두 친구는 귀를 기울였고 꺼져가는 가녀린 음성을 들었다. 그 음성을 들었다면 사나운 맹수라 할지라도 측은하게 생각했으리라.

"후작부인은 벽난로 굴뚝을 통해 소리가 새어나갈 수 있다는 것은 미처 생각지 못했나보군." 멋진 작품에서 오류를 발견하고 기뻐하는 트집쟁이 같은 미소를 지으면서 데보랑 비밀결사의 수장이 말했다.

"우리, 우리만이 모든 것을 예측하고 철저히 준비할 수 있지." 앙리가 말했다. "기다리게, 저기에서 무슨 일이 벌어지고 있는지 가보겠네. 저런 종류의 커플들은 어떻게 사랑싸움을 하는지 봐야겠으니 말일세. 하느님께 맹세코, 후작부인은 그녀를 들들 볶았을 걸세."

마르세는 민첩하게 계단을 기어올라갔다. 그는 그 계단을 잘 알고 있었고 규방으로 향하는 길도 기억하고 있었다. 문을 열자, 그는 자기도 모르게 부르르 떨지 않을 수 없었다. 더없이 용기 있는 사내였음에도 흥건히 고인 피를 보고는 놀라움을 금치 못했던 것이다. 그의 눈앞에 펼쳐진 광경이 그를 놀라게 한 것은 한 가지 사실 때문만이 아니었다. 후작부인은 그야말로 진정한 의미에서 여자였다. 그녀는 여자라는 나약한 존재 특유의 완벽한 술수를 쓰면서 치밀하게 복수했다. 그녀는 파키타를 벌하기 전에 파키타의 죄를 확인하고자 분노를 감추고 있었던 것이다.

"너무 늦었어요, 내 사랑!" 마르세를 향해 창백한 시선을 돌린 채, 죽어가면서 파키타가 말했다.

황금 눈의 여인은 피에 잠겨 숨을 거두었다. 촛불이란 촛불은 다 켜져 있었고, 감미로운 향기가 방안에 퍼지고 있었다. 어지럽게 흐트러진 방안 풍경을 보면서 여자 경험이 많은 앙리는 열정으로 인한 광기는 다 똑같다는 사실을 깨달았다. 방안 풍경으로 미루어보아 후작부인이 교묘하게 죄인을 심문했음을 알 수 있었다. 핏자국이 너무도 선명히 보이는 하얀 방은 그들이 한참 동안 씨름을 벌였음을 드러냈다. 파키타의 손자국이 쿠션 여러 개에 새겨져 있었다. 어디에서나 그녀가 삶에 집착했음을 느낄 수 있었다. 사방에 그녀가 저항한 흔적과 매질당한 흔적이 남아 있었다. 벽에 걸린 주름진 커튼의 천조각들은 오랫동안 저항하느라 피투성이가 된 손에 찢겨 있었다. 파키타는 아마도 천장으로 기어올라가려 했었나보다. 소파 등받이를 따라 그녀의 발자국이 나 있었다. 도망가려고 맨발로 그 소파 위로 뛰어갔던 모양이다. 사형집행인의 단검에 맞아 여기저기 찢긴 그녀의 몸은 그녀가 얼마나 안간힘을 쓰면서 살고자 애를 썼는지 말해주고 있었다. 앙리로 인해 그녀에게 삶이 너무도 소중해졌기 때문이다. 그녀는 바닥에 쓰러져 죽어가면서, 피 묻은 단검을 손에 쥐고 있던 산 레알 부인의 발목을 물기도 했다. 후작부인의 머리는 헝클어져 있었고, 몸에는 물린 상처투성이였다. 그 상처들로부터 피가 흘렀다. 옷은 다 찢어져 거의 반쯤 벗은 상태였으며 가슴에는 할퀸 자국도 나 있었다. 그런 후작부인의 모습은 숭고했다. 독점적 사랑을 갈망했던 만큼 배신에 치를 떠는 그녀의 얼굴에는 노기가 가득했고, 온몸은 피투성이였다. 그녀는 코로 숨을 쉬기 어려운 듯 반쯤 입을 벌린 채 헐떡거리고 있었다. 몇몇 동물들의 경우 화가 치밀면 적에게 달려들어 죽여버린다. 그러고는 승리 이후 평온에 젖어 그 일을 잊어버린다. 그런가 하면 어떤 동물들은, 적의 발을 묶어 질질 끌고 다니면서 트로이를 아홉 바퀴나 돌았다고 호메로스가 노래한 아킬레우스* 처럼, 자신들이 죽인 제물 주위를 돌면서 누가 그것을 가져가지 못하도록 지킨다. 후작부인이 바로 그러했다. 그녀는 앙리를 보지 못했다. 우선 그녀는 당연히 혼자 있다고 생각했기에 증인을 두려워할 이유가 없었다. 게다가 그녀는 뜨거운 피에 취해 있었고, 격렬한 싸움으로 흥분해 있었다. 설사 파리 전체가 그녀 주위를 에워쌌다 할지라도 그녀는 아무것도 보지 못했을 것이다. 설사 벼락이 쳤다 해도 그녀는 몰랐을 것이다. 그녀는 파키타의 마지막 숨소리조차 듣지 못했다. 그래서 죽은 사람이 아직 자기 말을 듣고 있다고 생각했던 것이다.

"죽어버려! 넌 고해성사도 필요 없어!" 그녀가 말했다. "지옥으로 꺼져버려, 배은망덕한 괴물 같으니라고. 넌 아무한테도 속할 수 없어. 악마한테나 가버려. 네가 한 짓을 생각하면, 내 손에 죽어 마땅해! 죽어, 죽어, 수천 번이고 죽는 고통을 겪어봐! 내가 너무 너그러웠어. 너를 너무 빨리 죽여버렸어. 너로 인해 내가 겪어야 할 이 모든 고통을 너도 겪게 했어야 했는데! 나는 살겠지! 불행한 삶을 살 거야! 나는 이제 하느

* 호메로스의 『일리아스』 제24장을 보면, 아킬레우스가 헥토르의 시체를 끌고 다니면서 파트로클로스의 무덤 주위를 돈다. 파트로클로스는 아킬레우스의 사촌이자 절친한 친구로 트로이전쟁에 참가했다가 헥토르의 손에 죽임을 당한다.

님만 사랑하면서 살아가는 신세가 되었어!" 후작부인은 파키타를 바라보았다. 그녀는 격렬하게 자신의 행동을 돌아보면서 가만히 있다가 혼잣말을 했다. "아, 그녀가 죽어버렸어! 너무 고통스러워 죽을 것 같아!"

극도로 절망에 빠진 후작부인은 아무 말도 못하고 소파에 몸을 던지려 했다. 그러다가 그제야 마르세를 보게 되었다.

"누구냐?" 후작부인은 단검을 치켜들고 그를 향해 달려갔다.

앙리가 그녀를 제지했고, 그렇게 하여 그들은 얼굴을 마주하고 서로를 한참 동안 바라보았다. 상대방을 바라보면서 두 사람은 너무도 놀라 마치 혈관 속의 피가 얼어붙는 것만 같았고, 공포에 떠는 말들처럼 다리를 후들후들 떨었다. 정말이지, 메나이크모스* 쌍둥이 형제도 그들만큼 서로를 꼭 빼닮지는 못하리라. 그들은 동시에 같은 말을 내뱉었다.

"더들리 경이 아버지지?"

그리고 둘 다 그렇다는 의미로 고개를 끄덕였다.

"저 여자는 혈통에 충실했군." 앙리가 파키타를 가리키면서 말했다.

"저 아이는 그렇게 큰 죄를 저지른 것이 아니었어!" 마르가리타 에우페미아 포라베릴 후작부인은 절망적으로 울부짖으면서 파키타를 향해 몸을 던졌다. "불쌍한 것! 오! 너를 다시 살리고 싶구나! 내가 잘못했어, 나를 용서해줘, 파키타! 넌 죽었는데 나는, 나는 살아 있구나! 아 나는 이 세상에서 가장 불행한 여자야."

바로 그 순간 흉측한 얼굴을 한 파키타의 어미가 나타났다.

"그 아이를 죽이라고 내게 판 것은 아니라고 말할 참이지?" 후작부

* 로마의 희극작가 플라우투스의 작품에 등장하는 쌍둥이 형제.

인이 소리질렀다. "네가 왜 네 소굴에서 기어나왔는지 난 너무 잘 알지. 두 배로 쳐줄 테니 입 닥치고 있어."

후작부인은 흑단목 장롱에서 금이 담긴 자루를 꺼내어 경멸하듯 노파의 발밑에 던졌다. 자루 속에서 금이 짤랑거리는 소리가 들리자 아무 표정이 없던 조지아 출신 노파의 얼굴에 미소가 번졌다.

"내가 누이를 위해 적시에 도착했구나!" 앙리가 말했다. "경찰이 물으면……"

"아무것도 묻지 않을 거야." 후작부인이 대답했다. "이 세상 사람들 중에서 딱 한 사람만이 저 아이에 대해 물어볼 수 있어. 그런데 그 크리스테미오는 죽었어."

"그러면 저 어미는?" 앙리는 노파를 가리키면서 물었다. "또다시 너한테 돈을 요구하지 않을까?"

"저 늙은이는 여자란 존재는 인간도 아닌 나라 출신이야. 그곳에서 여자란 사람들이 마음대로 팔기도, 사기도, 죽이기도 하는, 말하자면 온갖 변덕을 위해 사용해도 되는 물건과도 같아. 우리가 마음대로 사용하기도 하고 처분하기도 하는 가구 같은 거지. 게다가 저 여자에게는 그 어떤 열정도 포기하게 만드는 열정이 하나 있지. 모성애마저 버릴 만큼의 열정, 물론 딸을 사랑했다면 그렇단 말이지. 단 하나의 열정……"

"그게 뭔데?" 앙리는 누이의 말을 끊으면서 격한 어조로 물었다.

"도박! 신이 보우하사 너는 도박에 빠지지 않기를!" 후작부인이 답했다.

"하지만 이렇게 기막힌 사건의 흔적을 지우기 위해 도대체 누구의 도움을 받을 셈이야? 경찰이 가만히 있지 않을 텐데." 앙리는 황금 눈의 여인을 가리키면서 물었다.

"저 아이의 어미가 있잖아." 후작부인은 늙은 조지아 여자를 가리키면서 말했다. 그리고 그녀에게 거기 남아 있으라는 신호를 했다.

"우리는 다시 만나게 되겠지." 앙리가 말했다. 그는 친구들이 걱정할까봐 그곳을 떠나야겠다고 생각했던 것이다.

"아니, 오라버니, 우리가 다시 만나는 일은 없을 거야. 난 이제 스페인으로 돌아가 로스 돌로레스 수도원*에 은둔하려 해." 그녀가 말했다.

"넌 아직 너무 젊고 너무 아름다워." 앙리는 두 팔로 그녀를 안고 이마에 입맞춤하면서 말했다.

"안녕히! 우리에게 절대적이고 무한한 것으로 보였던 존재를 잃은 지금, 그 무엇으로도 위로받을 수 없어." 그녀가 말했다.

그로부터 일주일 후, 폴 드 마네르빌은 튈르리 공원의 테라스 데 푀양 산책로에서 마르세를 만났다.

"그래서, 우리의 아름다운 황금 눈의 여인은 어찌되었나, 이 흉악한 친구야!"

"그녀는 죽었다네."

"왜?"

"심장병으로."

1834년 3월~1835년 4월, 파리.

* 랑제 공작부인이 은둔했던 수도원.

# 13인당 이야기, 사랑과 질투와 복수의 드라마

'13인당 이야기'에는 세 편의 소설이 담겨 있다. 사랑과 질투와 복수를 주제로 하는 이 소설들은 파리에서 일어난 13인당 구성원들의 모험 이야기다. 13인당은 제정시대에 상류층 남자들로 구성된 비밀조직이다. 조직원들은 댄디의 상징인 노란 장갑을 끼고 호화로운 사륜마차를 타고 다니며 사교계를 드나들지만, 허위에 찬 사교계를 저주하고 비웃는 냉정한 사람들이다. 범죄도 마다하지 않는 그들은 법 위에 존재하는 권력자들이며, 페라귀스는 그들의 수장이다. 그런데 '13인당 이야기'의 첫 에피소드인 「페라귀스」의 원제는 「페라귀스, 데보랑 비밀결사의 수장」이다. 다시 말해 페라귀스는 13인당의 수장인 동시에 '데보랑'이라는 비밀결사의 수장이기도 하다. 그렇다면 데보랑 비밀결사는 또 무엇인가?

'데보랑Dévorants'은 '게걸스레 먹다, 탐욕스레 먹다, 삼키다, 탕진하다, 괴롭히다' 등의 의미를 지닌 '데보레dévorer'라는 동사로부터 파생된 명사로, '게걸스레 먹는 자, 탕진하는 자, 괴롭히는 자'라는 뜻이다. 그런 이유에서 데보랑은 악당 혹은 탕아 등으로 번역되기도 한다. 그러나 역사적으로 데보랑은 중세에 생겨난 건축기술자들 혹은 석공들의 동업조합인 드부아르 동업조합에서 유래했는데, 이때 '드부아르devoir'는 '의무'라는 뜻이다. 완벽한 경지에 이르는 기술을 습득하는 것이 조합원의 의무라는 의미에서 동업조합의 이름은 '드부아르 동업조합'이었고, 그 조합원을 '드부아랑Devoirants'이라 불렀던 것이다. 드부아랑은 다시 '드보랑Devorants'이 되었고, 발자크는 여기에다가 악센트를 붙여 '데보랑Dévorants'으로 바꿈으로써 '삼킴' '먹어치움'이라는 그 단어의 사전적 의미를 함축적으로 담고자 했던 듯하다.

그렇다면 13인당과 데보랑 비밀결사의 관계는 무엇인가? 13인당이 귀족들로 구성되어 있다면 데보랑 조직원들은 노동조합원들이다. 다시 말해서 그들 사이에는 계급적 동질성이 없다. 그러나 귀족이건 노동자건 모든 형태의 단결로부터 생긴 집단의 힘은 강력할 터, 작가는 조직원 간의 은밀한 결합이 부여하는 연대성의 힘을 강조하고 싶었던 것이리라. 더욱이 작가가 활동하던 시대에는 예수교, 프리메이슨단, 수도회, 카르보나리당, 그리고 황제 측근들의 비밀결사대 등 온갖 종류의 비밀결사가 난무했다. 작가는 당시의 그러한 사회적 현실에 기대어, 예루살렘 성전을 짓던 시절까지 거슬러올라가는 노동조합의 역사적 기원과 자신의 상상력을 잘 결합시킴으로써 독자의 흥미를 유발하고, 역사적 현실에 근거한 허구, 사실인 것처럼 보이는 허구를 그리고자 했던 듯하다.

### 1. 「페라귀스」와 근대화 과정의 파리 풍경

「페라귀스」는 본질적으로 파리의 드라마다. 발자크는 소설 곳곳에서 1820~1830년 당시의 파리를 생생하고 현실감 있게 그려내고 있다. 그는 파리의 거리를 묘사하고 행인들의 발걸음을 추적하고 그들의 심리를 분석한다. 비평가들은 '인간극' 전체에서 파리라는 단어는 3천 번 이상 나오는데 그중에서도 「페라귀스」에 가장 많이 등장한다고 지적한 바 있다. 19세기의 프랑스 풍속연구가 발자크에게 파리는 인격과 감정, 그리고 신체를 가지고 생생하게 살아 숨쉬는 하나의 생명체다. "여기는 아름다운 여인인가 하면, 저기는 늙고 가난한 남자"인 파리, "여기는 새로운 왕조의 화폐처럼 아주 새 것인가 하면, 이쪽 구석은 유행을 따르는 여자처럼 우아"한 파리는 "완벽한 괴물"이다. 그런가 하면 파리는 "슬프거나, 쾌활하고, 추하거나 아름다우며, 생명이 넘치거나 죽은 것과도 같은" 고급 화류계 여인이기도 하다. 발자크의 파리에는 각각의 집과 거리가 고유한 특징을 가진다. 거리의 건물, 지나가는 행인, 마차, 서 있는 사람, 상점, 이 모든 것은 파리를 이해하기 위해 읽어야 할 기호다.

근대도시로서의 파리를 연구한 데이비드 하비는 도시 근대화의 과정이 단절이 아닌 연속성에 의거함을 주장하면서, 그 전거로 발자크가 묘사한 19세기 초반의 파리를 제시한다. 이때 하비가 가장 많이 인용한 텍스트는 다름 아닌 '13인당 이야기', 그중에서도 「페라귀스」다. 그에 따르면 도시연구가 입장에서 '인간극'을 읽는 것은 아주 놀라운 경험이다. '인간극'은 파리라는 지형에 관한 온갖 양상을 드러내며, 발자크가 아니었다면 그 흔적들은 영원히 숨겨져 있었을 것이기 때문이다. 실제로 제2제정 당시 파리 지사였던 오스만의 근대화 작업 이후의 파리에 대한 연구는 많이 행해졌을 뿐 아니라, 지금의 파리 모습은 그 당시와 크게 달라진 것이 없다. 더욱이 벤야민의 파리 파사주 프로젝트 이후 19세기 후반의 근대도시 파리에 대한 연구는 매우 활발하다. 그에 비해 1820년대와 1830년대의 파리에 대한 연구는 상대적으로 빈약하며, 역사적 사료 역시 귀한 편이다. 따라서 「페라귀스」는 소설적 가치만큼이나 왕정복고 시기의 근대화 과정에 있는 파리를 보여주는 도시사적 자료로서의 가치도 크다고 하겠다.

### 파리의 지형도

「페라귀스」는 파리의 모험 이야기이며, 이 작품의 진정한 주인공은 다름 아닌 파리다. 따라서 수많은 길들과 구역들에 대한 공간적 이해와 그 공간에 얽힌 사회적 양상을 알지 못하고는 소설을 이해할 수 없다.

1) 증권거래소에서 팔레 루아얄과 빅투아르 광장에 이르는 지역

「페라귀스」의 비극은 근위대 장교인 오귀스트 드 몰랭쿠르가 여염집 여자라면 절대 가지 않을 좁고 어두침침한 골목 솔리 가에서 우연히 한 여인을 만나면서 시작된다. 쥘 부인이라 불리는 그녀는 증권중매인 쥘 데마레의 아내로, 오귀스트가 남몰래 열정적으로 사랑하는 여인

이다. 그는 그녀가 정숙했기에 사랑했다. 그런데 그런 그녀가 추악한 솔리 가에 있는 것이다. 솔리 가 옆에는 '쓰레기 거리'라고 불렸을 정도로 더럽고 악취나는 파주뱅 가가 있다. 파주뱅 가와 솔리 가는 파리의 근대화 과정에서 에티엔 마르셀 가가 생기면서 사라졌다. 쥘 부인, 즉 클레망스 데마레는 비밀리에 아버지 페라귀스를 만나기 위해 "사교계에 속한 여성이라면 더없이 잔인하고 치욕적인 소문이 돌 위험을 감수하지 않고는 절대 갈 수 없는" 그 길을 드나든다. 탈옥한 도형수 페라귀스는 신분을 숨기기 위해 그곳에 숨어 있었던 것이다.

증권거래소에서 팔레 루아얄로 이어지는 이 구역이 특히 흥미로운 것은 가난과 부, 아름다움과 추함, 미덕과 범죄, 정숙과 타락이 공존하는 곳이기 때문이다. 고급 저택들이 있는 메나르 가 옆에 "시끌벅적하고 활기차고 타락한" 부르스 광장이 있는가 하면, 불과 몇백 미터 거리에 있는 팔레 루아얄에는 도박장과 유곽들이 즐비하다. 특히 팔레 루아얄에서 루브르궁과 튈르리궁에 이르는 구역은 발자크에게 매우 친숙한 공간으로, 그곳에는 수많은 상점, 서점, 인쇄소, 모자상점, 카페, 레스토랑, 극장, 도박장이 있다. 사기꾼들이 활개치는 그곳에는 악과 범죄와 가난이 우글거린다. 지금은 루브르궁과 튈르리궁 사이에 멋진 광장과 정원이 들어서 있어 당시의 풍경을 상상하기 어렵지만, 19세기 초반만 해도 그곳에는 좁고 허름한 골목들이 즐비했었다. 1800년경부터 이 지역의 좁을 골목들을 제거하려는 움직임이 있었으며, 두 궁을 잇는 나폴레옹의 계획에 따라 1808년부터 작은 집들이 헐리기 시작했다. 두 궁 사이에 앵페리알 가(1815년 카루젤 가로 바뀜)가 생기면서 좁은 골목과 작은 집이 많이 사라졌지만 소설의 시간적 배경이 된

1819년까지도 그 지역은 안전을 보장할 수 없는 위험한 지역이었다. 팔레 루아얄 근처의 이런 길들은 19세기 후반 파리 근대화 작업에 따라 사라졌다.

2) 생 제르맹 구역과 쇼세 당탱

귀족 청년 오귀스트 드 몰랭쿠르의 저택은 생 제르맹 구역에 속하는 부르봉 가(지금의 릴 가에 해당)에 있다. 생 제르맹 구역은 당시 귀족들의 저택이 즐비하게 들어서 있던 호화로운 구역이자 사교계의 중심이었다. 정통 귀족의 구역인 좌안의 생 제르맹과 신흥 부르주아가 많이 살던 우안의 서쪽 쇼세 당탱은 조명이 밝고 거리가 깨끗하며 호화와 사치와 향락이 넘친다. 토지 분할 매각으로 투기 열풍이 불면서 대부분 밭이거나 늪지였던 서북쪽의 조용하고 넓은 구역에는 상류 부르주아들을 위한 고급 주택이 들어서고 고급 임대아파트도 늘어났다. 그러나 「페라귀스」에는 이 찬란한 구역에 대한 묘사는 거의 없으며, 발자크의 관심은 가난으로 찌든 동북쪽, 그리고 파리의 경계인 남쪽으로 향한다.

3) 마레 지구와 탕플 구역

옛 도형수 페라귀스는 신분을 감추기 위해 주기적으로 거주지를 옮긴다. 솔리 가에 있던 그는 딸과 조금 더 가까운 곳에 머물고자 조클레 가(현 레옹 클라델 가)로 옮긴 후, 점점 가난한 동네인 동북쪽으로 이동하여 생트 푸아 가, 그리고 앙팡 루즈 가(현 파스투렐 가와 포르트푸앵 가 사이의 아르시브 가)로 이동한다. 페라귀스가 마지막으로 머문 곳은 마레 지구에 속하는 로통드 뒤 탕플 광장 근처 앙팡 루즈 가에 있는 그뤼제 부인의 집이다.

마레 지구는 12세기에 템플기사단이 있었던 곳으로, 17세기 초 앙리 4세가 건립한 르네상스 양식의 보주궁과 더불어 대저택들이 들어서면서 왕족이나 귀족들이 많이 살게 된 지역이었다. 그러나 18세기에 귀족들이 생 제르맹과 생 토노레 구역으로 이동함으로써 이 지역은 점차 낙후되었다. 대혁명 이후에는 그나마 남아 있던 재산가들도 추방됨으로써, 19세기 전반 마레 지구는 주로 수공업자들과 노동자들의 거주지가 되었다. 마레 지구와 붙은 생 탕투안 구역에 살던 수공업자들과 노동자들이 그곳을 차지했기 때문이다. 코르드리 뒤 탕플 가에 사는 페라귀스의 애인 이다 그뤼제는 코르셋 만드는 여자요, 그녀의 어미 그뤼제 부인은 장식끈 만드는 여자라는 사실은 발자크 소설의 허구가 사회적 현실과 밀접한 관계에 있음을 증명한다. 추락하고 침체된 구역, 이것이 마레 지구에 대한 일반적인 인상이다. 파리의 온갖 잡동사니가 다 모이던 거대한 시장 로통드 뒤 탕플 아래쪽에 그뤼제 부인이 사는 앙팡 루즈 가가 있다. 그리고 바로 그 옆에는 앙팡 루즈 시장이 열린다. 그곳에는 지금도 앙팡 루즈 시장이 있다.

'인간극'에는 공공기관이 사용했던 건물은 물론이고 공적인 역사가 기록하지 않은 건물이 많이 등장한다. 발자크 덕분에 우리는 변형되었거나 사라져버린 길, 건물, 그리고 당시 사람들의 삶의 모습을 볼 수 있다. 프랑스 사람들은 발자크를 통해 19세기를 이해한다고 해도 과언이 아닐 것이다. 그뤼제 부인을 방문하는 쥘 데마레의 시선을 통해 묘사되는 '카바주티스'는 몇 세기에 걸쳐 추락해간 마레 지구를, 그리고 그곳에 사는 가난한 사람들의 살림을 보여주는 한 예다. 카바주티스는 세월의 흐름과 더불어 수난의 흔적이 고스란히 담긴 건물로, 중세부터 근대에 이르는 여러 세기가 공존하는 혼종적 양상을 보여주는 대표적인 예다. 벽은 축축하고 계단의 난간은 헐어빠졌으며, 공간은 비좁고 통풍도 안 된다. 어두컴컴한 계단은 오가는 사람들이 묻힌 진흙이 굳어지면서 울퉁불퉁해졌다. 진흙은 가난한 동네의 상징이다. 그곳에는 "가난한 삶의 온갖 궁핍함"이 그대로 드러나 있다.

4) 천문대 광장

클레망스의 죽음 이후 쥘은 재산을 정리하고 파리를 떠나기 위해 뤽상부르공원 남쪽으로 나 있는 에스트 가를 지나던 중, 뤽상부르공원과 천문대 사이에 있는 공터에서 영락한 노인으로 전락한 페라귀스를 본다. 파리의 동남쪽에 해당하는 생 자크 구역과 생 마르셀 구역은 다른 지역에 비해 경직되고 낙후된 곳이다. 다른 지역과 달리 그 지역을 차지하고 있던 종교 단체들은 병원이나 자선기관으로 변신함으로써 대혁명 이후에도 살아남았고, 그럼으로써 그 지역은 개발 열풍을 빗겨갈 수 있었다. 대혁명 이후 역동적 시기에 종교 단체들이 점유하던 공간은 대부분 병원이나 구빈원으로 바뀌었다. 고아원, 갈 곳 없는 미혼모와 여자 사형수를 위한 병원, 농아와 거지와 가난한 노동자를 받아들이는 병원들이 흩어져 있는 이 공간은 파리의 불행한 사람들과 타락한 사람들이 안식을 구하는 곳이다. 바로 그 옆에는 초라한 장례행렬을 끌어들이는 몽파르나스 묘지가 있다. 그렇게 그 지역은 삶과 죽음의 경계 지역이 되었다. 파리의 경계 지역인 이곳은 일종의 '사막'이다. 딸의 죽음 후 삶의 의미를 잃은 페라귀스에게 상실의 공간인 이 텅 빈 광장보다 더 적합한 장소는 없으리라.

5) 페르 라셰즈 묘지

발자크는 묘지에도 관심이 많았다. 그중에서도 훗날 발자크 자신이 묻힌 페르 라셰즈 묘지는 발자크 작품에서 친숙한 공간인데, '인간극'에 처음으로 페르 라셰즈 묘지가 등장하는 것은 「페라귀스」에서다. 18세기 말까지도 파리에는 성곽 안에 교회에 부속된 묘지들이 있었다. 레알 시장 옆의 이노상 묘지, 생 마르셀 구역의 생트 카트린 묘지와 클라마르 묘지 등이 그것이다. 파리가 커지고 인구가 늘어나면서 성곽 안에 있는 묘지는 많은 위생 문제를 야기했다. 1801년 나폴레옹은 도시 외곽에 세 개의 묘지, 즉 파리의 1~4구 주민을 위한 북쪽의 몽마르트르 묘지, 5~8구 주민을 위한 동쪽의 페르 라셰즈 묘지, 9~12구 주민을 위한 남쪽의 몽파르나스 묘지를 만들 법령을 고안했다. 페르 라셰즈 묘지는 황제 법령에 의해 1804년 파리 외곽에 세워진 첫번째 공동묘지로, 아름다운 정원 같은 느낌을 주는 새로운 개념의 묘지다. 몽파르나스 묘지는 1824년, 몽마르트르 묘지는 1825년에 만들어졌다.

페르 라셰즈에는 세 가지 유형의 무덤이 있었다. 영구 임대 묘지, 임시 임대 묘지, 그리고 공동 묘혈이 그것이다. 묘지 영구 임대 제도는 1805년부터 시행되었는데, 특히 1813년부터 1824년에 절정을 이루었다고 한다. 영구 임대 묘지권을 살 경우 어느 구역 주민이라도 페르 라셰즈에 매장될 수 있었다. 그리하여 묘지가 처음 문을 연 1804년 당시에는 파리에서 먼 곳에 있고 높은 지대라는 이유로 파리 사람들의 호응을 얻지 못하던 페르 라셰즈는 파리의 부자들과 특권층들이 선호하는 묘지가 되었다. 2구에 거주했던 부유한 증권중매인의 아내 클레망스가 이곳에 묻힐 수 있었던 이유다.

### 공간의 유형과 권력의 이동

파리의 모든 구역은 그 고유의 계급적 특성을 지닌다. 앞서 보았듯이, 생 제르맹 구역에는 정통 귀족들이 살고, 쇼세 당탱 구역에는 신흥 부르주아들이 살며, 탕플 가 근처의 마레 지구에는 가난한 수공업자들이 모여 산다. 이렇듯 파리 사람들은 그 공간적 질서를 따른다.

「페라귀스」의 비극은 인물들이 그 공간의 규칙을 어김으로써 발생한다. 생 제르맹 구역에 사는 근위대 장교 오귀스트 드 몰랭쿠르 남작이 "일생 중 한 번 있을까 말까 하는 우연"에 의해 어둡고 불결한 솔리가에 가지 않았더라면 살해당하는 비극은 없었을 것이며, 쥘 부인 역시 아버지 때문에 자신의 사회적 지위와 어울리지 않는 그 길에 있지 않았더라면 죽지 않았을 것이다. 코르셋 만드는 여인 이다 그뤼제는 신분에 맞지 않는 부르주아의 아름다운 저택을 방문한 대가를 치르고 죽는다. 쥘의 경우 아내에 대한 의심 때문에 하층민들의 구역인 앙팡 루즈가를 들락거리다 사랑하는 아내를 잃는 고통을 겪게 된다.

도시의 특성은 역사를 반영한다. 소설의 시간적 무대인 1819년이나 소설이 창작된 1833년은 프랑스 역사에서 결정적인 전환기였고, 공간적 배경인 파리는 그 어느 때보다도 큰 변화를 겪었다. 도시가 변화하듯이 그 내부에 존재하는 공간의 법칙도 변화한다. 「페라귀스」는 공간의 변화에 따른 권력의 이동 양상을 보여준다. 파리는 변화의 한가운데 있고, 그와 더불어 권력도 움직인다. 생 라자르 가에 있는 뉘싱겐 남작의 저택에서 열린 무도회의 찬란함은 부르주아계급이 경제뿐 아니라 정치적 권력까지도 차지하게 될 것임을 예고한다.

귀족으로부터 부르주아로의 권력의 이동은 오귀스트 드 몰랭쿠르와 쥘 데마레의 대결을 통해 드러난다. 구체제의 귀족정신에 합당한 삶을 살기를 원하는 노인들 사이에서 "아무것도 할 수 없는" 오귀스트는 근대화의 뒤편에서 조용히 몰락해가는 귀족계급을 상징한다. 적절하지 않은 장소에서 쥘 부인을 본 오귀스트는 염탐자가 되어 부인의 비밀을 파헤치고자 한다. 그러나 두 달 반 동안의 노력에도 불구하고 진실에 이르지 못한 그는 그 임무를 여인의 남편인 쥘 데마레에게 넘긴 채 죽어간다. 두 달 반 동안 진실의 주변에만 머물렀던 귀족 오귀스트와 달리 부르주아 쥘은 단 사흘 만에 진실을 알아낸다. 진실에 다가가기 위한 쥘의 방식은 오귀스트의 그것과 다르다. 그는 염탐하지도 탐구하지도 사색하지도 않는다. 그는 행동한다. 아내에게 함정을 놓고, 돈으로 그뤼제 부인을 매수한다. 결국 돈의 위력으로 인해 진실은 드러난다. 그러나 그는 진실을 알게 됨으로써 이중으로 추락한다. 우선 아내에 대한 신뢰를 저버림으로써 부부 사이의 사랑에는 금이 가고, 그로 인해 클레망스는 죽게 된다. 또한 자신의 재산 축적 뒤에는 페라귀스의 보이지 않는 손이 작용했음을 알게 된다. "결혼하기 오 년 전만 해도 전 재산이라야 사무원의 빈약한 월급뿐이었던" 그가 누리는 엄청난 부는 온전히 페라귀스에 의한 것, 즉 범죄의 결과였던 것이다.

「페라귀스」에 등장하는 세 인물은 19세기 전반에 존재했던 세 개의 정치체제를 상징한다. 13인당의 수장 페라귀스의 절대적인 권력은 나폴레옹의 제1제정과 밀접한 연관이 있으며, 오귀스트 드 몰랭쿠르는 근위대 소속으로 부르봉 왕가에 충실했던 귀족의 전형이다. 뉘싱겐 은행의 증권중매인인 쥘 데마레는 7월 혁명을 주도한 상승하는 부르주아 계급에 속한다. 그러나 세 개의 권력은 모두 어떤 형태로든 무대에서 사라진다. 오귀스트는 죽임을 당하고 페라귀스는 시체와 다름없는 노인으로 전락하는 반면, 부르주아인 쥘 데마레는 파리를 떠난다. 7월 왕조의 시작 단계인 1833년, 이 글을 쓸 당시 발자크는 1848년의 혁명과 루이 필리프의 추락을 알지 못했다. 그럼에도 발자크는 대혁명 이후에는 그 어떤 권력도 영원히 지속될 수 없음을 말하고자 했던 것이리라.

발자크가 언제부터 「페라귀스」란 작품을 구상했는지는 명확히 알 수 없다. 그가 왜 '13인당 이야기' 서문에 1831년이라 서명했는지는 이해할 수 없으나, 당시 발자크가 처한 상황을 고려할 때 「페라귀스」의 집필 시기는 1833년으로 추정된다. 발자크는 젊은 시절의 사업 실패로 평생 빚에 쪼들렸고, 그에게 글쓰기는 빚을 갚기 위한 수단이었음은 익히 알려진 사실이다. 1832년 당시 그는 9월 1일부터 『르뷔 드 파리』에 매달 글을 써주기로 하고 6개월 단위의 계약을 한 상태였다. 원고는 밀렸고 1833년 3월 1일에는 계약이 파기될 수도 있었다. 따라서 발자크가 「페라귀스」를 집필한 것은 1833년 2월일 것이라는 것이 연구가들의 일반적인 견해다.

「페라귀스」는 내용과 기법의 측면에서 『고리오 영감』을, 나아가 '인간극'을 예고한다는 점에서 발자크 작품 세계에서 하나의 전환점이 되는 소설이다. 무엇보다도 『고리오 영감』에서 체계화되는 인물 재등장

기법이 이 소설에서 처음 사용되었으며, 훗날 '인간극'의 핵심적 역할을 하는 파리가 처음으로 소설의 한가운데 있다. 그뿐만 아니라 페라귀스의 부성애는 고리오 영감의 부성애와 만나며, 범죄자 페라귀스는 19세기를 대표하는 미래의 불한당 보트랭을 예고한다. 그런가 하면 아내의 무덤을 방문한 후 페르 라셰즈의 언덕에서 파리를 내려다보는 쥘의 모습은 고리오 영감을 묻고 난 후 파리를 내려다보는 라스티냐크의 모습을 떠올리게 한다. 「페라귀스」를 쓴 다음해인 1834년 발자크는 한스카 부인에게 보낸 편지에서 자신의 작품 전체에 대한 구상을 밝히면서, 인간사의 모든 결과를 담은 『풍속 연구』, 그 결과의 원인에 대한 탐구인 『철학 연구』, 결과와 원인의 탐구에 이은 원칙의 수립인 『분석 연구』라는 '인간극'의 큰 틀을 제시하고 있다. 그리고 일 년 후인 1835년 발자크는 『고리오 영감』을 발표한다.

## 2. 「랑제 공작부인」, 사랑의 상처 그리고 정치

「랑제 공작부인」은 '13인당 이야기' 중에서 가장 잘 알려진 소설이다. 사랑, 협박, 납치, 모험 등 흑색 소설의 요소가 가득하면서도 시적이고 비극적인 이 소설은 독자들의 많은 사랑을 받았고, 여러 차례에 걸쳐 영화화되기도 했다. 그런데 「랑제 공작부인」은 발자크의 개인사가 반영된 소설이다. 1833년 4월에 1부가 발표된 후 1834년 2월에야 완성된 이 소설은 카스트리 후작부인과의 사랑이 좌절된 후 그에 대한 복수를 하기 위해 쓰인 것으로 알려져 있다. 따라서 소설을 이해하기 위해서는 우선 작품의 탄생 과정을 살펴볼 필요가 있다.

1829년 본명으로 발표한 첫 소설 『마지막 올빼미 당원 혹은 1800년 브르타뉴』와 그해 12월에 발표한 『결혼 생리학』의 출판 이후 발자크는 파리 사교계에 입성했다. 『마지막 올빼미 당원 혹은 1800년 브르타뉴』의 판매는 부진했지만 『결혼 생리학』이 부인들 사이에서 큰 화젯거리였던 만큼, 그는 사교계에서 인기 있는 작가가 되었다. 아브랑테스 공작부인과의 사랑과 에밀 지라르댕을 비롯한 문예가들과의 친교는 사교계에서 입지를 다지는 데 도움이 되었다. 귀족들의 멸시와 조소에 남모르게 고통받았던 그에게 드디어 야망을 키울 수 있는 기회가 온 것이다. 그런데 발자크에게 카스트리 부인과의 만남은 특별한 의미가 있다. 처녀 시절 이름이 클레르 드 마이에 드 라 투르 랑드리인 카스트리 후작부인은 유럽 최고의 귀족 가문에 속하는 여인으로, 아버지는 11세기까지 거슬러올라가는 유서 깊은 가문의 후손이며, 어머니는 영국 스튜어트 왕가의 후손이다. 그뿐만 아니라 그녀의 외삼촌 에두아르 드 피츠 제임스 공작은 정통파의 수뇌 중 한 사람이다. 아름답고 총명하여 생 제르맹 사교계의 여왕이었던 그녀는 1822년 오스트리아 메테르니히 수상의 아들인 젊은 외교관, 빅토르 폰 메테르니히와의 스캔들로 파리 사교계를 떠들썩하게 했던 장본인이다. 1827년에 그녀는 그의 아들까지 낳았으나, 1829년 애인은 폐병으로 죽고 만다. 게다가 그녀는 승마 도중 낙마하는 바람에 불구의 몸이 되어 은둔의 삶을 살고 있었다. 1831년 9월, 부인은 『결혼 생리학』과 『나귀 가죽』의 저자에게 익명의 편지를 보냈다. 몇 달 후에는 신분을 밝히고 생 제르맹 구역의 저택에 발자크를 초대하기도 했다. 발자크에게 카스트리 후작부인과의 만남은 작가로서의 허영심을 만족시키고 남자로서의 열등감을 날려버릴 수 있는 절호의 기회였을 것이다. 1832년 8월, 부인은 엑스 레 뱅으로 발자크를 초대했다. 그곳에서 여름휴가를 보낸 후 스위스를 거쳐 이탈리아로 갈 예정이었고, 발자크에게 합류해달라고 부탁한 것이다. 엑스 레 뱅에서 발자크는 부인의 환대를 받았다. 그러나 제네바에서의 열렬한 구애에도 불구하고 발자크는 부인에게 거절당했다. 상처 입은 그는 1832년 10월 18일 밤늦게 제네바를 떠났다.

그러나 사랑의 시련은 풍요로운 작품 활동으로 이어졌다. 절망의 외침은 우선 1832년 10월 21일에서 26일 사이, 즉 제네바를 떠난 직후에 쓴 『시골의사』의 「고백」이라는 장에 담겨 있다. 발자크는 거기에 사랑하지 않으면서도 거짓과 위선과 교태로 한 남자를 농락했던 여인을 그렸다. 이미 첫 실수가 있었으니 당시 풍습상 다시 사랑한다고 해서 사교계에 큰 물의를 일으키지 않을 것이라는, 부인의 불륜을 암시하는 내용이 포함될 정도로 「고백」은 카스트리 후작부인과의 사랑의 실패에 대한 직접적인 대응이다. 하지만 「고백」의 주인공은 그 여인에게 복수하지 않는다. 자살을 하지도 수도사가 되지도 않는다. 그는 작은 마을의 자선가가 되어 세속에서의 성스러운 삶을 택한다. 그러나 이 「고백」은 발표되지 않았다. 『시골의사』는 독자에게 자신의 정치적 소신을 알리고자 하는 목적이 담긴 작품이었다. 따라서 전체적으로 사회적인 요소가 강조되는 소설에 개인적인 사랑 이야기가 포함되는 것은 적합하지 않다고 생각했을 것이다.

그런데 실연의 상처가 여전히 아물지 않았던 것일까? 제네바 사건 이후 영원한 연인 베르니 부인 곁에서 위안을 찾던 발자크는 「고백」을 쓴 한 달 후인 11월, 『익살스러운 이야기』 2부 마지막에 「사랑의 절망」이라는 짤막한 이야기를 실었다. 동일한 경험을 약간은 익살스럽게 보여주는 이 소설에는 한 여자의 사랑놀이에 농락당한 사내의 좌절과 복수가 그려져 있다. 15세기 샤를 8세 시절 앙부아즈성에 초대받은 피렌체 조각가 안젤로 카파라는 자신을 유혹했음에도 정작 그의 구애를 거절한 여인의 얼굴에 칼자국을 내어 복수한다. 그는 교수형을 언도받지만, 국왕의 특별사면으로 석방된 후 성직자의 길로 들어가 나중에는 추기경까지 된다. 이렇듯 작가가 경험한 사랑의 좌절은 거의 동시에 서로 다른 두 개의 이야기를 탄생시켰다. 사건 직후에 쓰인 이 두 작품에는 상처 입은 발자크의 마음 상태가 고스란히 담겨 있다. 그리고 이 두 작품은 몇 달 후의 「도끼에 손대지 마시오」, 즉 「랑제 공작부인」의 탄생을 예고한다.

「사랑의 절망」이 발표되고 다섯 달이 지난 1833년 4월, 「도끼에 손대지 마시오」 1부가 발표되었다. 그런데 발자크가 카스트리 부인에 대한 복수의 미학적 변형이라 할 수 있는 「도끼에 손대지 마시오」를 집필하게 된 것은 그에게 새로운 가능성을 열어준 '이국 여인', 한스카 부인의 등장과 무관하지 않다. 1833년 발자크가 이 소설을 쓰기 시작하기 전, 즉 『시골의사』와 「사랑의 절망」을 끝냈던 1832년 11월에 이국 여인으로부터 두번째 편지가 도착했기 때문이다. 우크라이나의 대부호이자 폴란드 국왕의 후예로, 카스트리 부인 못지않은 귀족 가문 출신인 한스카 부인이 보낸 편지는 상처 입은 작가의 자존심을 위무해주었을 것이다. '새로운 별'은 그에게 또다시 희망을 불러일으켰고 그는 더이상 격렬한 적의를 품지 않았다. 그리고 소설은 개인적인 사랑의 실패담이 아니라, 옹색하고 반동적인 사고에 젖어 있는 왕정복고 당시 귀족들에 대한 비난의 기록으로 변화했다. 이 소설에서 주인공은 귀족계급을 상징하는 여성이 되며, 그녀에 대한 비판은 귀족계급 전체를 향한다. 즉 왕정복고 당시의 귀족계급의 과오를 분석함으로써 발자크는 왕정복고 멸망의 원인을 밝혀내고자 했다. 1839년 「도끼에 손대지 마시오」의 제목이 「랑제 공작부인」으로 변경된 것은 그런 점에서 상징적이다. 도끼라는 공포의 상징은 사라지고 한 여인의 이야기로 중심이 이동했으며, 한 남자의 개인적인 복수가 아니라 계급 전체에 대한 비판을 통해 왕정복고 몰락의 불가피성을 역설하고 있는 것이다.

### 발자크의 정치관

「도끼에 손대지 마시오」의 1부는 정통왕당파 월간지 『젊은 프랑스의 메아리』 1833년 4월호에 실렸다. 당시 잡지 편집인들의 입장에서 많은 독자를 확보하기 위해서는 발자크라는 인기 작가를 영입할 필요가 있었을 것이다. 더욱이 그는 공공연하게 정통파로서의 정치적 입장을 밝힌 터였다. 첫 호의 발매 부수가 당시로서는 보기 드문 일만 부였다는 사실을 감안할 때 작가의 입장에서도 그 제안을 마다할 이유가 없었다. 「도끼에 손대지 마시오」 1부에서는 1823년 프랑스의 스페인 원정과 더불어 프랑스 장군이 스페인의 카르멜회 수도원에서 옛 애인을 만나는 장면이 전개된다.

「도끼에 손대지 마시오」 2부의 초반부는 한 달 후 발간된 5월호에 실렸다. 그런데 1부에서 암시한 바 있는 두 연인의 사랑 이야기를 기대했던 독자는 실망을 금치 못했다. 사랑 이야기는 없고 정치적 담론이 한없이 길게 이어졌기 때문이다. 더욱이 왕정복고 시절 귀족들의 과오에 대한 신랄한 비판으로 일관하는 작가의 정치 담론은 『젊은 프랑스의 메아리』 독자인 왕당파 지지자들로서는 용인할 수 없는 내용이었다. 2부에서 전개된 정치 담론이 잡지사의 심기를 매우 불편하게 했음은 의심의 여지가 없다. 편집부는 발자크에게 내용을 수정해줄 것을 요구했지만, 발자크는 거부했다. 그 결과 연재가 계속될 것이라는 잡지사의 약속에도 불구하고 『젊은 프랑스의 메아리』에서 더이상 이 작품을 찾아볼 수 없게 된다. 그렇다면 『젊은 프랑스의 메아리』의 편집진을 불편하게 했던 「도끼에 손대지 마시오」에 담긴 발자크의 정치관은 무엇이었을까?

발자크는 우선 파리 지역의 시대별 변천사와 더불어 파리 한가운데 있는 생 제르맹 구역의 고립성을 언급한다. 귀족들은 언제나 인구밀도가 높은 곳을 피해왔다. 이러한 공간적 구별은 귀족과 민중 사이의 "정신적 격차를 물질적으로 공고히 드러내는 것"이리라. 그러나 귀족들의 이러한 특권은 정당하다. 어떤 집단에서도 계급은 형성되며, 따라서 불평등은 자연스러운 것이기 때문이다. 인간사회가 필연적으로 불평등할 수밖에 없다면, 질서 유지를 위해 탁월한 사람들이 힘과 권력을 가지고 국가를 통치해야 한다. 따라서 프랑스의 안녕과 질서를 위해서는 "태어나기 전부터" 부와 여유를 가졌을 뿐 아니라 최고의 교육까지 받아 고양된 정신과 재능을 가진 탁월한 자의 통치가 필요하다.

이처럼 발자크는 귀족들에게 우월성을 부여하고 소유권에 기초한 특권을 인정한다. 그러나 여기서 발자크가 강조하는 것은 민중의 힘이

다. 귀족들이 특권을 유지하기 위해서는 민중에 대한 의무를 게을리해서는 안 되는 것이다.

> 그러나 제아무리 고귀한 혈통의 귀족이라 할지라도 민중이 그들에게 제시한 조건을 충족시키지 못한다면 그러한 특권을 유지할 수 없게 된다. 그것은 일종의 정신적 봉토인데, 그것을 양도받은 자는 군주에 대한 의무를 수행해야만 한다. 그리고 오늘날의 군주는 물론 민중이다. (247쪽)

발자크는 1832년에 쓴 「왕당파의 현상황」이라는 기사에서 정통주의는 왕이 아니라 민중의 행복을 위한 제도임을 주장한 바 있거니와, 민중을 일컬어 군주라 칭하고 있으니 얼마나 현대적인 정치관인가! 진보적인 이 정치관이 정통왕당파 귀족들의 마음에 들 리는 없었을 것이다.

삶은 진보하고 정치가 추구해야 할 가치도 변화한다. 따라서 시대적 요구에 따라 정치적 이념도 달라져야 한다. 발자크에게 새로운 정치란 사태의 흐름을 파악하고 시기적절하게 '사상의 옷을 갈아입을 줄 아는' 정치다. 그리고 이때 요구되는 것은 능력 있는 자라면 누구나 계급상승을 할 수 있는 유연한 사회제도다. 예술과 과학과 돈의 능력을 가진 자들에게 새로운 귀족의 지위를 부여해야 한다. 그러나 불행히도 왕정복고시대의 생 제르맹 귀족들은 시대의 흐름에 따라 진보하지 않고 과거에만 매달린 채 자만심에 빠져 있었기에 7월 혁명에 굴복하고 말았던 것이다.

발자크가 이상적으로 생각하는 정치체제는 소수의 인물에게 권력이 집중되는 과두정치다. 이는 그가 자신의 정치이념을 밝히는 모든 글에서 일관되게 주장해온 내용이다. 그런데 「랑제 공작부인」에서 작가가 특히 강조하는 것은 과두정치에 필요한 위대한 인물을 찾기 위해 계급을 초월해야 한다는 것이다. 발자크는 과두정치를 실현할 정치가로 필시 나폴레옹 같은 인물을 생각했을 것이다. 그러나 당시 그가 속해 있던 정통왕당파 귀족들에게 나폴레옹은 입에 담아서도 안 되는 일종의 금기였던 만큼 발자크의 나폴레옹 찬양에 그들의 심기가 불편했으리라는 것은 의심의 여지가 없다.

발자크의 정치관은 「랑제 공작부인」의 두 주인공, 즉 공작부인과 몽리보 후작의 대립된 세계관을 통해서도 확인된다. 랑제 공작부인은 멸망해가는 생 제르맹 구역을 상징한다. 그녀는 "탁월하지만 나약하고, 위대하면서도 하찮은, 말하자면 귀족계급의 특징을 완벽히 지니고 얼마 동안 그 계급의 전형으로 간주되던" 여인이다. 그녀의 핵심적 문제는 교태와 위선과 가장에 있다. 그러나 그녀의 그런 자질들은 생 제르맹 여인들에게는 지극히 자연스러운 것이다. 다시 말해 랑제 공작부인의 교태에는 왕정복고시대의 보편적인 정신이 담겨 있고, 따라서 그것은 개인적인 과오라기보다는 그 시대의 계급적인 과오가 된다. 공작부인의 교태는 귀족들의 잘못된 보수성을 비난하기 위한 하나의 메타포다.

랑제 공작부인이 생 제르맹 귀족의 전형이라면 몽리보 후작은 혁명과 제국의 아들이다. 그는 강인하고 용맹하고 정력이 넘치는 "나폴레옹의 군인"이었을 뿐 아니라 과학적 탐구를 위해 목숨을 걸고 아프리카를 탐험한 바 있는 용기 있는 사내였기에, 당시 파리의 살롱을 장식하는 진부하기 짝이 없는 얼치기 청년들과 확연히 구분되면서 사교계에서 인기를 끌었다. 사교계에서 공허하고 무료한 시간을 보내고 있던 공작부인에게 그를 유혹하는 것은 권태에서 벗어날 수 있는 멋진 기회였을 것이다. 그를 소개받기도 전에 부인은 그와 함께 사막에 남겨진 채 "악몽의 동반자"가 되는 꿈을 꾸기도 한다.

그러나 공작부인과 몽리보의 거리는 생 제르맹 귀족과 나폴레옹 제국 군인 사이의 거리만큼이나 멀어서 두 사람은 절대 하나가 되지 못한다. 그들 사이의 거리는 우선 사랑에 대한 생각의 차이에서 확인된다. 몽리보에게는 오로지 육체적 결합만이 사랑의 증거인 반면, 공작부인에게 그것은 '저속한 욕망'에 불과하다. 따라서 공작부인은 육체적 정절을 지키겠다는 확고한 결심하에 사랑의 사전단계에 머물면서 그 상태를 즐기는 반면, 몽리보 장군에게 사랑은 정복을 위한 전쟁이다. 첫 만남부터 그는 반드시 그녀를 자기 여자로 만들겠다고 다짐한다. 그에게는 그 생각만이 사랑에 이르는 길이었던 것이다.

그들의 차이는 종교와 정치에 대한 논쟁에서 더욱 두드러진다. 공작부인은 혁명을 부정하면서 정치에서 교회의 역할을 강조하는 반면, 몽리보는 부인의 견해에 반론을 제기하면서 혁명 정신을 존중하지 않는 생 제르맹 귀족들의 오류를 비판한다. 공작부인이 지적하듯 그들은 정치적으로 같은 신념을 가지고 있지 않으며, 생 제르맹 귀족들의 눈에 몽리보의 정치적 사상은 '아주 나쁘게' 보일 수밖에 없다.

그런데 강력한 통치를 위해 종교를 이용해야 한다는 공작부인의 주장이나 혁명 정신을 계승해야 한다는 몽리보의 주장은 모두 발자크라는 작가의 정치관을 대변하고 있다. 그렇다면 발자크의 정치관은 그 자체로 모순적이 아닌가? 보수주의적 성향과 더불어 진보적이고 자유주의적인 성향이 공존하고 있으니 말이다. 발자크는 1830년 이후 정통주의를 표방했다. 그러나 젊은 시절 자유주의자였던 만큼 발자크가 정통주의로 전향했더라도 그의 사상은 샤를 10세의 손자이자 베리 공작의 아들인 앙리 5세를 군주로 옹립하고자 하는 보수주의 왕당파들의 그것과는 현격한 차이를 보인다. 그가 원했던 것은 나폴레옹 같은 위대한 군주가 통치하는 강력한 군주제이지 부르봉 왕가의 부활은 아닌 것이다.

사실 발자크에게 정통주의냐 자유주의냐, 보수냐 진보냐 등의 논쟁은 아무런 의미가 없었다. 그는 그 모든 것을 뛰어넘고자 했던 것이다. 그리고 그에게는 문학이라는 무기가 있었다. 그는 문학을 통해 존재하는 모든 정당의 문제점을 비판하면서 그들을 넘어서고자 했던 것이리라. 그런 의미에서 1834년은 작가에게 새로운 전환점이 된 시기였다. 이제 그는 더이상 정치 활동을 하지 않았다. 저널리즘 활동에서도 멀어졌다. 그는 더 높은 차원, 즉 예술을 통해 자유롭게 작가의 목소리를 전하고자 했다. 그는 작가로서의 소명의식을 가지고 오로지 소설 창작에 몰두했다. 「페라귀스」「도끼에 손대지 마시오」『외제니 그랑데』『절대 탐구』「황금 눈의 여인」『세라피타』『고리오 영감』 등 주옥같은 작품들이 바로 이 시기에 나왔다. 『르뷔 드 파리』에 실린 「19세기 프랑스 작가들에게 보내는 편지」에서 '작가동맹'의 결성을 촉구하면서 작가의 권리를 위해 투쟁한 것도 바로 이 무렵의 일이다.

작가로서의 소명을 자각함과 동시에 발자크는 자신의 작품 전체에 통일성을 부여하고자 하는 생각을 하게 된다. 일종의 '계시'와도 같은 그 생각은 '인간극'의 탄생을 예고한다. 아직 '인간극'이라는 제목은 등장하지 않지만, 그리고 그 '서문'은 그로부터 팔 년이 지난 1842년에 가서야 쓰이지만, '인간극'에 대한 계획이 무르익어가고 있었다.

### 3. 『황금 눈의 여인』, 황금과 쾌락의 도시 파리와 양성체

'13인당 이야기'의 세번째 에피소드 「황금 눈의 여인」 1부가 소개된 것은 「도끼에 손대지 마시오」가 끝날 무렵인 1834년 4월경이며, 2부와 3부는 그 이듬해인 1835년 5월에 가서야 발표되었다. 독자는 소설에 등장하는 동성애 혹은 양성체라는 대담한 주제에 놀라움을 금치 못했을 것이다.

그러나 발자크가 이처럼 대담한 소설을 쓸 수 있었던 것은 퇴폐적인 리베르티나주 소설이 유행했던 전 세기 선배들의 대담한 시도 덕분이었다. 이미 디드로는 『수녀』에서, 사드는 『쥐스틴』과 『오귀스틴 드 빌블랑슈』에서 여성 동성애를 그리고 있지 않은가. 더욱이 발자크가 이 글을 쓸 당시 파리 사교계에는 여성 동성애의 실례가 심심찮게 존재했던 것도 사실이다. 조르주 상드와 여배우 마리 도르발의 관계도 그중 하나였는데, 발자크는 아마도 1833년경, 조르주 상드로부터 버림받고 절망에 빠져 있던 쥘 상도에게 두 사람의 은밀한 관계에 대한 이야기를 들었던 것으로 보인다.

게다가 1834년경 발자크가 이 소설을 쓸 당시 동성애 혹은 양성체는 상당히 인기 있는 주제였다. 프랑스의 경우, 1829년에 이미 앙리 드 라투슈가 오누이를 사랑했던 양성적 인물을 주인공으로 하는 소설 『프라골레타』를 발표한 바 있다. 그런가 하면 1834년 테오필 고티에는 17세기

배우이자 가수로 남성 편력과 여성 편력이 화려했던 전설적인 여인 쥘리드 모팽에게 영감을 받아 『모팽 양』이라는 소설을 쓰기도 했다.

라투슈, 고티에와 문학적으로 활발하게 교류하며 돈독한 우정을 나누었던 발자크는 1834년에 양성체를 주제로 한 두 편의 작품, 즉 『세라피타』와 「황금 눈의 여인」을 집필했다. 그러나 발자크는 이미 1830년 경부터 양성체에 대해 적잖은 관심을 가지고 있었다. 남자이면서 여성의 몸과 목소리를 지닌 가수 잠비넬라를 사랑했던 한 조각가의 이야기 『사라진』을 발표한 것은 1831년의 일이다. 그런가 하면 그는 이미 청년 시절에 신비한 능력을 가진 양성적 존재에 관한 이야기, 『팔튀른』을 썼다. 스베덴보리의 열렬한 추종자였던 어머니의 영향으로 그는 종교철학에 관심이 많았다. 열아홉 살 때부터는 영혼 불멸에 관한 에세이를 쓰고자 했는데, 그때 구상했던 소설이 바로 『팔튀른』이다.

그후 사업, 사교계 출입, 문단과 저널리즘 활동 등으로 발자크의 삶에는 커다란 변화가 있었고, 그의 관심은 신비주의 종교나 초월 같은 주제로부터 멀어져갔다. 그러나 1832년 한스카 부인과의 사랑이 시작되고 그녀가 신비주의 종교에 매료되어 있음을 알게 되면서부터 그는 다시 천사적 존재에 대해 관심을 품게 되었다. 한스카 부인의 신비주의적 종교가 발자크의 글쓰기에 많은 영향을 주었다는 사실은 의심의 여지가 없다. 발자크에게 '무한, 하늘, 신비, 순수' 등은 이국의 귀부인을 붙잡기 위한 수단이었던 것이다. 미완성인 채 출판도 되지 않았던 『팔튀른』의 주제는 1833년 구상한 『세라피타』에 그대로 녹아든다. 세라피타/세라피투스는 민나라는 여인과 윌프리드라는 청년에게 동시에 사랑받는 양성적 존재다. 세라피타는 계시론자들이 말하는 신의 세계와 인간 세계의 중간에 속하는 신비주의적 인물로, 그/그녀는 양성체의 입문의식을 통해 절대적 통합을 이룸과 동시에, 민나와 윌프리드 두 인간을 결합시켜 하늘로 이끄는 성스러운 존재다. 이렇듯 세라피타의 양성성은 완전한 인간의 전형적인 이미지로 제시된다.

그리고 『세라피타』의 반대편에는 세속적인 삶에서의 퇴폐적인 사랑을 그린 「황금 눈의 여인」이 있다. 『세라피타』와 「황금 눈의 여인」은 양성체라는 동일한 주제를 다루고 있지만, 모든 면에서 대조를 이룬다. 『세라피타』가 천사적 힘에 의한 결합을 상징한다면 「황금 눈의 여인」은 악마적 힘에 의한 분리를 상징하며, 『세라피타』가 천상에서 구현되는 양성성을 그린다면 「황금 눈의 여인」은 지상에서 구현될 수 없는 양성체의 파멸을 그린다. 두 작품은 배경부터 서로 대조적이다. 『세라피타』의 배경은 유럽의 최북단에 위치한 노르웨이다. 그곳은 하늘과 가장 가까운 추상적인 공간으로, 이야기에 초월적이고 초자연적인 요소를 부여한다. 반면 「황금 눈의 여인」의 무대는 지상의 공간, 현실의 공간, 욕망이 꿈틀대는 지옥과도 같은 파리다.

## 파리의 생리학

「페라귀스」와 더불어 「황금 눈의 여인」도 파리의 드라마다. 발자크는 이 소설에서 파리에 대한 사회학적 분석을 통해 진정한 파리의 생리학을 전개한다. 파리는 거대한 쾌락의 아틀리에요, 끔찍한 욕망의 장소다. 이곳에서는 모두가 열정에 사로잡혀 있다. 무엇에 대한 열정인가? 오로지 '황금'과 '쾌락'에 대한 열정이다.

작가는 소설의 전반부를 파리에 대한 긴 묘사에 할애하면서 파리에 대한 일반론을 제시한 후, 파리라는 공간에 살고 있는 모든 계층의 사람들을 분석한다. 파리 사람들은 크게 두 부류로 나뉜다. 일하는 자와 일하지 않는 자, 즉 바쁘게 사는 사람과 한가한 사람이다. 그러나 예술가는 별도다. 그 분류의 근거는 돈이다. 그러고 나서 발자크는 파리에 사는 사람들을 다섯 가지로 분류한다. 우선 아무것도 가지지 않은 노동자들이 있다. 그들은 자본가에게 착취당하여 노동과 악덕으로 추해진다. 그들의 악덕은 술이다. 그러나 그들 중에는 부지런히 일을 하고 돈을 절약하면서 계급상승을 꿈꾸는 프티부르주아들도 있다. 두번째 부류에 속하는 이들은 무엇인가 가진, 그러나 역시 과도한 노동과 야망으로 몸을 망친 자들이다. 세번째 부류로는 사업가들이 있다. 그들은 항상 과도한 일과 더불어 과도한 오락과 쾌락으로 사고가 우둔해진 자들이다. 그들은 허영심에 차 있다. 그들에게는 오로지 한 가지 생각뿐인데, 그것은 자식을 귀족과 결혼시키는 것이다. 예술가들은 네번째 부류에 속한다. 발자크는 예술가들을 문명의 희생자로 본다. 그들 역시 쾌락에 목마르고 허영심이 많다. 그들도 과도한 작업으로 소진된다. 마지막 부류에 속하는 인물군은 바로 한가롭고 여유 있는 귀족들이다. 그렇다면 그들은 행복한가? 번쩍거리는 그들의 살롱이야말로 허영과 쾌락을 추구하는 왕국이다. 그곳에서 사람들은 모두 마모되어 권태롭고 무기력해진다.

온갖 종류의 인간이 우글거리는 파리는 이렇듯 모두가 황금과 쾌락만을 추구하는 타락의 도시다. 그리고 파키타의 양성성은 그러한 타락상을 보여주는 징후이기도 하다. 자연에 반하는 그녀의 사랑은 피로 얼룩진 끔찍한 파국을 초래하며 이는 파리의 퇴폐적 현실에 대한 메타포다. 발자크는 「황금 눈의 여인」을 통해 왕정복고 말기에 멸망해가는 사회의 병적 징후를 그린 것이다.

## 결합의 양성체/ 분리된 양성체

「황금 눈의 여인」은 파키타, 마르세, 산 레알 부인, 이 세 사람의 사랑과 질투와 복수의 드라마다. 그리고 그 중심에는 오누이를 동시에 사랑했던 파키타가 있다. 아름답고 관능적인 모습이나 자태, 유혹의 몸짓과 태도로 보아 파키타의 여성성은 의심의 여지가 없다. 그뿐만 아니라 사랑의 취향 역시 남성을 선호하는 것처럼 보인다. 그러나 앙리에 대한 그녀의 사랑은 전통적 의미에서의 남성에 대한 여자의 사랑과는 거리가 멀다. 마르세와의 사랑에서 사랑의 주체는 파키타다. 그녀는 마르세를 납치하여 여자로 변장시킨 후, 자기 방식대로 사랑한다. 산 레알 부인과의 관계에서 사랑의 대상에 불과하던 파키타는 마르세를 수동적 존재로 만듦으로써 자신이 주도권을 쥐고자 하는 것이다. 게다가 마르세의 매력은 강인하고 힘센 남성성에 있는 것이 아니라 처녀 같은 피부와 아름다운 손과 늘씬한 몸매, 즉 여성성에 있다.

그러나 마르세는 자신이 파키타의 사랑의 대상에 불과했음을 깨닫는 순간 모욕감을 느끼고 분노한다. 그의 분노는 쾌락의 절정에서 파키타의 입에서 튀어나온 '마리키타'라는 이름을 듣는 순간 극에 달한다. 막연히 의심하던 것, 그러나 믿고 싶지 않았던 동성애의 실체를 아는 순간 마르세는 파키타를 죽이려 한다. 그러나 그 폭력적 살해 행위는 그의 짝패이자 누이인 산 레알 부인의 몫이다. 남녀를 동시에 사랑했던 양성체인 파키타는 질투에 사로잡힌 산 레알 부인에게 참혹하게 살해된다. 살기 위해 몸부림치다 죽어가는 파키타의 피로 범벅된 마지막 장면은 저주받은 존재의 참혹한 결말을 보여준다.

파키타가 남성과 여성을 사랑한 남녀의 통합체라면, 마르세와 그의 누이 산 레알 부인은 하나의 양성체가 둘로 쪼개진 것이다. 따라서 양성체가 결합을 상징한다면 그들은 '분리의 상징'이다. 마르세는 파키타에 의해 산 레알 부인의 옷을 입고 여자로 변장함으로써 누이와 동일시된다. 세속에서 서로 알지 못한 채 한 여자를 두고 경쟁하는 마르세와 산 레알 부인은 두 남녀에 대한 사랑을 하나로 통합하여 승화시키는 세라피타와 대립된다.

마르세와 누이의 유사성은 이미 소설의 전반부에서 마르세의 친구인 폴 드 마네르빌을 통해 암시된 바 있다. 그뿐만 아니라 마르세에 대한 파키타의 사랑은 그가 산 레알 부인과 '동일한 목소리' '동일한 열정'을 가지고 있기에 가능한 것이었다. 마르세 자신이 파키타가 "혈통에 충실"했음을 지적하듯이, 파키타에게 마르세와 산 레알 부인 두 사람은 하나의 존재였던 것이다. 파키타가 살해된 현장에서 만난 두 사람은 서로가 너무도 닮았음에 놀라고 만다.

> 그렇게 하여 그들은 얼굴을 마주하고 서로를 한참 동안 바라보았다. 상대방을 바라보면서 두 사람은 너무나 놀라 혈관 속의 피가 얼어붙는 것만 같았고, 공포에 떠는 말들처럼 다리를 후들후들 떨었다. 정말이지, 메나이크모스 쌍둥이 형제도 그들만큼 서로를 꼭 빼닮지는 못

하리라. 그들은 동시에 같은 말을 내뱉었다.

"더들리 경이 아버지지?" (549쪽)

파키타는 앙리를 대상화함으로써 자신이 사랑의 주체가 되고자 하지만, 그녀가 선택한 남자는 산 레알 부인의 짝패에 지나지 않는다. 쾌락의 순간 자기도 모르게 튀어나온 '마리키타'라는 외침은 그녀가 산 레알 부인에게 충실했음을 보여주는 기호와 다름없다. 산 레알 부인은 마르세를 보고 나서야 비로소 자신의 지배력이 절대적인 것이었음을 인식한다. 그리고 파키타의 죽음을 애도한다.

마르세와 산 레알 부인은 원래 하나였던 인물이 둘로 분리된 존재로 그들은 영원히 분리된 채, 결코 만나지 못한다. 파키타에 대한 공통된 사랑을 통해 두 사람은 일시적으로나마 마주하게 되지만, 파키타의 소멸은 그들의 분리를 영원한 것으로 만들어버린다. 파키타는 양성적 사랑을 구현하는 일종의 절대, '무한'의 기호다. 그러나 그 절대성은 지상에서의 세속적인 삶에서는 불가능하다. 따라서 그녀의 죽음은 피할 수 없는 것이다. 파키타의 죽음 이후 산 레알 부인은 '무한'을 잃어버렸음을 애도하면서 수도원으로 들어가 속세와의 이별을 고한다. 수도원에 칩거하는 것은 세속적인 의미로는 일종의 죽음을 상징한다. 한편 악마적 존재인 앙리 드 마르세는 파리라는 투쟁의 공간, 황금과 쾌락만이 지배하는 지옥으로 되돌아간다.

「페라귀스」는 1833년 3월 10일, 17일, 31일에 『르뷔 드 파리』에 발표되었으며, 발표되자마자 곧바로 성공을 거두었다. 그리고 그해 4월에는 후기를 덧붙이면서 '13인당 이야기'의 다른 두 에피소드, 즉 「랑제 공작부인」과 「황금 눈의 아가씨」를 예고한다. 「페라귀스」의 첫번째 단행본은 1834년, 『사생활 장면』(네 권), 『지방 생활 장면』(네 권), 『파리 생활 장면』(네 권)의 세 부분으로 이루어진 '19세기 풍속 연구' 중 『파리 생활 장면』(제10권)에 수록되어 베셰 부인의 출판사에서 출판되었다. 1833년 3월부터 집필을 시작하여 그 이듬해인 1834년 3월까지 「도끼에 손대지 마시오」의 단행본 역시 베셰 부인의 출판사에서 나온 19세기 풍속 연구 중 『파리 생활 장면』(제11권)에 수록되어 출판되었다. 「황금 눈의 여인」의 경우, 그 초반부가 '19세기 풍속 연구' 중 『파리 생활 장면』(제11권)에 소개된 것은 「도끼에 손대지 마시오」 집필이 끝날 무렵인 1834년 3월이며 나머지 두 장은 그 이듬해인 1835년 같은 책 『파리 생활 장면』(제12권)에 수록되어 출판되었다.

그후 1839년 「도끼에 손대지 마시오」는 「랑제 공작부인」으로 제목이 바뀌고 보완 수정된 후 「페라귀스」와 함께 '13인당 이야기'라는 제목으로 샤르팡티에 출판사 총서에 포함되어 출간되었다. 뒤이어 1843년 「페라귀스」 「랑제 공작부인」 「황금 눈의 여인」은 퓌른 출판사에서 나온 '인간극' 총서의 『풍속 연구』 중 『파리 생활 장면』 9-1권에 '13인당 이야기'로 묶여 수록되었다.

옮긴이가 번역 대본으로 삼은 것은 *Ferragus, La Duchesse de Langeais, La Fille aux yeux d'or* in *Histoire des Treize*, textes présentés, établis et annotés par Rose Fortassier(Nouvelle édition de *La Comédie humaine* sous la direction de Pierre-Georges

Castex, [Bibliothèque de la Pléiade], t. *V*, 1977)이다. 그러나 이 판본과 달리 옮긴이는 발자크가 처음에 분류했던 것처럼 「페라귀스」를 네 개의 장과 결론으로, 「랑제 공작부인」을 네 개의 장으로, 「황금 눈의 여인」을 세 개의 장으로 나누었다. 이 밖에도 *Histoire des Treize: Ferragus, La Fille aux yeux d'or*(Edition établie par Michel Lichtlé, GF Flammarion, 1988), *Ferragus, chef des Dévorants*(Edition présentée, établie et annotée par Roger Borderie, Gallimard, folio classique, 2001), *La Duchesse de Langeais, La Fille aux yeux d'or*(Edition présentée, établie et annotée par Rose Fortassier, Gallimard, folio classique, 1976), *La Duchesse de Langeais*(Edition établie par Michel Lichtlé, GF Flammarion, 2008) 등을 참조하였다.

발자크의 소설 대부분이 그러하듯 이 소설에는 많은 주와 옮긴이주가 등장한다. 독서의 흐름을 방해하지 않기 위해 가급적 주를 피하고 싶었음에도, 소설의 이해를 돕기 위해서는 많은 주석이 필요했다. 당시의 역사 문화적 배경을 알 때 비로소 이 소설의 진정한 맛을 음미할 수 있기 때문이다. 그러니 많은 주석으로 독서의 흐름을 방해한 옮긴이를 용서해주기 바란다.

'13인당 이야기'의 번역은 진정 고행이었다. 텍스트 독해의 어려움은 물론이고 현대 프랑스어와는 다른 의미로 사용되는 19세기의 생소한 어휘들, 당시 프랑스의 독특한 문화적 기호들 등에 대한 무지에서 옮긴이는 이 책을 붙들고 이 년이 넘는 시간 동안 끙끙 앓았음을 고백한다. 이렇듯 미욱한 옮긴이가 변변치 못한 능력에도 불구하고 '13인당 이야기'를 번역하기로 결심한 것은 발자크의 방대한 세계를 알리는 데 조금이나마 보탬이 되고 싶었기 때문이다.

발자크의 문학세계는 보물이 가득한 바다와도 같다. 구십 편이 넘는 '인간극'에는 이천오백 명에 달하는 다양한 종류의 인간이 살아 숨 쉬고 있다. 그러니 발자크 소설 몇 편을 읽었다 하여 그의 작품세계를 이해했다고 말할 수 없으리라. 그러나 불행하게도 국내에 소개된 발자크 작품은 고작 이십여 편에 지나지 않으며, 그나마 많은 경우 절판된 상태여서 시중에서 구할 수 있는 작품은 열 권 정도에 불과하다. 그런 연유로 발자크에 대한 부분적인 이해를 바탕으로 그를 섣불리 정형화시키거나 오해하는 경우가 허다하다. 그러한 오류에서 벗어날 수 있도록 발자크의 '인간극'이 하루빨리 완역되기를 간절히 바라는 바이다. 발자크의 애독자로서 나의 번역 작업이 그 목표를 향한 작은 발걸음이 될 수 있다면 그보다 더 큰 기쁨은 없으리라.

마지막으로 처음부터 끝까지 꼼꼼히 읽어가면서 조언을 아끼지 않은 문학동네 편집부에 고마움을 전한다.

송기정

## 오노레 드 발자크 연보

1799년 5월 20일(혁명력 7년 프레리알 1일) 투르에서 오노레 출생. 아버지 베르나르 프랑수아(1746~1829)는 나폴레옹 제정 시대의 투르 주둔군 병참 담당 군속이었으며, 어머니 안 샤를로트 로르 살랑비에(1778~1854)는 프티부르주아층인 파리 상인의 딸이었다. 1797년 결혼한 부부의 나이 차는 서른두 살. 오노레가 태어나기 전 이들 사이에 첫아들 루이 다니엘이 태어나 어머니가 직접 키웠으나 얼마 안 돼 죽는다. 그런 연유로 오노레는 출생 직후 유모가 맡아 양육한다. 오노레에 이어 1800년 첫째 누이 로르(1800~1871), 1802년 둘째 누이 로랑스(1802~1825) 출생. 1807년에는 아버지가 다른 남동생 앙리(1807~1858) 출생. 앙리의 생부는 발자크 집안의 친구인 사셰 성주城主 장 드 마르곤이다.

오노레는 유소년 시절, 사생아인 동생 앙리에 대한 어머니의 편애로 인해 깊은 상처를 입는다. 이러한 정황은 『골짜기의 백합*Le Lys dans la vallée*』에 변용되어 나타난다. 동생 앙리는 그러나 범용한 인물로 오노레의 일생에 별다른 작용을 하지는 않는다. 후일 발자크는 어머니의 정부였던 장 드 마르곤과 깊은 교분을 나누고 그가 소유한 사셰성에 자주 머물면서 작품 활동을 한다. 루아르강 유역에 있는 사셰성은 현재 발자크기념관으로 활용되고 있다.

1807년 방돔의 기숙학교에 입학해 1813년 퇴교할 때까지 육 년간 그곳에서 생활한다. 후일 『루이 랑베르*Louis Lambert*』에 변용되어 나타나듯이 엄격한 훈육을 특징으로 하는 방돔 기숙학교는 발자크에게 그리 행복한 기억을 남기지 않는다. 1813년 심각할 정도로 건강을 잃어 집으로 돌아와 일 년 정도 요양. 지나친 독서가 그 원인으로 추정된다. 이듬해인 1814년 9월 투르 중등학교에 입학해 11월 파리로 이주할 때까지 두 달간 집에서 통학.

1814년 11월 아버지가 파리의 군수품 조달 회사 책임자로 임명되어 온 가족이 투르를 떠나 파리에 정착.

1816년 파리에서 중등교육을 마치고 9월 아버지의 친구인 변호사 기요네 메르빌의 사무실에서 견습 서기로 잠깐 일한다. 11월 법과대학 등록. 소르본 대학에서 기조, 빌맹, 빅토르 쿠쟁을 비롯한 여러 교수의 강의, 그리고 자연사박물관에서 조프루아 생틸레르의 강의를 듣는다. 후일 발자크는 이들에게서 받은 사상적 영향을 자신의 작품에 자주 언급한다.

1818년 아버지의 권유로 다시 공증인 파세의 사무실에서 일하기 시작. 그 사무실은 발자크의 집과 같은 건물에 있었다. 그런 연유로 청소년기의 발자크는 집안의 통제를 많이 받는다. 이 무렵을 전후로, 미완에 그치긴 하나 「철학과 종교에 관한 소고」「영혼의 불멸성에 관한 소고」를 집필. 이 시기는 향후 발자크 세계의 주요한 한 흐름으로 자리잡는 철학적 사변 취향의 시발점이 된다. 데카르트, 말브랑슈, 스피노자, 돌바크 등을 읽기 시작한다.

1819년 아버지가 현역에서 은퇴하여 파리 북쪽 근교 빌파리시로 이사. 1월 법과대학 수료. 부모는 공증인이 되기를 바랐으나 작가가 되기로 결심. 8월 작가의 재능을 입증하기 위해 부모에게서 이 년의 유예 기간을 얻어, 파리 레디기에르 거리 소재의 다락방에 홀로 칩거하면서 작품 집필에 몰두. 이때의 궁핍한 수련 생활은 이후 그의 여러 소설 속 주인공들의 이력에 녹아드는데, 특히 『파시노 칸*Facino Cane*』(1837)의 앞부분이 유명하다. 그즈음 누이 로르에게 보낸 편지에서 "아무것도, 사랑과 명예 말고는 아무것도 내 가슴속에 펼쳐진 이 드넓은 벌판을 채울 수 없다"고 토로.

1819~1823년 자신의 재능을 입증할 작품으로 운문 비극 『크롬웰*Cromwell*』 집필에 착수.

"나는 나의 비극 작품이 모든 왕과 민중의 애독서가 되기를 희망한다. 나는 걸작으로 등단하고 싶다. 그러지 못하면 내 목을 비틀리라"(편지). 1820년 봄 5막짜리 『크롬웰』을 완성하지만 하나같이 부정적인 반응을 보인다. 특히 콜레주 드 프랑스의 교수이자 작가인 앙드리외는 이 작품에 대해 발자크는 문학만 아니라면 어떤 분야에서도 성공을 거둘 것이라고 에둘러 비판하며 작가의 길을 포기할 것을 권고한다. 1820년 9월 당시의 징병 방식이었던 제비뽑기에서 운좋게 병역을 면제받는다.

데뷔 작품의 참담한 실패, 부모의 재정 지원 중단 등으로 1821년 1월 다시 본가에 들어간다. 그러나 문학을 향한 뜻을 굽히지 않고 『팔튀른*Falthurne*』(1820) 『스테니 혹은 철학적 오류*Sténie ou les Erreurs philosophiques*』(1821) 등 철학적 사변이 두드러지는 소설과 종교적이고 신비주의적인 영감이 진하게 나타나는 『기도론*Traité de la prière*』, 『팔튀른 II *Falthurne II*』 등을 계속 집필한다.

1822~1825년 발자크 스스로 나중에 '상업 문학'이라 부른 작품을 양산한 시기. 삼 년에 걸쳐 발자크는 처음에는 다른 사람과 공동 작업으로, 나중에는 혼자서 모두 여덟 편의 작품을 발표하는데, 본명이 아닌 '로르 훈'과 '오라스 드 생토뱅'이라는 가

명을 사용한다.

1822년 빌파리시에 사는 이웃인 로르 드 베르니 부인과 내밀한 관계를 맺기 시작. 발자크는 자신보다 스물두 살이나 많고 어머니와 이름이 같은 이 여인을 '딜렉타'라는 애칭으로 부르기도 한다. 발자크에게 부인은 연인이자 모성애를 느끼게 해주는 또하나의 어머니라는 이중적 의미를 지닌다. 이 관계는 1836년 부인이 죽을 때까지 지속되며 부인은 발자크의 조언자와 후원자 역할을 겸한다.

1824~1825년 〈푀유통 리테레르〉 신문과 관계를 맺어 저널리스트로서 첫걸음을 내디딘다. 이후 발자크는 1830년 무렵까지 간간이 저널리즘과 관계를 맺어 기사를 작성한다.

익명으로 몇 편의 에세이를 소책자로 출판. 「장자 상속권에 대하여」(1824) 「예수회파의 불편부당한 역사」(1824) 「신사들의 규범」(1825).

1825년 다브랑테스 공작부인과 사귀기 시작. 부인은 나폴레옹 시대 최고위 장군이었던 쥐노 다브랑테스 공작의 미망인으로 발자크를 레카미에 부인의 살롱 등 파리의 고급 사교계에 입문시키는 한편, 그에게 나폴레옹에 관한 세세한 정보를 알려준다. 두 사람은 문학 분야에서도 서로 교감을 가져 발자크는 후일 공작부인의 자서전을 공동 집필하기도 한다.

1825~1828년 문학판을 떠나 인쇄업, 출판업, 활자주조업 등에 투신. 자본금은 가족과 베르니 부인에게서 충당. 몰리에르와 라퐁텐의 작품 축쇄판 발간. 그러나 결국 사업 실패로 6만 프랑(오늘날의 화폐 가치로 약 2억 원)의 빚을 진다. 베르니 부인의 아들과 동업하다 운영권을 넘긴 활자주조 업체는 이후 프랑스에서 가장 유명한 업체가 된다. 동시에 그는 이 시기에 엄청난 양의 독서와 지방 여행을 한다. 사업, 돈, 지방 탐

사 등에 관련된 당시의 체험은 후일 '인간극*La Comédie humaine*'의 작가에게 무엇과도 비교할 수 없는 풍부한 자산을 남겨준다.

1828년 다시 문학으로 돌아오다. 역사물에 관심을 보인다. "나는 다시 펜을 잡을 것이다. 한 달 전부터 나는 아주 흥미로운 역사물에 착수했다"(편지). 『그림같이 생생한 프랑스 역사*Histoire de France pittoresque*』 기획.

1829년 3월 『마지막 올빼미 당원 혹은 1800년 브르타뉴*Le Dernier Chouan ou la Bretagne en 1800*』 출간(나중에 전집으로 묶이면서 『올빼미 당원 혹은 1799년 브르타뉴*Les Chouans ou la Bretagne en 1799*』로 제목이 바뀜). 나중에 '인간극'을 이루는 최초의 소설로 기록되는 이 작품은 그의 이름으로 출판한 최초의 소설이기도 하다. 6월 아버지 베르나르 프랑수아 사망. 여동생 로르를 통해 쥘마 카로 부인과 친분을 맺는다. 카로 부인은 오로지 진지한 문학적 조언자 역할을 하며 발자크에게 상당한 영향을 끼친다. 12월 익명으로 『결혼 생리학*Physiologie du mariage*』 발표.

1830년 저널리즘을 통해 왕성하게 시사적인 논평문을 발표하는 한편, 본격적인 문학작품 생산에 돌입한다. 이 시기 그가 관여한 신문은 〈퓌유통 데 주르노 폴리티크〉 〈라 카리카튀르〉 〈르 탕〉 〈라 실루에트〉 〈라 모드〉 〈르 볼레르〉 등이다. 소설은 잡지나 단행본을 통해 개별적으로 발표하기도 하고, 몇 편의 소설을 묶어 총서 형태로 발표하기도 한다.

『사생활 장면*Scènes de la vie privée*』이라는 제목 아래 처음으로 6편의 단편—「라 방데타*La Vendetta*」 「불륜의 위험*Les dangers de l'inconduite*」(나중에 「곱세크*Gobseck*」로 제목 변경), 「쏘의 무도회*Le Bal de Sceaux*」 「영광과 불행

*Gloire en malheur*」(나중에 「샤 키 플로트 상회*La Maison de chat-qui-pelote*」로 제목 변경), 「덕성스러운 여인*La Femme vertueuse*」(나중에 「두 집 살림*Une double famille*」으로 제목 변경), 「가정의 평화*La Paix du ménage*」—을 두 권에 모아 발표.

1831년 4월 정치 논평 「두 내각의 정치에 관한 앙케트」 발표가 보여주듯이 7월 혁명 직후 현실 정치 참여의 야심 표명. 이해와 이듬해에 국회의원 선거 출마를 계획하나 무위에 그친다.

8월 '철학 소설'이라는 부제가 붙은 『나귀 가죽*La Peau de chagrin*』 발표로 작가적 명성을 얻는다. 이 작품과 『사라진 *Sarrasine*』 『엘 베르뒤고*El Verdugo*』 『저주받은 아이 *L'Enfant maudit*』 『불로장생의 영약*L'Elixir de longue vie*』 『추방자들*Les Proscrits*』 『미지의 걸작*Le Chef-d'oeuvre inconnu*』 『징집 군인*Le Réquisitionnaire*』 『여인 연구 *Etudes de femmes*』 『두 개의 꿈*Les Deux rêves*』(나중에 『카트린 드 메디시스에 대하여*Sur Catherine de Médicis*』 3부로 편입), 『플랑드르의 예수그리스도*Jésus-Christ en Flandre*』 등을 묶어서 총 세 권으로 『철학 소설과 콩트 *Romans et contes philosophiques*』라는 모음집을 낸다.

1832년 정통주의로의 정치적 전향을 표방. "내 정치적 견해가 형성되었고, 내 신념이 완결되었다. 나는 한 인간이 자신의 나라와 그 법률, 그 풍속들을 판단할 수 있는 나이에 이른 것이다"(편지). 카스트리 공작부인과 관계를 맺기 시작한다. 그녀와 함께 엑스 레 뱅, 주네브 등지에 체류하고 구애를 하나 버림받는다. 그 쓰라린 경험이 이듬해 『랑제 공작부인*La Duchesse du Langeais*』의 모티프가 된다. 몇몇 여자와 결혼을 모색하나 모두 실패로 귀결. 이해 초 발신지가 오데사

일 뿐이고 발신인은 '외국 여인'이라고만 서명된 편지를 받는다. 이에 잡지 〈가제트 드 프랑스〉를 통해 광고 형식으로 답신함으로써 나중에 그와 정식 결혼하게 될 한스카 부인과 서신을 주고받기 시작. 작품 활동이 왕성해지는 동시에 사교계 출입도 활발해지고 호사스러운 생활을 영위한다.

『사생활 장면』 2판을 초판에 아홉 편을 추가하여 발표. 『전언傳言 *Le Message*』 『돈주머니 *La Bourse*』 『재판관 코르넬리우스 *Maître Cornélius*』 『마담 피르미아니 *Madame Firmiani*』, 『붉은 여인숙 *L'Auberge rouge*』 등과 『루이 랑베르』 초고본 발표. 『철학 소설과 콩트』의 증보판으로 『새 철학 콩트 *Nouveaux contes philosophiques*』 발표.

1833~1837년 몇 차례의 모음집 발간에서 보듯이 자신의 작품들을 하나의 체계 속에 집대성하고자 하는 계획을 구체화하다. 이 기간 동안 『사생활 장면』(네 권), 『지방 생활 장면 *Scènes de la vie de province*』(네 권), 『파리 생활 장면 *Scènes de la vie Parisienne*』(네 권)의 세 부분으로 이루어진 열두 권의 '19세기 풍속 연구 *Etudes de moeurs aux XIXe siècle*'에 모두 스물일곱 편의 작품을 수록.

1833년 마리아 다미누아와 관계를 갖다. 발자크는 1834년 6월 그 사이에서 딸을 얻는다. 그녀는 마리 카롤린 뒤 프레네란 이름으로 1930년까지 사는데 후손을 남기지 않는다. 9월에는 서신 교환만 하던 한스카 부인과 뇌샤텔에서 처음으로 상면한다. 발자크는 이어 1834년 제네바에서, 그리고 1835년 빈에서 다시 부인을 만나지만 이후 1843년 그가 상트페테르부르크로 찾아가 재회할 때까지 팔 년 동안 두 사람은 서로 만나지 못하며 서신만 주고받게 된다. 3~4월, 『르뷔 드 파리 *Revue de Paris*』에 『페라귀스 *Ferragus*』 연재.

『시골 의사*Médecin de campagne*』『외제니 그랑데*Eugénie Grandet*』『명사 고디사르 *L'Illustre Gaudissart*』 발표.

1834년 다섯 권씩 네 차례에 걸쳐 총 스무 권 분량으로 발표한 『철학 연구*Etudes philosopohiaues*』에 스물다섯 편의 작품 수록.

1834~1840년 평생 그의 충실한 친구로 남을 기도보니 비스콘티 백작부인과 교제. 쥘 상도를 문하생 겸 비서로 삼는다. 10월 한스카 부인에게 보내는 편지에서 자신의 작품세계 전체의 구상을 밝힌다. 이 편지에서 아직 '인간극'이라는 전체 제목은 등장하지 않지만, 인간사의 모든 결과를 담은 『풍속 연구*Etudes de moeurs*』, 그 결과의 원인에 대한 탐구인 『철학 연구』, 결과와 원인의 탐구에 이은 원칙의 수립인 『분석 연구*Etudes analytiques*』라는 큰 틀이 언급된다. 「19세기 프랑스 작가들에게 보내는 편지」를 통해 작가의 권리에 대한 각성을 촉구한다.

『레 마라나*Les Marana*』『페라귀스』『도끼에 손대지 마시오 *Ne touchez pas la hache*』(나중에 『랑제 공작부인』으로 제목 변경), 『절대 탐구*La Recherche de l'Absolu*』『바닷가의 비극*Un drame au bord de la mer*』『서른 살 여인*Une femme de trente ans*』 발표.

1835년 오스트리아 여행, 메테르니히 공 접견.

『고리오 영감*Le Père Goriot*』『완두콩 꽃*La Fleur des pois*』(나중에 『결혼 계약*Le Contrat du mariage*』으로 제목 변경), 『세라피타*Séraphîta*』『황금 눈의 여인*La Fille aux yeux d'or*』『회개한 멜모스 *Melmoth réconcilié*』 발표.

1836년 독자적인 발표 지면의 확보를 목적으로 정치 문예지 성격의 〈크로니크 드 파리〉를 거의 혼자서 발행, 많은 양의 평문과 소설을 발표. 그러나 6개월 정도 운영 후 파산, 다시 한번 상당한 금전적 손실을 입는다. 5월 기도보니 비스콘티 백작부인과 발자크 사이에 아들 출생. 7월 베르니 부인 사망. "그녀는 나에게 신과 같았습니다. 그녀는 어머니였고, 여자친구였고, 가족이었으며, 동시에 남자친구였고, 조언자였습니다. 그녀는 작가를 키워냈으며, 젊은이에게 위안을 주었고, 취향을 깨닫게 해주었으며, 누이처럼 울고 웃었습니다. 그녀는 고마운 잠처럼 매일 찾아와 고통을 잠재웠습니다. 그녀는 그 이상을 해주었습니다. 그녀가 없었더라면 분명 난 죽었을 것입니다"(한스카 부인에게 보내는 편지). 7~8월 남장한 마르부티 부인을 대동하고 기도보니 비스콘티 백작의 상속 문제를 해결하기 위해 이탈리아 토리노 여행, 스위스를 거쳐 귀국.

『골짜기의 백합』『무신론자의 미사*La Messe de l'athée*』『금치산 선고*L'Interdiction*』『노처녀*La Vieille Fille*』(프랑스 최초의 연재소설) 발표.

1837년 자신의 전 작품을 총괄하는 제목으로 '사회 연구'를 생각하나 실행에는 옮기지 못함. "내 작품 전체를 아우르는, 나로서는 거대한 과업이 준비중입니다. (…) 그 과업은 『풍속 연구』『철학 연구』『분석 연구』 전체를 '사회 연구'라는 총괄적인 제목으로 묶을 것입니다"(한스카 부인에게 보내는 편지). 2~3월, 두번째로 이탈리아를 여행하는 중에 제노바에서 사르데냐의 은광산 개발을 구상하고 이듬해 현지를 직접 방문하나 다른 회사가 선점한다. 후일 사르데냐의 은광산은 엄청난 매장량을 가진 것으로 판명된다. 활자주조업과 함께 현실적인 사업가 발자크의 혜안과 한계를 동시에 보여주는 일화다.

『잃어버린 환상*Illusions perdues*』 1부 「두 시인」, 『파시노

칸』『세자르 비로토*César Birotteau*』 발표.

1838년 2월 말~3월 초, 노앙에 있는 조르주 상드의 저택에 머물며 문학적 교분을 나눈다. 상드는 발자크에게 『베아트릭스*Béatrix*』의 주제를 제공한다. "나는 조르주 상드를 동지로 여겼습니다. (…) 우리는 사흘 내내 저녁식사를 마치고 오후 다섯시부터 다음날 새벽 다섯시까지 이야기를 나누었습니다. (…) 그녀는 남자이며 예술가이며, 위대하고 통이 크며, 헌신적입니다"(한스카 부인에게 보내는 편지).

7월, 파리 근교 세브르의 '레 자르디'에 땅을 사서 정착. 발자크는 그곳을 파인애플 농장으로 만드는 작업에 착수하나 막대한 비용만 탕진하고 물러난다. 그는 이때 진 빚을 평생 갚지 못한다.

『뉘싱겐 은행*La Maison de Nucingen*』『고매한 여인*La Femme supérieure*』(나중에 『관리들*Les Employés*』로 제목 변경) 발표.

1839년 8월, 작가회의 의장. 저작권 보호를 위한 맹렬한 활동을 펼친다. 페이텔 사건 변호. 12월, 아카데미 프랑세즈에 첫 출마하나 고배를 마신다(발자크는 이후 1842년 두 차례, 1848년 한 차례 등 세 차례에 걸쳐 다시 도전하나 모두 실패한다).

『이브의 딸*Une fille d'Eve*』『감바라*Gambara*』『골동품 진열실*Le Cabinet des Antiques*』『잃어버린 환상』 2부 「파리에 온 지방의 위인」, 『마시밀라 도니*Massimilla Doni*』『베아트릭스』 1부와 2부, 『피에르 그라수*Pierre Grassou*』 발표.

1840년 연극 〈보트랭〉의 실패. 〈크로니크 드 파리〉의 실패 이후 다시 월간지 〈르뷔 파리지엔〉을 오로지 혼자 힘으로 발간하나 7~9월 세 호를 끝으로 종간. 발자크의 유명한 스탕달론 「벨 연구」가 이 잡지에 실린다. 9월 마침내 '레 자르디'를 압류당하고 파시 지구의 바스 가(현재 파리의 레이누아르 가 47번지)에 있는 언덕배기 집으로 도피하듯 이주한다. 이 집은 오늘날 발자크 기념관인 '메종 드 발자크'로 쓰이고 있다. 1840년은 발자크로서는 여러모로 위기의 한 해였다. "프랑스를 떠나 브라질에 내 뼈를 묻으러 가야 할 것 같습니다. (…) 쓸모없는 작업들은 이제 진력이 납니다. 나의 모든 편지와 모든 원고를 불태우겠습니다. (…) 이건 아주 단호한 결정입니다"(한스카 부인에게 보내는 편지).

『Z. 마르카스 *Z. Marcas*』『피에레트*Pierrette*』『카디냥 대공비의 비밀*Les Secrets de la princesse de Cadignan*』 발표.

1841년 10월 '인간극'을 제목으로 하는 자신의 작품 전집 출판 계약 체결. 9월 작가회의 의장 사임. 11월 한스카 부인의 남편인 한스키 백작 사망. 발자크는 이듬해 1월에야 그 소식을 듣는다.

『마을의 사제*Le Curé de village*』 발표.

1842년 '인간극'이 제작되기 시작하여 1846년 총 열여섯 권으로 출간. 1848년 제17권 추가. 1855년 작가가 죽은 뒤에 제18권이 출간되어 완결됨.

한스키 백작의 사망 소식을 듣고 한스카 부인과의 결혼을 성사시키는 데 몰두한다. 7월과 12월 아카데미 프랑세즈 회원직에 출마하나 두 번 다 낙선한다. 「인간극 서문」 집필.

『두 젊은 부인의 서간*Mémoires de deux jeunes mariées*』『위르쥘 미루에*Ursule Miroueët*』『알베르 사바뤼스*Albert Savarus*』, 『속續 여인 연구*Autre étude de femme*』, 『라 라부이예즈 *La Rabouilleuse*』 발표.

1843년 여름, 상트페테르부르크를 방문하여 두 달간 체류하며 팔 년 만에 한스카 부인을 만남.

『미제未濟 사건*Une ténébreuse affaire*』『지방의 뮤즈 *La*

*Muse du département*』『잃어버린 환상』 3부 「발명가의 고뇌」 발표.

1844년 파리에 머물며 집필에 몰두해 비교적 많은 작품을 생산. 『모데스트 미뇽*Modeste Mignon*』『인생의 첫출발*Un début dans la vie*』『창녀의 영광과 비참*Splendeurs et misères des courtisannes*』『카트린 드 메디시스에 대하여』『오노린*Honorine*』『떠돌이 왕자*Un prince de la bohème*』『샤베르 대령*Le Colonel Chabert*』『농부*Les Paysans*』(미완. 발자크 사후 한스카 부인에 의해 미완인 상태로 1855년 재출간되어 '인간극'에 편입), 『프티부르주아*Les Petits bourgeois*』(미완. 역시 1855년 '인간극'에 편입) 발표.

1845년 창작에 대한 부담을 토로. "참 딱한 일입니다. 나는 하루에 열여섯 시간을 일합니다만 아직도 빚이 10만 프랑이 넘습니다. 그리고 나이는 마흔다섯 살이고요! 슬프기 그지없는 일입니다"(편지). 그러나 정작 많은 일은 하지 못한다. 이해는 한스카 부인과 프랑스, 독일, 네덜란드, 벨기에, 이탈리아 등 각지를 여행하는 데 몰두한다. 레지옹 도뇌르 훈장 서훈. 『베아트릭스』 3부, 『부부생활의 작은 불행*Petites misères de la vie conjugale*』 발표.

1846년 한스카 부인과 이탈리아, 스위스 등지에서 생활. 퓌른 출판사에서 '인간극' 출간('인간극'의 초판본으로 '퓌른판'이라 불린다. 발자크는 죽을 때까지 자신이 소장한 '퓌른판' 책에 교정을 본다. 발자크가 죽은 뒤에 출판된 '인간극'은 대부분 세상에 단 한 질뿐인 이 소장본에 의거하는데 이를 '수정 퓌른판'이라 부른다). "육 년 전부터 나는 내 시간의 반 이상을 '인간극'을 교정하는 데 매달려왔습니다. 이제 새로운 작품 생산에 몰두할 수 있으니까 아주 굉장할 것입니다"(한스카 부인에게 보내는 편지). 그러나 실제로 창작 활동은 지지부진하게 진척된다. 한스카 부인의 임신 소식을 알고 결혼을 앞당길 수 있다는 기대에 부풀었으나 11월 사산 소식을 접하고 낙담한다. 창작 능력의 고갈과 자신의 작품에 대한 대중의 무관심에 고뇌한다.

『코미디언일 줄 모르는 코미디언들*Comédien sans le savoir*』『사업가*Un homme d'affaires*』 발표.

1847년 한스카 부인이 비밀리에 파리에 체류하다(2월~5월). 발자크는 6월에 자신의 유서를 작성한다. 9월 한스카 부인의 집이 있는 우크라이나의 비에르초브니아로 떠난다.

『친척 베트*La Cousine Bette*』『친척 퐁스 *Le Cousin Pons*』『아르시의 국회의원*Le Député d'Arcis*』(미완. 1855년 '인간극'에 편입) 발표.

1848년 우크라이나에 6개월 체류한 후 2월에 파리로 귀환. 2월 혁명을 접하고 국회의원 선거 출마를 고려하기도 하나, 9월 다시 우크라이나로 떠나 1850년 4월까지 그곳에 체류. 아카데미 프랑세즈에 네번째로 도전하나 이듬해 1월 선거에서 위고의 적극적인 지지에도 실패.

『현대사의 이면*L'Envers de l'histoire contemporaine*』 발표.

1849년 일 년 내내 우크라이나 비에르초브니아의 한스카 부인의 집에 체류. 건강 악화. 한스카 부인은 러시아 황제에게 발자크와의 결혼을 청원해 막대한 상속 재산을 포기하는 조건으로 허락을 받는다.

1850년 3월 한스카 부인과 결혼. 5월 한스카 부인과 함께 파리로 돌아와 신혼살림을 차리지만, 내내 와병중이던 발자크는 여러 날 의식불명 상태에 처해 있다가 8월 18일 세상을 뜬다. 페르 라셰즈 묘지에 안장, 위고의 유명한 조사. "그 자신도 모르는 사이에, 그가 원했건 원하지 않았건, 그가 동의했건 동의하지 않았건, '인간극'이라는 이 방대하고 비범한 작품의 저자는 혁명적인 작가들의 강력한 혈족에 속합니다." 바르베 도르비이는 8월 24일 신문 기고에서 "그의 죽음은 정녕 지성사의 대재앙으로 바이런 경의 죽음 말고는 그 어떤 것도 거기에 비할 수 없다"고 애도한다. 한스카 부인은 발자크가 죽은 후 홀로 살다가 1882년에 생을 마친다.

## 문학동네 세계문학전집 발간에 부쳐

세계문학은 국민문학 혹은 지역문학을 떠나 존재하는 문학이 아니지만 그것들의 총합도 아니다. 세계문학이라는 용어에는 그 나름의 언어와 전통을 갖고 있는 국민문학이나 지역문학의 존재를 인정하면서 그것을 넘어서는 문학의 보편적 질서에 대한 관념이 새겨져 있다. 그 용어를 처음 고안한 19세기 유럽인들은 유럽문학을 중심으로 그 질서를 구축했지만 풍부한 국민문학의 전통을 가지고 있는 현대의 문학 강국들은 나름의 방식으로 세계문학을 이해하면서 정전(正典)의 목록을 작성하고 또 수정한다.

한국에서도 세계문학 관념은 우리 사회와 문화의 변화 속에서 거듭 수정돼왔다. 어느 시기에는 제국 일본의 교양주의를 반영한 세계문학 관념이, 어느 시기에는 제3세계 민족주의에 동조한 세계문학 관념이 출현했고, 그러한 관념을 실천한 전집물이 출판됐다. 21세기 한국에 새로운 세계문학전집이 필요하다는 것은 명백하다. 우리의 지성과 감성의 기준에 부합하는 세계문학을 다시 구상할 때가 되었다.

문학동네 세계문학전집은 범세계적으로 통용되는 고전에 대한 상식을 존중하면서도 지난 반세기 동안 해외 주요 언어권에서 창작과 연구의 진전에 따라 일어난 정전의 변동을 고려하여 편성되었다. 그래서 불멸의 명작은 물론 동시대 세계의 중요한 정치·문화적 실천에 영감을 준 새로운 작품들을 두루 포함시켰다.

창립 이후 지금까지 한국문학 및 번역문학 출판에서 가장 전문적이고 생산적인 그룹을 대표해온 문학동네가 그간 축적한 문학 출판 경험을 바탕으로 새로운 세계문학전집을 펴낸다. 인류가 무지와 몽매의 어둠 속을 방황하면서도 끝내 길을 잃지 않은 것은 세계문학사의 하늘에 떠 있는 빛나는 별들이 길잡이가 되어주었기 때문이다. 우리가 자부심과 사명감 속에서 그리게 될 이 새로운 별자리가 독자들의 관심과 애정에 힘입어 우리 모두의 뿌듯한 자산이 되기를 소망한다.

문학동네 세계문학전집 편집위원
민은경, 박유하, 변현태, 송병선, 이재룡, 홍길표, 남진우, 황종연

세계문학전집 161
13인당 이야기

1판 1쇄 2018년 3월 20일
1판 2쇄 2023년 10월 30일

지은이 오노레 드 발자크 | 옮긴이 송기정

편집 이미영 황도옥 박신양 오동규
디자인 김마리 이주영 | 저작권 박지영 형소진 최은진 서연주 오서영
마케팅 정민호 서지화 한민아 이민경 안남영 왕지경 황승현 김혜원 김하연
브랜딩 함유지 함근아 박민재 김희숙 고보미 정승민 배진성
제작 강신은 김동욱 이순호 | 제작처 영신사

펴낸곳 (주)문학동네 | 펴낸이 김소영
출판등록 1993년 10월 22일 제2003-000045호
주소 10881 경기도 파주시 회동길 210
전자우편 editor@munhak.com | 대표전화 031)955-8888 | 팩스 031)955-8855
문의전화 031)955-1927(마케팅), 031)955-3560(편집)
문학동네카페 http://cafe.naver.com/mhdn
인스타그램 @munhakdongne | 트위터 @munhakdongne
북클럽문학동네 http://bookclubmunhak.com

ISBN 978-89-546-5061-8 04860
978-89-546-0901-2 (세트)

www.munhak.com

1, 2, 3 안나 카레니나 레프 톨스토이 | 박형규 옮김
4 판탈레온과 특별봉사대 마리오 바르가스 요사 | 송병선 옮김
5 황금 물고기 르 클레지오 | 최수철 옮김
6 템페스트 윌리엄 셰익스피어 | 이경식 옮김
7 위대한 개츠비 F. 스콧 피츠제럴드 | 김영하 옮김
8 아름다운 애너벨 리 싸늘하게 죽다 오에 겐자부로 | 박유하 옮김
9, 10 파우스트 요한 볼프강 폰 괴테 | 이인웅 옮김
11 가면의 고백 미시마 유키오 | 양윤옥 옮김
12 킴 러디어드 키플링 | 하창수 옮김
13 나귀 가죽 오노레 드 발자크 | 이철의 옮김
14 피아노 치는 여자 엘프리데 옐리네크 | 이병애 옮김
15 1984 조지 오웰 | 김기혁 옮김
16 벤야멘타 하인학교-야콥 폰 군텐 이야기 로베르트 발저 | 홍길표 옮김
17, 18 적과 흑 스탕달 | 이규식 옮김
19, 20 휴먼 스테인 필립 로스 | 박범수 옮김
21 체스 이야기·낯선 여인의 편지 슈테판 츠바이크 | 김연수 옮김
22 왼손잡이 니콜라이 레스코프 | 이상훈 옮김
23 소송 프란츠 카프카 | 권혁준 옮김
24 마크롤 가비에로의 모험 알바로 무티스 | 송병선 옮김
25 파계 시마자키 도손 | 노영희 옮김
26 내 생명 앗아가주오 앙헬레스 마스트레타 | 강성식 옮김
27 여명 시도니가브리엘 콜레트 | 송기정 옮김
28 한때 흑인이었던 남자의 자서전 제임스 웰든 존슨 | 천승걸 옮김
29 슬픈 짐승 모니카 마론 | 김미선 옮김
30 피로 물든 방 앤절라 카터 | 이귀우 옮김
31 숨그네 헤르타 뮐러 | 박경희 옮김
32 우리 시대의 영웅 미하일 레르몬토프 | 김연경 옮김
33, 34 실낙원 존 밀턴 | 조신권 옮김
35 복낙원 존 밀턴 | 조신권 옮김
36 포로기 오오카 쇼헤이 | 허호 옮김
37 동물농장·파리와 런던의 따라지 인생 조지 오웰 | 김기혁 옮김
38 루이 랑베르 오노레 드 발자크 | 송기정 옮김
39 코틀로반 안드레이 플라토노프 | 김철균 옮김
40 어두운 상점들의 거리 파트릭 모디아노 | 김화영 옮김
41 순교자 김은국 | 도정일 옮김
42 젊은 베르테르의 슬픔 요한 볼프강 폰 괴테 | 안장혁 옮김
43 더블린 사람들 제임스 조이스 | 진선주 옮김
44 설득 제인 오스틴 | 원영선, 전신화 옮김
45 인공호흡 리카르도 피글리아 | 엄지영 옮김
46 정글북 러디어드 키플링 | 손향숙 옮김
47 외로운 남자 외젠 이오네스코 | 이재룡 옮김
48 에피 브리스트 테오도어 폰타네 | 한미희 옮김
49 둔황 이노우에 야스시 | 임용택 옮김
50 미크로메가스·캉디드 혹은 낙관주의 볼테르 | 이병애 옮김
51, 52 염소의 축제 마리오 바르가스 요사 | 송병선 옮김
53 고야산 스님·초롱불 노래 이즈미 교카 | 임태균 옮김

54 다니엘서 E. L. 닥터로 | 정상준 옮김
55 이날을 위한 우산 빌헬름 게나치노 | 박교진 옮김
56 톰 소여의 모험 마크 트웨인 | 강미경 옮김
57 카사노바의 귀향·꿈의 노벨레 아르투어 슈니츨러 | 모명숙 옮김
58 바보들을 위한 학교 사샤 소콜로프 | 권정임 옮김
59 어느 어릿광대의 견해 하인리히 뵐 | 신동도 옮김
60 웃는 늑대 쓰시마 유코 | 김훈아 옮김
61 팔코너 존 치버 | 박영원 옮김
62 한눈팔기 나쓰메 소세키 | 조영석 옮김
63, 64 톰 아저씨의 오두막 해리엇 비처 스토 | 이종인 옮김
65 아버지와 아들 이반 투르게네프 | 이항재 옮김
66 베니스의 상인 윌리엄 셰익스피어 | 이경식 옮김
67 해부학자 페데리코 안다아시 | 조구호 옮김
68 긴 이별을 위한 짧은 편지 페터 한트케 | 안장혁 옮김
69 호텔 뒤락 애니타 브루크너 | 김정 옮김
70 잔해 쥘리앵 그린 | 김종우 옮김
71 절망 블라디미르 나보코프 | 최종술 옮김
72 더버빌가의 테스 토머스 하디 | 유명숙 옮김
73 감상소설 미하일 조셴코 | 백용식 옮김
74 빙하와 어둠의 공포 크리스토프 란스마이어 | 진일상 옮김
75 쓰가루·석별·옛날이야기 다자이 오사무 | 서재곤 옮김
76 이인 알베르 카뮈 | 이기언 옮김
77 달려라, 토끼 존 업다이크 | 정영목 옮김
78 몰락하는 자 토마스 베른하르트 | 박인원 옮김
79, 80 한밤의 아이들 살만 루슈디 | 김진준 옮김
81 죽은 군대의 장군 이스마일 카다레 | 이창실 옮김
82 페레이라가 주장하다 안토니오 타부키 | 이승수 옮김
83, 84 목로주점 에밀 졸라 | 박명숙 옮김
85 아베 일족 모리 오가이 | 권태민 옮김
86 폭풍의 언덕 에밀리 브론테 | 김정아 옮김
87, 88 늦여름 아달베르트 슈티프터 | 박종대 옮김
89 클레브 공작부인 라파예트 부인 | 류재화 옮김
90 P세대 빅토르 펠레빈 | 박혜경 옮김
91 노인과 바다 어니스트 헤밍웨이 | 이인규 옮김
92 물방울 메도루마 슌 | 유은경 옮김
93 도깨비불 피에르 드리외라로셸 | 이재룡 옮김
94 프랑켄슈타인 메리 셸리 | 김선형 옮김
95 래그타임 E. L. 닥터로 | 최용준 옮김
96 캔터빌의 유령 오스카 와일드 | 김미나 옮김
97 만(卍)·시게모토 소장의 어머니 다니자키 준이치로 | 김춘미, 이호철 옮김
98 맨해튼 트랜스퍼 존 더스패서스 | 박경희 옮김
99 단순한 열정 아니 에르노 | 최정수 옮김
100 열세 걸음 모옌 | 임홍빈 옮김
101 데미안 헤르만 헤세 | 안인희 옮김
102 수레바퀴 아래서 헤르만 헤세 | 한미희 옮김
103 소리와 분노 윌리엄 포크너 | 공진호 옮김

104 곰 윌리엄 포크너 | 민은영 옮김
105 롤리타 블라디미르 나보코프 | 김진준 옮김
106, 107 부활 레프 톨스토이 | 박형규 옮김
108, 109 모래그릇 마쓰모토 세이초 | 이병진 옮김
110 은둔자 막심 고리키 | 이강은 옮김
111 불타버린 지도 아베 고보 | 이영미 옮김
112 말라볼리아가의 사람들 조반니 베르가 | 김운찬 옮김
113 디어 라이프 앨리스 먼로 | 정연희 옮김
114 돈 카를로스 프리드리히 실러 | 안인희 옮김
115 인간 짐승 에밀 졸라 | 이철의 옮김
116 빌러비드 토니 모리슨 | 최인자 옮김
117, 118 미국의 목가 필립 로스 | 정영목 옮김
119 대성당 레이먼드 카버 | 김연수 옮김
120 나나 에밀 졸라 | 김치수 옮김
121, 122 제르미날 에밀 졸라 | 박명숙 옮김
123 현기증. 감정들 W. G. 제발트 | 배수아 옮김
124 강 동쪽의 기담 나가이 가후 | 정병호 옮김
125 붉은 밤의 도시들 윌리엄 버로스 | 박인찬 옮김
126 수고양이 무어의 인생관 E. T. A. 호프만 | 박은경 옮김
127 맘브루 R. H. 모레노 두란 | 송병선 옮김
128 익사 오에 겐자부로 | 박유하 옮김
129 땅의 혜택 크누트 함순 | 안미란 옮김
130 불안의 책 페르난두 페소아 | 오진영 옮김
131, 132 사랑과 어둠의 이야기 아모스 오즈 | 최창모 옮김
133 페스트 알베르 카뮈 | 유호식 옮김
134 다마세누 몬테이루의 잃어버린 머리 안토니오 타부키 | 이현경 옮김
135 작은 것들의 신 아룬다티 로이 | 박찬원 옮김
136 시스터 캐리 시어도어 드라이저 | 송은주 옮김
137 고독한 산책자의 몽상 장자크 루소 | 문경자 옮김
138 용의자의 야간열차 다와다 요코 | 이영미 옮김
139 세기아의 고백 알프레드 드 뮈세 | 김미성 옮김
140 햄릿 윌리엄 셰익스피어 | 이경식 옮김
141 카산드라 크리스타 볼프 | 한미희 옮김
142 이 글을 읽는 사람에게 영원한 저주를 마누엘 푸익 | 송병선 옮김
143 마음 나쓰메 소세키 | 유은경 옮김
144 바다 존 밴빌 | 정영목 옮김
145, 146, 147, 148 전쟁과 평화 레프 톨스토이 | 박형규 옮김
149 세 가지 이야기 귀스타브 플로베르 | 고봉만 옮김
150 제5도살장 커트 보니것 | 정영목 옮김
151 알렉시 · 은총의 일격 마르그리트 유르스나르 | 윤진 옮김
152 말라 온다 알베르토 푸겟 | 엄지영 옮김
153 아르세니예프의 인생 이반 부닌 | 이항재 옮김
154 오만과 편견 제인 오스틴 | 류경희 옮김
155 돈 에밀 졸라 | 유기환 옮김
156 젊은 예술가의 초상 제임스 조이스 | 진선주 옮김
157, 158, 159 카라마조프가의 형제들 표도르 도스토옙스키 | 김희숙 옮김

160 진 브로디 선생의 전성기 뮤리얼 스파크 | 서정은 옮김
161 13인당 이야기 오노레 드 발자크 | 송기정 옮김
162 하지 무라트 레프 톨스토이 | 박형규 옮김
163 희망 앙드레 말로 | 김웅권 옮김
164 임멘 호수·백마의 기사·프시케 테오도어 슈토름 | 배정희 옮김
165 밤은 부드러워라 F. 스콧 피츠제럴드 | 정영목 옮김
166 야간비행 앙투안 드 생텍쥐페리 | 용경식 옮김
167 나이트우드 주나 반스 | 이예원 옮김
168 소년들 앙리 드 몽테를랑 | 유정애 옮김
169, 170 독립기념일 리처드 포드 | 박영원 옮김
171, 172 닥터 지바고 보리스 파스테르나크 | 박형규 옮김
173 싯다르타 헤르만 헤세 | 권혁준 옮김
174 야만인을 기다리며 J. M. 쿳시 | 왕은철 옮김
175 철학편지 볼테르 | 이봉지 옮김
176 거지 소녀 앨리스 먼로 | 민은영 옮김
177 창백한 불꽃 블라디미르 나보코프 | 김윤하 옮김
178 슈틸러 막스 프리슈 | 김인순 옮김
179 시핑 뉴스 애니 프루 | 민승남 옮김
180 이 세상의 왕국 알레호 카르펜티에르 | 조구호 옮김
181 철의 시대 J. M. 쿳시 | 왕은철 옮김
182 카시지 조이스 캐롤 오츠 | 공경희 옮김
183, 184 모비 딕 허먼 멜빌 | 황유원 옮김
185 솔로몬의 노래 토니 모리슨 | 김선형 옮김
186 무기여 잘 있거라 어니스트 헤밍웨이 | 권진아 옮김
187 컬러 퍼플 앨리스 워커 | 고정아 옮김
188, 189 죄와 벌 표도르 도스토옙스키 | 이문영 옮김
190 사랑 광기 그리고 죽음의 이야기 오라시오 키로가 | 엄지영 옮김
191 빅 슬립 레이먼드 챈들러 | 김진준 옮김
192 시간은 밤 류드밀라 페트루솁스카야 | 김혜란 옮김
193 타타르인의 사막 디노 부차티 | 한리나 옮김
194 고양이와 쥐 귄터 그라스 | 박경희 옮김
195 펠리시아의 여정 윌리엄 트레버 | 박찬원 옮김
196 마이클 K의 삶과 시대 J. M. 쿳시 | 왕은철 옮김
197, 198 오스카와 루신다 피터 케리 | 김시현 옮김
199 패싱 넬라 라슨 | 박경희 옮김
200 마담 보바리 귀스타브 플로베르 | 김남주 옮김
201 패주 에밀 졸라 | 유기환 옮김
202 도시와 개들 마리오 바르가스 요사 | 송병선 옮김
203 루시 저메이카 킨케이드 | 정소영 옮김
204 대지 에밀 졸라 | 조성애 옮김
205, 206 백치 표도르 도스토옙스키 | 김희숙 옮김
207 백야 표도르 도스토옙스키 | 박은정 옮김
208 순수의 시대 이디스 워턴 | 손영미 옮김
209 단순한 이야기 엘리자베스 인치볼드 | 이혜수 옮김
210 바닷가에서 압둘라자크 구르나 | 황유원 옮김
211 낙원 압둘라자크 구르나 | 왕은철 옮김

212 피라미드 이스마일 카다레 | 이창실 옮김
213 애니 존 저메이카 킨케이드 | 정소영 옮김
214 지고 말 것을 가와바타 야스나리 | 박혜성 옮김
215 부서진 사월 이스마일 카다레 | 유정희 옮김
216 사람은 무엇으로 사는가 레프 톨스토이 | 이항재 옮김
217, 218 악마의 시 살만 루슈디 | 김진준 옮김
219 오늘을 잡아라 솔 벨로 | 김진준 옮김
220 배반 압둘라자크 구르나 | 황가한 옮김
221 어두운 밤 나는 적막한 집을 나섰다 페터 한트케 | 윤시향 옮김
222 무어의 마지막 한숨 살만 루슈디 | 김진준 옮김
223 속죄 이언 매큐언 | 한정아 옮김
224 암스테르담 이언 매큐언 | 박경희 옮김
225, 226, 227 특성 없는 남자 로베르트 무질 | 박종대 옮김
228 앨프리드와 에밀리 도리스 레싱 | 민은영 옮김
229 북과 남 엘리자베스 개스켈 | 민승남 옮김
230 마지막 이야기들 윌리엄 트레버 | 민승남 옮김
231 벤저민 프랭클린 자서전 벤저민 프랭클린 | 이종인 옮김
232 만년양식집 오에 겐자부로 | 박유하 옮김
233 이상한 나라의 앨리스 루이스 캐럴 | 존 테니얼 그림 | 김희진 옮김
234 소네치카·스페이드의 여왕 류드밀라 울리츠카야 | 박종소 옮김
235 메데야와 그녀의 아이들 류드밀라 울리츠카야 | 최종술 옮김

● 문학동네 세계문학전집은 계속 출간됩니다